Wir danken dem Goethe-Institut, das das Erscheinen des Buchs gefördert hat.

GOETHE INSTITUT

Titel der Originalausgabe:
Echoes of Silence

Rohrbacherstraße 18, D-69115 Heidelberg
www.wunderhorn.de

Gestaltung & Satz: philotypen, Dortmund
Druck: NINO Druck GmbH, Neustadt/Weinstraße
ISBN: 978-3-88423-677-2

FSC www.fsc.org MIX Papier aus verantwortungsvollen Quellen FSC® C006655

Chuah Guat Eng

Echos der Stille

Übersetzt von Michael Kleeberg

Wunderhorn

Dem Gedächtnis meines Vaters und meiner Mutter

Anmerkung der Autorin

„Banir“ war ein Name, den ich in meiner Kindheit hörte. Es handelte sich um eine kleine Bahnstation im Nirgendwo, für die mein Vater während der japanischen Besatzung verantwortlich war. Dort zog er Gemüse und versorgte die Kämpfer im Dschungel mit Papier. Im Gegenzug brachten sie ihm manchmal nächtliche Geschenke in Form von Wildbret.

Vielleicht ist es eine natürliche Reaktion, dass ich den fiktiven Schauplatz meines Romans nach einem Ort benannte, der mir immer als eine idyllische Insel des Friedens inmitten des Kriegs erschienen war. Aber das ist auch die einzige Verbindung dieses Buches zur Realität. Heute gibt es ein Peking Banir im Distrikt Batang Padang im Unteren Perak. Aber der Fluss Banir, der Distrik Ulu Banir, die alte Festungsstadt Kota Banir, das malaiische Dorf Kampung Banir Hilir und das chinesische Fischerdorf Bagan China in diesem Roman existieren alle nur in meiner Fantasie, ebenso wie alle Figuren.

Wer mich als Form sieht,
Wer mich als Klang sucht,
Verkehrt sind dessen Schritte auf dem Weg.

Diamant-Sutra

ERSTER TEIL
15. Januar 1994

Das Telegramm traf genau in dem Augenblick ein, als ich zum Flughafen wollte.

Im Taxi riss ich den Umschlag auf. Michael Templeton war in London an Leukämie gestorben; ich sollte Kontakt zu seinem Anwalt aufnehmen. Von meinem Hotel in Zürich rief ich in London an, um einen Termin zu verabreden. In der darauffolgenden Woche erfuhr ich, dass ich Michael Templetons Alleinerbin und Testamentsvollstreckerin war.

Was erklärt, warum ich mit Michaels Asche in einer Urne auf meinem Schoß und einer abgewetzten Ledertasche mit seinen persönlichen Papieren auf dem leeren Sitz neben mir heim nach Kuala Lumpur fliege.

Und das, wird mir gerade klar, erklärt überhaupt nichts.

Erstes Kapitel
Sommer 1971

Im März 1970 verließ ich Malaysia als direkte Reaktion auf die Rassenunruhen vom Mai 1969. Ich hatte ein einziges Ziel: einen sicheren, geordneten und vorhersehbaren Ort zu finden, an dem ich leben könnte. Einen Ort, wo ich mich unsichtbar machen könnte und wo ich, als winzige ein- oder allenfalls zweiköpfige Minderheit, niemals für irgendwen eine Bedrohung darstellen würde. Ich war achtzehn Jahre alt.

Als ich Deutschland zum ersten Mal erblickte, schien es genau dieser Ort zu sein. Es war Frühlingsanfang, und die Erde war noch schneebedeckt. Während der Zug durch Bayern fuhr, hatte ich eine Welt vor Augen, die direkt aus Weihnachtskarten, Adventskalendern und Märchenbüchern zu stammen schien. Von den Tannen und Bergen ging ein beruhigendes Gefühl von Unwandelbarkeit aus, und von den in der Sonne leuchtenden kleinen Häusern eines von fröhlicher Sesshaftigkeit.

Ich hatte den Eindruck, in ein Land zurückzukehren, das ich aus der Kindheit kannte. Ich konnte mir durchaus vorstellen, hier für immer zu leben, ein Teil dieses Landes zu sein und dann doch wieder nicht, so wie der Leser eines Buchs. Ich sah mich als Studentin und Gelehrte vor mir, sicher und behaglich in einer Bibliothek voller Bücherregale sitzend oder die muffigen Korridore irgendeiner alten Universität wie Heidelberg oder Tübingen durchstreifend. Irgendwo hatte ich gelesen, dass es in Deutschland noch immer möglich war, sein ganzes Leben so zu verbringen, vorausgesetzt, man hatte die Mittel, das Durchhaltevermögen und vor allem die Demut, sich keinen Examen zu unterziehen. Und das wurde mein Ehrgeiz: in Deutschland eine professionelle Studentin zu sein. Im Sommer 1971, als ich Michael Templeton kennenlernte, hatte ich mein Jahr an einer Münchner Sprachschule abgeschlossen.

Ich ging gerade die Leopoldstraße entlang, auf dem Weg zu meiner Wohnung in der Viktor-Scheffel-Straße und kam von einer Abschiedsparty für ein paar Studenten, die ihren Sprachkurs beendet hatten und vor der Abreise aus München standen, sei es, um in ihre Heimatländer zurückzukehren oder ein Studium an einer der zahlreichen deutschen Universitäten oder Hochschulen zu beginnen. Die meisten von ihnen waren Lateinamerikaner.

Die Party war eine rauchgeschwängerte, verschwommene Geschichte aus Tränen und langen, leidenschaftlichen Reden, die ich nicht verstand, unterlegt von der klagenden Hymne aller Unterdrückten, Simon & Garfunkels Version von *El Cóndor Pasa*, die immer wieder aus der Jukebox tönte. Eine gute halbe Stunde lang den Anblick dieser Machos auszuhalten, wie sie sich umarmten und küssten und einer an der Schulter des anderen weinte, war mehr, als ich ertragen konnte. Ich war verlegen angesichts von so viel, wie ich fand, überflüssiger Gefühligkeit. Es fiel mir schwer, das alles ernst zu nehmen, denn irgendwann im Laufe meiner Bekanntschaft mit ihnen waren die meisten von ihnen böse über die anderen hergezogen.

Genau das bemerkte ich dann auch gegenüber Ruben Ortiz, einem Argentinier, und war überzeugt, er werde mir zustimmen, denn gerade er – fand ich zumindest – hatte mit am herzhaftesten seine Abneigung gegenüber einigen der Uruguayer bekundet. Aber er verteidigte sie jetzt alle vehement und fragte, was ich, als kaltblütige Chinesin, denn schon groß über die Lateinamerikaner und die Tiefe ihres Gefühls und ihrer Leidenschaften wissen könne. Um einen dummen Streit zu vermeiden, der immer in der Luft lag, wenn Ruben und ich länger als eine halbe Stunde zusammen waren, ging ich.

Als ich in die Viktor-Scheffel-Straße einbog, tauchte hinter mir plötzlich ein Mann auf und begann, neben mir herzugehen. Ich wandte mich um und erblickte einen hochgewachsenen, südamerikanisch aussehenden Mann. Ich glaubte, er gehörte zu der Party, die ich gerade verlassen hatte, und lächelte ihm zu. Zu meinem Erstaunen sprach er mich auf Englisch an. Er habe sich verlaufen. Ob ich ihm wohl sagen könne, wie er zu seiner Pension in Schwabing komme.

Meine erste instinktive Reaktion war, den Kopf zu schütteln, mit orientalischer Unterwürfigkeit zu lächeln und so zu tun, als verstehe ich ihn nicht. Aber zugleich tat er mir leid. Bis vor kurzem war ich auch so jemand aus einem englischsprachigen Land gewesen, der ohne nennenswerte Sprachkenntnisse in die Fremde reist und davon ausgeht, dass sich alles nach ihm richtet. Also fragte ich ihn auf Englisch, wo genau er hinwolle.

Seine Erleichterung hatte etwas Rührendes. Immerhin, dachte ich, war er nicht so arrogant, es für selbstverständlich zu halten, dass ich oder sonst wer in Deutschland, seine Muttersprache beherrschte. Die Pension, nach der er suchte, war nicht weit von da, wo ich untergebracht war, also sagte ich ihm, er solle mit mir gehen.

Unterwegs erzählte er mir, er sei Musikwissenschaftler. Er war für ein Forschungsprojekt nach Deutschland gekommen und würde zwei Jahre lang in München leben und arbeiten. Ich hatte keine Ahnung, was ein Musikwissenschaftler war oder machte, also fragte ich ihn, welches Instrument er spiele. Er nannte ein paar und sagte, sein liebstes sei das Cembalo. Ich sagte ihm, ich hätte noch nie ein Cembalo gesehen und erzählte ihm die Geschichte, die ich zu Hause von einem Freund gehört hatte. Wie ein deutsches Kammerorchester, das einen Cembalospieler hatte, zu einem Konzert nach Kuala Lumpur gekommen war und dort erfuhr, dass es im ganzen Land nur zwei Cembalos gab, von denen eines ausgerechnet auch noch einem Pflanzer gehörte, der in der Wildnis von Pahang lebte.

„Eigentlich in Perak", sagte er lachend. „Diese Wildnis, die im Grunde keine Wildnis mehr ist, liegt im Distrikt von Ulu Banir, und der Pflanzer ist mein Vater. Das heißt also", fuhr er fort, bevor ich in meiner Verblüffung noch reagieren konnte, „Sie stammen aus Malaysia. Was machen Sie dann hier? Die meisten Malaysier studieren in England oder einem der Commonwealth-Länder oder sogar in den Staaten."

„Ich versuche, zu einer professionellen Studentin zu werden", sagte ich lachend und darauf bedacht, nur auf seine direkte Frage zu antworten. Es schien mir zu kompliziert, zu versuchen, die indirekte zu beantworten, warum Deutschland, und ich hatte die Geläufigkeit im Reden verloren.

„Okay", sagte er, „da sind wir schon zwei."

Von diesem Augenblick an gab es eine Verbindung zwischen uns: zwei englischsprachige Wassertröpfchen in einem teutonischen Ozean, zufällig zusammengebracht durch ein obskures Musikinstrument an einem obskuren Ort in einem obskuren Land tausende Meilen entfernt von dem Punkt, an dem wir uns gerade befanden.

In den darauffolgenden Monaten lernte ich Michael Templeton besser kennen. Er war auf der Kautschukplantage seines Vaters im Distrikt Ulu Banir zur Welt gekommen, kurz vor der japanischen Besatzung. Schon bald nach seiner Geburt waren seine Eltern zu einer Einkaufstour nach Singapur gereist und hatten ihn in der Obhut seines malaiischen Kindermädchens Puteh gelassen. Während sie dort waren, wurde Malaya von den Japanern besetzt, und die Templetons strandeten auf der Insel, wo sie die Kriegsjahre in einem Internierungslager verbrachten.

Michael, der auf der Plantage zurückgeblieben war, wurde von der schnell reagierenden Puteh gerettet, die ihn mit in ihr benachbartes Dorf nahm, wo sie und ihr Mann Yusuf sich um ihn wie um ihr eigenes Kind kümmerten. Später, als ihnen klar wurde, dass sie als Malaien relativ sicher vor den schlimmsten Auswirkungen der japanischen Besatzung waren, und dass Ulu Banir strategisch so unwichtig war, dass die Japaner die Region vergleichsweise sich selbst überließen, kehrten sie zurück in ihre Unterkunft hinter dem Bungalow der Templetons. Die nächsten Jahre seines Lebens wuchs Michael wie ein Malaienjunge auf. Malaiisch war auch tatsächlich die erste Sprache, die er lernte, und lange Zeit war er davon überzeugt, dass Hafiz, der Sohn des Paares, zwei Jahre jünger als er, sein Bruder war.

Nach dem Krieg, als seine Eltern auf ihren Besitz zurückkehrten, zog er wieder zu ihnen. Sich an die Lebensart seiner Eltern zu gewöhnen war durch die Anwesenheit von Puteh weniger traumatisch, als es hätte sein können, denn sie blieb sein Kindermädchen, bis er mit sieben oder acht nach England zur Schule geschickt wurde. Während er dort auf der Schule war, begann der Ausnahmezustand. Seine Mutter war eines der ersten Opfer, sie wurde von kommunistischen Terroristen erschossen.

Es war schwierig für ihn, in der Schule zurecht zu kommen, vor allem in den ersten Jahren. Er blieb gegenüber seinen Schulkameraden und Landsleuten fremd und fand Trost in der einen Sache, in der er gut war: der Musik. Und jedes Jahr wartete er sehnsüchtig auf die Sommerferien, in denen er nach Hause zu seiner geliebten Puteh, seinem Busenfreund Hafiz konnte, zurück an den Ort, an dem er sich am sichersten fühlte: dem Anwesen der Templetons.

Über seinen Vater, Jonathan Templeton, redete Michael wenig. Ich hatte den Eindruck, er müsse ein sehr zurückgezogener Mann sein, der nicht recht wusste, was er mit einem Sohn anfangen sollte, den er kaum kannte. Wenn er in seiner frühen Schulzeit zu Hause war, durfte Michael so viel Zeit, wie er wollte, mit Hafiz und seinen Eltern verbringen. Aber als er älter wurde, fing Jonathan Templeton an, ihn in den örtlichen Club mitzunehmen, damit er andere Mitglieder der Expatriierten-Gesellschaft kennenlernte. Ab da füllte sich die Ferienzeit mit Tennisturnieren, Amateurtheater, Ausflügen ans Meer, Segelturns, Dschungelwanderungen und den Vergnügungen der Hash House Harriers – lauter Beschäftigungen, wie sie von einem jungen Engländer in Malaya erwartet wurden. Dabei war Jonathan Templeton ironischerweise 1960 Staatsbürger Malayas geworden. Michael allerdings hatte seine britische Nationalität behalten.

Es war nicht so leicht für mich, die ich durch und durch Stadtmensch war, mir das Leben auf einer Kautschukplantage vorzustellen. Allein schon bei dem Wort „Ulu“ tauchten vor meinem inneren Auge Bilder von feucht-heißem Urwald, Bergland voller Wildbäche und Eingeborenenhütten auf. Aber Michaels Erzählungen rodeten den unbezähmbaren, undurchdringlichen Dschungel in meinem Kopf und ersetzten ihn durch in Reih und Glied gepflanzte Gummibäume, Reihen von dunkelgrünen, hölzernen Langhäusern für die Arbeiter und einem dichten Straßennetz aus Lateritschotter. Ein Mini-Königreich aus schnurgeraden Baumreihen und gebückten Kautschukzapfern, indischen Einwanderern, das von einem soldatisch anmutenden Engländer auf seinem großen, weitläufigen, hölzernen Bungalowschloss regiert wurde, das auf einem sanft ansteigenden Hügel lag.

Ich hatte nie eine Kautschukplantage besucht, und all diese Bilder waren eine Aneinanderreihung der kurzen Blicke, die ich als Kind auf solche Pflanzungen geworfen hatte, wenn man mich in die Ferien im Hochland oder am Meer fuhr. Hätte es die Rassenunruhen nicht gegeben, die mich zwangen, mich in meinem Verhältnis zu Malaysia in einem ganz neuen Licht zu sehen, hätte ich es vielleicht amüsant gefunden, in meiner eigenen Heimat fremder zu sein als Michael. Aber in meiner neuen Situation als enterbte Staatsbürgerin, als die ich mich sah, war es eher Stoff zum Nachdenken für mich. Warum wusste ich so wenig? Warum durfte ich nur so wenig wissen? War ich ausschließlich selbst schuld an meiner Unwissenheit? Oder war meine Unwissenheit das Ergebnis einer allgemeinen Überzeugung, dass es jemandem wie mir nicht zusteht, etwas zu wissen? Dass ich mit anderen Worten keinen Platz in diesem Land hatte?

Vielleicht war es mein eigenes Gefühl von Heimatverlust, weswegen ich Michaels offenbarer Liebe für das Land, das er, wiewohl Brite, Heimat nannte, keinen Glauben schenken konnte. Bis zu einem gewissen Punkt konnte ich es nachvollziehen, wenn er von seiner malaiischen Kindheit als der schönsten Zeit seines Lebens sprach. Aber wenn er zu seiner Liebe zu Puteh, Yusuf und Hafiz redete, fand ich das befremdend und schwer zu verstehen.

Wäre mir damals schon klar gewesen, wie die kulturelle und emotionale Isolierung meiner eigenen Kindheit meine Psyche und mein Leben als Erwachsene geformt hatten, dann hätte ich ihn, glaube ich, beneidet. Aber damals war ich nur – wie soll ich es sagen – ungläubig? So als hätte mir jemand bei einer Abendeinladung erzählt, er hätte Geistererscheinungen erlebt. Und auch herablassend, ja, das ist das Wort. So wie ich angesichts des Benehmens der Lateinamerikaner auf ihrer Abschiedsparty in München.

Leidenschaftliche Gefühle gegenüber Leuten zu empfinden, mit denen ich keine romantische oder genetische Beziehung hatte, kam mir übertrieben, gekünstelt und unaufrichtig vor.

Wir wurden ein Liebespaar, Michael und ich. Oder vielleicht sollte ich besser sagen, ich wurde zu Michaels Liebhaberin, wenn ich das Wort ernstnehmen will. Denn im eigentlichen Wortsinne war ich genau das. Ich hatte ihn lieb, ich liebte ihn.

Ich liebte ihn körperlich. Noch lange nachdem wir ein Paar geworden waren, war ich oft von mir selbst verblüfft, wie sehr ein unvermittelter, scharfer Blick auf irgendein belangloses Detail seines Körpers, beispielsweise die Form seiner Nase, der Winkel seines Ellbogens oder die Beweglichkeit seiner Finger, mich vor Begierde dahinschmelzen lassen konnten. Ich liebte ihn für seinen Intellekt. Für seine Kenntnis so vieler Dinge, seine Erfahrung, seinen Geist, seine Fähigkeiten als Musiker. Ich liebte ihn für seinen Hedonismus. Für seine Freude an gutem Essen, seinen Geschmack an guten Weinen und, ja, auch für sein Wissen über meinen Körper, der bis dahin selbst für mich ein unentdeckter Kontinent gewesen war.

Ich liebte ihn so wie der Ton den Töpfer lieben muss, denn in gewisser Hinsicht formte er mich. Indem ich das Verlangen in seinen Augen sah, wenn er die Freuden meines Körpers genoss, indem ich sah, welche Freude es ihm bereitete, zu sehen, welche Freude ich an meinem eigenen Körper hatte, gestand ich mir ein, dass auch ich meine Berechtigung hatte als Mensch. Kein sonderlich komplexer oder tiefer Mensch. Lediglich ein lebendiges Wesen mit einem Körper. Aber in seinem Blick schön, begehrenswert, wertvoll und fähig, ungeahntes Glück zu empfinden. Damals war ich zu unschuldig, um in Begriffen wie Geben und Nehmen, Benutzen und Benutztwerden zu denken. Das sollte alles später kommen. Damals aber gab es nichts als die extreme Glückseligkeit hungriger Selbstaufgabe und selbstloser Lust... *Ich will dich, bitte nimm mich.*

Und so steht jener erste Sommer in meiner Erinnerung als eine Fuge aus Gourmetmahlzeiten, edlen Weinen, Cembalomusik, trägen Nachmittagen und wunderbaren, liebesgesättigten Nächten in der Wohnung, die er irgendwann in der Amalienstraße gemietet hatte.

Und genauso wie er mir dabei half, Spaß an meinem eigenen Körper zu haben, half er mir auch dabei, meinen überraschenden Reichtum zu genießen, das Erbe meiner verstorbenen Großmutter. Wir reisten in jenem Herbst quer durch Europa oder machten, wann immer seine Arbeitszeiten es ihm erlaubten, Wochenendausflüge. Wir übernachteten in den besten Hotels, speisten in den besten Restaurants und reisten auf die luxuriöseste Weise. Ich lernte, wie man eine Kreditkarte benutzt und Sachen zu kaufen, die mir gefielen, ohne zunächst auf das Preisschild zu schauen. Ich fühlte mich so ungeheuer reich in dieser Zeit, reich an Liebe und freudig mit beiden Händen herschenkend: Geld war nichts weiter als ein zusätzliches Mittel, um meinen inneren Reichtum ausdrücken zu können.

Er schenkte mir einen Armreif aus Schildpatt. Der konnte nicht sehr teuer gewesen sein. Aber er überreichte ihn mir eingewickelt in zwei mit Moos bedeckten Rindenstücke, verziert mit Wildblumen. Deswegen ist mir nie ein Geschenk, das ich zuvor oder seither bekommen habe, wertvoller erschienen. Er zog ihn mir über mein rechtes Handgelenk. Ich protestierte, er solle eher aufs linke kommen. Aber da war es zu spät, er war angelegt und würde nicht wieder abgelegt werden. Also blieb er auf meinem rechten, obwohl er mich dort störte und am Knöchel wehtat, bis ich lernte, meine Handbewegungen darauf einzustellen. Ich trug ihn jahrelang treu, bis er entzweiging, und dann ließ ich die Einzelteile zu zwei Ohrringen und einem Gehänge umarbeiten.

Ich machte ihm auch meinerseits kleine Geschenke, kleine Arrangements aus Feldblumen in Muschelschalen, kleine Steingärten aus den Kieseln, die wir aufgesammelt hatten. Ich frage mich, was aus all dem geworden ist. Hat er diese Dinge ebenso heilig gehalten wie ich seinen Schildpattarmreif? Sogar die Originalverpackung aus Rinde hob ich jahrelang auf, bis sie verfaulte.

Ein Vorfall ist mir besonders deutlich in Erinnerung geblieben. Ich weiß gar nicht warum. Vielleicht weil ich das, was Cynthia zustieß, im Nachhinein als einen Indikator für Michaels Charakter und Gutgläubigkeit, für meinen Charakter und Gutgläubigkeit, und für die subtile Veränderung unserer Beziehung von diesem Zeitpunkt an betrachtete.

Wir waren raus aufs Land gefahren und parkten am Ufer eines Sees. Die Umgebung war menschenleer, als wir unsere Decke zum Picknicken auslegten. Der Herbst hatte bereits begonnen, und es war eigentlich zu kühl für ein Picknick, aber die frische Luft bescherte uns eine gute Ausrede, uns aneinander zu kuscheln und ordentlich vom mitgebrachten Schnaps zu kosten.

Der Himmel war grau. Die Tannen waren grau. Das Wasser war grau. In der Erinnerung kommt es mir so vor, als wäre selbst das hohe Schilf rund um uns grau gewesen.

Unvermittelt und ohne irgendeinen Anlass, an den ich mich erinnern könnte, fragte ich ihn: „Michael, hast du jemals Schuldgefühle, weil du reich bist?"

„Ich bin nicht reich. Wie kommst du denn auf diese Idee?"

„Aber du musst doch reich sein. Oder etwa nicht. Ich meine, deinem Vater gehört eine Plantage."

„Gehörte. Er hat den größten Teil davon in den Sechzigern verkauft, glaube ich."

„Aber dann muss er irgendwo einen Haufen Geld investiert haben."

„Vermutlich. Aber wenn, dann ist er derjenige, der reich ist, nicht ich. Ich bin lediglich ein Akademiker, der versucht, sich irgendwie durchzuschlagen und eine sehr ungewisse Zukunft hat."

„Aber wenn er stirbt, wird er dir das Geld hinterlassen, oder nicht?"

„Wahrscheinlich. Offengestanden habe ich mir darüber noch nicht viele Gedanken gemacht. Dad ist immer noch ziemlich jugendlich und außerdem stark wie ein Ochse. Das wird noch eine ganze Weile dauern, bevor er ans Sterben denkt. Aber wie kommst du plötzlich auf all diese Fragen?"

Ich zuckte die Achseln.

„Weiß auch nicht."

Michael hockte da, die Hände um die Knie geschlungen, und blickte hinaus auf den See. Er schwieg so lange, dass ich schon glaubte, er habe mich nicht gehört. Dann drehte er sich zu mir um und sagte:

„Und du? Fühlst du dich schuldig?"

In seinen grauen Augen blitzte ein wenig Ironie auf, und ich begann mich unsicher zu fühlen. Musste er lachen, weil das Thema für ihn so unwichtig war, dass es ihn nicht kümmerte, was ich dachte? Oder lachte er mich aus, das junge, naive Mädchen aus einer Kleinstadt in Malaysia, das sich so wenig mit Geld auskannte, dass es nicht wusste, was es damit anfangen sollte und wie man sich damit wohl fühlte?

In diesem Augenblick wurde es wichtig für mich, ihm klarzumachen, dass ich nicht weniger wert war als er. Lebenslange Gewohnheit übermannte mich, und ich wob ihm einen Teppich aus halben Wahrheiten und halben Lügen und gab ihm, ohne es explizit zu sagen, zu verstehen, dass mein Großvater ein sehr wohlhabender Mann gewesen war und ich ein erhebliches Vermögen geerbt hatte.

„Aber", fuhr ich fort, und nahm den Tonfall an, den ich von vielen meiner reichen, pfennigfuchserischen Freundinnen an der Schule kannte, „ich hatte nie den Eindruck, es würde mir besser gehen als anderen Leuten. Wir wurden zur Sparsamkeit angehalten zu Hause. Man erwartete von mir, dass ich gute Schulleistungen ablieferte, eine Arbeit fände und fähig wäre, für mich selbst aufzukommen. Und so hatte ich bis zum Tod meiner Großmutter auch keinen Schimmer davon, wie reich ich bin. Ein Vermögen zu erben ist ein bisschen so, wie intelligent zu sein oder Glück zu haben, findest du nicht? Man hat es, gut und schön, aber diese Tatsache hat so wenig mit deinen eigenen Anstrengungen zu tun, dass es fast schon unmöglich ist, sich ab und zu nicht ein wenig schuldig zu fühlen."

Ich wandte mich zu ihm um, und er sah mich an, als entdecke er zum ersten Mal, wie ich wirklich war. Aber was er da sah, war mir nicht klar. War es die Lügnerin, die ich war? Oder die Erbin, als die ich mich ausgegeben hatte?

Die Antwort auf diese Fragen sollte ich erst bekommen, als es viel zu spät war.

In jenem Augenblick aber drückte er mich lediglich auf meinen Rücken, legte sich über mich und flüsterte mir mit einer Stimme, die halb Seufzen, halb Knurren war, ins Ohr: „Ich weiß nichts von Intelligenz, und ich weiß nichts von Schuld, aber was ich weiß, das ist, dass ich dich will, mit allem Drum und Dran, Hirn, Schönheit, Reichtum und allem."

Und dort, in dieser einsamen Waldlandschaft am See, deren graue Stimmung auf den kommenden Winter hindeutete, nahm er mich mit einer Derbheit, die ich noch nie an ihm wahrgenommen hatte. Und ich, geschmeichelt von seiner Gier auf mich, gierig auf ihn, weil er es auf mich war, überließ mich lachend seiner Raserei, meiner, unserer Raserei.

Anfang Oktober 1973 gab Michael mir bekannt, dass er nach Hause nach Malaysia reisen würde und lud mich ein, die Weihnachtsferien mit ihm und seinem Vater auf dem Besitz der Templetons zu verbringen.

Ich willigte ein. Zum Teil, weil ich niemanden kannte, mit dem es interessanter gewesen wäre, Weihnachten zu verbringen, aber hauptsächlich deshalb, weil es eine natürliche Reaktion zu sein schien. Ich war jung genug und asiatisch genug, um überzeugt zu sein, dass zwei Menschen, sobald sie miteinander geschlafen hatten, so gut wie verheiratet waren.

Zweites Kapitel
6. Februar 1974

Ich verbrachte Weihnachten nicht mit den Templetons. Stattdessen fuhr ich nach Hause. Mein Vater, dem es schon seit einiger Zeit gesundheitlich nicht gut gegangen war, litt, wie man herausgefunden hatte, an Leberkrebs. Die Ärzte gaben ihm nicht mehr lange, und meine Mutter wollte, dass ich seine letzten Monate mit ihm verbrachte.

Ich schrieb Michael vom Zuhause meiner Eltern in Kuala Lumpur, um ihn über die Lage in Kenntnis zu setzen und ihm mitzuteilen, dass ich ihn vor meiner Rückreise nach Europa in Ulu Banir besuchen würde. Er rief an und sagte, er komme mich besuchen. Aber ich unterbrach ihn und sagte ihm, mein Vater sei zu krank, und ich hätte zu viel am Hals. Ich dachte an die falschen Informationen, die ich ihm über die finanzielle Lage meiner Eltern erzählt hatte und hatte Angst, ertappt zu werden.

Mein Vater starb am zweiten Weihnachtsfeiertag.

Ich wollte, ich könnte behaupten, dass ich trauerte. Das einzige Gefühl, dessen ich mir bewusst war, als er starb, war eine ungeheure Erleichterung. Ich hatte es gehasst, ihn im Krankenhaus besuchen zu müssen, gehasst, an seinem Bett sitzen zu müssen, gehasst, ihn zwischen betäubtem Schlaf und wachen Momenten voller Schmerzen ansehen zu müssen. Ich hasste den Krankenhausgeruch, den Geruch seiner Krankheit, den Geruch seines bevorstehenden Todes. Ich hasste es, dass ich mir selbst nicht gestattete zu weinen, obwohl ich genau das jedes Mal tun wollte, wenn ich ihn sah, der nur noch ein trauriger Überrest seines früheren Ichs war. Ich hasste es, alles mit mir selbst ausmachen zu müssen, anstatt die Last mit Brüdern, Schwestern,

Onkeln, Tanten, Cousins, Nichten und Neffen oder wem auch immer teilen zu können.

Es war meine erste direkte Begegnung mit dem Tod, und ich vermochte nicht zu verstehen, was er mit mir zu tun hatte. Ich erinnere mich heute nur an meinen Ärger und meinen Abscheu, als wäre mein Vater absichtlich krank geworden und gestorben, nur um mir Leid zu bereiten.

Ich fuhr an *Chap Go Meh*, dem letzten Tag der chinesischen Neujahrsfeierlichkeiten, nach Ulu Banir ab und reiste per Zug nach Ipoh, wo mich Karuppiah abholen sollte, der Fahrer Jonathan Templetons.

Es war das erste Mal seit meiner Rückkehr, dass ich Gelegenheit hatte, das Land anzusehen. Es hatte sich verändert. Überall siedelte sich Industrie an, und der Wohlstand wuchs. Und ich hasste das rote verwundete Aussehen der Hügellandschaft, die im Namen des Fortschritts von Armeen von Arbeitern gerodet wurde. Aber sobald der Zug das industrialisierte Klangtal verließ, sah ich Bilder einer Welt, auf die ich als Kind ab und zu Blicke geworfen hatte, und ich dachte voller Sehnsucht an meine Großmutter.

Ich hatte sie kaum gekannt. Meine einzige Begegnung mit ihr war eine kurze Schulferienzeit gewesen, die ich bei ihr zu Hause verbracht hatte. Und doch hatte sie mir bei ihrem Tod all ihren weltlichen Besitz vermacht und es mir dadurch ermöglicht, das Land zu verlassen und, wenn ich das denn wollte, eine Weltbürgerin zu werden.

Ich war ein Einzelkind.

Obwohl meine Eltern mir zu verstehen gaben, ich hätte zahlreiche Verwandte väterlicherseits, habe ich doch mit keinem einzigen von ihnen je zu tun gehabt. Auf der Seite meiner Mutter gab es nur eine ältliche, unverheiratete Tante, die so grimmig war und so wenig Geduld mit Kindern hatte, dass ich sie kaum je sah.

Einmal, in einer untypisch redseligen Stimmung, erzählte mein Vater mir, dass mein Großvater Lim, wie viele wohlhabende chinesische Männer seiner Zeit, mehrere Frauen und eine unbekannte Anzahl an Kindern gehabt habe. Mein Vater war der einzige Sohn der jüngsten Frau. Bald nach seiner Geburt starb mein Großvater. Meine Großmutter kehrte daraufhin mit meinem Vater zu ihren Eltern zurück und verlor den Kontakt zur Lim-Familie.

Ich würde gerne behaupten können, dass meine Großmutter den Lim-Haushalt als reiche Frau verließ. Oder dass mein Vater, gestartet in bitterster Armut, sich ein märchenhaftes Vermögen aufgebaut hätte. Aus solchem Stoff werden bei den Überseechinesen Mythen gestrickt. Aber mein Vater tat mir diesen Gefallen nicht. Er war ein selten farbloser Mensch.

Er war Beamter. Meine Mutter, die auch Englisch gelernt hatte, war Lehrerin. Während beide arbeiteten, war ich in der Obhut einer langen Reihe von Bediensteten, die kamen und gingen, ohne bei mir irgendwelche Spuren zu hinterlassen. Das einzig Gute in meiner Kindheit war die Tatsache, dass wir in einer Häuserzeile mit Beamtenwohnungen lebten und ich mit den Nachbarskindern spielen konnte.

Dass meine Mutter Lehrerin war, verlieh uns in dieser Nachbarschaft ein gewisses Prestige, das sie nicht ungerne auskostete. Ich war also ein Produkt der damaligen malaysischen Mittelklasse – englischsprechende Beamte. Und entsprechend war ich besser in der Schule als viele andere, die aus nicht englischsprachigen Familien kamen. Das, und das Wissen darüber, dass mein Großvater reich gewesen war, verliehen mir ein Überlegenheitsgefühl.

Außer dieses eine Mal, als mein Vater von Großvater Lim erzählt hatte, sprach er nicht über seine Familie. Und da ich seine Mutter nie kennengelernt hatte, ging ich davon aus, sie sei tot. Aber als ich sieben war, musste meine Mutter sich einer Operation unterziehen. Die war so gelegt, dass sie mit meinen Schulferien zusammenfiel, so dass man mich wegschicken konnte, vermutlich deswegen, weil die Kombination aus ihrer Rekonvaleszenz und meiner Anwesenheit zu viel für das Dienstmädchen gewesen wäre. Da erfuhr ich, dass ich die Ferien mit meiner Por-Por verbringen würde.

Mein Vater brachte mich dort hin. Es war so weit weg von dort, wo wir wohnten, dass mein Vater ein privates Taxi mieten musste. Nachdem wir fast einen ganzen Tag unterwegs gewesen waren, hielten wir am Rand einer Nebenstraße an. Nirgendwo ein Haus, das Einzige, was ich sah, war ein selbstgemachtes Brückchen aus Kokospalmenstämmen und Bohlen, das über einen breiten Entwässerungsgraben führte. Trotzdem gebot mir mein Vater auszusteigen und holte meine Reisetasche aus dem Kofferraum.

Er musste mich über die Brücke tragen, ich hätte um nichts in der Welt einen Fuß darauf gesetzt. Wir kamen zu einer Gruppe Holzhütten, von denen ich heute weiß, dass sie eine illegale Siedlung bildeten, zusammengezimmert von irgendwem, dem das Land nicht gehörte, aber der hier ein gutes Geschäft roch. Er hatte die Armenbehausungen aus Mangrovenholz gebaut und vermietete sie – billig, wie ich hoffe – an Leute, die zu sehr damit beschäftigt waren, genug zum Überleben zusammenzukratzen, als solche Pläne schmieden zu können wie ihr fragwürdiger Vermieter.

Meine Großmutter nahm mich während meines Aufenthalts einmal zu einem Besuch dorthin mit, und ich entdeckte, dass die kleine Gemeinschaft, die ausschließlich aus Chinesen bestand, die über drei Ecken miteinander verwandt waren, einen Fahrradrikschafahrer zählte, einen Lastwagenfahrer, zwei Lastwagenmechaniker und ein Paar, das Flaschen mit buntem Pulver in große Wasserbottiche füllte, woraufhin das Ergebnis wieder in Flaschen abgefüllt und an die Straßenhändler im nahegelegenen

Dorf verkauft wurde, die Eiswasser feilboten. Deren Haus gefiel mir am besten, es duftete scharf nach den chemischen Orangen-, Limetten-, Stechwinden- und Rosen-Farbstoffen.

Aber an jenem Tag gingen mein Vater und ich stracks an den Hütten vorbei. Wir erreichten den Beginn eines Trampelpfades, der wirkte, als würde er in den Wald führen, tatsächlich aber zu einer aufgegebenen kleinen Kautschukfarm ging. Das war eine Welt voller Bewegungen und Geräusche. In den Wipfeln über mir und im Unterholz raschelte und säuselte es ununterbrochen. Vögel zwitscherten, Insekten zirpten, Krähen schnarrten, unsichtbare Tiere gaben ihre Rufe von sich, und ab und zu zerplatzte ein reifer Kautschuksamen mit einem unvermittelten, explosiven Knallen.

Ich Stadtkind war nie in der Nähe von so viel Natur, Erde, Dreck und Wasser gewesen. Alles, was ich über Wälder wusste, gründete sich auf den englischen Kinderbüchern, die ich gelesen hatte. Als der Wildwuchs immer dichter wurde, tauchten die ersten Wölfe und Bären vor meinem inneren Auge auf. Dann begann ich mir über Hexen Sorgen zu machen und über Kinder, die von ihren bitterarmen Eltern irgendwo in der Natur ausgesetzt wurden. Die Frage, die schon den ganzen Morgen auf mir lastete, musste jetzt endlich gestellt werden:

„Papa, wer ist Por-Por?"

„Sie ist deine Großmutter."

„Großmutter! Ich habe eine Großmutter? Aber warum habe ich sie noch nie gesehen?"

„Weil sie zu weit weg wohnt, wie du ja gerade erleben kannst."

„Ist sie deine Mutter oder Mamas Mutter?"

„Sie ist meine Mutter."

„Warum hast du mir dann nie was von ihr erzählt?"

„Da gibt's nichts zu erzählen. Sie ist deine Großmutter, das ist alles."

„Und was ist mit Mamas Mutter? Lebt die auch noch?"

Ich fing langsam an, eine erste Ahnung davon zu bekommen, wie verschlossen, ja geheimnistuerisch meine Eltern waren.

„Mamas Mutter ist tot, das weißt du auch."

Ich wusste es nicht, weil niemand es mir je gesagt hatte.

„Papa, ich glaube, ich möchte nicht bei Por-Por bleiben."

„Zu spät", sagte mein Vater. „Sie erwartet dich, und außerdem sind wir da."

Vor uns lag eine kleine Holzhütte mit einem Mangrovendach. Daneben befand sich ein großer Schuppen, der die gleiche Art Dach hatte. Vor dem Schuppen stand eine dünne alte Frau in schwarzer Hose und einer blauen chinesischen Bluse.

„Ah, Ma", sagte mein Vater im Näherkommen.

Ich grüßte sie mit „Por-Por", wie man es mir beigebracht hatte. Die Stimme blieb mir im Halse stecken.

„Fürchtest dich vor mir, was?", sagte sie auf Kantonesisch und streckte eine magere, faltige, von dicken Adern durchzogene und braunen Altersflecken bedeckte Hand aus, um mir über den Kopf zu streichen.

Ich fuhr zurück und klammerte mich an meinen Vater.

„Siehst du?", sagte sie in einem zart vorwurfsvollen Ton zu meinem Vater. „Du bringst sie nie her, um mich zu besuchen. Kein Wunder, dass sie sich vor mir fürchtet. Brauchst keine Angst zu haben", wandte sie sich dann mir zu. „Komm, ich zeig dir was."

Ich konnte sie nur verstehen, weil ich von unseren Bediensteten ein paar Brocken Kantonesisch gelernt hatte. Und weil ich nur Bedienstete je hatte Kantonesisch reden hören und meine Großmutter wie eine gekleidet war, hielt ich sie für ein Dienstmädchen. Es war schwierig für mich, diesen Stand, den ich für eine niedrige Beschäftigung hielt, mit der Tatsache zusammenzubringen, hier ein Mitglied meiner Familie vor mir zu haben. Ich glaube, von diesem Augenblick an begann ich sie abzulehnen.

Sie ergriff meine Hand, die wegzuziehen ich zu viel Angst hatte, und führte mich zu dem Schuppen, aus dem beängstigende

Laute und ein noch schlimmerer Geruch kamen. Ich versuchte, die Vorwärtsbewegung zu stoppen, aber sie ließ mich nicht los. Ich sah mich um, wo mein Vater war, aber er befand sich direkt hinter mir. Das beruhigte mich, und ich ließ mich in den Schuppen führen. Dort sah ich, jedes in seinem eigenen Koben, zum ersten Mal lebendige Schweine. Es gab drei von ihnen, riesig, haarig und hässlich. Meine Großmutter führte mich an allen vorbei bis zum letzten Koben. Dort sah ich eine Sau, die auf der schmutzigen gestampften Erde lag und von quiekenden Ferkeln umgeben war. Ihre Augen waren noch fest geschlossen.

Meine Großmutter wandte sich an meinen Vater: „Ist sie im Jahr des Tigers geboren worden?"

„Nein", sagte mein Vater. „Hase."

„Dann ist das in Ordnung", sagte sie, und wir traten näher an den Koben heran.

Meine Neugierde überwog meine Furcht, und ich fragte, was denn gewesen wäre, wenn ich im Jahr des Tigers geboren worden wäre. Sie hielt einen verkrümmten Zeigefinger an die Lippen und machte: „Pst. Das erzähle ich dir später. Das ist eine sehr lange und interessante Geschichte."

Aber sie kam nicht dazu, mir diese Geschichte zu erzählen, weil ich zu sehr mit den Ferkeln beschäftigt war und danach mit den erwachsenen Schweinen. Sie führte mich zu einem Teich hinter dem Schuppen, wo ich zum ersten Mal Enten und Gänse sah. Sie führte mich zu ihrem Gemüsebeet mit Süßkartoffeln und Tapioka. Sie zeigte mir die Hühner und erlaubte mir, die Küken in die Hand zu nehmen. Dann geleitete sie mich in ihr Haus, das keinen Fußboden hatte, nur den schwarzen Erdboden, den Füße und Besenstriche glatt und eben gemacht hatten. Dort bot sie mir süße, klebrige Küchlein und eine Tasse heißen chinesischen Tee an. Den Tee fand ich bitter, aber die Küchlein boten eine interessante neue Geschmacksmischung.

Ich war halb fertig mit dem Kuchen, da sah ich mich nach meinem Vater um. Er war fort. Ich wollte weinen, diesmal wegen seines Betrugs, aber ich traute mich nicht. Ich war mir nicht sicher, was diese alte Frau mir antun würde, sollte ich es tun. Sie begann mir wieder übers Haar zu streichen. Sie roch sogar wie ein Dienstmädchen: die gleiche Mischung aus altem Knoblauch, Kräuteröl und Mundgeruch.

„Weine nicht", sagte sie. „Dein Vater ist nun mal so. Er schämt sich für mich. Er kommt dich wieder abholen, sobald es deiner Mutter gut geht. Komm jetzt. Zeit, das Schweinefutter vorzubereiten. Willst du zusehen?"

Das wollte ich. Wir kehrten in den Schweinestall zurück. Diesmal fielen mir einige große Bananenstrünke auf, die an einer Wand lehnten. Sie legte einen auf den Boden neben einem großen aus einem Baumstumpf bestehenden Hackblock, nahm ein großes Beil in die Hand und begann den Strunk in Scheiben zu hacken. Das machte scharfe, knirschende Geräusche.

Ich nahm nicht an, dass sie mich mit dem großen und schweren Messer hantieren lassen würde, also hockte ich mich neben sie und sah zu, wie sie den Bananenstrunk in Scheiben hackte und dann in einem rußig-schwarzen Benzinkanister über einem rauchigen Holzfeuer verkochte. Die Schweine trotteten schwerfällig durch den Stall, schnaubten und grunzten und warteten ungeduldig auf ihr Futter.

Nach der Fütterung war es dunkel geworden. Wir gingen zurück ins Haus, wo sie eine Petroleumlampe entzündete, in deren trübem Licht sie ein einfaches Abendessen zubereitete. Es schmeckte alles sehr merkwürdig, aber ich hatte Hunger. Dann war Schlafenszeit. Keine Wäsche, kein Zähneputzen. Ich zog nur einfach meinen Schlafanzug an und legte mich ins Bett. Das Bett war nichts als eine Holzplattform einen halben Meter über dem Boden, wo eine Patchworkdecke sowohl als Matratze als auch als Bettdecke diente. Ein weiterer, zusammengelegter Quilt war mein Kopfkissen. Sie legte sich neben mich auf den Rücken und rückte ihren Kopf vorsichtig auf einer Zigarettendose zurecht, die sie als Kissen benutzte.

Die Nacht legte sich über uns, ein pechschwarzes Pandämonium aus zirpenden Grillen, quakenden Fröschen, wisperndem Laub und Moskitogesirr. Ich weiß noch, dass ich mitten in der Nacht wegen eines klopfenden Lauts direkt am Fenster aus dem Schlaf fuhr. Ich fing an zu weinen und fühlte ihre Hand aus der Dunkelheit kommen, um mich zu trösten und ihre Stimme sagte mir, es sei nur ein Vogel.

Später wachte ich wieder auf von einem dumpfen Aufprallgeräusch draußen. Es war noch dunkel, aber meine Großmutter war schon zugange, und die Petroleumlampe in ihrer Hand warf große, unförmige und wandernde Schatten auf die Wand, während sie sich bewegte.

„Mangostane“, sagte sie, als sie hörte, dass ich mich aufgesetzt hatte. „Die reifen fallen auf den Boden. Wir gehen nachher raus und sammeln sie ein.“ Und das taten wir auch.

Einmal ging ich mit ihr auf den Markt. Wir gingen die ganze Strecke zu Fuß, sie schob einen Handkarren vor sich her, in dem eine Auswahl von Wurzeln und Gemüsen lag und ein kleiner grob geflochtener Bambuskorb voller quiekender Ferkel.

Um zum Markt zu gelangen, wanderten wir tiefer in den Wald hinein, bis wir auf Bahngleise trafen. Denen folgten wir bis zu einer Straße und einem Städtchen, wo unter freiem Himmel der Markt stattfand. Dort verkaufte sie ihre Ferkel, Wurzeln und ihr Gemüse. Es war heiß, und die Sonne stach mir in die Haut, aber ich wurde mit einem süßen Rübenzuckerlutscher an einem Stäbchen bei Laune gehalten, den sie bei einem Fahrradhöker erstand.

Als sie ihre Waren verkauft hatte, aßen wir Nudeln an einem Stand, kauften Nadel und Faden, ein paar Stoffreste, Reis, Salz,

Öl zum Kochen, Petroleum, Seife und Zahnpasta für mich. Dann stellte sie ihre Karre vor dem Kramladen ab, und wir machten eine Fahrt in einer Fahrradrikscha, die von einem Mann namens Ah Tee gefahren wurde. Sie erzählte mir, dass sie sich um ihn gekümmert hatte, als er ein Baby war. Auf dem Nachhauseweg ließ sie mich im Karren sitzen.

Ich weiß gar nicht, wie lange ich bei ihr blieb. Die Tage gingen ineinander über, und es gab immer irgendetwas zu tun.

Wir sammelten die harten, grauen Samenkörner einer am Wegrand wachsenden Pflanze und fädelten sie auf eine Schnur, um daraus Halsketten und Armbänder zu machen. Wir sammelten rote Sagakörner. Sie überließ mir ihre Gummibänder, aus denen ich mir ein elastisches Springseil bastelte. Wir bastelten Federbälle aus Hühnerfedern und Gummistücken, die wir aus einem Fahrradschlauch herausschnitten. Wir sammelten runde und glatte Steine zum Aufbewahren. Und sie brachte mir bei, wie man Schweinchen auf der Leiter spielt.

Meine Großmutter, die Schweinehirtin, war eine bessere Kinderpsychologin als meine Mutter, die ausgebildete Lehrerin. Sie schaffte es, mir ein Gefühl von Zuhause zu geben, indem sie mich zu einem Teil ihres täglichen Lebens machte, und dort, weit weg von den Regeln meiner Mutter und den Gewohnheiten der Dienstboten, erlebte ich das einzige Mal das, was die Leute, glaube ich, meinen, wenn sie von einer unbeschwerten Kindheit reden.

An solchen Abenden im Lampenschein, wenn es nichts anderes zu tun gab, als sich miteinander zu unterhalten, erfuhr ich dann auch mehr über ihren Abschied aus dem Haus meines Großvaters.

Meine Großmutter war eine Leibeigene gewesen, die meinem Großvater verkauft wurde, als sie zehn war. Ihre Mutter hatte ihr gesagt, sie würde die persönliche Dienerin von Großvater Lims ältestem Sohn sein, der damals dreizehn oder vierzehn war. Aber als sie in seinem Haus war, stellte sie fest, dass ihre Arbeit darin bestand, die Opiumpfeifen von Großvater Lim anzuwärmen. Als sie in die Pubertät kam, musste sie dann auch sein Bett anwärmen, und so wurde denn auch mein Vater gezeugt.

Als mein Großvater starb, war mein Vater kaum aus dem Säuglingsalter heraus, und da meine Großmutter eine Leibeigene war, machten die Söhne der anderen Ehefrauen ihr und meinem Vater das Leben schwer. Technisch gesprochen war sie eine Sklavin, und man hätte ihr nie erlaubt, das Haus zu verlassen. Aber die Zinnkrise in den Dreißigern setzte der Familie so zu, dass sie, als meine Großmutter vorschlug, mit ihrem Kind zurück zu ihrer Familie zu gehen, dankbar war, sie loszuwerden. Zwei Mäuler weniger, die gefüttert werden mussten. Zu der Zeit war mein Vater bereits ein Teenager, kein Baby mehr, wie er mir vorgemacht hatte, und er musste die Schule verlassen und anfangen zu arbeiten.

An einem dieser Abende erfuhr ich auch von der Existenz meiner Tante Bobo, eine Kurzform von Charbo, was so viel hieß wie „Weibchen", damals eine gängige Bezeichnung für Hokkienmädchen. Bis heute kenne ich keine effektivere Art, ein Kind so zu entpersönlichen. Aber meine Großmutter behauptete, dass Bobo als einzige Tochter von der ganzen Familie verwöhnt worden war. Sie war fast ebenso alt wie mein Vater und wurde zur Favoritin des ältesten Sohnes meines Großvaters erster Frau. Bobos eigene Mutter war die fünfte Frau, ein Findelkind aus dem Kloster, das auch als Opiumgehilfin für Großvater Lim begonnen hatte und in seinem Bett geendet war.

Nach dem Tod meines Großvaters nahm sein ältester Sohn Bobo sie unter seine Fittiche. Da er sich als modernen Mann empfand, schickte er sie auf eine englische Mädchenschule und veranlasste Klavier- und Tanzunterricht für sie. Als sie älter war, führte er sie im Chinese Recreation Club ein. Manchmal lud er

Freunde nach Hause ein, dann spielte sie Klavier für sie oder tanzte mit ihnen zu Grammophonmusik. Für ein chinesisches Mädchen jener Jahre war das eine ungewöhnlich liberale Erziehung. Und daher, schloss meine Großmutter, war auch niemand sonderlich erstaunt, als sie sechzehnjährig mit dem malaiischen Trompeter der Clubband auf und davon ging und man nie wieder von ihr hörte.

Im darauffolgenden Schuljahr lernte ich Treuebruch und Verrat. Ich lernte, meiner Großmutter ihr wahres Leben abzusprechen.

Warum ich das eigentlich tat, weiß ich nicht mehr. Das Verhalten meines Vaters mag damit zu tun gehabt haben. Als er auftauchte, um mich wieder abzuholen, sprach er kaum ein Wort mit ihr. Gerade dass er ihr ein wenig Geld in die Hand drückte, dann führte er mich zu dem wartenden Taxi. Ich nehme an, er hat ihr gedankt, aber es sah aus wie eine geschäftliche Rechnungsbegleichung. Und dann hat er sie mir gegenüber bis nach ihrem Tod nicht mehr erwähnt.

Ich hatte meine Zeit bei ihr genossen. Ich hatte sie sogar ins Herz geschlossen, auf die kurzlebige Art, in der Kinder ihre Zuneigung schenken. Sobald ich wieder in meinem Milieu von Kleinstadtkindern aus bürgerlichen Verhältnissen war, war ich stolz sagen zu können, dass ich eine Großmutter hatte. Aber etwas in mir wusste, dass der kleine Bauernhof, die Schweine und die Hütte mit dem Boden aus gestampfter Erde mein Geheimnis bleiben mussten. Worüber ich reden konnte war, dass mein Großvater ein wohlhabender Mann gewesen war und ich eine glamouröse Tante hatte, die Klavier spielte und tanzen konnte.

Im Laufe der Zeit vergaß ich meine Großmutter, wie sie wirklich war. Ich sah sie nie wieder, wollte sie auch nicht wieder sehen. Genau wie mein Vater schob ich die Wahrheit über ihre Existenz aus meiner Familiengeschichte und meinem Leben hinaus.

Ein paar Jahre später stieg mein Vater in der Beamtenhierarchie auf. Wir zogen in ein größeres Haus. Unser Sozialstatus wuchs. Als ich aufs Gymnasium kam, lebten wir in einem freistehenden Bungalow. Entsprechend wuchs auch das Bedürfnis nach einer vorzeigbaren Familiengeschichte. Und ich wurde zum Snob.

Es war ein Verhalten, das ich von meinen Eltern lernte und fleißig kultivierte, indem wir Posen, Verhaltensweisen und Meinungen aus englischen Büchern, australischen Frauenzeitschriften und amerikanischen Filmen übernahmen. Man aß, indem man Messer, Gabel und Löffel so und nicht anders benutzte. Man rümpfte die Nase über Leute, die mit den Fingern aßen und über Esstände am Straßenrand. Man mokierte sich über dies und belächelte jenes, alles, was nicht von den Büchern, Zeitschriften und Filmen geweiht worden war.

Und wie alle Snobs lebten wir in der permanenten Furcht, etwas falsch zu machen. Meine Mutter, die ebenfalls nie über ihre Eltern redete, durchforstete die Seiten ihrer Wochen- und Monatszeitschriften nach Tipps über Etikette und gesellschaftliche Feinheiten, wie die Frage, ob die englische Königin sich ihren Tee vor oder nach der Milch einschenkte. Mein Vater umgab sich um jeden Preis mit englischen Dingen, bis hin zu seinen Socken und Schnürsenkeln.

Aber dennoch waren wir keine Imitatoren, die so getan hätten, als wären sie Weiße oder Briten. Wir wussten schon, was wir waren: englisch erzogene Malaysier chinesischer Herkunft. Aber vielleicht war uns der Unterschied zwischen uns und den traditionelleren Chinesen allzu bewusst, deren Werte und Verhaltensweisen wir als schwer verständlich empfanden.

Was mich betrifft, so weiß ich heute, dass mein eigenes Gefühl der Isolierung viel zu tun hatte mit jener Begegnung mit meiner Großmutter und der plötzlichen Erkenntnis, dass in meiner eigenen Familie irgendetwas nicht stimmte: dass mein Großvater ein Opiumabhängiger war, meine Großmutter eine Leibeigene, dass meine unbekannte Tante Bobo einen Namen trug, der gerade eben ihr Geschlecht feststellte, aber ihrem Wert als Individuum Hohn sprach. Und natürlich das Verhalten meines Vaters gegenüber seiner Mutter.

Als ich älter wurde, begann dieses Unwohlsein Teil meines Snobismus zu werden. Die Ablehnung meiner kulturellen Wurzeln bestand nicht mehr nur darin, dass ich mich für meine Vorfahren als Individuen schämte: Sie ging so weit, dass ich mit einer ganzen Kultur nicht länger identifiziert sein wollte, einfach weil diese Kultur eine solche Entmenschlichung zuließ.

Was immer die Gründe meiner Eltern gewesen sein mochten, einen Strich unter ihre Vergangenheit zu ziehen – das Ergebnis war dasselbe: Wir waren in einem kulturellen Vakuum gestrandet und begannen das einzige Wertesystem aufzusaugen, das uns dank einer erlernten Sprache und ihrer allgegenwärtigen Medien zur Verfügung stand.

Wir verwestlichten nicht aus eigenem Antrieb, sondern weil uns nichts anderes übrigblieb.

Die Rassenunruhen vom Mai 1969 zwangen uns, unsere Position zu überdenken. Belagert und von allen Seiten umstellt, aber gefühlsmäßig unfähig Partei zu ergreifen, gerieten wir in die unglückliche Lage, Chinesen zu sein, ohne uns sonderlich chinesisch zu fühlen, und das in einer plötzlich antichinesisch gewordenen Welt.

Vor den Unruhen hatte ich geplant, an der Universität englische Literatur zu studieren. Aber nun vermochte ich nicht mehr zu sehen, wozu das in der unsicheren neuen Welt gut sein würde, die diejenige ersetzen würde, die gerade vor unseren Augen zerstört wurde. Nach dem Ende der Unruhen sah ich zu, wie meine vormaligen Klassenkameradinnen ein Studium begannen oder eine Ausbildung oder eine Arbeit und ihren Platz in einer Welt einnahmen, die gerade dabei war, in eine neue Umlaufbahn zu schlingern. Woher nahmen sie ihr Vertrauen, ihre Zielstrebigkeit, ihren Glauben an eine Zukunft? Das Einzige, was ich verspürte, war, dass es bei mir an der Minimalvoraussetzung für eine Zukunft fehlte, nämlich dem Besitz des Hier und Heute.

Gegen Ende 1969 erhielten wir einen Brief von Ah Tee, dem Rikschafahrer, um den sich meine Großmutter gekümmert hatte, als er ein Baby war. Er war auf Chinesisch geschrieben, und wir mussten einen Chinesischlehrer von der Schule bitten, ihn uns zu übersetzen. Er schrieb, dass meine Großmutter ein paar Monate zuvor verstorben sei, von einem Bus überfahren, als sie mit ihrem Karren voller Ferkel und Gemüse zum Markt unterwegs war. Ah Tee hatte sie auf der Straße gefunden und in ein Krankenhaus gebracht, wo sie ein paar Tage später starb. Er hatte sich erlaubt, sich um das Begräbnis zu kümmern, da er zu der Zeit nicht wusste, wie er uns erreichen konnte. Außerdem war er so frei gewesen, die Ferkel zu verkaufen, um die Krankenhauskosten, den Sarg und die Grabstätte begleichen zu können.

Eine Woche danach hörten wir von den Anwälten. Meine Großmutter hatte mir alles hinterlassen. Ihre Einlagen in einen von einer chinesischen Organisation geleiteten Rentenfonds waren nicht sehr hoch, obwohl sie die längste Zeit ihres Lebens eingezahlt hatte. Dennoch summierte sich ihr Erspartes bei dieser einzigen Bankgesellschaft in der benachbarten Stadt auf beinahe 200.000 Ringgit.

Ich weiß nicht, was meine Eltern mich in normalen Zeiten mit diesem Geld hätten tun lassen. Aber da das Trauma der Unruhen immer noch frisch in ihrem Gedächtnis war, drängten sie mich, mit einem Teil des Geldes außer Landes zu gehen und einen Staat zu finden, in den ich einwandern könnte, ein Land, in dem ich sicher und glücklich wäre.

Ich habe wenig Erinnerungen an meine Zeit als umherirrende chinesische Malaysierin auf der Suche nach einer freundlichen Landschaft, in der ich Wurzeln schlagen könnte. Ich reiste durch ganz Westeuropa, aber bis zu der Zeit, als ich Michael Templeton kennenlernte, bleiben alle Erfahrungen und Erinnerungen vage und unscharf wie die verblassten Schnappschüsse und Studio-Fotos, die meine Mutter, solange ich mich erinnern konnte, in einer alten Jacob's Cream Crackers Dose aufbewahrt hatte. Am besten erinnere ich mich an meine Zeit in München, vielleicht, weil das die Stadt war, die ich mir für mein Studium herausgesucht hatte, wahrscheinlicher aber, weil ich dort Michael Templeton kennenlernte.

Als Kind der Sonne lebte ich nach ihren Bewegungen. An Wintermorgen blieb ich im Bett, bis der hell werdende Himmel mir sagte, es sei Zeit aufzustehen. An Sommermorgen stand ich bei Dämmerung auf und machte lange Spaziergänge durch den nahegelegenen Englischen Garten oder durch den Park von Schloss Nymphenburg. An Tagen, an denen ich abenteuerlicher gesinnt war, bestieg ich Busse oder Straßenbahnen und stieg aus, wenn mir danach war, um unbekannte Viertel der Stadt zu erkunden. An heißen Tagen suchte ich Kühle in Barockkirchen. An kalten Tagen suchte ich die Wärme eines Museums. In Buchläden verbrachte ich Stunden und verzehrte mich nach seltenen Ausgaben, die aber zu kaufen ich mich nicht reich und erwachsen genug fühlte. Mit der Zeit überwand ich das peinliche Gefühl, alleine in der Öffentlichkeit zu essen und betrat regelmäßig um fünf Uhr nachmittags gemütliche Cafés irgendwo in der Stadt, um dort in der Gesellschaft übergewichtiger Damen und ihrer Hunde Tee und Kuchen einzunehmen.

Rein körperlich war ich aktiver denn je in meinem Leben. Aber unter all der Aktivität lag eine lastende Stummheit, wie ein Kloß im Hals, der nicht verschwinden wollte. Ich kannte mich selbst noch nicht gut genug, um dieses Gefühl als das zu identifizieren, was es war: Einsamkeit. Ich vermisste niemanden, da ich niemals jemandem nahe genug gewesen war, um ihn vermissen zu können. Ich hatte auch nicht das Bedürfnis, mit jemandem zu reden. Wie in meiner Kindheit war ich es zufrieden, Selbstgespräche zu führen.

Aber mittlerweile schrieben wir 1970. In ganz Europa machten junge Leute ein Credo daraus, Liebe statt Krieg zu machen. Wo ich hinsah, waren nur Pärchen oder Gruppen junger Menschen. In jeder Ecke umarmten sich junge Paare und küssten sich hingebungsvoll und vorsichtig herausfordernd. Sogar die Älteren ließen sich anstecken. Im Sommer oder an Tagen, wenn der Föhn warme Luft von den Alpen herabwehte, konnte man dicke alte Hausfrauen dabei sehen, wie sie in den Parks die Kniestrümpfe auszogen, den Rock hochschoben, die Bluse aufknöpften und ihren Körper der Sonne preisgaben.

Die Einzige, die unbeeindruckt neben dieser Lawine von Spontaneität stand, war ich. Jedenfalls kam es mir so vor.

Die Gewohnheit der Entfremdung ist sehr schwer zu durchbrechen.

Drittes Kapitel
6. Februar 1974

Michael selbst war es, der mich am Bahnhof von Ipoh erwartete, um mich nach Ulu Banir zu fahren.

„Du hast abgenommen“, sagte er, während er meinen Koffer nahm.

„Das ist die Hitze. Schmilzt das Winterfett weg.“

„Tut mir leid wegen deines Vaters. Wie geht's deiner Mutter?“

„Gut. Und deinem Vater?“

„Du wirst es nicht glauben“, sagte er, als er den Wagen anließ. „Er will heiraten.“

„Ha!“ Ich musste unwillkürlich auflachen. „Wen denn?“

„Auch das wirst du nicht glauben. Cynthia.“

„Cynthia? Die Cynthia von Hafiz? Entschuldige – ich meine, hatte sie nicht vor, Hafiz zu heiraten?“

„Das hatte sie. Bis sie hier herkam.“

„Jetzt hör schon auf mit der Geheimnistuerei. Erzähl! Was ist passiert?“

„Ehrlich gesagt weiß ich es nicht genau. Du erinnerst dich, dass Hafiz letzten Sommer mit Cynthia nach Hause gekommen ist, damit sie sich an den Gedanken gewöhnen kann, hier zu leben und alles? Jedenfalls, als ich zurückkam, im Oktober, war alles vorbei. Seit ich hier bin, hat Cynthia bei uns gewohnt, und heute Morgen hat Dad mir mitgeteilt, dass er vorhat, sie zu heiraten. Sie wollen die Verlobung heute Abend im Club bekanntgeben.“

„Eine Verlobungsfeier? Das klingt ja entsetzlich förmlich!“

„Dad ist von der alten Schule, weißt du. Nein, ernsthaft, es soll keine klassische Verlobungsfeier werden. Heute Abend findet im Kota Banir Club ein Chap Goh Meh Ball statt, und Dad fand, das wäre eine gute Gelegenheit, die Sache öffentlich zu machen. Das ist ja auch nur eine Formalität. Ulu Banir ist ein kleiner Ort, und die paar Leute, die an unseren Tisch eingeladen sind, werden nicht gerade vor Überraschung in Ohnmacht fallen, wenn Dad die Neuigkeit bekanntgibt. Ich sag es dir auch nur deswegen jetzt, damit du uns heute Abend nicht alle vor Scham im Boden versinken lässt, indem du in Ohnmacht fällst. Genug damit, und was hast du so gemacht? Ehrlich gesagt war ich ein bisschen enttäuscht, dass du mich dich nicht hast besuchen lassen, obwohl mir natürlich klar ist, was du alles um die Ohren hattest."

„Allerdings, ich hatte keine ruhige Minute. Und wenn du auch noch dagewesen wärst, wäre ich vollkommen übergeschnappt."

„Übergeschnappt! Eine zurückhaltende, zarte Seele wie ich, der die liebende Fürsorglichkeit aus allen Poren quillt?"

Ich musste lachen.

„Es wäre nicht so ganz leicht gewesen, deine liebende Fürsorglichkeit zu genießen, während meine Mutter mir auf den Füßen steht."

„Aha, die ist also auch von der alten Schule..."

„Von der ganz alten."

Während Michael fuhr, wanderten meine Gedanken zu Cynthia. Aber das Einzige, woran ich mich erinnern konnte, war, wie schön sie war.

Im Dezember 1971, als es begann, nach Schnee auszusehen, hatte Michael mich eingeladen, Weihnachten mit ihm in London zu verbringen. An Heiligabend gab er eine kleine Dinnerparty in seiner Wohnung, und einer der ersten Gäste, die eintrafen, war Cynthia. Schon in diesem Augenblick war ich baff angesichts ihrer perfekten Schönheit. Offen getragenes langes, glattes blondes Haar, babyblaue Augen, schimmernde Haut, gerade Nase, symmetrisch geformte Lippen und eine Figur, der es gelang, zugleich vollbusig und schlank auszusehen. Ihr figurbetonter weißer Hosenanzug, zu dem sie Schuhe mit Plateausohlen trug, betonte ihre schmale Taille und ihre langen Beine. Ich weiß noch, dass ich gegen das Bedürfnis ankämpfen musste, sie die ganze Zeit anzuschauen, ganz einfach, weil sie eine solche Augenweide war. Sie war wie eine lebende Barbiepuppe.

Begleitet wurde sie von Hafiz, Michaels Kindheitsfreund aus Ulu Banir. Im Laufe des Abends reimte ich mir zusammen, dass die beiden vorhatten, nach Hafiz' Juraexamen zurück nach Malaysia zu gehen, damit sie sich an das Land gewöhnen könnte, bevor sie heirateten. Während des Essens sprach sie wenig, wirkte aber freundlich. Mir fiel auf, dass Hafiz ebenso still war. Später, als hätte ihre gemeinsame Zurückhaltung sie zusammengeschmiedet, verbrachten sie den Rest des Abends damit, ausschließlich miteinander zu tanzen. Es hätte wenig Sinn gehabt, zu rätseln, worüber die beiden reden mochten, wenn sie alleine waren, weil ihre Haltung den Eindruck erweckte, dass sie es nicht nötig hatten, miteinander zu reden. Sie machten den Eindruck, sehr verliebt zu sein, und es war schön, ihnen dabei zuzusehen.

Ich konnte nicht anders, als sie mit mir und Michael zu vergleichen. Wo ihre Beziehung sie nach innen zog und ihnen eine Selbstgenügsamkeit verlieh, die die Welt ausschloss, schob meine Beziehung zu Michael uns beständig in Gesellschaft. Ich weiß noch, dass ich mich fragte, wie es sein müsse, so ganz auf einen Menschen fixiert zu sein und so gänzlich in ihm aufzugehen.

Was mich betraf, verspürte ich, obwohl ich mir selbst sagte, dass ich Michael liebte, häufig ein tiefes Bedürfnis, alleine zu sein, den Drang, mit etwas beschäftigt zu sein, das mich von ihm entfernte, geistig, wenn schon nicht physisch. Ihm muss es ähnlich gegangen sein, denn wann immer wir Liebe gemacht hatten, lösten wir uns beide voneinander und schlugen ruhelos vor, jetzt spazieren zu gehen oder ins Kino oder essen, oder eine weitere

Flasche Wein zu entkorken oder eine neue Platte aufzulegen. Wir hatten das permanente Bedürfnis zu reden, uns aufzuziehen, Witze zu machen. Was alles Akte des Wegkommens voneinander sind. Keine Spur jenes reinen Aufgehens ineinander.

Einmal an jenem Abend musste ich auf die Toilette. Als ich rauskam, wartete Cynthia vor der Tür. Sie lächelte mich an – schüchtern, schien mir – und fragte mich, ob mir der Abend gefiele. Ich sagte ja und dir? Und da leuchtete ihr Gesicht in einem Lächeln auf, das – wie nicht anders zu erwarten – gerade, weiße, kleine Zähne offenbarte. Sie antwortete enthusiastisch, sie würde sich extrem wohl fühlen. Dann betrat sie das Badezimmer und schloss hinter sich ab.

Das waren die einzigen Worte, die ich je mit Cynthia wechselte, der Frau, die meine Zukunft auf solch seltsame Art und Weise beeinflussen sollte.

Mein Austausch mit Hafiz an jenem Abend war eher noch eingeschränkter. Irgendwann im Laufe des Abends war ich in die Küche gegangen, um mein Weinglas nachzufüllen. Hafiz war auch dort und goss sich gerade ein Glas Orangensaft ein. Vielleicht fühlte er sich genau wie ich wegen der erst kurz zurückliegenden Ausschreitungen gehemmt, jedenfalls lächelten wir uns nur stumm und scheu an, vermieden einen zu lange andauernden Augenkontakt und waren unfähig, Freundschaft zu schließen, weil wir unfähig waren, die Rivalität zur Sprache zu bringen, deren Erbe wir aufgrund des Zufalls unserer Geburt waren.

Ich kehrte wieder in die Gegenwart zurück und bemerkte, dass Michael von der Fernstraße abgebogen war. Ich nahm also an, dass wir jetzt nach Ulu Banir unterwegs waren. Mit jeder Meile, die wir zurücklegten, hatte ich stärker das Gefühl, in die Vergangenheit zu reisen. Neue Plantagen aus harten und stachligen Ölpalmen machten Platz für die schattigen Baldachine alter Gummibäume. An manchen Stellen gab es noch immer Alleen aus Lebbekbäumen, Waldfeuer und Narrabäumen, die einst zuerst von den Engländern gepflanzt worden waren und sich seit 40 Jahren nicht verändert hatten.

Die Dächer, Wände und Ziegel der malaiischen Häuser am Straßenrand wurden immer traditioneller. Diese Häuser standen auf ihren Holz- und manchmal Betonpfählen, wie sie das schon seit Jahrhunderten getan haben mussten, beschattet von Obstbäumen, in sauber gerechten Gärten ohne Zäune oder Tore. Die glänzenden japanischen Autos, die ich in den Einfahrten der Häuser gesehen hatte, an denen wir eine Weile zuvor vorübergefahren waren, fielen jetzt nur mehr durch ihre komplette Abwesenheit auf.

Dafür sah ich häufiger aufgelassenes Land voll wildem Gras und Gebüschen, Reisfelder, Gemüseanbau, Baggerseen, umgeben von Sandhügeln und Buschland und surreale Wälder voll laubloser Bäume in überschwemmter Sumpflandschaft. Und immer, in der Ferne im Osten, die Berge, grün vor Dschungel, blau im Nebelgespinst und manchmal grell weiß dort, wo die schroffen Kalksteinfelsen zu sehen waren.

Ich hatte vergessen, wie schön dieses Land sein konnte.

Nach einer Weile verkündete Michael, dass wir uns auf der Zufahrtsstraße zu Jocks Hill befanden, benannt nach seinem Großonkel. Es war eine schöne Allee, die abwechselnd von roten und gelben Feuerbäumen und blühenden Gebüschen bestanden war. Hinter ihr konnte ich auf der einen Seite die kühlen, waldigen Tiefen einer Kautschukplantage sehen, auf der anderen die dunkelgrünen Strahlenkränze junger Ölpalmen, die in meiner Fantasie an die in Reih und Glied ausgerichteten Grabsteine auf einem englischen Soldatenfriedhof erinnerten.

Michael erzählte, dass mittlerweile ein Großteil der Plantage und des umgebenden Landes Yusuf gehörte.

„Yusuf? Du meinst den Vater von Hafiz?“ Ich war verblüfft. „Ich habe noch im Kopf, dass du mir erzählt hast, er sei der Chauffeur deines Vaters gewesen, und seine Mutter dein Kindermädchen. Die müssen sich ja extrem gut geschlagen haben, um so viel von dem Land hier in ihren Besitz zu bringen.“

„Ich schätze ja“, sagte Michael, „obwohl Dad natürlich immer noch einen ordentlichen Anteil an dem Besitz hält und weiterhin beratender Direktor ist. Aber wer weiß, was sich noch ändert, jetzt, wo er neue Interessen hat. Weißt du, eine neue Frau, womöglich sogar weitere Kinder!“

Wir kamen um kurz nach eins am Bungalow der Templetons an. Das Haus auf dem Hügel sah völlig anders aus, als ich es mir vorgestellt hatte. Ich hatte einen hölzernen Bungalow auf Betonpfeilern erwartet, aber was ich jetzt sah, war ein großes, modernes, zweistöckiges Gebäude mit weißen Mauern, spanisch anmutenden Bögen und roten Dachziegeln. Michael erklärte mir, der alte Bungalow sei abgerissen worden, und an seiner Stelle sei in den Sechzigern das neue Haus errichtet worden, das in der Gegend aber immer noch der Templeton-Bungalow genannt wurde. Als wir an der Terrasse vorfuhren, trat ein alter Mann, den ich für Karuppiah, den Chauffeur hielt, aus dem Haus und nahm mir meinen Koffer ab. Er sagte uns, der Tuan erwarte uns zum Mittagessen.

„Gut“, sagte Michael. „Ich bringe dich auf dein Zimmer. Da kannst du dich frisch machen und dann kommen und Dad begrüßen.“

Das Fenster meines Zimmers ging nach Süden auf eine parkartige Landschaft, von der ich annahm, es handele sich um den Golfplatz des Anwesens. Ich sehnte mich nach ein bisschen mehr Zeit, um die Aussicht zu genießen, aber das Mittagessen wartete, also verzichtete ich aufs Auspacken, schminkte mich ein wenig nach und ging nach unten. Ich fand Michael im Wohnzimmer.

Neben ihm saß Jonathan Templeton. Wie ich sie so nebeneinander sah, sprang mir die ungeheure Ähnlichkeit zwischen den beiden in die Augen.

Jonathan Templetons Erscheinung war beinahe so, wie ich ihn mir vorgestellt hatte. Hochgewachsen, hager, mit gegerbter Haut, grauen Locken, stahlgrauen Augen und einer soldatischen Haltung. Hätte mir jemand gesagt, er sei ein General, es hätte mich nicht gewundert. Vielleicht, dachte ich, hat es etwas mit der jahrzehntelang geübten Praxis zu tun, Befehle zu geben, die widerspruchslos ausgeführt wurden.

Er schüttelte mir die Hand, sprach mir sein Beileid zum Tod meines Vaters aus, fragte, wie es meiner Mutter gehe, und führte uns dann ins Speisezimmer.

Als wir uns gesetzt hatten, entschuldigte er sich für Cynthias Abwesenheit.

„Sie ist weggefahren, um zum Friseur zu gehen für die Party heute Abend und ein bisschen zu shoppen“, sagte er. „Ich nehme an, Michael hat Ihnen alles erzählt“, fügte er hinzu, sich an mich wendend.

Ich nickte und gratulierte ihm.

„Ich weiß nicht recht, ob man mir gratulieren oder mich eher bedauern sollte“, sagte er und lachte dabei ein wenig auf. „Es ist ein bisschen spät im Leben, um ans Heiraten zu denken. Ans Wiederheiraten, genauer gesagt.“

„Sagen Sie das nicht“, entgegnete ich höflich und in einem freundlichen Ton, der gar nicht meinen Gefühlen entsprach. „Man ist so jung, wie man sich fühlt. Und Cynthia ist ein liebenswerter Mensch.“

„Ach“, sagte er und sah mich überrascht an. „Kennen Sie sie denn näher?“

„Nein. Ich bin ihr nur einmal begegnet, in London, aber ich fand sie gleich eine liebenswerte Person.“

„Ach so“, sagte er und verfiel in Schweigen.

Ich fragte mich, ob ich irgendetwas Falsches gesagt hatte. Ich warf Michael einen raschen Blick zu, aber der war auf sein Essen konzentriert. Ich hatte den Eindruck, dass Jonathan Templeton kein Mann war, der sehr viel auf Small Talk gab.

In diesem Augenblick brachte das Dienstmädchen die Suppe, und wir begannen schweigend zu essen. Ich fühlte die Verpflichtung, als Gast Konversation zu machen, aber mir fiel nichts ein, was ich sagen könnte. Und dann, als ich gerade anfangen wollte, etwas über die Fahrt von Ipoh hierher zu sagen, begann Michael zu sprechen.

„Und, wer kommt denn jetzt alles heute Abend zu unserer Party?", fragte er seinen Vater.

„Die üblichen Leute. Yew Chuan natürlich." Er wandte sich an mich. „Er ist einer meiner ältesten Freunde. Arzt. Sein Vater besaß früher eine Zinngrube bei Ipoh, aber Yew Chuan wollte die väterliche Firma nicht weiterführen. Er hat jetzt eine Praxis in Kota Banir, das ist das Zentrum der Gegend hier." Dann zu uns beiden: „Yusuf und seine Frau werden da sein. Und natürlich Hafiz. Haben Sie Hafiz kennengelernt?" Die Frage ging an mich.

„Ja, in London vor zwei Jahren an Weihnachten."

„Verstehe", sagte er mit einem prüfenden Blick auf mich. Ich senkte rasch die Augen über meinen Teller und begann, Suppe in mich hineinzulöffeln. Scheiße, dachte ich, wenn er so unsicher wegen Cynthia und Hafiz ist, warum heiratet er sie dann?

Ich begann, über Cynthia nachzudenken. Was ging unter dieser glatten, schönen Haut einer modernen englischen Rose vor? Ich hätte mir selbst nie vorstellen können, dass ich heute den einen Mann liebte und dann, aus welchem Grund auch immer, beschloss, ich könne ihn nicht heiraten, um am Tag darauf, oder eine Woche oder einen Monat später einzuwilligen, einen anderen Mann zu heiraten, gleich, welchen Alters er war, einfach so, mit einem Fingerschnippen.

Aber so einfach konnte es natürlich nicht gewesen sein. Die Tatsache, dass Hafiz auch zu der Party kam, musste ja bedeuten, dass sie sich freundschaftlich getrennt hatten. Ich sah sie vor mir, so wie ich sie in London erlebt hatte, und fand es unglaublich, dass sie nicht heiraten sollten. Ich fragte mich, was wohl zu der Trennung geführt hatte. Hatten die Eltern Einspruch eingelegt? Das wäre wahrscheinlicher gewesen, wenn Hafiz' Eltern Chinesen gewesen wären. Die Malaien, hatte ich festgestellt, waren vergleichsweise offener für gemischtrassige Ehen, vorausgesetzt, der Fremde, der in ihre Familie einheiratete, war bereit, Moslem zu werden. Vielleicht lag es ja daran. Vielleicht hatte Cynthia ja den Gedanken abgelehnt, Moslemin zu werden.

Nach dem Mittagessen entschuldigte Jonathan sich und meinte, er habe einige Arbeiten zu erledigen. Michael und ich, derart uns selbst überlassen, gingen ohne Umschweife hinauf auf mein Zimmer und liebten uns wild und ausgehungert. Er fragte mich, ob ich ihn heiraten wolle, und ich murmelte aus irgendeinem Grund: „Sei nicht lächerlich", bevor ich in seinen Armen einschlief.

Bis heute ist mir nicht klar, warum ich diesen Satz sagte. War es, weil ich mich ohnehin schon mit ihm verheiratet fühlte und daher den Antrag als unwichtig empfand? Oder weil ich glaubte, er blödele wie üblich herum, indem er derart beiläufig eine Heirat vorschlug, und dann noch in diesem Moment? Oder kam mir der Antrag zu dicht nach dem Tod meines Vaters, in einer Lage, in der ich mich körperlich und seelisch ausgelaugt fühlte, vor allem auch weil ich mir bewusst war, nicht angemessen um ihn getrauert zu haben? Ich weiß es nicht.

Als ich erwachte, war Michael fort.

Ich blickte auf die Uhr. Fast halb vier. Teestunde war um vier. Aber ich blieb noch im Bett liegen und genoss den Luxus, faul sein zu dürfen. Und dann riss mich eine scharfe Explosion, kurz darauf gefolgt von einer zweiten, aus meinem trägen Wohlbefinden. Ich setzte mich auf, und erinnere mich, dass ich mich gleich darauf wieder hinlegte: Feuerwerkskörper. Es war der letzte Tag des chinesischen Neujahrsfestes, und Knallen gehörte für jeden chinesischen Geschäftsmann, der etwas auf sich hielt, zu den Selbstverständlichkeiten, um sich Erfolg und Glück fürs kommende Jahr zu sichern.

Ich fragte mich beiläufig, wo sie wohl gezündet worden waren. Ich hatte kein weiteres Haus in der Nähe gesehen, und dass Jonathan Feuerwerkskörper knallen ließ, war schwer vorstellbar. Michael, dem so etwas als Spaß zuzutrauen gewesen wäre, hätte mich dabeihaben wollen. Jedenfalls waren die Explosionen aus einiger Entfernung gekommen, wahrscheinlich aus dem Golfclub. Ich stand auf, um nachzusehen, wie weit der Golfclub entfernt lag. Und genau da hörte ich, wie jemand draußen scheinbar direkt unter meinem Fenster vorbeirannte. Ich durchquerte das Zimmer, zog die Vorhänge zur Seite und blickte hinaus.

Aber da war niemand zu sehen.

Das Einzige, was ich sah, war die getrimmte Wunderstrauchhecke, die einen Kiesweg flankierte. Hinter der Hecke lag eine schmale Lichtung, und hinter der Lichtung wuchs *belukar* oder Sekundärwald, der den Hügel bis nach unten bedeckte. Weit entfernt die kultivierte Schönheit des Golfplatzes.

Von dort, wo ich mich befand, konnte ich das Clubhaus nicht sehen, und der Fairway war menschenleer, was nicht weiter überraschend war. Wenn irgendwelche Golfer unterwegs waren, dann würden sie jetzt wahrscheinlich am ersten Loch beginnen. Ich erinnerte mich, dass die Golfverabredungen meines Vaters immer so gelegt waren, die Stunden zwischen Mittag und vier auszusparen, wenn die Sonne am heißesten brannte.

Wahrscheinlich bloß Karuppiah, dachte ich und machte mich fertig zum Tee.

Jonathan war schon draußen auf der Terrasse, wo für den Tee gedeckt war. Es war eine für mich typische englische Teestunde: Kräftiger Tee, eine Obst- und Nusstorte und verschiedene Varianten Sandwiches. Ich war ein ganz klein wenig enttäuscht, nirgendwo die Gurken- und Kressesandwiches zu sehen, von denen ich in Büchern gelesen hatte. Es gab nur Huhn, Schinken und Ei.

Und Cynthia war nirgendwo zu sehen.

Als könne er meine Gedanken lesen, sagte Jonathan: „Cynthia ist noch nicht aufgetaucht. Wahrscheinlich immer noch am Shoppen oder bei der Kosmetikerin."

Ich lachte und sagte irgendetwas darüber, wie lange so ein Make-up dauern kann.

„Wäre eher nichts für Sie, oder?"

„Ich hab's ein paarmal gemacht, aber ich habe es nicht so gern, wenn Leute an meinem Gesicht rumfummeln. Ich habe eine Phobie davor, in der Gegenwart von Fremden einzuschlafen. Und außerdem", fügte ich lachend hinzu, „hatte ich nie das Gefühl, dass mein Gesicht hinterher anders aussah als vorher."

„Eine Frau nach meinem Herzen", sagte Jonathan und lächelte.

Ich lachte, aber dachte, das meint er wirklich. Und dann blitzte es in meinem Bewusstsein auf, dass Jonathan tatsächlich besser jemanden wie mich heiraten sollte, und nicht Cynthia. Und jetzt wurde mir auch klar, warum ich es nicht hatte glauben können, als Michael mir von der Verlobung erzählt hatte. Ich sah Cynthia schlicht und einfach nicht glücklich in einem einsam gelegenen Bungalow auf einer Plantage am Ende der Welt in Malaysia leben. Dazu steckte doch viel zu viel London in ihr, viel zu viel städtische Klasse, oder?

„Was ist denn so komisch?" Das war Michael. Er hatte noch nasses Haar vom Duschen. Dann, indem er sich setzte: „Wo ist Cynthia? Dachte, sie würde Tee mit uns nehmen?"

Jonathan mutmaßte über ihre Verspätung und bat mich dann einzugießen.

„Habt ihr die Feuerwerkskörper gehört?“, fragte ich sie beide. „Hörte sich fast an wie Pistolenschüsse.“

Bevor einer der beiden antworten konnte, fuhr ein Wagen vor. „Ist sie das?“, fragte ich.

„Nein“, sagte Michael. „Das ist Yew Chuan. Aber sei vorsichtig mit ihm. Er ist ein fanatischer Kommunist. Sag besser kein Wort über Politik.“

Ich wandte mich um, um zu sehen, wie Jonathan auf den Kommentar seines Sohnes über seinen Freund reagieren würde. Aber der war schon aufgestanden und ging Yew Chuan entgegen, der aus seinem Auto stieg.

Für einen Chinesen war Yew Chuan sehr großgewachsen. Ebenso groß wie Jonathan und breiter gebaut. Ich hielt ihn für einen Hakka. Ich hatte angenommen, er müsse im selben Alter wie Jonathan sein, aber als sie näherkamen, wirkte er jünger auf mich, vielleicht irgendwo in seinen Vierzigern.

„Ah, und das ist also Ai Lian, die junge Dame, von der ich schon so viel gehört habe!“, brüllte er mir im Näherkommen zu. „Ich bin Yew Chuan. Schön, dich kennenzulernen.“

Offenbar bestand keine Notwendigkeit mehr, mich vorzustellen, also lächelte ich einfach.

„Und wo ist die beständig errötende Verlobte?“, brüllte er, als er sich niederließ.

Jonathan wiederholte seine Spekulationen darüber, wieso Cynthia verspätet sein mochte.

Also war jedermann über die Verlobung auf dem laufenden. Aber wozu dann noch die Bekanntmachung, fragte ich mich. Vielleicht hatte ich es auch falsch verstanden, und es war eine Feier, keine Bekanntmachung.

Aber Yew Chuan war nicht der Typus, in dessen Gegenwart man Zeit für innere Monologe hatte. Seine Stentorstimme und felsenfeste Überzeugung, dass jedermann genauso leidenschaftlich daran interessiert war, was er zu sagen hatte, wie er selbst, zogen mich, ob ich wollte oder nicht, hinein in den Diskurs. Er sprach über irgendeine politische Versammlung, von der ich nichts wusste. Mir fiel auf, dass weder Michael noch Jonathan eine Meinung kundgaben, und ich fragte mich, ob sie, wie ich, aus Unwissenheit den Mund hielten, oder weil sie das Gefühl hatten, es stünde ihnen nicht zu, ihre Ansichten zum Besten zu geben, schließlich war der eine ein naturalisierter Staatsbürger, der andere, technisch gesehen, ein Ausländer.

Bald wechselte die Unterhaltung zu den Vorbereitungen für die Durchführung des Abends. Es ging schon auf fünf, und noch immer keine Spur von Cynthia. Aber Jonathan wirkte nicht weiter beunruhigt. Er stand auf, warf einen Blick auf seine Uhr und bat, ihn und Yew Chuan zu entschuldigen, sie hätten etwas miteinander zu besprechen.

„Ich nehme an, ihr beiden wollt ohnehin ein wenig Zeit miteinander verbringen. Warum zeigst du Ai Lian nicht den Garten, Michael?“ Dann zu mir gewandt: „Der Garten ist einen Rundgang wert. Wir haben eine großartige Sammlung halbwilder Orchideen, das Ergebnis von jahrelangen Expeditionen in den Dschungel, stimmt's, Yew Chuan? Yew Chuan ist nämlich auch ein Orchideenenthusiast. Wollen wir dann hier so gegen halb acht los, damit wir ungefähr um acht im Club sind?“

Ich schloss daraus, dass der Kota Banir Club nicht der Golfclub sein konnte, denn dorthin zu fahren hätten wir kaum länger als fünf Minuten gebraucht.

Er wandte sich zum Gehen, und sagte dann, als wäre ihm noch etwas eingefallen: „Aber egal wo ihr hingeht, wandert nicht ins *belukar* hinein, in Ordnung. Es wird bald dunkel, und dafür ist morgen noch Zeit genug.“

Als wir von unserer Besichtigung der Beete wilder Orchideen zurückkamen, stand Yew Chuans Volvo nicht länger in der Auffahrt. Ich nahm an, er sei nach Hause gefahren, um sich umzuziehen. Und Jonathan war nicht im Wohnzimmer, also würde er für eine kleine Ruhepause nach oben gegangen sein, bevor er sich fertigmachte.

Michael begleitete mich bis an meine Zimmertür, und ich legte mich noch ein Weilchen aufs Bett und dachte darüber nach, wie still es in einem Haus wird, dessen Bewohner sich gerade darauf vorbereiten, es zu verlassen. Offenbar nickte ich wieder ein, denn als ich wieder das Geräusch rennender Füße auf dem Kiesweg draußen hörte, fuhr ich hoch und sah, dass es schon halb sieben war. Es wurde dunkel. Ich schaltete die Nachttischlampe an und ging ans Fenster, um die Vorhänge zuzuziehen. Dann knallten plötzlich wieder Feuerwerkskörper. Diesmal sogar drei oder vier. Und viel lauter, dicht beim Haus.

Aber wieder war niemand zu sehen, als ich hinausblickte.

Merkwürdig, dachte ich, diese Wiederholung der gleichen Geräusche. Hatte ich nur geträumt? Unwillkürlich musste ich an Michaels Mutter denken, die von den kommunistischen Terroristen erschossen worden war. Du lieber Himmel, spukte es hier etwa? Ich zwang mich, mit dem Unfug aufzuhören, und ging ins Bad. Aber ich nahm mir vor, nachher mit Michael darüber zu reden. Obwohl ich mir nicht klar darüber war, was es da zu bereden gab oder wie ich das ganze ansprechen sollte, ohne kindisch zu wirken.

Michael und Jonathan waren fertig und warteten im Wohnzimmer, als ich herunterkam.

„Yew Chuan hat gerade angerufen und gesagt, dass er ein bisschen später zur Party kommt“, erklärte Jonathan. Dann, zu Michael gewandt: „Hast du Cynthia gesehen?“

„Nehme an, sie ist noch auf ihrem Zimmer“, sagte Michael. Er ging zur Terrassentür und sah hinaus. „Ihr Auto steht jedenfalls da.“

Ich sah ebenfalls nach draußen und entdeckte einen weinroten BMW 2002.

„Hübsches Auto“, bemerkte ich.

„Fahren Sie Auto?“, fragte Jonathan.

„Ja, aber schlecht, also nein“, sagte ich.

„Sehr vernünftig“, meinte er. Dann warf er einen Blick auf die Uhr, und zum ersten Mal sah ich in seinem Gesicht leichte Anzeichen von Besorgnis, wenn auch sehr unter Kontrolle gehalten.

„Ich frage mich“, sagte er, mich anblickend, „ob ich Sie wohl bitten dürfte nachzusehen, ob Cynthia fertig ist. Ihr Zimmer ist am Ende des Korridors links.“

Es kam mir komisch vor, dass er mich schickte, wo Cynthia doch seine Verlobte war. Man hätte meinen können, sie wäre ein fast unbekannter Hausgast. Andererseits war er die Generation meines Vaters, und auch ich war von meinen Eltern sehr streng erzogen worden, und hatte mich erst dank meiner Erfahrungen in Europa im Gefolge der Blumenkinder davon befreit.

Ich klopfte ein paarmal zaghaft an. Es kam keine Antwort. Nach einem weiteren folgenlosen Klopfen versuchte ich es mit dem Türknauf. Er drehte sich problemlos. Ich trat ein und erwartete die Dusche laufen zu hören, aber das Zimmer war düster und still. Durch die Fenster sah ich die sich auftürmende Dunkelheit des Dschungels, des ehemaligen Regenwaldes, die sich vor dem blaugrauen Himmel im Osten abzeichnete.

Ich schaltete das Deckenlicht an. Das Zimmer wirkte, als hätte das Dienstmädchen es soeben aufgeräumt. Es lagen keine Einkaufstüten auf dem Bett, keine Schuhe auf dem Boden, keine Kleidung war verstreut; es gab keinerlei Zeichen dafür, dass Cynthia diesen Raum je betreten hatte. Ich warf einen Blick ins Badezimmer: alles sauber und trocken.

„Sie ist nicht in ihrem Zimmer“, sagte ich, als ich wieder unten war.

„Was?“, sagte Jonathan, als habe er mich nicht gehört.

Ich wiederholte den Satz.

„Das ist ja merkwürdig“, sagte Michael. „Ihr Auto steht doch draußen. Irgendwo muss sie ja sein. Ich seh’ mal im Garten nach. Warum versuchst du’s nicht in der Küche, Dad?“

Und so durchsuchten wir das ganze Haus und das Anwesen nach Cynthia. Michael ging sogar ins Orchideengewächshaus, um nachzusehen. Aber nirgendwo eine Spur von ihr. Es war extrem seltsam. Ihr Auto stand in der Auffahrt, also musste sie zurückgekommen sein. Aber wo steckte sie?

Wir gingen wieder raus, um im Auto nachzusehen. Die Rückbank war voller Einkaufstüten, und auf dem Beifahrersitz lag ihre Handtasche. Michael versuchte die Fahrertür zu öffnen. Sie war nicht verschlossen, und der Zündschlüssel steckte im Schloss. Es wirkte, als habe sie geparkt und sei dann in größter Eile irgendwo hingegangen. Wir blickten uns ratlos um, halb in der Erwartung, sie zurückgelaufen kommen zu sehen, außer Atem und mit einer Entschuldigung auf den Lippen.

Es war acht. Jonathans Gäste im Club würden anfangen zu warten.

„Soll ich anrufen und sagen, wir kommen nicht?“, fragte Michael.

Jonathan dachte einen Augenblick nach.

„Nein, wir fahren. Wir hinterlassen ihr einen Zettel. Sie kann ja später nachkommen.“

Also fuhren wir. Der Zwischenfall hatte mich sehr aufgewühlt, und ich verstand nicht, wie Jonathan dabei so ruhig bleiben konnte. Im Club entschuldigte er sich bei seinen Gästen für Cynthias Abwesenheit. Es fiel mir auf, dass er mit keinem Wort erwähnte, sie würde eventuell noch später erscheinen.

Als die Party mit der letzten Tombola gegen Mitternacht an ihr Ende kam, war da noch immer kein Zeichen von Cynthia. Ich fühlte mich für Jonathan beschämt. Mir kam alles so vor, als hätte Cynthia sich plötzlich anders entschlossen, was die Verlobung betraf und wäre kurzerhand und feige getürmt.

Vielleicht hatten die anderen ähnliche Gedanken, denn obwohl anfangs viele sich laut gefragt hatten, wann Cynthia wohl auftauchen würde, wurde das Thema dann auf halber Strecke des Abends fallengelassen, als wollten alle Jonathans Gefühle schonen.

Auf dem Nachhauseweg sprachen wir alle keinen Ton. Als wir das Haus in der Dunkelheit daliegen sahen, nur die Terrassenbeleuchtung, die wir bei der Abfahrt angelassen hatten, brannte, sagte Jonathan: „Ich glaube, wir sollten besser Inspektor Tajuddin anrufen."

Viertes Kapitel
7. Februar 1974

Inspektor Tajuddin vom Polizeirevier in Kota Banir war auch auf der Party im Club gewesen und noch nicht zu Bett gegangen, als Jonathan am Telefon mit ihm sprach. Binnen einer halben Stunde war er da.

Er war ein kurz gewachsener, eher rundlicher Mann mit einem gutmütigen Mondgesicht und leicht vorstehenden Zähnen und erinnerte mich an meinen Malaiischlehrer in der Schule, dessen heldenhafte Versuche, uns eine Sprache beizubringen, die wir nicht beigebracht haben wollten, permanent an unserem jugendlichen Energieüberschuss scheiterten. An einem besonders bösartigen Nachmittag trieben wir ihn sogar zu Tränen, indem wir ihn mit harten kleinen Papierkügelchen bewarfen, jedes Mal wenn er sich umdrehte, um in seiner schönen, geschwungenen Handschrift etwas auf die Tafel zu schreiben.

Was ich damit sagen will, ist, dass Inspektor Tajuddin auf mich nicht den Eindruck von jemandem machte, der das Geheimnis von Cynthias Verschwinden mit rascher und brillanter Detektivarbeit lösen würde.

Ich bemerkte, dass er alleine kam, was darauf schließen ließ, dass er dies als eine Privatangelegenheit ansah, die man diskret und ohne großes Aufhebens würde aufklären können. Als er bat, Cynthias Zimmer gezeigt zu bekommen, nahm ich an, er wolle es nach Anzeichen für Cynthias übereilte oder auch nicht übereilte Abreise überprüfen. Wenn Jonathan seine Gedanken lesen konnte, war davon jedenfalls nichts zu sehen.

Kurz danach kam der Inspektor wieder herunter und sah dabei um einiges ernster aus als bei seiner Ankunft, woraus ich schloss, dass er nichts gefunden hatte, was ihn in seiner Vermutung bestätigt hatte. Dann ging er ohne ein Wort hinaus in den Garten. Ein paar Minuten später kam er wieder und sagte:

„Da ist ja ein ganz schön breiter Streifen *belukar* zwischen Haus und Golfplatz am südlichen Abhang. Und nach Osten beginnt der Dschungel. Könnte es sein, dass sie dort hineingegangen ist? Macht sie das ab und zu, alleine ins *belukar* oder den Dschungel wandern?“, fragte er, indem er zuerst Jonathan, dann Michael anblickte.

„Ja“, sagten beide wie aus einem Mund. Dann ließ Michael Jonathan den Vortritt. Offenbar hatte Cynthia sich seit ihrer Ankunft in Ulu Banir für die örtliche Flora interessiert und arbeitete an einer Serie von Zeichnungen, die sie hoffte, in Buchform zu veröffentlichen. Das hieß also, sie hatte tatsächlich die Angewohnheit, auf der Suche nach neuen Exemplaren alleine in der Wildnis herum zu wandern.

Aha, Cynthia war eine Künstlerin. Das hatte ich nicht gewusst.

„Können wir dann nachsehen, ob ihre Zeichenutensilien auf ihrem Zimmer sind?“, fragte Inspektor Tajuddin. Und wieder ging es hinauf in Cynthias Zimmer. Diesmal folgte ich. Ich war nicht scharf darauf, alleine im Wohnzimmer zurückzubleiben. Ich wusste gar nicht, wovor ich mich fürchtete, aber irgendwo im Hinterkopf hatte ich die Erinnerung an die Geräusche, die ich gehört hatte. Ich überlegte, ob ich sie dem Inspektor gegenüber erwähnen sollte, entschied mich dann aber dagegen. Ich war beide mal im Halbschlaf gewesen, es hätte also auch ein Traum sein können. Und außerdem kam ich mir, wenn ich überlegte, wie ich das denn formulieren sollte, sogar vor mir selbst lächerlich vor.

In ihrem Zimmer fanden wir Cynthias Skizzenblöcke, Bleistifte und Farben säuberlich auf einem Tisch neben dem Fenster zusammengeräumt. Was hieß, dass sie heute Nachmittag nicht hinaus ins *belukar* gegangen war. Jedenfalls nicht, um zu zeichnen.

Der Inspektor schaute ratlos drein. Und aus gutem Grund, dachte ich. Seine Idee war mir von Anfang an ziemlich weit hergeholt vorgekommen. Warum sollte jemand, der drauf und dran war, zu einer wichtigen Feier zu gehen, vor allem eine Frau, die gerade eben beim Friseur und der Kosmetikerin gewesen war, die Resultate eines ganzen Tags Arbeit an ihrer Person für eine Stunde Herumgerenne im Dschungel verderben, ganz gleich, ob sie dort nun zeichnen wollte oder nicht.

Inspektor Tajuddin fragte, ob einer von uns Cynthias Wagen ankommen gehört habe. Wir verneinten alle. Mein Zimmer ging auf die der Auffahrt entgegengesetzte Seite des Hauses, ebenso Michaels. Zwar lag Jonathans Zimmer an der Vorderseite, aber er hatte die Klimaanlage angeschaltet, als er oben war, um zu ruhen und sich umzuziehen, und auch nichts gehört.

Dann wollte der Inspektor sich das Auto ansehen. Also traten wir alle aus dem Haus. Michael erklärte, dass das Auto, abgesehen davon, dass er den Schlüssel aus dem Zündschloss genommen und die Türen abgeschlossen hatte, genau so dastand, wie wir es gefunden hatten.

Mittlerweile sah Inspektor Tajuddin vollkommen hilflos aus. Er blickte hin und her, vom Auto zum Haus, zum Orchideengewächshaus im Westen, auf den Dschungel im Osten. Schließlich meinte er: „Es mag zwar weit hergeholt klingen, aber halten Sie es für möglich, dass sie raus ins *belukar* gegangen ist, ohne dort zeichnen zu wollen?“

Er unterbrach sich und sann den möglichen Konsequenzen seiner eigenen Worte nach.

„Wenn sie sich dort drin verlaufen hat oder womöglich verletzt ist, sollten wir so schnell wie möglich einen Suchtrupp zusammenstellen.“ Er sah Jonathan an, um ein Zeichen des Einverständnisses zu bekommen. Aber merkwürdig genug, Jonathan schien unterdessen jegliches Interesse an dem ganzen Thema verloren zu haben.

„Sie müssen tun, was Sie für das richtige halten", sagte er.

Der Inspektor sah ihn ein paar Sekunden nachdenklich an. Dann, als habe er sich zu einem Entschluss durchgerungen, bat er, das Telefon benutzen zu dürfen.

Kurze Zeit später war das ganze Anwesen taghell erleuchtet von Suchscheinwerfern, und überall war der Lärm von Menschen und Hunden zu hören, die durch das Unterholz des *belukar* streiften. Es gab nichts, was ich hätte tun können, aber es wäre mir unpassend vorgekommen, jetzt zu Bett zu gehen, davon abgesehen, dass ich wahrscheinlich ohnehin nicht hätte schlafen können. Also wartete ich im Wohnzimmer, schlief aber schließlich dort ein und erwachte erst, als Michael, Jonathan und Inspektor Tajuddin mit schweren Schritten den Raum betraten.

Michael hatte den Arm um Jonathan gelegt, der unter seiner Bräune aschfahl war. Der Inspektor sah sehr ernst und unglücklich aus.

Michael führte seinen Vater zu einem Ohrensessel und ging dann zur Bar, um ihnen allen einen Drink einzuschenken. Obwohl Inspektor Tajuddin den Schluck Whisky ablehnte, den Michael ihm anbot, nahm ich an, dass etwas Unangenehmes vorgefallen sein musste. Aber es schien nicht der Moment für Fragen. Sie schienen ohnehin alle meine Anwesenheit vergessen zu haben.

Ich sah ihnen zu wie einer Pantomime. Keiner sprach ein Wort. Jonathan hockte da und starrte ins Leere und hielt immer noch das Glas in der Hand, das er völlig vergessen hatte. Michael stand neben ihm und kippte seinen Drink in wenigen Schlucken runter. Ihm gegenüber der Inspektor, die Hände in die Hüften gestützt, tief in Gedanken versunken.

Ein paar Minuten später schien Inspektor Tajuddin sich zu einem Entschluss durchgerungen zu haben und bat Michael hinaus auf den Vorplatz. Dort beredeten sie sich kurz und leise. Bald hörte ich, wie sein Auto sich in die graue Stille der aufziehenden Morgendämmerung entfernte.

Als Michael wieder hereinkam, sah er mich an, als sehe er mich zum ersten Mal. Er kam auf mich zu, umarmte mich kurz und ging dann weiter zu Jonathan, der sich noch nicht gerührt hatte. Er nahm seinem Vater das Glas aus der Hand und stellte es auf den Tisch. Dann sprach er auf ihn ein wie auf ein Kind, während er ihn zärtlich bei den Schultern nahm, um ihm aufzuhelfen, und brachte ihn dann nach oben. Mittlerweile war ich hellwach und sagte mir, nun habe es auch keinen Sinn mehr schlafen zu gehen, denn irgendwo hörte ich einen Vogel zwitschern, und vom Dschungel her begannen entweder die *Siamang* oder andere Gibbonarten ihre Rufe. Am östlichen Himmel breitete sich der rosige Schimmer einer Sonne aus, die ich noch nicht sehen konnte.

Kurz darauf hörte ich Geräusche aus der Küche und nahm an, es müsse Ah Mui, das Dienstmädchen, sein. Ich trat ein, um nach einer Tasse Kaffee zu fragen, aber wer an der Spüle stand, war Michael.

„Tut mir leid", sagte er, als er sich umdrehte und mich entdeckte, „das war wohl kein besonders guter Beginn für deinen Besuch."

„Mach dir um mich keine Sorgen", sagte ich und drückte kurz seinen Arm. „Aber sag mir, was passiert ist. Habt ihr Cynthia gefunden?"

„Cynthia ist tot. Irgendjemand hat ein ganzes Magazin Patronen in sie geleert. Wir haben sie im *belukar* in der Nähe des fünften Lochs gefunden. Du kennst den Kurs noch nicht, aber es handelt sich um die Bahn direkt am Fuß des Hügels hier, die eine scharfe Kurve beschreibt. Im Prinzip rechts von deinem Fenster, vorausgesetzt, du könntest durchs *belukar* hindurchsehen."

„Oh Gott..."

Ich legte die Arme um ihn. Eine Weile standen wir einfach so da und versuchten, Trost im andern zu finden. Bloß worüber wollten wir einander eigentlich trösten? Über die Tatsache, dass wir lebten und hier stehen und uns berühren und fühlen konnten und atmen? Darüber, dass wir immerhin einander hatten, um zu versuchen, das, was hier geschehen war, zu verstehen?

Denn es war die vollkommene Sinnlosigkeit des Ereignisses, die mich fertigmachte. Warum sollte irgendwer Cynthia ermorden wollen? Was um Himmels Willen konnte sie in der kurzen Zeit, die sie in Ulu Banir gewesen war, getan haben, um in irgendjemandem einen solchen Ausbruch von Gewalttätigkeit zu provozieren?

Michael weinte leise, um wen oder warum wusste ich nicht. Vielleicht um Cynthia, die er besser gekannt haben musste als ich. Vielleicht um seinen Vater, dessen Schmerz ich mir kaum ausmalen konnte. Ich vermochte nicht zu weinen, aber ich spürte einen Verlust, ich erinnerte mich an ihre Schönheit und dachte an ihren harmlosen Wunsch, Jonathan zu heiraten und den Rest ihres Lebens damit zu verbringen, Pflanzen zu malen, die sie in ihrer Fremdheit fasziniert hatten, und das in einem Land, das ihr ebenso fremd vorkommen musste wie die Blätter und Blumen, aus deren Darstellung sie hatte ein Buch machen wollen.

Irgendwann fragte ich ihn, ob es seinem Vater besser ginge.

„Ach du lieber Himmel! Wie spät ist es? Ich muss Yew Chuan anrufen! Ich glaube, Dad ist in so einer Art Schockzustand. Und außerdem müsste auch Hafiz benachrichtigt werden."

Und er ging telefonieren. Ich blieb in der Küche, ich wollte nicht aufdringlich erscheinen. Kurz darauf hörte ich, wie die Hintertür von draußen aufgeschlossen wurde. Es war Ah Mui. Ich sagte ihr, sie solle Kaffee aufsetzen und ging dann ins Wohnzimmer. Sie nickte wortlos. Sie konnte nicht wissen, dass etwas nicht in Ordnung war. Sie wohnte unten auf dem Anwesen, wo ihr Mann in der Ölpalmenschonung arbeitete.

Sie hatte gerade den Kaffee hereingebracht, als wir ein Auto hörten.

„Das muss Yew Chuan sein", sagte Michael und trat hinaus auf den Vorplatz. Er war es tatsächlich. Ich hörte seine tönende Stimme, die wissen wollte, wo Jonathan war.

„In seinem Schlafzimmer", hörte ich Michael antworten. Und dann traten sie ein, durchquerten eilig das Wohnzimmer und stiegen, zwei Stufen auf einmal nehmend, die Treppe hinauf.

Einige Minuten darauf traf Hafiz ein. „Was genau ist passiert?", fragte er, kaum war er zur Tür herein.

So zartfühlend wie möglich erklärte ich ihm das wenige, das ich wusste.

„Wo ist Mike?"

„Oben, mit Jonathan und Yew Chuan."

„Oh." Er schien ein wenig pikiert. „Wie geht's dem alten Herrn?"

Ich wiederholte, was Michael mir über seinen Schockzustand gesagt hatte.

„In dem Falle warte ich besser hier auf sie."

Ich bot ihm eine Tasse Kaffee an, die er akzeptierte und wortlos trank. Ich musterte ihn neugierig, das andauernde Schweigen lastete auf mir. Ich musste an das erste Mal denken, als ich ihn gesehen hatte und er ebenso schweigsam gewesen war. Damals hatte ich seine Zurückhaltung auf die Rassenunruhen geschoben. Aber als ich ihm jetzt zusah, wie er da saß, die Untertasse in der einen, die Tasse in der anderen Hand und schweigend und gedankenverloren an seinem Kaffee nippte, wurde mir klar, dass er zu den Menschen gehörte, die Schweigsamkeit nicht störte. Selbst mit Cynthia hatte er nicht viel geredet. Das einzige Mal, dass ich ihn in einem lebhaften Gespräch erlebt hatte, war im Anschluss an die Londoner Weihnachtsfeier gewesen, als er und Michael ihre Kindheitserinnerungen Revue passieren ließen. Aber auch damals war es vor allem Michael gewesen, der gesprochen und herumgealbert hatte. Vielleicht gehörte das Schweigen einfach zu seiner Persönlichkeit.

Und doch wirkte es merkwürdig, dass er so ruhig sein konnte, wo man seine ehemalige Freundin soeben ermordet aufgefunden hatte. Ich wusste selbst nicht, welche Reaktion ich von ihm erwartete, aber diese ruhige Hinnahme...

Ich hatte eine plötzliche Vision von seiner Seele als einem tiefen Schlammpfuhl, in dem ein hineingeworfener Stein ganz langsam versinken würde, ohne ein Geräusch zu machen oder Kreise an der Oberfläche zu ziehen. Was würde passieren, wenn der Stein am Grund landete und schließlich sein Bewusstsein berührte? Würde er Amok laufen? Ich las immer von malaiischen Männern, die losliefen und mit dem Parang Menschen in Stücke hieben, wenn das Leben sie ein bisschen überforderte. War Hafiz, urban wie er war, ein in Britannien ausgebildeter Anwalt, dazu auch fähig? Und plötzlich ging mir wie ein Blitzlicht auf, dass er es womöglich bereits getan hatte, mit einem Revolver!

Ich war schon drauf und dran, es für sicherer zu halten, rasch aus dem Zimmer zu verschwinden, da kam Michael die Treppe herunter. Er sah Hafiz und sagte beiläufig: „Hafiz, da bist du ja. Einen Moment bitte noch, während ich was mit Ai Lian bespreche.“ Und er führte mich ins Arbeitszimmer.

Er erzählte mir, Yew Chuan habe ihm versichert, dass Jonathan wieder auf die Beine kommen würde, aber dass der Schock sich eventuell aufs Herz schlagen könne, weswegen er Jonathan zur Beobachtung und um ein paar Untersuchungen durchzuführen, gerne für ein, zwei Tage im Krankenhaus hätte.

„Und deshalb hatte ich gedacht – ich weiß, dass es eigentlich zu viel verlangt wäre von dir –, aber ich hatte mir gedacht, ob du wohl ein wenig länger bleiben und ein Auge auf Dad haben könntest, bis wir aus diesem Schlamassel raus sind. Die nächsten paar Wochen werden die reine Hölle sein, ich weiß, mit dem Begräbnis und den polizeilichen Ermittlungen, und dann wird es auch zu gerichtlichen Untersuchungen kommen. Meinst du, du könntest das für mich tun?“

Ich sagte, natürlich würde ich so lange bleiben, wie er mich brauchte. Sein Kummer machte mich auf ein Gefühl aufmerksam, das mir vorher noch gar nicht bewusst gewesen war: Zärtlichkeit. Und ich hatte in diesem Augenblick das Gefühl, dass ich nie wieder jemanden so sehr und auf diese Weise würde lieben können.

Im Wohnzimmer redeten Yew Chuan und Hafiz leise miteinander. Mit einem Mal übermannte mich die Müdigkeit, und ich entschuldigte mich und ging schlafen.

Ich träumte, wir säßen in der Mitte eines *lalang* aus Silberhaargras. In der Ferne sahen wir Soldaten aus dem Schatten der Bäume in die Sonne hervorbrechen, ihre grünen Uniformen hoben sich kaum vom Grün des Buschlands hinter ihnen und dem Gras vor ihnen ab. Unmöglich zu sagen, welche Art Soldaten es waren.

„Sie werden uns umbringen, weil wir kein Chinesisch sprechen können", sagte jemand. Es war meine Mutter.

„Nein, eher weil wir kein Malaiisch sprechen können", sagte ein anderer. Dann fiel mir auf, dass ich es gewesen war. Ich wandte mich rasch zu Hafiz, ängstlich etwas Falsches gesagt zu haben.

Aber er blickte mich nur mit einem traurigen, höflichen Lächeln an.

„Kannst du nicht rübergehen und sagen, dass wir keine Feinde sind", sagte Michael zu niemand bestimmtem.

Und dann waren die Soldaten über uns. Und dann, ebenso plötzlich, waren wir nur mehr zu zweit, Cynthia und ich, und saßen mit auf dem Rücken gefesselten Händen unter einem Baum. Einer der Soldaten bellte einen Befehl in einer Sprache, die ich nicht erkannte. Aber ich verstand, sie wollten, dass wir uns mit dem Gesicht auf den Boden legten. Ich gehorchte, ohne abzuwarten, ob Cynthia in ihrem blütenreinen weißen Hosenanzug das gleiche tat, und sobald mein Gesicht die raue Wurzel eines Baumes berührte, wusste ich, sie werden uns jetzt umbringen.

Ich wollte fragen, welches Unrecht wir denn begangen hatten. Aber es fiel mir sehr schwer zu sprechen. Das Einzige, was ich über die Lippen bekam war: „Aber warum?", auf Deutsch, und schon als ich die Worte mit meiner geschwollenen Zunge heraus presste, war mir klar, die Soldaten konnten sie unmöglich verstehen. Ich versuchte, auf Chinesisch oder Malaiisch zu denken, was von einer lauten Explosion und einem scharfen Schmerz im Nacken gestoppt wurde.

„Ich bin angeschossen worden!", dachte ich bei mir. „Sie haben auf mich geschossen, und jetzt werde ich sterben."

Merkwürdigerweise ließ mich der Gedanke, jetzt zu sterben, ruhig werden. „Wenigstens hört jetzt gleich der Schmerz auf", sagte ich mir.

Aber der Schmerz ließ nicht nach, und ich fragte mich, ob ich womöglich doch nicht sterben würde. Da wurde ich wütend. Zur Hölle mit ihnen! Sie können nicht mal richtig schießen. Ich muss sie wissen lassen, dass ich nicht tot bin. Ich muss ihnen sagen, dass sie nochmal schießen müssen, aber diesmal richtig.

In diesem Moment rollte eine Welle der Schwärze über mich und ich fühlte, wie sie mich in ihrer zarten und warmen Geborgenheit mit sich trug.

„So, jetzt bin ich tot", sagte ich mir erleichtert. „Ich bin tot, und damit hat all dieser Kummer ein Ende."

Im selben Moment, als ich mich in meinen Tod ergab, hellte die Dunkelheit sich zu einer rosa Wolke auf, die sich eng an mich schmiegte und eine Glückseligkeit ausstrahlte, die zu mir wurde, während ich spürte, wie ich mich auflöste und zu ihr wurde.

Da hörte ich meinen Vater, der nach mir rief, aber ich hielt die Augen fest geschlossen und weigerte mich zu antworten. Nein, nicht jetzt, sagte ich mir, nicht jetzt, in einem kleinen Weilchen werde ich nicht mehr sein, und dann spielt nichts eine Rolle mehr. Aber seine Stimme klang hartnäckig weiter, also öffnete ich widerstrebend die Augen.

Michael stand über mich gebeugt und rief meinen Namen.

Oh wie grausam es ist, gerade dann aufzuwachen, wenn man gestorben ist! Ein tiefes Gefühl der Trauer überkam mich und noch halb im Schlaf, beklagte ich den Verlust meines Todes. Ungehindert strömten die Tränen meine Wangen hinunter in meine Ohren.

Michael legte die Arme um mich, zog mich in eine sitzende Position hoch und wiegte mich hin und her wie ein Baby. „Es tut mir so leid“, sagte er wieder und wieder, bis ich endlich wach war. Dann war es an mir, mich zu entschuldigen und zu erklären, dass ich geträumt hatte.

Es war Teestunde. Ich hatte bis zur Teestunde geschlafen!

Michael hatte mir eine Tasse Tee und ein Sandwich gebracht. Das Sandwich wollte ich nicht, aber für den Tee war ich dankbar. Michael sah mir zu, wie ich ihn durstig herunterkippte.

„Hattest du einen Albtraum?“, fragte er.

„Nein, im Gegenteil, es war ein schöner Traum. Ich habe geträumt, ich wäre –“ Und da unterbrach ich mich. Das war nicht der Moment, davon zu erzählen, dass man erschossen worden war, auch wenn es nur in einem Traum geschehen war. Ich schüttelte mich ein wenig, um noch wacher zu werden und fragte, was den Tag über vorgefallen war.

„Man hat die Waffe gefunden“, sagte Michael.

„Oh, gut, heißt das, sie werden bald herausgefunden haben, wer es getan hat?“

„Ich weiß es nicht“, antwortete er mit sorgenvoller Miene. „Aber wenn sie davon ausgehen, dass der Besitzer der Waffe auch derjenige ist, der geschossen hat, dann sind Dad und ich die Hauptverdächtigen.“

„Was?"

„Erinnerst du dich an die Weihnachtsfeier in London? Wie Hafiz und ich davon erzählt haben, dass wir einen Vorkriegsrevolver unter dem alten Bungalow gefunden hatten? Na ja, das ist die Waffe, mit der Cynthia erschossen wurde."

Ich erinnerte mich.

Alle waren nach Hause gegangen außer Hafiz und Cynthia, und Cynthia hatte sich zwischen den Mänteln auf dem Bett schlafen gelegt. Hafiz wartete geduldig, dass sie aufwachte und trank eine letzte Tasse Kaffee mit Michael. Ich saß dabei, während sie plauderten.

„Erinnerst du dich an den alten Bungalow?", sagte Michael.

„Jap", sagte Hafiz und kicherte.

„Ich muss damals vielleicht sechs gewesen sein", sagte Michael und wandte sich zu mir, um mich ins Gespräch miteinzubeziehen, „denn ich war noch nicht in die Schule abkommandiert. Wir waren unter dem Bungalow, und da fanden wir zur Rückseite hin einen zugemauerten Raum. Ein Stück vom Mauerwerk war abgebrochen, also sind wir durch das Loch gekrochen und haben da drinnen – du lieber Gott, wir haben eine ganze Menge Zeug da gefunden, was!?"

„Kann man sagen", meinte Hafiz und wandte sich zum ersten Mal an mich. „Ich weiß nicht, was da sonst noch so alles rumlag, ich war erst vier oder fünf. Aber an die Pistole erinnere ich mich."

„Es war ein Revolver. Weißt du noch, wie wir damit gespielt haben? Wir haben abwechselnd auf einander gezielt und so getan, als würden wir schießen. Ziemliches Glück gehabt, dass er nicht geladen war."

„Und was habt ihr dann mit ihm gemacht?", fragte ich.

„Zu Mikes Vater gebracht", antwortete Hafiz. „Erinnerst du dich, Mike?"

„Ja. Dad hat uns gezeigt, wie er funktioniert, ich glaube hauptsächlich deswegen, um uns klarzumachen, wie gefährlich es ist, mit Waffen zu spielen. Ich wollte, dass er mir beibringt zu schießen, aber er meinte, dafür wäre ich zu jung. Immerhin hat er uns gezeigt, wie man ihn säubert und lädt. Wir hatten auch eine Schachtel mit Patronen gefunden in dem Versteck, aber die waren feucht geworden oder irgend so etwas. Dad meinte, er würde frische kaufen, wenn er das nächste Mal in der Stadt wäre und uns dann auch beibringen zu schießen, wenn ich älter wäre. Als ich dann in der Schule war, hab ich immer davon geträumt. Und dich wahnsinnig beneidet, Hafiz, bei dem Gedanken, wie du hier den Revolver saubermachst und lädst und womöglich auch schon lernst zu schießen."

„Das Glück hatte ich nicht", sagte Hafiz. „Meine Mutter wollte nichts davon hören."

„Wirklich? Ich dachte, sie wäre fasziniert von allem Neuen. Das Ende vom Lied war jedenfalls, dass wir ihn nie benutzt haben, denn, erinnere dich, als ich schließlich von der Schule nach Hause kam, war es, um zum Begräbnis meiner Mutter zu gehen. Sie war von kommunistischen Terroristen erschossen worden", sagte er, indem er sich mir erläuternd zuwandte, „im Dschungel ganz in der Nähe des Bungalows."

Dann hing jeder seinen Gedanken nach. Und während sie dort in dieser kameradschaftlichen Schweigsamkeit saßen, die nur zwischen sehr guten Freunden möglich ist, fiel mir eine gewisse Ähnlichkeit zwischen den beiden auf. Und ich fragte mich, ob es bei Freunden genauso funktionierte wie bei alten Ehepaaren, die nach vielen Jahren gemeinsamer Nähe einander zu ähneln beginnen.

Hafiz war der Erste, der wieder zu sprechen begann.

„Apropos, was ist eigentlich aus dem Revolver geworden?"

„Na ich glaube, er wird irgendwo in Dads Haus rumliegen."

„Immer noch weggesperrt", sagte Hafiz grinsend.

„Weißt du, was mir machen sollten, wenn wir das nächste Mal nach Hause kommen? Wir sollten Dad nach ihm fragen und dann ein bisschen Zielschießen üben. Was meinst du?"

„Vorausgesetzt, die Genehmigung ist noch gültig", sagte Hafiz.

„Der Jurist hat immer recht", lachte Michael. „Wir werden das nachprüfen. Und wenn nicht, lassen wir sie halt erneuern. Schließlich kennt Inspektor Tajuddin die Familie schon seit drei Ewigkeiten."

Ich zwang mich zurück in die Gegenwart.

„Aber wie kannst du dir so sicher sein, dass es gerade diese Pistole war? Ich weiß, dass es sehr viele unterschiedliche gibt, aber sehen Pistolen desselben Herstellers sich nicht ziemlich ähnlich?"

„Das ist wahr. Außerdem glaube ich, dass sie alle eine Seriennummer haben oder so was in der Art. Aber weißt du", und er sah mich mit einem ironischen Lächeln an, „ich glaube, ich weiß selbst nicht all zu viel über Waffen."

In jeder anderen Situation wäre das ein Anlass gewesen, um gemeinsam zu lachen. Aber obwohl ich nicht wusste, wie ernst die Situation eigentlich war, war mir doch klar, dass das hier nicht der Moment für Gelächter war, deswegen konzentrierte ich mich auf das einzige Licht am Ende des Tunnels, das ich erblicken konnte.

„Kennst du denn die Seriennummer der Pistole, die die Polizei sichergestellt hat?"

„Nein. Ich habe nicht daran gedacht nachzufragen. Ich war so frappiert, als ich den Revolver sah und wiedererkannte, dass ich einfach davon ausgegangen bin, es müsse derselbe sein."

„Aber das hast du Inspektor Tajuddin nicht gesagt, oder?", fragte ich entsetzt.

„Na ja, nein, habe ich nicht." Er öffnete den Mund, als wolle er noch mehr sagen, sah dann aber davon ab. Aber seine Antwort genügte mir schon. Niemals ein Wort mehr sagen als man unbedingt muss, hatte meine Mutter mir immer eingeschärft. Und sie hatte natürlich vollkommen recht, vor allem, wenn es um jemanden ging, der für das Gesetz arbeitete.

„Ich bin mir sicher, dass die Polizei das sehr gründlich untersuchen wird, bevor sie zu irgendwelchen voreiligen Schlüssen springt", sagte ich im Versuch, ihn zu beruhigen. „Außerdem warst du den Großteil des Nachmittags mit mir zusammen."

„Das war ich, das war ich."

„Also?"

Er erhob sich vom Bett und ging ans Fenster.

„Ich weiß nicht. Ich war noch nie in einen Mordfall verwickelt, und ich hab auch noch nie erlebt, dass eine Waffe, die uns gehört, mir oder Dad – oder eine, die ziemlich genau so aussieht –, für einen Mord benutzt worden ist. Was werden diese Leute von mir erwarten, außer dass ich die Wahrheit sage? Werden sie glauben, dass ich diese Pistole seit Jahren nicht mehr gesehen habe, dass ich keine Ahnung hatte, wo sie aufbewahrt wurde, zu sehr damit beschäftigt war, Liebe mit dir zu machen, um zugleich einen Mord zu planen und Cynthia nicht mehr gesehen habe, seit ich gestern nach Ipoh losgefahren bin?"

„Aber das müssen sie einfach. Und ich bin dein Zeuge. Du warst den ganzen Tag mit mir zusammen."

„Außer als du eingeschlafen bist und ich raus ins *belukar* gegangen bin."

„Was hast du denn da gemacht?"

„Ich dachte, ich hätte Schüsse gehört und bin raus nachsehen. Du hast das für Feuerwerkskörper gehalten, stimmt's?"

„Das stimmt. Ich habe die Explosionen gehört, aber von meinem Fenster aus konnte ich nichts sehen. Hast du was gesehen?"

„Nein, und ich bin fast am Rand des Golfplatzes gewesen. Absolut nichts gesehen. Da bin ich dann zurück."

„Wie viel Uhr war es da?"

„Kurz vor dem Tee. Ich musste erst nochmal duschen, weil ich so verschwitzt war. Deswegen bin ich zu spät gekommen."

Also musste es Michael gewesen sein, den ich auf dem Kiesweg hatte entlanglaufen hören.

„Aber wenn das Schüsse waren", sagte ich, „dann können es nicht *die* Schüsse gewesen sein, also die, die, na ja, Cynthia getötet haben. Denn Cynthia ist doch erst später zurückgekommen, oder? Wir haben ihr Auto doch erst in der Einfahrt gesehen, als wir schon zum Club gehen wollten."

Michael sah mich an, als wäre ihm gerade ein Gedanke gekommen.

„Du hast ihren Wagen nicht zufällig vorfahren hören? Nein, wie solltest du auch? Dein Zimmer liegt auf der anderen Seite."

„Ich glaube sowieso, dass ich bis gegen halb sieben weggenickt war."

Ich unterbrach mich, überlegte, ob ich noch mehr sagen sollte, und beschloss, dass ich ebenso gut reden konnte. Also erzählte ich ihm von der zweiten Serie von Feuerwerkskörpern und rennenden Schritten und wie merkwürdig ich die Wiederholung gefunden hatte.

„Hast du diese Explosionen auch das zweite Mal gehört?", fragte ich.

Michael dachte scharf nach und versuchte sich genau zu erinnern. Dann schüttelte er den Kopf.

„Nein, zu dem Zeitpunkt hab ich mich wahrscheinlich rasiert. Aber sag, was die vorüber rennenden Füße betrifft: Hast du irgendjemanden gesehen?"

„Nein. Das war das Merkwürdigste. Sie klangen so nah, und trotzdem war nichts zu sehen. Niemand. Ich hab sogar gedacht, womöglich spukt es bei euch. Weißt du, irgendwas mit dem Zwischenfall um deine Mutter."

„Du lieber Gott! Jetzt, wo du's erwähnst! Verdammt!"

Er hielt den Kopf zwischen den Händen und dachte genau nach.

„Aber weißt du, das kann nichts anderes als ein Zufall sein", sagte er schließlich. „Meine Mutter ist von kommunistischen Terroristen ermordet worden. Aber es gibt hier heutzutage keine Terroristen mehr. Das ergibt keinen Sinn. Nein, das ergibt alles überhaupt keinen Sinn."

Und er starrte wieder gedankenverloren zum Fenster hinaus.

Nach einer Weile fragte ich nach Jonathan. Er sagte mir, Jonathan sei ins Ulu Banir-Distrikt-Krankenhaus in Kota Banir gebracht worden.

Fünftes Kapitel
7. Februar 1974

Als wir im Krankenhaus ankamen, schlief Jonathan. Die Schwester meinte, wir dürften den Kopf zur Tür hineinstecken, ihn aber nicht stören. Yew Chuan war im Zimmer.

„Er kommt wieder in Ordnung“, sagte Yew Chuan und wies mit dem Kinn in Jonathans Richtung. „Er ist zäh wie altes Leder. Aber es war schon ein böser Schock für ihn. Du weißt doch, oder?“, wandte er sich an Michael, „es passiert ihm zum zweiten Mal. Deine Mutter ist fast genau so umgekommen. Verrückt. All diese Gewalt und Schweinerei. Als würde ein Schuss nicht schon ausreichen.“

Er schüttelte den Kopf.

„Ich hab mich das auch schon gefragt“, sagte Michael. „Aber ich nehme an, im Falle meiner Mutter war die Gewalttätigkeit nicht erstaunlich. Es waren schließlich Kommunisten.“

„Ist das das, was dein Vater dir erzählt hat?“, fragte Yew Chuan.

„Ja“, sagte Michael. Und dann, nach einem Blick in Yew Chuans Gesicht: „Wieso, war es nicht so?“

Yew Chuan antwortete nicht sofort. Er drehte sich zu Jonathan um und verharrte in der Betrachtung des schlafenden Mannes.

„Ich weiß es nicht“, sagte er schließlich. „Ich war damals nicht hier.“

In dieser kurzen Minute der Schweigsamkeit, schien mir, hatte er mit sich selbst gerungen, ob er etwas sagen sollte. Ich war sicher, dass es etwas mit dem Tod von Michaels Mutter zu tun hatte und dass er es uns nicht sagen wollte. Aber schon mit seinen nächsten Worten kehrte er wieder zur Normalität zurück.

„Sagt mal, habt ihr schon zu Abend gegessen? Also ja. Aber hättet ihr was dagegen, euch dazuzusetzen, während ich esse? Ich tue das so ungern alleine.“

Er sah Michaels beunruhigten Gesichtsausdruck und fügte hinzu: „Keine Angst, deinem Vater geht's gut. Er hat lediglich ein Schafmittel bekommen.“

„Ich hoffe, es macht euch nichts aus, mich zu begleiten“, sagte er, als wir aus dem Krankenhaus traten. „Normalerweise esse ich nicht so spät, aber die Polizei hat mich heute den ganzen Abend in meiner Klinik festgehalten und mir alle möglichen Fragen gestellt. Über Cynthia. Sie war ja, wie ihr wisst, Patientin bei mir.“

Wir gingen in einen Coffee Shop auf der gegenüberliegenden Straßenseite vom Krankenhaus.

Yew Chuan bestellte sich einen großen Teller Nudeln, Michael nahm eine Limonade, und ich nahm einen gezuckerten Kaffee, den der großzügige Ladenbesitzer mir in einer Tasse mit Untertasse servierte, die beide bis zum Rand gefüllt waren.

Yew Chuan machte keine Anstalten zu reden, und ich fragte mich, warum er uns dabei haben wollte. Als er gesagt hatte ‚dazusetzen' hatte ich nicht geahnt, dass er tatsächlich genau das meinte. Aber natürlich war es eine typisch chinesische Sache, schweigend zu essen, vor allem für jemanden seiner Generation. *Iss und sprich nicht*, sagte das Personal bei jeder Mahlzeit zu mir, wenn meine Eltern nicht da waren. *Iss mehr und sprich weniger*, sagte meine Mutter, wenn sie da war und bekräftigte damit die Lektion. Die Lektion eines Volkes mit einer so langen Geschichte des Nahrungsmangels, dass, wenn es denn einmal etwas gab, in ehrerbietiger Schweigsamkeit gegessen werden musste.

Ziemlich bald schob Yew Chuan seinen leeren Teller mit einem zufriedenen Seufzer von sich.

„Ah, das hat gut getan!“

Wir strahlten ihn an. Michael nahm das Ende der Mahlzeit als Zeichen, dass jetzt geredet werden konnte.

„Sag mal, Yew Chuan, wie haben Dad und du euch eigentlich kennengelernt?“

„Hat dein Vater dir das nie erzählt?“, Yew Chuan sah Michael mit ein wenig Verblüffung an.

„Nein. Wahrscheinlich auch, weil ich nie gefragt habe. Nie auf den Gedanken gekommen bin, zu fragen.“

Meine Eltern waren also nicht die Einzigen, die nicht über ihre Vergangenheit redeten. Was für eine Art Antwort Michael wohl bekommen hätte, wenn er gefragt hätte: *Er ist mein Freund, weiter nichts. Was gibt's denn da zu erzählen?*

„Da gibt's kein großes Geheimnis“, sagte Yew Chuan. „Wir waren während der japanischen Besatzung zusammen im Dschungel. Guerillakämpfer, wenn du so willst.“ Und er grinste breit.

Michael fand das komisch.

„Dad ein Guerillakämpfer? Das ist das Erste, was ich höre! Ich dachte immer, er hätte den Krieg in einem Internierungslager in Singapur verbracht.“

Yew Chuan lachte.

„Ganz unter uns: Das möchte er die Leute gern glauben machen. Aber nein. Er war im Dschungel. Zusammen mit anderen Mitgliedern der Kommunistischen Partei.“

„Was soll das heißen? War Dad etwa Kommunist?“

„Nein. Aber ich war einer.“

„Yew Chuan! Du? Der Spross einer Zinndynastie? Willst du mich veralbern?“

„Keineswegs. Ich meine es ernst. Ich war Mitglied der Malaiischen Kommunistischen Partei. Und wenn du gestattest war ich sogar Mitglied in der All-Malaiischen Antijapanischen Volksarmee. Und so habe ich deinen Vater kennengelernt. Ich war erst ein Teenager, aber irgendwie haben wir uns angefreundet. Vielleicht, weil ich Englisch spreche und wir miteinander reden konnten. Ich habe eine Menge von deinem Dad gelernt. Ohne ihn wäre ich vermutlich dabeigeblieben, bis ich getötet worden wäre."

Er verfiel für einen Moment in Schweigen. Dann fuhr er fort: „Ich bin sogar bis 1950 dabeigeblieben. Das war vielleicht ein Jahr nach dem Tod deiner Mutter. Es wundert mich, dass dein Vater es für einen Mord von Terroristen gehalten hat. Wir mochten ihn alle gerne. Keiner von denen, die ihn kannten, hätte ausgerechnet seine Frau ermordet. Aber natürlich konnte ihm das nicht klar gewesen sein."

Michael runzelte die Stirn. Ich auch. Ich wusste sehr wenig über die Malaiische Kommunistische Partei und ihre Aktivitäten während der Japanischen Besatzung. Aber ich erinnerte mich noch an die beängstigenden Geschichten, die ich in meiner Kindheit über die Terroristen gehört hatte, die angeblich keine Gnade und keine Loyalitäten kannten.

„Aber wenn die nicht verantwortlich waren", fragte Michael, „wer dann?"

„Keine Ahnung. Damals wurden viele Europäer ermordet, vor allem auf den Plantagen. Ich nehme an, die Autoritäten hielten das einfach für eine weitere Mordwelle des Ausnahmezustands."

„Das heißt also, anstatt einen unaufgeklärten Mord am Hals zu haben, haben wir es jetzt womöglich mit zweien zu tun", sagte Michael. „Was denn noch alles?"

Ja wirklich, was denn noch alles? Log Yew Chuan uns an, um als ehemaliger Terrorist das Ausmaß seiner eigenen Verstrickung in jenen ersten Mord zu leugnen? Aber wenn er log, konnte es schwerlich eine Freundschaft zu Jonathan geben. Und falls nicht, gab es da in der Vergangenheit einen zweiten Mord, der vielleicht etwas mit Cynthias Tod zu tun hatte?

Binnen weniger Minuten sprangen mir die Gemeinsamkeiten zwischen den beiden Todesfällen ins Auge. In beiden Fällen war eine Pistole benutzt worden. In beiden Fällen war die Schießerei extrem blutig. Und in beiden Fällen war die Frau intim mit Jonathan verbunden gewesen.

Du lieber Gott! War Jonathan Templeton etwa so eine Art moderner Blaubart?

Mir fiel ein, wie emotionslos er reagiert hatte, als Cynthia nicht auf der Party auftauchte. Und was genau hatte er gemeint, als er Michael und mir sagte, wir sollten nicht ins *belukar* gehen, dafür wäre morgen noch genug Zeit, sprich heute?

Ich musste schlucken angesichts der Enormität meiner Gedanken. Ich warf einen verstohlenen Blick auf Michael. Aber es war Yew Chuan, der wieder zu reden begann.

„Weißt du, wenn du wirklich mehr über den Tod deiner Mutter herausfinden willst, solltest du mit Puteh oder Yusuf reden. Die beiden haben damals oben auf Jocks Hill gelebt."

„Das ist eine Überlegung wert, ja", sagte Michael gedankenverloren. Aber was ihn dringender interessierte, war, wie Yew Chuan zum kommunistischen Terroristen geworden war.

„Ich war damals ein Schuljunge. Sehr jung und sehr idealistisch. Ich wusste selbst kaum, was ich da machte."

„Deinem Vater kann das nicht besonders gefallen haben."

„Der wusste nichts davon", sagte Yew Chuan und erzählte uns dann von dem Doppelspiel, das er vor dem Krieg getrieben hatte: In Gegenwart seines Vaters verleugnete er die Partei, und in Gegenwart seiner Genossen verleugnete er seinen Vater. Er lachte und berichtete von der Zeit, als sein Kader Geld für die Kriegsanstrengungen in China eintreiben musste. Um seine Loyalität zu beweisen, hatte er sich heimlich mit dem Vorarbeiter seines Vaters abgesprochen, einem Schlüsselmitglied der Kommunisten, um Zinn aus der eigenen Mine seines Vaters hinauszuschmuggeln.

Kurz nach der japanischen Invasion war er dann in den Dschungel gegangen. Um seine Familie zu schützen, erzählte er ihr nichts von seinen Plänen, sondern stahl sich nur eines Nachts heimlich davon. Jahre später erfuhr er von seiner Mutter, dass sein Verschwinden jedermann hatte glauben lassen, er sei von den Japanern gefangen und exekutiert worden. Was dann wiederum zur Gefangennahme, Folter und Exekution seines Vaters führte.

„Hatten die Japaner herausgefunden, dass du ein Guerillakämpfer warst?“, fragte Michael.

„Nein. Es hatte mit den 50 Millionen Straits-Dollars zu tun, die die chinesische Community für die japanische Militärverwaltung aufzubringen hatte. Mein Vater wurde aufgefordert, seinen Teil beizusteuern. Aber er, im Glauben, die Japaner hätten mich ermordet, weigerte sich. Laut meiner Mutter sagte er in Gegenwart zweier enger Freunde, eher werde er sein Geld ins Meer werfen. Na ja, einer der Freunde war ein Spitzel, und so kamen die formosischen Häscher der Japaner ihn noch am selben Abend abholen.“

Dies war meine erste Begegnung mit jemandem, dessen nahe Verwandte von den Japanern gefoltert und ermordet worden waren. Das heißt, ich musste auch vorher schon so jemandem begegnet sein, Eltern meiner Schulfreunde, womöglich sogar meine eigenen Eltern. Aber niemand von ihnen hatte jemals über den Krieg reden wollen, außer, um zu sagen, dass sie einen Haufen Tapioca essen und Japanisch lernen mussten. Und obwohl sie im Allgemeinen mit nachlassendem Gedächtnis argumentierten – *das ist doch alles so lange her!* – fragte ich mich doch oft, ob es nicht vielmehr daran lag, dass sie sich nicht erinnern wollten. Sollte Yew Chuan die Ausnahme von der Regel darstellen? Zugleich hoffte ich aber auch, dass seine Geschichte nicht zu grausam sein möge.

„Es ist keine angenehme Geschichte, aber je älter ich werde, desto mehr bin ich überzeugt, dass wir es eurer Generation schuldig sind, über unsere Vergangenheit zu sprechen.“

Ich hätte ihm gar nicht heftiger zustimmen können, erinnerte ich mich doch meiner eigenen Gefühle nur zu gut, als nach den Unruhen die Decke des Schweigens über die Nation geworfen wurde. Damals hatte ich gedacht, wenn man den Menschen nicht erlaubte, über die Gründe für all das zu diskutieren, würden die Wunden nie heilen. Ich fragte mich, ob Yew Chuans Beweggründe die gleichen waren wie meine. Ich sagte: „Ist es wirklich etwas Gutes, über die Vergangenheit zu reden? Wirft das nicht nur immer weitere Probleme auf? Dann wird der ganze Kreislauf von Schuldzuweisungen und Racheforderungen nie enden, und die Spirale der Konflikte dreht sich nur immer weiter."

Yew Chuan lachte bellend auf.

„Auf die eine oder andere Weise dreht die Spirale sich ohnehin immer weiter, ob die Leute nun darüber reden oder nicht. Konflikte gehören zum menschlichen Leben dazu. Und das aus dem einfachen Grund, weil Konflikte immer aus Eigeninteressen heraus entstehen. Aber ich spreche gar nicht von Konflikten. Ich spreche von..."

Er machte eine Pause, um zu überlegen, was genau er sagen wollte.

Dafür mochte ich ihn. Die Worte sprudelten nie gedankenlos aus ihm heraus.

„Entschuldigung", sagte er nach einer Weile. „Ich spreche davon, dass die Leute ihren Kindern die Wahrheit darüber erzählen müssen, was in ihrer eigenen Lebenszeit geschehen ist. Der Sinn dabei, Ai Lian, ist nicht, Schuldzuweisungen zu machen und Rache zu üben, sondern der nächsten Generation beim Wachsen zu helfen, sie zu unterstützen ein höheres Niveau der Selbsterkenntnis zu erreichen, um mehr mit der Zeit anzufangen, die ihnen auf Erden gegeben ist."

„Im Sinne von, wenn man die eigene Geschichte nicht kennt, ist man dazu verdammt sie zu wiederholen?"

Er runzelte die Stirn.

„Hm, ja und nein. Ich glaube, worauf ich hinauswill, ist etwas sowohl Einfacheres als auch Persönlicheres als das. Nimm meine Situation: Ich bin in den Dschungel gegangen, ohne meinen Eltern Bescheid zu sagen. Ich habe das aus den besten Absichten heraus getan, nämlich um sie vor Schmerzen und womöglich dem Tod zu bewahren. Weil sie die Wahrheit nicht kannten, kamen sie zu ihren eigenen Schlüssen darüber, was mir zugestoßen war. Als Eltern, die sie waren, befürchteten sie das Schlimmste. Und das Ergebnis davon war, dass mein Vater verhaftet, gefoltert und ermordet wurde. Die Ironie scheint mir überdeutlich. Genau das, was ich gehofft hatte zu verhindern, trat ein. Aber selbst das ist nicht das, worauf ich hinauswill.

Worauf ich hinauswill, ist Folgendes:

Ein paar Jahre später kehrte ich zurück und wusste nichts von dem, was vorgefallen war. Als ich zurückkam, erfuhr ich nur, dass mein Vater gestorben sei. Es muss Leute in Ipoh gegeben haben, die gewusst haben, wie und warum er gestorben war, aber das ist das Komische an solchen Sachen, nicht wahr? Bei all den Dingen, bei denen man der Erste sein sollte, der von ihnen erfährt, kann man sein letztes Hemd darauf verwetten, dass man als Allerletzter von ihnen hört. Ich habe die Details nie erfahren, bis meine Mutter mir dann viele Jahre später quasi auf dem Sterbebett davon erzählte.

Und als sie das schließlich tat, war alles, was ich denken konnte, dass sie besser geschwiegen hätte. Wenn sie es mir sagen wollte, hätte sie das besser Jahre früher getan, als ich noch etwas hätte tun können. Ich weiß übrigens gar nicht was – den Tod meines Vaters rächen, ihr ein besserer Sohn sein, mit mehr Respekt an meinen Vater zurückdenken? Vielleicht hatte sie es mir auch nicht früher gesagt, weil sie nicht wollte, dass ich Rache nahm oder mir zu große Vorwürfe machte. Aber, und genau darum geht es mir: Ich fühlte mich letztendlich viel schuldiger, gerade weil ich all die ahnungslosen Jahre hindurch so glücklich gewesen war. Ich hatte das Gefühl, mein ganzes Leben vertan zu haben. Ich hätte so viel mehr tun, so viel mehr erreichen können, wenn ich bloß Bescheid gewusst hätte."

Er warf Michael einen Blick zu, bevor er sich wieder zu mir umblickte. Ich bemerkte diesen Seitenblick und überlegte. War diese ganze Erzählung an Michael gerichtet gewesen? Versuchte er ihm damit etwas mitzuteilen? Etwas im Zusammenhang mit dem Tod seiner Mutter? Nahm er an, Jonathan habe Michael nicht die ganze Geschichte erzählt? Versuchte er zu sagen, dass Michael es sich schuldig war, zu versuchen, die Wahrheit herauszufinden?

Dann stand er auf.

„Kommt, gehen wir."

Zurück im Krankenhaus fanden wir Jonathan in tiefem von den Beruhigungsmitteln verursachten Schlaf. Yew Chuan riet uns, nach Hause zu gehen und selbst etwas Schlaf zu finden.

Aber da es noch nicht einmal neun war und keiner von uns glaubte, wir könnten jetzt schon schlafen, schlug Michael vor, Hafiz und seine Eltern zu besuchen. Ich willigte sofort ein. Ich wollte zu gerne wissen, wo genau Hafiz am Vorabend zwischen sechs und acht gewesen war.

Hafiz lebte mit seinen Eltern in Kota Banir. Ich hatte erwartet, in ein großartiges malaiisches Haus zu kommen. Stattdessen stellte ich fest, dass sie in einem unscheinbaren zweistöckigem Einfamilienhaus in einer Wohnsiedlung lebten.

Am Eingangstor stieg ich aus, um zu klingeln. In der Luft hing ein schwerer, süßlicher Duft, und ich fragte mich, woher er wohl rührte. Beim Einsteigen fragte ich Michael, und er meinte, das müsse die Mangoblüte sein. Ich hatte nicht gewusst, dass Mangoblüten einen derartig intensiven Duft absondern, und sagte das.

„Du weißt wirklich nicht besonders viel, was?“, lachte Michael.

In dem Moment gingen zwei Lampen an, die dem Vorgarten einschließlich dem Mercedes und dem BMW in der Garageneinfahrt Kontur und Farbe verliehen. Wieder fragte ich mich, wie Jonathans vormalige Diener es angestellt hatten, so wohlhabend zu werden. Muss wohl an der Neuen Ökonomischen Politik liegen, dachte ich und ließ es dabei sein Bewenden haben.

Jemand blickte durchs Gitter der Haustür, verschwand dann und kam wieder, um aufzuschließen. Es war Hafiz, der in einem Sarong und einem malaiischen Hemd kaum wiederzuerkennen war.

Wir warteten, während er herausschlenderte und das Tor öffnete. Wir fuhren auf das Grundstück, stiegen aus und warteten, bis er das Tor wieder verriegelt hatte, um dann gemeinsam ins Haus zu gehen.

Puteh und Yusuf standen an der Tür, um uns zu begrüßen. Hinter ihnen räumte ein Dienstmädchen den Abendessenstisch ab. Michael entschuldigte sich für den unangekündigten Besuch, aber Puteh wischte seine Worte beiseite und sagte, wie sehr sie sich freue, uns zu sehen.

Sie bewegte sich zum Sofa, schlug die Kissen auf und lud uns ein, Platz zu nehmen. Und die ganze Zeit über floss ein unaufhörlicher Strom gefälliger, höflicher Worte aus ihr, halb auf Malaiisch, halb in sauber gesprochenem Englisch, das sie zweifelsohne, nahm ich an, all den Jahren, die sie im Haushalt der Templetons gearbeitet hatte, verdankte.

Angesichts ihrer raschen Bewegungen, ihrer perlenden Worte und ihrer Art, wie sie uns dezent genau dort platzierte, wo sie uns sitzen haben wollte, wurde mir klar, dass Hafiz seine Schweigsamkeit und seine trägen Bewegungen nicht von ihr haben konnte, sondern eher von seinem Vater. Yusuf, der noch kein Wort gesprochen hatte, stand lächelnd neben einem der Lehnsessel, als wolle er warten, bis wir es uns bequem gemacht hatten, bevor er sich auch setzte.

„So, wie ist es dir ergangen?“, fragte Puteh, als der Kaffee serviert worden war. Sie fragte in einem beiläufigen Ton und endete mit einem Lächeln. In ihrer Welt hatte es keinen Mord gegeben.

Ich war fasziniert. Unsere früheren Dienstboden behielten immer eine dienstbotenartige Beflissenheit, wenn sie mit uns sprachen, selbst wenn wir sie bei ihnen zu Hause besuchten. Sie huschten herum, entschuldigten sich für Sachen, die für Leute wie uns nicht gut genug seien, und machten auf lästigste Art und Weise Aufhebens um alles. Oder aber sie brachen in Klagen über ihr unglückliches Leben aus, so dass wir uns beeilten wegzukommen, bevor uns das Gefühl übermannt hätte, noch mehr Geld in die rosa Umschläge zu stopfen, die wir ihnen in die wartenden Hände drückten.

Puteh hatte dagegen ein sehr feines Gleichgewicht zwischen Würde und Ehrerbietung gefunden. Sie war die Herrin ihres eigenen Hauses. Sie war von Michaels Besuch geehrt. Sie war um sein Wohlergehen besorgt. Soweit war alles erwartbar. Aber ihr Lächeln suggerierte auf höchst subtile Art und Weise, dass ihr klar war, kein Recht zu haben, ihm Fragen zu stellen, und dass Michael ihr eine Ehre erweisen würde, sollte er antworten.

Nein, sie benahm sich nicht wie eine Dienerin, fiel mir plötzlich wie Schuppen von den Augen, sondern wie eine Mutter. Eine Mutter, die sich um ihr erwachsen gewordenes Kind sorgte, die aber zugleich deutlich machen wollte, dass sie wusste, kein Recht zu haben, über alles Bescheid zu wissen oder sich zu sehr in sein Leben zu mischen.

Ohne das Make-up und die Aufmachung des Vorabends wirkte ihr Gesicht weicher, und die entspannten und flüssigen Bewegungen ihres Körpers passten gut zu den fließenden Konturen ihres malaiischen Kleides. Ich konnte erahnen, wie atemberaubend sie in ihrer Jugend ausgesehen haben musste. Die feine Nase, die runden Augen, die nur andeutungsweise geschlitzt waren, die sehr helle Haut. Es steckt etwas Arabisches in ihr, dachte ich.

Vorhin, als sie gesprochen hatte, strahlte ihr Gesicht eine charmante Lebhaftigkeit aus, jetzt dagegen im Ruhezustand, während sie auf Michaels Antwort wartete, lag ein tiefer, nachdenklicher Ernst darüber. Ich hatte das flüchtige Gefühl, diesen Gesichtsausdruck schon einmal gesehen zu haben, aber es war verschwunden, bevor ich ihm nachgehen konnte.

„Hafiz wird dir gesagt haben, was passiert ist", sagte Michael und warf einen kurzen Blick auf Hafiz. Der bemerkte ihn und nickte.

„Ja, ja", sagte Puteh mit einem kurzen Seufzer. „Schlimm, nicht wahr? Sie war so ein hübsches Mädchen. Eine Frau, sollte ich besser sagen." Auch sie warf Hafiz einen kurzen Blick zu, aber der sah auf seine Hände, die er zwischen den Knien gefaltet hatte. Ich verspürte eine kurze irrationale Aufwallung von Wut. *Um Himmels Willen, die Frau, die du einmal geliebt hast, ist tot. Wie ein Sieb durchlöchert mit Kugeln. Und ihr schöner Körper, den du in deinen Armen gehalten hast, liegt dort zwischen feuchtem, fauligem Laub, herabgefallenen Zweigen, verrottenden Ästen, gierigen Insekten und allem möglichen herumschnüffelnden Getier. Hast du nicht vielleicht auch selbst mal etwas dazu zu sagen?*

Michael sprach wieder, diesmal direkt zu Hafiz.

„Dad ist im Krankenhaus, wie du weißt. Er hat Schlafmittel bekommen, und wir können nicht mit ihm reden. Drum hab ich mir gedacht – verstehst du, ich glaube, wir sollten so schnell wie möglich Cynthias Familie informieren –, aber na ja, ich hab' sie kaum gekannt. Könntest du ihnen schreiben und es ihnen mitteilen, Hafiz? Oder soll ich lieber? Ich könnte es auch machen, wenn es dir lieber ist und du mir die Adresse ihrer Eltern gibst."

Hafiz blickte auf und starrte Michael an, als hätte er Mühe, all das Gehörte einzuordnen. Dann sah er kurz zu seinen Eltern rüber, blickte wieder zu Boden, räusperte sich und sagte:

„Ihr Vater ist so ungefähr vor fünf, sechs Jahren gestorben, das heißt, es gibt nur ihre Mutter. Ich weiß, dass sie irgendwo in Yorkshire lebt, aber ich bin ihr nie begegnet."

Und du wolltest sie heiraten? Du hast sie hergebracht, um sie zu heiraten und dich nicht einmal darum geschert, ihre Mutter kennenzulernen? Ich riss mich zusammen. Worauf wollte ich hinaus? Michael hatte meine Mutter auch nicht kennengelernt. Und ich war es, die das nicht gewollt hatte.

Jetzt, wo ich wusste, dass auch Cynthia ihren Vater verloren hatte, fühlte ich mich ihr näher. Vielleicht hatte sie genau wie ich ihre Gründe gehabt, Hafiz nicht mit nach Hause zu nehmen, um ihre Mutter kennenzulernen. Irgendetwas, das bedeckt gehalten werden musste, eine Familie, für die sie sich schämte, eine Situation, vor der sie davonlief. Ich warf einen Blick auf Michael. Er war rot angelaufen. Vielleicht, weil ihm wie mir klargeworden war, dass er in derselben Lage steckte. Vielleicht aus Mitgefühl mit Hafiz, der soeben vor seinen Eltern hatte zugeben müssen, dass er es in Fragen des Anstands nicht genau genommen hatte.

„Na dann werden wir wohl ihre Sachen durchsehen müssen", sagte Michael.

Yusuf hüstelte höflich. Ich warf einen verblüfften Blick auf ihn. Es war der erste Ton, den er den gesamten Abend lang hervorbrachte. Er wirkte, als wolle er etwas sagen. Wir warteten. Aber er sagte nichts. Also sprach Puteh, die vielleicht mittels ehelicher Telepathie spürte, worum es ihm ging.

„Hat die Polizei irgendeine Ahnung, wer das – getan haben könnte?"

Michael sagte ihr, die Polizei habe die Mordwaffe gefunden. Puteh warf Yusuf einen erschrockenen Blick zu und drehte sich dann wieder zu Michael.

„Du meinst die Pistole. Heißt das denn, dass sie bald die Person finden werden, die – das – getan hat?"

Sie brachte es ganz offenbar nicht über sich, die Wörter ‚erschießen' oder ‚ermorden' zu benutzen, schien mir.

„Das nehme ich an."

„So eine Pistole sollte sich leicht nachverfolgen lassen", sagte Hafiz. „Vorausgesetzt, sie ist registriert."

„Das nehme ich an", sagte Michael wieder. Ich erwartete, dass er ihnen sagte, es sei sein Revolver gewesen, den man gefunden hatte. Aber das tat er nicht.

„Registriert? Was bedeutet das?", fragte Puteh.

Hafiz erklärte es ihr. Diese Erklärung schien sie zu erleichtern, ja geradezu zu befriedigen.

„Das heißt, sie werden wissen, wer es getan hat, sobald sie wissen, wem die Waffe gehört."

„Na ja, nicht unbedingt", sagte Michael sichtlich aufgewühlt.

Natürlich war ich die einzig andere Person im Raum, die den Grund für diese Aufgewühltheit kannte. Er unterbrach sich, wie um sich zu sammeln, und redete dann mit ruhigerer Stimme weiter.

„Es ist immer möglich, dass der Revolver gestohlen war. Und dann gehen wir davon aus, dass er registriert war. Es muss eine ganze Menge aus Thailand eingeschmuggelter Pistolen hierzulande geben, die nicht registriert sind. Gangster", fügte er mit einem liebevollen Lächeln für Puteh hinzu, „lassen ihre Waffen im Allgemeinen nicht registrieren."

„Dann müssen wir wohl einfach abwarten, was passiert, nicht wahr?", sagte sie und lehnte sich zurück, als sei das Thema damit erledigt.

Bis jetzt hatte noch niemand sich um Jonathans Zustand gesorgt, was ich ein wenig merkwürdig fand. Dann sagte Hafiz, er hoffe, dass Jonathan die Sache nicht zu schwer nehmen werde. Da Michael nicht antwortete, wurde das Thema wieder diskret fallengelassen, aber in der kurzen Stille, die darauf folgte, war klar, dass alle sich fragten, wie Jonathan sich wohl fühlen würde, seine junge und schöne zukünftige Verlobte auf so tragische Weise zu verlieren.

Schließlich legte Michael mir die Hand aufs Knie und sagte: „So, ich nehme an, wir sollten uns mal langsam aufmachen", woraufhin er sich erhob. Ich tat es ihm gleich. Und auch die anderen drei, Puteh, Yusuf und Hafiz, standen zugleich auf.

Als wir uns zur Haustür bewegten, drehte Michael sich um und fragte beiläufig: „Ach, Cynthia hat nicht zufällig gestern bei euch reingeschaut?"

Es war Puteh, die antwortete.

„Doch, das hat sie tatsächlich. Sie kam kurz rein, um mir etwas zu zeigen, das sie gekauft hatte. Aber sie ist nicht lang geblieben. Sie sagte, sie werde zu Hause zum Tee erwartet." Sie wandte sich an mich. „Sie hat sich darauf gefreut, Sie wiederzusehen. Sie meinte, Sie hätten sich vor ein paar Jahren in London kennengelernt."

„Oh! Und um wie viel Uhr war das?" Michael sprach, bevor ich Puteh antworten konnte.

„Gegen halb zwei. Oder?" Sie drehte sich zu Yusuf um. Der nickte.

Michael wandte sich an Hafiz: „Warst du auch hier?"

„Nein, ich war im Büro. Für die meisten von uns war es ein Arbeitstag."

„Und bist du dann vom Büro aus direkt nach Hause gefahren?"

„Ich habe meinen Vater nach Hause gefahren, und dann bin ich in den Golfclub."

„Und hast Golf gespielt?", fragte Michael scharf.

„Ich spiele kein Golf. Das weißt du doch. Ich habe Billard gespielt."

„Verstehe. Und um wie viel Uhr bist du zu Hause gewesen?"

„He, spielst du hier den Privatdetektiv, oder was?“, lachte Hafiz und deutete einen spielerischen Boxhieb auf ihn an, um der Situation ihre Schärfe zu nehmen. Dann fuhr er fort.

„Ich war rechtzeitig zurück, um mich für die Feier umzuziehen, wenn dir das etwas hilft. Vielleicht halb sieben, sieben? Vielleicht auch später. Um wie viel Uhr bin ich zurückgekommen, ’Mak?“ Er drehte sich mit der Frage zu Puteh um, aber dann fiel es ihm ein und er sagte: „Ach, aber du bist ja noch nach mir nach Hause gekommen, oder? Wie spät war es, ’Yah, als ich nach Hause kam?“ Diesmal zu Yusuf. Ich drehte mich zu Yusuf um, ich war neugierig zu hören, wie seine Stimme klingen würde.

„Ich weiß es nicht genau. Ich war im hinteren Garten und habe dort aufgeräumt. Als ich ins Haus bin, habe ich gesehen, dass dein Auto schon in der Einfahrt stand. Und dann bin ich duschen gegangen.“

Er sprach malaiisch, langsam und in einem beinahe trägen Ton. Ich hatte den Eindruck, das war für seine Verhältnisse eine erstaunlich lange Rede gewesen, an deren Ende er errötete. „Was für ein scheuer Mensch!“, dachte ich. Entweder das, oder er hatte einen so langsamen Lebenstonus, dass er schon nach einer simplen Antwort auf eine Frage wie ausgepumpt war. Oder war die Röte ein Anflug von Ärger darüber, dass man ihn ausfragte? Oder – aber war das möglich – lief der Mann rot an, weil er es nicht gewöhnt war zu lügen?

Ich war so in meine Gedanken versunken, dass mir erst einfiel, dass ich mich nicht verabschiedet hatte, als wir schon im Auto saßen.

Es begann zu nieseln, als wir losfuhren. Bis wir am Bungalow ankamen und durch das offene Tor fuhren, hatte der Nieselregen sich in einen schweren Dauerregen verwandelt. Ich war froh, dass keiner von uns beiden aussteigen und das Tor im Regen öffnen musste, andererseits hätte ich mir, vor allem angesichts dessen, was vorgefallen war, von Michaels Seite ein wenig mehr Sicherheitsdenken gewünscht.

„Lass uns auf mein Zimmer gehen", sagte Michael. Sein Zimmer lag auf der Westseite und war kein Zimmer, sondern ein Studioapartment mit Pantryküche und Wohnraum.

„Mein privates kleines Reich", sagte er lächelnd, als er meinen Gesichtsausdruck bemerkte. „Das ist einer der Vorteile, wenn man einen Vater hat, dem an seiner eigenen Privatsphäre gelegen ist. Drink?" Und er goss zwei Gläser zwölf Jahre alten Single-Malt-Whisky ein.

„Sag mir eins, Michael", fragte ich, mein Glas von ihm entgegennehmend. „Verdächtigst du Hafiz und seine Eltern, irgendwie ihre Hände im Spiel zu haben?"

Er zog die Brauen auf eine solch theatralisch-dramatische Weise zusammen, dass ich lachen musste.

„Sehr scharfsinnig, mein lieber Watson", sagte er, warf sich neben mir aufs Sofa und legte in einer fließenden Bewegung seinen Kopf in meinen Schoß und streckte die Beine lang aus.

„Das ist nicht dein Ernst", sagte ich, immer noch lachend.

„Bevor ich dir deine Frage beantworte, gibt es da zwei Dinge, die wir tun müssen. Erstens, nach meinem Revolver suchen, nur für den Fall, dass die Waffe, die ich bei der Polizei gesehen habe, nicht meine ist, sondern nur aussieht wie meine. Wobei ich ‚meine' in dem Sinne sage, dass ich sie gefunden habe, du verstehst mich richtig. Und zweitens, Cynthias Papiere durchsuchen, um herauszufinden, ob wir irgendwo die Adresse ihrer Mutter finden können."

„Aber brauchen wir dazu nicht die Erlaubnis der Polizei?"

Er sah mich verblüfft an.

„Du hast ja tatsächlich alle passenden Kriminalromane auf dieser Erde gelesen! Mit anderen Worten, wir haben doch nur eine Sache zu tun, nämlich nach dem Revolver zu suchen."

In diesem riesigen Haus nach einer Pistole suchen?

„Könnten wir nicht einfach so lange warten, bis es deinem Vater wieder besser geht?“, protestierte ich schwach. „Dann bräuchten wir ihn bloß zu fragen.“

„Immer vorausgesetzt, er kann sich erinnern.“ Er dachte kurz nach. „Aber du hast recht. Ich hab selbst noch ein paar weitere Fragen an ihn, und es ist spät. Warum folgen wir nicht dem Ratschlag unseres guten Doktors und legen uns schlafen?“

Erst im Einschlummern fiel mir ein, was wir Puteh und Yusuf zu fragen vergessen hatten.

ZWEITER TEIL
1. Februar 1994

Anna und ich sitzen auf dem Balkon und blicken auf den Mond. Kein Vollmond, ein abnehmender, der letzte Mond des alten Jahres sozusagen, denn Chinesisch Neujahr beginnt in einer Woche. Wir trinken den Rest des teuren chinesischen Tees, der fürs Mondfest gekauft worden war. Die Luft ist gesättigt mit dem Duft nach Mangoblüten.

Ich habe endlich den Mut gefunden, ihr von Michael Templeton zu erzählen, obwohl ich mir nicht sicher bin, wie sie reagieren wird. Ihre Loyalität gegenüber ihrem Vater ist sehr stark ausgeprägt. Aber ich habe letztens an Yew Chuan gedacht, der glaubte, dass jede Generation die Verantwortung hat, ehrlich mit der nächsten umzugehen. Und da ich nicht vergessen hatte, wie sehr meine eigenen Eltern mich mit ihrem Schweigen zu einem Leben kultureller Vertrocknung und psychischer Orientierungslosigkeit verurteilt haben, fühle ich mich verpflichtet, ihr meine Geschichte zu erzählen.

Bislang hat sie schweigend zugehört, ohne mich zu unterbrechen, als würde ich ihr eine Gutenachtgeschichte erzählen. Ich habe den Eindruck, sie nimmt das alles so wahr, als wäre es irgendjemand Fremdem widerfahren, nicht mir.

Und in einem gewissen tieferen Sinne, den ich selbst nur vage umreiße, hat sie mit dieser Wahrnehmung wahrscheinlich vollkommen recht.

Erstes Kapitel
8. Februar 1974

Ich wachte vom Geruch nach Kaffee und dem Klang eines mitreißenden Edward-Elgar-Marsches auf. Ich setzte mich auf, um nach Michael zu sehen und fiel vor Lachen wieder zurück in die Kissen. Er trug eine Deerstalker-Mütze auf dem Kopf, zwischen seinen Zähnen steckte eine gebogene Pfeife, und in der rechten Hand hatte er ein Vergrößerungsglas.

„Du lieber Gott, Michael", rief ich, als ich wieder zu Atem kam, „wirst du wohl mit den Clownereien aufhören? Es ist Cynthia, die ermordet wurde!" Und bei der Nennung von Cynthias Namen schämte ich mich sogleich, überhaupt gelacht zu haben.

Michael war so freundlich, dann auch selbst ein wenig verlegen dreinzublicken.

„Ich wollte mich nur in die richtige Stimmung für ein paar ernste Ermittlungen bringen und hab mir gedacht, dass ein wenig Unbeschwertheit uns die Aufgaben leichter macht, die vor uns liegen. Immerhin, wenn ich dich so freundlich wie bestimmt darauf aufmerksam machen darf, deutet die Lage der Dinge bisher eindeutig auf mich als den Hauptverdächtigen."

Und mit diesem leichten Tadel goss er mir eine Tasse Kaffee ein.

Nun war es an mir, mich zu entschuldigen. Mir wurde klar, wie besorgt er war, ja, dass er geradezu Angst hatte. Das Herumgealbere war seine Art zu versuchen, mit seinen Befürchtungen umzugehen.

„Gut", sagte ich, als ich aus dem Bett kletterte. „Fangen wir mit der Arbeit an. Was wir zunächst brauchen, ist eine Liste der Verdächtigen und ihrer möglichen Motive. Papier und Bleistift, bitte."

„Warte mal. Ich bin Sherlock und du bist Watson. Wenn du nichts dagegen hast.“

Verdächtiger	*Motiv*
Jonathan	*Rückzieher vom Eheversprechen*
Michael	*Angst, das Erbe zu verlieren*
Ai Lian	*keins (Schlafwandlerin mit Killerinstinkt)*
Yew Chuan	*Erpressung (C drohte, seine terroristische Vergangenheit aufzudecken)*
Hafiz	*Eifersucht („wenn ich dich nicht haben kann, darf dich keiner haben“)*
Puteh	*mütterliche Rache („wie kannst du meinen Sohn abweisen?“)*
Yusuf	*väterliche Rache (s. o.)*
Karuppiah	*verletzter Stolz (C. wollte überallhin selbst fahren)*
Ah Mui	*Verzweiflung (hat genug davon, C.s schmutzige Dschungelkleidung zu waschen)*

Ich las die Liste laut vor und sagte: „Könnte es sein, dass wir die Unbeschwertheit ein wenig zu weit treiben?“

„Kann schon sein, Schatz“, sagte er ernsthaft, „aber es ist wenigstens ein Anfang. Wenn schon nichts anderes, zeigt sie immerhin, wie düster die Dinge für mich stehen.“

„Aber nur, weil du deine Lage eben kennst. Der Mörder hat womöglich ganz andere Beweggründe, bloß wissen wir von denen nichts.“

„Ich hoffe, du hast recht. Jedenfalls müssen wir jetzt der tatsächlichen Gelegenheit nachgehen, ein Verbrechen auszuüben. Sprich, uns über Alibis schlaumachen. Und das geht nicht ohne ein paar Erkundigungen.“

Er blickte auf die Uhr.

„Sehen wir mal nach, wie es Dad geht. Vielleicht kann er uns ein paar Fragen beantworten."

Als wir die Treppe hinuntergingen, sahen wir Inspektor Tajuddin auf dem Sofa im Wohnzimmer sitzen. Ah Mui hatte ihm eine Tasse Kaffee hingestellt. Er stand auf, als er uns sah.

„Guten Morgen. Tut mir leid, dass ich mich hier benehme wie zu Hause, aber Tor und Tür standen offen, als ich kam, und ich dachte, ich würde Sie beide hier unten finden."

„Oh, die sind niemals zu, außer bei Nacht", sagte Michael.

Der Inspektor warf ihm einen durchdringenden Blick zu.

„Ist das klug? Jedermann könnte einfach hereinspazieren."

„Ich glaube, genau darum geht es. Eine der Templeton-Traditionen, die von meinem Urgroßvater begründet wurde. Er wollte den Arbeitern das Gefühl geben, dass sie jederzeit reinkommen und ihn sprechen könnten. Mein Großonkel hat sie aufrechterhalten. Und Dad hat nie einen Grund gesehen, irgendetwas daran zu ändern."

„Hm", sagte Inspektor Tajuddin nachdenklich. „Trotzdem keine so gute Idee, um Straftaten vorzubeugen."

„Bis jetzt hatten wir nie irgendwelchen Ärger. Wenn Sie wollen, werde ich mit Dad darüber reden. Wir wollten ohnehin gerade zu ihm. Er liegt im Distrikt-Krankenhaus."

„Ich weiß. Ich habe ihn heute Morgen gesehen. Darf ich wohl", sagte der Inspektor und warf mir dabei einen entschuldigenden Blick zu, „ein paar Worte mit Ihnen unter vier Augen besprechen, Michael?"

„Klar. Gehen wir rüber ins Arbeitszimmer. Entschuldige uns bitte einen Augenblick, Lian."

Kurze Zeit später kamen sie wieder heraus. Ich hielt den Inspektor an, als er gerade am Hinausgehen war und fragte, ob wir in Cynthias Sachen nach der Adresse ihrer Mutter suchen dürften.

„Ja. Michael hat das erwähnt. Die Polizei muss sich das auch ansehen. Ich schicke einen Mann vorbei, wenn Sie soweit sind. Sie können ihre Sachen dann in seiner Gegenwart durchsuchen. Ist besser so“, sagte er mit einem Lächeln, um zu verhindern, dass ich ihn falsch verstand. „Macht weniger Probleme später, wenn die Befragungen losgehen. Vielleicht haben Sie ohnehin schon bemerkt, dass das Zimmer abgesperrt ist.“

Das hatte ich nicht.

Ich verspürte einige böse Vorahnungen bei seinen Worten. Hieß das, dass uns eine Menge peinlicher Verhöre bevorstanden? Um Michaels und Jonathans Willen hoffte ich, dass nicht.

Im Auto erzählte mir Michael, was Inspektor Tajuddin mit ihm besprochen hatte. Eine Nachprüfung ihrer Krankenakte hatte bestätigt, was auch schon die Obduktion gezeigt hatte: Cynthia war zum Zeitpunkt ihres Todes seit etwa neun Wochen schwanger. Der Inspektor hatte ihn danach fragen wollen, sich aber eines Besseren besonnen, als er ihn im Krankenhaus sah. Er wollte wissen, ob Michael ihm irgendetwas dazu sagen könne.

„Und konntest du?“, fragte ich.

„Natürlich nicht. Dad und ich tauschen im Allgemeinen solche privaten Geständnisse nicht aus.“ Nach kurzem Schweigen fügte er hinzu: „Immer vorausgesetzt, er ist der Vater.“

Ich sah ihn verblüfft an.

„Wer sollte es denn sonst sein, glaubst du?“, fragte ich, obwohl ich meinen eigenen Verdacht darüber hegte.

„Hafiz beispielsweise. Oder ich.“ Ich sah ihn schief an.

„Warum nicht? Oder meinetwegen auch Yew Chuan. Sie ist schließlich eine sehr attraktive Frau gewesen.“

„Also ich weiß ehrlich gesagt nicht, ob ich jetzt eifersüchtig sein soll oder eher militant feministisch werden? Willst du etwa andeuten, dass Cynthia, wie soll ich mich ausdrücken, leicht zu haben war? Michael, sie ist tot!“

„Nein. Tut mir leid, dass ich das so ausgedrückt habe. Ich glaube, was ich sagen wollte, ist, dass ich überrascht wäre, sollte Dad der Vater sein. Das würde ihm so gar nicht ähnlich sehen, eine Frau zu schwängern und dann eine Mussehe einzugehen."

Ich sagte nichts. Im Grunde kannte ich weder Jonathan noch Cynthia.

„Was ich, glaube ich, wirklich meine, ist", fuhr Michael nach einem Moment des Nachdenkens fort, „dass es wahrscheinlicher ist, dass irgendjemand anderes der Vater ist, und Dad ihr, als er das erfahren hat, anbot, sie zu heiraten. Wahrscheinlich aus irgend so einer altertümlichen Idee von Ritterlichkeit heraus, um die Würde einer britischen Staatsbürgerin in einem fremden Land nicht zu gefährden – verstehst du, irgend so was in der Art. Das würde jedenfalls eher zu ihm passen. Der alte Schwachkopf!"

Den letzten Satz murmelte er in verärgerter Zuneigung. Da musste ich lächeln und drückte ihm zum Zeichen, dass ich ihn verstehen konnte, die Hand. Aber es wäre mir trotzdem lieber gewesen, die Dinge würden sich nicht so kompliziert darstellen.

Plötzlich fiel es mir wieder ein: „Weißt du, dass du vergessen hast, Yusuf und Puteh nach dem Tod deiner Mutter zu fragen."

„Ich hab's nicht vergessen. Ich hab es mir nur anders überlegt."

Ich starrte ihn an.

Er grinste mich breit an und sagte: „Elementar, mein lieber Watson. Die Lage wird immer undurchschaubarer."

Später war ich überzeugt, womöglich abergläubischerweise, dass es seine Weigerung war, irgendetwas ernst zu nehmen, die uns dann schließlich die Geschichte mit den Waffen auf den Kopf fallen ließ, was zumindest mir ganz übel Angst machte.

Als wir ins Krankenhaus kamen, war Inspektor Tajuddin bereits dort. Und das Nächste war, dass Michael aufs Polizeirevier gebeten wurde. Offensichtlich hatte einer der Männer des Inspektors, während der mit Michael redete, Hafiz über den Revolver befragt. Und Hafiz hatte ihn als genau den identifiziert, den er und Michael damals unter dem Bungalow gefunden hatten.

„Sie werden nicht beschuldigt, verstehen Sie?“, sagte Inspektor Tajuddin fast zärtlich, „Wir wollen nur wissen, ob Sie uns helfen können, ein paar Fragen zu beantworten.“ Dann fiel ihm auf, wo sie sich befanden und er sagte: „Verzeihen Sie, Sie wollten Ihren Vater sehen. Ich sage einem meiner Männer, dass er draußen vor dem Zimmer auf Sie wartet.“

Michael dachte kurz über das Angebot nach und sagte dann:

„Nein, ich würde das Dad im Augenblick lieber ersparen, wenn das für Sie in Ordnung geht.“

„Ich werde ihn auch befragen müssen, sobald's ihm besser geht“, erinnerte ihn der Inspektor.

„Ich weiß“, begann Michael. Dann, als hätte er entschieden, dass es nichts nützte, jetzt weiterzureden, fügte er hinzu: „Wollen wir dann also?“

Ich steckte in einer Zwickmühle. Würden sie mir erlauben, bei einem Verhör Michaels dabei zu sein? Andererseits war ich neugierig zu erfahren, wie es Jonathan ging. Also bot ich an, nach ihm zu sehen und Michael später auf dem Polizeirevier wiederzutreffen.

Jonathan hatte sich im Bett aufgesetzt und sah sehr viel besser aus als das letzte Mal, dass ich ihn gesehen hatte. Wie viel besser es ihm tatsächlich ging, sollte ich rasch erfahren.

„Was stimmt nicht?“, fragte er scharf.

Ich dachte daran, dass Michael dem Inspektor gesagt hatte, dass er Jonathan erst einmal schonen wollte und versuchte also beiseite zu schieben, was mir zuallererst auf der Zunge lag und mir stattdessen etwas möglichst Harmloses einfallen zu lassen. Aber mit dem Blick seiner stahlgrauen Augen auf mir war es mir auch wieder nicht möglich, eine glatte Lüge zu erzählen und damit davonzukommen. Also spielte ich auf Zeit.

„Michael und ich haben hin und her überlegt. Verstehst du, wir glauben, dass man Cynthias Mutter informieren sollte, aber wir – wir wissen nicht, wie wir sie erreichen können."

Er wischte das mit einer Handbewegung beiseite.

„Da kümmere ich mich selbst drum. Aber da ist doch noch mehr, stimmt's? Sie können es mir ebenso gut gleich sagen. Ich entlasse mich heute Morgen selbst und dann finde ich es ohnehin raus. Wo steckt Michael?"

Mit einem Seufzer, aber innerlich erleichtert, erzählte ich ihm von Michael, Hafiz und dem Revolver.

Er zog die Brauen zusammen, als er von der Waffe hörte.

„Wissen Sie, in dem Falle muss das der andere Revolver sein", sagte er halb zu sich selbst.

Oh nein, dachte ich. Nicht schon wieder zweimal das Gleiche. Zwei Morde, zwei leergeschossene Magazine, zweimal rennende Füße und jetzt zwei Waffen. Das Ganze wurde zu einer Farce.

„Nun schauen Sie halt nicht so bedröppelt drein. Das heißt nur, wir müssen beweisen, dass die Waffe, die die Jungs gefunden haben, nicht die ist, die die Polizei gefunden hat. Oder meine ich es andersherum? Wie auch immer, kommen Sie", sagte er, während er aus dem Bett stieg, „ich muss mit Inspektor Tajuddin reden."

„Was wird der Arzt dazu sagen?" Er warf mir einen Seitenblick zu, als wolle er sagen: Wen kümmert es, was der Arzt sagt, wissen Sie nicht, dass in Ulu Banir jeder tut, was *ich* sage?

Und dann verlor er das Bewusstsein und sank zu Boden.

Nachdem Schwester und Arzt gerufen waren, Jonathan wieder zu Bewusstsein gebracht und unter der Drohung zurück ins Bett gelegt worden war, man werde ihn festschnallen, wenn er noch einmal versuchen würde aufzustehen, blieb mir nichts anderes zu tun, als selbst zum Polizeirevier zu gehen.

Als ich das Zimmer verließ, rief Jonathan mir nach: „Gehen Sie und schnappen sich Puteh! Sie weiß über den anderen Revolver Bescheid!“

Puteh! Dachte ich grimmig auf dem Weg zum Auto, nachdem mir die Rezeptionistin im Krankenhaus ein paar nutzlose Hinweise gegeben hatte, wie ich zum Polizeirevier fände. Selbst wenn Puteh etwas über die zweite Waffe wissen sollte, würde sie irgendetwas tun, um Michael aus seinem Schlamassel zu helfen? Ich erinnerte mich an ihre würdevolle Gleichgültigkeit gegenüber Cynthias Schicksal und Jonathans Zustand am Vorabend. Und außerdem, sagte ich mir empört, hatte sie sich noch nicht mal darum geschert, ihrem Sohn mehr Vorsicht einzuschärfen, wenn er mit der Polizei sprach, vor allem über Dinge, die zu ernsthaften Konsequenzen auf Leben und Tod führen konnten. Wozu sollte es also jetzt nütze sein, mir Puteh zu ‚schnappen‘, wie Jonathan es ausgedrückt hatte, ganz davon abgesehen, dass ich nicht wusste, ob ich ihr Haus wiederfinden würde.

Das Polizeirevier fand ich schließlich erst nach größtmöglichen Umwegen. Niemand, den ich frage, konnte mir genaue Angaben machen, alle deuteten vage in die erste Richtung, die ihnen einfiel und sagten ‚da lang‘. Und alles wurde noch zusätzlich erschwert von der extremen Sparsamkeit, mit der die Stadtverwaltung von Kota Banir Straßenschilder einsetzte, sie geizte sozusagen mit ihnen. Und ich hatte geglaubt, in einer Stadt, die so klein war, dass sie auf den meisten Karten nicht existierte, ein Gebäude zu suchen, dass man nicht übersehen konnte!

Als ich schließlich auf den kleinen Parkplatz vor der Polizeiwache einbog, sah ich, wie Puteh und Hafiz zum Eingang gingen. Als Hafiz das Auto sah, blieb er stehen und kam zurück zu mir. Er wirkte verdrossen. Grund dazu hat er, dachte ich bitter.

„Das ist alles so lächerlich!“, platzte er heraus, als er in Sprechweite war. „Alles, was ich dem Sergeant gesagt habe, war, dass sie so *aussah* wie die Waffe, die wir gefunden hatten. Ich habe nicht gesagt, dass es diese Waffe *war*! Ich hab dem Idioten sogar vorgeschlagen – ’tschuldigung, aber ich bin so wütend –, ich hab ihm vorgeschlagen, seine Akten zu überprüfen. Ich bin mir sicher, dass der Revolver, den wir gefunden haben, registriert war. Es muss ja wohl irgendwo eine Spur dieser Registrierung geben! Das Ganze ist lächerlich!“, sagte er nochmal.

Das war das erste Mal, dass ich ihn so emotionsgeladen und redselig erlebte. Fast hätte ich geglaubt, dass er ehrlich war. Aber natürlich nur fast.

Während meiner erzwungenen, unermüdlichen Suche nach dem örtlichen Sitz von Recht und Ordnung hatte ich reichlich Zeit gehabt, mir über das mögliche Motiv für Hafiz Eilfertigkeit Gedanken zu machen, den Revolver zu identifizieren, die mir angesichts seiner sonstigen Zurückhaltung beim Sprechen höchst untypisch vorkam. Ich brauchte dazu mein Gehirn nicht übermäßig anzustrengen. Als Geschäftspartner mussten Jonathan und Yusuf irgendeine Vereinbarung eingegangen sein, die vorsah, dass, sollte Jonathan ohne Erben sterben, alles an Yusuf ging, und nach dem Tod von Yusuf an Hafiz. Außerdem hatte ich die Vermutung, dass Leute mit einer Vorstrafe nicht ohne weiteres Direktoren von Firmen sein konnten. Sollte Michael also ins Gefängnis kommen – den Gedanken, er könnte etwa gehängt werden, konnte ich nicht ertragen –, dann würde Hafiz eines Tages der Alleininhaber des Templetonschen Besitzes sein.

Ich brachte es kaum über mich, Hafiz in die Augen zu sehen. Ich konzentrierte mich darauf, meine Sachen aus dem Auto zu nehmen und die Türen abzuschließen und hoffte, er würde weggehen. Aber er stand da und rührte sich nicht. Er wartete auf mich. Ich schluckte meine Abneigung runter und fand mich damit ab, mit ihm gemeinsam das Polizeirevier zu betreten.

Puteh wartete an der Tür auf uns. Ich hatte keine Ahnung, warum sie auch da war. Und ich konnte mir auch nicht vorstellen, wie sie davon wissen sollte, dass Jonathan gewollt hatte, dass ich sie aufsuchte.

Sie lächelte mich dünn an und nickte mir zu, und dann ging sie uns voran, was ich höchst merkwürdig fand. Mir wäre es natürlicher erschienen, dass Hafiz, der studierte Jurist, die Delegation anführte, was auch immer der Zweck dieser Delegation war. I*ch wette, sie ist hier, um Hafiz zu verteidigen, sollte irgendwer ihn einen Lügner nennen, und damit den Sarg noch weiter zunageln. Michaels Sarg.* Bei dem Gedanken überlief mich eine Gänsehaut. Ich hatte auch Mühe, Puteh direkt anzusehen und war froh, dass ich nur ihren Rücken vor mir hatte, als wir ins Revier marschierten.

Vor Inspektor Tajuddins Zimmer stutzten wir. Durch die offene Tür konnten wir Michael und den Inspektor sehen, die einander gegenüber am Schreibtisch saßen. Aber das Ganze sah überhaupt nicht nach einem Verhör aus. Der Inspektor rauchte eine Zigarette und beide lachten.

„Kommt rein, kommt rein!“, rief der Inspektor gutgelaunt, als er uns sah. „Michael hat mir gerade erzählt, wie er und Hafiz einen Revolver unter dem alten Bungalow gefunden haben. Und gut, dass Sie hier sind, dann können Sie mir gleich ein paar Fragen beantworten. Wie geht es Ihnen, Datin?“, fragte er Puteh und kam mit ausgestreckten Händen um seinen Schreibtisch herum, um sie zu einem Stuhl zu geleiten.

Datin! Er fährt ja mächtige Geschütze auf!

„Und wie geht es dem Dato?“, fragte Inspektor Tajuddin und meinte offensichtlich Yusuf.

„Schade, dass er nicht hier ist, wenn ich es recht verstehe, war er ja auch dabei, als die Waffe gefunden wurde. Tuan Templeton ist noch immer im Krankenhaus, und Dr. Yew Chuan hat mir gesagt, er solle es eine Weile ruhig angehen lassen. Andernfalls hätte ich Sie alle nicht belästigt, indem ich Sie hier herbitte."

Aha, sie sind also einbestellt worden, sie sind nicht freiwillig gekommen!

„Bitte setzen Sie sich. Warten Sie, ich lasse noch ein paar weitere Stühle kommen." Und er stürzte hinaus.

Ich wusste nicht, ob diese Jovialität gespielt war, um uns in Sicherheit zu wiegen, und zu seiner üblichen Vorgehensweise gehörte. Aber ich fing an zu spüren, dass ich der einzige Außenseiter in diesem Raum war. Alle kannten sie einander und hatten eine lange gemeinsame Geschichte, von der lediglich ich kein Teil war.

„So", fuhr der Inspektor fort, als er gefolgt von einer Reihe Polizisten mit Stühlen für alle zurück in den Raum trat, „erlauben Sie mir, zunächst einmal ganz ehrlich mit Ihnen zu sein. Ich bin mir nicht einmal sicher, dass ich auf diese Weise mit Ihnen sprechen sollte, aber ich kenne Ihre Familien, seit ich hier bin, und ich würde gerne, wenn möglich, jeden Skandal vermeiden. Was ich also jetzt sage, ist absolut inoffiziell."

Ich bemerkte, dass einer der Sergeanten, wahrscheinlich der, der Hafiz wütend gemacht hatte, im Hintergrund blieb. Aber er machte keine Notizen.

„Ich verstehe so viel, dass eine Waffe – nennen wir sie einmal Waffe A – vor rund zwanzig Jahren von Ihnen beiden, Hafiz und Michael, unter dem alten Bungalow entdeckt worden ist. Sie, Hafiz, sind überzeugt, dass diese Entdeckung dann bei der Polizei angezeigt wurde, die Waffe korrekt registriert und Tuan Templeton daraufhin eine Genehmigung ausgestellt wurde. Unglücklicherweise haben wir von einem solchen Vorgang keine Spur in unseren Akten.

Vor zwei Tagen nun", fuhr Inspektor Tajuddin fort, während er sich ein wenig bequemer auf die Tischkante setzte, „hatten wir einen Mord zu beklagen. In der Nähe der Leiche wurde eine

Waffe gefunden. Natürlich können wir nicht sicher sein, bis wir sie zu ballistischen Untersuchungen eingeschickt haben, aber wir haben doch allen Grund zu glauben, dass es sich dabei um die Mordwaffe handelt. Wir wollen sie Waffe B nennen. Unnötig das noch hinzuzufügen, aber natürlich haben wir auch von diesem Revolver keine Spur in unseren Akten.

Weiterhin schien Michael, als wir ihm Waffe B gestern zeigten, sie nicht wiederzuerkennen."

Und aus gutem Grund, sollte ich meinen! Ich erinnerte mich an unser Gespräch am Vorabend.

„Aber heute Morgen haben Sie, Hafiz, Waffe B als Waffe A identifiziert oder zumindest als gleich aussehend."

Na, und wir wissen ja auch warum, nicht wahr? Meine Überzeugung von Hafiz völliger Amoralität wuchs minütlich.

„Meine Frage ist jetzt also die folgende: Ist Waffe A tatsächlich Waffe B? Instinktiv würde ich einmal sagen ‚ja', denn es gibt hier nicht so viele von dieser Art Revolvern. Es ist ein Vorkriegsrevolver, der höchstwahrscheinlich auf Bestellung hergestellt wurde.

Wenn nun aber tatsächlich Waffe A und Waffe B identisch sind, dann brauche ich euch nicht zu sagen, wie hässlich diese ganzen Ermittlungen werden und wie ernst die möglichen Konsequenzen sind. Gehen wir also lieber zunächst davon aus, dass sie nicht identisch sind. Die Beweislast liegt in diesem Fall bei Ihnen, Michael, und bei Ihrem Vater. Sie müssen mir beweisen, dass Sie es nicht sind. Sehen Sie mich nicht so besorgt an, Michael, das ist schließlich weder eine komplexe noch besonders schwierige Aufgabe, denn es gibt nur sehr wenig Möglichkeiten:

Erstens: Waffe A ist noch immer im Besitz Ihres Vaters. Dann wäre es das Einfachste, Sie bringen sie uns. Natürlich würde ich dann wissen wollen, warum wir hier keinerlei Spuren einer Registrierung haben. Immerhin ist es möglich, dass ihr Vater sich die Lizenz von irgendeinem anderen Revier hat ausstellen und dort auch regelmäßig hat erneuern lassen. Ich hoffe in seinem Interesse, dass es sich so verhält, denn der Besitz einer unregistrierten Waffe ist in diesem Land ein Verbrechen. Aber wie auch immer, wenigstens würden wir in diesem Fall wissen, dass Waffe A nicht gleich Waffe B ist.

Zweitens: Die Waffe ist verlorengegangen oder gestohlen worden. Wenn wir davon ausgehen, dass ihr Vater sie seinerzeit hat registrieren lassen, dann hätte er Verlust oder Diebstahl gemeldet. Da wir keine Aufzeichnungen über einen derartigen Vorgang haben, gehe ich davon aus, dass, sollte so etwas passiert sein, es vor meiner Zeit hier in Ulu Banir passiert ist. In diesem Falle sollte Ihr Vater eine Kopie dieser Anzeige besitzen. Und die brauchen Sie nur zu finden und mir zu zeigen.

Drittens: Dieser Revolver wurde irgendwann in der Vergangenheit bei den Autoritäten abgegeben. Ist das der Fall, sollte es wiederum irgendeine Art Dokument geben, das Sie mir lediglich als Beweisstück vorzeigen müssten."

Er unterbrach sich und blickte langsam von einem von uns zum anderen. Fast konnte ich ihn sagen hören: „Ist das klar und deutlich?"

Was mir jedenfalls klar und deutlich war, das war, dass wir es hier mit einem außergewöhnlich klugen Kopf zu tun hatten. Die Logik, mit der er alle Möglichkeiten aufgezeigt hatte, mit denen Michael beweisen konnte, dass die Mordwaffe nicht ihm gehörte, beeindruckte mich. Aber viel mehr noch beeindruckte mich die menschliche Vernunft, Michael überhaupt erst einmal die Chance zu geben, sich zu entlasten.

Putehs Stimme unterbrach meine Gedanken.

„Darf ich einen Blick auf die Pistole werfen?"

Die Waffe wurde in einer durchsichtigen Plastiktasche hereingebracht. Puteh nahm sie entgegen, aber ihre Hände zitterten so sehr, dass ich erleichtert war, als sie sie auf den Tisch legte.

Meine eigenen Hände waren schweißnass. Ich hatte noch nie im Leben eine Pistole gesehen.

„Ja“, sagte sie und blickte Inspektor Tajuddin an, „das ist die Waffe.“

Ich rang nach Luft. *Ich wusste es. Ich wusste es. Sie ist hier, um Hafiz zu helfen, egal was das für Michael bedeutet.* Ich warf einen Blick auf Michael. Er starrte sie ebenfalls an, als könne er seinen Ohren nicht trauen. Ich hatte keine Zeit, mich auf das Gesicht von Hafiz zu konzentrieren, denn jetzt redete Puteh weiter.

„Was ich sagen will, ist, ja, diese Pistole sieht genau so aus wie die Pistole, die ich immer in Tuan Simons Haus gesehen habe –“

„Einen Augenblick bitte“, unterbrach Inspektor Tajuddin sie, „wer ist Tuan Simon?“

„Er war der stellvertretende Manager der Templeton-Plantage, bevor die Japaner kamen.“

„Und wie kommt es, dass Sie diese Waffe in seinem Haus gesehen haben?“

„Ich arbeitete damals für ihn und –“

„Nur damit ich recht verstehe: Sie haben für einen Mann gearbeitet, der Tuan Simon hieß und seinerzeit stellvertretender Manager des –“

„Entschuldigen Sie, Inspektor.“ Nun war es an Puteh, ihn zu unterbrechen. „Wenn Sie mich einfach reden lassen, dann werde ich Ihnen die Geschichte auf meine Weise erzählen.“

Hätte ich in diesem Moment Puteh nicht als meine Feindin gesehen, ich hätte sie küssen können für die niederschmetternde Würde, mit der sie den Inspektor in seine Schranken wies.

„Entschuldigen Sie“, sagte ein geduckter Inspektor Tajuddin, „bitte fahren Sie fort.“

Und so erzählte Puteh uns, dass sie, als sie vor der japanischen Besatzung neu auf den Besitz der Templetons kam, als Wasch-Amah für Tuan Simon gearbeitet hatte. Teil ihrer Arbeit war es, seine frische Wäsche einzuräumen. Einige Monate, bevor sie den Dienst bei ihm quittierte, war ihr in der Schublade, in der er seine Unterwäsche aufbewahrte, ein Paar Revolver aufgefallen, die ganz genauso aussahen wie der, der hier vor uns lag.

„Ein Paar?“

„Ja, ein Paar. Identisch. Wie Zwillinge.“

„Und Sie glauben, dies hier könnte einer von den beiden sein.“

„Er sieht ihnen jedenfalls sehr ähnlich, ja.“

„Sagen Sie mir, Datin, wissen Sie vielleicht, wo dieser Tuan Simon sich heute befindet?“

„Nein. Er verschwand gleich nach der japanischen Invasion. Als Yusuf und ich den Besitz verließen, war er noch da. Aber als wir zurückkamen, war er fort.

Später haben die Jungs, wie Sie wissen, eine der Pistolen gefunden. Als Tuan Templeton das sah, hat auch er sich erinnert, dass Tuan Simon eine zweite solche Waffe besessen hatte. Er hat uns überall danach suchen lassen. Als wir sie nirgends finden konnten, dachten wir, dass Tuan Simon sie vielleicht mit in den Dschungel genommen hatte.“

„Sie meinen also, dass dieser Revolver hier die ganze Zeit über im Dschungel gewesen ist?“, fragte der Inspektor.

„Wenn ich es recht bedenke“, warf Hafiz ein, „dann ist der ganze Bereich südlich von Jocks Hill Dschungel gewesen, bis sie vor zwei Jahren den Golfplatz angelegt haben. Vielleicht hat ihn ja einer der Männer gefunden, die das Land gerodet haben, und nie angezeigt.“

Inspektor Tajuddin dachte über Hafiz Worte nach.

„Das ist immerhin möglich. Trotzdem…“, und er stand auf, wie um das Ende des Gesprächs zu signalisieren, „benötige ich einen hieb- und stichfesten Beweis dafür, dass dies hier nicht die Waffe ist, die Sie gefunden haben. Andernfalls…“ Aber den Rest seines Gedankengangs ließ er unausgesprochen.

Damit machten wir uns auf den Weg, und der Inspektor verabschiedete uns auf die freundlichste Art und Weise, als wären wir eine Gruppe kleiner Würdenträger, die gerade eine Führung durch das Polizeirevier von Kota Banir erhalten hatten.

Zweites Kapitel
8. Februar 1974

Draußen entschuldigte Hafiz sich bei Michael.

„Brauchst dich nicht zu entschuldigen. Du hast schließlich lediglich die Wahrheit gesagt. Ich nehme an, ich habe auf den Inspektor hauptsächlich deswegen so verdächtig gewirkt, weil ich den Revolver nicht gleich zu Anfang für ihn identifiziert habe."

„Und warum hast du das nicht?", fragte Hafiz.

Michael starrte ihn an.

„Weil ich mir nicht sicher war, deswegen. Das war das zweite Mal in meinem Leben, dass ich eine Pistole gesehen habe, und das erste Mal ist verflucht lange her. Was mich zu der Frage bringt: Wie konntest du dir so sicher sein?"

„War ich ja eben nicht", entgegnete Hafiz. „Und das habe ich ja auch versucht, dem Mann des Inspektors klarzumachen. Bloß hat der ganz offenbar nicht zugehört." Dann sagte er stirnrunzelnd: „Ich frage mich bloß, was jetzt passieren wird."

„Was mich betrifft, ist das, was als Nächstes passieren wird, dass ich Dad frage, wo die Papiere für diese Waffe sind", sagte Michael.

„Tut mir leid", sagte Hafiz noch einmal. Ich war mir nicht sicher, was ihm leidtat: Dass er uns aufhielt, oder dass er den Mund so voll genommen hatte.

Michael wandte sich an Puteh und dankte ihr. Sie winkte ab, das sei doch eine Selbstverständlichkeit gewesen. Michael begann sich zu entfernen, drehte sich dann aber, als sei er unfähig einem inneren Drang zu widerstehen, um und ging sie umarmen. Ihr Gesicht lag auf seiner Brust, aber ich konnte die beruhigenden

Laute hören, die sie von sich gab, und sah, wie ihre Hände seinen Rücken tätschelten, als sei er ein kleiner Junge, der sich fürchterlich erschreckt hatte und getröstet werden musste.

Ich hatte bei unseren Bediensteten nie eine solche Ergebenheit hervorgerufen.

Ich warf einen verstohlenen Blick auf Hafiz, konnte aber bei allem Unwillen keinen Schimmer von Eifersucht in seinen Augen erkennen. Er blickte einfach in die Ferne und lächelte dazu sein stilles, melancholisches Lächeln.

„Was ist passiert?“, fragte Jonathan besorgt, als wir sein Zimmer betraten. Nachdem Michael seinen Bericht über die morgendlichen Ereignisse abgeliefert hatte, seufzte er.

„Es tut mir so leid, Michael. Wenn ich hier nicht von unserem wohlmeinenden Freund Yew Chuan ans Bett gefesselt worden wäre, hätte ich dir das alles ersparen können.

Aber der Reihe nach: Dieser Revolver, den der Inspektor Waffe A nennt, da hat Hafiz recht: Er war registriert. Aber nach dem Tod deiner Mutter bekam ich eine solche Aversion gegen Waffen, dass ich ihn, sobald Ulu Banir zur weißen Zone erklärt worden war, bei den Behörden abgeliefert habe.

Das mag ein wenig Zeit in Anspruch nehmen, aber wenn du die Kartons im Abstellraum durchsuchst, müsstest du die Quittung der Polizei finden. Und wenn du sie nicht findest, sprich mit dem alten Segaran im Club. Der war damals bei der Polizei. Wenn ich mich recht erinnere, war er derjenige, der die Quittung ausgefüllt hat. Tut mir leid, aber mehr kann ich von hier aus nicht tun.“

„In Ordnung. Aber was hat es mit dieser Geschichte einer weiteren Waffe auf sich?“, fragte Michael.

„Das ist genau so, wie Puteh es erzählt hat. Simon Collins, unser stellvertretender Manager vor dem Krieg, hatte zwei Revolver mitgebracht, als er hier raus kam. Einer davon war ein Geschenk für deinen Großonkel Jock. Nach Onkel Jocks Tod fragte er, ob er die Waffe zurückhaben könne, als Erinnerungsstück an ihre Freundschaft. Natürlich habe ich sie ihm gegeben. Und er ist dann während des Kriegs untergetaucht. Als dann der eine Revolver aufgetaucht ist, aber nicht der andere, sind wir davon ausgegangen, dass er einen davon im Bungalow zurückgelassen und den anderen mitgenommen hatte."

„Um damit Selbstmord zu begehen?"

Jonathans Gesicht verschleierte sich kurz.

„Das ist eine Möglichkeit, aber nicht die einzige", sagte er.

Wir schwiegen kurz, dann begann Michael wieder.

„Apropos japanische Besatzung. Yew Chuan hat uns erzählt, du hättest mit ihm im Dschungel gekämpft. Warum hast du jedermann, mich eingeschlossen, Glauben gemacht, du hättest den Krieg in einem Gefangenenlager verbracht?"

„Das ist eine lange Geschichte", seufzte Jonathan, „und es tut mir leid, dass ich sie dir nicht schon viel früher erzählt habe. Aber jetzt werde ich sie dir auch nicht erzählen, wenn du gestattest."

Er sank ermüdet zurück in die Kissen und schloss die Augen. Er sah ganz grau aus, und Michael und ich glaubten, es sei jetzt besser, ihn ruhen zu lassen.

Nach dem Mittagessen begannen wir unsere Suche nach den Waffenpapieren. Ich wollte, ich könnte sagen, dass wir sehr professionell und geradlinig vorgegangen wären. Das taten wir nicht. Michael fand eine Sache nach der anderen, über die er entweder mehr erfahren oder nostalgisch nachsinnen oder für die er sein Zimmer requirieren wollte.

Als Ah Mui um vier mit dem Tee kam, hatten wir die Quittung noch immer nicht entdeckt. Zu dem Zeitpunkt war ich mir sicher, dass es Michael im Grunde gleichgültig war, was bei Inspektor Tajuddins Ermittlungen herauskommen würde. Stünde er unter dem Galgen, dachte ich schnöde, würde er sich dafür interessieren, wo das Hanfseil herkam, wie man den Knoten knüpfte und ob er ihn als Souvenir behalten dürfe.

Zum Glück tauchte genau in diesem Moment Yew Chuan auf. Wir erzählten ihm, was passiert war und wonach wir suchten. Sogleich entwickelte er ein System für unsere Suche. Kaum hatten wir unseren letzten Schluck Tee getrunken, organisierte er uns und half bei der Suche mit, wobei er Michael jedes Mal, wenn der uns wieder mit einem seiner beiläufigen Funde abzulenken versuchte, streng zum Weitermachen nötigte. Gegen sechs Uhr fanden wir das Papier.

„Das schreit nach einem Drink", rief Michael euphorisch.

„Apropos", meinte Yew Chuan mit einem Blick auf die Uhr, „ich habe ohnehin vorgehabt, euch beide zum Abendessen einzuladen. Nellie kocht ihr ganz spezielles Thai Laksa. Du kennst sie noch nicht", wandte er sich an mich, „weil sie es nicht zu der Feier im Club geschafft hat, aber sie freut sich darauf, dich kennenzulernen."

„Hört sich wunderbar an", sagte Michael, „aber zuerst einen Drink, einen Drink!"

Yew Chuan lehnte ab und meinte, er müsse zurück in seine Klinik. Also feierten wir zwei alleine den, wie wir hofften ersten entscheidenden Schritt, um die Schatten, die über uns hingen, zu vertreiben.

Auf dem Weg zu Yew Chuans Haus machten wir Zwischenstation an der Polizeiwache, um die Quittung auszuhändigen. Inspektor Tajuddin war nicht mehr da, es war aber auch schon weit nach sieben.

Yew Chuan lebte in einer Doppelhaushälfte in einer Neubausiedlung namens Happy Garden am Rande von Kota Banir. Aber sehr glücklich sah das Ganze für mich nicht aus, und auch an einen Garten erinnerte es nicht wirklich. Reihen um Reihen völlig gleich aussehender Häuser bildeten eine kahle und trübe Kulisse.

Aber während wir an den Häusern vorüberfuhren, zeigte die kombinierte Beleuchtung aus Straßenlaternen und Terrassenlampen, dass fast jedes Haus unterschiedlich gestaltete Carports, Zäune, Briefkästen, Müllunterstände, Eingangstüren, ja sogar Fassaden besaß. Ganz offensichtlich verspürten die Bewohner in ihrer Furcht, ununterscheidbar von ihren Nachbarn zu sein, ein tiefes Bedürfnis, ihre Einzigartigkeit unter Beweis zu stellen. Wobei einige erfolgreicher waren als andere.

Man hatte es fast schon ahnen können: Yew Chuans Haus war in seinem Originalzustand belassen, der einzige Anbau war ein großes Orchideengewächshaus an einer Flanke des Gebäudes. Der Vorgarten war eine unordentliche Wildnis aus blühendem Unkraut und Kletterpflanzen, die über alles hinüberwucherten. Ob dieses mangelnde Interesse am Aussehen seines Hauses nun eher symptomatisch für seine kommunistischen Neigungen oder seinen zeitraubenden Beruf war oder beides, auf mich wirkte es jedenfalls wie ein beiläufiges Ausrufezeichen inmitten all diesem bemühten Mittelklassestrebens nach Individualität.

Als wir das Gartentor aufstießen, konnten wir den Lärm einer ausgelassenen Party hören. Vor dem Eingang stiegen wir vorsichtig über den bunten Haufen aus Schuhen und Pantoffeln auf der Fußmatte und blickten durch die verschlossene Gittertür hinein. Es befanden sich tatsächlich nur sechs Menschen im Wohnzimmer. Vier Männer, darunter Yew Chuan, saßen an einem Mahjongtisch. Zwei junge Mädchen saßen vor dem Fernseher, dessen Lautstärke verständlicherweise voll aufgedreht war. Wir erwischten Yew Chuan mitten im Aufschrei, die rechte Hand erhoben, um im nächsten Moment vor Aufregung oder Enttäuschung auf den Mahjongtisch runter zu krachen.

„Kommt rein, kommt rein!“, dröhnte er, sobald er uns sah. „Den Schlüssel, den Schlüssel!“, donnerte er einem der Mädchen zu. Wir warteten, während alle da drinnen sich lautstark an der Suche nach dem Schlüssel für die Gittertür beteiligten. Schließlich erschien eine hochgewachsene, gutaussehende Frau an einem Durchgang, der offenbar in die Küche führte. Sie sagte einige Worte auf Hakka, und das jüngere der Mädchen geriet sofort in quirlige Geschäftigkeit und schrie: „Ich hole ihn, ich hole ihn!"

So lernte ich Yew Chuans Familie kennen. Die gutaussehende Dame war Nellie, seine Frau, eine Krankenschwester. Sie hatten sich kennengelernt, als Yew Chuan Assistenzarzt gewesen war. Einer der jungen Männer war sein jüngerer Bruder. Die beiden anderen jungen Männer, die sich aus der Nähe gesehen, als Teenager herausstellten, waren Yew Chuans Söhne. Und die beiden Mädchen seine Töchter.

Unter viel Lärm und wenig Umständen wurden wir in die Küche geführt, um von Nellies besonderem Thai Laksa zu essen. Kaum saßen wir, entschuldigte Yew Chuan sich und ging zurück zu seinem Mahjong-Spiel, wobei er zur Erklärung hinzufügte, sie befänden sich mitten in einer Westwind-Runde, und es bringe Unglück, das Spiel in diesem Stadium zu unterbrechen. Nellie blieb bei uns sitzen.

„Tut mir sehr leid, das mit Cynthia zu hören, Michael. Sie war so ein nettes Mädchen. Und so jung. Es ist doch wirklich schrecklich."

Michael stimmte mit einem kurzen Kopfnicken zu.

„Aber jetzt esst erstmal. Ich habe das extra zubereitet, um euch ein wenig aufzuheitern." Sie lachte. „Das ist doch eine probate chinesische Sitte, ja? Haben wir Probleme, dann essen wir." Sie seufzte und nahm ihre Stäbchen, um uns aufzutun.

„Sie haben vier Kinder?", fragte ich in der Hoffnung, das Thema wechseln zu können.

„Zwei Jungs und zwei Mädchen. Sie haben Schwierigkeiten in der Schule. Malaiischsprachig, versteht ihr. Wenn ich ihnen bei ihren Hausaufgaben zusehe, tun sie mir so leid. Und das ist nur frühes Sekundar- und Primärniveau. Wie soll das später weitergehen?" Sie schüttelte den Kopf. „Deswegen denken wir auch über Auswanderung nach."

Michael hob überrascht den Kopf.

„Auswandern? Aber wohin? Und wann?"

„Wahrscheinlich nach Australien. Nächstes Jahr. Wir haben schon eine Aufenthaltserlaubnis beantragt, warten nur aufs Ergebnis."

„Yew Chuan hat mir noch gar nichts davon erzählt."

„Ich darf es auch keinem sagen, aber was soll das? Wir kennen uns schon so lange. Früher oder später werden es die Leute ohnehin erfahren."

„Das ist allerdings wahr. Ich nehme an, ihr wollt es für die Kinder tun?"

„Für wen sonst? Alles, was wir tun, tun wir für die Kinder, ist es nicht so? Wir alten Leutchen können überall leben, solange wir zwei, drei Mahlzeiten pro Tag und ein Dach über dem Kopf haben. Aber bei den Kindern müssen wir an ihre Zukunft denken, stimmt's nicht?"

Damit hatte sie dieses Thema erschöpft und wandte sich an mich.

„Also, Ai Lian – es ist doch Ai Lian? Wie gefällt's dir hier? Ai-Ya, ich bin ja so was von unsensibel. Du warst ja dabei, als es passierte, stimmt's?"

Ich nickte, denn mir fehlten die Worte. Ich war vollkommen desorientiert. Seinen Gästen das Essen in der Küche vorsetzen? Meine Mutter wäre eher gestorben. Ein Vater, der mit den eigenen Söhnen Mahjong spielte? Mein Vater würde sich im Grabe umdrehen. Und doch! Und doch war es so, dass all das Gelächter und gegenseitige Aufziehen eine Atmosphäre schufen, die im Haus meiner Eltern vollkommen gefehlt hatte. Und wie beiläufig Nellie auf die Probleme in der Familie zu sprechen gekommen war und von ihren Plänen erzählte, gab mir – zumindest für den Augenblick – das Gefühl, hier weniger fremd zu sein als in Ulu Banir.

„Wisst ihr, ich habe sie ja noch an diesem Morgen gesehen. Sie war in der Klinik. Ich habe dort ausgeholfen, weil eines der Mädchen Urlaub hatte. Sie kam und hat mich angesprochen. Sie hat mir das Kleid gezeigt, das sie gerade bei der Schneiderin geholt hatte und das Brillant-Collier, das sie eben beim Juwelier gekauft hatte. Ai-Ya!“, seufzte sie wieder. „Vielleicht steht es ja alles geschrieben.“

Nach dem Essen gesellten wir uns zum Rest der Familie. Um halb zehn standen wir auf, um uns zu verabschieden und sagten, wir wollten noch einmal im Krankenhaus vorbeischauen, falls Jonathan irgendetwas brauchte. Yew Chuan sagte, er käme mit. Nellie ebenso. Also folgten die beiden uns in ihrem Auto.

„Was ist das denn für eine Geschichte mit diesem Brillant-Collier?“, fragte Michael, kaum dass wir im Auto saßen.

Ich sagte, ich höre zum ersten Mal davon.

„Aber wenn sie es an dem Vormittag mit hatte“, sagte Michael mit einem ratlosen Blick, „dann muss sie es auch am Nachmittag dabeigehabt haben, als sie zurück zum Bungalow kam. Ich hab nicht gehört, dass Inspektor Tajuddin irgendwann ein Brillant-Collier erwähnt hätte, du?“

Ich schüttelte den Kopf.

„Also muss es noch irgendwo sein. Vielleicht noch in ihrem Auto?“

Ich überlegte. „Aber die Polizei hat das Auto doch beschlagnahmt“, sagte ich. „Wäre es also im Auto gewesen, dann hätten die Polizisten es gefunden, und hätten sie’s gefunden, hätten sie das erwähnt. Ich kann ja verstehen, dass sie die Einkaufstüten im Auto liegenlässt, aber eine Diamanthalskette?“

„Vielleicht“, sagte Michael, „hat sie sie ja getragen.“

„Dann hätte die Polizei sie an ihr gefunden, und auch in diesem Fall hätte Inspektor Tajuddin das bestimmt dir oder deinem Vater gegenüber erwähnt. Da er das aber nicht hat, bedeutet das, dass sie sie nicht gefunden haben, weder an ihr noch im Auto. Und das," fuhr ich mit zunehmender Aufregung fort, „das heißt, entweder ist sie irgendwann runtergefallen und liegt da noch irgendwo rum, oder –"

„Oder", fiel mir Michael ins Wort, „es gibt ein neues Tatmotiv: Raub! Und das heißt, dass Hafiz recht haben könnte."

„Stimmt!" Ich fing vor lauter Erleichterung an zu lachen. Endlich, endlich, schien mir ein Licht am Ende des dunklen Tunnels aufzuleuchten.

Im Krankenhaus liefen wir Hafiz und seinen Eltern in die Arme. Mir fiel auf, dass Michael ihnen gegenüber entspannter war als am Vorabend.

„Ihr kommt deinen Vater besuchen?", fragte Puteh.

„Beeilt euch besser", sagte Hafiz. „Die Oberschwester streift herum."

Wir eilten ins Treppenhaus, Yew Chuan und Nellie dicht hinter uns.

An Jonathans Bett saß ein untersetzter Inder mit einer Pfeife im Mund, der einen Priesterkragen, ein schwarzes Hemd und einen weißen Anzug trug. Es handelte sich um Reverend Thomas von der Gemeindekirche von Kota Banir. Die Polizei hatte Cynthias Leiche noch nicht zur Bestattung freigegeben, aber weil sie ein sehr aktives Mitglied seiner Gemeinde gewesen war, wollte Reverend Thomas am folgenden Tag, einem Samstag, einen Gedenkgottesdienst für sie halten. Er war hier, um Jonathan dazu einzuladen.

„Ich glaube nicht, dass er dazu schon in der Lage ist", sagte Yew Chuan entschieden.

Mir schien, ich würde eine Spur von Erleichterung auf Jonathans Gesicht wahrnehmen.

„Aber wir würden sehr gerne kommen“, sagte Michael liebenswürdig.

„Schön, schön“, meinte der Reverend. „Dann ist das entschieden. Wir sehen Sie anderen dann morgen in der Kirche. Der Gottesdienst beginnt um zehn.“

Und damit verabschiedete er sich.

„Michael“, fragte Yew Chuan, kaum dass die Tür sich geschlossen hatte. „Als du ‚wir‘ gesagt hast, meintest du da nur dich und Ai Lian, oder hast du mich und Nellie mitgemeint?“

„Ai-Ya, Yew Chuan“, fuhr Nellie ihn an, „was macht das für einen Unterschied. Ich fand das eine nette Geste. Und ich werde den Gottesdienst besuchen und nehme dazu das Auto. Du kannst mitkommen, wenn du willst, und danach fahren wir alle zusammen nach Ipoh. Oder du kannst zu Hause bleiben und da auf mich warten.“

Alle mussten lachen, als Yew Chuan ein Gesicht machte, das seine Niederlage eingestand.

Michael erzählte Jonathan von unserem Erfolg mit der Waffenquittung.

„Gut“, sagte Jonathan. „Aber jetzt vergiss nicht, eine Kopie davon zu machen, bevor du dem Inspektor das Original gibst.“

Aus Michaels Gesichtsausdruck konnte ich ersehen, dass dieser Gedanke ihm nicht in hundert Jahren gekommen wäre.

Als Nächstes wollte Jonathan wissen, wann er nach Hause könne. Yew Chuan sagte Sonntag. Jonathan zog eine Grimasse.

„Ich hatte eigentlich gehofft, dass ich schon den Samstag zu Hause verbringen könnte.“

„Ich habe dich soeben vor einem Vormittag in der Kirche bewahrt. Also bleib hier und schätze dich glücklich.“

Jonathan seufzte resigniert. Er bat Michael, ihm Schreibutensilien mitzubringen, damit er seinen Brief an Cynthias Mutter beginnen konnte. Michael sagte, wir würden die Sachen auf dem Rückweg von der Kirche vorbeibringen.

In der Nacht wälzte ich viele Gedanken.

Wenn Hafiz, wie er Michael gesagt hatte, sofort unsicher gewesen war, was die Identität von Waffe B betraf, warum hatte er dann überhaupt ihre Ähnlichkeit mit Waffe A erwähnt? Hatte er die ganze Zeit gewusst, dass Waffe A einen Zwilling besaß, der irgendwo im Dschungel verschollen war? Oder hatte er genau wie Michael angenommen, dass es nur die eine Pistole gab und dass Waffe B daher Waffe A sein musste? Was, wenn überhaupt, hatte Cynthias Schwangerschaft mit dem Mord zu tun? Wo war das Brillant-Collier jetzt? Und warum waren so viele Schüsse gefallen, wenn, wie Yew Chuan deutlich gemacht hatte, auch ein einziger genügt hätte?

Nach dem Abendessen an diesem Abend waren wir in Michaels Studio gegangen. Ich zog die Liste der Verdächtigen hervor, die wir erstellt hatten. Mittlerweile sah sie erbarmungswürdig amateurhaft und kindisch aus. Michael schlug vor, ich solle sie wegwerfen.

„Warum?“, fragte ich stur. „Heute Morgen fandst du sie noch nützlich.“

„Schon. Aber mittlerweile haben wir den Beweis, dass Waffe A nicht Waffe B ist. Ich bin also vom Haken.“

„Vergiss nicht Cynthias Schwangerschaft“, insistierte ich ein wenig herzlos, „oder die Diamanthalskette. Du hättest immer noch ein Motiv, auch wenn du die Waffe nicht hattest.“

Während ich sprach, wurde mir klar, dass selbst das nicht gewiss war. Wer wollte wissen, ob es nicht Michael gewesen war, der die zweite Pistole gefunden hatte? Ich war mir sicher, dass Inspektor Tajuddin diese Frage bald beantwortet hätte. Es war nämlich genau die Tatsache, dass es eine zweite Waffe gab, die die Sache für Michael noch düsterer aussehen ließ, dachte ich.

Eine nie angemeldete Pistole, die irgendwo heimlich aufbewahrt wurde. Ich warf einen mitleidigen Blick auf Michael. Sah er denn die Zwickmühle nicht, in der er steckte?

Aber Michael saß schon am Cembalo und spielte. Die metallischen, gezwirbelten Töne des Instruments füllten den Raum und hüpften heiter in alle Richtungen, bis er sich auf ein Thema einließ. Ich hakte ihn innerlich ab und begann meine eigene Liste von Verdächtigen aufzustellen, wobei ich mich diesmal auch um die Mordmöglichkeiten kümmerte. Die Möglichkeit, an eine Waffe zu kommen, die Möglichkeit zu einer bestimmten Zeit an einem bestimmten Ort zu sein.

Nachdem ich alle diese Möglichkeiten durchgespielt hatte, kam ich zu dem Schluss, dass Hafiz mein Hauptverdächtiger war. Es hatte niemand anderes sein können. Es stand mir klar vor Augen, was passiert war: Cynthia hatte sich geweigert, ihn zu heiraten. Motiv Nr. 1: Eifersucht. Er hatte Cynthia geschwängert, aber sie wollte Jonathan heiraten. Sobald herausgekommen wäre, dass er der Vater war, was nach der Geburt geschehen wäre, wenn das Baby eher ihm als Jonathan geähnelt hätte, wäre er zutiefst beschämt gewesen. Motiv Nr. 2: Angst vor einem Skandal. Und Motiv Nr. 3 war ohnehin sonnenklar: Gier. Außerdem hatte er heute Morgen schon sein wahres Gesicht gezeigt, als er fälschlicherweise die Waffe identifizierte in der Hoffnung, dass man Michael für ein Verbrechen zur Verantwortung ziehen würde, das er begangen hatte. Es war Putehs Aussage gewesen, die Michael entlastet hatte. Hafiz hatte keinerlei Unterstützung gegeben, außer ganz am Schluss, als er einsehen musste, dass er diese Runde verloren hatte. Dieser hinterhältige Sonstwas, murmelte ich wütend.

Aber was war mit dem Revolver?

Er wusste, wie man einen Revolver lud und benutzte, Jonathan hatte es ihm vor all den Jahren beigebracht. Was wenn er

Waffe B gefunden, es aber niemandem erzählt hatte? Was wenn er sie die ganzen Jahre über versteckt und dann benutzt hatte, um Cynthia zu ermorden, um sie dann in der Gewissheit, dass jedermann sie für Waffe A halten würde, irgendwo wegzuwerfen? Vielleicht hatte er sie selbst sogar für Waffe A gehalten. Schließlich war er derjenige, der die ganze Zeit von Waffenscheinen redete.

Hm. Irgendetwas stimmte hier irgendwie nicht. Aber ich bohrte trotzdem weiter.

Die Möglichkeit, zu einer bestimmten Zeit an einem bestimmten Ort zu sein. Er war ab dem Zeitpunkt, an dem er sein Büro verließ, bis gegen halb sieben, sieben, womöglich noch später, im Golfclub gewesen. Ich hatte keine Ahnung, wie lange eine Partie Billard dauerte, aber er hatte womöglich nur eine kurze Runde gespielt und sich dann verdrückt, um Cynthia in kalter Wut zu erschießen. Ja, in kalter Wut, denn wozu sonst all diese Schüsse? Und dann rasch zurück, um ganz entspannt zwischen den anderen Spielern herumzustehen, die ohnehin zu konzentriert auf ihr Spiel waren, um seine Abwesenheit bemerkt zu haben. Ja, ich konnte das alles vor mir sehen, nur...

Der komplizierteste Teil war herauszufinden, wie er Cynthia dazu gebracht haben konnte, ihr Auto vor dem Bungalow stehen zu lassen und dann hinunter ins *belukar* zu gehen, direkt in ihren Tod. Dann dachte ich an die rennenden Füße unter meinem Fenster. War er zu diesem Zeitpunkt zum Haus gekommen, um Cynthia wegzulocken? Aber beim ersten Mal war sie noch nicht einmal zurück gewesen. War er angerannt gekommen, hatte sich dann versteckt, um auf sie zu warten und sie dann, kaum hatte sie ihr Auto abgestellt, ins *belukar* zu locken? Aber was hatte es dann mit der ersten Serie von Schüssen auf sich?

Mit einem Mal konnte mein Gehirn nicht mehr weiterdenken, und ich gähnte. Michael unterbrach sein Cembalospiel.

„Was immer du da mit dieser Liste machst“, sagte er, „bitte

streich' Puteh, Hafiz und Yusuf aus, ok? Du hast ja gesehen, wie sehr Puteh und Hafiz heute Morgen geholfen haben. Und warum sollten sie das wohl tun, wenn sie schuldig wären?"

Da wären mir tausend Gründe eingefallen oder wenigstens ein paar. Aber wie sollte ich ihm damit kommen? Er sprach über Menschen, die er liebte und deren Loyalität er nicht in Zweifel zog. Oder ziehen wollte. Ich fing langsam an, sauer auf ihn zu werden. Warum konnte er nicht sehen, was für mich sonnenklar war? Natürlich war es einer von ihnen gewesen und sehr wahrscheinlich eben Hafiz, denn offengestanden konnte ich mir nicht vorstellen, dass der eine oder andere der beiden alten Leutchen sich durchs *belukar* schlug, um Cynthia zu erschießen und dann zurückrannte – im Übrigen wohin?

„Na gut", sagte ich. „Und wenn wir sagen, es war Yew Chuan? Was könnte sein Motiv sein? Und welche Möglichkeiten hätte er gehabt, an die Waffe zu kommen und zu diesem Zeitpunkt an diesem Ort zu sein?"

Ich redete wie ein Privatdetektiv und fühlte mich gut dabei.

„Aber warum glaubst du überhaupt, dass es jemand von außen war?", fragte Michael. „Bist du je auf den Gedanken gekommen, dass es ebenso gut auch Dad gewesen sein könnte? Jetzt wo wir wissen, dass sie zum Zeitpunkt ihres Todes schwanger war, wäre es da nicht möglich, dass er sie in einem Anfall von Eifersucht getötet hat?"

„Dann dürfte er aber nicht der Vater gewesen sein. Und heute Morgen hast du selbst noch gesagt, dass gleich, ob er es war oder nicht, er sie aus Ritterlichkeit oder Pflichtgefühl heraus geheiratet hätte, und um die britische Ehre zu retten und was weiß ich noch. Du musst schon konsequent bleiben, Michael, wenn das Ganze zu irgendetwas führen soll!"

Wirklich, manchmal konnte Michael zum Verzweifeln sein.

„Und außerdem", fügte ich hinzu, als sei das ein schlagender Beweis für seine Unschuld, „ist er dein Vater."

„Das ist das Schlimmste", sagte Michael langsam und gedankenverloren. „Glaub mir, das ist das Schlimmste an der ganzen Geschichte. Aber wenn du versuchst, objektiv darüber nachzudenken, findest du dann nicht auch, dass er sowohl ein Motiv hatte als auch, wie du dich ausdrückst, die Möglichkeit zur rechten Zeit am rechten Ort zu sein?"

„Okay, dann sag du mir, wie das gegangen sein soll."

„Elementar, mein lieber Watson! Also stell dir vor, Dad findet während seines Gesprächs mit Yew Chuan nach dem Tee heraus, dass sie schwanger ist. Er ist außer sich. Yew Chuan fährt zurück. Wir sind zu der Zeit draußen im Garten. Dad holt den zweiten Revolver. Wir haben schließlich nichts als sein Wort, dass er diese zweite Waffe Simon irgendwann zurückgegeben hat. Oder er hat sie später irgendwann gefunden und dann darüber geschwiegen genauso, wie er über seine Zeit im Dschungel geschwiegen hat. Gehen wir davon aus, dass Cynthia nach Hause kam, als wir auf unseren Zimmern waren. Er geht vor die Tür, um sie zu empfangen, führt sie unter dem Vorwand, ihr eine neue Pflanze zu zeigen, die er entdeckt hat, ins *belukar*, nimmt sie bis zum Rand des Golfplatzes mit, leert das Magazin in sie und kommt dann zurück, um sich umzuziehen."

Er wartete auf meine Reaktion und sagte dann: „Na? Hört sich das logisch an für dich?", bevor er sich mit einem triumphalen Gesichtsausdruck zurücklehnte.

Ich starrte ihn an. Das hörte sich nicht nur logisch an, das hörte sich möglich an. Ja, es hörte sich sogar vollkommen wahrscheinlich an.

„Aber er ist dein Vater", versuchte ich kraftlos zu argumentieren.

„Ich weiß", seufzte er. „Und das ist das Schlimmste an der Sache."

Ich dachte darüber nach. Wenn das Szenario, das Michael gerade umrissen hatte, der Realität entsprach, was war dann mit

Michaels Mutter? Yew Chuan hatte uns gesagt, es seien nicht die Terroristen gewesen, die sie ermordet hatten. Hatte er das auch jemals zu Jonathan gesagt? Und wenn ja, warum hatte Jonathan dann nicht auf neue Ermittlungen bestanden, um den wahren Mörder zu finden?

Ich konnte nicht an die logische Schlussfolgerung glauben, zu der mich meine eigenen Überlegungen brachten.

„Merkwürdig, nicht wahr?“, sagte Michael, als gäbe es gar keine andere mögliche Sichtweise auf das Rätsel. Er wandte sich ab und starrte aus dem Fenster. Ich ging zu ihm und sah ebenfalls hinaus.

Und dann schreckte ich auf, denn ich sah etwas, das ich zuvor noch nicht gesehen hatte. Von seinem Fenster aus hatte er eine perfekte Sicht auf die Zufahrtsstraße zum Bungalow, bevor sie in einer Kurve nach Westen außer Sicht geriet, um dann vom Norden auf das Betriebsgelände zu führen. Dank der Straßenbeleuchtung konnte man sie perfekt verfolgen.

„Michael“, sagte ich, „gibt es da etwas, das du mir verschweigst?“

„Was meinst du denn?“

„Na ja, von hier aus kannst du jedes Auto, das zum Haus gefahren kommt, perfekt sehen. Hast du denn an dem Tag Cynthias Wagen nicht kommen sehen?“

„Guter Gedanke, aber nein, hab ich nicht. Vielleicht ist es dir noch nicht aufgefallen, du kleine Schnelldenkerin, dass ich nur an dieses Fenster komme, wenn ich Cembalo spielen will. Und wenn ich dann davor sitze und spiele, kann ich nicht aus dem Fenster und die Straße runtersehen. Aber ich hab an dem Tag ohnehin nicht gespielt. Nachdem ich von dir weg bin, habe ich mich aufs Ohr gelegt. Im Übrigen“, fuhr er ohne Pause fort, „müssen wir morgen für die Kirche früh auf sein. Deswegen würde ich vorschlagen, dass wir schlafen gehen.“

„Wir hätten nochmal mit Puteh und Yusuf reden sollen.“

„Dafür ist noch genug Zeit. Willst du zuerst duschen, oder soll ich?"

Ich sagte, ich würde in meinem eigenen Badezimmer duschen und ging.

Als ich unter der Dusche stand, fiel mir plötzlich auf, dass das Szenario, das Michael für Jonathan entworfen hatte, ebenso gut auf ihn selbst zutreffen konnte. Wenn er zum Beispiel, nachdem er mich verlassen hatte, in sein Zimmer gegangen war und zufällig aus dem Fenster geblickt hatte. Wenn er, als er Cynthias Auto vorfahren sah, hinausgegangen war, um sie zu begrüßen und sie dann unter dem Vorwand, ihr eine neue Pflanze zu zeigen, ins *belukar* gelockt hatte. Wenn er sie dann dort unten erschossen hatte und über den Kiesweg unter meinem Fenster zurückrannte...

Beim Abtrocknen wurde mir klar, was an diesem Gedankengang nicht stimmte: Beim zweiten Mal hatte ich zuerst die rennenden Schritte gehört und erst dann die Explosionen.

Drittes Kapitel
9. Februar 1974

Ich hatte angenommen, dass sich nur eine kleine Gruppe enger Freunde zum Gedenkgottesdienst für Cynthia einfinden würde.

Zu meiner größten Überraschung aber war es eine riesige Menschenmenge, die sich in der Gemeindekirche von Kota Banir drängte, einem kleinen Gebäude, das sich in einem ruhigen Teil der Stadt unter mächtigen Bäumen hinduckte. Es war aus Holz gebaut und sah aus, als wäre es mit einem Antitermitenmittel gestrichen, denn es war schwarz. Höchst merkwürdige Farbe für eine Kirche, dachte ich. Die meisten Gemeindemitglieder waren Inder, vermutlich die Nachkommen von Plantagenarbeitern, die missioniert worden waren. Ich hatte gehört, dass die meisten chinesischen Christen die methodistische Kirche besuchten, ein neueres und größeres Gebäude in der Happy Garden-Siedlung, wo auch Yew Chuan lebte.

Reverend Thomas war ein herzerwärmender Redner. Er sprach über die Tragödie der Cynthia Wickham (*ja, genau, das war ihr Nachname!*), deren selbstloser Einsatz für die Kirchengemeinde in ihrer kurzen Zeit hier in Ulu Banir ein Beispiel für uns alle sei. Sie war Mitglied einer Gebetsgruppe gewesen, hatte Waisenkindern sehr viel Zeit gewidmet und hatte in der Sonntagsschule unterrichtet.

Cynthia in der Sonntagsschule unterrichtet? Ich versuchte sie mir dabei, schick und schön in ihrem weißen Hosenanzug, vorzustellen. Eine Modelkarriere? Ja. Filmschauspielerin? Immer. Aber Sonntagsschullehrerin? Ich musste an die Sonntagsschullehrerinnen denken, die ich gehabt hatte. Keine einzige davon hatte auch nur entfernt so gut ausgesehen wie Cynthia. Und eine, eine Miss Marsh aus Australien, ist mir als ihr genaues Gegenteil in Erinnerung geblieben.

Sie hatte ein Gesicht gehabt, so rund und flach wie ein Pfannkuchen. Ihre Kittel waren ohne Form oder Stil, aus Stoffen ohne jeden markanten Aufdruck, Muster oder Farben. Ihre Brüste wirkten, als trüge sie einen einzigen schlaffen Mehlsack unter ihrer Kleidung. Ihre Füße waren unförmig groß, und ihre Zehen, die man durch die Riemen der Sandalen sah, die sie immer trug, waren scheußlich übereinander gepresst und schief. Mittlerweile ist mir natürlich klar, dass die Form ihrer Zehen von zu engen Schuhen in der Kindheit hergerührt haben muss, was wiederum Rückschlüsse auf ihren sozial-ökonomischen Status in ihrer Heimat zuließ. Aber mit acht oder neun hätte ich mir noch nicht vorstellen können, dass es auch Europäer – wie wir alle Weißen nannten – gab, die arm waren.

Ich hatte Miss Marsh trotz allem gern gehabt. Sie brachte uns schöne Lieder zum Singen bei und ließ uns bestimmte Verse aus der Bibel auswendig lernen, die wir dann in der darauffolgenden Woche aufsagen mussten. Zum Lohn für fehlerfreies Aufsagen bekamen wir kleine Bildchen, kaum größer als Briefmarken, auf denen Blumen zusammen mit kurzen Bibelzitaten zu sehen waren. Ich bekam eine Menge dieser Bilder, denn ich hatte ein gutes Gedächtnis und konnte gut rezitieren. Ich mochte den Klang der Worte, auch wenn ihre Bedeutung mir völlig schleierhaft blieb.

Nachdem ich diese kleinen Bildchen einmal hatte, wusste ich nicht, was ich damit anfangen sollte, bis ich herausfand, dass einige Mädchen in meiner Klasse so gut wie alles dafür getan hätten, eines davon zu besitzen. So wurden diese Bildchen bald zum Tauschmittel für Dienstleistungen, meist Hausaufgaben in Kunst und Handarbeiten, die ich mit einer Leidenschaft hasste, wie sie nur ein wirklich Inkompetenter aufbringen kann. Bis ich erwischt wurde, hatte ich ein florierendes kleines Geschäft am Laufen, mit dem ich mir mehr Lesezeit und unverdient gute Noten erkaufte.

Ich würde sagen, Miss Marsh war für mich die archetypische Sonntagsschullehrerin. Aber Cynthia? Ich durchsuchte meine Erinnerungen nach dem Wenigen, das ich von ihr wusste. Nun, vielleicht war es doch nicht gar so abwegig. Ich erinnerte mich, dass an jenem Abend in London all ihre Aufmerksamkeit auf andere gerichtet war: auf Hafiz, auf all die, die beim Abendessen geredet hatten. Warum also nicht glauben, dass sie, als sie nach Ulu Banir kam, sich mit der gleichen nach außen gerichteten Art, sowohl für die Menschen als auch die Pflanzen einsetzte. Ich dachte daran, wie offenherzig sie in der Klinik gegenüber Nellie gewesen war, wie sie ihre kindliche Freude an ihren neuen Kleidern und ihrem Brillant-Collier mit anderen teilte, ganz uneingedenk der Möglichkeit, dass das Glück, das sie zur Schau stellte, auch ungewollte Aufmerksamkeit auf sich ziehen konnte: Abneigung, Neid, Eifersucht und offene Habgier. Vielleicht war es dieser Mangel an Selbstbewusstsein, der mir an jenem Abend in London ihre Schönheit hatte so makellos erscheinen lassen. Denn sie hatte sich in keiner Minute so gegeben, als sei sie sich dieser Schönheit bewusst. Vielmehr war sie mir schüchtern erschienen, sogar zu scheu zum Reden.

Ich musste an eine Passage in Thomas Manns Josephsroman denken, wo es hieß, dass es Josephs fehlende Selbstzufriedenheit war, die seine Schönheit mit einem Zauber bereicherte. Da ich mich daran erinnerte, dass auch der Koran und andere islamische Schriften zu Manns Quellen gehört hatten, nahm ich mir vor, während ich in Malaysia war, eine englische Übersetzung des Korans aufzutreiben. Beim Anhören der Geschichten über Joseph in der Sonntagsschule hatte ich immer den Eindruck gehabt, er sei ein verzogener und verträumter Junge, ein loyaler Diener, ein phantasievoller Traumdeuter und schließlich ein genauer und vertrauenswürdiger Verwalter, der am Ende vom Pharao belohnt wird. Ich fragte mich, ob der Yusuf im Koran anders war.

Yusuf. Meine Gedanken wanderten zu dem einzigen Yusuf, den ich kannte. Vielleicht war das der Schlüssel zu dem Wohlstand, den er sich erarbeitet hatte: Ein guter und treuer Diener, ein genauer und vertrauenswürdiger Verwalter, der am Ende von Jonathan Templeton zu recht großzügig belohnt wurde. Jonathan, der lokale Pharao. Bei dem Gedanken konnte ich ein Lächeln nicht zurückhalten.

Michael, der neben mir saß, wandte sich zu mir um und warf mir einen Blick gespielter Missbilligung zu, woraufhin ich nur noch breiter grinste. Ich sah mich schnell um, ob jemand mitbekommen hatte, dass ich bei einer solch ernsten Angelegenheit übers ganze Gesicht grinste und sah zu meinem Erstaunen, ganz hinten in der Kirche Hafiz und Yusuf sitzen. Sie saßen so zögerlich da, als warteten sie auf das Ende des Gottesdienstes, um so schnell wie möglich rauszukommen.

Ich drehte mich wieder um und empfand ein wenig ein schlechtes Gewissen. Was für eine nette Geste immerhin. Sollte ich Hafiz doch falsch eingeschätzt haben? Ein Mörder würde wohl kaum am Trauergottesdienst für sein Opfer teilnehmen.

Und wieder dachte ich über Hafiz und Cynthia nach. Wenn er und Yusuf liberal genug waren, um an einem Gottesdienst teilzunehmen, konnten es dann wirklich Glaubensdifferenzen gewesen sein, die sie auseinandergebracht hatten? Natürlich war es wahrscheinlich, dass Cynthia alle möglichen Einwände gehabt hatte, aber war ihr denn nicht schon in London klar gewesen, was sie erwartete, wenn sie Hafiz heiraten wollte? Und war sie überhaupt eine besonders gläubige Christin gewesen? Mir war klar, dass ich auf der einen kurzen Begegnung mit ihr schwerlich eine Meinung aufbauen konnte, aber trotz all der warmen Worte von Reverend Thomas schien mir doch, dass ihre Mitarbeit in der Kirche weniger religiösem Eifer entsprang als vielmehr der Gewohnheit, sich überall zu engagieren.

Es gab solche Leute. Freunde, die schon in der Schule Klassensprecher und Präfekte gewesen waren, fuhren auch in der Universität irritierenderweise fort, Studentensprecher und Präfekte zu sein, und desgleichen bei der Arbeit und zu Hause. Wer in Schülergruppen aktiv gewesen war, begann, kaum hatte er die Schule verlassen, in seinem neuen Umfeld hektisch nach Gruppen und Komitees zu suchen, denen er beitreten konnte. Ebenso verhielt es sich mit den simplen Mitläufern und Adabeis. Sie gingen als Mitläufer und Adabeis durch ihr gesamtes Leben. Und dann gab es die Einzelgänger.

Meine Aufmerksamkeit wurde zurück auf Reverend Thomas gelenkt, der jetzt über Cynthias Eltern sprach.

„Einige von euch“, sagte er, „werden sich vielleicht an Cynthias Vater erinnern, Sergeant Wickham, der hier in den frühen Jahren des Ausnahmezustands bei der englischen Armee stationiert war. Und vielleicht habt ihr auch davon gehört, was für ein tapferer Soldat er war. Und einige von euch werden auch Cynthias Mutter gekannt haben, unsere ganz persönliche Heldin, Bridget Van Tooren. Oder haben etwas von ihrem Mut während der japanischen Besatzung gehört, von all den Risiken, die sie eingegangen ist und der Folter, die sie erdulden musste.“

Michael und ich starrten einander verblüfft an.

„Davon wusste ich nichts“, flüsterte Michael. Was ich merkwürdig fand. An irgendeinem Punkt ihrer Kindheit mussten Cynthia und Michael zur gleichen Zeit in Kota Banir gewesen sein. War es möglich, dass sie sich nie getroffen, nie von der Existenz des anderen gewusst hatten? Nun, vielleicht war das gar nicht so seltsam. Damals musste Jonathan Templeton in Ulu Banir so etwas wie ein kleiner König gewesen sein. Und Könige, selbst kleine, verkehren im Allgemeinen nicht mit Armee-Sergeanten, so tapfer die auch immer sein mögen. Und vor allem nicht mit solchen, die eine niederländisch-eurasische Frau haben, mag sie auch eine Heldin gewesen sein. Britische Könige jedenfalls tun dergleichen nicht. Das war zumindest die Erkenntnis aus meinen Lektüren.

Aber was war, nachdem sie Hafiz kennengelernt hatte? War es denkbar, dass sie es nie für nötig erachtet hatte, ihm oder Michael ihre malaiischen Wurzeln zu offenbaren, wenn sie sie über Kota Banir reden hörte? Oder war sie in England geboren worden und wusste aus irgendeinem Grund nichts über das Leben ihrer Eltern hier? So wie ich vielleicht nie etwas über meine Großmutter erfahren hätte, wenn meine Mutter nicht operiert hätte werden müssen. Hatten auch ihre Eltern Geheimnisse vor ihr gehabt? Ich versuchte mir ihre Mutter vorzustellen. War sie eine jener Eurasierinnen, die so wenig asiatisch aussahen, dass sie in größter Versuchung waren, sich als reinblütige Europäerinnen auszugeben und das auch oft genug taten? War Cynthia ein Opfer des Snobismus ihrer Mutter? Wie ich? Es fiel mir irgendwie leichter, mir Cynthia so vorzustellen, als sie der Täuschung und eines falschen Spiels für fähig zu halten.

Aber ganz offenbar kannte ein guter Teil dieser Gemeinde ihre Herkunft. Vielleicht war das so ein Fall, in dem die Leute vor Ort etwas wussten und sich daran erinnerten, wovon sie selbst nichts ahnte, bis sie dann schließlich als Erwachsene hierher zurückkehrte. Was ihr Interesse an allem Lokalen und den Menschen hier erklären würde, ihre Bindungen und ihre Bereitschaft, einen Mann zu heiraten, der doppelt so alt war wie sie, um dadurch ihren Platz in einer wiedergefundenen historischen Kontinuität einzunehmen.

Dann machte ich mir Gedanken über Cynthias Vater. War er in der Armee geblieben? Wenn ja, musste Cynthia in einem streng abgegrenzten Umfeld aufgewachsen sein. Was wiederum die Leichtigkeit erklären würde, mit der sie sich ins gesellschaftliche Leben von Kota Banir fand. Aber vielleicht lag ich auch völlig falsch. Vielleicht wäre sie Jonathan eine sehr gute Ehefrau gewesen.

Ich konnte mir sie gut als Mrs. Jonathan Templeton vorstellen, umtriebige Gastgeberin auf dem Anwesen der Templetons auf Jocks Hill, Maitresse de plaisir im Kota Banir Club, Komiteemitglied hiervon, Vorsitzende davon und einfaches Mitglied bei weiß der Himmel was noch allem. Ich hatte solche Leute immer maßlos bewundert, die reibungslos wie auf Kugellagern von einer Gruppe zur andern wechseln und sich in jeder zu Hause fühlen konnten.

Vielleicht war es auch genau das. Ich warf einen weiteren heimlichen Blick über die Schulter auf Hafiz und Yusuf. Vielleicht hatte das ja zur Trennung geführt: In einer ländlichen malaiischen Gemeinde hätte es für sie nicht die Möglichkeit gegeben, all das zu tun. Mir fiel ein, dass die Frau von Inspektor Tajuddin nicht zu der Party im Club erschienen war. Puteh war nicht in der Kirche, obwohl ich sicher war, dass sie gerne gekommen wäre. Was für Einschränkungen ihres Lebens mochte Cynthia als Hafiz' Ehefrau vorhergesehen haben, aus denen sie sich mit solch katastrophalem Ergebnis versucht hatte zu befreien?

Ich bedauerte es, an jenem Abend in London nicht mehr Zeit mit Cynthia verbracht zu haben und nicht früher nach Ulu Banir gekommen zu sein. Ich hätte so vieles von ihr lernen können. Und vielleicht wären wir gute Freundinnen geworden.

Nach dem Gottesdienst stellten wir uns auf dem kleinen Kirchhof zu Hafiz und Yusuf. Hafiz entschuldigte Putehs Abwesenheit, sie habe sich nicht wohlgefühlt. Yew Chuan, gefolgt von Nellie und den Kindern, gesellte sich zu uns, sie waren erst nach dem Beginn der Zeremonie erschienen.

Niemand wollte so recht über Cynthia sprechen, also schleppte die Konversation sich schwerfällig von einem Thema zum nächsten, bis Yew Chuan abrupt erklärte, er müsse nun gehen. Er schien es eilig zu haben wegzukommen, und das wunderte mich. Bis dahin hatte er immer so gewirkt, als würde er gerne Zeit mit Michael verbringen.

„Wo will er denn wohl so eilig hin?“, fragte ich, während wir zusahen, wie er seine Kinder zum Auto trieb und dann abfuhr.

„Zum Ipoh Turf Club“, erklärte Michael, als verstehe sich das von selbst.

„Turf Club? Das ist aber ein ziemlich kapitalistisches Vergnügen für einen Kommunisten“, sagte ich.

Hafiz lachte auf.

„Man trennt sich so schwer von liebgewonnenen Gewohnheiten“, sagte er. Seit seinem Ausbruch vom Tag zuvor schien er gesprächiger geworden zu sein. „Sein Vater hat ihn regelmäßig zu den Pferderennen mitgenommen, als er ein Junge war. Und nun, meint er, hat er es im Blut.“

„Außerdem“, sagte Michael, „hat er mir mal erzählt, dass er als junger Mann vorhatte, Züchter von Rennpferden zu werden.“

„Hat er mir auch erzählt“, sagte Hafiz. „Und wenn du mich fragst, ist das genau das, was er hätte tun sollen. Auf die Art und Weise würde er Geld mit ihnen verdienen, statt es zu verlieren.“

„Komm schon, Hafiz, er kann nicht verlieren“, sagte Michael in mildem Protest. „Er ist ein Kenner. Du solltest ihm mal zuhören, wenn er über Pferderennen spricht. Es gibt nichts, was er über Pferde und Pferderennen nicht wüsste. Ich hab immer mal vorgehabt, mir einen Tipp von ihm zu holen, aber ich habe keine Lust, bis nach Ipoh zu fahren, um mich dort um Wettscheine zu schlagen, nur um herauszufinden, dass man dort noch nicht mal Pferde anschauen kann. Wenn du mich fragst, ich bin sicher, er macht einen Haufen Geld mit den Wetten.“

„Da bin ich mir nicht so sicher“, sagte Hafiz mit ernsterer Stimme. „Ich fürchte, er hat in der letzten Zeit nicht besonders viel Glück gehabt. Erinnert euch, dass er vor ein paar Monaten seinen Bungalow verkaufen musste und dafür dieses Haus in Happy Garden gemietet hat."

Das also war der Grund dafür, warum Yew Chuans Haus so improvisiert wirkte. Das war nicht das Resultat einer Einstellung zu Besitz, sondern das Ergebnis des finanziellen Engpasses, in den ihn seine Spielsucht getrieben hatte. Und Nellie sprach vom Auswandern.

Man brauchte doch bestimmt einen Haufen Geld, um auswandern zu können. Ich erinnerte mich noch dunkel, dass mein Vater einmal erzählt hatte, dass bestimmte Länder eine Kaution verlangen, um sich gegen Mittellosigkeit und Landstreicherei abzusichern. Wenn Yew Chuan in einer finanziellen Klemme steckte, wo sollte er dann das nötige Geld dafür finden? Würde der Verkaufserlös seiner Praxis dafür ausreichen? War Yew Chuan in einer verzweifelten Situation? Und wenn ja, war sie so verzweifelt, dass er morden und stehlen würde, um aus ihr zu entkommen?

Auf dem Nachhauseweg legten wir einen Zwischenstopp im Krankenhaus ein, um Jonathan seine Schreibutensilien zu bringen. Ich fragte mich, ob er die ganze Zeit schon über Cynthias Eltern Bescheid gewusst hatte und, wenn ja, warum er Michael kein Wort darüber gesagt hatte. Wir blieben und plauderten mit ihm, während er sein Krankenhausmittagessen aß. Dann fuhren wir nach Hause und nahmen unseres ein.

Ich hatte es eilig, das Mittagessen hinter mich zu bekommen, denn ich wollte, dass Michael mich mit ins *belukar* nahm, um nach dem Brillant-Collier zu suchen. Dann fiel mir ein, dass wir vergessen hatten, das Collier Jonathan gegenüber zu erwähnen, und ich versetzte mir innerlich einen Tritt.

Als wir endlich aus dem Haus kamen, waren dunkle Wolken aufgezogen.

„Es wird gleich regnen“, sagte ich besorgt.

Michael blickte zum Himmel.

„Ich glaube, das hält noch. Es sind nur gute zehn Minuten über den Fußweg. Komm.“

Es gab also einen Fußweg dort hinunter. Was von meinem Zimmer aus wie ein undurchdringliches Dickicht aus Bäumen und Gebüsch aussah, war in Wirklichkeit also so leicht zu durchqueren wie ein Landschaftspark. Der Pfad führte hinter dem Orchideengewächshaus hinab, quasi direkt unterhalb von Michaels Fenstern. Ich dachte an die Schritte, die ich gehört hatte. Wenn ein flotter Spaziergang den Weg hinunter nur zehn Minuten dauerte, wie lange, überlegte ich, würde man dann wohl brauchen, um heraufzulaufen?

Aber an dem Abend, an dem Cynthia ermordet wurde, hatte ich die Schritte vor den Schüssen gehört. Das hieß, jemand war hinunter gelaufen, um Cynthia zu ermorden – die bereits im *belukar* wartete? Hm. Oder stammten die Schritte, die ich gehört hatte, von zwei Menschen? Cynthia und jemand anderem? Ich schüttelte den Kopf. Zwei Leute hätten mehr Lärm gemacht. Und nicht diesen leisen, heimlichen und einsamen Klang.

Ich warf einen Blick auf Michael, der vor mir entlangging und ungeduldig die Zweige und Farne beiseite streifte, die ihm im Weg waren. Ich sah auf die Uhr. Es war Viertel vor drei. Wenn er in meiner Gegenwart langsamer unterwegs war, dann sollten wir gegen drei am Rand des Golfplatzes angekommen sein. Aber der Mord hatte ja nicht auf dem Fairway stattgefunden, oder? Sondern im *belukar* in der Nähe des Golfplatzes. Was hieß, dass man weniger Zeit brauchte, um an den Tatort zu gelangen.

Ich sollte nie herausbekommen, ob wir dort um drei oder vorher angekommen wären. Wir befanden uns keine fünf Minuten auf dem Pfad, als wir Geräusche von Männern hörten, die sich durchs Unterholz schlugen und plötzlich vor Inspektor Tajuddin standen. Er befand sich ganz alleine auf dem Weg und blickte um sich, als versuche er, die Position seiner Männer auszumachen, die wir zwar hören, aber nicht sehen konnten.

„Inspektor Tajuddin!“, riefen Michael und ich wie aus einem Mund.

„Guten Abend“, sagte der Inspektor. „Was machen Sie beide hier? Dem Ort des Verbrechens einen Besuch abstatten?“

„Stimmt genau“, sagte Michael so cool wie es nur ging. „Wir waren übrigens gestern Abend mit der Quittung für den alten Revolver bei Ihnen auf dem Revier, aber Sie waren nicht mehr da. Jetzt liegt sie oben im Haus. Kommen Sie doch auf einen Tee vorbei. Dann geben wir sie Ihnen bei der Gelegenheit. Sobald Sie fertig sind mit was immer Sie genau hier tun.“

Er blickte sich zweifelnd um.

„Gerne“, sagte der Inspektor. „Freut mich, dass Sie das Papier gefunden haben. Das wird uns ganz gewiss helfen herauszufinden, ob die Waffe, die wir gefunden haben, die ist, die Sie gefunden haben. Aber wir brauchen auch noch den ballistischen Untersuchungsbericht, Sie verstehen?“

„Verstehe“, sagte Michael und fügte dann hinzu, ganz offensichtlich, weil der Inspektor keine Anstalten machte, uns zu erklären, was seine Männer im Unterholz suchten, „Aber Ihre Männer sehen sich nicht rein zufällig nach einem Brillant-Collier um, oder?“

Dem Inspektor sprangen fast die Augen aus dem Kopf.

„Davon wussten Sie? Warum haben Sie es nicht erwähnt?“

Michael erzählte, dass wir davon erst am Vorabend erfahren hatten.

„Und ihr Vater hat nicht danach gefragt?“, wollte der Inspektor wissen.

„Ich glaube, angesichts all der fürchterlichen Nachrichten der letzten Tage ist er entschuldigt, wenn er sich daran nicht erinnert hat“, sagte Michael vernünftigerweise.

„Ja natürlich. Ich verstehe."

„Aber wie haben Sie davon erfahren, Inspektor?", fragte Michael.

„Ach, wir führten eine Routinebefragung bei all den Leuten durch, die Miss Wickham am Tag ihrer Ermordung gesehen oder mit ihr gesprochen haben, und der Juwelier hat erzählt, dass sie an dem Morgen bei ihm eine Diamanthalskette abgeholt hat. Aber die haben wir an ihr nicht gefunden, ebenso wenig im Auto. Also dachten wir, suchen wir die Gegend ab. Wahrscheinlich", sagte er und warf uns einen Blick mitfühlender Heiterkeit zu, „haben Sie dieselbe Idee gehabt."

Michael lächelte ertappt.

„Sie wären ohnehin nicht weit gekommen", sagte der Inspektor. „Das ganze Areal hier ist abgesperrt, seit wir die Leiche gefunden haben. Und seitdem halten meine Leute hier Wache. Es wundert mich, dass Sie das gar nicht wussten."

Der dümmlich-ahnungslose Ausdruck auf unseren Gesichtern musste Bände sprechen, was unsere Unschuld betraf.

„Aber wo Sie schon einmal hier sind, Sie wissen nicht zufällig, wie diese Halskette aussieht? Der Juwelier hat uns eine Beschreibung und eine Zeichnung gegeben, aber Sie wissen ja, wie das mit Zeichnungen ist, und weder sein Englisch noch sein Malaiisch waren besonders gut."

Michael schüttelte den Kopf.

„Da werden Sie Dad selbst fragen müssen. Er ist noch im Krankenhaus, aber morgen sollte er wieder zu Hause sein. Hören Sie, es wird gleich anfangen zu regnen. Warum kommen Sie nicht mit, und wir trinken unseren Tee?"

Der Inspektor sah sich um und warf dann einen Blick hinauf zum Himmel.

„Gute Idee. Ich sage nur eben schnell meinen Leuten, wo sie mich finden können."

Auf dem Rückweg, den Pfad hinauf, plauderten die beiden Männer entspannt miteinander. Inspektor Tajuddin schien sogar noch gelöster als das letzte Mal, dass ich ihn gesehen hatte. Vielleicht hatte das etwas mit den Informationen über das Brillant-Collier zu tun. Ich stellte mir vor, dass er erleichtert war, ein weniger komplexes Motiv für den Mord gefunden zu haben. Anonyme Habgier war vermutlich viel leichter aufzuklären, als mit all den menschlichen Emotionen umzugehen, die bei einem Mord ins Spiel kommen, der in einer Familie oder einem familiennahen Umfeld passiert ist.

An dem Abend begleitete ich Michael nicht ins Krankenhaus. Ich ging auf mein Zimmer, um nachzudenken. Ich nahm mir meine Verdächtigenliste wieder vor und strich Karuppiah, Ah Mui und mich selbst aus, wir hatten ohnehin nur scherzweise darauf gestanden. Als Nächstes zog ich einen Strich durch all diejenigen, die definitiv kein Geld brauchten. Blieben Yew Chuan, Hafiz und Michael.

Wenn man jetzt nur den Diebstahl als Motiv annehmen wollte, dann musste ich zugeben, dass Yew Chuan, nach dem, was ich über ihn erfahren hatte, wahrscheinlich der Hauptverdächtige war. Hafiz hatte angedeutet, dass er letzthin eine Pechsträhne bei den Pferdewetten hinter sich hatte, seine Praxis lief vielleicht nicht so gut wie es den Anschein hatte, und er plante auszuwandern. Genug Gründe, um rasch an Geld kommen zu wollen. Verdachtsmomente gab es viele. Cynthia hatte in seiner Klinik mit dem Collier angegeben, entweder hatte er es gehört oder gesehen. Er konnte Simons Revolver im Dschungel gefunden haben, entweder vor Jahren als Guerillakämpfer oder vor kurzer Zeit auf seinen Dschungelwanderungen, auf der Suche nach wilden Orchideen, ohne ihn dann zu melden. Am Tag des Mordes war er zur Teestunde im Bungalow erschienen und fuhr wieder ab, bevor Michael und ich aus dem Garten zurück waren.

Ich schloss die Augen und versuchte mir vorzustellen, wie es abgelaufen sein konnte. Yew Chuan beendet sein Gespräch mit Jonathan. Jonathan geht auf sein Zimmer. Yew Chuan fährt weg. Auf dem Weg nach unten sieht er Cynthias Wagen den Weg herauf kommen. Er bringt sie zum Anhalten und erzählt ihr von einer interessanten Pflanze, die er in der Nähe des Golfplatzes gefunden hat. Er überredet sie, ihn dort zu treffen und rät ihr, den Fußweg zu benutzen, was bedeutet, dass die zweiten Schrittgeräusche, die ich gehört hatte, die Cynthias gewesen sein müssen. Er selbst fährt weiter bis zu dem Punkt, von dem aus er zu der scharfen Wegbiegung gelangt. Dort wartet er auf sie, erschießt sie, stiehlt ihr Collier und fährt nach Hause, um sich umzuziehen. Nun ist er aber zu spät dran, um uns um acht im Kota Banir Club zu treffen. Also ruft er an und erklärt, er sei aufgehalten worden.

Aber warum so viele Schüsse? Weil er wusste, dass Mrs. Templeton so ermordet worden war und wollte, dass dieser Mord an jenen erinnerte, den die Terroristen begangen hatten, um eine falsche Spur zu legen. Aber warte mal: Warum war ihm dann so daran gelegen gewesen, uns zu überzeugen, dass Terroristen nichts mit dem Tod von Mrs. Templeton zu tun gehabt hatten?

In meinem Kopf begann sich alles zu drehen. Ich mochte Yew Chuan eigentlich ganz gerne, und es tat mir nicht gut, mir ihn als Mörder vorzustellen.

Der nächste Verdächtige auf meiner Liste war Hafiz. Die bereits genannten Motive galten noch immer. Aber angenommen, er hätte auch noch Geld gebraucht, um seine eigene Anwaltskanzlei aufzumachen, aber nicht seine Eltern darum bitten wollen, die sich gegen seine Heirat mit Cynthia ausgesprochen hatten. Oder wie, wenn er zwar kein Geld gebraucht hätte, sie aber aus Eifersucht ermordet hatte, um dann ihr Collier mitzunehmen, damit es so aussah wie ein Raubmord? Schließlich war er Jurist und würde sich mit diesen Dingen auskennen. Ich lehnte mich zurück und war recht zufrieden mit mir, wie schlau mein neuester Gedanke war. Obwohl ich, wie ich fand, sehr überzeugende Verdachtsmomente gegen Yew Chuan gesammelt hatte, sagte mir mein Bauchgefühl, wie es immer in Krimis heißt, dass Hafiz der Killer war.

Und mein dritter Verdächtiger war Michael. Wie trüb seine Aussichten sein mochten, hing erstens von der Frage ab, ob er Geld brauchte, und zweitens, ob er schon die ganze Zeit von dem Brillant-Collier gewusst hatte.

Brauchte Michael verzweifelt Geld? Zum Zeitpunkt des Mordes vielleicht, weil er glaubte, dass sein Erbe in Gefahr war. Ich wusste noch, was er an dem Tag meiner Ankunft im Auto zu mir gesagt hatte, während wir zu Jocks Hill hinauffuhren. Er hatte mich oder sich selbst gefragt, was sich wohl ändern werde, jetzt wo Jonathan eine neue Frau haben würde und vielleicht sogar weitere Kinder. Danach hatte er mich gefragt, ob ich ihn heiraten würde. Weil er glaubte, ich sei reich? Und als ich ihm gesagt hatte, er solle mit dem Blödsinn aufhören, nahm er das als eine Weigerung und war danach verzweifelt genug, Cynthia zu ermorden und auszurauben?

Ich erinnerte mich plötzlich an jenen Nachmittag am See in der Nähe Münchens zurück, als er mir gesagt hatte, er wolle mich komplett haben: mein Hirn, meine Schönheit, meinen Reichtum und alles. Einmal abgesehen von einer dringenden Geldnot, war Michael ein habgieriger Mensch? Und hatte er über die Halskette Bescheid gewusst? Und wenn ja, wiederum abgesehen von einer dringenden Geldnot, vielleicht war er einfach neidisch gewesen, dass Cynthia von seinem Vater ein derart teures Geschenk bekommen hatte. Aber wenn er es tatsächlich gewusst hatte – und bei diesem Gedanken überlief mich ein kalter Hauch – dann war er ein erstklassiger Schauspieler.

Aber das schienen all meine Verdächtigen zu sein.

Ich ging hinüber zum Fenster und blickte hinaus. Aber ich konnte nur die dunklen Schatten der Bäume und die flachen Hügel des Golfplatzes sehen.

Wer hätte gedacht, dass Ulu Banir eine so komplizierte Welt sein könnte? So gut wie jeder, den ich kennengelernt hatte, wusste etwas über jemanden, das einige der anderen nicht einmal ahnten. Fast alle waren sie gefühlsmäßig oder historisch miteinander verbunden. Ausnahmslos jeder war nett, zuvorkommend und schien aus dem ausgesprochenen oder unausgesprochenen Bedürfnis zu handeln, einem anderen etwas Gutes zu tun. Aber einer von ihnen, mindestens einer von ihnen, war ein Mörder.

Ich fragte mich, ob es nicht an der Zeit war, nach Hause zu gehen.

Viertes Kapitel
10. Februar 1974

Als Ah Mui unseren Frühstückstoast brachte, sagte Michael ihr, der Tuan werde später am Tag nach Hause kommen, was mich an mein Versprechen erinnerte, so lange zu bleiben, wie ich gebraucht würde. Dieses Versprechen, das ich vor erst drei Tagen so leichtherzig gegeben hatte, lag mir jetzt schwer auf der Seele.

„Um wie viel Uhr willst du ins Krankenhaus, Michael?“, fragte ich.

„Gleich nach dem Frühstück. Warum fragst du?“

„Ich hab mir überlegt – vielleicht würdest du den Vormittag ja gerne alleine mit deinem Vater verbringen?“

„Könnte ich. Aber worauf willst du hinaus?“

„Na ja, du wirst bestimmt über alles Mögliche mit ihm reden wollen. Und da habe ich gedacht, verbringe ich den Tag in Kota Banir. Ich meine, ich habe noch nicht so viel von Ulu Banir gesehen, und gestern sind mir ein paar Ecken aufgefallen, die interessant aussahen.“

„Ich bin ein miserabler Gastgeber, was? Tut mir so leid. Aber hör zu, ich könnte doch mit Hafiz sprechen, dass er dich zum Lunch ausführt und dann ein wenig herumfährt?“

„Nein, nein. Ich lass mich nur von dir nach Kota Banir mitnehmen und sehe dann später zu, wie ich zurückkomme. Was hältst du davon?“

„Unsinn! Ich kann dich doch nicht ganz auf dich alleine gestellt durch die Stadt irren lassen. Nein, ich rufe Hafiz an, und dann sehen wir ja, was er sagt.“

Und er ging, um zu telefonieren.

Das Letzte, was ich wollte, war mit Hafiz irgendwo hinzugehen und Zeit zu verbringen, aber ich wusste nicht, wie ich das deutlich machen sollte, ohne unfreundlich zu klingen. Und dann dachte ich: Warum nicht? Schließlich gab es ein paar Dinge, die ich Hafiz ohnehin fragen wollte.

Und so wurde es verabredet. Michael fuhr mit Karuppiah ins Krankenhaus, während ich den Vormittag damit verbrachte, endlich an meine Mutter zu schreiben. Cynthias Tod erwähnte ich nicht, aber ich sagte ihr, ich würde voraussichtlich etwa in einer Woche zu Hause sein. Der Gedanke, nach Hause zu gehen, schien immer noch gut, auch nachdem ich eine Nacht darüber geschlafen hatte.

Gegen elf kamen sie zurück, gefolgt von Yew Chuan in seinem Volvo. Ich trat hinaus, um sie zu empfangen. Jonathan war miserabel gelaunt. So weit ich verstand, war der Grund für seinen Ärger Yew Chuan, der darauf bestand, dass er sich schone, obwohl er für mich vollständig gesund aussah. Ich hoffte, dass es ihm wirklich so gut ging wie er wirkte. Denn das würde heißen, dass ich bald nach Hause konnte.

Ich sah zu, wie Jonathan brüsk alle Hilfe beim Aussteigen zurückwies und entschlossen zum Haus ging, ohne dass ihn jemand stützte. Ich beschloss, dass Yew Chuans Zuvorkommenheit mehr mit asiatischer Ehrfurcht vor dem Alter als mit Jonathans tatsächlichem Gesundheitszustand zu tun hatte, obwohl ich andererseits auch nicht fand, dass er sonderlich alt aussah. Tatsächlich fragte ich mich, wie alt er wohl sein mochte.

Yew Chuan verabschiedete sich dann wieder, ohne ins Haus zu kommen. Einmal drinnen wollte Jonathan nichts davon wissen, auf sein Zimmer zu gehen.

„Keine Minute lege ich mich mehr in irgendein Bett, bevor mir nicht die Augen zufallen, und dann auch erst, wenn es Zeit zum Schlafengehen ist“, beharrte er ärgerlich, also ließen wir ihn auf dem Sofa im Wohnzimmer. Ein paar der Kartons, die Michael und ich durchsucht hatten, lagen noch immer herum. Aber kaum hatten wir begonnen, sie wegzuräumen, hörten wir ein Auto in der Auffahrt. Es war Inspektor Tajuddin. Michael ging hinaus, um ihn zu begrüßen.

„Ah, Inspektor Tajuddin", sagte Jonathan und erhob sich, als die beiden eintraten. „Die jungen Leute hier haben mir erzählt, sie hätten nach einem Diamant-Collier gesucht und stattdessen Sie gefunden. Haben Ihre Leute es gefunden? Oh, ich sehe, Sie haben die Quittung für den alten Revolver mitgebracht. Ist damit also alles in Ordnung?"

„Ich bitte Ah Mui, Kaffee zu machen", sagte ich und verließ das Zimmer.

Als ich zurückkam, war keiner mehr da. Ich nahm an, sie waren ins Arbeitszimmer hinübergewechselt und fühlte mich grundlos ausgeschlossen und beleidigt. In diesem Moment klingelte das Telefon. Kurz darauf öffnete Michael die Tür zum Arbeitszimmer und sagte, es sei für mich. Ich nahm das Gespräch auf dem Nebenapparat im Flur entgegen. Es war Hafiz.

Vielleicht lag es an meiner Stimmung in diesem Augenblick, jedenfalls freute ich mich, seine Stimme zu hören und sagte sofort zu, mit ihm Mittag zu essen und den Nachmittag mit Sightseeing zu verbringen, obwohl er meinte, er habe keine Ahnung, was es in Kota Banir zu sehen geben solle. Er meinte, er käme mich in einer halben Stunde abholen, und ich lief nach oben, um mich fertig zu machen.

Als ich zurückkam, saßen die drei Männer wieder im Wohnzimmer und Ah Mui hatte den Kaffee serviert. Sie betrachteten ein paar der alten Fotoalben aus den Kartons. Inspektor Tajuddin plauderte angeregt. Vielleicht war das Brillant-Collier ja gefunden worden. Oder vielleicht auch nicht, dachte ich, auf mein eigenes Argument zurückkommend, dass ein Raubmord durch einen unbekannten Täter dem Inspektor und allen anderen vermutlich besser in den Kram passen würde als jede andere Lösung des Falls.

Es war ein bestimmtes Foto, das Inspektor Tajuddin länger studierte.

„Das ist Ihr Onkel, oder? Wahnsinnige Ähnlichkeit." Er hielt das Album hoch, um Jonathan das Foto zu zeigen.

Jonathan sagte: „Nicht weiter erstaunlich. Er war der Zwillingsbruder meines Vaters."

„Und wer ist der andere Mann?"

„Das ist Simon. Simon Collins. War hier stellvertretender Leiter. Ist lange vor mir hier rausgekommen. Er war eng mit meinem Onkel befreundet."

„Ach genau. Der Mann mit den zwei Revolvern."

Jonathan zuckte die Achseln.

„Was ist aus ihm geworden?"

„Das", antwortete Jonathan, „liegt nach wie vor etwas im Dunkeln. Er ist zu Anfang des Krieges verschwunden. Ich war zu der Zeit in Singapur, aber Yusuf, der hier war, erzählte mir, dass Simon, als er erfuhr, dass die Japaner Penang eingenommen hatten, die Arbeiter auszahlen ließ und dann nach Hause in ihre Dörfer schickte. Die indischen Gummisammler blieben natürlich auf dem Anwesen. Als Yusuf dann 1942 hierher zurückkam, war da keine Spur mehr von ihm. Ich nehme an, er ist in den Dschungel gegangen, entweder um sich zu verstecken oder um zu kämpfen."

„Und er ist nie zurückgekommen?", fragte Inspektor Tajuddin.

„Nein. Ich habe nach dem Krieg über das Netzwerk der Plantagen nach ihm gesucht, aber niemand hatte irgendetwas von ihm gehört. Ein weiteres Kriegsopfer."

„Verstehe", murmelte der Inspektor und blätterte den Rest des Albums mit einem geistesabwesenden Blick durch. Dann trank er einen Schluck aus seiner Tasse.

„Wie alt wäre Simon eigentlich heute, wenn er noch am Leben wäre?“, fragte er.

„Großer Gott, Sie wollen doch wohl nicht andeuten, dass – lassen Sie mich nachdenken. Wenn er so alt war wie mein Onkel, dann müsste er heute weit über achtzig sein!“ Und Jonathan lachte laut auf, wahrscheinlich bei dem absurden Gedanken an einen weißbärtigen, alten Simon Collins, der als rächender Geist aus dem Jenseits erschien und ein seltsames junges Mädchen umballerte.

Inspektor Tajuddin lachte mit.

„Ach übrigens, Sir“, sagte er dann mit freundlichem Lächeln, „darf ich fragen, warum Sie so viel Aufwand darauf verwandt haben, jedermann glauben zu machen, Sie seien als Kriegsgefangener in Singapur gewesen, wenn Sie doch die gesamte Zeit als Kämpfer im Dschungel verbracht haben?“

Jonathan lief rot an.

„Schon gut“, sagte der Inspektor und hob abwehrend die Hand, als wolle er sagen, er könne es vollauf verstehen, wenn Jonathan nicht antworten wolle. „Ich hab mich nur deswegen gefragt, weil es, nun ja, hier wirklich ein offenes Geheimnis zu sein scheint und, wenn ich das noch hinzufügen darf, ein Großteil des Respekts, den wir alle für Sie haben, aus der Tapferkeit herrührt, die Sie, wie es heißt, dort im Dschungel an den Tag gelegt haben.“

„Diese Reputation ist wirklich völlig grundlos, das kann ich Ihnen versichern. Die Wahrheit ist, ich lag dort die meiste Zeit krank danieder. Yew Chuan kann das bestätigen, er hat den größten Teil *seiner* Zeit dort damit verbracht, mich zu pflegen!“

Alle lachten mit. Inspektor Tajuddin trank seinen Kaffee aus.

„Ich muss los“, sagte er im Aufstehen. „Es war mir ein großes Vergnügen, mit Ihnen zu plaudern, und darf ich Ihnen noch sagen, wie sehr ich mich geehrt fühle, Sie kennen zu dürfen. Auch mein Vater ist ein Widerstandskämpfer gewesen, allerdings nicht bei den Kommunisten. Er wurde dann gefoltert, als es herauskam."

„Das tut mir leid zu hören", sagte Jonathan, der ebenfalls aufgestanden war, und streckte seine Hand aus, die Inspektor Tajuddin kräftig und kameradschaftlich drückte.

„Soweit so gut", sagte Michael, nachdem der Inspektor fort war. „Was meint ihr, sind wir vom Haken?"

Ich bekam Jonathans Meinung dazu nicht mehr zu hören, denn in diesem Augenblick fuhr Hafiz vor.

„Ich muss los", sagte ich. „Sicher, dass ihr zwei zurechtkommt?"

Nach Jonathans Auftritt an diesem Vormittag hütete ich mich davor, den geringsten Verdacht aufkommen zu lassen, ich könnte der Meinung sein, er brauche Hilfe.

Beide beteuerten, dass sie ohne mich überleben würden, und ich ging hinaus.

„Entschuldige", sagte ich beim Einsteigen. „Michael hat unbedingt darauf bestehen wollen, dich zu überreden, mir die Sehenswürdigkeiten zu zeigen. Ich hoffe, ich hab deine Pläne nicht durcheinandergebracht."

„Nein. Ich habe später am Nachmittag nur noch eine Verabredung zum Billard, das ist alles. Aber es ist hier tatsächlich nicht all zu viel los. Du wirst mir das nicht glauben, nach dem, was hier vorgefallen ist, aber normalerweise ist Ulu Banir ein friedliches Fleckchen. Für einen Anwalt natürlich zum Verzweifeln."

Ich lachte. „Was machst du dann hier?"

„Ich hospitiere. Lerne die juristischen Seiten vom Geschäft meines Vaters. Aber das wird nicht so lange dauern, hoffe ich. Ich wollte eigentlich eine eigene Kanzlei aufmachen. Sobald es geht."

„Was? Hier, im friedlichen, langweiligen Ulu Banir?"

„Nein, wahrscheinlich in Kuala Lumpur. Ist doch deine Heimatstadt, KL, oder?“

„Nicht wirklich. Mein Vater war im Staatsdienst, und wir sind ziemlich viel umgezogen. Aber er kam ursprünglich aus KL. Also hat er, als er in Rente ging, dort ein Haus gekauft. Was es dann doch wohl momentan zu meiner Heimatstadt macht, nehme ich an.“

„Staatsdienst? Ich dachte, deine Familie wären stinkreiche Unternehmermogule!“

Ich lachte.

„Nein, meine Großmutter hat mir ein bisschen Geld hinterlassen, das ist alles.“

Ich hatte keine Ahnung, warum ich mit Hafiz so viel ehrlicher war, als ich es mit Michael gewesen war. Vielleicht, weil er Asiate war wie ich und ich von ihm weder Herablassung noch Spott fürchtete. Vielleicht hatte ich auch, nachdem ich Tage mit dem Versuch verbracht hatte, Lüge von Wahrheit zu scheiden, keine Lust mehr auf Schwindeleien. Trotzdem suchte ich nach einem anderen Thema, das auf festerem Grund stand. Ich rechnete rasch durch, wie alt er sein musste.

„Du hast schon gearbeitet, bevor du dich entschlossen hast, Jura zu studieren, oder?“, fragte ich.

„Ja, ich bin nach der Schule als Juniorinspektor zur Polizei gegangen, und Inspektor Tajuddin war tatsächlich mal mein Vorgesetzter.“ Er lachte kurz auf bei dem Gedanken.

„Tatsächlich?“ Aha! Also kannte Hafiz das Gesetz nicht nur theoretisch, sondern auch praktisch. Wenn er also vorhatte, jemanden zu ermorden, besaß er dann nicht den Sachverstand, um das perfekte Verbrechen zu begehen?

„Aber er ist doch nur ein Inspektor?“, fragte ich verwirrt.

„In Wirklichkeit ist er ein Hauptkommissar, und außerdem ist er der stellvertretende Leiter der Kriminalbrigade des Ulu Banir

Distrikts, und als solcher verantwortlich für alle strafrechtlichen Ermittlungen. Bloß sind die Leute hier so daran gewöhnt, ihn immer noch Inspektor Tajuddin zu nennen, dass die Bezeichnung hängengeblieben ist. Du weißt ja, wie das in Kleinstädten so ist. Und ihn stört es nicht."

„Ich hab jedenfalls den Eindruck, er ist ein ziemlich helles Köpfchen."

„Ja, aber hat ein weiches Herz, weißt du."

Ich blickte aus dem Fenster und betrachtete die alten Gummibäume zu meiner Rechten und die jungen Ölpalmen zu meiner Linken. Die ganze Gegend befand sich in einer Phase kompletter Umwandlung, und ich hatte das Gefühl, überhaupt nicht Schritt zu halten.

„Warum, glaubst du, ist Ulu Banir ein solch friedliebendes und langweiliges Örtchen? Weil Inspektor Tajuddin ein so schlauer und effektiver Mann ist oder weil alle Menschen in Ulu Banir friedliebende und nette Leute sind?"

„Das war jetzt aber gerade keine Ironie, oder?"

„Gar nicht. Mir ist aufgefallen, dass die Menschen hier tatsächlich freundlich und rücksichtsvoll sind. Ich meine, du und dein Vater zum Beispiel. Ich fand es eine sehr schöne Geste von euch, an dem Gottesdienst für Cynthia teilzunehmen. Ich meine als Moslems."

„Ach das. Das liegt sehr an meinem Vater. Er ist, was man einen progressiven Moslem nennen könnte. Er fand, es wäre unislamisch, nicht hinzugehen."

Und du, was fandst du?

Stattdessen sagte ich: „Wie auch immer, ich fand das eine sympathische Geste von euch."

Wir verfielen in Schweigen. Die Erwähnung der Kirche und Cynthias spülte eine ganze Flut von Fragen in meinen Kopf. Und ich konnte keine einzige davon stellen, ohne zu riskieren, dass er wütend wurde.

Dann sagte er: „Du stellst dir Fragen über Cynthia und mich, stimmt's?"

Ich lief rot an und sah zu ihm. Sein Blick war auf die Straße vor ihm gerichtet und seine Stirn leicht gerunzelt. Vielleicht spürte er meinen Blick, jedenfalls wandte er den Kopf, lächelte sein trauriges, sanftes Lächeln und sagte: „Schon gut. Es macht mir nichts aus. Ich hab mir die Frage ja selbst oft genug gestellt. Was Cynthia und mich betrifft."

Eine Welle von Sympathie zu ihm überrollte mich. Aber die Gelegenheit war dennoch zu günstig, sie nicht zu ergreifen.

„Ich hab an das erste Mal gedacht, als ich euch beide kennengelernt habe. Ihr wirktet so verliebt. Oder wirst du mir jetzt sagen, dass ich nur das gesehen habe, was ich sehen wollte?"

„Nein. Wir waren verliebt. Oder ich jedenfalls. Ich liebe sie auch immer noch."

Sofort war ich sanftmütiger ihm gegenüber.

„Aber was ist denn dann passiert?"

„Ehrlich gesagt weiß ich es nicht. Alles war in Ordnung, bis wir hierherkamen. Dann hat alles angefangen sich zu verändern. Und eines Tages hat sie mir dann gesagt, sie könne sich nicht vorstellen, wie sie mich heiraten solle und ist bei den Templetons eingezogen."

„Was haben deine Eltern dazu gesagt?"

„Gar nichts, und ich habe sie auch nicht gefragt. Generationenkonflikt."

„Hattest du gewusst, dass ihre Eltern hier früher gelebt haben?"

„Genau das wusste ich nicht. Sie hat nie groß über ihre Eltern geredet, und in England hat sie jedes Mal einen Riegel vorgeschoben, wenn ich sagte, dass ich ihre Mutter kennenlernen wollte."

„Vielleicht dachte sie, ihre Mutter würde was gegen dich haben."

„Sehr gut möglich, aber genau deswegen wollte ich sie ja kennenlernen."

„Vielleicht liegt's an den verschiedenen Religionen."

„Vielleicht. Aber Cynthia wusste ja, dass sie zum Islam konvertieren musste, wenn sie mich heiraten wollte. Ich meine, ich habe sie darüber nicht im Unklaren gelassen."

Aber vielleicht hat sie dich ja im Unklaren über ihre Familie gelassen und erwartete nicht, dass die Wahrheit rauskäme, als sie hier herkam.

„Vielleicht hatte es damit zu tun, dass sie hier herkam und plötzlich entdeckte, dass es noch immer Leute gab, die ihre Eltern gekannt hatten. Vielleicht hat sie sich da gefragt, wer sie eigentlich wirklich ist. Heutzutage versucht schließlich quasi jeder, seine Wurzeln zu finden", sagte ich.

„Vielleicht hast du recht. Ich weiß es nicht."

Ich verfiel wieder in Schweigen.

„Gut. Nächste Frage!"

Ich sah ihn verblüfft an, und wir mussten beide lachen. Ich hätte nicht erwartet, dass Hafiz – na ja, solch eine angenehme Gesellschaft sein würde. Es war fast wie am Anfang mit Michael, als wir beide meine Jugend, Unbedarftheit und Naivität gutgelaunt als gegeben hingenommen hatten, ganz einfach, weil ich all das war, und weil all das mich ausmachte und sonst nichts. Das war, bevor ich lernte, Michaels Lachen zu fürchten und Masken von Erfahrenheit und Stilsicherheit anzulegen, die mir vorn und hinten nicht passten. Und jetzt mit einem Mal fühlte ich mich erleichtert, wie ein Kind, das endlich von der Last eines zu schweren und schlecht sitzenden Kleidungsstücks befreit ist, das sowieso niemanden hat hinters Licht führen können.

„Warst du denn überrascht, als sie und Jonathan – na du weißt schon...?"

„Enttäuscht ja. Überrascht nicht. Der alte Jonathan ist auf seine Art kein Kostverächter. Ich könnte mir vorstellen, dass eine

Menge Frauen ihn selbst jetzt noch attraktiv finden. Auch junge. Hauptsächlich junge sogar. Er ist natürlich extrem diskret. Aber. Na ja, man kann von so einem Mann schwerlich erwarten, dass er wie ein Mönch lebt."

„Obwohl er nach dem Tod seiner Frau nie wieder geheiratet hat."

„Nein. Die Leute glauben, das liegt daran, dass er seine Frau sehr geliebt hat. Aber die Sache liegt ein wenig im Dunkeln. Es heißt, es hätte da, bevor er sie heiratete, eine andere gegeben. Die große Liebe seines Lebens sozusagen. Aber irgendwas hat wohl nicht funktioniert. Manchmal macht es mich traurig, wenn ich denke, wie er da ganz alleine oben auf seinem Hügel sitzt. Und wenn es nicht Cynthia gewesen wäre, sondern irgendjemand anders, wäre ich auch sehr glücklich für ihn gewesen."

Aber es war Cynthia, nicht wahr? Wie hast du dich also in diesem Falle gefühlt?

„Warst du wütend darüber?"

„Nicht genug, um sie umzubringen, wenn es das ist, worauf du mit deiner Frage hinaus willst."

„Du lieber Gott. So habe ich das nicht gemeint. Ich habe mich nur gefragt, wie sich das anfühlen muss, seine Freundin an einen älteren Mann zu verlieren."

„Einen sehr viel älteren Mann."

„Ja."

Er dachte lange nach, dann sagte er: „Ich versuche in diesem Fall, ganz ehrlich mit mir selbst zu sein. Nein, ich kann nicht sagen, dass ich wütend auf einen von ihnen war. Ich glaube, ich war eher wütend auf mich. Weil ich plötzlich der Verlierer war und nicht wusste warum. Ich glaube, es war auch deswegen so schwierig, weil ich es mir nicht zu leicht machen wollte und irgendetwas Einfaches und Hässliches über Cynthia als Frau zu denken. Und wozu das alles jetzt noch mal durchkauen? Sag mir lieber, was möchtest du zu Mittag essen?"

„Ich fürchte, du wirst mir sagen müssen, wo man hier gut essen gehen kann."

Wir besprachen die gastronomischen Genüsse, die Kota Banir zu bieten hatte und einigten uns schließlich auf malaiische Küche, was am einfachsten schien. Er nahm mich zu einem Stand am Fluss mit, wo wir auf kippligen Stühlen unter einem blauen Plastikbaldachin saßen, an einem Klapptisch, der in seiner Jugend noch eine komplette, imitierte Resopaloberfläche besessen hatte, und genossen ein vorzügliches Mahl.

Nach dem Essen führte er mich zu dem alten Fort am Fluss, von dem der Ort seinen Namen hat. Von dem früheren Bau war so gut wie nichts mehr übrig. Nichts als riesige, moosbedeckte Granitblöcke, die merkwürdig kunterbunt auf der schattigen Grasfläche umherlagen.

Ein ganz bestimmter Block, erklärte Hafiz mir, war von den früheren Fürsten benutzt worden, um abtrünnige Leute und untreue Ehefrauen hinzurichten. Es gab eine lokale Legende über eine junge Frau vom Hof, die fälschlicherweise eines Seitensprungs angeklagt worden war und dazu verurteilt wurde, auf dem Block zu sterben. Aber die Kraft ihrer Reinheit war so machtvoll, dass der Scharfrichter nicht fähig war, ihr den Kopf abzuschlagen. Eine Axt nach der anderen wurde versucht, aber jede zersplitterte oder wurde stumpf. Der wütende Fürst befahl daraufhin, dass man sie stattdessen hängte. Aber als sie versuchten, sie aufzuhängen, entwurzelte der gesamte Baum sich wundersamerweise selbst, stürzte um und begrub mit seinem mächtigen Stamm und den ausgreifenden Ästen alle Anwesenden unter sich, und auch der blutrünstige Fürst starb wie alle übrigen.

Die Geschichte erzählte nicht, was aus der tugendsamen Frau geworden war, aber Hafiz zeigte mir den Baum. Und tatsächlich wuchs dort ein riesiger Baum so schräg aus dem Boden, als wäre er durch einen mächtigen Schlag halb umgestürzt worden.

Aber er lebte noch. Irgendwie hatten die Wurzeln ausgeschlagen und sich wieder im Boden festgekrallt. Man konnte den breiten Stamm beinahe hinaufspazieren. Als wir einem ausgetretenen Pfad zwischen seinen Ästen hindurch gefolgt waren, fanden wir den Hinrichtungsstein. Ein massiver Granitblock, seltsamerweise völlig frei von Moos.

„Wundervoll, findest du nicht!", sagte ich und meinte es auch so.

„Ja", sagte er zustimmend und dann mit nachdenklicher Stimme: „Pflanzen sind oft bemerkenswerter als Menschen."

Ich antwortete nichts, ich war mir nicht sicher, wie er es meinte.

Nach einer Weile sagte er: „Schau dich an. Jetzt wo du entwurzelt bist, wird es dir je gelingen, neue Wurzeln in unserem Boden hier zu schlagen und daraus zu leben?"

Ich errötete, diesmal verstand ich ganz genau, was er meinte. Und von ihm hatte ich geglaubt, er sei nicht besonders helle! Aber ich mochte seine Offenheit.

„Du verstehst, was ich meine, oder?", fuhr er fort.

„Ich glaube schon."

„Und?"

„Ich weiß es nicht, Hafiz. Auf solche Fragen gibt es keine klaren Antworten."

Und dann, so übergangs- wie grundlos, fing ich an, ihm von meiner Großmutter zu erzählen und darüber, warum sie und mein Vater das Haus meines Großvaters verlassen hatten.

In diesem Augenblick, auf den kaum mehr wahrnehmbaren Ruinen eines malaiischen Forts stehend, neben einem Baum, der entwurzelt worden und doch wundersamer Weise neu gewachsen war, begann ich, die Haltung meines Vaters zur Familie seines Vaters zu begreifen. Als Junge hatte er erleben müssen, dass es für ihn keinen Platz in dieser Familie gab, welche Wahl hatte er also als erwachsener Mann schon, außer sie nun seinerseits abzulehnen und seine eigene Geschichte zu schreiben. Wie sollte er sich einer Familie zugehörig fühlen, die nicht wollte, dass er zu ihr gehörte? Wie sollte er eine Familie akzeptieren, die ihn nicht akzeptierte?

„Meine Vorfahren müssen als Knechte hierhergekommen sein, praktisch als Sklaven", erklärte ich Hafiz. „Als ihre Nachkommin kann ich nicht anders, als mich zu fragen, ob das für immer an mir und meinen Nachkommen hängen bleiben wird. Wird die Beziehung immer eine von Herr und Knecht sein, in der der Sklave nur so lange toleriert wird, wie er arbeiten kann, nur so lange, wie er nicht zu viel isst oder zu viel verlangt? Auch wenn die Sklavin, wie im Falle meiner Großmutter, das Bett des Herrn geteilt und ihm einen Sohn geboren hat.

Verstehst du, die Frage ist weniger, ob ich in der Lage bin, in diesem Boden neue Wurzeln zu schlagen, als vielmehr, ob dieser Boden –", und ich stampfte auf, um meinen Standpunkt deutlich zu machen – „meine Wurzeln annimmt."

Daraufhin schwieg Hafiz lange. Schließlich seufzte er und sagte: „Du bist so verdammt klug, dass mir, wenn ich nur einmal für mich selbst sprechen darf, der Boden leidtäte, der deine Wurzeln ablehnen würde. Die Ironie bei dieser Geschichte von Boden und Wurzeln ist ja, dass so sehr ein Baum den Erdboden braucht, die Erde auch starke und gesunde Bäume braucht, um weiterexistieren zu können."

Ich starrte ihn an. Mir fiel keine passende Antwort ein. Aber ich war dankbar, dass er nicht versuchte, mich mit irgendeiner billigen Hoffnung abzuspeisen, dass schon alles irgendwie gut enden würde und ich nichts zu befürchten hätte.

Es war ein Hafiz wie ich ihn noch nicht gekannt hatte. Zwar hatte ich mir zuvor auch keine Mühe gegeben, ihn genauer kennenzulernen, aber jetzt verstand ich die Bindung zwischen ihm und Michael besser. Und dann fragte ich mich, ob Cynthia ebenso intelligent und tiefgründig gewesen war wie er.

Schließlich sagte er: „Komm, ich habe meiner Mutter versprochen, dich zum Tee zu uns nach Hause zu bringen. Ich selbst werde nicht bleiben. Ich habe eine Verabredung zum Billard. Ich hole dich dann gegen sechs wieder ab, in Ordnung?“

Im Esszimmer war schon alles zum Tee gedeckt, und Yusuf und Puteh erwarteten mich. Puteh zeigte mir das Gästebadezimmer.

Oh Gott, sie ist genau wie meine Mutter, dachte ich, während ich mir die Hände wusch. Das Badezimmer war so sauber, dass man vom Boden hätte essen können. Die Handtücher sahen aus und fühlten sich an, als wären sie erst an diesem Morgen gekauft worden. Die Seife, die Rolle Klopapier und der Karton mit Taschentüchern wirkten, als seien sie mir zu Ehren ausgepackt worden. Ganz unerwartet rollte eine Welle von Heimweh über mich.

Später, als Puteh den Tee eingoss, fiel mir das silberne Teeservice und das feine Porzellangeschirr auf. Alles sehr traditionell und englisch. Ich fühlte mich so unbeholfen und als hätte ich einen Knoten in der Zunge; es war, als hätte ich Tee mit der englischen Königin. Ich kämpfte gegen das langsame Aufsteigen einer altbekannten Abneigung an, wenn ich daran dachte, wie sehr sie meiner Mutter glich. Wahrscheinlich ist es eine Generationenfrage, sagte ich mir dann, dieses auf den Punkt genaue peinliche Einhalten einer britischen Etikette.

Die Unterhaltung drehte sich um unser Mittagessen und die Dinge, die ich gesehen hatte. Puteh wirkte sehr verstimmt darüber, dass Hafiz mich zu einem Imbiss geschleppt hatte. Yusuf dagegen war auch der Meinung, dass der Stand das beste malaiische Essen in der Stadt servierte, was auch ein Grund für das abgewetzte Resopal sein mochte.

Zwar gelang es uns, das Thema Cynthia zu umschiffen, aber dafür steuerten wir direkt in ein anderes Riff.

„So, wann soll denn die Hochzeit zwischen Ihnen und Michael stattfinden?“, fragte Puteh.

Ich fühlte, wie ich rot anlief, ihre Direktheit hatte mich vor den Kopf gestoßen.

„Wir sind nur gute Freunde“, sagte ich auflachend. Die Standardantwort von Freundinnen, Mätressen, Geliebten und den diversen Begleiterinnen von Berühmtheiten und Mitgliedern königlicher Familien.

„Seien Sie nicht so verlegen. Er ist eine gute Partie. Und ich habe gehört, Sie sollen sehr reich sein.“

„Du lieber Himmel, nein! Mein Großvater war reich. Aber die Familie hat in der Zinnkrise vor vierzig Jahren alles verloren.“

„Zinn. Stammt Ihre Familie also aus Ipoh?“

„Nein, Kuala Lumpur, so viel ich weiß.“

„Aha!“ Sie wirkte plötzlich sehr interessiert. „Wie lautete der Name Ihres Großvaters?“

„Keine Ahnung.“

„Und der Ihres Vaters?“

Das ging mir wirklich zu weit. Andererseits wusste ich nicht, wie ich auf eine so klare Frage nicht antworten konnte. Und da ich mir dachte, dass es letztlich auch keinen Unterschied machen würde, nannte ich ihn ihr. Und genau wie erwartet sagte der Name ihr gar nichts. Sie nickte nur und starrte mich an. Sie war in einer Sackgasse gelandet, sowohl was ihre Gesprächsthemen als auch ihre Neugierde anging.

Ich spürte, dass ich unfreundlich war. Also tat ich das meine, damit die Konversation weiterging.

„Es war tatsächlich meine Großmutter, die mir Geld hinterlassen hat.“

„Ach, sie hatte eigenes Geld?“

„Nicht am Anfang. Sie begann ihr Leben als Leibeigene.“ Und schon wieder spürte ich mein Gesicht heiß werden, denn ich dachte daran, dass auch Puteh zu Anfang eine Amah gewesen war. „Sie hat nur einfach sehr hart gearbeitet und eine Menge Geld gespart."

„Deswegen sind die Chinesen auch so erfolgreich", sagte Yusuf auf Malaiisch.

„Wohl nicht nur die Chinesen", erwiderte ich ebenfalls auf Malaiisch, wobei meine mangelnden Sprachkenntnisse mich spitzer klingen ließen, als es meine Absicht gewesen war.

Obwohl es schon stimmte, war ich im Hinterkopf etwas irritiert über das, was ich für eine typische Attitüde mancher Malaien gegenüber den Chinesen hielt: Als hätten die Chinesen sich absichtlich und hinterhältig das Monopol auf Fleiß und Sparsamkeit erschlichen, so dass jeder Reichtum, den sie erwarben, irgendwie verwerflich und moralisch fragwürdig war. Aber zugleich hatte ich in diesem Moment auch einen Geistesblitz und verstand, worum es bei Geld eigentlich geht.

Ich sah meine Großmutter vor mir, wie sie voller Energie Bananenstauden hackte, voller Energie ihren Garten umgrub, voller Energie ihren Handkarren vor sich herschob, einen Pfad entlang, den sie mit ihren Schritten überhaupt erst gangbar gemacht hatte, hin zum Markt, wo sie voller Energie ihre Waren feilbot. Ich verstand plötzlich die Verbindung zwischen Geld und Energie. Geld war Energie, die destilliert, verwandelt und aufgeladen wurde, um wiederum neue Energie zu produzieren.

„In welchem Geschäftszweig hat Ihre Großmutter gearbeitet?", wollte Puteh wissen.

„Sie war nicht in irgendeinem Geschäftszweig. Sie hat lediglich Gemüse gezogen und auf dem Markt verkauft." Ich hielt es für klüger, in einem moslemischen Haushalt nichts von der Schweinezucht zu erwähnen.

„Verstehe." Ich hatte den Eindruck, in ihrer Stimme einen Hauch von Verachtung wahrzunehmen. Danach floss die Unterhaltung in andere Richtungen, worüber ich sehr erleichtert war.

Aber den ganzen Rest des Besuchs über spürte ich, dass Puteh mich immer dann musterte, wenn sie das Gefühl hatte, ich sehe anderswo hin. Ein paarmal kreuzten sich unsere Blicke beinahe. Ich begann, meine Offenheit und Ehrlichkeit ihr gegenüber heftig zu bereuen.

Puteh, entschied ich, war durch und durch ein Snob, genau wie meine Mutter. Ganz offensichtlich verachtete sie mich abgrundtief, weil ich eine Großmutter gehabt hatte, die eine Leibeigene gewesen war und später einen kleinen Gemüsegarten bewirtschaftete. Wenigstens hatte ich nicht auch noch die Ferkel erwähnt!

Fünftes Kapitel
10. und 11. Februar 1974

Als wir auf dem Rückweg zu Jocks Hill hinauffuhren, kam uns der Wagen der Templetons entgegen. Michael saß am Steuer und er war alleine. Als Hafiz hupte, warf er uns einen verblüfften Blick zu und hob dann im Vorüberfahren die Hand zum Gruß. Ich hatte den Eindruck, wenn Hafiz nicht gehupt hätte, wäre er an uns vorbeigefahren, ohne uns zu sehen.

„Frage mich, was er jetzt wieder vorhat", bemerkte Hafiz, allerdings, wie mir auffiel, ohne große Neugierde oder Beunruhigung. Es war fast, als sei er so sehr an Michaels erratisches Benehmen gewöhnt, dass nichts, was sein Freund tat, ihn je überraschen konnte. Trotzdem hatte ich den Eindruck, einen Hauch von Sorge herauszuhören. War die Beziehung zwischen den beiden immer schon so gewesen, fragte ich mich, dass der eine losging und voller Impulsivität Dinge tat, während der andere, der langsamer reagierte und nachdenklicher war, geduldig im Hintergrund wartete, um, falls nötig, das Durcheinander wieder in Ordnung zu bringen.

Hafiz war mir an diesem Nachmittag als sorgfältiger Denker aufgefallen. Wenn er über Cynthia sprach, wirkte er so, als sei er bereit, die Dinge bis zu ihrem logischen Ende durchzudenken, auch wenn es ein bitteres Ende war. Da war er völlig verschieden von Michael, der bei unseren Diskussionen über den Mordfall immer von einer Beobachtung zur nächsten sprang und der sich auch ganz vernünftigen Überlegungen verweigern konnte, wenn sie zu Schlüssen führten, die nicht nach seinem Geschmack waren. Wenn also einer der beiden, schien mir, fähig wäre, Amok zu laufen, dann Michael und nicht Hafiz.

Ich dachte über den Revolver nach.

Jetzt wo ich wusste, dass Hafiz Polizist gewesen war, verstand ich auch, dass er sich verpflichtet gefühlt hatte, zuzugeben, dass er ihn wiedererkannt hatte. Seine Logik war vermutlich gewesen, dass der schnellste Weg, die Mordwaffe zu identifizieren, das Ausschlussverfahren war. Aber trotzdem fand ich, dass die Information, die er geliefert hatte, ein zu großes Risiko enthielt, belastendes Beweismaterial zu werden. Und wenn es uns nun nicht gelungen wäre, die Quittung zu finden? Was, wenn die Waffe verlegt oder verloren gewesen wäre?

Aber das war wohl nicht sehr wahrscheinlich. Nach dem Morgen mit Inspektor Tajuddin war mir klar, dass von Waffenbesitzern erwartet wurde, nicht an derart ernsten, ja sogar strafbaren Gedächtnislücken zu leiden. Als ehemaligem Polizisten musste das Hafiz klar gewesen sein.

Mir war klar, was in mir vorging. Mir war aufgegangen, dass ich Hafiz mochte, und nun tat ich mein bestes, ihn als meinen Hauptverdächtigen auszuschließen. Wobei ich durchaus wusste, dass meine plötzliche Zuneigung zu ihm zu großen Teilen der Tatsache geschuldet war, dass er gesagt hatte, er halte mich für intelligent.

Und ich hatte mich immer für eine logisch und objektiv denkende Person gehalten! Ich musste seufzen.

„Was ist los?“, fragte Hafiz.

„Nichts. Bin nur am Nachdenken.“

„Keine traurigen Gedanken, hoffe ich.“

„Nein. In gewisser Hinsicht sogar recht amüsante.“ Und so war es auch. Der ganze Tag hatte wirklich dazu gedient, langgehegte Vorurteile zu widerlegen.

„Willst du sie verraten?“

„Nein. Zu privat.“ Daraufhin waren wir still bis zur Ankunft.

„Das müssen wir mal wieder machen“, sagte Hafiz, als ich ausstieg.

„Ja, aber ich werde bald abreisen.“ Der Brief an meine Mutter lag bis zu diesem Moment vergessen in meiner Tasche.

„Ach schon? Na ja, vielleicht können wir uns ja in KL treffen. Ich bin immer mal wieder dort.“

Und so tauschten wir Adresse und Telefonnummer.

Ich bekam fast einen Herzanfall, als ich das Wohnzimmer betrat, und aus dem Halbdunkel Jonathans Stimme ertönte.

„Wie war Ihr Tag?“

„Wunderbar! Soll ich nicht ein bisschen Licht machen?“, sagte ich.

„Wenn Sie mögen“, kam seine Stimme aus der Dämmerung.

Und ob ich mochte. Das Wohnzimmer, dessen Wände von alten Bildern und gerahmten Fotos bedeckt waren, brauchte viel Licht, um die Atmosphäre schwer lastender Vergangenheit aus ihm zu vertreiben.

„Ich habe an Cynthias Mutter geschrieben“, sagte Jonathan und blinzelte ein wenig ins Licht. „Wollen Sie irgendwas dazuschreiben, bevor ich den Brief zumache und abschicke?“

Ich schüttelte den Kopf.

„Ich habe Cynthia ja überhaupt nicht gekannt“, sagte ich freundlich, damit er meine Weigerung nicht für Gleichgültigkeit hielt.

„Schon recht“, antwortete er, als wolle er deutlich machen, dass er mir das nicht vorhielt.

Ich war verschwitzt und staubig und brauchte eine Dusche, erinnerte mich aber an Hafiz Bild von Jonathan als altem einsamem Mann auf dem Hügel und beschloss, ihm Gesellschaft zu leisten.

„Ihre Eltern haben früher hier gelebt“, begann ich.

„Ja. Ich kannte ihren Vater, Sergeant Wickham damals. Er war einer der Soldaten, die zum Tod meiner Frau ermittelten. Sie wissen darüber Bescheid, nehme ich an.“

„Ich hatte von Mrs. Templeton gehört, aber bis gestern nichts von Cynthias Vater gewusst. Er hat eine Einheimische geheiratet, irgendetwas mit Van Tooren."

„Bridget. Ja, sie war eine Schwester, die für Dr. Berger arbeitete, einen Schweizer Arzt, der hier vor dem Krieg und währenddessen praktizierte. Nachdem Bridget geheiratet hatte, ging er zurück in die Schweiz. Meinte, er sei zu alt, eine neue Schwester anzulernen. Das war schon so ein Typ, der alte Dr. Berger. Meinte immer, er müsse das Leben anderer Leute für sie regeln. Was ihm natürlich den Ruf eintrug, ein alter Spinner zu sein, der sich in Dinge einmischte, die ihn nichts angingen. Aber ich glaube, er hatte einfach ein gutes Herz und konnte es nicht mitansehen, wenn die Leute litten und Schmerzen empfanden." Er schmunzelte. „Nun ja, lag vielleicht daran, dass er Arzt war. Die Gewohnheit, Schmerzmittel und Tabletten zu verschreiben. Selbst wenn es die Tabletten sind, die die Leute umbringen", fügte er trocken hinzu.

Ich hatte noch nicht erlebt, dass Jonathan in einem einzigen Gespräch so viel sagte. Er schien reden zu wollen, also dachte ich, ich höre besser zu. Es war meine erste Unterhaltung mit ihm allein, und ich war nervös. Ich sah, dass sein Whiskyglas leer war.

„Möchten Sie noch einen Drink?"

Er blickte beiläufig auf sein Glas und schüttelte den Kopf.

„Nein danke. Ich hätte schon diesen hier nicht haben dürfen, wenn es nach Yew Chuan geht. Aber gießen Sie sich ruhig einen ein. Und wenn Sie die Plastikflasche mit den Pillen mitbringen könnten, die auf dem Esstisch steht, wäre ich Ihnen dankbar."

Ich fand die Pillen. Dann holte ich mir eine Dose Bier aus dem Kühlschrank und goss ihm ein Glas Wasser ein. Ich sah zu, wie er einen Schluck trank und die Pille sorgfältig unter seine Zunge legte. Waren es Herzprobleme?

„Wenn Sie Bier trinken, haben Sie vielleicht keinen Appetit mehr aufs Abendessen", sagte er.

„Aber ich habe Durst“, sagte ich und erzählte ihm von meinem Nachmittag.

Eine Weile unterhielten wir uns über weitere Sehenswürdigkeiten und Dinge, die man in Ulu Banir unternehmen konnte. Als ich mein Bier ausgetrunken hatte, sah er auf die Uhr und sagte: „Ich nehme an, Sie wollen sich zum Abendessen umziehen. Michael wird nicht zum Essen hier sein.“

Es war unvernünftig, aber die simple Tatsache, dass Michael nicht im Hause war, machte mich nervös, nach oben zu gehen. Nach oben hieß Dunkelheit. Oben war Cynthias Zimmer. Oben würde ich an die Explosionen und die rennenden Füße erinnert werden und den möglichen Zusammenhang mit ihrem Tod und dem Tod von Mrs. Templeton. Ich überlegte kurz, ihm zu sagen, dass ich keine Dusche brauchte und mich auch nicht zum Essen umziehen würde, wenn es ihm nichts ausmachte, entschied aber dann, dass das komisch wirken würde. Also erhob ich mich langsam.

„Sie fühlen sich ein bisschen kopfscheu, stimmt's?“

Ich lachte verlegen auf. Entweder war ich an diesem Tag durchsichtig, oder alle waren über Nacht zu Hellsehern geworden.

„Kann ich gut nachvollziehen“, fuhr er fort. „Das Ganze ist für Sie nicht die reine Freude gewesen. Hören Sie, ich brauche auch eine Dusche. Lassen Sie uns doch einfach zusammen hochgehen.“

Ich hätte vor Dankbarkeit in Tränen ausbrechen können.

Als er versuchte aufzustehen und dann schwach zurück ins Sofa sank, wurde mir klar, dass Yew Chuan recht gehabt hatte mit seinen Sorgen. Du lieber Himmel, dachte ich, er hat hier in der Dunkelheit gesessen, weil er nicht die Kraft hatte aufzustehen und das Licht anzuschalten!

Ich fragte mich, warum Ah Mui das nicht getan hatte. Vielleicht war sie zu sehr mit dem Abendessen beschäftigt. Vielleicht hatte Jonathan das immer selbst erledigt, so dass sie irgendwann geglaubt hatte, es gehöre nicht mehr zu ihren Pflichten. Dienstboten waren so, hatte meine Mutter immer gesagt. Erledige einmal etwas, was sie tun müssten, und du wirst es dein ganzes Leben lang tun. *Gewährt ihnen kein Gesicht*, befahl sie uns stets. Und deshalb waren mein Vater und ich immer wieder einmal die belagerten Opfer in langen Abnutzungsschlachten des Willens zwischen meiner Mutter und den Dienstboten. *Warum ist das und das immer noch nicht erledigt*, grummelte mein Vater dann. *Weil ich immer noch darauf warte, dass das Dienstmädchen die Augen aufmacht und sieht, dass es getan werden muss*, sagte meine Mutter dann in einem Ton, der keinen Widerspruch duldete. Und mein Vater, der im Laufe ihrer gemeinsamen Jahre seine Lektion gelernt hatte, seufzte, schüttelte den Kopf und ließ den Dingen ihren Lauf.

Als ich Jonathan hoch half, stützte er sich schwer auf mich. Ich dachte daran, wie erholt er am Vormittag gewirkt hatte und rätselte ein wenig. War irgendetwas zwischen Michael und ihm vorgefallen? Ich sah Michaels grimmiges Gesicht von vorhin im Auto vor meinem inneren Auge. Irgendeine Auseinandersetzung mussten sie gehabt haben. Ich fragte mich nur worüber.

Während wir langsam die Treppe hinaufstiegen, fing ich an, mir Gedanken zu machen, ob ich ihn alleine ins Bad lassen konnte. Ich hatte häufig über alte Leute gelesen, die Unfälle im Badezimmer hatten und sich nie wieder richtig erholten. Und das war hier ein großes Haus. Ich konnte mir nicht sicher sein, ihn zu hören, wenn er um Hilfe rief.

„Jonathan“, sagte ich, als wir auf dem Treppenabsatz standen, „bitte lachen Sie jetzt nicht, aber ich kann in Ihrem Schlafzimmer warten, während Sie sich duschen und umziehen, und danach warten Sie auf mich in meinem. Ich bin ein echter Angsthase.“

Er sagte, es sei natürlich kein Problem und lachte trotzdem. Aber in diesem besonderen Falle hatte ich nichts dagegen ausgelacht zu werden.

„Und ehrlich gesagt“, meinte er, „werde ich vielleicht ein wenig Hilfe von dir brauchen. Ich bin offenbar von dem ganzen Herumsitzen den Tag über völlig steif geworden. Meinst du nicht, auch, dass das der Moment ist, endlich du zu einander zu sagen?“

Das brach das Eis, und das Abendessen danach war eine sehr heitere Angelegenheit, davon abgesehen, dass wir beide nicht viel aßen. Danach beim Kaffee wurde er plötzlich still.

„Bist du in Ordnung?“, fragte ich. „Soll ich Yew Chuan anrufen?“

Er schüttelte den Kopf und deutete mit einer schwachen Geste auf die Pillenflasche auf dem Sofatisch, wo er sie hatte stehen lassen. Ich schüttelte eine Pille heraus und legte sie ihm unter die Zunge, so wie ich es ihn hatte tun sehen. Nach ein paar Minuten nahmen seine Wangen wieder Farbe an.

Ich sagte ihm, ich hätte einen Brief an meine Mutter in Hafiz‘ Wagen gelassen und wolle ihn deswegen anrufen. Ich verdrückte mich ins Arbeitszimmer und schloss die Tür hinter mir. Ich musste Hafiz anrufen, denn seine war die einzige Telefonnummer, die ich in Ulu Banir hatte, abgesehen von der der Templetons. Ich erklärte ihm, was passiert war und bat ihn, Yew Chuan aufzutreiben.

„Aber ich bin mir nicht sicher, dass er nicht gerade dann einen Infarkt bekommt, wenn er herausfindet, dass ich nach Yew Chuan geschickt habe“, sagte ich. „Erklär ihm also bitte, dass er sich ganz natürlich benehmen soll, so als komme er nur auf einen Sprung vorbei.“

Ich erzählte Hafiz von Jonathans übler Laune am Morgen. Hafiz kicherte kurz und sagte: „Der alte Schwachkopf“, die selben Worte, die Michael benutzt hatte. Na immerhin, sagte ich zu mir, er mag Jonathan doch gerne. Und ich schloss daraus, dass die Bezeichnung „alter Schwachkopf“ eine war, die die beiden schon vor vielen Jahren gemeinsam für Jonathan ersonnen haben mussten. Und wenn die Sturheit, die ich sowohl morgens als auch jetzt wieder am Abend an ihm wahrgenommen hatte, typisch für ihn war, dann war es eine Bezeichnung, die er auch rundum verdiente, der alte Schwachkopf.

Als ich zurück ins Wohnzimmer kam, schien er fast wieder der Alte zu sein, aber ich war trotzdem erleichtert, als Yew Chuan auftauchte. Und ich vermute, dass Jonathan das auch war.

Meine Bitte, dies wie einen Zufallsbesuch aussehen zu lassen, war perfekt weitervermittelt und umgesetzt worden. Yew Chuan war laut und herzlich wie üblich, als er eintrat. Er unterhielt sich beiläufig mit Jonathan, aber ich konnte sehen, dass er ihn dabei mit ärztlichen Augen beobachtete. Kurz danach stand er auf und sagte: „Wo ich schon mal hier bin, Jonathan, wirst du hoffentlich keinen Aufstand machen, wenn ich dir sage, dass ich eben dein Herz untersuchen will. Ich hab morgen sehr viel um die Ohren, und es würde mir eine Menge Umstände ersparen, wenn ich nicht ausschließlich deinetwegen hier rauskommen müsste.“

Mit diesen Worten ging er nach draußen und holte seinen Arztkoffer. Und so erfuhren wir, dass Jonathan einen leichten Herzanfall erlitten hatte. Als er sich nicht gegen Yew Chuans Untersuchung und seinen darauffolgenden Vorschlag wehrte, sofort einen Krankenwagen kommen zu lassen, nahm ich das als Indiz dafür, wie schlecht er sich fühlte.

Als ich ihn so sah, wie er binnen Stunden vom brüllenden Löwen zum schwächlichen Lamm geworden war, wurde mir klar, dass, was immer zwischen ihm und Michael passiert war, sehr ernst gewesen sein musste. Ich konnte nicht dagegen an, ein wenig wütend auf Michael zu sein. Ich war sicher, dass es seine übliche Kombination aus brutalen Fragen und beißenden Kommentaren gewesen war, die seinem Vater so zugesetzt hatte. Ich rief Hafiz noch einmal an, um ihn wissen zu lassen, was vorgefallen war, für den Fall, dass er Michael vor mir sah.

Zu meiner Überraschung wartete Michael schon auf uns, als wir im Krankenhaus eintrafen. Er erzählte mir, dass er den ganzen Abend zu Hause bei Hafiz gewesen sei. Es wäre mir lieber gewesen, er hätte mir das nicht gesagt, denn es machte mich ziemlich ärgerlich. Ich fühlte mich von ihm auf den Arm genommen und nahm ihm übel, dass er nicht schon nach meinem ersten Anruf sofort nach Hause gekommen war und mich stattdessen mit dem Herzanfall seines Vaters alleine ließ.

Im Krankenhaus gab es wenig für uns zu tun, eine Tatsache, auf die uns die Schwester auch unmissverständlich hinwies. Also fuhren wir nach Hause, nachdem wir sichergestellt hatten, dass er in seinem Zimmer eingerichtet war.

Ganz automatisch gingen wir in Michaels Studio. Es war fast Mitternacht. Und wir hatten unseren ersten ernsten Streit.

„Was um Himmels Willen ist zwischen euch vorgefallen, dass er sich so aufgeregt hat?“, wollte ich wissen.

„Kann ich nicht drüber reden.“

„Scheiße, das ist genau das, was ich jetzt brauche. Du lässt mich den ganzen Abend mit ihm alleine. Ich muss mich um seinen Herzanfall und alles kümmern. Und jetzt sagst du mir, du kannst nicht drüber reden! Tut mir leid, aber das reicht nicht.“

„Hör mal, können wir morgen über alles reden?“

„Nein. Im Übrigen hatte ich vor, morgen nach Hause zu fahren.“ Ich fühlte mich kleingeistig und nachtragend. Und genoss es.

„Das ist ja nett. Und wer redet hier übers Nichtreden? Du hast geplant, morgen nach Hause zu fahren und hast mir kein Wort gesagt?“

„Wie denn, wenn du nicht da bist?“ *Unfair. Aber störte mich das?*

„Also ein plötzlicher Entschluss. Und warum dieser plötzliche Entschluss?“

„Keine Ahnung. Ich hatte plötzlich Heimweh.“ *Bitte sehr. Und nun bestreite das mal.*

Er ging zum Fenster und blickte lange hinaus in die Dunkelheit. Dann nahm er ein Taschentuch, wischte sich die Augen und putzte sich die Nase.

„Oh Michael!“, sagte ich, auf der Stelle dahinschmelzend und zu ihm eilend, „Was ist denn?“

Er zog mich eng an sich und begann zu schluchzen. Ich bekam Angst. Ich hatte noch niemals jemanden gesehen, und schon gar keinen erwachsenen Mann, der so unkontrolliert von einem Anfall fürchterlichen Leids überwältigt wurde. Also stand ich einfach da, hielt ihn fest, strich ihm über den Kopf und versuchte ihn zu beruhigen. Nach einer Weile führte ich ihn zum Klavierhocker und ließ ihn darauf nieder, während ich mich zu seinen Füßen setzte und schweigend darauf wartete, dass er etwas sagte. Schließlich seufzte er so tief, dass ihn ein Schauder überlief.

„Meine ganze Welt bricht gerade zusammen, Ai Lian. Ich kann dir gar nicht sagen wie und was. Meine ganze Welt ist völlig aus den Fugen.“

Nach einer weiteren langen Pause fuhr er fort: „Ai Lian, lass uns von hier weggehen. Lass uns zurück nach Europa gehen und dort weitermachen, wo wir aufgehört haben.“

„Aber wir können doch jetzt nicht einfach abhauen. Da läuft gerade eine Mordermittlung. Es würde doch sehr merkwürdig aussehen, wenn wir uns mittendrin einfach aus dem Staub machen würden.“

„Inspektor Tajuddin hat uns heute Morgen, nein, entschuldige, gestern Morgen gesagt, dass er höchstwahrscheinlich niemanden anklagen wird, also niemanden von uns. Er scheint sich mit dem Gedanken zu begnügen, dass Cynthia wegen ihres Brillant-Colliers ermordet wurde. Ich denke, wir könnten hier weg, wann immer wir wollen, aber wir können ihn natürlich auch vorher fragen."

„Und dein Vater?"

„Nun wir warten, bis es ihm besser geht, und dann besorgen wir ihm eine Betreuerin. Offengestanden ist es mir momentan egal, was aus ihm wird."

„Michael! So was darfst du nicht sagen! Hör mal, warum sagst du mir nicht, was passiert ist? Lass mich wenigstens die Tatsachen kennen, bevor du irgendeine Entscheidung von mir verlangst."

Er wandte sich mit einem verzweifelten Blick zu mir.

„Ich wollte, ich könnte es dir sagen. Aber ich kann nicht. Es geht nicht nur um mich. Auch um andere Leute. Leute, an denen mir liegt."

Das konnte nur Hafiz und seine Eltern bedeuten. Mein Herz zog sich zu einem Eisklumpen zusammen.

„Du meinst, einer von ihnen ist der Mörder."

„Es ist nicht der Mord, der mich beschäftigt, sondern – bitte, ich kann nicht darüber sprechen. Frag mich bitte nicht mehr."

Ich sah ein, dass ich nichts erreichen würde, also schlug ich vor, zu Bett zu gehen.

Zwar lagen wir im Bett, aber wir schliefen nicht. Ich wusste, dass er nicht schlief. Ich konnte ihn ab und zu seufzen hören, obwohl er versuchte, völlig lautlos dazuliegen. Ich selbst tat auch so, als würde ich schlafen. Ich spürte, so sehr er meine Gegenwart brauchte, so sehr brauchte er jetzt auch Ruhe. Wie auch immer, ich hatte beschlossen, keine weiteren Fragen mehr zu stellen.

Es musste so gegen drei Uhr morgens sein, da drehte er sich zu mir und sagte: „Schläfst du? Ich weiß, dass du nicht schläfst."

„Nein."

„Wenn das so ist, darf ich dann Cembalo spielen? Ich muss nachdenken."

„Sicher. Mach ruhig."

Und so perlte den Rest der Nacht der Klang seines Cembalos durch den Bungalow und die ihn umgebende Nachtluft oben auf Jocks Hill.

Mir war der Klang von Cembalomusik bis dahin immer als etwas unpersönlich Freudiges und entschieden Optimistisches erschienen. Vielleicht auch, weil ich Michael bis zu diesem Moment nur solche Musik hatte spielen hören.

Aber in dieser Nacht hörte ich zum ersten Mal traurige und gedankenschwere Melodien in einer Molltonart. Mein unmusikalisches Ohr brauchte lange, um sie wiederzuerkennen. Es war ein Stück, über das ich häufig gerätselt hatte. Wenn es die Geburt Christi feierte, fragte ich mich, warum war es dann in Moll? Da ich fürchtete, mein ganzes Unwissen vor Michael zu offenbaren, hatte ich ihn nie danach gefragt, und daher wusste ich die Antwort nicht, wenn es denn eine gab. Jetzt fragte ich mich, ob es eine Bedeutung hatte, dass er gerade dieses Stück spielte. So weit ich mich erinnerte, wurde das Cembalo darin eigentlich nur für den Basso continuo gebraucht. Während er spielte, hörte Michael offenbar die gesamte Instrumentation im Kopf mit, samt Streichern, Orgel und allem. Und so, in verständnisloser Ehrfurcht vor der Musik und seinem Talent, wachte ich die Nacht hindurch und wurde, ohne es zu wissen, zur Zeugin seiner Geburt zu einem neuen Leben.

Er spielte dasselbe Stück wieder und wieder, improvisierend und variierend, während die Nacht langsam in die Dämmerung überging und der Himmel heller wurde. Dann hörte er auf und drehte sich um. Als er sah, dass ich wach war, sagte er von seinem Hocker aus: „Es ist wahr, was Yew Chuan gesagt hat. Eltern sollten ihren Kindern sagen, was es mit ihnen auf sich hat. Und früh genug, damit sie in der Lage sind, etwas Gutes und Nützliches aus ihrem Leben zu machen. Andernfalls ist dein Leben eine solche Verschwendung, eine solche Sinnlosigkeit. So – so beliebig!"

Da er mit dem Rücken zu dem grauen Morgenlicht saß, lag sein Gesicht im Schatten. Aber ich konnte seine Verzweiflung und seine Müdigkeit spüren. Ich breitete meine Arme für ihn aus. Er kam und legte sich auf mich. Ich streichelte sein Haar, seinen Nacken, seine Schultern, seinen Rücken. Dann drehte ich mich um. Ließ ihn sich hinlegen. Setzte mich auf. Kniete mich neben ihn aufs Bett. Ich zog ihm seine Kleider aus. Dann goss ich etwas von dem Babyöl in meine Hand, das ich sonst für mich selbst im Nachttisch verwahrte. Und ich massierte es ihm alles ein.

Er lag still da, seine Augen starr auf mich gerichtet. Kein Wort fiel zwischen uns. Was mich betraf, war ich ohnehin jenseits der Worte.

Nachdem ich seine Füße fertig massiert hatte, sorgfältig die rosig-weiße Zartheit seiner Sohlen und jeden einzelnen, perfekt geformten Zeh knetend, setzte er sich auf, zog mich in seine Arme und legte mich neben sich.

„Ai Lian, mein allerliebster Lotus der Liebe, ich liebe dich von ganzem Herzen. Pst!" –, und er legte mir einen Finger auf die Lippen, um mich am Sprechen zu hindern, „Keine respektlosen Bemerkungen jetzt! Ich habe dich am ersten Tag, an dem du hier warst, gebeten, mich zu heiraten, und du hast mir gesagt, ich solle keinen Unfug reden. Ich weiß noch nicht, ob ich dir dafür je vergeben kann."

Ich verspürte ein kindisches Glück, diesen Schimmer seines früheren, witzigen, kindsköpfigen Wesens aufleuchten zu sehen.

„Nein, auch keine Tränen. Nicht wenn ich dich jetzt erneut frage, Ai Lian, willst du mich heiraten und mit mir weggehen – nach Europa, nach Amerika, irgendwohin, Hauptsache weit weg von hier? Nein, sag jetzt noch nichts. Fahr heute nach Hause, denk darüber nach, und dann komm zurück und gib mir deine Antwort."

Ich küsste wortlos seine Wange. Und dann machten wir Liebe, behutsam, zärtlich, langsam, als wüssten wir beide, dass wir nie wieder in der Lage sein würden, uns auf diese Weise zu lieben. Danach schliefen wir ein und wachten erst um Mittag auf, als Ah Mui an die Tür klopfte.

Meine Mutter war am Telefon. Sie würde in einer Woche mit ihrer Schwester nach Auckland reisen, um dort eine alte Kollegin und Freundin zu besuchen. Wenn es ihr in Neuseeland gefiele, könne sie sich auch vorstellen, dorthin auszuwandern. Ob ich wohl für ein paar Tage nach Hause kommen und einige Dinge bezüglich des Hauses regeln könne.

Nur einen Tag zuvor hatte ich Heimweh verspürt, aber jetzt fand ich, die Anfrage meiner Mutter hätte nicht zu einem unpassenderen Zeitpunkt kommen können. Andererseits hatte Michael vorgeschlagen, dass ich weggehen und über seinen Antrag nachdenken solle. Also sagte ich ihr, ich hätte ohnehin vorgehabt zu kommen. Mein Brief an sie lag noch immer in meiner Handtasche.

Wir besuchten Jonathan, der die beste Pflege bekam, die ein Krankenhaus in einem abgelegenen Bezirk auf dem Land in jenen Jahren bieten konnte. Er bekam Sauerstoff und war sediert, man beteuerte uns aber, dass sein Zustand stabil war. Danach beugten wir uns über die Fahrpläne von Zügen, Bussen und Flugzeugen, um den schnellsten Heimweg für mich zu ermitteln. Schließlich beschloss Michael, mich selbst zu fahren. Es war eine lange Strecke für ihn und er wirkte müde. Aber er bestand darauf. Und da ich mit ihm zusammen sein wollte, stimmte ich zu.

Wir machten einen Zwischenstopp auf dem Polizeirevier, um Inspektor Tajuddin sicherheitshalber Bescheid zu sagen. Dann fuhr er mich noch bei Hafiz‘ und Yew Chuans Familien vorbei, um Abschied zu nehmen.

Nach dem Abendessen fuhren wir los, ausgerüstet mit einer Thermoskanne schwarzem Kaffee und zahlreichen Snacks. Von Ulu Banir nach Ipoh kamen wir nur langsam voran, denn die Straßen waren schmal und schlecht beleuchtet. Aber es war eine frische, wolkenlose Nacht, und es gab wenig Verkehr, also schalteten wir die Klimaanlage aus und kurbelten die Fenster herunter.

Wie wir so durch die immer dichtere Dunkelheit fuhren und den Luftzug durch die offenen Fenster spürten, der ab und zu den Geruch nach verbranntem Gras oder andere ländliche Gerüche ins Auto wehte, die ich nicht identifizieren konnte, hätte die Reise für mich ewig so weitergehen können.

So sollte das Leben immer sein, dachte ich. Nur wir beide, so wie in Europa. Egal welche Landschaft, Architektur, Sprache, welcher Menschenschlag uns umgab, wir hätten ebenso gut auf einem Eisberg in der Antarktis sein können. Wir waren quasi alleine auf der Welt, unsere Anonymität umgab uns wie ein Ozean. Wir hatten keine Bindungen, keine Verantwortung, wir waren niemandem Rechenschaft schuldig, keinem Lebenden und keinem Toten. Es musste uns nicht kümmern, mit welchen Augen die Welt uns ansah, und wir konnten die Welt sehen wie wir wollten. Mit einem gemeinsamen Blick, der weder von verborgenen Wahrheiten noch von offenen Lügen verzerrt wurde.

Beinahe.

Ich beschloss, Michael die Wahrheit über mich, meine Eltern, meine Großmutter zu erzählen.

„Du siehst also, ich bin keine reiche Erbin, bin es nie gewesen, werde es nie sein."

Er nahm meine Hand und küsste sie.

„Wenn du eine Ahnung hättest, wie reich du in meinen Augen bist. Und was das ‚werde nie eine sein' angeht, so sei dir da nicht zu sicher. Wenn ich sterbe, wird alles, was ich habe, dir gehören."

Ich konnte kaum glauben, was ich da hörte. Nachdem ich so lange in der Lüge gelebt hatte, so einfach und schmerzlos verziehen zu bekommen und ohne einen Hauch von Vorwurf! Ich küsste meinerseits seine Hand. Und nun würde er doch bestimmt seine Wahrheit mit mir teilen, so wie ich meine mit ihm. Und egal, was es sein würde, nahm ich mir vor, ich würde ebenso großzügig zu ihm sein wie er zu mir.

Aber den Rest der Strecke legten wir schweigend zurück.

Als wir uns Kuala Lumpur näherten, sagte er: „Von hier aus musst du mir den Weg zeigen."

Ich dirigierte ihn bis zum Haus meines Vaters. Dem, das er nach seiner Pensionierung gekauft und worin er kaum mehr Zeit verbracht hatte. Ich hatte meinen eigenen Schlüssel und öffnete uns. Ich fragte ihn, ob er sich hinlegen wolle, bevor er zurückfuhr. Er meinte, er wolle so schnell wie möglich wieder zurück sein, falls Jonathan nach ihm verlangen sollte, aber er erklärte sich bereit, noch auf eine heiße Schokolade zu bleiben. Wir saßen im Wohnzimmer, während er sie trank. Bevor er ging, zog er ein kleines Schächtelchen aus der Hosentasche und reichte es mir.

„Ich habe hier etwas für dich. Es hat meiner Mutter gehört, und ich möchte, dass du es bekommst. Nein, nicht jetzt öffnen. Mach es auf, wenn ich weg bin. Oder mach es vielleicht nie auf."

Er lächelte mich zärtlich an, als er meinen Gesichtsausdruck sah.

„Es ist schwer zu verstehen, ich weiß. Ich bin mir nicht mal sicher, dass ich es selbst alles verstehe.

Kennst du das alte Märchen von der Frau mit dem Bärenmann? Sie hatte alle Liebe und alles Glück, das man sich wünschen kann. Die einzige Bedingung dafür war, dass sie nie versuchen dürfte, die Wahrheit über ihn herauszufinden. Nun, diese Bedingung hielt sie nicht ein. Und so verlor sie ihn und musste östlich der Sonne und westlich des Mondes nach ihm suchen gehen. Und als sie ihn schließlich fand, war er im Banne einer bösen Hexe in eine Statue aus Eis verwandelt worden. Östlich der Sonne und westlich des Mondes, so ein schöner Satz."

Und er verfiel in Schweigen. Ich hatte keine Ahnung, welche Gedanken ihm durch den Kopf gingen, aber ich konnte das immense Gewicht seines Leids spüren und dass ihm die Tränen in die Augen stiegen, wie sie auch in meine stiegen. Er atmete tief ein und wandte sich mir zu.

„Es ist schwer zu erklären, Ai Lian. Sagen wir, es ist ein Pfand meiner Liebe zu dir, und wenn es stimmt, dass Liebe bedeutet, alles miteinander zu teilen, das Gute wie das Schlechte, dann ist das meine Art, dich zu bitten, eine schreckliche Last mit mir zu teilen, die ich zu tragen habe. Ein Pfand, wenn du so willst, das dir zeigt, dass ich mein ganzes Leben in deine Hände lege.

Aber verstehst du, ich muss dich bitten, das so lange geheim zu halten, bis wir hier fort sind, vorausgesetzt, du möchtest mich immer noch heiraten, wenn – na ja, nach alledem. Und ich muss dich auch bitten, mich nie zu fragen, wie ich in seinen Besitz gekommen bin. Im Gegenzug schwöre ich dir, dass ich nicht zulassen werde, dass einer von uns beiden stirbt, ohne dir die Wahrheit gesagt zu haben."

Er lächelte traurig.

„Eines Tages, wenn es längst niemanden mehr kümmert außer vielleicht uns beide, dann erzähle ich dir alles."

Ich lauschte ihm, ich hörte ihn und verstand alles, was er sagte. Aber keines seiner Worte blieb hängen. Ich war vollkommen ausgefüllt von dem Gedanken, wie sehr ich ihn vermissen würde, wie sehr ich ihn jetzt schon vermisste. Aber schließlich, weil ich ihn liebte und mir wegen der langen Rückfahrt nach Ulu Banir Sorgen machte, ließ ich ihn gehen.

Als er fort war, öffnete ich das Schächtelchen.

Auf dem einfachen braunen Packpapier sah ich den weißgoldenen Glanz eines Brillant-Colliers, das im frühen Morgenlicht glitzerte und funkelte.

DRITTER TEIL
Chap Goh Meh 1994

„Großer Gott, sag mir nicht, es war Michael, der Cynthia ermordet hat!“, ruft Anna.

„Werde ich nicht sagen, aus dem einfachen Grund, weil ich nicht weiß, ob er es war. Und es ist gute zwanzig Jahre her.“

„Warum machen wir dann nicht seine Tasche auf. Vielleicht finden wir die Antwort ja da drin.“

Wir sitzen auf der Terrasse. An unserem einzigen Mangobaum hängen Trauben junger Früchte in der Größe von Taubeneiern dort, wo die Blüten waren. Der Mond schwebt als goldener Ball tief am Himmel. Zufälligerweise ist es nach dem Mondkalender der Tag von Cynthias Tod. Ja, vielleicht ist der Moment gekommen, Michaels Ledertasche zu öffnen.

Als ich den Schlüssel im Schloss umdrehe und die Lasche anhebe, merke ich, dass ich Angst habe. Angst davor, was ich in dieser Aktentasche finden werde und in mir selbst. Ich bitte Anna, mich zu entschuldigen, das muss ich alleine machen. Also lässt sie mich auf der Terrasse zurück, wo nur der Mond mein Zeuge ist.

Ich zwinge mich, die Aktentasche aufzuklappen und werde vom Duft nach Sandelholz begrüßt. Er hatte tatsächlich an den Seiten der Tasche kleine Stücke Sandelholz hineingesteckt. Ganz oben auf dem Stapel von Papieren und Akten liegt ein dicker gefütterter Umschlag, auf dem in Michaels Handschrift mein Name steht.

Es ist ein Umschlag, den ich nicht mit den Fingern aufreißen kann, also muss ich ein Papiermesser aus meinem Arbeitszimmer holen. Dann ziehe ich ein dickes, in Leder gebundenes Ringbuch heraus. Ich blättere durch die Seiten. Sie sind in seiner Handschrift vollgeschrieben.

Ich schlage zurück zur ersten Seite und beginne zu lesen.

MARY
August 1940

Ich stelle mir Simon Collins als einen starkknochigen Engländer mit abfallenden Schultern und breiten Hüften vor. Ich sehe ihn in weißer Kleidung. Ein gestärktes weißes Baumwollhemd, dessen Ärmel kurz über dem Ellbogen enden und harte Falten schlagen, immer wenn er die Arme bewegt. Weiße, gestärkte Drillichhose, die über dem Knie endet und in den Leisten harte Falten schlägt. Weiße Socken, die fast hinauf zu den Knien reichen. Die Art von Socken, die man mir beigebracht hatte Kniestrümpfe zu nennen, als ich klein war. Aber später lernte ich, dass die englischen Pflanzer sie Currysocken nannten, denn sie gehörten zu ihrer obligatorischen Ausgehkleidung, wenn sie zum Sonntags-Curry-Tiffin in ihre Clubs gingen.

Seine kräftigen, schweren englischen Wanderstiefel machen auf dem Schotterweg, der zu seinem Bungalow führt, ein malmendes Geräusch. So ging in meiner Erinnerung der Engländer meiner Kindheit. Mit großen, selbstgewissen, den Untergrund zermalmenden Schritten, die zu den Eingeborenen sagen: Hier komme ich, und du machst mir besser Platz. Meine Augen sind nicht so wie deine, wenn du gehst: die immer zu Boden gerichtet sind, ob nicht irgendwer irgendetwas Wertvolles hat fallenlassen oder verloren, die sich immer umblicken, um zu sehen, wer mir nachblickt. Nein, meine Augen blicken starr geradeaus, sie suchen den Horizont ab nach Gelegenheiten, aus denen ich Profit schlagen kann, nach neuen Ländern, die ich erobern kann, nach neuen Völkern, die ich unterjochen kann, zur höheren Ehre von König und Vaterland.

Simon Collins ist der geschäftsführende Direktor der Templeton Kautschuk Plantage bei Ulu Banir. Der Eigentümer und Generaldirektor Jock Templeton ist auf Heimaturlaub, wird aber in zwei Monaten zurückerwartet. Simon wird dann wieder zu seinem Stellvertreter, es sei denn, es tut sich für ihn die Möglichkeit auf, als Direktor auf einer anderen Plantage zu arbeiten.

Was nicht ganz unwahrscheinlich ist. Der Krieg in Europa hat eine Explosion der Kautschukpreise zur Folge gehabt, aber viele der jüngeren Männer sind nach Hause gegangen, um sich freiwillig zu melden. Es herrscht ein Mangel an guten, erfahrenen Männern, um in Britisch Malaya die Kautschukplantagen zu leiten.

Allerdings hat Simon sich an das Anwesen der Templetons gewöhnt. Es ist eine der wenigen Kautschukplantagen, die noch nicht von einem der großen Handelshäuser übernommen worden sind und etwas angenehm Familiäres hat. Und was wichtiger ist, die meisten, einst vom Gründer Douglas Templeton aufgestellten Regeln wurden beibehalten.

Nehmen wir beispielsweise Jonathan Templeton, Jocks Neffen und Douglas' Enkel. Er ist erst vor einem Jahr als junger Kadett hier rausgekommen, als noch niemand geglaubt hat, dass es in Europa Krieg geben würde. Er ist ein guter Kerl, der junge Jonathan, ein feiner Kerl. Natürlich noch ziemlich grün hinter den Ohren in vielerlei Hinsicht, vor allem, was die Einheimischen betrifft. Aber das Entscheidende ist: Er mag der Erbe der Templeton-Plantage sein, aber er muss trotzdem Malaiisch und Tamilisch lernen und für seine Prüfungen büffeln, genau wie jeder andere.

Simon stellt fest, dass dies nicht mehr immer der Fall ist auf den Plantagen, die großen Handelshäusern gehören. Nicht mehr seit der Gummikrise in den frühen Dreißigern, als so zahlreiche vielversprechende junge Männer den Geschmack an einem Leben auf den Kautschukplantagen verloren. Und unter denen, die zurückblieben, ist keine große Auswahl. Na ja, selbst die Rekrutierung von Kandidaten für den Staatsdienst wird nicht mehr so pingelig gehandhabt wie früher. Jedenfalls hat Simon so was gehört. Die Ansprüche auf dem Gut der Templetons mögen vielleicht manchen ein bisschen zu idealistisch erscheinen, aber sie haben ihre Vorteile.

Simon hat nie genau erfahren, wie es kommt, dass Douglas Templeton derart viel Land in Ulu Banir besitzt, wahrscheinlich weil alle Leute im Distrikt die Geschichte so genau kennen, dass niemand mehr auf den Gedanken kommt, sie nochmal erzählen zu müssen. In Unterhaltungen wird öfter mal auf diese oder jene Episode verwiesen, als handle es sich um Ortslegenden, die jeder als Kind gehört hat. Simon hat sie nie erzählt bekommen, aber Folgendes hat er sich immerhin zusammengereimt:

Douglas und Keith Templeton, die Söhne eines Oberstleutnants in der Indienarmee sind irgendwann im letzten Jahrhundert als Kadetten der Militärverwaltung in die Straits Settlements herausgekommen. Douglas war der weniger schulisch Begabte der beiden, dafür ein herausragender Cricketspieler, eine Tatsache, die eine hinreichende Erklärung für seinen raschen Aufstieg im Staatsdienst lieferte, und für seine vergleichsweise frühe Entsendung in die höhere Verwaltung des malaiischen Staates als Distriktleiter des Ulu Banir-Distrikts.

Keith, ein besserer Schüler, aber schlechterer Sportler, begnügte sich mit einer bequemen Stelle als obskurer Beamter in Pahang. Bequem, weil sie ihm reichlich Zeit und Gelegenheit ließ, die malaiische Sprache und Kultur zu studieren. Und obskur wäre er geblieben, wenn er sich nicht in die Tochter eines Ortsvorstehers verliebt hätte, und, wie es so schön heißt „unter die Eingeborenen gegangen“ wäre. Die Reaktion der Hierarchie war rasch und hart. Keith Templeton wurde so sehr ausgegrenzt, dass er sich keine drei Monate, nachdem er aufgefordert worden war, den Dienst zu quittieren, eine Kugel durch den Kopf schoss.

Douglas, der dort im Hinterland von Perak völlig von der

Welt abgeschnitten war, konnte nicht viel für seinen jüngeren Bruder tun, aber bald darauf nahm er auf seine Weise Rache an der Verwaltung.

Er kündigte.

Und dann erwarb er mit Hilfe der beiden Erbschaften seiner Mutter und Keiths, den Großteil der Kaffeeplantagen in Ulu Banir, die damals aufgrund der internationalen Krise der Kaffeepreise für 'n Appel und 'n Ei zu haben waren. Sehr vorausblickend begann er, Kautschuk zu pflanzen und kam damit gerade recht für den Boom von 1906.

Es wurde in späteren Jahren gemunkelt, dass Douglas Templeton als Privatmann zu großen Teilen verantwortlich für die Flüsterpropaganda-Kampagne gegen Beamte gewesen sein soll, die sich am Kautschukboom persönlich bereicherten, indem sie Anteile lokaler Gummihersteller kauften und verkauften, eine Kampagne, die ihren Höhepunkt anlässlich des berühmten Skandals von 1910 erlebte, woraufhin die Regierung ein Gesetz erließ, das es Beamten verbot, mit lokalen Firmen Geschäfte zu machen. Aber niemand ist je in der Lage gewesen, niet- und nagelfest oder auch nur indizienmäßig zu beweisen, dass Douglas Templeton an alldem irgendwie beteiligt war.

Was aber feststeht, ist, dass Douglas Templeton nie wieder Cricket spielte und auch nie wieder irgendeinen Club betrat. Beinahe über Nacht wurde er für die Briten in Malaya zum Gespenst – ein exzentrischer Einsiedler.

Dabei ist er nie wirklich einheimisch geworden. Wenn überhaupt, wurde er noch britischer als er es schon gewesen war. Aber er hielt den Kopf und sein Leben sorgfältig und verächtlich oberhalb seiner Landsleute, eine Haltung, die seinen Kritikern viel Wind aus den Segeln nahm, weil sie nichts von ihm wussten, was sie hätten kritisieren können.

Zwar war er verheiratet und war mit dreißig zurück nach England gegangen, um dort eine entfernte Cousine zu ehelichen, aber er brachte seine Frau nie hier heraus. Als seine Zwillingssöhne geboren wurden, ließ er sie bei seiner Frau in England, bis sie ihre Ausbildung beendet hatten, der eine in Oxford, der andere in Cambridge. Unter diesen beiden Universitäten tat er es nicht. Als früherer hoher Beamter wusste er, dass die Angestellten der staatlichen Verwaltung die Tendenz hatten, auf die Pflanzer herabzusehen, denen in ihren Augen die rechte Erziehung eines englischen Gentlemans abging. Sollte er während dieser einsamen Jahre in Ulu Banir irgendwelche lokalen Geliebten gehabt haben, so erfuhr niemand jemals davon.

Aber was seine Gegner am meisten in Rage versetzte, war die Art, wie er mit seinen Angestellten umging. Junge britische Neuankömmlinge, wie auch Simon selbst einer war, als er vor siebzehn Jahren hier herunterkam, waren zuerst entsetzt darüber, welche Schranken er ihrem Verhalten gegenüber den Eingeborenen setzte. Unter allen Umständen hatten sie höflich zu sein, selbst wenn es sich bei dem in Frage stehenden Eingeborenen nur um einen *tukang air* handelte, einen Kuli, den Geringsten der Geringen, der im Rahmen seiner häuslichen Pflichten die Toiletten zu reinigen hatte. In den frühen Jahren war diese Haltung als „bolschewistisch“, „anarchistisch“, ja sogar „nihilistisch“ beschimpft worden. Als diese Begriffe aus der Mode kamen, wurde sie dann abwechselnd „kommunistisch“, „sozialistisch“ oder „liberal“ genannt, abhängig davon, wie reaktionär der Kritiker war.

Aber wenn man es recht bedenkt, überlegt Simon, dann spricht alles in allem doch so einiges für das, was er die „Templeton-Grundsätze“ nannte oder wie man sie sonst bezeichnen wollte. Der Respekt und die Loyalität der Arbeiter auf dem Gut und der Malaien im Distrikt können nicht bestritten werden, mag der Alte auch mittlerweile fünfzehn Jahre tot sein. Und auch die Verwaltung kann sich keinen Groll gegen den am besten verwalteten und profitabelsten Besitz in der Gegend erlauben. Aber natürlich werden sich die Dinge angesichts all des Geredes von Selbstbestimmung und dergleichen heutzutage irgendwann verändern müssen.

Und sie sind schon dabei, sich zu verändern angesichts des Krieges, der in Europa tobt, und nicht nur, was die Kautschukpreise betrifft. Er denkt vage darüber nach, ob er nach Hause gehen und sich melden sollte. Aber er ist nicht mehr der Jüngste, und der Gedanke, in der Zivilverteidigung zu enden, um dann die Küste entlang zu spazieren, auf der Suche nach feindlichen Schiffen und verkleideten Spionen, ist nicht nach seinem Geschmack. Ja, die ganze Idee eines Krieges ist nicht nach seinem Geschmack. Gottseidank hatte er während des Ersten Weltkriegs in Südamerika rumgehangen, und ist jetzt zu alt für den Zweiten. Wenn er es denn wirklich wollte, könnte er sich dann immer noch freiwillig melden, um dann um ein Offizierspatent zu betteln? Bloß wofür? Ganz bestimmt nicht wegen irgendeines verrückten Gedankens, persönlich eine Kugel durch Hitlers Kopf zu jagen. Überall soviel unnötiges Blutvergießen und so viel Sterben.

Er seufzt und wendet seine Gedanken dem sehr viel dringlicheren Problem zu, das mit dem Beginn eines neuen Lebens zu tun hat. Sein Hainaner Hausboy Ah Foo hat ihm heute Morgen mit seinem üblichen unterwürfigen Grinsen mitgeteilt, dass seine Frau Ah Soh vor einer erneuten Niederkunft steht und deshalb demnächst aufhören muss, seine Wäsche zu machen.

Was für eine verdammte Plage, denn das heißt, er muss auch für den jungen Jonathan eine neue Haus-Amah besorgen. Früher hätten sie beide jeder einen Hausboy und eine Wasch-Amah gehabt. Aber heutzutage sind die jungen Männer nicht scharf darauf, Hausboys zu werden, selbst die aus Hainan nicht. Als Jonathan anfangs hier rausgekommen war, hatte Simon Ah Soh, seine Wasch-Amah, überreden müssen, dem jüngeren Mann auch noch als Mädchen für alles zu dienen.

Ah Soh ist hässlich wie die Nacht, und es will ihm beim besten Willen nicht in den Kopf hinein, wie Ah Foo es fertigbringt, sie so regelmäßig zu schwängern, aber was sie kann, das ist mit Kleidung umgehen, vor allem weißer Kleidung, die gestärkt und gebügelt werden muss, und auch den ganzen Tag über in dieser brütenden Hitze weiterhin gestärkt und gebügelt aussehen soll.

Als Simon auf den Bungalow zugeht, fängt der ernste Blick eines merkwürdigen chinesischen Mädchens, das unter den Frangipanibäumen steht, seine Aufmerksamkeit. Sie trägt die typische chinesische Kleidung aus blauer Jacke und Hose. Ihr Haar ist so kurz wie das der Insassen des Waisenhauses bei Kota Banir, das von Herz-Jesu-Nonnen geleitet wird. Als er nahe genug ist, um ihre Gesichtszüge erkennen zu können, schätzt er sie auf vielleicht vierzehn. Aber Simon weiß aus Erfahrung, dass diese Asiatinnen immer sehr viel jünger aussehen als sie sind. Manchmal, so kommt es ihm vor, wirken sie desto jünger, je älter sie werden, vor allem die Chinesinnen. Diese hier hat extrem helle Haut, ist extrem hübsch und hat so ausgeprägte Züge, dass sie womöglich eine chinesische Eurasierin ist.

Er will gerade nach ihrem Namen fragen, da kommt Ah Foo von der Rückseite des Bungalows in gebückter Haltung auf ihn zu gerannt. Wenn man ihn so sieht, denkt Simon beiläufig, könnte man sich fragen, ob Ah Foo irgendwann ein Rikschakuli gewesen ist, denn so hält er sich, ganz gleich, ob er läuft oder geht. Das Ergebnis: Braucht man ihn für einen Notfall, ist er einfach nicht schnell genug, braucht man ihn dagegen für simple Routinearbeiten im Haushalt, wirkt er immer wie ein aufgescheuchtes Huhn. Sobald er bei dem jungen Mädchen angekommen ist, stellt er sich neben sie, als wäre er ein Hund und sie hätte gerade „bei Fuß“ gesagt. Dazu grinst er sein nervöses, stummelzähniges Grinsen und wartet darauf, dass Simon bei ihnen ist. Hätte er einen Schwanz, denkt Simon, er würde damit wedeln.

„Tuan sehl viel Glück heute, Tuan. Heute Mogen elst ich sagen Tuan, meine Flau kann nicht Wäsche waschen, und jetzt finden junges Mädchen fül Wäsche."

„Wer ist sie? Wie heißt sie?", fragt Simon, der die ganze Zeit den Blick des Mädchens auf sich spürt. Zwar ist ihr Gesicht reglos und ernst, aber er hat das unangenehme Gefühl, dass sie ihn – ja was – ulkig, komisch, lächerlich findet. Schwer zu sagen. Aus der Nähe betrachtet tritt das Europäische in ihren Zügen noch deutlicher hervor. Sogar ihr Haar ist nicht schwarz und glatt, sondern fein, weich, gewellt und wirkt nur im Schatten pechschwarz. Sobald sie unter dem Baum hervortritt, fängt es das späte Vormittagslicht ein und schimmert in einem warmen Kastanienton. Wenn da nicht die Augen wären, die schwarz und ein wenig nach oben geschlitzt sind, man könnte sie – nun, nicht gerade für englisch, aber für einen mediterranen Typ halten.

Aber was ihn wirklich frappiert, ist ihre Haut. In Gedanken nennt er Chinesen „gelb", weiß aber, dass ihre Haut in Wirklichkeit zwischen erdigem Beige und hellem Braun changiert, deshalb ist er jetzt wie betäubt von der weißen Färbung ihrer Haut, es gibt wirklich kein anderes Wort dafür. Sie ist fast schon durchscheinend, so dass er die bläulichen Adern und die rosige Tönung ihres – nun ja: ihres Fleisches, unter dem milchigen Schimmer sehen kann. Er spürt, wie peinlich ihm daran gemessen, das eigene, verschwitzte, ledrige, rote Gesicht ist und die raue haarige Haut, die seinen schwerfälligen, starkknochigen, birnenförmigen Körper umgibt.

„Nein, kein Name, Tuan. Sie nicht splechen", sagt Ah Foo, und seine kleinen Schlitzaugen oberhalb dieses permanenten infernalischen Grinsens scheinen zwischen Angst und Unverschämtheit zu flackern. „Nur Blief", fährt er fort und hält einen Umschlag hoch, mit dem er auf eine Art und Weise herumwedelt, die für Simon wirkt, als wolle er sich über ihn lustig machen. Wirklich, denkt Simon, warum müssen diese Menschen uns so behandeln, als würden sie glauben, wir hätten alle eine unterentwickelte Intelligenz? Er greift sich den Brief ohne ein Wort.

Er ist von der Oberin des Herz-Jesu-Konvents und an den Direktor des Templeton Anwesens adressiert. Der Inhalt des Briefes besagt, dass das Mädchen, das vor ihm steht, vor etwa zwei Jahren im Konvent aufgetaucht ist und wirkte, als suche es Schutz. Es ist intelligent und kann sogar Englisch verstehen, hat aber noch nie ein Wort gesprochen. Körperlich fehlt ihr allerdings nichts, was sofern nötig, auch Dr. Berger aus Kota Banir, der sie gleich nach ihrer Ankunft im Konvent untersucht hat, bestätigen kann.

Es sei nicht Sache der Mutter Oberin, darüber zu spekulieren, welche Art von emotionalem oder psychischem Trauma zu ihrer Stummheit und zu ihrem Auftauchen im Konvent geführt habe, aber in seinen zwei Jahren dort habe das Mädchen große Anstelligkeit gezeigt, sich in grundlegender Hausarbeit ausbilden zu lassen. Es sei die Hoffnung der Mutter Oberin, dass auf dem Anwesen der Templetons irgendeine passende Stelle für es gefunden werden könne. Der wahre Name des Mädchens sei unbekannt, da sie ohne Papiere im Konvent erschienen sei, aber sie habe den Namen Mary verliehen bekommen.

„Mary?“, sagt Simon und mustert das Mädchen. Sie nickt ein wenig, wie um die Namensnennung zu quittieren.

„Mei Lee! Seel gut!“, sagt Ah Foo enthusiastisch nickend. „Heisst schön!“, erklärt er dann geduldig Simon und grinst dazu, sofern das möglich wäre, breiter denn je, um sein vollkommenes Einverständnis mit diesem Namen zu demonstrieren.

„Sie geht klar, Tuan?“, fragt Ah Foo besorgt. „Sie sehr stark, sehr gut für Waschen und Saubelmachen. Auch blaucht der junge Tuan Templeton Amah im Haus!“ Ah Foo versucht mit allen Kräften, die Idee zu verkaufen, dass Mary angestellt werden müsse, ganz so, als hätte er sie selbst auf dem Markt gefunden.

Simon wägt die Lage ab. Natürlich stimmt es, dass sie stark und gesund aussieht und mit den bestmöglichen Referenzen hier hergekommen ist. Und es stimmt auch, dass er eine Wasch-Amah braucht, um Ah Soh zu ersetzen. Ebenfalls stimmt es, dass der junge Jonathan eine Haus-Amah braucht, ebenfalls um Ah Soh zu ersetzen. Er wirft einen weiteren verdeckten Blick auf das schweigsame Mädchen vor ihm. Aber sie ist viel zu schön. In jeder Hinsicht einfach viel zu schön.

Für die Arbeit, für die allgemeinen Umstände ihrer Arbeit – für zwei Junggesellen...

Bloß scheint es im Moment keine Alternative zu geben. Und er legt Wert darauf, dass Ah Soh ihr Baby, wenn es soweit ist, bei sich zu Hause bekommt, nicht bei ihm und Jonathan.

Also nickt er Ah Foo zu.

„In Ordnung", sagt er, aber sie soll vorerst bei deiner Familie wohnen und sieh zu, dass Ah Soh sich gut um sie kümmert."

Dr. Berger, der Schweizer Arzt, kommt gerade aus seiner Praxis, als Simon am nächsten Nachmittag, einem Samstag, vorfährt. Nach der üblichen Begrüßung steigt Berger in Simons Wagen und sie fahren, als sei es so abgemacht, zum Kota Banir Club, wo sie sich auf ein Bier hinsetzen, während sie darauf warten, dass das Abendessen serviert wird. Simon, nicht der Mann für Smalltalk, zieht den Brief der Mutter Oberin aus der Gesäßtasche und reicht ihn dem Arzt. Der liest ihn rasch durch und blickt dann mit fragend hochgezogenen Brauen zu Simon auf.

„Na ja", sagt Simon, „gibt es da irgendein Geheimnis um die schöne Jungfrau Maria, die man mir aufgeschwätzt hat?"

Dr. Berger blickt nach draußen über die Veranda und lässt den Blick über den schlammfarbigen Fluss und die Mangroven an seinem Ufer schweifen, während er über die Frage und seine Antwort darauf nachdenkt.

„Ja, schön ist sie allerdings."

Simon wartet.

„Na ja, was wollen Sie sonst noch wissen? Ob sie arbeiten kann? Ja, sie kann arbeiten. Ob sie intelligent ist. Ja, das ist sie. Aber vielleicht wollen Sie ja wissen, warum sie nicht spricht. Das weiß ich allerdings auch nicht. Kann sie nicht sprechen? Oder will sie nicht sprechen?" Er zuckt die Achseln, um deutlich zu machen, dass er zwar vielleicht Arzt ist, aber eben auch nur ein Mensch, von dem nicht verlangt werden kann, jedes Geheimnis auf Erden zu durchschauen.

„Die Mutter Oberin des Herz-Jesu-Konvents schreibt, dass Sie sie untersucht haben, als sie auftauchte."

„Das stimmt. Und körperlich, so viel kann ich sagen, gibt es da nichts, absolut nichts, was mit ihr nicht in Ordnung wäre. Nichts, was eine Untersuchung zutage fördern könnte, verstehen Sie? Also kann ich nur raten, verstehen Sie: Ich rate hier, dass sie womöglich eine unangenehme Erfahrung gemacht hat. Und zwar so unangenehm, so schrecklich, so – traumatisierend, dass sie dabei die Sprache verloren hat. Doch doch, das kommt vor. Irgendein Teil von ihr, ein unterbewusster Teil, versucht damit fertig zu werden, indem er sich weigert, das anzuerkennen, darüber nachzudenken, darüber zu sprechen.

Sie glauben vielleicht, ich dramatisiere das. Tue ich aber nicht, ich habe solche Fälle gesehen, viele davon, in Europa. Manche verlieren ihr Gedächtnis, manche entwickeln eine Lähmung, andere werden sogar blind. Rein körperlich fehlt ihnen nichts, aber das ändert nichts daran, dass sie versehrt sind."

„Sie meinen, es ist etwas Psychosomatisches?"

„Genau. Aber verwechseln Sie den Begriff bitte nicht mit Hypochondrie. In Fällen von Hypochondrie funktioniert das Bewusstsein. In psychosomatischen Fällen hat das Bewusstsein nichts mit alledem zu tun. Das Unterbewusstsein hat übernommen, wenn Sie so wollen."

„Aber sie ist deshalb doch nicht, was man nun ja, einen Fall für die Klapsmühle nennen würde?“

„Ganz gewiss nicht. Da kann ich Sie vollkommen beruhigen.“

„Sie meinen also, dass ich sie anstellen soll?“

„Natürlich. Aber seien Sie freundlich zu ihr. Freundlich und geduldig.“

Er nimmt einen Schluck Bier und wendet den Blick ab auf den schlammfarbenen, langsam dahinrollenden Fluss. Dann dreht er sich wieder um und sieht Simon direkt an.

„Da ist noch etwas. Und das sage ich Ihnen nur, um ganz ehrlich mit Ihnen zu sein. Ich war es, der der Mutter Oberin vorgeschlagen hat, Mary zum Anwesen der Templetons zu schicken. Sie haben sie ja gesehen. Sie ist schön. Ungeheuer schön. Es gibt kein anderes Wort dafür. So ein Mädchen, das außerdem nicht sprechen kann, braucht doppelten Schutz, einen sicheren Ort zum Leben und Arbeiten.

Die Templetons sind schon eine ganze Weile hier. Und man könnte fast sagen, dass ihnen der Distrikt gehört. Aber was wichtiger ist, Simon, ist dies: Jock Templeton hat den Ruf, ein fairer und freundlicher Mann zu sein und allen möglichen verlorenen Seelen Obdach zu gewähren. Und deshalb dachte ich, das Anwesen könnte ein guter Ort, ein guter und sicherer Ort für Mary sein...“

Seine Stimme verliert sich, als wisse er nicht, wie er von hier aus weiterargumentieren solle. Als er wieder anhebt, spricht er in einem sachlichen Ton, fast, als würde er vor Gericht aussagen:

„Sehen Sie, ich war derjenige, der sie untersucht hat, als sie im Konvent aufgetaucht ist. Das hat Ihnen die Mutter Oberin erzählt. Wenn ich von der ersten direkten Reaktion ausgehe, als ich versuchte, das Mädchen zu untersuchen, dann würde ich sagen, dass sie körperlich misshandelt worden ist, wie soll ich mich ausdrücken: vergewaltigt. Mehr will ich dazu nicht sagen. Mehr kann ich dazu nicht sagen. Weitere Informationen, ihren Namen, ihre Herkunft, besitze ich nicht. Was ihr Verhalten und Benehmen angeht, da haben Sie den Brief der Mutter Oberin.

Ich weiß, dass Sie sich bestimmte Sorgen machen. Ich kann mir auch vorstellen welche, aber ich denke, die können Sie beiseite schieben. Wenn Sie sie eine Weile beobachtet haben, dann werden Sie davon überzeugt sein, dass sie nicht in einem Slum oder etwas dergleichem aufgewachsen ist. Im Gegenteil, ich würde sogar soweit gehen zu sagen, dass sie wahrscheinlich eine sehr gute Kinderstube hatte. Als sie neu im Konvent war, sagte die Mutter Oberin mir, sie wisse nicht einmal wie man Wasser kocht, sofern das ein Hinweis auf eine vornehme soziale Herkunft sein kann."

„Als Sie ihre Untersuchungen machten und zu diesen – Schlüssen kamen, ist Ihnen da nie der Gedanke gekommen, zur Polizei zu gehen?"

„Oh doch. Natürlich. Aber als ich der Mutter Oberin gegenüber meine Vermutungen angedeutet habe, hat sie sehr darauf gedrängt, dem Mädchen weiteres Leiden zu ersparen und womöglich auch einen Skandal."

„Sagen Sie Dr. Berger, glauben Sie, sie könnte – nun ja, teilweise Englisch sein?"

„Das könnte Ihnen nur Mary selbst sagen, immer vorausgesetzt, sie weiß es überhaupt."

„Der Brief der Mutter Oberin deutet darauf hin, dass sie schon bei ihrer Ankunft im Konvent Englisch gut verstanden hat."

„Und das hat sie auch, aber heutzutage hat das nicht mehr so viel zu bedeuten. Wenn Sie denn wollen, dass ich darüber spekuliere, ob sie in einem englischen oder teilweise englischen Haus aufgewachsen ist. Heute sprechen viele der hiesigen Bewohner Englisch. Sie besuchen englische Schulen, sogar die Mädchen.

Aber bitte, versuchen Sie nicht zu viel herumzuspekulieren. Tun Sie einfach, worum die Mutter Oberin Sie gebeten hat. Und dann sehen Sie vielleicht eines Tages zu, wenn die Umstände entsprechend sind und Sie oder Jock tatsächlich einen Mann finden, der sie heiraten möchte, ob stumm oder nicht stumm, dass sie ihr eine Heirat arrangieren."

Simon denkt ein, zwei Minuten über diesen Vorschlag nach.

„Na ja, das wird auf der Templeton-Plantage wohl kaum der Fall sein", sagt er dann trocken, während er im Geiste die Bewohner des Gutes nach einem möglichen Kandidaten durchgeht. „Sie hätte hier in der Stadt sehr viel bessere Chancen, jemanden von ihrem eigenen Schlag kennenzulernen." Er unterbricht sich. Ihr eigener Schlag? Was wäre das? „Was ich meine ist – schauen Sie, wären Sie denn nicht selbst in der Lage, ihr eine Arbeit anzubieten?"

Der Arzt lacht kurz auf.

„Ganz offen gestanden habe ich darüber nachgedacht. Und wenn sie einen Ton sprechen könnte oder wollte, dann würde ich sie nur zu gerne in der Klinik beschäftigen. Und sie als Hilfsschwester anlernen oder als Sprechstundenhilfe. Für meine Geschäfte wäre das ein Segen! Stellen Sie sich nur mal die Schlange von männlichen Patienten vor, die alle glücklich und geduldig darauf warten würden, zu mir vorgelassen zu werden. Ha! Aber leider unmöglich. Frieda würde ihr Veto einlegen."

Und als würde ihm plötzlich bewusst werden, dass er da gerade eine Bresche in Fragen ehelicher Treue geschlagen hat, steht er auf, leert sein Glas und deutet zum gedeckten Tisch hinüber, wo ihr Mittagessen wartet.

Beiden ist aufgefallen, dass sie sich wie zwei Patenonkel benehmen, die sich Sorgen um das Ergehen ihres kaum bekannten Patenkinds machen, für das sie plötzlich verantwortlich sind, aber keiner bringt das zur Sprache. Doch als Simon später zum

Anwesen zurückfährt, kann er sich eines unguten Gefühls nicht erwehren. Und umso weniger, weil er gar nicht weiß, warum er sich so fühlen sollte.

Im Geiste hakt er ab, was dafür spricht: Da ist die Empfehlung der Mutter Oberin. Da sind die Aussagen von Dr. Berger. Da ist die Erscheinung des Mädchens selbst. Da ist die Gewissheit, dass Ah Soh, kräftig wie sie ist, bald wieder zurück sein wird. Und vor allem ist da die Tatsache, dass Jock Templeton bald wieder zurück sein und das ganze Thema in die eigenen Hände nehmen wird.

Bis dahin besteht das Problem darin, einen schnellen Ersatz für eine schwangere Wasch- und Haus-Amah zu finden.

JONATHAN
September – Dezember 1940

Jonathan Templeton lässt seine Augen zufallen, sobald er das leise Klicken des Türknopfs hört, der gedreht wird, und tut so, als schlafe er. Seit das neue Mädchen, Mary, zum Haushalt gehört, hat er sich angewöhnt, früher als üblich aufzuwachen, um dann auf ihr allmorgendliches, lautloses Eintreten in sein Zimmer zu warten. Das Licht, das vom Korridor hereinfällt, erlaubt es ihm, sie von der relativen Dunkelheit seines Bettes aus und verborgen hinter seinem Moskitonetz zu studieren.

Durch halb geschlossene Lider beobachtet er, wie sie hereingleitet, dabei das Tablett vorsichtig mit beiden Händen festhält, wie ein Kind, das befürchtet, Teetasse und Untertasse könnten über das Tablett rutschen und auf dem Boden landen. Sie geht bis zu seinem Nachttisch und bleibt dort stehen. Er ist so vollgestellt, dass sie das Tablett dort nicht absetzen kann. Also wendet sie sich um, Tablett immer noch in den Händen, und geht zu dem Schreibtisch am Fenster. Aber wieder hält sie inne angesichts auch dessen zugemüllter Oberfläche. Sie blickt sich um, wo sie das Tablett abstellen könnte. Alles das geschieht ohne das geringste Anzeichen von Verärgerung oder Ungeduld.

Er muss sich zusammenreißen, um nicht zu lächeln. Seinen Nachttisch und seinen Schreibtisch in Unordnung zu bringen, ist eine List, die er seit kurzem anwendet, damit sie ein kleinwenig länger in seinem Zimmer bleibt.

Schließlich stellt sie nach kurzem Zögern das Tablett auf den Boden, wobei sie zunächst einen Blick in seine Richtung wirft, um sicherzugehen, dass er nicht wach ist und diese unschöne

Notlösung mitansieht. Dann kommt sie zu seinem Nachttisch und räumt die Uhr, die Münzen und die Bücher weg. Dann geht sie zurück zum Tablett. Sie hebt es auf und beugt dabei in einer anmutigen Bewegung ein Knie. Sie kommt mit dem Tablett zurück, stellt es auf den Nachttisch, ebenso Tasse und Untertasse und knipst dann die Nachttischlampe an. Das ist ihr wortloses, frühmorgendliches Weckritual für den jungen Tuan. Mit dem leeren Tablett in einer Hand steht sie noch kurz da und blickt zum Bett. Er weiß, beim ersten Zeichen einer Bewegung von ihm wird sie sich abwenden und das Zimmer verlassen.

Er will nicht, dass sie geht.

Nein, was er wirklich will, das wäre, durch das Moskitonetz die Arme nach ihr auszustrecken und sie zu sich in die Wärme seines Betts und seines Körpers zu ziehen. Er will sie berühren, liebkosen, sich an sie und sie an ihn drücken und alle möglichen wunderbaren Dinge mit ihr machen, bis sie endlich mit einem Laut, einem Urlaut, irgendeinem Laut ihr Schweigen brechen wird – und der Knoten des Begehrens in seinem Unterleib löst sich.

Er liegt reglos da, versucht sie mit Geisteskraft zum Bleiben zu bewegen, damit er sie weiter ansehen und sich der unerträglichen Lust seines Begehrens ergeben kann. Aber er muss sich bewegen, rasch die Beine zusammenlegen und sich auf die Seite drehen, um den Protest seines jungen Körpers gegen so viele Monate der Enthaltsamkeit zu verbergen. Und da ist sie fort.

Der Bann ist gebrochen, also steht er auf und geht ins Bad. Das alles ist lächerlich, denkt er sich. Sie kann nicht älter sein als was? Vierzehn, fünfzehn. Ein Kind. Und ich, ich bin zweiundzwanzig. Und natürlich ist genau das ein Teil des Problems, dass er zweiundzwanzig ist, wird ihm klar. Und der andere Teil des Problems ist, dass er sich auf einer Kautschukplantage in Malaya befindet. Aber ist das tatsächlich alles? Hat das Ganze nicht mehr mit der Tatsache zu tun, dass er ein Templeton ist und dies das Anwesen der Templetons in Ulu Banir? Was, wenn er auf irgendeiner anderen Plantage wäre, in einem anderen Teil des Landes? Wäre sein Leben dann einfacher? Jedenfalls, was das Sexuelle betrifft, müsste er dann nicht so sehr auf sein Zwangszölibat achten. Zweifelsohne würde er auch dann noch nicht verheiratet sein, aber es würde einen Haufen Frauen geben, die man treffen, mit denen man reden und mit denen man herrliche, heimliche Affären haben könnte.

Andererseits ist es nur in Ulu Banir so, dass er, Jonathan Templeton, in den Kota Banir Club reinspazieren kann, ohne merkwürdige Blicke von den älteren Herren zu ernten; ohne sich ihren offenbaren, wenn auch unausgesprochenen Fragen stellen zu müssen, warum ein junger Mann seines Alters nicht irgendwo auf einem der blutigen Schlachtfelder in Europa oder Afrika steht und die Deutschen bekämpft. In Ulu Banir, wo jedermann weiß, dass er eines Tages das Anwesen der Templetons erben wird, stellt niemand sein gutes Recht infrage, hier zu sein. Jedenfalls noch nicht, denn Kautschuk ist unentbehrlich für die Kriegsanstrengungen. Zugleich aber auch hat niemand ihm die Frage gestellt, wie er sich denn in seiner Sicherheit fühlt, während seine Freunde und Zeitgenossen ihren Hals für König und Vaterland riskieren.

Und wie fühlt er sich? Jonathan Templeton weiß es selbst nicht. An guten Tagen ist er dankbar, in Malaya zu sein, zu leben und seinen Status genießen zu können. An Tagen, an denen ihm seine Arbeit, zu der auch gehört, mit Vasudevan, dem Malayali-Buchhalter, die Bücher durchzugehen, zu langweilig wird, fragt er sich, ob er nicht besser irgendwo anders wäre.

Er schüttelt den Kopf, um diese grauen Gedanken loszuwerden, die sich nie auf die eine oder andere Weise auflösen und erinnert sich dann, dass heute sein Grammophon und seine Schallplatten am Bahnhof von Kota Banir eintreffen. Er wird Simon um das Auto bitten müssen.

Das Badezimmer liegt ein Stockwerk unter seinem Schlafzimmer, und er muss einige Betontreppenstufen hinabsteigen, um dann auf dem Zementboden weiterzugehen. Im Badezimmer steht an einer Wand ein großes Tongefäß voll Wasser für sein Bad. Eine Schöpfkelle, die aus einem alten Benzinkanister gebastelt wurde, an dessen oberen offenen Rand ein Holzgriff genagelt ist, steht auf der Kante an die Wand gelehnt.

Das Wasser ist kalt, und der erste Guss ist immer der schlimmste. Wenn er sich das Wasser über den Kopf schüttet, spürt er seinen ganzen Körper, der noch bettwarm ist, zittern und sich zusammenziehen. Aber je mehr er sich mit Wasser übergießt, desto mehr fühlt er seinen angeregten Blutkreislauf warm in die Haut fluten. Den ersten Moment einmal überstanden, ist es ein reiner Genuss. Danach seift er sich ein und wäscht dann die Seife mit einem Guss nach dem anderen ab, bis die ganze aufgestaute Hitze in seinem Körper verschwunden ist.

Dieses kalte Bad, nach malaiischer Art, als erste morgendliche Handlung vor Sonnenaufgang, gehört zu seinem täglichen Ritual auf dem Anwesen der Templetons. Sein Großvater hat von einem alten Teochewhändler gelernt, dass das für Menschen, die an ein kälteres Klima gewöhnt sind, die beste Methode ist, den Gefahren der Hitze in diesem Land zu begegnen, vor allem dem Schwarzwasserfieber. Was das Schwarzwasserfieber betrifft, würde Jonathan nicht auf die Effekte des kalten Bads schwören, aber was es definitiv tut, ist, den Rest des feuchtheißen Tages erträglicher zu machen, zumindest bis zum nächsten Bad.

Nachdem er sich mit dem frischen Handtuch, das auf der Stange für ihn aufgehängt ist, kräftig abgerubbelt und das Badezimmer verlassen hat, findet er sein Zimmer aufgeräumt vor, und seine Kleidung liegt auf dem Bett, wie um ihn daran zu erinnern, dass sein Arbeitstag begonnen hat.

Jonathan Templeton ist der Sohn von Jocks Zwillingsbruder William. Jock und William waren beide zum ersten Mal 1911 nach Ulu Banir gekommen, nachdem sie die Universität beendet hatten. Aber William litt unter derart heftigen Asthma-Anfälle, dass er zurück nach England musste, so dass Jock alleine zurückblieb, um unter der strikten Anleitung seines Vaters die Verwaltung eines Anwesens zu lernen. Und während Jock die Neigung von Douglas für Sport und ein Leben unter freiem Himmel geerbt hatte, fand sich in William die Neigung seines Onkels Keith für Gelehrsamkeit und Introspektion wieder.

Zurück in England lebte William, ausgestattet mit einem Einkommen aus den Erträgen des Anwesens, als Privatgelehrter, versuchte sich ein wenig an literarischer Prosa und heiratete eine junge Künstlerin, die Douglas nicht vollständig akzeptierte und die er „die Zigeunerin" nannte. Aber eingedenk der tragischen Reaktion seines Bruders auf das Urteil der guten Gesellschaft, die ihn geschnitten hatte, weil sie fand, er habe eine schlechte Partie gemacht, legte er der Heirat keine Steine in den Weg und sorgte weiterhin dafür, dass William eine komfortable Apanage erhielt. Was keine Löcher in die Finanzen riss, denn weder William noch seine Frau lebten lange. Als Jonathan, ihr einziges Kind, vier Jahre alt war, starb das junge Paar bei einem Bootsunfall in Griechenland. Jonathan wurde der Fürsorge eines Onkels mütterlicherseits übergeben, bis er alt genug für die Schule war.

Jock, der sich in Gesellschaft von Frauen nie wohlgefühlt hatte, heiratete nicht. Und nach Jonathans Geburt hatte er das Gefühl, nunmehr der Last entbunden zu sein, selbst für einen Erben für das Anwesen sorgen zu müssen. Sobald Jonathan alt genug war, begann Jock ihn als den zukünftigen Erben zu behandeln. Und er sorgte dafür, dass der Junge durch seine regelmäßigen Briefe und seltenen Heimaturlaube über alle die Plantage betreffenden Angelegenheiten informiert wurde.

Während der Krise der dreißiger Jahre hörten die Heimaturlaube vollkommen auf, und die Briefe wurden unregelmäßig. Vermutlich, weil es nichts von Wert mitzuteilen gab. Aber wahrscheinlicher, weil Jock sich darüber bewusst war, dass Jonathan mit den Schulabschlussexamina und dem Beginn der Universität beschäftigt war und nicht wollte, dass der junge Mann sich in dieser Zeit auch noch über das Anwesen Sorgen machen musste. Aber das Ergebnis war dasselbe. Als Jonathan schließlich auf dem Anwesen ankam, hatte er nicht die geringste, selbst indirekte Erfahrung mit der Leitung einer Plantage in dürren wirtschaftlichen Zeiten.

Nicht sehr lange nach seiner Ankunft in Ulu Banir fand sein Onkel Grund, ihn zu Seite zu nehmen, um unter vier Augen mit ihm über seinen offensichtlichen Mangel an Interesse, Ernsthaftigkeit und Lust anzupacken zu reden, was alles notwendig war für die erfolgreiche Leitung des Familienbetriebs. Da er ein kluger Chef war, gab Jock Templeton dann seine Entscheidung bekannt, seinen immer wieder verschobenen Heimaturlaub anzutreten und beauftragte Simon Collins damit, den offenbar unwilligen jungen Mann auszubilden. „Das Leben eines Templeton ist nicht einfach, in keiner Hinsicht, und je schneller du das kapierst, desto besser", sagte Jock Tempelton ihm noch, bevor er in den Zug nach Penang stieg, wo das Schiff nach England ihn erwartete.

Jonathan ist alles andere als verärgert, erkennt an, dass sein Onkel mit seinen Worten völlig richtig liegt. In seinen hellsichtigeren Augenblicken weiß er selbst, dass er kein geborener Pflanzer ist. Er hat von seiner Mutter das launische Gemüt einer Künstlernatur geerbt, und von seinem Vater die selbstgenügsamen, introspektiven Tendenzen eines literarischen Dilettanten.

Schon richtig: Seine ganze Kindheit hindurch wurde ihm deutlich gemacht, dass es nur einen Weg für ihn gibt: Eines

Tages wird er den Besitz der Templetons erben und wie ein König über ihn herrschen. Aber wie die meisten jungen Menschen hat er das nur als einen der vielen unterschiedlichen Aspekte akzeptiert, die zu seinem Leben dazugehören und weiter keinen Gedanken daran verschwendet. Vor allem nicht an der Universität, wo er eine unerwartete Liebe zum Theater und das zugehörige Talent entdeckte. Kein hehres Theater. Eher Komödie und Slapstick. Ein Anfangssemester, das sich gerne auf der Bühne austobt. Diese Facette an ihm hat viele Leute verblüfft. Abseits der Bühne ist er ein ernsthafter junger Mann und guter Student, der gerne für sich ist und tiefen Gedanken nachhängt. Man könnte ihn sich leicht als Hamlet vorstellen. Aber sobald er auf der Bühne steht, ist er eher ein Zettel und genießt jede Minute, in der er den Narren spielen darf.

Nein, damals war nicht wirklich Zeit gewesen, all zu viel darüber nachzudenken, was es hieß, ein Templeton zu sein. Und selbst heute, wo die Zeit so zähflüssig vergeht, dass sie wie Klebstoff an seinen Fingerspitzen haftet und nicht abgeschüttelt werden kann, und er das unangenehme Gefühl hat, seine Hausaufgaben nicht erledigt zu haben, schiebt er die Zumutung von sich weg, über die Leitung des Anwesens nachzudenken. Stattdessen spielt er mit dem Gedanken, die Amateurbühne des Kota Banir Club aus ihrem Dornröschenschlaf zu erwecken. Aber vielleicht ist das ja ein Gedanke, der, von einem jungen Menschen wie ihm ausgerechnet in dieser Zeit ausgesprochen, dem Rest der hiesigen Gesellschaft allzu leichtfertig erscheinen wird.

Die Ankunft seines Grammophons und seiner Platten markiert einen wichtigen Einschnitt in Jonathans Existenz.

Die Abende sind bislang immer der Teil des Tages gewesen, der am schwierigsten zu überstehen war, draußen nichts als Dunkelheit und das ununterbrochene Zirpen der Grillen, und drinnen nichts als seine Bücher und ab und zu die Anwesenheit von Simon Collins. Aber jetzt plötzlich gibt es da so viel, womit er sich beschäftigen kann.

Das Grammophon betriebsbereit zu machen kostet ihn allein schon einen Abend. Wo soll es hingestellt werden? Auf die Veranda? Ins Wohnzimmer? Auf eine Art Teewagen, so dass er es dort hinschieben kann, wo er es haben will, sogar vor die Badezimmertür, falls er darauf Lust bekommt während er badet. Und was mit den Schallplatten, wo sollten sie ihren Platz finden? Wie soll er sie vor der Feuchtigkeit schützen? Werden sie sich verbiegen, wenn er sie übereinanderlegt? Und wenn ja, wie bewahrt man sie dann auf? Wie lang wird es dauern, bis sie anfangen zu schimmeln wie so viele seiner Bücher in den letzten paar Monaten?

Er trägt das Grammophon und die Platten von hier nach da und zurück, und das Mädchen, Mary, ist währenddessen mehrmals ins Esszimmer gekommen, um den Tisch abzuräumen. Er spürt ihre Anwesenheit. Er würde sie zu gerne dabei erwischen wie sie ein Lächeln unterdrückt angesichts seiner fieberhaften Suche nach dem idealen Ort für sein neues Spielzeug. Und da wird ihm plötzlich bewusst, dass er für sie herumschauspielert, für sie als einzige Zuschauerin den Narren spielt, in der Hoffnung, wieder dieses Lächeln zu sehen und womöglich ja sogar ihr Lachen zu hören. Wird sie lachen? Kann sie lachen? Darüber hat er noch nie nachgedacht. Können stumme Menschen lachen? Er wirft sich in einen Lehnstuhl und hält den Kopf in beiden Händen, für den Augenblick überwältigt von diesen Fragen, zugleich aber sich auch bewusst, dass er die Rolle eines entscheidungsschwachen Clowns spielt. Er stößt einen Schrei gespielter Verzweiflung aus.

Und da hört er sie lachen. Ein tiefes, gurgelndes Lachen. Warm und nachsichtig wie das Lachen einer jungen Mutter, die sich über die Kapriolen ihres ersten Kinds amüsiert. Verblüfft dreht er sich in ihre Richtung, und dann fällt er, um sein Erstaunen zu verbergen, ein und lacht mit ihr um die Wette, ganz so, als hätte er sie jeden Tag seines Lebens lachen hören und sie sei nie schweigsam und stumm gewesen.

Sie errötet und dreht sich weg, um zurück in die Küche zu gehen. Aber er stürzt auf sie zu, fasst sie ums Handgelenk und sagt: „Nein, bitte bleib!“ Er erkennt seine eigene Stimme nicht wieder, die durch das leere Haus hallt. Aus irgendeinem Grund, dem er selbst nicht nachgegangen ist, hat er, seit sie im Haus ist, seinerseits aufgehört zu sprechen, wenn er alleine mit ihr ist, und teilt ihr seine Wünsche eher mit Gesten als mit Worten mit, als hätte ihre Stummheit auch ihn irgendwie stumm gemacht. Das alles, obwohl Simon ihm deutlich gesagt hat, dass das Mädchen perfekt Englisch versteht. Jetzt aber, als hätte das Gelächter des Mädchens eine Blockade gelöst, kommen die Worte aus ihm herausgepurzelt, und mit ihnen seine ganze Einsamkeit.

„Simon hat mir gesagt, du verstehst Englisch. Bitte bleib eine Weile bei mir und lass mich dir ein bisschen Musik vorspielen. Geh nicht weg!“ sagt er flehentlich und umklammert ihr Handgelenk fester, aus lauter Angst, sie werde ihn in dem Augenblick, da er seinen Griff lockert, um von ihr weg und zum Grammophon zu gehen, alleine lassen. Sie mit einem warnenden Blick an ihrem Ort fixierend, bewegt er sich seitwärts zum Grammophon, greift nach der ersten Platte, die ihm in die Hände gerät, legt sie auf und platziert die Nadel in der Rille. Es ist ein Tanzorchester, das „Stardust“ spielt. Die Musik fährt ihm direkt in die Füße, und er verspürt einen unwiderstehlichen Drang zu tanzen. Ohne zu denken dreht er sich um, die Arme einladend geöffnet, und tänzelt auf sie zu. Dann hält er unvermittelt inne. Ihre Lippen zittern, und sie hat Tränen in den Augen.

„Ja kennst du denn das Lied?“, fragt er verblüfft. Und als sie ihr Gesicht in den Händen vergräbt, um ihre Gefühle zu verbergen: „Du kennst es! Oh Gott, du armes Kind, du kennst dieses

Lied!", hört er sich selbst flüstern, während er sie in die Arme nimmt und zärtlich an sich drückt. Sein Herz zieht sich schmerzvoll zusammen angesichts dieser Begegnung mit ihrer unbekannten Vergangenheit. Es muss etwas Schönes darin gewesen sein, wenn Musik von solch romantischer Nostalgie damit verbunden ist. Aber es muss vor allem unvorstellbar schrecklich gewesen sein, wenn die Erinnerung daran in entschlossenem Stillschweigen begraben werden musste. Zutiefst angerührt beugt er sich herab, um ihre Stirn zu küssen, die gerade unterhalb seines Kinns liegt.

Er weiß nicht, wie lange sie dort so stehenbleiben. Er merkt nur, dass er ihr Haar streichelt, ihre Wangen, ihren Rücken, dass er ihre Tränen wegküsst und sie auf genau die zärtliche Art und Weise berührt, die er sich an diesen zurückliegenden Morgen vorgestellt hat, während er im Bett lag und sie heimlich beobachtete. Seine Freundlichkeit tröstet sie offenbar, denn die Schluchzer hören auf. Und dann, ganz so als wären die Tränen die schmelzende Schlacke eines metallenen Korsetts, das sie die ganze Zeit aufrechterhalten hatte, lehnt sie sich an ihn – zart, ergeben und oh so begehrenswert – nur einen Augenblick lang, um sich dann mit einem raschen, bittenden Blick abzuwenden und in den hinteren Teil des Hauses zu fliehen.

Nun ist Jonathan wieder alleine, er nimmt die protestierend kratzende Nadel von der Platte, die sich ausgespielt hat und beginnt, seine Sachen wegzuräumen. Dann geht er hinaus auf die Veranda und steht lange dort, hinaus in die schwarze Nacht blickend, voll bodenloser Traurigkeit.

Jetzt, da er sie berührt und liebkost hat, da er einen kurzen Einblick getan hat in eine vage Ahnung von ihrer Vergangenheit, ist ihm klar, dass es mit seinen kindischen Spielchen, ihr hinterher zu gieren und sich dabei zuzusehen, wie er hinter ihr her giert, vorbei sein muss. Sie hat sich zu einem Menschen entpuppt, sie wird nie wieder nur eine der weiblichen Arbeiterinnen sein können, die auf seinem, seines Onkels Anwesen beschäftigt sind. Nicht für ihn zumindest.

Er geht zurück ins Wohnzimmer, greift sich die Aufnahme von „Stardust“, zieht die Platte aus ihrer braunen Papierhülle, zerbricht sie, und wirft die Überreste in den Papierkorb.

Am nächsten Morgen achtet er darauf, bereits im Badezimmer zu sein, wenn Mary den Tee bringt. Später, als er nach dem Appell und seiner morgendlichen Inspektionstour über die Plantage zurück kommt, sieht er sie neben dem Papierkorb stehen und die beiden zerbrochenen Hälften der Platte in den Händen halten. Sie blickt fragend zu ihm auf, als er vorübergeht. Er befürchtet, sie könne denken, es sei irgendwie ihre Schuld, lächelt sie aufmunternd an und sagt, wie zu einem verängstigten Kind: „Alles gut. Du hast nichts falsch gemacht. Ich mochte sie bloß nicht mehr. Sie hat dich traurig gemacht.“

Sie läuft tiefrot an, bückt sich, um den Papierkorb aufzuheben und verlässt den Raum. Die nächsten Tage sieht er sehr wenig von ihr. Er bekommt den Eindruck, dass sie ihn meidet. Zwar schmerzt ihn der Gedanke, aber da er auch nachvollziehen kann, was in ihr vorgehen muss, stürzt er sich mit neugefundener Ernsthaftigkeit in die Arbeit auf der Plantage.

Erst im Oktober kommt die Nachricht von Jock Templetons Verschwinden und vermutetem Tod. Simon und Jonathan sitzen auf dessen Veranda und frühstücken, als Dr. Berger vorfährt. Er ist bei der Post vorbeigekommen und ist vom Postmeister gebeten worden, ein Telegramm zu überbringen, da er ohnehin hier herausfahren wollte, um nach Ah Soh und dem Neugeborenen zu sehen. Jetzt zieht er das Telegramm aus der Brusttasche und reicht es Jonathan.

Es ist von ihrem Haushälter in Cheltenham. Jock Templeton sei von einer Reise nach London nicht zurückgekehrt, wo er seine Schiffspassage zurück nach Malaya buchen wollte. Man fürchte, er sei bei dem Luftangriff auf London vom 16. September ums Leben gekommen. Ein Brief mit weiteren Informationen werde folgen.

Die Tatsache, dass die Nachricht so lange brauchte, um anzukommen, lässt vermuten, dass ausgiebig nach Jock Templeton gesucht wurde und genug Zeit verstrichen ist, damit die Befürchtungen sich bestätigen konnten. Er reicht das Telegramm schweigend an Simon weiter. Simon liest es, dann fallen seine Hände schlaff zwischen seine Knie, und nach einem kurzen Moment hebt er den Blick zu Jonathan. Dann legt er das Telegramm wortlos auf den Tisch, geht bis zum Geländer der Veranda und blickt auf die sich meilenweit erstreckenden Gummibäume vor seinen Augen, von denen die sanften Hügel des Anwesens bedeckt sind.

Jonathan bemerkt, dass Dr. Berger sie beide ansieht, erst den einen, dann den anderen, als zögere er zu fragen, ob es sich um schlechte Nachrichten handelt, oder einfach aufzustehen und zu gehen, wie ein guter Bote es tun sollte.

„Es geht um Onkel Jock“, sagt Jonathan. Er nimmt das Telegramm und reicht es dem Arzt. Dr. Berger überfliegt es. Dann legt auch er es auf den Tisch zurück und blickt Jonathan schweigend an. Jonathan bemerkt es, und als sich ihre Blicke kreuzen, wenden beide sofort die Augen ab. Nach ein paar Augenblicken geht Dr. Berger zu Jonathan hinüber, beugt sich über ihn und tätschelt ihm die Schulter. Er sagt: „Ich weiß nicht, wie ich dir sagen soll, wie sehr mir das leid tut. Lass es mich wissen, wenn ich irgend behilflich sein kann.“ Er wirft noch einen kurzen Blick auf Simon, der immer noch mit dem Rücken zu ihnen dasteht und geht dann.

Diese Nachricht steht am Ende eines Monats voller beunruhigender Gerüchte in Reaktion auf die Berichte über Japans Vorstoß nach Indochina infolge der französischen Kapitulation. Es wird darüber spekuliert, dass Niederländisch-Indien und

Britisch Malaya das gleiche Schicksal erleiden könnten, wenn die Niederlande und Großbritannien Hitlers Deutschland unterliegen. Währenddessen hören die Kautschukpreise nicht auf zu klettern, weil der Vorratsbedarf der Vereinigten Staaten gedeckt werden muss. Und irgendwie wirken all diese Nachrichten über Dinge, die fremden Menschen in Ländern widerfahren, die er noch nie gesehen hat, auf Jonathan realer als die Nachricht vom Tod seines Onkels.

Er nimmt das Telegramm auf und liest es noch einmal. Die Wörter wirken vollkommen sinnlos. Wie eine Botschaft, die sich mit einer anderen gekreuzt hat und nun völlig bedeutungslos geworden ist. Der Gedanke daran, dass Onkel Jock jeden Tag zurückkehren würde, war so selbstverständlich gewesen. Das Bewusstsein davon, dass Onkel Jock immer hier sein und die Plantage leiten würde, war ihm in Fleisch und Blut übergegangen. Diese Nachricht hat so viel Bestand wie eine Fluse, die ein schlampiger Weber auf einem Teppich zurückgelassen hätte und die man einfach aufheben und wegpusten kann, so dass sie sich ins Nichts verflüchtigt.

Er wendet sich um, um genau so etwas zu Simon zu sagen und sieht erschreckt, dass die Schultern des älteren Mannes in einem wilden Krampf tiefsten Leids beben. Jonathan spürt, wie sich seine Nackenhärchen aufstellen. Simon trauernd. Dann ist es also wahr. Dann ist Onkel Jock tot. Aber ausgerechnet Simon. So tief leidend. Er hätte es nie für möglich gehalten, Simon jemals weinen zu sehen. Und unvorstellbar, dass er um Jock Templeton weinen sollte. Aber warum eigentlich nicht? Simon und Jock waren zusammen in der Schule und auf der Universität gewesen. Sie hatten zusammen Rugby gespielt. Als es für Jock soweit war, hinunter in den Osten zu müssen, hatte er Simon eingeladen mitzugehen. Und obwohl Simon dieser Einladung erst viele Jahre später gefolgt war, nachdem er sein Familienvermögen durchgebracht hatte und ihm nichts anderes übrig blieb, hatte er nie darüber gesprochen, nach England zurückzukehren, außer natürlich für einen gelegentlichen Urlaub. Es wird Jonathan klar, dass er weder seinen Onkel noch Simon eigentlich je richtig gekannt hat.

Nach langen Minuten zieht Simon schließlich, immer noch mit dem Rücken zu ihm, ein Taschentuch aus seinen Shorts, schlägt es auf und wischt sich das Gesicht ab, als sei es schweißüberströmt, dann schnaubt er hinein und dreht sich schließlich zu Jonathan um, ohne ihn direkt anzusehen.

Er räuspert sich und sagt: „Ich denke, wir sollten irgendeine Art Gottesdienst in der Kirche organisieren." Dabei achtet er darauf, den Blick seiner rotgeränderten Augen abseits zu halten.

„Ja", sagt Jonathan zustimmend, und dann gibt er einem Impuls nach, steht auf, geht zu Simon hinüber und legt dem älteren Mann den Arm um die Schulter. Simon wendet sich ihm halb zu, ein dünnes Lächeln auf den Lippen, und tätschelt Jonathans Hand, als müsse er ihn trösten. Was Jonathan als pure Ironie empfindet, denn ganz offensichtlich hat Simon Trost nötiger. Er ist es, der einen Altersgenossen und Freund verloren hat. Und womöglich mehr als einen Freund. Denn wer weiß schon, welche Art von Liebe es gewesen sein mag, die die beiden Hagestolze dort in all den Jahren in der Wildnis von Ulu Banir füreinander empfunden haben mochten.

Der Gedenkgottesdienst für Jock Templeton, der in der Anglikanischen Kirche von Kota Banir stattfinden soll, wird vom Regen fortgespült, der am späten Nachmittag sintflutartig vom Himmel kommt und nicht nachlassen will. Schließlich nehmen nur Simon, Jonathan, Vasudevan, Ah Foo, Dr. Berger und Jocks Fahrer Yusuf daran teil. Der gute Pastor muss überzeugt werden, den Gottesdienst trotz der dünngesäten Gemeinde durchzuführen, denn weder Jonathan noch Simon können den Gedanken ertragen, sich eine weitere Woche psychisch darauf vorbereiten zu müssen.

In gewisser Hinsicht sind sie sogar beide erleichtert, mit ihrer Trauer mehr oder weniger in Ruhe gelassen zu werden.

Der Sturm hat sich zwar ein wenig gelegt, aber noch nicht aufgehört, als sie sich nach dem Gottesdienst zur Heimfahrt bereitmachen. Vasudevan und Ah Foo werden mit Yusuf in Jocks Wagen nach Hause geschickt. Jonathan und Simon folgen, nachdem sie alles mit dem Pastor geregelt haben, in Simons Auto. Als sie gerade auf die Schotterstraße einbiegen, die zum Anwesen hinaufführt, bekommt ihr Wagen einen Platten. Trotz Simons Protesten besteht Jonathan darauf, auszusteigen und den Reifen zu wechseln.

Er öffnet die Tür und steigt aus in den peitschenden Regen und ist sofort völlig durchnässt. Er umrundet das Auto, um die Taschenlampe, den Ersatzreifen und den Wagenheber aus dem Kofferraum zu holen. Und dort überwältigen ihn die Trauer um den Tod seines Onkels, die Wut auf die Gemeinde in Kota Banir, die so desinteressiert ist, dass sie sich von einem simplen Gewitter vom Besuch des Gottesdienstes abhalten lässt, und Ärger über diese dumme Panne hier, und er lehnt die Stirn an die offene Kofferraumklappe und überlässt sich einem unkontrollierbaren Weinkrampf. Er weiß nicht, ob Simon ihn durch den Rückspiegel so sehen kann, und es ist ihm auch egal.

Der prasselnde Regen, der pfeifende Wind, die beängstigend die Nacht durchzuckenden Blitze und die ohrenbetäubenden Donnerschläge geben eine allzu passende Kulisse für den Aufruhr in seinem Herzen und seine überfließenden Gefühle ab. Als er den Reifen schließlich gewechselt hat, ist er wieder ruhiger, aber dafür bibbert er beim Einsteigen vor Kälte.

In der folgenden Nacht bekommt Jonathan solch hohes Fieber, dass nach Dr. Berger geschickt werden muss.

Jonathan erinnert sich kaum an die darauf folgenden Tage. Vage Bilder von Dr. Berger, der auf der Bettkante sitzt und seine Stirn und seinen Nacken berührt. Der Kälteschock des Stethoskops auf seiner Brust und seinem Rücken. Der Versuch, der Aufforderung des Arztes gehorchend, tief ein- und auszuatmen. Alleine im Zimmer unter dem dünnen Laken schwitzen, das jemand über ihn gebreitet hat. Simon, der wortlos im Türrahmen erscheint und ihn mit abgründiger Traurigkeit anblickt. Mary, die sein Fieber mit kalten Umschlägen vertreibt. Mary, die ihm mit warmen den Schweiß abwischt. Mary, die ihn hochhebt und umdreht, während sie sein Bett mit sauberen, frisch gestärkten Laken und nach Seife duftenden Kopfkissenbezügen angenehmer macht. Mary, die seinem schmerzempfindlichen Körper mit frischen, kühlen und weichen Schlafanzügen Wohltaten erweist. Mary, die ihm warme Suppe in den Mund löffelt, wobei ihre großen Augen ihn darum bitten, auch alles zu schlucken, während ihr Mund sich jedes Mal instinktiv selbst öffnet, wenn er seinen aufmacht. Mary, die den Raum mit dem Duft von brennenden Räucherstäbchen erfüllt. Und die ganze Zeit über erklingt wunderbare Musik von seinen Schallplatten. Keine Tanzmusik, sondern Arien, Klaviersuiten und die kurzen Auszüge von Symphonien, Concertos und Kammermusiken, die auf eine 78 er-Platte passen.

Und er träumt. Er träumt von seiner Kindheit in England, seinen Studententagen in Oxford, den wilden Schönheiten der englischen Wälder. Er ist wieder in einem Park in der Nähe von Blenheim Palace, seine Stiefel bewegen sich knackend auf dem dick gefrorenen Laubteppich in diesem schneelosen Winter, und ihm wird kälter und kälter, so kalt, dass er dann endlich in seine warmen Zimmer zurückflieht und fühlt wie er auftaut, fühlt, wie das Blut wieder durch seine Adern perlt und seine gefrorenen Glieder schmelzen lässt, bis es in Fingern und Zehen juckt. Es ist ein unbeschreiblicher Genuss. Ein Genuss, den er wieder und immer wieder erleben möchte. Bis die Wärme zu Hitze wird, zu unerträglicher Hitze und er schweißgebadet und ärgerlich erwacht.

Langsam klären sich die Visionen und Erinnerungen, werden wieder erkennbar als eindeutige Begebenheiten, und er erfährt, dass er sehr lange krank war. Dass Dr. Berger fürchtete, er könne an Lungenentzündung oder Rippenfellentzündung sterben. Dass Simon quasi jeden Abend an seinem Bett gesessen und zu ihm gesprochen hatte, selbst wenn er schlief oder im Delirium war. Dass es Mary war, die entschieden hatte, ihm erlauben zu müssen, seine Musik zu hören, und welche Musik er hören solle.

Dann wird ihm mit aller Gewalt bewusst, dass Jock Templeton tot ist. Er, Jonathan Templeton, jetzt der Eigentümer der Templeton'schen Plantage ist, der Herrscher eines eigenen kleinen Königreichs.

DEUS EX MACHINA
November 1941 – Februar 1942

„Und du bist dir sicher, dass es das ist, was du tun willst?", fragt Simon und blickt hinab auf das leere Bierglas, das er in beiden Händen hält und auf seinem Bauch abgestellt hat. Er besucht gerade Jonathan, der hoch in Jocks Bungalow auf der Kuppe des Hügels gezogen ist, der das gesamte Anwesen der Templetons überblickt. Er wird Jocks Hill genannt, denn Hügel und umgebendes Land wurden erst zu Jocks Zeit dazu gekauft und der Bungalow vor zehn Jahren fertiggestellt.

Mit dem Haus hat er eine ganze Brigade von Bediensteten dazubekommen: Ahmad den Hausboy, Yusuf den Fahrer, Kandiah, den *tukang air*, den Wasserträger, Ah Seng, die Köchin und Ah Ying, die sowohl Wasch- als auch allgemeine Amah ist. Aber es steht natürlich trotzdem nicht zur Diskussion, Mary bei Simon zu lassen. Ah Soh ist wieder bereit, ihre Pflichten zu übernehmen. Also begleitet Mary Jonathan nach Jocks Hill als Dienerin ohne besonderen Aufgabenbereich.

Sie macht sich nützlich, indem sie sich um seine persönlicheren Angelegenheiten kümmert, sein Bad, seine fehlenden Knöpfe, seine Lieblingsessen, seine Drinks. Die Gewohnheit, sich um ihn zu kümmern, die sie während seiner Krankheit angenommen hat, wird jetzt zu ihrer Funktion und Rolle. Es ist fast, als hätte er wieder eine Nanny. Bloß, dass Jonathan im Vollgefühl seiner neuen Position und unhinterfragbaren Macht Mary kurz nach dem Einzug in den neuen Bungalow mehr als deutlich gemacht hat, dass das, was er von ihr will, ein wenig mehr ist, als was eine Nanny üblicherweise zu geben hat. Und diese neue Beziehung zu ihr ist es, die Jonathan und Simon jetzt gerade diskutieren.

„Ich weiß, dass es eigentlich unvorstellbar erscheint und auch noch nie dagewesen ist und all das, aber ja, das ist es, was ich tun möchte", sagt Jonathan und fährt sich ungeduldig mit den Fingern durchs Haar. „Und mehr als das", fügt er hinzu, „es ist das, was ich zu tun vorhabe."

Der Ton lässt darauf schließen, dass dieses Gespräch mit Simon nicht geführt wird, um dessen Rat einzuholen, sondern um ihn in Kenntnis zu setzen. Simon bemerkt diesen Ton. Nach kurzem Schweigen stellt er sein Glas auf den Tisch neben ihm und steht auf, als wolle er sich abmelden.

„Wenn es das ist, was du zu tun vorhast, dann wirst du das wohl tun."

Jonathan läuft rot an, es wird ihm klar, dass er sich im Ton vergriffen und den älteren Mann gekränkt hat.

„So ist es ja nun auch wieder nicht, Simon, und das weißt du auch. Verdammt Mensch, wir sind doch im letzten Jahr viel zu sehr durch dick und dünn gegangen, als dass..." Er lässt den Rest des Satzes in der Schwebe.

Nach einer Weile setzt er neu an: „Simon, ich habe mich immer auf dich gestützt in allem, was ich über diesen Betrieb weiß und hier tue. Ich könnte das hier ohne dich nicht schaffen." Und dabei lässt er den Arm über die, soweit man blicken kann, ordentlich in Reih und Glied stehenden Bäume gleiten. „Ich erzähle dir das alles, weil – na ja..." – und plötzlich ist er nur mehr ein 23 jähriger junger Mann, dem all das, was er nicht versteht von sich selbst und der Welt über den Kopf zu wachsen droht – „weil mich das ja selbst alles verwirrt. Sag mir doch bitte einfach, was deine Bedenken sind."

Simon atmet tief ein.

„Zunächst einmal, Jonathan," – Simon nennt ihn immer nur Jonathan, nie Jon oder Jonnie, er hat das nie anders gehalten, auch als Jonathan noch ein Knabe war und er ihn anstelle seines Onkels in der Schule besuchte – „glaube ich, dass du zu jung zum Heiraten bist. Und zweitens, selbst wenn du alt genug wärst, frage ich mich doch, ob dies die richtige Zeit ist, sich zu verheiraten. Du weißt ganz genau, was die verdammten Japsen in Indochina getrieben haben. Und mittlerweile sind sie schon so unverschämt, dass sie den Holländern ein Ultimatum gestellt haben, was die Lieferung von ostindischem Öl an sie betrifft. Selbst wenn unsere Politiker und Militärs recht haben sollten und Malaya sicher vor einer Invasion ist, werden es doch in jedem Fall unruhige Zeiten werden. Meinst du wirklich, das sei der rechte Moment, um zu heiraten und eine Familie zu gründen?“

Simon hält inne. Dies ist eine ungewöhnlich lange Rede für seine Verhältnisse. Aber Jonathan hat gefragt, und er fühlt sich verantwortlich für den jungen Mann, vor allem jetzt, wo Jock nicht mehr da ist. Er wirft einen verdeckten Blick auf Jonathan, unsicher, wie der Jüngere auf das reagieren wird, was er jetzt zu sagen hat. Er wollte, er bräuchte es ihm nicht zu sagen, aber einer muss es tun, und wenn es zum Besten für den Jungen ist, dann muss es auch heraus. Er überwindet sich und sagt:

„Der dritte Grund, Jonathan, den kennst du selbst am besten. Sie ist deine Dienerin. Was werden die Leute dazu sagen?“

„Das ist mir so was von egal, was die Leute sagen“, schnappt Jonathan aufgebracht. Dann bemerkt er, wie aufgesetzt er klingt, ändert den Tonfall und sagt fast flehend: „Als ich hier rauskam, bestand meine Welt aus Onkel Jock, dir und dem Anwesen. Und jetzt, wo Onkel Jock tot ist, bist da nur noch du und das Anwesen und – nun ja, und Mary!“

Er springt auf, geht zum Ende der Veranda und dreht sich dann um und sieht Simon an.

Simon erwidert den Blick und erkennt all die Angst und Unsicherheit in Jonathans Augen. Wiederum wird er daran erinnert, dass hier ein junger Mann von dreiundzwanzig vor ihm steht. Wenn jetzt kein Krieg wüten würde und er kein Templeton wäre, dann würde er seine Zeit in London verbringen, zu Parties gehen, ins Konzert und Theater und sich die Hörner abstoßen.

„Jonathan, Jonathan“, er merkt, dass er einen versöhnlicheren Ton anschlägt, „Einsamkeit ist etwas, das ich nachvollziehen kann, das jeder nachvollziehen kann. Niemand würde sich daran stören, wenn du…“ Er verstummt. „Einfach weitermachst“, hätte er beinahe gesagt. Er zerbricht sich den Kopf, wie er das in passende Worte fassen kann. Er könnte sagen „eine Affäre hast“, aber er würde sich lächerlich vorkommen, dieser, dieser Beziehung so einen romantischen und in der gegenwärtigen Lage fast schon exaltierten Namen zu geben.

„Sag es nur!“, meint Jonathan herausfordernd und mit aggressiver Stimme. „Sie als meine Mätresse behalte?“

„Nun ja“, meint Simon vorsichtig tastend, „es ist eine Tatsache, dass du keine Ahnung hast, wer sie ist, woher sie kommt, was sie getan hat, bevor sie hier auftauchte. Und es ist auch eine Tatsache, dass sie deine Dienerin ist.“

„Aber sie ist etwas ganz Besonderes“, protestiert Jonathan. „Du kennst sie nicht so gut wie ich.“

„Genau das ist es“, erwidert Simon, „ich kenne sie nicht. Und das tut auch kein anderer. Und wir werden es wahrscheinlich auch nie erfahren, weil sie nicht sprechen kann oder will.“

„Ach weißt du, ich bin mir 100 Prozent sicher, dass sie mit der Zeit, mit viel Liebe und Freundlichkeit anfangen wird zu reden und uns alles über sich zu erzählen.“

„Darf ich dir dann den Vorschlag machen, bis zu diesem Zeitpunkt zu warten, bevor du sie zu deiner Ehefrau machst?“

Jonathan stöhnt auf und wendet sich ab und starrt in die Sonne, die jetzt in einem eindrucksvollen Farbenspiel goldenorangenen Lichts hinter den Gummibäumen untergeht. Simon lässt ein paar Minuten Stille zu, bevor er wieder ansetzt:

„Sag mir mal, was sie eigentlich von der Sache hält. Will sie dich denn heiraten?"

„Ich weiß nicht, ich hab sie noch nicht gefragt."

„Und warum nicht?"

Jonathan fährt herum und starrt Simon an, sagt aber kein Wort.

„Vielleicht sollte dir ja genau das zu denken geben", sagt Simon so liebenswürdig wie er kann. Ihm ist ein neuer Gedanke gekommen.

„Ich frage mich nämlich, ob du bei dieser ganzen Sache nicht womöglich ein wenig zu viel an dich denkst. Hast du mal darüber nachgedacht, wie sie zu alldem stehen würde? Überleg es dir, Jonathan. Und überleg es dir gut, denn du bist ein Templeton, nicht irgendein Nachwuchskaufmann bei einem Schiffsmakler in Singapur und auch kein kleiner Beamter in der Verwaltung. Du bist ein Templeton. Du bist der Eigentümer von allem, was du hier siehst. Wie wird sie damit umgehen, deine Gattin zu sein? Was wird passieren, wenn zum Beispiel der Bezirksgouverneur und seine Frau bei euch zum Abendessen sind oder euch einladen, bei ihnen zu dinieren? Wie wird sie es durchstehen, wenn du als der größte Land- und Plantagenbesitzer der Gegend irgendeine öffentliche Rolle spielen musst?"

Jonathan gibt keine Antwort. Simon nutzt sein Schweigen, um sein Blatt auszuspielen.

„Weißt du, was ich glaube? Ich glaube, dass du schließlich ganz egal, was ich sage oder irgendwer sonst sagt, ganz genau das tun wirst, was du willst. Ich bitte dich nur darum, das zu tun, was für alle Beteiligten das Beste ist, einschließlich Mary. Schau mal, warum fährst du nicht ein, zwei Wochen nach Singapur, um darüber nachzudenken? Nutz die Zeit, um ein paar Vorräte und Material für das Anwesen zu kaufen, handle einen neuen Vertrag mit unseren Reedern aus, und vielleicht schaffst du es sogar, die Regierung dazu zu bewegen, die lächerlichen

Restriktionen zu beseitigen, die sie auf unsere Produkte und Preise gelegt haben. Aber vor allem lass es dir ein bisschen gut gehen, miete dich im Raffles ein, komm mal wieder in Kontakt mit der Gesellschaft, lad vielleicht mal eine Krankenschwester oder zwei zum Ausgehen ein. Du hast hier viel zu lange in diesem Loch festgesteckt!

Aber sieh zu, dass du Weihnachten wieder zu Hause bist!“, fügt er noch hinzu, um das Gespräch in heitererer Stimmung enden zu lassen.

Und so kommt es, dass am Tag des japanischen Durchbruchs an der Jitra-Linie in Nord-Kedah Jonathan in Singapur ist und sich damit beschäftigt, eine Gruppe von neugefundenen Freunden zu überreden, Weihnachten mit ihm und Simon auf Jocks Hill in Ulu Banir zu verbringen.

Auf dem Besitz der Templetons löst die Nachricht des japanischen Vormarschs von Kedah nach Penang in einer einzigen kurzen Woche ein größeres Beben aus. Simon, der den größten Teil seines Erwachsenenlebens damit verbracht hat, möglichst nicht an Krieg zu denken, sieht sich mit einem Mal mit dessen unvermeidlichem Herannahen konfrontiert.

Es ist seltsam. Wann immer er früher an Krieg gedacht hat und daran, mit ihm in Berührung kommen zu müssen, hatte er, wie man sagt, die Hosen gestrichen voll. Aber jetzt, wo die Nachrichten über das Zurückweichen der britischen, indischen und australischen Truppen nach Ulu Banir gelangt, stellt er fest, dass er seelenruhig auf seiner Veranda sitzt, einen Whisky *stengah* in der Hand hält und den Sonnenuntergang betrachtet, ziemlich genau so, wie er das jeden Abend getan hat, seit er auf dem Anwesen der Templetons lebt. Und ebenso seelenruhig denkt er über die nächsten Schritte nach, die zu tun sind, ganz so, als brüte er über dem nächsten Zug in einer der endlosen Schachpartien, die er immer mit Jock Templeton gespielt hat.

Obwohl Ulu Banir weitab der Hauptüberlandstraßen liegt, gibt sich Simon keinen Illusionen über den Wert einer Kautschukplantage in Kriegszeiten hin. Und auch wenn die Templeton Plantage vielleicht im Vergleich zu den riesigen Plantagen der großen Handelshäuser als klein gelten kann, ist sie doch hier in der Gegend die einzige von Belang. Und deshalb entwickelt er in der Woche nach der japanischen Eroberung Kedahs bedächtig seine Strategie und wartet ruhig darauf, dass Jonathan rechtzeitig vor Weihnachten nach Hause kommt.

Als er dann aber Nachricht vom Fall Penangs bekommt und von Jonathan immer noch nichts zu hören oder zu sehen ist, beschließt er, nun nicht mehr länger zu warten. Er lässt sich von Yusuf nach Kota Banir fahren. Auf der Bank hebt er alles Bargeld von seinem eigenen Konto und dem der Firma ab. Dann regelt er bei A. Salim, dem Kramladen, wo das Anwesen seit langem anschreibt, alle offenen Rechnungen und kauft so viel, wie in den Kofferraum seines Wagens passt. Er bezahlt alles in bar. Bei Dr. Berger hält er sich länger auf, um mit ihm zu reden.

„Ich weiß wirklich nicht, ob Ihre Befürchtungen irgendeine Grundlage haben, mein lieber Simon", sagt der Arzt.

Wie die meisten Menschen in Malaya ist er überzeugt, dass die japanische Besatzung nicht länger andauern wird als vielleicht sechs Wochen, die die Briten brauchen, um ihre Verstärkung heranzuschaffen.

„Aber tun wir mal so, als ob Sie recht hätten, ja? Tun wir mal so, als würden die Japaner tatsächlich so weit kommen und dann direkt auf dieses gottverlassene Eckchen der Halbinsel zusteuern. Wieso glauben Sie, dass ich in so einem Falle irgendwelchen Schutz für jemanden wie Mary gewährleisten könnte?"

„Na ja, Sie sind Schweizer, oder nicht?" erwidert Simon.

„Mit euch sind die Japaner nicht überkreuz. Außerdem sind Sie Arzt. Gibt's da nicht irgendeinen Passus in der Charta des Völkerbunds oder der des Roten Kreuzes oder in irgendeiner anderen gottverdammten Charta, dass medizinisches Personal besonderen Schutz genießt?"

„Na ja, kann schon sein, dass ich irgendeine Form von Immunität habe. Jedenfalls hoffe ich das", sagt Dr. Berger mit schiefem Grinsen. Aber ich bezweifle, dass sich so eine Immunität auch auf meine Mitarbeiter erstreckt. Vor allem jemanden wie Mary."

„Sie meinen, dazu ist sie zu schön?", sagt Simon, der an die schrecklichen Geschichten von Vergewaltigung und Mord denken muss, die er gehört hat.

„Das auch. Aber ich denke mehr an die Tatsache, dass sie aussieht wie eine chinesische Eurasierin. Davon müssen Sie doch gehört haben. Die Japaner haben sich extrem brutal gegenüber den Chinesen verhalten. Ganz außerordentlich brutal. Sie hassen sie wegen dem, was in China passiert ist. Und als wäre das noch nicht genug, müssen wir erfahren, dass sie hier auch die Eurasier hassen, wegen ihrer vermeintlichen Loyalität gegenüber den Engländern. Das heißt, so wie es aussieht, steckt unsere arme Mary in einer Zwickmühle, könnte man sagen."

„Du lieber Gott!", Simon schlägt die Hände vors Gesicht und wirft dann den Kopf zurück, um nachzudenken. Er atmet tief durch. „Was um alles in der Welt soll ich dann mit ihr anstellen? Ich kann nicht auf dem Anwesen bleiben, und ich kann sie hier nicht alleine und wehrlos zurücklassen. Wenn Sie, ein Schweizer Staatsbürger und Arzt, ihr keinen Schutz gewähren können, dann werde ich wie ein Magnet ihren Untergang anziehen."

Draußen auf den Straßen ist es still, wie gewöhnlich zu dieser Nachmittagsstunde, wenn die meisten Menschen Siesta halten oder drinnen bleiben, um der stechenden Hitze zu entkommen.

Ab und zu ist das Quietschen eines Fahrrads zu hören, mit dem ein Arbeiter nach Hause zum Mittagessen fährt. Aber ansonsten ist alles so still und friedlich, dass Simon sich plötzlich fragt, ob er nicht so lange obsessiv an Krieg gedacht hat, dass er jetzt anfängt, dessen Gespenst überall zu sehen. Vielleicht hat Dr. Berger ja recht. Vielleicht existiert die Bedrohung eines totalen Kriegs ja wirklich nur in seinem Kopf.

Vielleicht heißt das ja die Hosen voll haben. Nicht zitternd und bebend und brüllend durch die Gegend rennen, sondern dieses äußerlich ganz ruhige sich Hineinsteigern in einen Zustand von Angst, die so groß ist, dass man den Kontakt zur Realität verliert.

Der Doktor schlägt die Beine übereinander, als Zeichen dafür, dass er eine Lösung gefunden hat, und hebt an zu sprechen:

„Ich will Ihnen was sagen", beginnt er in seiner behäbigen und direkten Art, „Sie erinnern sich, als Sie das erste Mal wegen Mary bei mir waren, ja? Sie erinnern sich, dass ich Ihnen damals sagte, wenn der rechte Zeitpunkt gekommen wäre, sollten Sie sie mit jemandem verheiraten? Ja, erinnern Sie sich. Vielleicht ist ja jetzt der rechte Zeitpunkt. Verheiraten Sie sie mit jemandem, der sie schützen kann."

„Sie verheiraten? Mit jemandem – Sie meinen, ich solle mir einfach irgendwo einen Mann greifen und –?"

Simon schüttelt fassungslos den Kopf. Das scheint ihm eine absonderlich herzlose Idee, das Mädchen einfach so mit irgendeinem Fremden zu verheiraten.

„Und mit wem sollte ich sie wohl verheiraten? Wie Sie selbst gesagt haben, brauchen gerade die Chinesen und die Eurasier dringend Schutz."

„Dann darf es also weder ein Chinese noch ein Eurasier sein", entgegnet der Doktor mit unbestreitbarer Logik. „Es muss entweder ein Inder oder ein Malaie sein. Die lassen die

Japaner offenbar in Ruhe. Ich nehme an, ich würde das ebenso halten, wenn ich an ihrer Stelle wäre. Sie werden schließlich ein paar Verbündete brauchen, wenn die Briten ihre Truppen zusammen haben und zurückkommen."

Simon sagt nichts. Ein Inder? Er denkt an die Inder, die er kennt. Unwillkürlich schüttelt er sich. Er ist keineswegs ein Rassist, er hat absolut nichts dagegen, sich mit jedem Inder auf ein Bier hinzusetzen, aber Mary mit einem von ihnen verheiraten? Er schließt die Augen vor Schmerz bei der Vorstellung ihres schlanken weißen Körpers in der feisten Umarmung so eines –. Nein. Niemals. Unvorstellbar, auch nur darüber nachzudenken. Er reißt sich zusammen.

Aber selbst wenn er in der Lage wäre, über diese Frage nachzudenken, wer käme denn dann als Ehemann für Mary in Frage? Die Zapfer sind undenkbar. Einer der Schreiber? Bei dem Gedanken spürt er ihren Curry-Atem im Gesicht. Vielleicht Dr. Chacko, der Bezirksarzt? Er ist noch nicht verheiratet, wiewohl in seinen Vierzigern, und wirkt weltläufig und zivilisiert genug. Aber heißt es nicht, dass Dr. Chacko nur deswegen all diese Jahre unverheiratet geblieben ist, weil er bislang nicht die Art von Mitgift angeboten bekommen hat, die er als seiner Position und seinem Status angemessen empfindet? Doch, da gab es einmal ein Angebot von der Familie eines Lehrers aus Ioph. Die Tochter war auch Lehrerin. Aber auch sie war nicht gut genug für Chacko gewesen. Der Fairness halber muss man zugeben, dass Chacko immerhin ein Stipendium der Königin gehabt hatte.

„Also einen Malaien?", fragt er dann tastend, als hätte er die ganze Zeit schon laut gesprochen und Dr. Berger hätte all seine Gedanken über die Unmöglichkeit gehört, für Mary einen passenden indischen Ehemann zu finden.

„Das wäre eine Möglichkeit", sagt Dr. Berger. „De facto ist es vielleicht sogar eine sehr gute Idee. Diese Malaien haben alle irgendwo ein *Kampung*, wohin sie zurück können, von denen muss keiner verhungern. Wie es so schön heißt: Sitzen unter der Kokospalme und warten bis die Nüsse runterfallen. Ha! Aber im Ernst, vielleicht ist es wirklich keine so schlechte Idee. So viel ich gehört habe, haben die Japaner sie gut behandelt und ihnen sogar versprochen, sie wieder zu Herren in ihrem eigenen Land zu machen."

Auf dem Nachhauseweg studiert Simon Yusufs Hinterkopf mit noch nie dagewesenem Interesse. Es ist ein jugendlicher Kopf, von dem unter dem *Songkok*, den er immer trägt, feines Haar resch absteht. Er versucht Yusuf einzuordnen. Der hat vor zwei Jahren auf Empfehlung seines Onkels Othman, einem der *kepalas*, dem Vorarbeiter des Anwesens, angefangen, als Fahrer auf der Plantage der Templetons zu arbeiten. Jock hatte ihn als loyalen, harten Arbeiter geschätzt.

Aber ist er schon verheiratet, fragt Simon sich. Yusuf muss gegen Ende zwanzig sein, und für malaiische Männer ist es sehr ungewöhnlich, in diesem Alter noch unverheiratet zu sein. Anders als die Briten in Malaya glauben sie an frühe Ehen. Jung gefreit nie bereut, so was in der Art.

„Bist du verheiratet, Yusuf?", fragt Simon den emotionslosen Hinterkopf vor ihm und sieht Yusufs verblüfften Blick im Rückspiegel.

„Meine Frau ist vor acht Jahren im Kindbett gestorben", sagt Yusuf.

„Nie daran gedacht, wieder zu heiraten?"

„Doch, schon, aber nicht ernsthaft."

„Warum nicht?"

Yusuf lächelt. Sieht eigentlich ganz gut aus, wenn er lächelt, denkt Simon.

„Ich habe meine Frau sehr geliebt. Wir sind zusammen aufgewachsen. Deshalb kam es mir lange Zeit zu früh vor, noch einmal zu heiraten. Und jetzt" – und dabei zuckt er auf fast französische Weise die Achseln – „jetzt ist es zu spät."

„Was hast du vor, falls die Japaner hier herkommen?"

„Ich weiß nicht. Einem der malaiischen Regimenter beitreten. Oder aber..."

„Oder aber?"

„Oder aber ich gehe zurück in mein Kampung und kümmere mich um meine Eltern."

Guter Mann, denkt Simon. Loyaler Untertan. Treuer Gatte offenbar. Und ein guter Sohn. Und sieht auch nicht schlecht aus. Steck ihn in einen anständig geschnittenen Anzug, und er kann durch London gehen, ohne Aufsehen zu erregen. Anders als dieser komische Kauz, dieser Gandhi mit seinen Bettlaken und nackten Füßen!

Simon blickt aus dem Fenster, wo die säuberlichen Reihen von Gummibäumen vorbeihuschen. Er nimmt kaum etwas wahr. Er ist tief in Gedanken. Schließlich tippt er Yusuf auf die Schulter und sagt: „Fahr mich zum Haus des alten Tuan."

Der Bungalow oben auf Jocks Hill wirkt wie ein Haus, dessen Eigentümer verreist ist. Alles ist sauber, wohlgeordnet und still. Beim Aussteigen sagt Simon zu Yusuf, er solle Mary zu ihm schicken. Er tritt ein, geht direkt ins Esszimmer und gießt sich ein Glas *stengah* aus dem Dekanter ein, der auf dem Sideboard steht.

Mary kommt lautlos wie immer ins Zimmer und bleibt an der Tür stehen.

„Komm rein, mein Kind, komm rein." Simon winkt sie in den Raum herein und deutet vage auf einen der Stühle am Esstisch. Zugleich zieht er selbst einen weiteren vor und setzt sich darauf.

Draußen zwitschert ab und zu ein schläfriger Vogel. Plötzlich fängt der Neujahrsvogel, wie Simon ihn nennt, auf seine unmusikalische, beharrliche und peinigende Art an zu pfeifen. Wie ein

Kind, das erste Versuche unternimmt zu pfeifen. Nein, eher wie das dämliche Gepfeife, das die jugendlichen Nichtstuer im Rex-Kino in Kota Banir jedes Mal anstimmen, wenn ein junges Mädchen den Saal betritt. Simon nennt das Tier den Neujahrsvogel, weil er sich offenbar nur zwischen Dezember und Februar hören lässt und nie zu irgendeiner anderen Zeit des Jahres.

Irgendwann hört der Vogel mit seinem höhnischen Singsang auf, und die merkwürdige Stille, die sich bei Sonnenuntergang über das Land legt, breitet sich über das Haus. Die Fenster sind alle geschlossen wegen der Moskitos, obwohl Simon gehört hat, dass die Malaien ihre Fenster und Türen schließen, um den bösen Geistern keinen Einlass zu gewähren, die zu der Stunde umgehen, wenn der Tag zur Nacht wird. Bald schon, weiß er, wird die Nacht sich über sie senken wie ein spielendes Kind mit einer großen Decke. Ein kurzer Moment Dämmerung, dann Dunkelheit.

„Mary", hebt er an, ohne recht zu wissen, wie er weitermachen soll.

„Mary", sagt er noch einmal und improvisiert dann einfach weiter, wobei er langsam spricht, als sei sie schwerhörig, „Du hast bestimmt davon gehört, dass die Japaner in Kedah und jetzt in Penang einmarschiert sind. Ich befürchte, dass sie als nächstes hierher kommen. Natürlich ist es möglich, dass wir hier in Sicherheit sind, weil wir uns so weitab von den großen Städten befinden. Aber sicher können wir da nicht sein. Deshalb werde ich dich jetzt um eine Sache bitten. Mag sein, dass der Gedanke dir zunächst missfällt, aber ich möchte, dass du ernsthaft darüber nachdenkst, denn es ist zu deinem eigenen Besten.

Du weißt, dass die Japaner in Penang den Frauen und Mädchen schreckliche Dinge angetan haben, vor allem den Chinesinnen und Eurasierinnen. Nun, ich weiß nicht, ob du Chinesin oder Eurasierin bist..."

Er unterbricht sich, weil er sieht, dass Mary bei dem Wort

‚Eurasierin' tiefrot anläuft. Sie muss eine Chinesin sein, denkt er. Nur die Chinesen sind so empfindlich, was Mischlinge betrifft. Obwohl... Und er muss an seinen Vater denken, der sein ganzes Leben damit verbracht hat, so zu tun, als sei er vollständig englisch, wobei ihn seine vollkommen englische Mutter tatkräftig unterstützte...

„Aber", fährt er fort, „in jedem Fall ist es hier nicht sicher für dich, vor allem nicht alleine. Du musst irgendwo hingehen, wo du in Sicherheit bist. Am besten wäre es, wenn du verheiratet wärst."

Bei dem Wort ‚verheiratet' zuckt sie zusammen und errötet von neuem.

Das fängt an, kompliziert zu werden, denkt Simon. So ungefähr muss es sich anfühlen, wenn du als Vater mit deiner Tochter über gewisse Dinge im Leben sprichst. Bloß von welchen gewissen Dingen redet er? Ist sie denn nicht all diese Monate Jonathans Geliebte gewesen? Also fährt er fort, ein wenig schonungsloser als zuvor.

„Genau, verheiratet. Und zwar mit einem Malaien, weil ausschließlich ein Malaie dir Schutz vor den Japanern gewähren kann." Er wartet, bis sie den Sinn seiner Worte verstanden hat. Aber sie starrt nur auf ihre vor sich auf dem Tisch verschränkten Arme.

„Ich möchte bestimmt nicht, dass du mich für aufdringlich hältst, aber mir fällt nichts anderes ein, um deine Sicherheit zu gewährleisten. Ich glaube, ein guter Mann zum Heiraten wäre Yusuf. Nein, Nein!" – Er hebt rasch die Hand, um sie zu beruhigen, denn sie fährt auf und starrt ihn an, wie vor den Kopf geschlagen und errötet auch wieder. – „Nein, ich habe nichts zu ihm gesagt. Aber er scheint mir ein guter Mann zu sein. Sehr harter Arbeiter, sehr intelligent und sehr treu. Seine Frau ist vor etwa acht Jahren gestorben, und er hat nicht daran gedacht sich wieder zu verheiraten, obwohl er bestimmt viele Gelegenheiten dazu gehabt hätte. Wenn du einverstanden bist, werde ich ihn bitten, dich zu heiraten und sich um dich zu kümmern, zumindest bis die Briten wieder zurückkommen."

Er erkennt die Frage in ihren Augen und fährt zartfühlender fort.

„Nein, ich habe noch nichts von Tuan Jonathan gehört. So weit ich weiß, ist er noch immer in Singapur, aber mit den Japanern hier überall wird es schwierig für ihn werden zurückzukommen. Wenn die britischen Soldaten kommen und die Japaner weg sind, wird er natürlich zurückkommen. Dann können wir, wenn du möchtest, das Notwendige tun, damit du dich von Yusuf scheiden lassen kannst, und die Dinge werden wieder so sein wie vorher. Verstehst du, was ich da sage?"

Sie nickt und blickt rasch wieder zu Boden.

„Und, was meinst du?", fragt Simon. „Soll ich mit Yusuf reden? Wir haben nicht sehr viel Zeit. Die Japaner sind jetzt in Kedah und Penang. Der nächste Distrikt, in den sie kommen werden, ist Perak. Und das ist hier."

Sie blickt auf, und ihre Augen treffen sich für einen Moment, bevor sie sich abwendet, um sich auf die hölzernen Jalousien vor den Fenstern links von ihr zu konzentrieren.

Was mag sie da sehen, fragt sich Simon. Dann wird ihm klar, dass sie weint. Ganz ruhig, ohne Geräusch, ohne Zittern. Nur die plötzliche Feuchtigkeit auf ihren Wangen lässt ihre Traurigkeit erahnen. Einen kurzen Augenblick lang begreift Simon, wie trostlos es ist, eine Frau zu sein. Sie hat keine Wahl.

Er steht auf, umrundet den Tisch und stellt sich hinter sie. Dann legt er die Hände auf ihre Schultern und sagt freundlich: „Es ist brutal. Ich weiß. Du brauchst dich auch jetzt nicht zu entscheiden. Morgen oder übermorgen ist ebenso gut."

Er steht da und hält ihre Schultern, als könne das fragile Knochengerüst andernfalls in sich zusammenfallen und zu Boden stürzen. Und sie, als wäre sie dank dieser Berührung nun sicherer, nicht zusammenbrechen zu müssen, gestattet sich die ersten Schluchzer. In diesem Augenblick ertönt wie ein Kontrapunkt zu ihren Schluchzern und Seufzern ein entferntes Getrommel, das von der *Surau* des Anwesens kommt, und dann erklingt die Stimme des Muezzins, der die Gläubigen zum Gebet ruft, und steigt mit ihrer eigentümlichen seelenvollen Schönheit zum Himmel hinauf, während die Dämmerung über das ganze Anwesen fällt und die nächtliche Stille einsetzt.

Am nächsten Tag fällt die Entscheidung. Der Kathi aus Kota Banir wird gebeten zu kommen und alles Notwendige zu tun, damit Mary zur Moslemin wird und Yusuf heiraten kann.

Sobald das Problem von Marys Sicherheit gelöst ist, trommelt Simon seine Vorarbeiter zusammen und gibt ihnen ihre Anweisungen. Die Zapfer und Hilfsarbeiter sollen ihre Löhne ausgezahlt bekommen, einschließlich einer Weihnachtsgratifikation und einem Vorschuss für den nächsten Monat. Der indische *kepal*a soll den indischen Zapfern mitteilen, dass die Japaner ihnen nichts antun werden, vorausgesetzt, sie begehen keine Dummheiten. Der chinesische *kepala* soll den chinesischen Zapfern und Arbeitern des Rauchhauses sagen, in ihre Dörfer zurückzukehren oder sich im Dschungel zu verstecken, bis die britischen Soldaten da sind. Der malaiische *kepala* soll die Malaien anweisen, nach Hause in ihre Kampungs zu gehen.

Als sie fort sind, um seine Befehle auszuführen, setzt sich Simon alleine ins Büro und überlegt, was als Nächstes zu tun ist. Und dann macht er sich daran, es zu tun.

Er fährt das Templetonsche Auto, in dem sich noch alle Einkäufe befinden, zu seinem Bungalow. Dort wirft er einige Kleidungsstücke in eine Reisetasche, stopft die Tasche in den Wagen und fährt hinauf zum Templeton-Bungalow. Der wird für eine Weile zu seinem Hauptquartier werden.

In den folgenden Tagen fährt er, während die Arbeiter sich auf ihre Evakuierung vorbereiten, jeden Morgen ins Büro, ganz als gehe er zur Arbeit, verbrennt systemisch alle Papiere und setzt alle Maschinen lahm. Dazu braucht er sehr viel länger als geplant. Als er seine ganz persönliche Politik der verbrannten Erde schließlich abgeschlossen hat, ist Weihnachten gekommen und gegangen, und die Japaner sitzen in Ipoh.

Die Tatsache, dass die Japaner einen Bogen um Kota Banir gemacht haben, lässt ihn in seinen Tätigkeiten innehalten. Vielleicht ist es gar nicht nötig weiterzumachen. Und bestimmt sind die britischen Truppen mittlerweile eingetroffen. Er lässt es also ein bisschen schleifen in diesen letzten Tagen des Jahres 1941 und feiert alleine Sylvester mit den Dosen und den Whiskyflaschen, die er gehortet hat. Aber dann rüttelt ihn die Nachricht, dass Kuala Lumpur besetzt ist, wieder auf, und er beginnt den letzten Teil seines Planes auszuführen.

Als Singapur schließlich fällt, hat Simon unter dem Bungalow eine grobe Mauer hochgezogen, die einige Fuß entfernt parallel zu der Grundmauer verläuft, die unter der Küche im Erdgeschoß liegt, so dass sich ein schmaler, langer Gang ergibt. Dort hinein verstaut er alle Wertgegenstände, die er im Bungalow der Templetons finden kann. Dann mauert er beide Eingänge des Tunnels zu und verwandelt ihn so in einen versiegelten Keller.

Schließlich verstaut er alles für eine Existenz im Dschungel Überlebensnotwendige in einem Rucksack, einschließlich der beiden identischen Revolver, die er für Jock und sich selbst gekauft hat, als er zum ersten Mal nach Malaya kam, und wandert dann östlich von Jocks Hill in den Dschungel hinein.

YUSUF
Juli 1942

Yusuf läuft hinaus in die Nacht, seine Füße finden den Weg zum Haus der Hebamme von alleine. Seine Nervenenden spüren die Welt um ihn herum so intensiv, dass er eher fühlt als sieht, wie der Mond hinter Wolkenfetzen auftaucht und wieder verschwindet und über den Himmel eilt, um Schritt mit ihm zu halten. Die Wedel der Kokospalmen winken wild im auffrischenden Wind, glitzern und schimmern wie Säbel, die aufeinander schlagen und deren Klingen gegeneinander schrappen. Bäume und Büsche, deren Laub in alle Richtungen zu entkommen trachtet, wogen in einem irren Kaleidoskop aus Schwarz, Silber und Grau wild umher.

Heute Nacht ist die Welt lebendig, denkt Yusuf, während er durch den pfeifenden Wind und das rauschende Laub rennt. Und so soll es auch sein. Denn heute Nacht gebärt Puteh, seine Frau, sein Baby.

Die Wehen hatten gegen elf begonnen, aber er hätte nichts davon mitbekommen, hätte sie ihn nicht an der Schulter gerüttelt, um ihn aufzuwecken, auf ihren geschwollenen Bauch gedeutet und ihm verzweifelt zugenickt, um deutlich zu machen, dass das Baby soweit war. Er muss sich in solcher Eile angekleidet haben, dass er keinerlei Erinnerung daran hat. Das Einzige, was er weiß, ist dass er aufgewacht ist, ihr schmerzverzerrtes Gesicht gesehen hat und im nächsten Augenblick durch die Nacht gerannt ist, um Makcik Zainab zu holen, die Hebamme, die in Kampung Banir Hilir lebt. Er muss rechtzeitig bei ihr sein, davon hängen Putehs Leben und das Leben des Babys ab.

Nein, nein, er darf jetzt nicht an Nora denken, seine Jugendliebe und Ehefrau, die im Kindbett gestorben war, weil er die Hebamme nicht rechtzeitig holte, weil er nicht gewusst hatte, wie kompliziert eine Geburt sein konnte, weil er auf seine Mutter gehört hatte, die ihm gesagt hatte, dass erste Kinder immer lange brauchten und er sich Zeit lassen könne. Zeit wofür? Es gab nichts anderes, was er hätte tun müssen an diesem Tag, aber er hatte sich Zeit gelassen, und als er dann endlich zurückkam mit Makcik Zainab, da war Nora so schwach und erschöpft, dass ihr die Anstrengung, das Baby ans Licht zu pressen, ihm die Atemluft zu verschaffen, um die es rang, und ihr selbst die Möglichkeit zu geben weiterzuleben und das Kind aufwachsen zu sehen, nicht mehr gelang.

Sie war gestorben, das Gesicht nass vor Schweiß und Tränen, der Kopf des Babys noch immer in ihr, erwürgt von der eigenen Nabelschnur. Es gab nichts, was Makcik Zainab hätte tun können. Als alles viel zu spät war, sagte sie ihm, dass Nora hätte schon Monate vorher zu dem weißen Doktor in Kota Banir gebracht werden müssen, um das Baby in ihrem Leib zu drehen und um sie zu beobachten, falls eine Operation notwendig würde.

Kurz darauf hatte er sein Kampung verlassen und war nach Kota Banir gegangen. Es war ihm unmöglich geworden, seiner Mutter noch länger in die Augen zu sehen. Er war wütend, so über alle Maßen wütend. Wütend auf die Unwissenheit, die ihn umgab und die zum Tod seiner Frau und seines ungeborenen, nein: halb geborenen Kindes geführt hatte. Es sei der Wille Allahs gewesen, hatte man ihm zum Trost gesagt. Aber dieser Gedanke tröstete ihn nicht. Er fand ihn blasphemisch.

War es der Wille Allahs, dass die Leute so selbstgenügsam in ihrer Unwissenheit verharrten? War es der Wille Allahs, dass sie so gar keinen Zugriff auf ihr eigenes Leben haben sollten? War es der Wille Allahs, dass sie ihr Leben lang hin und her taumelten zwischen Fatalismus und abergläubischen Ängsten? Dass sie in der einen Sekunde die Hände ausbreiteten und sagten, es liege alles in der Hand Gottes, und in der nächsten in wahnhafter ritualistischer Aktivität umher rannten, um sich vor jedem zufällig des Wegs kommenden bösen Omen zu schützen, das Pech und Unglück vorhersagte?

Nein, er beschloss herauszufinden, warum Makcik Zainab gesagt hatte, er hätte den Doktor in Kota Banir aufsuchen sollen. Was wusste der weiße Mann, was sie nicht wusste?

Als Knabe hatte er gelernt, den Koran zu lesen. Er war mit dem Ustaz das gesamte Buch durchgegangen und hatte sich durch alle Lektionen und Interpretationen durchgekämpft. Das Heilige Buch enthielt angeblich alles, was es über das Leben zu wissen gab. Aber es stand kein Wort darin über Nabelschnüre, die ein Kind im Mutterleib erdrosselten und damit dieses Kind und seine Mutter zugleich töteten.

Alles, was gut ist, kommt von Allah, hatte man ihm gesagt, alles, was schlecht ist, kommt vom Menschen selbst. Aber was hatte er getan, was vor allem hatte Nora getan, was einen derart brutalen Raub von allem, woran sie beide hingen, gerechtfertigt hätte? Nein, da fehlte etwas in seiner Bildung. Er musste herausfinden was. Vielleicht war der Ustaz in Banir Hilir schon zu alt. Vielleicht hatte er, Yusuf, nicht gut genug gelernt. Vielleicht musste er sich noch einen anderen Lehrer suchen. Vielleicht musste er von den Weißen lernen.

Und so war er nach Kota Banir gekommen. Er war ins Haus des Doktors gegangen und hatte dort nach Arbeit gefragt. Aber der Doktor bot keine Arbeit an. Vielleicht meinte er auch, dass es bei ihm keine Arbeit gebe, die Yusuf tun könne. Also war Yusuf zu seinem Cousin gegangen, der in Bagan China lebte, dem Fischerdorf auf der anderen Seite des Banir-Flusses. Dort, während er bei seinem Cousin lebte und auf dem Boot aushalf, stellte er fest, dass er ein Händchen für Motoren aller Art hatte.

Bald kamen sogar die chinesischen Fischer und brachten ihm ihre Bootsmotoren zum Reparieren. Von den Bootsmotoren war es nur ein kleiner Schritt zu Automotoren, und durch die Beschäftigung mit Automotoren lernte er Autofahren.

Er hätte dort bleiben können bei seinem Cousin und glücklich weiterhin auf dem Hof an den Motoren rumbasteln, die Auto- und Bootsbesitzer ihm zum Reparieren da ließen. Er hatte das Gefühl, dass er hier dem Geheimnis des weißen Mannes näherkam. Ein Motor, eine solche komplexe Kombination vieler einzelner Teile, konnte mit einem Schlag zum Leben erwachen und Boote durchs Wasser pflügen oder Autos mit hoher Geschwindigkeit die Straßen entlang fahren lassen.

Aber dann kam die Rezession, und die weißen Männer, die Autos hatten, konnten es sich entweder nicht mehr leisten, sie zu fahren, oder sie konnten es sich nicht mehr leisten, ihn für seine Reparaturen zu bezahlen. Es wurde schwieriger und schwieriger, der Frau seines Cousins in die Augen zu sehen, wenn er sich an den gedeckten Abendessenstisch setzte, im Wissen, dass er nicht so viel zum Haushaltsgeld beisteuerte, wie er hätte sollen.

Dann war sein Cousin eines Tages nach Hause gekommen und hatte erzählt, dass sein Vater, Othman, der als *kepala* auf dem Anwesen der Templetons arbeitete, ihm gesagt hatte, der große Tuan Templeton hätte sich ein neues Auto gekauft und wäre auf der Suche nach einem Chauffeur. Am nächsten Tag schon war Yusuf zum Anwesen gegangen. Der große Tuan sprach kurz mit ihm, fragte ihn ein wenig über Motoren und Autos aus und gab ihm den Job. Er sollte ein großes, schwarzes Auto steuern und bekam dazu eine Uniform aus einem weißen Baumwollhemd, weißen Hosen und einem schwarzen Songkok.

Es war eine schicke Uniform, und es war ein angenehmer Job, ganz anders als sein Job als selbständiger Mechaniker. Zunächst einmal war alles sauber und ordentlich. Er bekam eine saubere und ordentliche Unterkunft in einer sauberen und ordentlichen Reihe ganz ähnlicher Quartiere wie das übrige Dienstpersonal auf der Rückseite des Bungalows des großen Tuan. Seine Arbeit bestand hauptsächlich darin, das Auto, seine Uniform und sich selbst sauber und ordentlich zu halten, damit er den großen Tuan in einem sauberen und ordentlichen Rhythmus zu seinen wöchentlichen Besuchen im Kota Banir Club, dem Lido Hotel samt Restaurant, dem Kota Banir Buchclub, dem Rex-Kino und ab und zu zum Bahnhof bringen konnte. Später wurde er auch allein auf Botengänge geschickt, Besorgungen, die das Ihre zum sauberen und ordentlichen Leben des großen Tuan beisteuerten: Briefe und Pakete auf dem Postamt von Kota Banir aufgeben oder abholen oder Schecks zur Bank bringen.

In dieser Routine glaubte er etwas von dem Geheimnis zu entdecken, das den weißen Mann befähigte, Motoren und Bootsmotoren, Autos, Lokomotiven, ja sogar Flugzeuge zu erfinden. Es war seine Disziplin, die ihm solche Macht verlieh. Und Dinge wie Disziplin und Routine verstand er perfekt, denn waren das nicht ähnliche Konzepte wie die Pflicht, fünfmal am Tag zu festgelegten Zeiten zu beten?

Doch. Es hatte alles mit der Zeit und dem Universum zu tun. Wahrlich hatte Allah das Universum für die Erbauung und den Genuss der Menschen erschaffen. Ja, das war der Schlüssel, um die Geheimnisse des Lebens zu verstehen. Denn der Mensch muss in seiner Demut lernen, dass Gottes Universum sich nach seinen Gesetzen bewegt, und der Mensch muss sich im Einklang und im Takt mit diesem Universum bewegen. Dann würden alle Kräfte, die in ihm schlummern, freigesetzt, um die großen Dinge zu tun, die er nie für möglich gehalten hätte. Ist das alles nicht so wie Reis zu pflanzen? Gibt es nicht auch da eine richtige Zeit und einen rechten Moment, um dies oder jenes zu tun, wenn man eine reiche Ernte einfahren will? Also muss der Mensch mit der Sonne aufstehen und während des Tages ein Pensum leisten, das im Einklang und im Takt mit der Art ist, in der die Welt sich dreht, ganz gleich, ob es um die Welt der Natur oder die Welt des Handels geht. Dies ist ganz bestimmt eines der Geheimnisse des weißen Mannes.

In seiner neuen weißen Uniform hatte Yusuf bei seinen Freunden in Kota Banir und Bagan China ein höheres Ansehen gewonnen. Er sah in ihren Augen ein gewisses Quantum an Neid, Respekt und Bewunderung. Selbst die chinesischen Fischer, die ihn immer angebrüllt hatten, während er ihre Motoren reparierte, redeten jetzt weniger laut und in respektvollerem Ton mit ihm. Und wie denn auch nicht? War er nicht der Chauffeur des wichtigsten Tuans im Distrikt? Und sollte er den Tuan je von einem Ende seines Landes zum anderen fahren, dann würde das wahrscheinlich mindestens einen ganzen Vormittag dauern.

Allein schon der Gedanke bereitete ihm Vergnügen. Aber er hatte darauf geachtet, seinen Freunden nicht den Eindruck zu vermitteln, er sei stolz und halte sich für etwas Besseres. An seinen freien Tagen besuchte er sie auch weiterhin, übernachtete bei seinem Cousin und half ab und zu auf dem Boot aus oder reparierte Motoren. In sein Kampung konnte er nur in längeren Urlauben gehen, wie an den Hari Raya Puasa-Festtagen. Und dann wurde er gefeiert wie ein Eroberer. Zumindest von den jungen Männern.

Die älteren Leute, die sorgenvoll mitansahen, wie seine Eltern immer älter wurden, hatten oft schon Bemerkungen fallen lassen, er solle nach Hause kommen und in den Reisfeldern mithelfen. Aber er wusste, dass er dazu niemals in der Lage sein würde. Es war nicht die harte Arbeit. Vor harter Arbeit war er nie zurückgeschreckt. Nein, es war die Erinnerung an Nora und die Umstände, die zu ihrem Tod geführt hatten. Es war auch das Bewusstsein, dass er, was immer es war, das er in der Stadt suchte, noch nicht gefunden hatte. Was genau das sein sollte, wusste er selbst nicht, aber er war sich sicher, es eines Tages zu finden. Dann vielleicht würde er zurück ins Kampung gehen und – wer weiß – eine Schule erbauen, eine richtige Schule, um den Jungen und Mädchen des Kampung alles beizubringen, was er in der Welt des weißen Mannes gelernt hatte.

Bis jetzt war er beeindruckt von dem, was er von den weißen Männern auf dem Anwesen gesehen hatte. Es herrschte eine Freundlichkeit und ein Anstand bei ihnen, die bestätigten, was man ihm beigebacht hatte. Gewiss, von manch einem, den er in Kota Banir getroffen und gesprochen hatte, hatte er auch gehört, dass manche Weißen unhöflich, grausam und tyrannisch sein konnten. Aber solche Geschichten bestärkten ihn nur in seinem Glauben an die Weisheit und Güte des großen Tuan Templeton, des Tuan Simon, und später des jungen Tuan Jonathan. Gut, anständig und gerecht, das waren sie. Ganz besonders Tuan Simon, der nach dem Tod des großen Tuan und dem Verschwinden des jungen Tuan in Singapur dafür gesorgt hatte, dass das Auskommen eines jeden auf dem Anwesen weiterhin gesichert war. Und ihm Mary, die er lieber Puteh nennt, als Braut zu geben, war wirklich eine große Ehre.

Denn war sie nicht die schönste und begehrenswerteste Frau auf dem ganzen Anwesen? Sie hätten sie für sich selbst behalten können, aber sie taten es nicht. Und um sicherzugehen, dass sie während des Krieges in Sicherheit vor den japanischen Soldaten wäre, hatten sie sie in seine Obhut gegeben. Schon richtig, sie kann nicht sprechen, aber Tuan Simon hat ihm versichert, dass das nichts mit einer Geistesschwäche zu tun hat oder weil sie taub wäre. Es war eine in der Kindheit erlebte Furcht, die sie hat verstummen lassen. Wer weiß, vielleicht wird sie eines Tages durch die Gnade Allahs wieder sprechen lernen. Vielleicht wenn das Baby da ist. Ja, vielleicht wird sie, wenn das Baby da ist, wieder sprechen wollen, damit das Baby lernen kann zu sprechen.

Bis dahin, denkt er, ist es ganz wunderbar, eine Frau zu haben, die die Gabe des Schweigens besitzt, und er erinnert sich an seine Mutter, die so permanent an seinem Vater herumnörgelte, dass der sich, wann immer möglich, in die Reisfelder flüchtete, um seine Ruhe vor ihr zu haben. Und später, ja später, da war er bis zur Grenze von Keda geflohen und hatte sich von da eine andere Frau mitgebracht, viel jünger, eine halbe Thai, hieß es, und seine Mutter hatte ihn aus dem Haus gejagt, und er musste sich ein anderes Haus bauen, weit entfernt genug vom ersten, um peinliche Begegnungen zwischen den zwei Frauen zu vermeiden, aber nah genug an seinen Feldern, um sie bestellen zu können.

Denn schließlich war es eine kostspielige Angelegenheit, zwei Familien zu unterhalten. Vor allem, wenn die zweite Frau sich dann als fünfmal fruchtbarer herausstellte als die eigene Mutter, obwohl man der Fairness halber sagen musste, dass seine Mutter nach seiner Geburt nicht mehr die Möglichkeit hatte oder sie bekam, weitere Kinder in die Welt zu setzen. Sie hatte sich von den meisten anderen Menschen im Kampung distanziert, um die Scham zu verbergen, die sie als abgelegte Ehefrau empfand. Vielleicht wusste sie deshalb so wenig über die potentiellen Gefahren einer Geburt.

Jetzt, da er im Licht dieser neuen Konstellation an sie denkt, empfindet er ungewohntes Mitleid mit seiner Mutter. Nein, es war nicht ihre Schuld. Wie alt war sie denn bei seiner Geburt gewesen? Noch keine fünfzehn. Und wie alt ist sie jetzt? Kaum fünfundvierzig. Aber sieht natürlich sehr viel älter aus. All die Jahre voller Unglück und Bitterkeit haben ihren Tribut gefordert. Auch geistig, denn als er jetzt mit Puteh zurück ins Kampung kam, ist sie kurz darauf aus dem Haus ausgezogen, um am Rande des Dschungels alleine zu leben, in der Ruine einer alten Hütte, die sein Vater als provisorische Unterkunft benutzt hatte, wenn er die Felder bestellte oder in seinem kleinen Obstgarten während der Duriansaison darauf wartete, dass die Durians zu Boden fielen. Sie meinte, sie habe sich daran gewöhnt, alleine zu leben.

Es gab wenig, was Yusuf hätte tun oder sagen können, damit sie wieder nach Hause kam. Zunächst hatte er sich geärgert und fühlte sich Putehs wegen gekränkt, aber mittlerweile hat er sich an den Gedanken gewöhnt und findet die Situation sogar einen Segen. Aber nein, was hätte eine Frau wie seine Mutter über das Kindbett und seine Gefahren wissen sollen? Und vor allem war Nora seine Verantwortung gewesen, nicht ihre. Wer war er also schließlich, ihr etwas vorzuwerfen?

Aber aus dieser bitteren Erfahrung hatte er gelernt und war während Putehs Schwangerschaft sehr achtsam gewesen. Mit den Japanern in der Gegend war es nicht ganz einfach, aber er hatte darauf geachtet, eine feste Routine für sie zu installieren, und ebenso darauf, diese Routine akribisch einzuhalten. Einmal im Monat brachte er sie zum weißen Doktor nach Kota Banir, auf einem alten Fahrrad, das er in einem Straßengraben gefunden hatte, nachdem die Japaner die Gegend durchkämmt hatten. Puteh saß hinten auf dem Gepäckträger.

Als sie zu dick und schwer geworden war, so dass die Fahrradreifen ihr gemeinsames Gewicht nicht mehr hatten tragen können, sind sie per Anhalter auf Joginder Singhs Ochsenkarren mitgefahren. Puteh saß vorne neben Joginder, während er hinten auf Stapeln von Gummibaumstämmen hockte, die Joginder in die Stadt transportierte, um sie den Japanern zu verkaufen, die Feuerholz für ihre Öfen oder, wie die Leute munkelten, für ihre heißen Bäder brauchten.

Und jetzt ist das Baby unterwegs, mitten in der Nacht. Unmöglich, den Doktor zu holen. Der einzige Mensch, der zu Hilfe gerufen werden kann, ist Makcik Zainab. Ausgerechnet. Instinktiv schickt er ein Stoßgebet um Hilfe und Schutz zum Himmel.

Das Baby kommt in den frühen Morgenstunden zur Welt. Als er den Schrei hört, springt Yusuf von den hölzernen Treppenstufen vor dem Haus auf, auf denen er weggedöst ist und geht hinein. Puteh ist auf dem Bett. Im Näherkommen sieht er, dass sie die Augen nur mit Mühe offenhält. Sie versucht zu lächeln und schläft dabei ein. Er wendet sich zu Makcik Zainab, die das Baby hält und sehr zufrieden dreinschaut.

„Ein feiner Junge ist es“, sagt sie so stolz, als sei sie ganz allein verantwortlich für seine Existenz. „Und weiß. Genauso weiß wie seine Mutter.“

Yusuf tritt näher, um einen Blick auf seinen Sohn zu werfen. Er hat wirklich helle Haut. So hell, dass er geradezu ein Europäer sein könnte. Instinktiv dreht er sich zu Puteh um. Sie hat wirklich sehr helle Haut. Unwillkürlich schiebt er den alten Sarong beiseite, in den das Baby eingewickelt ist, um einen Blick auf sein Haar zu werfen. Aber es ist so gut wie kahl, abgesehen von einem dünnen Flaum fast weißen Haars, das im Licht der Öllampe golden schimmert. Er hebt rasch die Augen zu Makcik Zainab, die ihn gedankenvoll ansieht. Er lächelt ihr glücklich zu.

„Sie müssen müde sein. Soll ich Sie zurück zu Ihrem Haus begleiten?“

„Nein. Es ist bald Tag, da kann ich den Nachhauseweg alleine finden.“

Dennoch begleitet er sie ein Stück Wegs, hört sie aber kaum, während sie munter daher plappert und ihm ab und zu spielerisch einen Ellbogenstoß versetzt, um irgendeinen Satz zu unterstreichen.

„Was ist denn mit Ihnen los, Yusuf? Da kriegt Ihre Frau ein Baby, und Sie haben mir gar nichts davon erzählt.“

„Ich habe sie zu dem weißen Doktor nach Kota Banir gebracht.“

„Oho! Das heißt, hätte es heute Nacht keinen Notfall gegeben, dann hätte ich nie von der Geburt erfahren? Hm – hm, ihr jungen Leute heutzutage! Ihr glaubt nur noch an die weißen

Doktoren. Was soll denn aus uns allen werden, wenn ihr jetzt hingeht und für jede Kleinigkeit den weißen Doktor aufsucht?"

Er lächelt, aber sagt nichts. Sie muss über seine Heirat und Putehs Schwangerschaft Bescheid gewusst haben. Das Kampung ist zu klein, als dass nicht jeder über alles Bescheid wüsste. Aber jetzt ist nicht der Moment, um über alte Rechnungen und altes Unglück zu sprechen. Sie redet weiter:

„Und dann den ganzen Weg nach Kota Banir? Das muss ja mächtig anstrengend gewesen sein, vor allem in den letzten Monaten. Ist ja ein kräftiges Baby, das Sie da haben. Leicht und locker sieben oder acht Pfund. Scheint mir auch sehr gesund zu sein. Sie müssen zusehen, sich gut um seine Mutter zu kümmern, obwohl ich ja weiß, wie schwer es derzeit ist, anständiges Essen aufzutreiben. Wie sagten Sie noch gleich, wie sie heißt?"

Er sagt es ihr.

„Ah, kein Wunder. Ihre Hautfarbe ist auch wirklich fast weiß. Was für ein Glück, dass das Baby nach ihr kommt und nicht nach Ihnen!" Sie lacht und versetzt ihm einen schelmischen Ellbogenstoß. Dann schweigt sie ein paar Sekunden lang, bevor sie schließlich die Frage stellt, die ihr ganz offensichtlich schon seit geraumer Zeit unter den Nägeln brennt.

„Sie ist keine Malaiin? Sie wollte offenbar nicht mit mir sprechen."

„Nein, sie ist stumm."

Ihre Brauen gehen hoch.

„Ja ja, ich hatte so was in der Art gehört von – na ja, Sie wissen ja, was die Leute so reden. Man kann solche Sachen nicht sehr lange geheim halten, wie Sie wissen. Ich meine, wie Sie beispielsweise diesmal zurückgekommen sind mit einer neuen Braut. Sie haben sich sehr still verhalten zu dem Thema. Gewiss gewiss, mit den Japanern hier und alledem, erwartet ja niemand ein *kenduri* oder etwas dergleichen von Ihnen, aber vielleicht dann doch, wenn alles wieder normal läuft? Und für jetzt sollte ich meinen, dass eine kleine Zeremonie, um danke zu sagen und um Allahs Segen zu bitten, angemessen wäre."

Yusuf kommentiert das nicht und fragt sich stattdessen, wie das wohl möglich sein solle, während Krieg ist und es kaum Nahrung gibt, selbst hier draußen nicht. Er hat gehört, dass es den Leuten in den Städten noch weit schlechter geht. Aber Makcik Zainab will etwas von ihm wissen. Er sieht sie fragend an.

„Wann haben Sie geheiratet?" fragt sie noch einmal.

Er nennt das Datum.

Mittlerweile haben sie das Ende des Pfades erreicht, der von seinem Haus zur Straße führt, und er fängt an, sich Sorgen darüber zu machen, Puteh und das Baby so lange alleine zu lassen. Er bleibt stehen, um deutlich zu machen, dass er sie nicht weiter als bis hierher begleiten wird.

In diesem Augenblick boxt sie ihm heftig auf die Schulter, sieht ihn dazu kokett aus den Augenwinkeln an und beginnt zu lachen, als wolle sie sagen: Du böser, böser Junge!

Stattdessen sagt sie laut: „Ich werfe es Ihnen nicht vor. Sie sind ein gutaussehender Mann, und sie ist eine schöne Frau. Ja ja, wie soll man denn in eurem Alter auch das Feuer der Leidenschaft unter Kontrolle halten? Aber jetzt Sind Sie ja verheiratet und haben ein schönes Baby. Das ist die Hauptsache, und wen interessiert es schon, was die Leute sagen werden?"

Damit lässt sie ihn stehen, winkt ihm noch mit einer Hand zu und geht die Straße hinab in Richtung ihres Hauses.

Yusuf starrt ihr nach, bis sie außer Sicht ist. Was um alles in der Welt meint sie eigentlich? Das Feuer der Leidenschaft kontrollieren? Da war nie irgendein Feuer der Leidenschaft zwischen ihm und Puteh. Nicht so, wie es zwischen ihm und Nora existiert hatte. Oh wie er und Nora sich geliebt hatten, wie sie einander gehalten hatten. Es war, als würde jeder versuchen, unter die

Haut des anderen zu gelangen, für immer ein Teil von ihm zu werden!

Mit Puteh dagegen war es – er weiß nicht recht, wie er das beschreiben soll. Seinerseits war da schon Feuer, ja, aber er hat auch viel verlorene Zeit aufzuholen, und sie ist eine schöne Frau. Aber ist sie je leidenschaftlich gewesen? Nein, die Wahrheit ist, dass sie in ihrer Hochzeitsnacht geweint hat und er so erschüttert von seiner eigenen Gefühllosigkeit gegenüber ihrer Unschuld und Jugend war, dass er seither kaum mehr gewagt hat sie anzurühren. Ja, es war sehr viel anders gewesen mit Puteh, aber dann ist er auch mittlerweile ein sehr viel älterer Mann geworden, und sie ist ein sehr viel jüngeres Mädchen. Sie wird einfach eine gewisse Zeit brauchen, um sich an all das zu gewöhnen. Er lächelt glücklich vor sich hin und dehnt dann die Glieder. Zeit nach Hause zu kommen, denkt er, während er hoch zum Himmel blickt, der sich jetzt rasch aufhellt.

Er entdeckt den Mond, der nur mehr ein blasser Schatten am Firmament ist, fast wie ein durchscheinendes Wölkchen. Automatisch muss er an das letzte Mal denken, als der Mond ihm auffiel, die Nacht seiner Hochzeit mit Puteh. Und auch damals eilte der Mond über den Himmel, genau wie in der letzten Nacht. Aber –

Er bleibt abrupt stehen. Aber das war vor sieben Monaten. Ja. Er rechnet rasch mit den Fingern nach. Doch, sieben Monate.

Und mit einem Mal, während seine Erinnerung in die Vergangenheit rast, um halb vergessene Dinge an die Oberfläche zu holen, scheint die Welt zum Stillstand zu kommen.

Als sei er aus sich herausgetreten und betrachte ein Bild, sieht er sich reglos dastehen wie eine Statue, nicht atmend, umgeben von Bäumen, die sich ebenso wenig bewegen wie die bemalten, ausgesägten Baumkulissen auf einer *bangsawan* Bühne, und aufblicken zu einem Reispapiermond, der unter einem blauen Papphimmel aufgehängt ist. Kein Vogel singt. Kein Blatt bewegt sich. Kein einziger Tautropfen gleitet einen Grashalm hinab. Selbst die Sonne ist im halben Aufgehen festgefroren, und ihre ersten, schwachen Strahlen haben nicht die Kraft, das Grau der nächtlichen Wolken zu vertreiben, die über dem Horizont hängen.

In der Stille dieser erstarrten Morgendämmerung hört er die Stimme Simons wieder, der ihn fragt: „Yusuf, würdest du ein junges Mädchen heiraten, um es vor den Soldaten zu schützen? Würdest du das tun? Oder glaubst du, das würde die Erinnerung an deine Frau beleidigen?"

Und er hört seine Antwort: Doch, das würde er gerne tun, wenn der Tuan glaube, so sei es zum besten.

Ha!

Solch ehrenwerte Worte auf beiden Seiten, mit denen Gefühle von Ehrenmännern ausgedrückt wurden! Beschützer einer jungen, schönen Lady. Aber wer war das, den er da schützen sollte? Und gegen wen? Oder vor was?

Er weiß es nicht. Und die Erkenntnis, dass er es nicht weiß, sinkt wie ein schwerer Stein auf den Grund seiner Eingeweide. Er weiß lediglich, was der Mond ihm gesagt hat. Und was der Mond ihm gesagt hat, wiegt so schwer, dass er sich an einem Baumstamm abstützen muss, um nicht in die Knie zu gehen. Die raue Baumrinde auf seiner Handfläche bringt ihn mit einem Schlag zurück in die Realität, eine Realität, die sich jetzt mit zahllosen Fragen auf sein müdes Gehirn stürzt.

Wenn er nicht der Vater des Kindes ist, wer dann? Wenn er betrogen wurde, dann von wem? Und wen soll er beschützen? Und vor wem? Oder vor was? Das Mädchen vor den Japanern? Oder den weißen Mann vor den Folgen seiner Lust? Und welchen weißen Mann? Tuan Simon? Schwer vorzustellen, dass es Tuan Simon sein sollte. Denn Tuan Simon ist schon lange auf dem Anwesen, und etwas Derartiges ist noch nie passiert. Aber andererseits ist auch noch nie eine Frau so schön wie Puteh oder

Mary, wie sie sie nennen, auf dem Anwesen gewesen. Also doch Tuan Simon?

Oder ist es der junge Tuan, Jonathan? Tuan Jonathan? Ja? Ja? Puteh ist seine Amah gewesen, hat in der Unterkunft hinter seinem Bungalow gelebt, stand zur Verfügung. Tuan Jonathan also? Und war er ihrer dann müde geworden? War das der Grund, warum er nach Singapur gegangen und nicht zurückgekommen war? Ist es Tuan Jonathan? Ist es Tuan Simon? Oder ist es womöglich jemand, den sie kannte, bevor sie auf das Anwesen kam? Jemand aus dem Konvent?

Ya Allah! Gott schütze mich vor meinem Wahnsinn!

Er schüttelt vehement den Kopf. Sein Hirn fängt an, taub zu werden vor Schlafmangel, vor all den Fragen, vor all den anstürmenden Bildern, die er nicht sehen will. Aber er vermag den Ansturm der Fragen nicht zu stoppen, die wie ein Hagel von Pfeilen auf ihn niederprasseln, und jeder von ihnen trifft und verwundet ihn.

Und sie? Warum hat sie geweint, als er das erste Mal Liebe mit ihr machte? Weil sie sich nach dem anderen sehnte? Aber welchem anderen? Wie hatte sie sich verhalten, wenn er, wer immer es war, Liebe mit ihr machte? War sie wie Nora gewesen, die sich nicht hatte zurückhalten können vor lauter Lust und Leidenschaft? Oder war ihr alles gleich?

Aber warum dann die Tränen? Weil er, Yusuf, nur ein Malaie ist und ein Chauffeur? Weil er, Yusuf, nicht weiß ist und kein Tuan? Er schlägt mit der Faust gegen den Stamm.

Der Schmerz ernüchtert ihn und bringt ihn wieder zu sich.

Zu sich.

Dem Hanswurst. Dem Dummkopf. Dem Gutgläubigen. Und er hatte gedacht, er hätte den schönsten Preis erworben. Er hatte sich so geehrt gefühlt, so stolz, so auserwählt.

Für das!

Angeekelt von sich selbst blickt er auf. Um den Himmel selbst anzuspucken – und siehe da: Der Himmel steht in blutroten Flammen von einer blutroten Sonne. Weit weg am Horizont ist die Mauer purpurner Wolken zu den blutbespritzten Zinnen einer fernen Stadt geworden.

Verwundert starrt er in das grausige Licht. Und sieht Männer in wild durcheinander schwärmenden Reihen. Und er hört ihre Schreie nach Blut. Blut! Blut! Vergeltung für Jahre, nein Jahrzehnte der Erniedrigung!

Nein. Sie werden sich nicht länger alles, das irgendeinen Wert hat, wegnehmen und aus ihrem Land rauben lassen. Nein. Sie werden nicht länger knien und sich verbeugen, um sich für den Abfall, den Schutt und die wertlosen Reste zu bedanken, die man ihnen vor die Füße wirft. Mit leeren Worten vor die Füße wirft. Mit trügerisch freundlichen Worten. Verächtlich höflichen Worten. Worten, die heuchlerischerweise an alles, was gut und edel ist am Menschen appellieren. Worte, die sie so lange für die Wahrheit gehalten haben. Worte, die sie so lange mit Dankbarkeit, mit Freude, mit Stolz geschluckt hatten. Worte, die sich in Gift verwandeln und die Nase verbrennen, den Gaumen verätzen und die Leber vergiften!

Nein, die Zeit ist gekommen, all dem ein Ende zu setzen. Die Zeit ist gekommen, das Verlorene zurückzugewinnen. Zu kämpfen, zu verwunden, zu töten!

Und, ja, das bittere, heilsame Blut süßer Rache zu kosten.

PUTEH

Juli 1942 – Dezember 1943

Yusuf kommt zurück in sein Haus und sieht Puteh und das Baby schlafen.

Er geht leise zum Bett, hebt das Baby hoch und trägt es zur Tür, zu der das Morgenlicht hereinströmt. Und wieder zieht er den alten, verblassten Sarong vom Kopf des Babys. Wieder sieht er kein Haar, nur einen feinen Flaum, der im Sonnenlicht golden schimmert. Sehr zart zieht er mit seinem von der Arbeit rauen Daumen das Augenlid des Babys hoch. Nein, weder schwarz noch braun noch grau noch grün. Sondern blau.

Blau!

Also hat er recht, und es ist wahr. Das Baby ist nicht seines. Aber von wem ist es dann? Wer hat blaue Augen? Tuan Simons Augen sind braun. Tuan Jonathans Augen sind grau. Seine eigenen sind dunkelbraun. Und Puteh? Putehs Augen sind wie von schwarzem Samt. Von wem könnte dieses Kind seine blauen Augen haben?

Er dreht sich um, um Puteh anzusehen, die fest schläft. Aber selbst wenn sie nicht schlafen würde, hätte es keinen Sinn, sie zu fragen. Aus diesem Mund werden keine Worte kommen. Und selbst wenn, wären es wahre Worte? Was soll er nun also tun? Er kann nicht im Kampung bleiben mit diesem Beweis seiner Schande, ihrer Schande, ihrer gemeinsamen Schande, vor aller Augen. Wer würde ihm denn glauben, wenn er versuchte zu erklären, warum er in Tuan Simons Bitte eingewilligt hatte? Sie werden ihn auslachen, den blinden Narren, der er ist, und dann werden sie sagen:

Du hast eingewilligt, eine stumme Frau zu heiraten, nur um sie vor den japanischen Soldaten zu beschützen? Na komm schon, glaubst du wirklich, das kaufen wir dir ab? Wofür hältst du dich denn, irgendeinen komischen Heiligen? Sieh sie dir an. Wir haben doch Augen im Kopf. Warum versuchst du also nicht, ehrlich mit uns zu sein? Du hast es getan, weil du ein Mann bist, genauso wie jeder von uns. Und jetzt sieh dir das Baby an mit seinen blauen Augen. Meinst du wirklich, wir würden glauben, das sei dein Kind? Zeig mal deine Augen. Genau wie wir gedacht haben, die Farbe von alten Kautschuksamen. Und jetzt sieh dir ihre Augen an, so schwarz wie der Himmel in einer Nacht ohne Mond und Sterne. Und jetzt sag uns, wie viel der Tuan dir gezahlt hat, um ihm die Last seiner Schande abzunehmen. Und wenn du darauf antwortest, dass du nichts bekommen hast außer dieser stummen Frau, dann sag: Schön wie sie ist, ist sie wirklich die Schande wert, die du jetzt mit dir herumträgst? Oder wenn du irgendetwas anderes genommen hast, dann sag uns, welchen Preis der Verlust deiner Ehre wert war. Und du erwartest tatsächlich von uns zu glauben, du hättest es getan, um ihre Ehre zu beschützen. Du Narr. Alles, was du gemacht hast, ist ihr Gesicht zu wahren. Und da ist ein großer Unterschied zwischen Gesicht wahren und Ehre. Ein Riesenunterschied. Hast du denn tatsächlich geglaubt, du kämst damit durch? Weißt du nicht, dass es Allahs Wille ist, dass schändliche Taten nicht verborgen bleiben sollen? Weißt du nicht, dass er die Wahrheit offenbart hat in den Augen eines reinen, unschuldigen Babys? Wer weiß, vielleicht außerdem in seiner Haarfarbe, wenn es einmal größer wird? Verstehst du nicht, dass du nichts damit gewonnen hast, dass du loyal zu den weißen Männern gewesen bist? Dass du nichts anderes erreicht hast, als dein Gesicht und deine Ehre zu verlieren? So, was hast du jetzt zu deinen eigenen Gunsten zu entgegnen?

Und selbst wenn sie ihm all diese Dinge nicht ins Gesicht sagen, denken werden sie sie, und sie hinter seinem Rücken untereinander besprechen. Nein, er kann hier nicht bleiben.

Er geht mit dem Kind zurück zum Bett und legt es neben seine Mutter. Dann bleibt er stehen und blickt auf sie hinab. So schön, so hellhäutig, so begehrenswert für jeden Mann. Unschuldig oder schuldig? Aber wessen? Wusste sie die ganze Zeit, während sie sich ihm hingab, dass sie das Kind eines anderen Mannes im Leibe trug? War ihr Schweigen nur eine Ausrede, um ihm nicht die Wahrheit sagen zu müssen? War es richtig, ihre Schande zu verbergen? Oder war es richtig, eine letzte kleine Scherbe seines Stolzes intakt zu lassen? Und muss er ihr dankbar sein für dieses kleine Entgegenkommen ihm gegenüber als Mann?

Er schüttelt den Kopf. Schluss damit. Er muss aufhören. Weiterhin in diese Richtung zu denken, heißt wahnsinnig zu werden.

Es ist geschehen, und was immer noch passieren wird, das Kind ist unschuldig. Vielleicht ist auch Tuan Simon unschuldig und hatte keinerlei böse Absichten. Ganz so wie er, der voller guter Absichten in diese Heirat einwilligte. Er hatte diese Frau nie begehrt. Er hatte nur nicht abgelehnt, als man sie ihm anbot. Das war alles.

Vielleicht wird etwas Gutes kommen aus seinen guten Absichten. Ob Tuan Simon ihn nun wissentlich betrogen hat, ob diese Frau ihn wissentlich betrogen hat, es bleibt doch, dass er geschworen hat, sich um sie zu kümmern. Und nun stellt er fest, dass er sich außerdem auch noch um ihr Kind kümmern muss, das von einem anderen Mann stammt. Nun, dann möge es so sein. Wenn es so sein muss, dann möge es so sein.

Er tritt aus dem Haus und beginnt mit der Arbeit in seinem Gemüsegarten auf der Rückseite. Die langen Bohnen sind am schwierigsten zu ziehen. Aber es sieht so aus, als würde es diesmal eine gute Ernte werden, gut genug, um sie auf dem

Markt von Kota Banir zu verkaufen. Es müssen nun drei Mäuler gestopft werden. Und er muss sich darauf konzentrieren, was als nächstes zu tun ist.

Eine Woche später, sobald es Puteh so gut geht, dass sie alleine zurechtkommt, geht er hinunter zu Joginder Singhs Holzhütte an der Hauptstraße. Die Ochsen wiederkäuen im Schatten der Niembäume, der Karren lehnt am Haus. Daneben trocknet ein Stapel Gummibaumholz in der Sonne, der darauf wartet, nach Kota Banir geliefert zu werden. Yusuf bringt einen Sack Bruchreis von der letzten Ernte mit, die Japaner haben den Großteil der Ernte für sich selbst requiriert. Joginders Frau hat einen grünen Daumen, und der Gemüsegarten hinter dem Haus gedeiht, wozu zweifellos auch der Ochsendung seinen Teil beiträgt. Aber Reis ist etwas anderes, ganz etwas anderes.

Joginder tritt aus dem Haus, nackt bis auf ein Stückchen blaues Tuch um seinen Haarknoten und eine gestreifte Unterhose. Gewiss doch, er kann Yusuf und seine Familie überall hinbringen, wo er will, vorausgesetzt, es ist nicht zu weit; sie haben keine Reiseerlaubnis.

In der darauffolgenden Woche, als Joginder seine Lieferung Brennholz nach Kota Banir transportieren muss, lassen Yusuf, Puteh und das Baby sich auf dem Ochsenkarren mitnehmen. Puteh sitzt mit dem Baby vorn bei Joginder, Yusuf hinten, seine Beine hängen vom Rand des Karrens herunter. Sein eigener kleiner Handkarren und das Bündel mit seinen Habseligkeiten liegen oben auf den Kloben und sind mit Hanfseilen sorgfältig auf dem Karren verschnürt.

Zu Beginn der Reise sorgt er sich darum, dass Joginders Karren kein Dach hat und Puteh und das Baby der Sonne ausgesetzt sind, die schon jetzt um sieben Uhr morgens heiß vom Himmel brennt. Er bittet Joginder anzuhalten, klettert auf die Kloben, entknotet sein Bündel, zieht einen Sarong heraus, schnürt alles wieder fest und kontrolliert, dass seine Sachen nicht herunterfallen können, dann klettert er mit dem Sarong vom Karren. Er reicht ihn Puteh, damit sie sich und das Baby vor den Sonnenstrahlen schützen kann.

Später, während er hinten sitzt und nur das sehen kann, was sie bereits hinter sich gelassen haben, nicht aber das, was von vorn kommt, fürchtet er permanent, sie könnten irgendwelchen japanischen Soldaten über den Weg laufen. Und dann, während die Sonne am Himmel immer höher klettert und sie immer langsamer voranzukommen scheinen, weil der Weg uneben und voller Schlaglöcher ist, fragt er sich, ob Puteh in der Lage sein wird, die Reise zu überstehen. Ihre Blutungen haben noch nicht aufgehört, und das Geschaukel und die Schläge gegen den Karren könnten schlecht für sie sein, womöglich sogar sehr gefährlich. Vielleicht hätte er besser noch eine Woche gewartet.

Aber in einer Woche oder in zweien wird Makcik Zainab schon dafür gesorgt haben, dass jeder im Dorf über sein blauäugiges Baby Bescheid weiß, das keine sieben Monate nach seiner Hochzeit voll ausgereift auf die Welt gekommen ist. Und dann hasst er sich dafür, andauernd etwas zu befürchten.

Irgendwann erreichen sie den Fuß von Jocks Hill. Da der Ochsenkarren mit der ganzen Last von Feuerholz und Passagieren nicht den Berg hinaufkommt, und da Yusuf und seine Familie es sich nicht leisten können, den ganzen Weg bis Kota Banir mit Joginder zu fahren, und dort mit ihm seine Runden zu drehen, bis der Karren leer ist, müssen sie hier absteigen und den Hügel zu Fuß hinaufgehen.

Mittlerweile brennt die Sonne noch heißer, aber eine kräftige Brise erfrischt die Luft, und eine Allee von Feuerbäumen beschattet den Weg. Sie müssen oft anhalten, um auszuruhen, sich um das Baby zu kümmern und Wasser aus den Flaschen zu trinken, die Yusuf mitgenommen hat. Eine Entfernung, die Yusuf mit dem Auto in zehn Minuten zurückgelegt hat, braucht jetzt im Anstieg fast den gesamten Morgen.

Puteh ist noch immer geschwächt von der Geburt, aber Yusuf kann sie nicht stützen, denn er muss den Handkarren mit ihren Besitztümern und dem Proviant schieben. Als das Baby schläft, legt er es oben auf die Karre und improvisiert mit einem Stock und einem Hemd aus dem Kleiderbündel ein Minizelt, um es vor der Sonne zu schützen. Puteh benützt den Sarong zum selben Zweck, indem sie ihn wie eine Haube über dem Kopf trägt.

Sie tut ihm leid, wenn er mitansieht, wie sie sich müht, mit ihm Schritt zu halten. Aber dann verschließt er sein Herz, wenn er daran denkt, aus welchem Grund er diese Flucht vor seinen eigenen Leuten ergreifen muss.

Oben auf Jocks Hill finden sie den Bungalow verlassen vor, obwohl die meisten Dinge im Haus intakt gelassen wurden. Ganz offensichtlich ist dieser Bungalow so weit ab vom Schuss, dass er weder für Plünderer noch für Soldaten von Interesse ist. Das große schwarze Auto ist in der verriegelten Garage. Er kann es, wenn er durch einen Spalt der Holztüre blickt, sehen, wie es da still und traurig in der Dunkelheit steht.

Gewohnheitsmäßig richten sie sich in ihren alten Zimmern in der Reihe der Arbeiterunterkünfte hinter dem Bungalow ein. Aber Arbeiterbehausung oder nicht, hier ist es mit Sicherheit komfortabler als in seinem Haus im Kampung.

Puteh beginnt heftig zu bluten. Yusuf legt sie aufs Bett, nachdem er die alte Matratze entstaubt und mit einer *mengkuang* Matte bedeckt hat, die er in seiner Karre mitgenommen hatte. Danach räumt er das Haus auf.

Yusuf beschließt, in seine eigenen ehemaligen Räume zu ziehen. Er ist sich nicht sicher, wie es zwischen ihm und Puteh weitergehen soll, aber momentan ist er nicht in der Lage, in ihr seine Ehefrau im eigentlichen Sinne des Wortes zu sehen. Er hat Tuan Simon versprochen, sich um sie zu kümmern, und er wird Wort halten, aber sich ihr gegenüber in Lust und Leidenschaft verlieren – nein. Unmöglich.

Die Wasserhähne funktionieren noch. Der erste Schwall ist rostig, aber nach einer Weile wird das Wasser klar. Alle Küchenutensilien sind noch da, unverändert seit dem Tag ihrer hastigen Flucht vom Anwesen. Auch die Kerosinöfen funktionieren, nur ist sehr wenig Kerosin in den Glasbehältern übrig. Es ist so schwer, derzeit an Kerosin zu kommen, dass es eine Schande wäre, es alles zum Kochen aufzubrauchen. Feuerholz ist leichter zu beschaffen. Also beschließt er, neben den Gesindehäusern einen Backsteinofen hochzuziehen. Er geht rund um die Anlage auf die Suche nach Ziegeln, die er für den Ofen benutzen könnte.

Er geht unter den Hauptbungalow, gebückt, um sich den Kopf nicht an den Bodenbalken zu stoßen. Auf der Rückseite, bei der Wand der Erdgeschoßküche, entdeckt er eine Mauer, die zuvor nicht da war. Sie ist amateurhaft hochgezogen und an beiden Enden mit Ziegelsteinen versiegelt. Am einen Ende, fällt ihm auf, gingen dem Erbauer offenbar die Steine aus, so dass er über dem Rand der unfertigen Wand hineinblinzeln kann. Er sieht Gemälde, einen Safe, Tuan Jonathans Musikschrank und Schallplatten und alle möglichen anderen Dinge, die zu identifizieren jetzt keine Zeit ist. Das also war's, was der alte Mann so dringend zu tun hatte, nachdem wir fort waren. Ein Versteck zu bauen für die Wertgegenstände der Familie.

Gar nicht mal so schlecht, denkt er, einen Schritt zurücktretend und die Wand begutachtend. Jemand, der den Bungalow nicht gut kennt, würde nie erwarten, hier etwas anderes zu finden als die Betonpfosten, die die Struktur tragen, und käme nie auf den Gedanken, hier nach etwas zu suchen. Er überlegt kurz, ob er für seinen Ofen ein paar der Ziegel herausbrechen sollte, entscheidet sich dann aber dagegen. Vielleicht kommen die Japaner ja doch noch, oder irgendwelche Plünderer. Am besten die Dinge so lassen, wie sie jetzt sind.

Er geht hinaus in den Garten. Dort findet er einige Ziegel, die die Auffahrt einfassen. Er stemmt sie aus der Erde und arrangiert sie auf dem überdachten Gang vor ihrer Unterkunft zu einem groben, eckigen U. Auf der Rückseite der Unterkunft findet er Feuerholz, das die Wasch-Amah dort deponiert hat, um die weiße Kleidung und Wäsche des Tuan zu kochen. Auf dem Stapel liegt eine rostige Axt. Er beginnt Kleinholz zu machen. Kurz darauf hat er ein Feuer angefacht, auf dem ein Kessel mit sauberem Wasser kocht.

Ein plötzliches ungutes Gefühl, was Puteh und das Baby betrifft, treibt ihn in ihr Zimmer, wo er sie weinend vorfindet. Das Blut aus ihrem Uterus hat sich zu einem dunkelroten Fleck auf ihrer Matte verlaufen, und sie ist zu schwach und erschöpft, um irgendetwas dagegen zu tun.

Yusuf holt eine weitere Matte aus dem Karren und breitet sie über das Bett in seinem Zimmer. Dann kehrt er zu ihr zurück und trägt sie ins Badezimmer, wo er ihr beim Waschen hilft. Er wäscht den blutverschmierten Sarong aus, reicht ihr die Baumwolle, die sie benötigt, um den Blutfluss zu stoppen und trägt sie dann bis zu seinem Bett hinüber. Er holt ihr einen sauberen Sarong aus dem Kleiderstapel, der noch immer im Karren liegt und hilft ihr, ihn überzustreifen. Mittlerweile hat das Baby angefangen zu weinen. Er geht wieder hinaus, diesmal um das Baby zu ihr zu bringen. Sie legt das Kind an ihre Brust, und es beginnt gierig zu saugen. Sie lächelt Yusuf dankbar zu. Er lächelt zurück.

Solange er ihr behilflich ist, Dinge für sie tut, vergisst er den Schmerz in seinem Herzen. Aber jetzt, beim Anblick der blauen Augen des Babys, kommt der Schmerz mit einem scharen Stich zurück und legt sich dann schwer auf seinen Geist, wie der Arm eines Betrunkenen, der sich auf einen stützt und nicht loslassen will. Später am Abend ist es ihm zu ermüdend, Puteh und das Baby wieder zurück in ihr voriges Zimmer zu bringen, also lässt er sie dort, wo sie sind und zieht seinerseits in ihre Unterkunft.

Wenn sie etwas von seinem Schmerz ahnt, von seinem Wissen, wie es um sie und das Baby steht, dann lässt sie es sich nicht anmerken. Sie ist komplett absorbiert von dem Säugling. Er konzentriert sich seinerseits darauf, ihre Unterkünfte in Ordnung zu halten, den alten Gemüsegarten wieder auf Vordermann zu bringen und darauf zu achten, dass sie genug zu essen bekommt und das Baby ruhig ist. Derart geraten sie in den geordneten Tagesablauf, der ihm so sehr liegt, und die Tage kommen und gehen in friedvoller Stille.

Abgesehen von den Geräuschen der Gibbons, weiterer Affen, der Vögel und anderer unsichtbarer Tiere aus dem Dschungel im Osten, ist es auf Jocks Hill sehr still. Sie sind die einzigen Menschen hier oben. Sie wissen nicht, was unten auf der Plantage und in den Arbeiterbaracken passiert. Niemand kommt rauf zu Jocks Hill, denn hier ist nichts. Der gesamte Kautschuk, den jemand haben wollen könnte, befindet sich unten auf den Abhängen und im Tal. Alle Arbeitskräfte, die jemand brauchen könnte, um den Kautschuk zu zapfen, befinden sich in den Baracken. Aber sie wissen nicht, ob jemand Kautschuk zapft und ob die Arbeiter noch am Leben sind.

Von Zeit zu Zeit kommt Joginder Singh herauf, um sie zu besuchen, nachdem er seine Lieferungen erledigt hat, bringt ihnen etwas Feuerholz, schaut nach, wie es ihnen geht und ob sie irgendwelche Dinge aus Kota Banir benötigen. Von ihm erfahren sie, dass viele der indischen Zapfer weggebracht worden sind, niemand weiß wohin. Einmal bringt er ihnen ein paar Hühnereier mit, und Yusuf versucht erfolglos sie auszubrüten.

In der gesunden Luft hier oben und mit dem Garten, der genug zu essen liefert, gewinnen sie, auch wenn es weder Fleisch noch Fisch gibt, ihre Stärke und Gesundheit zurück.

Das Baby wächst. Schon ist es fünf Monate alt, aber noch hat es keinen Namen. Sein Haar hat endlich zu wachsen begonnen, es ist hellbraun. Die Augen sind nun eindeutig grau. Yusuf berührt es nie und spricht nie zu ihm. Das Baby, das heranwächst, ohne eine menschliche Stimme zu hören, ist ein stilles Kind. Wenn Puteh zu tun hat, liegt es mit weit geöffneten Augen auf seiner Matratze auf dem Boden und strampelt mit Armen und Beinen. Manchmal streckt es einen Arm aus, um etwas zu fangen. Manchmal starrt es die eigenen kleinen Fäuste an und versucht, sie sich in den Mund zu stecken. Bald hat es seine Zehen entdeckt und versucht auch die in den Mund zu stecken. Es schreit, wenn es hungrig ist, lacht und blubbert, wenn Puteh beim Baden mit ihm spielt oder es kitzelt. Aber es ist ein stilles Kind.

Als das Baby größer wird, beginnt die Stille zwischen Yusuf und Puteh angespannt zu werden. Puteh ist jetzt wieder ganz gesund und kräftig, aber Yusuf macht keinerlei Anstalten, zu ihr und dem Kind zu ziehen oder nachts ihre Wärme zu suchen. Aber obwohl er sich körperlich von ihr und dem Baby fernhält, vernachlässigt er nie seine Pflichten als ihr Beschützer und Ernährer. Das Einzige, was er nicht über sich bringt, ist das Kind zu berühren. Und er spricht auch nicht davon, ihm einen Namen zu geben.

Sollte Puteh unter dem Schweigen und der Anspannung leiden, dann zeigt sie es nicht. Sie scheint zufrieden damit zu sein, den Dingen ihren Lauf zu lassen. Vielleicht, denkt Yusuf, war sie ja davon ausgegangen, dass ihre Ehe genau das sein würde, ein kühles, emotionsloses Existieren Seite an Seite, wo der eine für Nahrung und Kleidung sorgt, die andere kocht und wäscht.

Jetzt wo der Gemüsegarten von ganz alleine läuft, verbringt er mehr und mehr Zeit damit, Fallen zu stellen und in den Dschungel östlich von Jocks Hill zu gehen. Manchmal kommt er mit kleinen Wildtieren zurück, Eichhörnchen, Zwergböckchen, Leguanen, und sehr selten sogar mit frischem Fisch aus einem der Bäche tief im Dschungel. Die Qualität ihrer Verpflegung nimmt zu. Puteh kann ihrem Baby mehr und bessere Milch geben. Und das Baby wächst und ist weiterhin still.

Eines Abends kommt Yusuf nicht nach Hause. Als er am nächsten Morgen eintrifft, steht Puteh vor der Tür ihrer Unterkunft und blickt furchtsam hinaus. Sobald sie ihn aufs Haus zukommen sieht, lässt sie das Baby liegen und rennt zu ihm hin. Er ist schlammverkrustet und zittert vor Kälte. Sie zieht ihn in ihr Zimmer, hilft ihm aus seinen schmutzigen Kleidern und reicht ihm einen frischen Sarong. Sie bedeutet ihm auf dem Bett sitzenzubleiben, läuft hinaus und macht Feuer, um Wasser für sein Bad zu kochen.

Das Kind, das jetzt acht Monate alt ist, beginnt über den Boden zu ihm zu krabbeln. Vor dem Bett fängt es an, an Yusufs Sarong zu zupfen. Dann findet es Halt, zieht sich hoch und steht einen Moment lang da, bevor es nach hinten umkippt. Instinktiv streckt Yusuf die Hand aus und hält es fest, damit es sich nicht wehtut. Dann fällt ihm seine eigene, von den Stunden im Garten dunkelbraun gebrannte Hand vor der weißen Haut des Babys ins Auge, und er zieht die Hand rasch weg. Das Baby fällt hin und beginnt zu schreien. In hilfloser Wut blickt Yusuf sich nach Puteh um. Aber sie bereitet gerade draußen im Badezimmer sein Bad vor. Er hört das Wasser aus dem Hahn in die Metallwanne plätschern, weswegen dort das Geschrei des Kindes nicht zu hören ist, das eher vor Schreck als vor Schmerz weint. Da er die Not des Kindes nicht mitanhören kann, hebt Yusuf es gegen den eigenen Willen hoch und liebkost es. Genau da erscheint Puteh in der Tür. Er sieht sie, schiebt ihr sofort das Baby in die Arme und flieht ins Badezimmer.

In dieser Nacht hört er sie im Bett liegend in seine Unterkunft kommen. Dann spürt er, wie sie sich auf das enge Bett neben ihn legt. Er schließt die Augen und dreht das Gesicht zur Wand. Aber sie legt ihm die Hand auf die Schulter, um ihn davon abzubringen. Und dann beginnt sie mit einer Stimme, die durch den langen Nichtgebrauch nur mehr als ein krächzendes Flüstern ertönt, auf Malaiisch zu ihm zu sprechen. Sie sagt ihm, wenn er wütend sei, müsse er über diese Wut sprechen, bevor sie sich zu Bitterkeit verhärte.

Er ist derart verblüfft, sie überhaupt sprechen zu hören, dass er nichts weiter tun kann, als sie in der Dunkelheit anzustarren. Dann beginnt sie, ihn zärtlich zu berühren, fast als sei er ein Kind, das Trost braucht, und er atmet tief seufzend und stockend aus, während seine Wut und sein Schmerz dahinschmelzen und Platz lassen für zehrende Begierde nach ihr.

In dieser Nacht machen sie erstmals wieder Liebe, mit neugefundener Zärtlichkeit. Er, weil er, indem er sich um sie kümmerte, trotz all seiner Verbitterung gelernt hat, sie zu lieben. Sie, weil sie im Erleben seines unfehlbaren Einstehens für sie und das Baby trotz seiner Verbitterung gelernt hat, ihn für seine Großherzigkeit zu lieben.

Und sie sprechen miteinander. Sie erzählt ihm von sich, wie sie im Konvent gelandet ist, und von Jonathan Templeton. Sie sagt ihm, sie habe zu dem Zeitpunkt, als Tuan Simon sie bat, ihn zu heiraten, nicht gewusst, dass sie schwanger sei. Um seine Gefühle zu schonen sagt sie ihm nicht, dass sie weinte, als Simon ihr seine Pläne offenbarte. Und um ihre eigenen zu schonen, redet sie nicht darüber, warum sie seinerzeit verstummte.

Er erzählt ihr von sich, von Nora, von seinen Träumen und Zielen und davon, was er im Dschungel getan hat. Er erzählt ihr von den malaiischen kommunistischen Guerilla-Kämpfern, die er getroffen hat, wie sie ihn aufforderten, sich ihnen anzuschließen, wie er ihnen zugehört und ihren Zorn auf die weißen Männer verstanden hatte, ihre Bereitschaft, ihr Leben zu riskieren in der Hoffnung darauf, wiederzugewinnen, was sie verloren hatten. Er erzählt ihr davon, wie er mit Joginder Singh nach Kota Banir gefahren und dort malaiische Freunde getroffen hatte, die jetzt mit den Japanern zusammenarbeiteten in der Hoffnung auf Wohltaten, die ihnen zuteil würden, sobald die Briten endgültig vertrieben wären. Er erzählt ihr, dass die Inder eine eigene Armee aufgestellt haben, um Seite an Seite mit den Japanern zu kämpfen. Er erzählt ihr von Simon und wie er an sein Ehrgefühl appelliert hatte und dass er als Reaktion auf diese Appelle eingewilligt habe, sie zu heiraten. Aber, um ihre Gefühle zu schonen, sagt er ihr nicht, wie sehr ihn Wut und Hass verzehrten, als er entdeckte, dass man ihn benutzt hatte. Und um seine eigenen zu schonen, erzählt er ihr nichts von den grausamen Geschehnissen im Dschungel, die ihn am Tag zuvor dazu gebracht hatten, die ganze Nacht fortzubleiben.

Und keiner von beiden erwähnt den Rucksack, den er aus dem Dschungel mitgebracht hat, noch was sie darin gefunden hat.

Endlich geben sie Jonathan Templetons Sohn einen Namen. Sie nennen ihn Abdul Malik, Diener des allmächtigen Herrn des Universums, dessen merkwürdige Wege kein Sterblicher je hoffen kann zu verstehen. Gegen Ende des folgenden Jahres wird ihnen ein Sohn geboren, Yusufs Sohn. Sie nennen ihn Abdul Hafiz, Diener des Herrn, der alle Wesen, groß und klein, bewahrt und Beschützer gegen alles Unglück und Verhängnis.

VIERTER TEIL
1. März 1994

Ich habe ein paar Tage gebraucht, um zu entscheiden, ob Anna Michaels Manuskript lesen sollte. Währenddessen mussten wir uns mit dringenderen Themen beschäftigen.

Anna, die im November zwanzig wird, möchte mit einigen Freunden eine Pflanzschule gründen. Landschaftsgärtnerei, sagt sie mir, ist ein zukunftsträchtiges Geschäftsmodell. Also will sie ausziehen und alleine wohnen. Wenn sie nicht mehr da ist, wird das Haus zu groß für mich sein, also haben wir beschlossen, es zu verkaufen. Es wird einen Haufen zu packen geben, und einen Haufen wegzuwerfen.

Und dies, glaube ich, hat mich zu der Entscheidung gebracht, ihr das Manuskript zu zeigen.

„Also war Puteh in Wirklichkeit seine Mutter, und er war tatsächlich jünger als wir geglaubt haben", meint sie, als sie es mir zurückgibt. „Ich nehme an, in dem Chaos nach Kriegsende war die Angabe falscher Geburtsdaten eher die Regel und leicht zu bewerkstelligen. Aber für Michael muss es ja ein schrecklicher Schock gewesen sein, als er es herausfand. Ich meine, dass seine Mutter Asiatin war und ein Dienstmädchen gewesen war. War das der Grund, warum er wegging und nie zurückkam?"

Ich denke über ihre Fragen nach.

War es ein Schock? Ja, eine Art von Schock hat er gewiss erlitten. Aber deswegen, weil er herausfand, nicht reinrassig zu sein, was immer das heißen soll? Oder war es etwas anderes?

Und was den Punkt betrifft, wegzugehen und nie wieder zurück zukommen –

Erstes Kapitel
12. Februar 1974

Ich starrte auf das Collier, ich konnte meinen Augen nicht trauen.

Nein, das kann nicht sein, dachte ich. Das kann nicht Cynthias Collier sein. Niemals. Michael hatte gesagt, es habe seiner Mutter gehört, und das von Cynthia war doch bestimmt ein Neues. Hatte Nellie nicht irgendetwas davon gesagt, dass Cynthia es noch an dem Morgen beim Juwelier abgeholt hätte? Doch, das hatte sie.

Versuchte ich gerade, auf Teufel komm raus Zufälle zu konstruieren, wo es keine geben konnte? Zwei Salven von Schüssen, zwei Paar laufende Füße, zwei Revolver und jetzt auch noch zwei Brillant-Colliers? Aber ich wollte mir keine andere Möglichkeit ausmalen. Das hätte bedeutet, das Undenkbare zu denken.

Als ich hinauf auf mein Zimmer kam, sperrte ich die Halskette in einer Schublade weg. Dann duschte ich und versuchte, ein wenig Schlaf zu finden. Aber ich hatte kaum die Augen geschlossen, als es an der Tür klopfte. Es war meine Mutter. Der Lärm von Michaels davonfahrendem Auto hatte sie geweckt und sie hatte die Geräusche gehört, die ich machte und war heraufgekommen, um nachzusehen.

Ich war nur wenige Tage fort gewesen, und dennoch wirkte sie bereits um Jahre gealtert und dünner. Irgendwie vermindert. Als sei eine Art von lebensspendender Flüssigkeit aus ihrem Körper entwichen, so dass ihre Haut schlaff über ihren Knochen hing. Der Anblick machte mich traurig. War ich derart selbstbezogen, dass ich nicht schon viel früher bemerkt hatte, wie Krankheit und Tod meines Vaters ihr zugesetzt hatten?

Da verstand ich, warum sie mich gebeten hatte nach Hause zu kommen.

Es gab, was das Haus betraf, nichts zu ordnen. Ich hatte die Schlüssel zur Eingangstür. Wir hatten weder Katze noch Hund, die gefüttert werden mussten. Bald schon nachdem mein Vater das Haus gekauft hatte, war er krank geworden; sie waren nie dazu gekommen, an dem Garten zu arbeiten, den sie all die Jahre zuvor geplant hatten, während sie auf die Rente warteten. Es gab weder seltene Orchideen noch Rosensträucher, die ich hätte wässern und um die ich mich hätte kümmern müssen.

Aber meine Mutter wäre um ihr Leben nicht fähig gewesen zuzugeben, weder mir noch sich selbst gegenüber, dass sie mich daheim haben wollte, weil sie mich vermisste, weil ich ihr einziges Kind war und sie alt wurde, und weil sie womöglich Angst hatte, sie würde auf dieser Reise nach Neuseeland sterben. Und doch wurde von mir – der Tochter, der sie immer vorgeworfen hatten, zu phantasievoll zu sein, zu versponnen, zu weich – erwartet zu verstehen, dass unter der simplen Anordnung, nach Hause zu kommen und sie auch zu befolgen, all diese Gefühle verschüttet waren.

Wäre ich auf sie zugegangen und hätte sie umarmt, hätte sie meine Geste als ‚europäischen Unsinn' zurückgewiesen. Also stand ich auf und sagte: „Ma."

Das genügte als Begrüßung. Zu Hause hatten wir nie „Hallo" oder „Guten Morgen" oder „Wie geht es dir" gesagt. Am nächsten kamen wir einem Ausdruck von Interesse am Wohlergehen des anderen noch, wenn wir fragten, ob er oder sie gegessen habe. Für meine Eltern waren Sonnenaufgang und -untergang eine Selbstverständlichkeit, ebenso das schwankende Befinden des Leibs. Aber nie die nächste Mahlzeit. Wie sehr sie auch darauf bedacht sein mochten, die Vergangenheit aus ihrem Gedächtnis zu tilgen, dieser Rest von Einwanderer-Weltsicht hatte überlebt.

Sie lächelte mir schmallippig und widerstrebend zu, als bedeute es eine Vernachlässigung ihrer mütterlichen Pflichten, mir ihre Freude darüber zu zeigen, dass sie mich sah. Sie fragte mich, wie ich nach Hause gekommen sei. Ich erklärte es ihr und fragte, wann genau sie nach Neuseeland abreisen wolle.

„Wieso, hast du es so eilig wieder wegzukommen?"

Lag da ein milder Tadel in dieser Frage?

„Nein, ich wollte es nur wissen."

„Ich hole heute Nachmittag meine Fahrkarten im Reisebüro und von da gehe ich zu deiner Tante nach Hause. Ich bleibe dann bis zu unserer Abreise bei ihr."

Warum hatte sie mich dann überhaupt gebeten nach Hause zu kommen? Nur um mich diese paar kurzen Augenblicke zu sehen?

„Ich dachte, das macht es dir am leichtesten, wieder zu gehen, wann immer du willst", fuhr sie fort.

Noch ein Vorwurf? Oder war es nur ihre übliche praktische und zweckmäßige Ader? Dann wurde mir klar, dass sie mich vermutlich nicht bitten müssen wollte, ein paar Tage mit ihr zusammen zu sein.

„Das ist doch nicht nötig", sagte ich. „Wo ich schon mal zu Hause bin, warum verbringen wir dann nicht ein paar gemeinsame Tage, bevor du abreist? Wenn du magst, können wir doch Tantchen bitten, so lange hierher zu uns zu kommen, um Gesellschaft zu haben."

„Doch, so könnten wir's auch machen, nehme ich an. Ja, das wäre eine andere Möglichkeit."

„Gut, dann wäre das ja geregelt."

„Hast du schon gefrühstückt?"

Zu stolz, um zuzugeben, wie sehr sie sich freute. Zu stolz, mir zu zeigen, dass sie mich brauchte. Ich glaube, meine Anteilnahme rührte sie. Aber das war eine Annahme, zu der ich mich durchringen musste und die auf recht vagen Fundamenten ruhte. Mein Beweisstück war ihr verdecktes Angebot, mir etwas zu essen zu machen. Nellie hatte schon recht. Wann immer die Chinesen ein Problem haben, vor allem, wenn es das sehr komplexe Problem ist, ihren Gefühlen Ausdruck zu verleihen, bieten sie etwas zu essen an. Ich fragte mich, wie sie und mein Vater sich jemals nahe genug gekommen waren, um Liebe zu machen. Vielleicht hatten sie ja stattdessen miteinander gegessen.

Während ich mit ihr nach unten ging, stellte ich fest, dass das Haus perfekt aufgeräumt war. Durch ihre geöffnete Schlafzimmertür konnte ich ihre gepackten Koffer sehen, so dass sie mich hätte alleine im Haus zurücklassen können, nachdem sie mich dazu gebracht hatte, den weiten Weg auf mich zu nehmen. Ich schüttelte den Kopf. Ich würde meine Mutter nie verstehen können. Es lagen Welten zwischen uns.

Beim Frühstück unterhielten wir uns wie zwei höfliche Fremde. Ich musste an Yew Chuan und seine Familie denken. Sie hatten in einem Gemisch aus Chinesisch und Englisch miteinander geredet, das ich mal urkomisch, mal schlicht unverständlich fand, aber immerhin *hatten* sie miteinander geredet. Jetzt unterhielten meine Mutter und ich uns, als rezitierten wir ein Englisch-Lehrbuch und benutzten so gut wie keine Malaiismen, denn so hatte meine Mutter immer geredet, und so hatte sie mir beigebracht zu sprechen. Aber zwischen uns stand eine ein paar tausend Jahre alte chinesische Mauer, auf der geschrieben steht, dass die Eltern himmlisch sind und das Kind nichts als Dreck.

Muss man sich darüber wundern, dass ich mir meine Eltern nie als junge Menschen hatte vorstellen können, die fähig gewesen wären, sich zu verlieben und die Art von Leidenschaft zu verspüren, die ich für Michael empfand? Wenn ich über sie nachdachte, was ich nicht häufig tat, aber an diesem Morgen eben schon, sah ich sie immer nur als Pappfiguren vor mir, wie die flachen Gestalten, die in der Schießbude auf dem Rummelplatz in der Kulisse vorübergleiten. Man sieht von ihnen immer nur die Vorderseite.

War unser gemeinsames Leben denn wirklich so eindimensional gewesen? Oder war es eher so, dass sich meine Wahrnehmung des Lebens verändert hatte? Vielleicht hatten sich nach kaum einer Woche in Ulu Banir meine emotionalen Schleusen geöffnet. Ich sah mehr, verstand mehr und erwartete mehr von menschlichen Beziehungen als nur das strikte Minimum, das ich mit meinen Eltern erlebt hatte.

Warum hatten sie mir nie erzählt, wie sie sich kennengelernt hatten, was sie füreinander empfanden, wie ihre Familien gewesen waren? Was war los mit ihrer Verbindung, dass sie es sowohl unmöglich als auch unnötig fanden, ihr Leben mit mir zu teilen, die ich doch immerhin die Frucht dieses gemeinsamen Lebens war. Hatten sie zu viel damit zu tun, Essen auf den Tisch und ein Dach überm Kopf zu bekommen? Waren sie der Meinung, dass ich nicht zu wissen brauchte, woher ich kam, woher sie gekommen waren? Oder wollten sie schlicht nicht, dass ich es erfuhr?

Vielleicht schämten sie sich, dachte ich, als ich mich daran erinnerte, was meine Großmutter mir am ersten Tag jenes lang zurückliegenden Besuchs über meinen Vater gesagt hatte. Ermutigt von meinen Erfahrungen in Ulu Banir über die Vielfalt an Verhaltensmöglichkeiten, stellte ich ihr die Frage, die mich schon seit meinem siebten Lebensjahr beschäftigte:

„Ma, warum hat Papa sich so für Por-Por geschämt?"

Sie sah mich verblüfft an. „Er hat sich überhaupt nicht für sie geschämt. Wie kommst du auf die Idee?"

„Warum hat mir dann nie jemand von ihr erzählt, und warum habe ich sie nur dieses eine Mal gesehen? Und apropos: Warum hast du mir nie ein Wort über deine Familie erzählt?"

„Ich hab nicht geglaubt, dass dich das interessieren würde."

„Und warum würdest du so etwas glauben?"

„Ich weiß nicht, ob du dich erinnerst, wie du als Kind gewesen bist. Du warst immer in deiner eigenen Welt und hast kaum mitbekommen, was um dich herum vorgegangen ist. Du wolltest dich nie mit uns zusammensetzen und dich mit uns unterhalten. Das Einzige, was du wolltest, war die Nase in deine Bücher zu stecken. Erinnerst du dich nicht? Ich konnte dich nur mit Mühe davon abhalten, auch noch bei den Mahlzeiten zu lesen. Und wann immer wir mit dir geredet haben, hast du immer sofort die Stirn in Falten gezogen, wie um uns zu sagen, dass du keine Geduld mit uns hättest und wir dir auf die Nerven gingen. Ich vor allem."

Du lieber Himmel, hatte ihre Unsicherheit darüber, was korrektes Benehmen war, auch auf mich übergegriffen, ihre Tochter? An das Stirnrunzeln konnte ich mich nicht erinnern, aber ans permanente Lesen und die Bücher, die man mir zu den Mahlzeiten aus den Händen reißen musste. Ich brach in Lachen aus. Sie musste ebenfalls lachen und sagte: „Wieso, hast du wirklich geglaubt, wir hätten irgendwelche dunklen Geheimnisse vor dir verborgen?"

„Por-Por erzählte mir damals, dass sie anfangs eine Leibeigene gewesen war, und ich habe geglaubt, dass Papa sich deswegen für sie schämte."

„Ich glaube nicht, dass es das war. Ich glaube, es war irgendetwas, das sie tat oder unterließ, und das das Leben von jemandem, der deinem Vater sehr wichtig war, veränderte. Ich kenne die Details nicht. Er redete ungern darüber, und ich fragte ihn ungern aus."

Das traf mich wie ein Schlag. So gab es also, auch zwischen Eheleuten, Dinge, über die nicht geredet wurde und die mittels einer stillschweigenden Übereinkunft nicht berührt wurden. War das, was Michael von mir verlangte, also gar nicht so unüblich, nämlich ihm zu versprechen, nicht zu viele Fragen zu stellen?

„Warst du denn nicht neugierig, mehr darüber zu erfahren?"

„Weiß ich nicht mehr." Und ich konnte quasi hören, wie die stählernen Rollladen langsam runtergelassen wurden.

„Ich nehme an, wir hatten einfach dringlichere Dinge, über die wir nachdenken mussten", fügte sie nach einer Weile hinzu, wie um ihre brüske Antwort ein wenig abzumildern, und dann begann sie, den Tisch abzuräumen.

Mag ja für dich alles zutreffen, antwortete ich ihr im Geist. Du brauchtest dich auch nicht zu fragen, ob dein Mann jemanden umgebracht hat.

„Und deine Familie?", hakte ich schnell nach, bevor der Rollladen endgültig geschlossen wäre. Sie hielt, das Tablett auf halber Höhe vor sich, in der Bewegung inne, sah mich an, blickte wieder weg und ging in Richtung Küche, bevor sie mir antwortete. Ich musste aufstehen und ihr hinterhergehen, um zu hören, was sie sagte.

„ – keine Familie", hörte ich sie sagen. „Meine Schwester und ich sind in einem Waisenhaus in Singapur aufgewachsen."

Das erklärte das überkorrekte Englisch und das fehlende Chinesisch. Ich betrachtete ihren schmalen, geraden Rücken vor der Spüle, den sie mir resolut zuwandte. Ich beobachtete ihre Arme, die eifrig mit Wasser, Schwamm und Spülmittel hantierten. Ich sah ihren Kopf, der während dieser simplen Tätigkeiten überkonzentriert nach vorn gebeugt war. Wäre ich eine Künstlerin gewesen, so schien es mir, dann hätte ich sie genau so gemalt, in ihrer fleckenlosen Küche und mit dem kalten Morgenlicht, das durch das glasklare Fenster auf sie fiel. Und ich hätte das Bild „Trostlosigkeit" genannt.

„Tut mir leid", hörte ich mich sagen.

Nach dem Frühstück ging ich wieder auf mein Zimmer und versuchte erneut, ein wenig Schlaf zu finden. Aber das Brillant-Collier in seiner braunen Papierverpackung, das in meiner Schublade verschlossen lag, hörte nicht auf, meine Gedanken in Bann zu schlagen.

Schließlich stand ich auf und holte es raus. Ich legte es an und betrachtete mich im Spiegel. An mir sah es nicht richtig aus. Das altmodische verschnörkelte Design biss sich mit meiner Jeans und dem T-Shirt. Ich seufzte. Nun ja, das war immerhin etwas, worüber Michael sich keine Sorgen würde machen brauchen. Ich würde das Ding nie tragen. Ich legte es weg und ging wieder zu Bett.

Aber ein paar Minuten später war ich schon wieder auf. Ich ging meinen Kleiderschrank auf der Suche nach dem schicksten Kleid durch, das ich finden konnte. Das war ein halb formelles Abendkleid aus rötlich-braunem Samt, das ich ab und zu trug, wenn ich mit Michael in Konzerte oder Opern ging. Dazu sah das Collier ein wenig besser aus, wie es auf dem weichen dunklen Stoff dezent glänzte. Dafür sah der Rest von mir bleich und glanzlos aus. Ich legte ein wenig Rouge und Lippenstift auf, um zu sehen, ob das etwas bessern würde. Nicht ganz schlecht. Aber jetzt wirkte mein Haar, das ich glatt und lang trug, völlig deplatziert. Ich bürstete es, kämmte es aus meinem Gesicht und steckte es auf dem Kopf fest. Jetzt sah es beinahe richtig gut aus. Aber nicht nach mir. Ich wirkte wie eine Konzertpianistin.

Und während ich mich im Spiegel weiter anstarrte, begann das Collier irgendwie, das gesamte Licht anzuziehen, bis schließlich der changierende Stoff des Kleids und die Farbe meines Gesichts flach, billig und ordinär auszusehen begannen. Ich seufzte wieder. Das war es denn also. Ein Geschenk, das ich nie würde benutzen können. Ich wäre glücklicher gewesen mit einer Halskette aus Horn und Glasperlen.

Ich wischte das Make-up weg und zog das Kleid aus. Als ich es wieder in den Schrank hängte, blickte mir von dem hohen Spiegel auf der Tür mein Ebenbild entgegen. Leicht verstrubbeltes Haar und nackt bis auf mein Höschen und das Collier.

Und das Collier. Das golden und weiß auf meiner nackten Haut glitzerte.

Ein paar Minuten stand ich da und betrachtete mich anerkennend. Dann gab ich einem inneren Antrieb nach und zog das

Höschen aus. Und stand dann da als Akt. Mit einer einzigen Pose hätte ich die schaumgeborene Aphrodite sein können. Mit einer anderen Pose die nackte Wahrheit.

Aber nein, lieber kein Botticelli, dachte ich und ließ meinen Arm sinken. Das Collier. Das Collier machte einen Cranach aus mir. Ja, ganz eindeutig eine Venus vom alten, abgefeimten, unanständigen Cranach.

Dann sollte es halt so sein. Ich würde das Collier nur tragen, wenn ich im Bett war. Und nur wenn Michael dabei war. Ja. Ja, das war die einzige Möglichkeit, dieses Collier zu tragen. Und die Sirene im Spiegel drehte den Kopf ein wenig und warf mir von der Seite einen Blick süßer Lüsternheit zu. Ich dachte an die Sexshops, die ich mir in Deutschland angesehen hatte. Sie enthielten nichts, aber auch gar nichts, was sich hätte mit Michaels unbezahlbarem Geschenk an mich vergleichen lassen. Und die Sirene im Spiegel schenkte mir ein wissendes, andeutungsvolles Lächeln.

Später am Tag begleitete ich meine Mutter zum Reisebüro.

Das Erste, was mir an dem Geschäft auffiel, war die Anzahl von Paaren, die darauf warteten Fahrkarten zu kaufen. Die Männer waren fast ausnahmslos Europäer oder Amerikaner. Sie sahen nicht aus wie Soldaten. Ich nahm an, dass es sich um Expatriierte handelte, die mit kurzfristigen Arbeitsverträgen hier im Land beschäftigt waren. Die Mädchen waren alle Asiatinnen.

Als Chinesin interessierte ich mich am meisten für die chinesischen Mädchen. Sie sahen alle gleich aus. Sie trugen das Haar lang und glatt. Sie trugen ihre Jeans sehr körperbetont. Und sie trugen ihre Männer wie Ehrenzeichen.

Ich sah eine Spiegelung meiner selbst in der getönten Glastür des Reisebüros und entdeckte ein Mädchen, das ganz genauso aussah wie die anderen. Ich zuckte zusammen. Mein Gott, ist das der Eindruck, den ich erwecke, wenn ich mit Michael zusammen bin? Ein Anhängsel? Ein Groupie des weißen Mannes? Es konnte mir plötzlich nicht mehr schnell genug gehen, aus diesem Laden rauszukommen. Ich wollte auf der Stelle in ein Kaufhaus, neue Kleidung kaufen und zu einem Friseur und mir die Haare abschneiden.

Aber warum zog sich eigentlich alles in mir so zusammen? Warum ging ich ganz selbstverständlich davon aus, dass ihr Verhältnis automatisch viehisch sein musste, und dass sie keine Ahnung von der Zärtlichkeit hatten, die zwischen Michael und mir existierte? Wusste ich denn, ob ein paar von ihnen nicht schon verlobt oder verheiratet waren oder am Beginn einer Liebe, die ein Leben lang halten würde? Ich erinnerte mich an ein Poster, das ich einmal gesehen hatte und auf dem lauter berühmte Paare abgebildet waren, die aufgrund ihrer absolut nicht makellosen, aber dauerhaften Liebe in die Geschichte eingegangen waren.

War meine Haltung nicht ebenso verwerflich wie die jenes malaysischen Chinesen, den ich vor drei Jahren auf Michael Templetons Weihnachtsfeier getroffen hatte?

Meine Gedanken wanderten zurück zu jener widerlichen Episode:

Ich war an jenem Abend sehr still gewesen, weil ich die Einzige war, die nicht alle anderen kannte. Und diese Zurückhaltung machte mich zum Opfer jenes jungen Mannes, an dessen Namen ich mich nicht mehr erinnere.

Er trug sein Haar lang und offen wie Cynthia. Über dem Hemd saß ein sehr enger Pullover, und er hatte eine Schlaghose und Schuhe mit Plateauabsätzen an. Der Gesamteindruck war auf eine groteske Weise weibisch und stieß mich ab. Aber wenn sein Aussehen nicht die Spur von Männlichkeit ausstrahlte, dann machte er das mehr als wett mit Selbstüberschätzung. Offenbar hatte ihm irgendwer irgendwann gesagt, er habe einen hohen IQ, und das hatte seinem Ego irreparablen Schaden zugefügt.

Er kam aus einer Kleinstadt irgendwo in Johor. Er war Schulsprecher gewesen, hatte seinen Bundesstaat bei irgendeinem Leichtathletikwettbewerb vertreten und studierte Betriebswirtschaft, hielt sich aber für einen Kreativen, was immer das heißen sollte. Er spielte Gitarre, schrieb Gedichte und las eine Menge. Zum Beweis zählte er der Reihe nach alle Autoren und Bücher auf, die er gelesen hatte. Erst als er seine Leseliste zur Hälfte abgearbeitet hatte, dämmerte es mir, dass die meisten der erwähnten Bücher auf die eine oder andere Weise mit Sex zu tun hatten. Und ich fing an, in der Art, wie er mich ansah, etwas eindeutig geiles zu bemerken. Und irgendwann, als er in seinem Monolog auch auf Rassefragen kam, wurde mir klar, dass er mir meine Beziehung zu Michael übelnahm. Dass er, angetrieben von einem halb rassistischen, halb sexuellen Chauvinismus, versuchte, mich geistig zu vergewaltigen, indem er mir deutlich machte, dass ich als Freundin eines weißen Mannes Freiwild für ihn war.

Und jetzt fragte ich mich also, ob die Welt immer mit solchen Augen auf mich blicken würde, sollte ich je Michael heiraten. Würde jeder automatisch davon ausgehen, dass ich nichts als ein chinesisches ‚Püppchen' war? Ein hirnloses, herumzwitscherndes asiatisches Spätzchen, das sich einen weißen Mann geschnappt hatte, weil alles, was gut war im Leben, nur von denen kommen konnte.

Als Teenager war ich einmal mit ein paar Schulfreundinnen in Hongkong gewesen. Eines Tages strandeten wir zum Mittagessen, weil wir uns nicht auskannten und zu stolz waren, jemanden zu fragen, in einer spärlich beleuchteten Snackbar. Dort sah ich ein Pärchen, einen Amerikaner und ein chinesisches Mädchen.

Der Mann wirkte zutiefst gelangweilt und schien dem gelegentlichen Gezwitscher des Mädchens überhaupt nicht zuzuhören. Und ihr schien es das Wichtigste zu sein, sich mit den monströsen Mengen an Brot vollzustopfen, die sie bestellt hatte. Warum Brot? Damals verstand ich das nicht. Ich dachte, vielleicht ist Brot für sie etwas Neues, etwas Luxuriöses. Ich dachte, vielleicht ist sie so arm, dass sie mit einem amerikanischen GI ausgehen muss, um sich einmal satt zu essen. Jedenfalls fand ich alle möglichen sozialistischen Erklärungen für ihr Verhalten. Aber was ich nie loswurde, das war der tiefe Eindruck, den sie mir machte, als jemand, der versuchte, seinen Begleiter auszupressen wie eine Zitrone. Bevor er, so bis auf die Knochen gelangweilt, dass er sogar lieber auf dem Schlachtfeld wäre, gehen und sie zurücklassen würde, eine leere Schale.

Wirkte ich also in den Augen eines westlichen Menschen auch wie eine Suzy Wong? Oder wie eines dieser zahllosen asiatischen Mädchen in englischen oder amerikanischen Romanen, die alle so unmögliche Namen hatten – wie ich. Ai Lian – Lotus der Liebe. Verschlagene, sinnliche Femme fatales, die alle Kniffe orientalischer Liebestechniken kannten und sie mit solcher Kennerschaft praktizierten, dass sie dem weißen Mann damit den Charakter zerstörten und die Seele aussaugten.

Du lieber Gott, dachte ich, wie soll ich bloß je Michael heiraten können?

Die Schlange war lang, und meine Mutter war eine außerordentlich schwierige Kundin. Ich war mir nicht sicher, ob das daran lag, dass sie eine alte Frau war oder daran, dass ihr Englisch so schulbuchmäßig war, dass das junge Mädchen am Schalter Mühe hatte, sie zu verstehen.

Ich selbst hatte größte Schwierigkeiten zu verstehen, was das Mädchen sagte. Hatten vier Jahre genügt, seit denen Malaiisch zur Unterrichtssprache in unseren Schulen geworden war, um solch eine Bresche in unser Verständnis einer gemeinsamen Sprache zu schlagen? Aber war es überhaupt noch eine gemeinsame Sprache? Die Wörter, die das Mädchen benutzte, klangen englisch. Aber Syntax und Wortwahl, ganz zu schweigen von der Aussprache, waren vollkommen fremd. Ich bemerkte schadenfroh, dass meine Mutter in ihrer Verzweiflung zu einer Mixtur aus kantonesischen Brocken und halbenglischem Dialekt übergegangen war, um mit dem Mädchen kommunizieren zu können. Das immerhin schien zu funktionieren. Verständnis und Erleuchtung breiteten sich aus, und sofort herrschten wieder Frieden und Harmonie.

Ich achtete nicht weiter auf ihr Gespräch, was mich mehr interessierte, war das Paar am Ende der Schlange zu beobachten. Das Mädchen sprach nur sehr gebrochen Englisch, und der Amerikaner redete eine Art Pidgin-Englisch, wie man es aus Comics und den nächtlichen Fernseh-Wiederholungen von Filmen wie Dr. Fu Man Chu oder Charlie Chan lernt.

Im Grunde tat er dasselbe mit ihr, was meine Mutter mit dem Mädchen am Schalter tat. Aber trotzdem war ich erbost. Ich stellte mir vor, er würde heimlich grinsen, als wäre es ein Riesenspaß für ihn, auf diese Weise mit dieser Frau zu reden, die er flachgelegt und mit der er sich gepaart hatte, und die er wieder flachlegen und mit der er sich wieder paaren würde, sobald sie in Phuket wären oder Haadyai oder welches Sexparadies sie auch immer gebucht haben mochten. Mir war klar, dass meine Gefühle komplett irrational waren, aber das zu wissen, war irgendwie auch keine Hilfe. Selbst der Gedanke, dass das Mädchen vermutlich seine Herablassung verdient hatte, war nicht hilfreich. Wie konnte er sich das herausnehmen, dachte ich. Und erinnerte mich an einen Kodex der Ritterlichkeit aus dem 12. Jahrhundert, der stipulierte, es sei unziemlich, Liebe mit einer Frau zu machen, die zu heiraten man sich schämen würde. Dieser Kodex, entschied ich in diesem Augenblick, sollte zu einem bindenden Gesetz gemacht werden.

Heute weiß ich natürlich, dass ich mich nur deswegen so aufregte, weil ich mich selbst geschämt hätte, diese Frau zu heiraten, wäre ich der Mann gewesen.

Beim Abendessen fragte meine Mutter mich nach meinen Zukunftsplänen.

Dass diese Frage unvermeidlich sein würde, hatte schon mein Bewusstsein gestreift, als ich mir am Vormittag mein Herzerweichen gestattet und sie gebeten hatte, ein wenig Zeit mit mir zu Hause zu verbringen.

Ich sagte ihr, ich plane bald nach Deutschland zurückzugehen.

„Wann ist dein Examen?“, fragte sie.

„Weiß nicht“, sagte ich, „ich bin jedenfalls noch nicht so weit, in irgendein Examen gehen zu können.“

„Was soll das denn heißen, noch nicht so weit für ein Examen? Du bist doch jetzt schon mehrere Jahre dort. Wann willst du denn einen Abschluss machen?“

Ich seufzte.

„Ich weiß es noch nicht, Ma. Aber ich sage es dir, wenn es soweit ist, okay?“

Sie stieß ein kaum hörbares Grunzen aus und sagte den Rest der Mahlzeit kein Wort mehr. Kurz vor dem Schlafengehen nahm sie dann einen weiteren Anlauf.

„Vielleicht solltest du nach Hause kommen und einen Abschluss an einer der hiesigen Universitäten machen.“

Ich antwortete nicht. Es schien nicht viel Sinn zu haben, sie daran zu erinnern, dass meine ursprüngliche Absicht, als ich das Land verließ, nicht gewesen war, einen akademischen Titel zu bekommen, sondern eine neue Heimat zu finden.

„Das Land ist wieder friedlich, und wirtschaftlich geht es aufwärts."

Aha, sie brauchte also nicht erinnert zu werden.

„Warum spielst du dann mit dem Gedanken, nach Neuseeland zu emigrieren, ausgerechnet?" Neuseeland klang für mich wie der letzte Außenposten der bewohnbaren Welt.

„Bei mir liegen die Dinge anders. Ich habe hier nichts zu erwarten."

„Warum willst du dann, dass ich zurückkomme?"

„Ich habe lediglich geglaubt, dass du vielleicht Probleme mit der Sprache dort hast."

„Hier mit dem Malaiischen hätte ich ein größeres Problem."

„Ach komm, so schlimm ist es alles nicht. Wir kommen mit Englisch schon noch durch."

„Aber gerade so", sagte ich mit Blick auf ihre Schwierigkeiten im Reisebüro.

„Wie meinst du das?"

Ich erinnerte sie an die Szene.

„Gott im Himmel, Ai Lian, so haben die Leute schon geredet, als noch Englisch in der Schule gelehrt wurde! Du kannst nicht erwarten, dass jeder so gut Englisch spricht wie du, weißt du! Und es wundert mich schon sehr, dass dir das bislang noch nie aufgefallen sein sollte!"

Und ich wunderte mich wirklich selbst. Warum war es mir nicht aufgefallen? War ich durch meine Eltern so verwöhnt? Hatten Sie mich so sehr abgeschirmt, dass ich nie mit Schalterbeamten, Rezeptionisten, Laufburschen und Trödelhändlern zu tun gehabt hatte, abgesehen von den zwei Sätzen, die nötig waren, damit ich bekam, was ich wollte? Oder hatte ich mich nach nur drei Jahren in Europa so tief gewandelt? Oder hatte sich in diesen drei Jahren die Welt um mich herum geändert und war von der überschaubaren eines Schulmädchens zu der komplexen einer jungen Erwachsenen geworden?

„Du hast dich verändert, Ai Lian“, sagte meine Mutter wie zur Antwort auf meine unausgesprochenen Überlegungen.

„Oh! Und wie? Zum Guten oder zum Schlechten?“

„Nun ja, du bist aufmerksamer geworden, rücksichtsvoller.“

Bedeutete das, dass ich vorher unaufmerksam und rücksichtslos gewesen war?

„Wer ist dieser Freund, mit dem du die letzte Woche verbracht hast?“, fragte sie.

„Jemand, den ich in Deutschland kennengelernt habe.“

„Wie heißt er?“

„Michael.“

„Chinese?“

„Nein, Engländer.“

Und ein weiteres kaum hörbares Grunzen.

„Kennst du ihn schon lange?“

„Zwei, drei Jahre.“

„Wo hast du gewohnt während deines Urlaubs mit ihm?“

„Bei seiner Familie. Seinem Vater gehört eine Plantage.“

„Oh.“

Ich sagte ihr nicht, dass Michael mir einen Heiratsantrag gemacht und mir eine goldene Halskette mit Brillanten geschenkt hatte, die ein kleines Vermögen gekostet haben musste.

Am nächsten Tag teilte sie mir mit, dass sie sich schließlich doch entschieden habe, die nächsten paar Tage bis zu ihrer Abreise nach Neuseeland mit meiner Tante zu verbringen.

Ich konnte mich nicht erinnern, die Stirn gerunzelt oder mich ungeduldig oder verärgert gefühlt zu haben bei all ihren Fragen. Aber sie runzelte ganz eindeutig die Stirn und klang ungeduldig und verärgert, als sie mir ihre Entscheidung mitteilte.

Zweites Kapitel
23. Februar 1974

Ich blickte auf das kleine weiße Plastiktütchen mit meinen Tabletten darin.

„Entschuldigen Sie", sagte ich zu dem Mädchen in der Klinik, in der ich wegen einer leichten Erkältung einen Arzt aufgesucht hatte. „Entschuldigen Sie, hier steht, ich solle diese Tabletten zwei- bis dreimal pro Tag einnehmen. Was soll das genau heißen? Soll ich sie zweimal, oder soll ich sie dreimal pro Tag nehmen?"

„Oh", sagte sie und sah mich verblüfft an. „Heißt, Sie nehmen dreimal. Besser zweimal."

„Also soll ich sie zweimal täglich einnehmen?"

„Nein nein, dreimal. Aber besser zweimal." Ihre Stimme war in merklicher Ungeduld ein wenig lauter geworden.

„Verstehe. Das heißt also, ich nehme sie zweimal täglich."

„Nein, dreimal. Aber besser zweimal." Ihre Stimme wurde noch schriller und klang jetzt wirklich verärgert.

„Tut mir leid, ich verstehe immer noch nicht, was Sie meinen. Warum sollte ich sie denn dreimal nehmen, wenn es besser ist, sie zweimal zu nehmen?" Auch meine Stimme war lauter geworden.

„Nein, nein", sagte sie laut und ganz langsam und mit einer Stimme, die vor Verachtung bebte, „sehen Sie *(Pause)*, hier steht *(Pause)* zwei *(Pause)* bis drei Mal. *(lange Pause)* Das heißt *(Pause)*, Sie nehmen drei Mal *(Pause)* aber besser *(Pause)* Sie nehmen zwei Mal."

„Kann ich mit dem Doktor sprechen?"

„Doktor beschäftigt."

Doktor beschäftigt strafte ihre Behauptung Lügen, indem er sein ernstes, kurzsichtiges Gesicht um die Wand herumblicken ließ, die die Rezeption von seinem Behandlungszimmer trennte, und fragte, worum es denn gehe. Offensichtlich hatte der anschwellende Geräuschpegel unseres absurden Austauschs ihn gestört. Bevor einer von uns antworten konnte, bat er mich wieder in sein Zimmer.

„So, was genau ist das Problem?", fragte er, wobei er ein wenig über seine Rs und Ls stolperte.

Ich stellte ihm dieselbe Frage wie der Sprechstundenhilfe. Er blickte auf die Aufschrift auf der Plastiktüte. Er blickte auf mich. In seinen von den dicken Brillengläsern verformten Augen bildete sich ein Ausdruck tiefer Sorge. Er nahm seinen Kugelschreiber in die Hand und sagte zu dem Kärtchen, auf dem meine Daten standen: „Ich glaube, ich gebe besser Valium."

Ich stand auf und verließ sein Behandlungszimmer und seine Klinik, ich wusste, wenn ich dort noch eine Sekunde länger bliebe, würde ich etwas sehr viel Stärkeres als Valium brauchen.

Erst als ich zu Hause war und mir eine Tasse Tee gemacht hatte, wurde mir klar, was das Mädchen gemeint hatte. Ich sollte dreimal täglich eine Tablette nehmen. Aber wenn ich mich besser *fühlte* (bedeutsame Pause), dann konnte ich die Frequenz auf zweimal täglich reduzieren.

Ich fühlte mich krank genug, um dem Küchenstuhl einen Tritt zu versetzen.

In dem Moment klingelte das Telefon. Es war Michael.

„Endlich!", sagte er. „Ich versuche schon seit Tagen, dich zu erreichen."

„Ich war viel unterwegs."

„Spaß gehabt?"

„Schon."

„Hast du mich vermisst?"

„Schon."

„Das soll mir genügen. Ich bin unterwegs."

„Wo steckst du gerade?"

„Im Regent."

„Was machst du denn da?"

„Dich belagern. Ich hab so lange nichts von dir gehört, dass ich dachte, ich komme besser vorbei und besuche dich. Bin gestern Abend angekommen, aber hab dich telefonisch nicht erwischt. Dann bin ich zu dir nach Hause gefahren, aber da lag alles in völliger Dunkelheit. Du solltest wirklich ein paar Lampen anlassen, wenn du ausgehst. Und den einen oder anderen Deckenventilator. Außerdem das Radio und wenn möglich den Fernseher. Das ist das beste Sicherheitssystem, das es gibt. Obwohl dann Leute wie ich, die hoffen, dir einen Überraschungsbesuch abzustatten, völlig auf dem Schlauch stehen würden."

Ich lachte. Und war überrascht, dass ich es nicht verlernt hatte.

„Wie geht's deinem Dad?"

„Er ist raus aus dem Krankenhaus, aber lass mich erst mal bei dir sein, dann erzähle ich."

Und so fand ich mich denn am nächsten Morgen auf dem Rückweg nach Ulu Banir und fühlte mich dabei wie ein Kind, das versucht hat, von zu Haus wegzulaufen und nicht sehr weit gekommen ist.

Nachdem meine Mutter zu meiner Tante gegangen war, hatte ich eigentlich keinen Grund, das Haus nicht abzuschließen und zurück nach Ulu Banir zu gehen. Aber ich blieb, wo ich war. Ich konnte meinen Widerwillen dahin zurückzukehren nicht erklären. Ich versuchte es auch gar nicht erst.

Ich sagte mir, dass das bisschen, was ich seit meiner Heimkehr von der Stadt gesehen hatte, mich neugierig gemacht hatte. Ich sagte mir, dass eine neue Art von Vitalität in der Luft lag, von der ich gerne mehr erleben wollte. Ich sagte mir, ich sollte vielleicht über den Vorschlag meiner Mutter nachdenken, ganz zurückzukommen. Ich sagte mir, ich sollte vielleicht Hafiz Frage nachgehen, ob es nicht möglich sei, neue Wurzeln in diesem Land zu schlagen. Ich sagte mir, dass es alte Freunde gab, bei denen ich mich wirklich einmal wieder melden sollte.

Da Letzteres etwas war, das ich tatsächlich sofort in Angriff nehmen konnte, rief ich ein paar frühere Schulfreundinnen an. Den meisten war es genug, am Telefon mit mir zu plaudern, aber zwei bestanden darauf, mich zum Essen oder auf einen Drink zu treffen.

Und so ‚gab ich mir' denn mehr als eine Woche lang die Stadt mit ihnen.

Abends besuchten wir Pubs oder Diskotheken, wo alles, was auch nur von Ferne an Gedanken erinnerte, effektiv in einer Flut von Muzak ersäuft wurde. Das passte ganz gut zu meiner Gemütslage, und ich überließ mich diesem bewusstlosen Zustand, wenn ich mich jeden Abend ein paar Stunden lang in einem rotierenden Zombie verwandelte, einen postmodernen Derwisch in einer postmodernen Trance aus transzendentaler Leere.

Eine Begegnung führte zur nächsten, und bald schon bekam ich Einladungen zum Mittagessen, zum Tee, zu Cocktails und Abendessen. Man reichte mich herum als jemanden, der gerade aus Deutschland zurückgekommen war, dem exotischsten aller möglichen Orte. Ich bekam die üblichen Fragen von Leuten zu hören, die an meinen Antworten nicht interessiert waren. Und ich langweilte mich gutmütig durch ihre witzlosen und tiefernsten Konversationen:

Der und der hatte dies und das Jobangebot bei der und der Firma bekommen und zwar mit einem kaum glaublichen Gehalt. Die Firma war miserabel geführt, aber scheißegal, das war die Chance, einen Reibach zu machen, bevor er auswanderte oder seine eigene Firma gründete. Logisch würde er akzeptieren.

An der Börse herrschte totaler Bullenmarkt. Eine Sekretärin konnte über Nacht Tausende machen, indem sie das Geschäftstelefon benutzte. Spekulierte ich mit Aktien? Sie könnten mich mit einem guten Börsenmakler ins Geschäft bringen. Überall kamen Immobilien auf den Markt. Alle kauften mindestens ein Haus. Das sollte ich auch tun, selbst wenn ich vorhatte auszuwandern; ich könne es dann immer noch vermieten und die Miete die Hypothek zahlen lassen.

Wenn ich plante zu emigrieren, dann sollte ich Australien, Neuseeland oder Kanada ins Auge fassen. Großbritannien fing an zu kleinlich zu werden. Sie selbst planten übrigens auch auszuwandern bzw. ihre Kinder auf eine ausländische Schule zu schicken etc. pp.

Überall wuchsen Golfclubs und andere Clubs aus dem Boden oder wurden erweitert oder geplant. Ich sollte in eine Mitgliedschaft investieren und die dann später profitabel weiterverkaufen.

Freizeitvergnügen? Aber hallo. Ob ich schon einmal oben im Casino gewesen war, um mein Glück zu versuchen?

Ach so, Freizeitvergnügen draußen. Ja, da gab es diesen so und so genannten neuen Ort, wo man schwimmen, essen, Golf oder Squash spielen konnte, was immer, und sogar in den Chalets übernachten.

Als ich dann tatsächlich zu diesen Orten des Freizeitvergnügens reiste, stellte ich fest, dass alles, was die Natur sich zur Freude des Menschen hatte einfallen lassen, dort mit Beton in allen Arten und Formen zugeschüttet war, sogar die künstlichen Felsbrocken waren aus Beton. Es gab so viele davon, dass die Kinder, wenn sie aus den Swimmingpools kletterten, die Farbe von Zement angenommen hatten.

Ich hatte bereits Sehnsucht nach Europa, nach den Konzerten, den Opern, dem Theater. Ich sehnte mich nach Parks, die aus und mit Liebe zur Natur angelegt waren, nicht nach Profitstreben. Ich sehnte mich nach den nächtelangen Diskussionen mit Leuten, die andere Leute um ihrer selbst willen schätzten, nicht nach der Dicke ihres Scheckbuchs. Ich sehnte mich nach dem naiven Idealismus meines Lebens dort, denn ich hatte keine Ahnung, wie ich mit dem scheuklappenbehafteten Materialismus umgehen sollte, den ich hier fand.

Aber irgendwie brachte ich es nicht über mich, nach Ulu Banir und zu Michael und dem Leben zurückzukehren, das wir in Europa führen wollten.

Denn in der Nacht, sobald die Prophylaxe durch Kuala Lumpurs junge, lebendige, reiche Gesellschaft ihre Wirkung verlor, legten sich mir Cynthias Tod und das Brillant-Collier auf die Brust wie zwei Vampire und saugten mir alle meine Träume aus dem Leib.

„Du hast dich verändert", sagte Michael, als er mich sah.

„Ich trage ein Kleid, Dummkopf!"

„Das sehe ich. Aber da ist noch etwas anderes."

„Mein Haar? Ich hab's kurz schneiden lassen."

„Nein, noch was anderes. Du siehst irgendwie trauriger aus, gedankenschwerer."

„Das hat meine Mutter auch gesagt."

„Wo ist sie denn übrigens?"

Ich erklärte es ihm.

„Das heißt, ich werde sie nicht kennenlernen können."

„Ich fürchte nein."

Auf dem Weg nach Ulu Banir erzählte er mir, dass die Ermittlungen des Untersuchungsrichters abgeschlossen waren, und dass man zu dem Ergebnis gekommen war, es handle sich um einen Fall von Raubmord durch einen unbekannten Täter. Die Polizei war nicht in der Lage gewesen, Verdächtige beizubringen, deswegen gab es auch keine Anklage gegen irgendjemanden.

„Heißt das, es ist alles vorbei?“

„Ich kenne mich mit dem Rechtssystem hier nicht genug aus“, sagte Michael. „aber ich glaube schon. Inspektor Tajuddin glaubt, dass der potentielle Mörder die Gegend mittlerweile ohnehin verlassen hätte.“

Es sei denn natürlich, der Mörder war nicht einer von diesen Bauhandwerksnomaden gewesen, sonden ein Einwohner von Ulu Banir. Und es sei denn natürlich, ein gewisses Brillant-Collier tauchte im Besitz einer Person auf, die etwas mit der Familie zu tun hatte, deren Gast das Opfer gewesen war.

Ich hatte das plötzliche Bedürfnis zu verschwinden, um in einer Hütte in Tibet zu leben oder in einem Kloster Gemüse zu pflanzen oder mich einfach auf dem Rücken liegend in die Straße von Malakka hinaustreiben zu lassen und zu sehen, wohin der Indische Ozean mich trug.

„Was ist mit Cynthias Mutter? Habt ihr von ihr gehört? Wird es denn eine Bestattung geben?“, fragte ich.

„Nein, es wird keine Bestattung geben. Jedenfalls nicht hier. Ihre Mutter hat verlangt, dass Cynthias Leiche nach England überführt wird. Was geschehen ist.“

„Na, dann ist immerhin dieser Teil geregelt.“

Aber alles andere, inklusive mein Gefühlszustand, befand sich in übelster Unordnung.

Jonathan saß in einem Rollstuhl auf der Veranda. Er sah blass aus. Sein Anblick rührte mich so sehr, dass ich ihm zur Begrüßung einen Wangenkuss gab, etwas, das ich bei meinen Eltern nie hätte tun können.

„Wirst du diesmal ein wenig länger bleiben?“, fragte er.

Ich warf Michael einen Blick zu und sagte, ich wisse es noch nicht. Und plötzlich war ich dabei, ihm von meiner Mutter zu erzählen, die in Neuseeland war und von meinen Tagen in der City. Er lachte herzlich über meine Beschreibungen der Leute, die ich dort getroffen hatte. Und ich war dankbar dafür, jemanden zu haben, mit dem ich über meine Ängste davor reden konnte, zu lange im Lande zu bleiben. Jemand der, so mein Gefühl, mit Klugheit und Objektivität zuhören würde. Und so sagte ich ihm denn, wenn es irgendetwas gebe, was ich für ihn tun könne, solange ich in Ulu Banir sei, würde ich mit Freuden behilflich sein.

„Da gäbe es tatsächlich etwas", sagte er. „Es handelt sich um Cynthias Sachen. Ich könnte Ah Mui bitten, aber ich frage mich, ob du das nicht stattdessen für mich tun wolltest. Michael wird dir gesagt haben, dass ihre Leiche nach Hause geflogen wurde. Es wäre schön, wenn wir ihre Sachen in nicht allzu langer Zeit hinterherschicken könnten."

„Das tue ich gerne für dich", sagte ich. „So viel kann da ja nicht sein zum Zusammenpacken."

„Ich weiß es nicht. Ihr jungen Leute scheint so viel mit euch rumzuschleppen. Na ja, also dich meine ich dabei nicht. Du scheinst ja mit einer einzigen Reisetasche auszukommen. Du siehst übrigens gut aus mit deiner neuen Frisur. Und ich sehe, dass du ein Kleid trägst. Steht dir ganz ausgezeichnet. Du solltest so was öfter tragen. Vor allem hier."

„Ich hab immer gedacht, Kleider wären für die Stadt und Hosen fürs Land", sagte ich lachend.

„Kleider sind für Damen und Hosen sind für Herren", entgegnete er und zwinkerte dazu, um deutlich zu machen, dass es ihm bewusst war, altmodisch und chauvinistisch zu klingen.

Ich freute mich, dass er offensichtlich seinen Esprit nicht verloren hatte. Und ich freute mich auch, dass er mich gebeten hatte, etwas für ihn zu tun. Es gab mir das Gefühl, hier angenommen zu werden, und außerdem bot es mir Gelegenheit, den aufmerksamen und rücksichtsvollen Teil meiner Persönlichkeit zu nutzen, der meiner Mutter positiv aufgefallen war.

Während des Gesprächs hatte Michael hinter Jonathan gestanden und die Hände liebevoll auf die Schultern seines Vaters gelegt. Was immer also ihre Differenzen gewesen sein mochten, als ich abreiste, sie schienen sie beigelegt zu haben. Vielleicht, dachte ich, wird es diesmal ja alles besser laufen.

„Wann möchtest du, soll ich anfangen?“, fragte ich.

„Das überlasse ich ganz dir. Du weißt, welches ihr Zimmer war? Gut. Und jetzt setzt euch erst mal hin, ihr beiden, und trinkt eine Tasse Tee, während ich hier bleibe und die Natur kontempliere.“

Derart huldvoll entlassen gingen Michael und ich hinauf auf mein Zimmer. Er setzte sich aufs Bett, während ich auspackte.

„Du solltest einfach zu mir rüber ziehen“, sagte er. „Letztes Mal warst du sowieso die ganze Zeit drüben.“

„Wäre dein Dad da nicht entsetzlich schockiert?“

„Würde dich das jucken?“

Ich überlegte. Doch, ja, würde es, musste ich mir eingestehen. Aber was mich interessierte, war, ob es ihn stören würde. Und ich fand, das sollte es.

„Wieso, wäre dir das denn egal?“

„Na ja, wir wollen doch ohnehin heiraten, oder? Oder nicht?“

„Darüber werden wir reden müssen. Ich habe nachgedacht.“

„Du lieber Himmel. Aber dann lass uns erst einen Tee trinken. Ich habe das ungute Gefühl, dass das nichts ist, was ich auf nüchternen Magen hören sollte.“

Wieder dieser leichtherzige, ironische Ton. Ich hatte das Gefühl, er würde mich nie wirklich ernst nehmen, und das missfiel mir. Ich muss an den grinsenden Mann im Reisebüro denken. Michael redete kein Pidgin-Englisch, aber seine Haltung, fand ich, war genau dieselbe. Er war mir sehr viel lieber, wenn er traurig und ernst war wie an dem Abend, als ich Ulu Banir zuletzt verlassen hatte. Obwohl ich zu dem Zeitpunkt alles dafür gegeben hätte, ihn wieder leichtherzig und ironisch zu sehen.

Nach dem Tee kam Hafiz vorbei, um „Hallo“ zu sagen und uns zum Abendessen zu sich nach Hause einzuladen. Daher kamen wir erst spät am Abend zum Reden.

Wir gingen in sein Studio, und er setzte sich hin und spielte auf dem Cembalo.

„Warum spielst du immer das?“, fragte ich.

„Erkennst du es wieder?“

„Glaube schon.“

„Weißt du, ich habe da so eine Idee, für eine Symphonie oder eine Kantate, so etwas wie die Carmina Burana, basierend auf diesen Themen von Corelli. Ich hab in den Apokryphen der Bibel gelesen, und da gibt es ein paar interessante Geschichten über Christi Geburt.“

„Du hast vor, etwas zu komponieren?“

„Ja. Ich hab keine Lust mehr, Musikstudien um der Musikstudien willen zu betreiben. Ich will die Musik nutzen, um etwas zu erforschen, herauszufinden – über mich selbst, die Welt, das Leben. Verstehst du?“

Und er grinste mich an, als befürchte er, ich könne ihn auslachen.

„Das ist doch wunderbar“, sagte ich. „Als ich dich letztens abends spielen hörte, wurde mir klar, dass du dein Leben vergeudest als Akademiker. Aber ich habe natürlich überhaupt keine Ahnung von Musik.“

„Du hast ein feines Ohr. Darauf kommt’s an. Aber du hast schon recht, es ist seltsam. Es war genau an diesem Abend, dass ich beschlossen habe, meine eigene Musik zu machen.“ Er seufzte. „Ich glaube, wenn ich nicht so faul wäre, hätte ich das schon vor Ewigkeiten getan.“

War es das, was er gemeint hatte, als er sein Leben als verschwendet und vertändelt bezeichnet hatte? Ich fragte mich, was er von seinem Vater herausgefunden hatte.

„Aber dir ist klar, was das heißt?" fuhr er fort. „Es heißt, dass ich nicht hier bleiben kann. Ich werde reisen müssen, ich werde dort hinaus in die Welt müssen, wo ich mich entfalten kann, wo ich mich stimulieren lassen kann, reagieren und antworten, und ein Teil sein all der kulturellen Leidenschaft und Kreativität, die Grenzen sprengt – Grenzen des Egos, der Herkunft, des Glaubens, der Nationalität. Verstehst du, was ich meine?"

Ich verstand es.

„Und willst du mich dann heiraten und mit mir kommen?"

„Ist das so wichtig, verheiratet zu sein?"

„Ist das eine Frage, die du dir stellst?"

„Ja, denn wenn wir heiraten, werde ich zu deiner Ehefrau, und ich bin mir nicht sicher, was ich dann tun soll als deine Ehefrau."

„Keine Ahnung. Was tun Ehefrauen denn?"

Zwei mutterlose Kinder.

„In Europa wird es vermutlich bedeuten, dass ich einkaufe und saubermache und wasche und koche und bügele, oder?", sagte ich.

„Alles Sachen, die du getan hast, als du in Europa warst."

„Nur wenn ich Lust hatte, die Hausfrau zu spielen. Es wäre etwas anderes, wenn ich es ernsthaft tun müsste, jeden einzelnen Tag und das für den Rest meines Lebens. Und wenn wir dann noch Kinder hätten. Wie sollte ich das schaffen?"

„Eine Menge Frauen schaffen das. Oder willst du sagen, dass du mich nur heiraten würdest, wenn wir hierbleiben, wo wir Hauspersonal und all so was haben können?"

Mir fiel noch etwas anderes ein.

„Es ist mehr als das. Da ist auch noch die Tatsache, dass ich eine Asiatin bin."

„Was hat das denn damit zu tun?"

„Alles!"

„Und zwar?"

„Das ist schwer in Worte zu fassen.“

„Versuch es.“

„Erinnerst du dich an diese Weihnachtsfeier in deiner Londoner Wohnung?“

„Ja.“

„Erinnerst du dich an deinen Freund George?“

„Ja.“

Und ich erzählte ihm jene Episode mit George, die mich mit so viel Scham und Schuldgefühlen erfüllt hatte, dass ich sie für mich behalten hatte.

George war irgendeine Art Wissenschaftler und daher beängstigend klug – dachte ich zumindest. Er und Michael waren dabei, über die Zeit zu diskutieren, die Zeit an sich. Beim Zuhören kam mir ihre Gespräch derart sinnlos vor, dass ich mich, untypischerweise für mich, einschaltete. „Aber die Einteilung von Zeit ist doch offensichtlich völlig beliebig?“, sagte ich und bekam zur Antwort einen tief verächtlichen Blick von George, der mir kurz angebunden mitteilte, dass Zeitmessung das Gewisseste und Unbestreitbarste war, was es auf Erden gab. Den Rest der Diskussion über wurde ich ignoriert.

Später forderte er mich zum Tanzen auf. Ich hatte keine Lust mit ihm zu tanzen, aber wie ein gut dressierter Hund stand ich trotzdem auf. Er legte mir die Arme um die Taille und zog mich dicht an sich. Da ich nicht wusste, was ich mit meinen eigenen Armen anfangen sollte, legte ich sie ihm um den Hals. Und binnen Sekunden standen wir, zwei vollkommen Fremde, in der Pose eines vertrauten Liebespaars da. Es dauerte keine Minute, da waren seine Daumen auf meinen Nippeln.

Ich hasse es, mich daran zu erinnern, selbst heute noch. Ich fühlte mich wie eine Laborratte, deren einzige Bedeutung und deren einziger Wert in ihren körperlichen Reaktionen lagen, nicht in ihrem Wesen. Als ich mich von ihm löste, bemerkte ich, dass Daphne, seine Freundin oder Frau, mich ansah, als wäre ich die große Hure Babylon. Michael, der neben ihr stand, sah nicht in meine Richtung, aber ich hatte das Gefühl, dass er es gesehen und beschlossen hatte, so zu tun, als hätte er nichts mitbekommen.

Die Wut, die in mir hochkochte, ist mir noch so gegenwärtig. Ich fand, er hätte irgendetwas tun müssen, mir sofort zu Hilfe kommen, seinem Freund eine reinhauen, ihn mit Fußtritten hinaus in den Schnee befördern und zusammenstauchen.

„Ich habe mich gefühlt wie Gudrun", schloss ich.

„Wer ist Gudrun?"

„Die Heldin einer nordischen Saga. Während ihr Geliebter fort war, hat dessen bester Freund sie mit einem Betrug dazu gebracht, ihn zu heiraten. Als der Liebhaber zurückkam, hat er, anstatt den unwürdigen Freund mit seinem herrlichen Schwert in zwei Teile zu hauen, die Situation widerspruchslos akzeptiert. Darüber wurde Gudrun bitter und grausam. Denn seine Einwilligung stempelte sie zur Schuldigen. Oder ihn. Einen von beiden jedenfalls."

„Wahrscheinlich beide", sagte Michael, der Akademiker, der an objektive Einordnungen gewöhnt war. „Tut mir leid, dass du dich so gefühlt hast, aber ich hab nichts davon mitbekommen."

„Was hättest du denn getan, wenn du etwas mitbekommen hättest?"

„Du lieber Gott, keine Ahnung. Ich bin eher nicht der Typ, der ihn zu einem Duell gefordert hätte. Aber was ich nicht verstehen kann, ist, warum du, wenn das so schlimm für dich war, mir nicht sofort etwas gesagt hast, sondern die Sache stattdessen die ganze Zeit mit dir rumgeschleppt und mir vorgeworfen hast. Das hat schon irgendwas von Betrug."

Ich unterließ es, ihn auf seinen eigenen nicht lang zurückliegenden Betrug hinzuweisen.

„Komm, wir brauchen George ja nie wiederzusehen“, fuhr er fort.

„Du verstehst den entscheidenden Punkt nicht. Es geht nicht nur um George. Es geht auch um all die Toms, Dicks und Harrys, die ich früher oder später kennenlernen werde. Und dazu die Daphnes dieser Welt. Es geht um Rasse. Deine Freunde werden mich immer entweder als hirnloses chinesisches Püppchen sehen oder aber als durchtriebene, asiatische Sex-Sirene, oder als beides.“

„Es geht nicht um Rasse, Ai Lian. Es geht um Geschlecht. Es geht darum, dass du eine Frau bist, eine schöne Frau. Und die anderen sind alles Männer oder eben Frauen, die nicht so schön sind wie du.“

„Tut mir leid, das mag zwar eine Erklärung sein, ist aber keine Ausrede. Mir hat es keinen Spaß gemacht, derart entmenschlicht zu werden, und ich glaube nicht, dass irgendjemand verdient hat, dass ihm so etwas passiert. Es war ganz extrem unangenehm, umso mehr als es von jemand kam, den ich für hochintelligent gehalten hatte.“

„Was, wenn das hier passiert und der Typ kein Engländer gewesen wäre? Was hättest du dann gedacht?“

Ich musste an den Mann aus Johor denken. Er war nicht so unverschämt gewesen, aber nicht weniger ekelerregend. Aber ich hatte keine Lust, dieses Jauchefass auch noch aufzumachen.

„Ach ich weiß nicht, Michael. Ich fühle mich so überfordert von dem Gedanken, für etwas gehalten zu werden, was ich nicht bin, oder unter den Vorurteilen der Leute leiden zu müssen, nur wegen meines Aussehens. Und wenn ich als Erwachsene schon diese Probleme habe, kannst du dir vorstellen, wie es dann für unsere Kinder wäre? Wie sollen sie denn aufwachsen, wenn sie anders aussehen und nirgendwo reinpassen?“

„Meine liebe Dame, falls es dir noch nicht aufgefallen sein sollte, England ist heutzutage überschwemmt von allen vorstellbaren Arten von Asiaten und Eurasiern. Was also meinst du mit ‚nicht reinpassen'?

„So meine ich es nicht, und das weißt du auch."

„Nein, weiß ich nicht. Erklär's mir."

Und entsetzt erkannte ich, dass ich unsere Kinder automatisch ausschließlich mit weißen Kindern der Mittelklasse in Kontakt gesehen hatte. Nicht auch nur eine Sekunde lang wäre ich auf den Gedanken gekommen, sie mit Mittelklasse-Pakistanis, Indern, Westindern, Afrikanern oder Hongkong-Chinesen oder irgendwelchen anderen Kombinationen und Mischungen in Kontakt zu bringen, die in England lebten. Ich war nicht nur bourgeois, ich war auch rassistisch!

Michael brach in Gelächter aus, als er mein Gesicht sah.

„Du bist so durchsichtig, Ai Lian, und deswegen liebe ich dich. Ich habe keine Ahnung, wo du alle deine komischen Vorurteile her hast, aber ich liebe den Gedanken, dass wir zusammen alt und vernünftig werden. Willst du nicht auch alt und vernünftig mit mir werden?"

Alt werden. Das öffnete ein weiteres großes Fass in meinem Kopf. Michael war zehn Jahre älter als ich. Mit aller Wahrscheinlichkeit würde er vor mir sterben. Was würde ich dann mit seiner Leiche und dem Begräbnis tun, ganz alleine in einem fremden Land? Und was sollte nach seinem Tod aus mir werden? Dabei musste ich an Mrs. Stewart denken, mit der Michael und ich einen Winternachmittag verbracht hatten, während ich in England war.

Mrs. Stewart war Jonathan Templetons Nanny gewesen, und als Michael zur Schule ging, verbrachte er die kürzeren Ferien bei ihr. Sie lebte alleine in einem kleinen Häuschen. Gebeugt, halb blind, quasi taub und von Polyarthritis verformt, saß sie auf ihrem Sessel vor einem kleinen elektrischen Kamin, während Michael sie betütelte, die Geschenke öffnete, die wir ihr mitgebracht hatten und Tee aufsetzte.

Ihr Haus hatte eine Atmosphäre von etwas vollgestopfter Gemütlichkeit. Alle ihre Erinnerungen waren voller liebendem Stolz ausgestellt: die Spitzendeckchen auf den Tischchen, die altmodischen Fotos altmodisch aussehender Leute, die eine oder andere Porzellanschale, alle möglichen Mitbringsel früherer Schützlinge, das Teeservice. Mir gefiel ganz besonders ihr silberner Zuckerlöffel, der die Form eine Kürbispflanze hatte, wobei der Löffel selbst wie ein halber Kürbis aussah und der Stiel wie ein Pflanzenstil von Blättern umrankt war.

Aber wer kam hierher, um ihr beim Waschen und Wäschewechseln zu helfen? Wer wüsste Bescheid, wenn sie krank würde oder stürzte oder starb? Ob sie wohl je verbittert darüber war, schon so lange alleine leben zu müssen? Würde ich verbittert und zornig werden, wenn ich so lange würde allein leben müssen? *Wenn* ich denn so lange lebte.

Ich wurde plötzlich überrollt von einer Welle der Zukunftsangst, die mir den Atem nahm.

Michael nahm die Augen nicht von mir, während ich schweigend da saß und meinen traurigen Gedanken an Alter, Einsamkeit und Tod nachhing. Schließlich kam er rüber zu mir und legte die Arme um mich.

„Es ist schwer, ich weiß, und ich will dich nicht drängen. Aber ich will wirklich mit meinen Ideen für die Kantate vorankommen, bevor ich die Lust und den Willen verliere. Ich habe vor, nächste Woche abzureisen und habe gehofft, du würdest mitkommen wollen. Aber mir ist klar, dass du mehr Zeit brauchst, um darüber nachzudenken. Nimm sie dir. Du kannst ja jederzeit nachkommen."

Kein Wort über das Brillant-Collier. Es war, als hätte es nie existiert. Alles, was jetzt wichtig war, war seine Zukunft, seine Karriere.

„Liebst du mich wirklich, Michael? Willst du wirklich, dass ich deine Frau werde?"

„Du lieber Gott, Ai Lian. Ich bin fast zweiunddreißig. Du darfst mir glauben, dass ich, bevor ich dich kennengelernt habe, genügend Gelegenheiten hatte, mich umzusehen. Ja, ich bin mir sicher. Sieh es doch mal so: Du bist ohnehin schon meine Frau. Das Einzige, worum ich dich bitte, ist eine gesellschaftliche Formalität mitzumachen, damit du überall hingehen kannst, wo ich hingehe, meine Freuden und Leiden teilen kannst, nicht anders als du es die letzten paar Jahre bereits getan hast."

Aber ich vermochte immer noch nicht ja zu sagen.

Alles, was ich tun konnte war dazusitzen und zuzuhören, gebannt von der romantischen Schönheit von Worten, an die ich nicht mehr glauben konnte.

Drittes Kapitel
24. Februar 1974

Am nächsten Morgen begann ich mit meiner Aufgabe, Cynthias Sachen zu sortieren, und war ganz froh, dass ich etwas zu tun hatte, das mich davon ablenkte, über Heirat und Michael nachdenken zu müssen.

Cynthia war eine extrem ordnungsliebende Frau gewesen. Ich wusste nicht, ob es an ihren holländischen Genen lag oder daran, dass sie einen Soldaten zum Vater gehabt hatte, aber ich hatte noch nie im Leben ein so aufgeräumtes Zimmer gesehen. Fast alles war in Kästen oder kleinen Körben aufbewahrt, die oft aufeinandergestapelt waren. Ihre Sachen zusammenzupacken würde lediglich darin bestehen, sie aus den kleinen Behältern in größere umzuschichten, und Karuppiah konnte mir die Kisten, das Einpackpapier und die Schnüre geben, die ich brauchte.

Nachdem ich den Umfang der Aufgabe überflogen hatte, verbrachte ich den Vormittag damit, mir ihre künstlerischen Hervorbringungen anzusehen. Ich hatte so gut wie keine Ahnung von Kunst, vor allem nicht von der Art von Kunst, die sie praktizierte, obwohl ich in Deutschland viele Bilder dieser Art gesehen hatte. Fast jedes kleine Gasthaus hatte ein paar davon an den Wänden hängen, feine botanische Zeichnungen von Wildblumen. Ich hatte keine Ahnung, ob es sich um Aquatintas, Radierungen oder schlicht Wasserfarben handelte, aber mir war aufgefallen, dass der Schlüssel zu dieser Art von Kunst Detailgenauigkeit und Naturgetreue waren, so extrem, dass es fast schon wieder unnatürlich wirkte. Kein menschliches Auge, dachte ich dann immer, sieht eine Pflanze in dieser Schärfe und minutiösen Genauigkeit.

Cynthia, bemerkte ich, arbeitete mit Wasserfarben. Das war eine Technik, mit der nicht in Berührung zu kommen ich in den Kunststunden in der Schule mein Möglichstes getan hatte, und daher war ich schwerlich geeignet, ihre Fähigkeiten in dieser Hinsicht zu beurteilen. Aber selbst mit meinem ungeschulten Auge konnte ich sehen, dass ihre Zeichentechnik viel zu wünschen übrig ließ. Viele Proportionen stimmten nicht, und die Linien deuteten nicht auf eine sichere Hand hin. Ich wollte es nicht beim Namen nennen, nicht einmal für mich, denn sie war tot und konnte sich nicht verteidigen. Aber wenn dies Cynthias einziges Talent gewesen war, dann hatte sie überhaupt keines gehabt.

Doch hatte nicht Jonathan gesagt, sie hoffe darauf, die Zeichnungen in Buchform veröffentlicht zu bekommen? In dem Falle wäre der einzige Wert des Buches der als Pionierarbeit gewesen, die hauptsächlich zukünftige Generationen von Botanikern hätte interessieren können. Viele Leute aus dem Westen hatten einen sehr ordentlichen Lebensunterhalt daraus gezogen, als erste Studien zu verschiedenen Aspekten des Landes vorgelegt zu haben. Die eine oder andere mag amateurhaft und oberflächlich gewesen sein, aber immerhin hatten sie neue Kenntnisse eröffnet. Und sie waren damit allemal besser als nichts gewesen.

Dennoch war ich irgendwie enttäuscht. Erst jetzt wurde mir klar, wie sehr ich mir gewünscht hatte, Cynthia möge ebenso talentiert sein wie sie schön gewesen war. Dass sie, wie das Milchmädchen im Volkslied, ihr Gesicht als einzigen Reichtum besaß, war ein wenig blamabel.

Ich ging die wenigen Bücher durch, die auf dem Regal über ihrem Bett standen, aber aus ihnen ließen sich wenig Rückschlüsse auf ihre Intelligenz ziehen. Ein paar Krimis, ein paar Bestseller, ein Malaiisch-Englisches Wörterbuch, drei Kunstbücher, und, erstaunlich genug, zwei Bücher über den Ausnahmezustand in Malaya.

Als ich zum Mittagessen runterging, war meine Stimmung ziemlich gedrückt. Jonathan und ich waren alleine am Tisch. Michael war für den Tag nach Ipoh gefahren.

„Ich habe bemerkt, dass du mit der Arbeit begonnen hast", sagte Jonathan.

„Noch nicht richtig. Ich wollte mir erst mal einen Eindruck verschaffen, wie viel Arbeit es denn sein wird. Sie war ein extrem ordentlicher Mensch, und da liegt nicht allzu viel Zeug rum. In der Hauptsache hab ich mir ihre Zeichnungen angesehen."

„Taugen nicht sonderlich viel, hm?"

Ich zuckte ein wenig zusammen und wurde rot.

„Schon gut, keine Angst. Ich hatte keine Illusionen über ihr Talent. Im Übrigen hatte sie die glücklicherweise selbst nicht. Es war nur ein Zeitvertreib, und es hat ihr Spaß gemacht."

„Ich dachte, das sei ihre große Leidenschaft gewesen."

„Cynthia war eher nicht der Typ für große Leidenschaften."

„Oh."

Ich fühlte mich nicht wohl dabei, in diesem Ton über sie zu reden, als wäre sie schon hundert Jahre tot, und wir wären Antiquitätenjäger, die abschätzen, ob das Werk eines unbekannten Künstlers, auf das sie gestoßen sind, heutzutage wohl einen gewissen Wert haben mag.

„Siehst du das Gemälde da an der Wand?"

Ich sah hin. Es war mir schon zuvor aufgefallen. An meinem ersten Abend in Ulu Banir, als ich alleine blieb, während alle anderen nach Cynthia suchten. Da hatte ich es betrachtet.

Auf den ersten Blick hatte ich es für ein Original von Kirchner gehalten. Beim näheren Hinsehen jedoch stellte ich fest, dass der Stil anders war und die Landschaft ganz offensichtlich eine hiesige. Wenn man nach der Silhouette der Berge im Hintergrund ging, war es sogar tatsächlich ein Gemälde, das die Aussicht aus meinem Zimmer zeigte, aber lange bevor der Golfplatz angelegt worden war.

Aber auch wenn das Motiv von hier stammte, war die Machart eindeutig europäisch und typisch für die Zeit rund um den Ersten Weltkrieg. Ich hatte das Gefühl, auf dem Bild eine subtile Vorahnung von all dem Tod und der Zerstörung zu erkennen, die auf die Welt zukamen, und wurde bestätigt, als ich sah, dass das Bild auf 1915 datiert war. Der Künstler hatte lediglich mit den Initialen AT signiert.

Nachdem das Datum klar war, hatte ich das Bild weiter studiert und war zu der Überzeugung gekommen, dass AT den Dschungel als einen tropischen Garten Eden gesehen hatte. Es erweckte ähnliche Gefühle in mir wie manche Landschaften von Kirchner: dass ich einen Blick auf die Welt einen Augenblick nach ihrer Erschaffung warf. Wäre mir dieser Eindruck nicht bewusst gewesen, ich hätte womöglich die beiden menschlichen Gestalten auf dem Gemälde gar nicht entdeckt. Sie wirkten winzig und unbedeutend, so umzingelt von den riesgen Bäumen und Bergen, wie sie waren. Androgyne, gertenschlanke, elegante Silhouetten, die einen integralen, aber provisorischen Teil der gleichmütigen Welt der Natur bildeten.

Was mir besonders auffiel, war die Farbe des Erdbodens. Fast durchgängig das Rotbraun, das für mich zu Franz Marc gehörte, aber durchzogen von plötzlichen, unerwarteten Flecken eines tieferen, dunkleren Rots, das Unbehagen verursachte. Sie wirkten wie die blutigen Vorboten des ersten Mordes auf der Welt. So war es mir zumindest damals an jenem ersten Abend vorgekommen.

Logischerweise fragte ich mich jetzt nach Cynthias Tod und der von ihm hervorgerufenen Erinnerung an den Tod der ermordeten Mrs. Templeton, ob die Vision des Künstlers womöglich eher konkret prophetisch als allgemein apokalyptisch gewesen war.

„Das war ein wirkliches Talent“, sagte Jonathan Templeton.

Ich stimmte zu.

„Und wer war der Künstler?"

„Meine Mutter."

„Hat sie denn hier gelebt?" Ich konnte kaum glauben, dass ein solches Talent, das sich derart im Einklang befand mit den modernen Kunstrichtungen, die damals in Europa im Schwange waren, sich hier in Ulu Banir entwickelt haben sollte.

„Nein, sie kam mit meinem Vater kurz vor Ausbruch des Ersten Weltkriegs hierher. Sie waren Kriegsgegner und hatten beschlossen, dass eine Möglichkeit, sich aus all dem herauszuhalten, die wäre, nach Asien zu reisen."

„Bist du mit ihnen gekommen?"

Er brach in lautes Lachen aus.

„Ich bin noch nicht ganz so alt wie ich aussehe. Damals war ich noch nicht geboren. Sie waren gerade frisch verheiratet und kamen hierher, um sich den Segen meines Großvaters zu holen. Ich wurde erst drei Jahre, nachdem dieses Bild entstand, geboren, und dann in England. Die beiden starben, als ich vielleicht vier war. In Griechenland."

„Hast du sie vermisst? Sie beide."

„Erst als ich in der Schule war und die Eltern der anderen Kinder gesehen habe, die an den Sprechtagen vorbeikamen. Mich besuchte nur Onkel Jock ein einziges Mal in fünf Jahren, während er auf Heimaturlaub war, und manchmal der alte Simon Collins, seine rechte Hand. Davor war ich zu klein, sie zu vermissen. Ich glaube ohnehin, dass ich sie nicht so oft zu Gesicht bekommen hätte. Sie waren immer am Herumreisen, und ich wurde auf die altmodische Tour erzogen, zu Hause von einer Nanny, bis ich dann alt genug war, die Schule zu besuchen."

Er unterbrach sich und fragte: „Langweilt dich das alte Zeug auch nicht?"

„Im Gegenteil. Ich liebe anderer Leute Familiengeschichten."

Er dachte einen Moment über diesen Satz nach, dann fuhr er fort.

„Sie war zur Hälfte Tschechin. Mein Großvater nannte sie immer nur die ‚Zigeunerin', aber er mochte sie sehr gerne. Er war sogar richtig stolz auf sie, behauptete mein Onkel. Sie war ein wenig älter als mein Vater, was mein Großvater für eine sehr gute Sache hielt. Er war der Meinung, sie hätte einen positiven, stützenden Einfluss auf ihn."

Wir aßen eine Weile schweigsam. Ich konnte mir Jonathan nur schwer als Kleinkind und Schuljungen vorstellen.

„Und war sie eine? Zigeunerin, meine ich?", fragte ich.

Jonathan lachte wieder.

Ehrlichgesagt weiß ich es nicht. Bestimmt hatte sie etwas Bohemehaftes. Es waren damals andere Zeiten, und die Frauen fingen gerade erst an, ihren eigenen Weg zu gehen, noch sehr tastend. Aber wenn du meinst, ob sie ein wenig exzentrisch war, das glaube ich schon. Sie hat diese Landschaft als Hochzeitsgeschenk für meinen Großvater gemalt, während sie hier war. Also nicht etwa für seine Hochzeit, sondern für ihre eigene."

Beim Kaffee fragte er mich, was ich meine, wie lange ich fürs Packen von Cynthias Sachen brauchen werde.

„Ich hoffe doch, in zwei Tagen bin ich damit durch. Michael hat mir gesagt, er muss nächste Woche nach Europa reisen."

„Und gehst du mit?"

Ich schüttelte den Kopf.

„Verstehe", sagte er, obwohl ich mir sicher war, dass er das nicht tat. „Und deine Mutter ist in Neuseeland, sagst du?"

Ich nickte.

„Denk nicht, du müsstest hier fort, wenn Michael geht. Du bist ganz herzlich eingeladen zu bleiben, wenn dich ein alter Mann als Gesellschaft nicht stört. Wir könnten uns ja gegenseitig aufheitern, wir beiden gestrandeten Robben. Und du könntest mich auch wieder baden, wenn du magst."

Ich lachte trotz der Erinnerung an die Nacht seines Herzanfalls.

„Geht es dir denn jetzt wieder gut?“

„Yew Chuan hat mich dazu gezwungen, letzte Woche einen Herzspezialisten in Ipoh aufzusuchen. Sie scheinen beide der Meinung zu sein, ich sollte nach England gehen und mich dort mit all der modernsten Technik durchchecken lassen. Ach ich weiß nicht, vielleicht nächsten Monat oder so. Es wäre rasend nett, wenn du bis dahin mein Gast bleiben wolltest. Ich werde einsam sein ohne Michael, und auch ziemlich hilflos, solange ich noch an den Rollstuhl gefesselt bin. Und deine Gegenwart wäre mir ungleich lieber als die einer professionellen Krankenschwester, mit der Michael mir schon gedroht hat.“

Ich stellte ihn mir in seinem Bungalow vor, wie er alleine durch das leere Haus rollte und niemanden zum Reden hatte.

„Das tue ich gerne. Wenn du dir sicher bist, dass ich eine Hilfe bin und nicht eher ein Hindernis.“

„Du wirst herausfinden, junge Dame, wenn du mich erst besser kennst, dass ich nicht der Typ bin, der Dinge sagt, die er nicht meint. Bitte bleib. Wie gesagt, es wäre eine Freude für einen alten Mann.“

„In Ordnung. Aber unter einer Bedingung.“

„Und die wäre?“

„Dass du aufhörst, dich als einen alten Mann zu bezeichnen. Du bist nicht alt, und wenn Cynthia – ich meine...“

Ich stockte, es war mir entsetzlich peinlich.

„Schon gut, Ai Lian. Irgendwann werden wir anfangen müssen, wieder in einem normalen Ton über Cynthia zu sprechen. Ja, ich hätte sie geheiratet und ein weiteres Kind bekommen.“

Ich sah ihn verblüfft an. Er wusste also darüber Bescheid.

„Schau nicht so überrascht. Michael hat mir erzählt, dass du von Cynthias Schwangerschaft weißt.“ Er lächelte mich freundlich an. „Ach so, du hast gedacht, ich würde es nicht wissen. Und ja, ich war verantwortlich dafür, falls du daran Zweifel haben solltest wie Michael.“

Ich sagte dazu nichts, ich wusste nicht was.

„Hat man das Brillant-Collier je gefunden?", fragte ich.

„Nein."

„War das eine sehr teure Halskette?"

„Teuer genug. Ich hab es natürlich schon vor langer Zeit gekauft, vor dem letzten Krieg. Es war für Michaels Mutter gedacht."

Ich spürte, wie meine Kopfhaut prickelte. Nein.

„Wie sieht es aus?", fragte ich.

„Na, wie jedes andere Collier auch, nehme ich an."

„Ich meine, woraus war es gemacht?"

„Hauptsächlich Diamanten, in chinesisches Weißgold eingefasst. Ich hab es in Singapur gekauft."

Mein Herzschlag setzte aus.

„Du hast nicht zufällig ein Foto davon?"

„Doch, habe ich tatsächlich. Ich hab vor einigen Jahren eins für die Versicherung machen lassen. Das liegt momentan bei Inspektor Tajuddin. Sobald er es zurückgibt, kannst du es dir mal ansehen. Aber warum, interessierst du dich jetzt für Schmuck?"

„Nein. Reine Neugierde. Muss auch nicht sein, wenn es zu kompliziert ist."

„Nein, nein. Ist überhaupt nicht kompliziert."

„Dann würde ich's mir gerne ansehen, ja."

Ich weiß nicht mehr, wie ich den Rest der Zeit am Kaffeetisch überstand.

Sobald es möglich war, ging ich auf mein Zimmer. Aber ich konnte nicht einfach rumsitzen. Ich musste unbedingt aus dem Haus raus.

Ich nahm den Pfad bergab durchs *belukar* zum Golfplatz, denselben Weg, den Michael und ich genommen hatten, als wir nach dem Collier suchten.

Es sah also alles danach aus, dass die Halskette, die Michael mir geschenkt hatte, dieselbe war, die Jonathan Cynthia geschenkt hatte. Hieß das, dass Michael der Mörder war? Ich ging in mich und fand es schwer zu glauben, dass er Cynthia oder irgendjemanden töten könnte. So, wie ich ihn aus der Nacht, in der wir gestritten hatten und er Cembalo spielte, um seine Traurigkeit loszuwerden, vor mir sah, hielt ich ihn keines Gewaltakts fähig. Irgendwie fiel es leichter, mir vorzustellen, dass er das mit dem Collier getan hatte, um den wahren Mörder vor den Folgen seiner Tat zu schützen.

Aber in diesem Augenblick war die Frage zweitrangig, ob er der Mörder war oder nicht. Was mich beschäftigte, war die Erniedrigung, die er mir angetan hatte, indem er mich die ganze Zeit über anlog. Während ich zu Tode verängstigt war und alles unternahm, um ihn vor jedem Verdacht zu schützen, während ich mir Sorgen über den Verbleib des Colliers machte, musste er sich die ganze Zeit halbtot gelacht haben.

Und was mich wirklich zutiefst verletzte, das war, dass er mich benutzt hatte, um das Collier aus Ulu Banir hinaus zu schmuggeln. Und das auch noch auf so eine verschlagene Art und Weise. Indem er so tat, als mache er mir einen Heiratsantrag und mich dann nach Hause schickte, um darüber nachzudenken. Indem er mir das Päckchen gab, als – wie hatte er sich ausgedrückt? – als Unterpfand seiner Liebe, als Symbol für seinen Glauben an meine Liebe zu ihm. Ha!

Eine halbe Minute lang hatte ich die allergrößte Lust, mit dieser Geschichte zu Inspektor Tajuddin zu gehen.

Aber nur eine halbe Minute lang.

Selbst wenn Michael der Mörder war, wusste ich doch, dass ich ihn nicht hängen sehen wollte. Und wenn er nicht der Mörder war, dann deckte er entweder Jonathan oder Hafiz oder Yew Chuan. Natürlich liebte ich die nicht so wie ich Michael liebte, aber auch von ihnen wollte ich keinen hängen sehen. Die Tat war ohnehin getan, und irgendwie war ich seither auch zur Komplizin geworden. In jedem Fall würde es einen Skandal geben, wenn auch keine Verurteilung. Und nichts von alledem würde die arme schöne Cynthia zurückbringen.

Und dennoch war ich froh, dass ich nicht in Michaels Heiratsantrag eingewilligt hatte.

Ich war so tief in meinen Gedanken, dass mir nicht aufgefallen war, wie rasch ich den Pfad hinuntergegangen war. Bevor ich es noch recht wusste, stand ich schon am Rand des Golfplatzes. Ich musste direkt an dem Fleck, wo Cynthias erschossen worden war, vorbeigegangen sein. Ich blickte mich um.

Vor mir und seitlich von mir erstreckte sich der Fairway. Und jetzt sah ich auch, was Michael mit der scharfen Biegung gemeint hatte. Genau dort, wo ich stand, machte der Fairway eine Kurve um eine Insel aus Bäumen, Büschen und hohem Gras. Links von mir war der Dschungel, vom Golfplatz getrennt durch weitere Bäume, Büsche und hohes Gras. Ich ging nach rechts, immer am Rand des Platzes entlang, damit nicht irgendein verschlagener Ball mich am Kopf treffen würde.

Als ich um die Ecke kam, sah ich in der Ferne das Clubhaus liegen. Ich hätte mir keine Sorgen um verschlagene Bälle zu machen brauchen, der Platz war menschenleer. Es war zu heiß um diese Uhrzeit, als dass irgendwer ans Golfspielen hätte denken wollen.

Ich wanderte weiter. Plötzlich sah ich rechts von mir eine Straße. Sie wirkte alt und nicht mehr in Betrieb. Ich überquerte einen breiten, trockenen Graben, der sie vom Fairway trennte, und folgte ihr. Nach weniger als zwei Minuten erreichte ich eine große, von hohen Bäumen und dickem Buschwerk umgebene Lichtung. Ich überquerte die Wiese und fand mich zu meiner größten Überraschung am Rand der Straße, die zum Templeton-Bungalow führte, und zwar genau dort, wo sie eine Kurve nach

Westen beschrieb. Es wirkte so, als hätte es früher einmal eine aus Süden kommende gerade Straße hinauf zum Bungalow gegeben. Sie musste mit dem Bau des Golfplatzes außer Betrieb genommen worden sein.

Das brachte mich zum Nachdenken. Denn es hieß, dass niemand den ganzen Weg hinauf zum Bungalow hatte gehen müssen, um Cynthia ins *belukar* zu locken. Wer auch immer konnte sie hier an diesem Punkt angehalten haben, während sie hinauffuhr, sie unter irgendeinem Vorwand überredet haben, ins *belukar* zu kommen, die Sache erledigt haben und dann hinauf zum Bungalow gefahren sein, in der Hoffnung, falls jemand das Auto hören würde, er es für das von Cynthia hielt, die nach Hause kam.

Wann aber fand in diesem Fall der Mord statt? Ich war davon ausgegangen, am späten Abend, denn erst dann war Cynthias Auto aufgetaucht. Aber was, wenn es viel früher geschehen war, gegen halb vier, als ich die ersten Explosionen gehört hatte?

Ich schloss die Augen, um mir die Szene vorzustellen und sah sofort Michael vor mir, wie er es tat.

Er geht aus dem Haus, nachdem ich eingeschlafen bin. Er kommt hier herunter und wartet auf Cynthias Auto. Er hält sie an, überredet sie, das Auto außer Sicht zu parken, lockt sie ins *belukar*, indem er ihr eine unbekannte Pflanze in Aussicht stellt, erschießt sie, rennt zurück zum Bungalow, duscht sich rasch und gesellt sich dann zum Tee zu Jonathan und mir. Nach dem Tee und nachdem er mir den Garten gezeigt hat, entschuldigt er sich, kommt hierher zurück, holt ihr Auto und fährt es zum Bungalow hinauf, in der Gewissheit, dass ich ihn von meinem Zimmer aus nicht hören kann und dass, egal, ob Jonathan in seinem Schlaf- oder in seinem Arbeitszimmer ist, die Klimaanlage jedes Geräusch übertönt.

Was war dann aber mit der zweiten Salve von Explosionen? Waren das Feuerwerkskörper gewesen, die Michael hochgehen ließ, um Verwirrung zu stiften? Denn ich hatte, wie ich mich jetzt erinnerte, während des Tees darüber spekuliert, dass die Feuerwerkskörper, wofür ich den Lärm hielt, sich angehört hätten wie Schüsse. War das der Grund, warum die zweite Salve näher am Haus explodiert war? Vielleicht hatte er keine Lust gehabt, bis dort runter zu laufen, wo er Cynthias Leiche hatte liegen lassen. Er war nur ein paar Meter gegangen, hatte die Kracher gezündet, womöglich auch nochmal aus der Pistole geschossen und sie dann weggeworfen und war dann hinunter zum Auto gelaufen.

Ich musste mich plötzlich hinsetzen, mitten ins Gras. Mein Gott, der Mann ist ja diabolisch, dachte ich. Bloß warum? Nur wegen des Erbes? Oder auch wegen des Colliers? Oder aus einem ganz anderen Grund? War er womöglich selbst in Cynthia verliebt und war eifersüchtig, weil sie nur Augen für Hafiz hatte, und nach Hafiz für Jonathan? War das der Grund, dass er den ganzen Revoler, um seine eigenen Worte zu benutzen, in sie geleert hatte? War also sein Heiratsantrag an mich nur eine weitere Finte, um den Verdacht von sich selbst abzulenken? Oder weil er bereits geplant hatte, dass ich das Collier aus Ulu Banir fortschmuggeln sollte und dann weiter nach Europa, wo er es wieder an sich nehmen würde – nachdem er mich auch noch ermordet hätte?

Ein ferner Donner holte mich aus meinen düsteren Gedanken. Regenwolken ballten sich zusammen, und ich würde mich beeilen müssen, wenn ich trockenen Fußes nach Hause kommen wollte. Ich fürchtete mich davor, Michael an diesem Abend zu sehen, aber ich war festentschlossen, ihn mit der Sache zu konfrontieren. Er musste wissen, dass ich Bescheid wusste, andernfalls wäre mein eigenes Leben in Gefahr.

Und außerdem, beschloss ich, würde ich ihm die Halskette nicht zurückgeben. Ich würde sie behalten und einen langen Brief verfassen, der erklärte, wie sie in meinen Besitz gekommen war. Dann würde ich beides, Brief und Collier in einem Bankschließfach deponieren, das erst nach meinem Tod geöffnet werden durfte, als Versicherung, nicht von Micheal Templeton, meinem Ex-Liebhaber, umgebracht zu werden.

Zugegeben, das war keine sonderlich originelle Idee, aber wenn sie für den alten Colonel in Wilkie Collins' *Der Monddiamant* gut genug war, dann sollte sie es auch für mich sein!

Ich kam gerade noch rechtzeitig vor dem Regen im Haus an, der dann so vom Himmel pladderte, dass er untertassengroße Wasserlachen auf dem Boden hinterließ. Michael war im Wohnzimmer.

„Wo warst du?", fragte er, als er mich sah.

„Den Tatort aufgesucht."

„Du bist doch nicht etwa immer noch da dran? Wir hatten doch beschlossen, dass wir darüber nicht mehr nachdenken."

„Du hast beschlossen, nicht darüber nachzudenken. Ich nicht. Noch bin ich ein freier Mensch, vergiss das nicht."

„Langsam, langsam. Das klingt, als wolltest du streiten. Was ist denn passiert, was diese höchst uncharakteristische, um nicht zu sagen deine Schönheit in Mitleidenschaft ziehende Streitlust heraufbeschworen hat?" Und er schenkte mir ein selbstgefälliges, nachsichtiges Lächeln.

„Das ist das Problem mit dir, Michael D. Templeton. Du musst alles ins Lächerliche ziehen. Dir ist nichts heilig, nicht mal ein Menschenleben."

Er blickte sich kurz um, ob Jonathan sich in Hörweite befand, denn ich war laut geworden, ohne es zu bemerken. Aber Jonathan war offenbar in seinem Arbeitszimmer, das er auch als Schlafzimmer nutzte, solange er im Rollstuhl saß. Ich konnte das leichte Brummen der Klimaanlage unter dem Gepladder des Regens hören.

„Bitte, können wir über diese Dinge oben sprechen?", sagte er und führte mich mit festem Griff in sein Zimmer.

„So. Und jetzt sag mir, was los ist", bat er und schloss die Tür.

„Ich hasse dich, das ist los. Ich habe soeben etwas über dich herausgefunden, das mir bewusst gemacht hat, dass ich dich hasse.“ Ich war kurz vorm Weinen aber fest entschlossen, mich nicht zu blamieren.

Als Antwort auf meinen Ausbruch nahm er mich in die Arme, und ich verlor auf der Stelle meine ganze Entschlossenheit. Ich verachtete mich selbst. Dort unten auf der Lichtung hatte ich mir geschworen, ich würde ihm nie wieder gestatten, mich anzufassen. Aber sobald er es tat, machte mein Körper, der seine eigenen schönen Erinnerungen hatte, was er wollte und blockte mein Gehirn ab. Das Einzige, was ich denken konnte war: Er hat kein Recht, das zu tun. Aber hassen konnte ich ihn nicht.

Er hielt mich immer noch umarmt und fragte noch einmal, was geschehen war.

„Ich habe herausgefunden, dass das Collier, das du mir gegeben hast –“

„Also hast du das Päckchen geöffnet“, unterbrach er mich grinsend. „Vielleicht habe ich ja geahnt, dass du der Versuchung nicht würdest widerstehen können. Oh, Ai Lian, wenn du bloß wüsstest, wie sehr ich dich liebe!“ Und er zog mich noch dichter an sich.

„Natürlich hab ich es aufgemacht“, sagte ich und stieß ihn weg. „Du hast mir nicht gesagt, ich solle das Päckchen nicht öffnen. Du meintest nur, ich sollte es geheim halten, solange ich in diesem Land sei.“

„Genau das habe ich gesagt. Und jetzt sag mir, was du herausgefunden hast. Dass das dasselbe Collier war, das Cynthia am Tag ihres Todes bei sich hatte?“

„Genau.“

„Und das bedeutet, dass ich derjenige bin, der sie umgebracht hat?“

„Na ja, so sieht es zumindest aus, oder etwa nicht?“

„Zugegeben. So sieht es aus. Was glaubst du denn, warum ich wollte, dass du es geheim hältst? Das hätte einen Haufen Leute in Schwierigkeiten gebracht, dich selbst eingeschlossen."

„Aber es ist dasselbe Collier, stimmt's?"

„Ja, ist es", sagte er mit einem Seufzer. „Aber ich habe Cynthia nicht ermordet."

„Aber wie bist du dann an die Kette gekommen?"

„Das kann ich dir nicht sagen. Aber warum denkst du nicht eine Weile darüber nach, mein süßer und kluger Schatz? Wenn ich das Collier habe, aber nicht der Mörder bin, was kann das denn dann wohl heißen?"

„Dass jemand anderes der Mörder ist."

„Und?"

„Dass dir das Collier gegeben wurde, damit du es versteckst. Was du ganz wunderbar hinbekommen hast, indem du mich benutzt hast!"

Er seufzte erneut.

„Du klingst so, als hätte ich das alles geplant. Dabei habe ich gar nicht vorgehabt, es dir zu geben, erst als ich dich dann nach Hause gebracht hatte und kurz davor war abzufahren. Es war einfach eine plötzliche Regung."

„Aber warum?"

„Weil es meiner Mutter gehört hat und dann mir, um es irgendwann meiner Frau zu schenken."

„Das stimmt nicht. Es wurde Cynthia gegeben, und dann hat sie jemand deswegen umgebracht und es dir gegeben. Und du hast mich dann benutzt, um es für dich zu verstecken."

„Nein. So war es überhaupt nicht. Verstehst du, wer auch immer Cynthia umgebracht hat, hat sie nicht wegen des Colliers umgebracht. Und deswegen, als sie es dann bei ihr gefunden haben, haben sie –"

„Sie?"

„Na ja, ‚sie' im Plural nur deswegen, weil ich nicht ‚er' oder ‚sie' sagen kann, ohne zu verraten, was ich nicht verraten will. Wie auch immer, als ‚sie' es bei ihr fanden, haben sie es mir zurückgegeben. Und ich habe es dir gegeben, weil ich es dir ja ohnehin früher oder später gegeben hätte."

Ich hatte das vage Gefühl, dass irgendwo in dieser ganzen Geschichte eine Gewissensfrage steckte, über die ich mir später würde genauere Gedanken machen müssen.

„Das heißt aber, du weißt, wer Cynthia ermordet hat."

„Ja."

„Aber du willst es mir nicht sagen."

„Nein."

„Also deckst du denjenigen."

„Wenn du es so ausdrücken möchtest, ja."

„Aber warum?"

„Ai Lian, wenn wir uns vorstellen, dass ich Cynthia ermordet hätte und du es wüsstest und es irgendetwas gäbe, was du tun könntest, um zu verhindern, dass ich erwischt werde, damit ich nicht hängen muss, würdest du es dann tun?"

Ich kannte meine Antwort, aber ich wollte sie ihm nicht sagen. Also antwortete er an meiner Stelle.

„Siehst du. Du würdest es tun. Du hast es bereits getan. Andernfalls wärst du angesichts dessen, was du jetzt herausgefunden hast, direkt zu Inspektor Tajuddin gegangen. Warum hast du es nicht getan?"

Wieder antwortete ich nicht, und wieder antwortete er an meiner Stelle.

„Ich werde dir sagen warum. Weil du mich liebst. Und deswegen müsstest du auch verstehen, warum ich getan habe, was ich getan habe. Schau, ich habe nichts getan, was du nicht auch getan hättest, und ich habe nichts von dir verlangt, was du nicht auch von dir aus getan hättest. Für mich. Verstehst du, worauf ich hinauswill? Ich glaube, am Ende gibt es in solchen Fällen kein richtig oder falsch."

Da war ich mir nicht so sicher, obwohl ich verstand, was er damit meinte, alles, was man tun konnte zu tun, um einen geliebten Menschen zu schützen.

„Und wer ist dieser Mensch, den du so sehr liebst?"

„Frag mich nicht, Ai Lian. Ich kann es dir nicht sagen, obwohl ich lange darüber nachgedacht habe. Verstehst du, ich wollte genau wie du die Wahrheit wissen. Aber sobald ich sie erfuhr, habe ich festgestellt, dass sie eine fürchterliche Last ist. Und keine Last, die du auch noch tragen müsstest. Vertrau mir einfach und wisse, dass ich nie im Leben etwas tun würde, das dich unglücklich macht."

„Du meinst, ich könne auch ermordet werden, wenn der Killer wüsste, dass ich Bescheid weiß?"

„Du lieber Himmel, du musst dein halbes Leben damit verbracht haben, Krimis zu lesen! Nein, an irgend so etwas habe ich nun wirklich überhaupt nicht gedacht. Ich habe nichts anderes gemeint, als was ich gesagt habe. Ich liebe dich und ertrage es nicht, wenn du unglücklich bist, und gerade fange ich schon an, das Wenige zu bereuen, das ich dir gesagt habe. Denn vielleicht wirst du ja nie wieder glücklich."

„Du musst diese Person sehr lieben. Mehr als mich."

„Nein, nicht mehr. Nur anders. Es gibt noch andere Arten von Liebe, Ai Lian, als die Liebe zwischen Mann und Frau."

Viertes Kapitel
März 1974

Michael reiste Anfang März ohne eine Antwort von mir ab.

Am Tag nach seiner Abreise kam ich mit geschwollenen Augen zum Frühstück herunter. Jonathan sah mich nur einmal kurz an, aber behielt seine Meinung für sich. Ich war dankbar für diese kleine Schonung, denn ich fühlte mich miserabel und wäre am liebsten sofort zurück ins Bett gegangen. Wir aßen schweigend. Besser gesagt: Er aß. Ich trank nur eine Tasse Kaffee.

Es war schwierig gewesen, mich von Michael zu verabschieden. Bis zu dem Augenblick als man seinen Flug ausrief, hielt er seine fröhliche Fassade aufrecht. Mittlerweile wusste ich, je unglücklicher er war, desto mehr alberte er herum. Ich hätte alles darum gegeben, mit ihm zu gehen. Aber irgendein sturer Teil von mir bestand auf einem *quid pro quo*. Ich hatte ihm meine Wahrheit gesagt, nun war es an ihm, mir seine zu sagen und basta.

Nach dem Frühstück ging ich hinauf, übergab mich im Badezimmer und legte mich, da ich mich ein klein wenig besser fühlte, wieder ins Bett. Ich schlief, bis Ah Mui an meine Tür klopfte, um mir zu sagen, dass das Mittagessen auf dem Tisch stehe. Überraschenderweise stellte ich fest, dass ich Hunger hatte.

„Tut mir leid, dass ich heute Morgen so ungesellig gewesen bin“, sagte ich beim Hinsetzen zu Jonathan.

„Du brauchst dich nicht zu entschuldigen. Wie geht’s dir denn jetzt?“

„Sehr viel besser, danke. Ich bin ehrlich gesagt sogar ziemlich hungrig.“

„Gut. Dann werden wir Ah Muis exzellentem Curry ja die gebührende Ehre erweisen können."

Ich fand Ah Muis Currys alles andere als exzellent. Sie waren viel zu fad für meinen Geschmack. Und außerdem konnte ich mich nicht an die englische Version – oder Ah Muis Vorstellung von der englischen Version – eines mittäglichen Currys gewöhnen: simpler weißer Reis, eine Schüssel Curry, ein paar Papadams, ein paar geröstete Erdnüsse, ein Löffel Chutney und ein Salat aus dünn geschnittenen Gurken, Tomaten und dazu ausgerechnet Bananen, alles ohne Dressing. Ich dachte mir, wenn ich Jonathan besser kenne, nehme ich ihn einmal in ein indisches Restaurant mit, um ein richtiges Curry zu essen, mit den Fingern und aus Bananenblättern. Ein Curry, um alle Currys zu beenden – zumindest für ihn.

Beim Mittagessen versetzte Jonathan mir eine rechte Gerade in den Solar Plexus.

„Du liebst ihn sehr, nicht wahr?"

Ich nickte.

„Aber mit ihm gehen wolltest du nicht?"

Ich schüttelte den Kopf.

„Aber nicht etwa, weil ich dich gebeten habe, hierzubleiben, bis ich für meine Herzuntersuchung nach London muss?"

Ich schüttelte erneut den Kopf.

Er seufzte. Das Huhn verwandelte sich in meinem Mund zu einem immer dickeren Wattebausch. Wir kauten in sturer Schweigsamkeit weiter, bis er erneut anhob.

„Ich habe einmal jemanden sehr geliebt. Ich glaube, ich weiß, wie sich das anfühlt."

Aha, die große Liebe seines Lebens, wie Hafiz es ausgedrückt hatte.

„Und was ist passiert?"

„Der Krieg ist dazwischengekommen, und sie hat einen andern geheiratet."

Aha, eine außereheliche Affäre.

„Aber du warst doch bereits verheiratet, oder?"

Er warf mir einen verblüfften Blick zu, also hatte ich ihn ertappt.

„Ja, mit Esther. Aber sie kannte ich, bevor ich Esther kennenlernte."

„Warum hast du sie dann nicht geheiratet?"

„Oh, da gab es ein paar Gründe. Ich war damals kaum älter als du jetzt, und das galt damals als viel zu jung für einen Mann, um zu heiraten. Und mehr noch für so einen Engländer in den Tropen. Der andere Grund war, dass sie Asiatin war, oder besser Eurasierin."

Doch nicht etwa Cynthias Mutter!

„Wie hieß sie?"

„Mary."

Nein. Cynthias Mutter hieß Bridget.

„Und es gab noch einen Grund, warum es schwierig für mich war, bestimmte Respektspersonen davon zu überzeugen, dass ich sie heiraten sollte. Sie sprach nicht."

„Sie konnte nicht? Du meinst, sie war stumm?"

„Ja, aber sie hatte keinerlei Defekte. Sie hatte in ihrer Jugend irgendein Trauma erlebt, mit dem Ergebnis, dass sie nicht mehr sprechen konnte."

Das hieß, jetzt brauchte man nur noch durch Ulu Banir gehen und nach einer stummen Eurasierin Ausschau halten, die ungefähr in seinem Alter war, und bum! Schon hatte man Jonathans große Liebe gefunden!

„Lebt sie denn noch?"

„Und wie!"

„Wer ist es denn? Ich meine –" Meine Stimme stockte. Ich war schockiert von meiner eigenen Unhöflichkeit.

Er fuhr fort weiter zu essen, als habe er mich nicht gehört und sagte schließlich: „Esther? Sie war eine amerikanische Dame.

Eine Witwe, die ich in Singapur kennengelernt hatte. Wir sind ein paarmal tanzen gegangen, während ich dort war. Sie war ein echter Kumpel und konnte wunderbar zuhören, so dass ich ihr schließlich alles über Mary erzählte. Sie drängte mich dazu, die Frau, die ich liebte, auch zu heiraten. Ich nehme an, als Amerikanerin konnte sie keinen Grund sehen, der dagegen gesprochen hätte. Eine Engländerin hätte alle nur vorstellbaren Bedenken dagegen gehabt. Sie war es auch, die mich zum Juwelier schleppte und mir dabei half, ein Brillant-Collier für Mary auszusuchen."

Und noch ein Brillant-Collier. Wie viele Brillant-Colliers kauft ein Mann eigentlich in seinem Leben, fragte ich mich.

„Und was ist dann passiert?"

„Na ja, als ich zurückkam und feststellte, dass Mary einen anderen geheiratet hatte, ging ich nach Singapur und fragte Esther, ob sie mich heiraten wolle. Da ich jünger war als sie und mir nicht vorstellen konnte, dass sie mich als Liebhaber interessant fand oder dass sie ihren Mann würde vergessen können, habe ich es, fürchte ich, so klingen lassen wie eine Geschäftsanbahnung."

Er musste leise lachen bei der Erinnerung.

„Ich sagte ihr, wenn es ihr so lieber wäre, könne es auch einfach eine Zweckehe sein. Das Einzige, worum ich sie bitten würde, wäre, eine Mutter für – meine Kinder zu sein. Überraschenderweise war sie einverstanden."

Ich war mehr als nur leicht verwirrt. Michael hatte mir erzählt, er sei kurz vor der japanischen Besatzung geboren worden. Das hieß, dass Jonathan und Esther allerspätestens Anfang 1941 geheiratet haben mussten. Aber wenn Jonathan Esther erst aus Enttäuschung geheiratet hatte, dann musste Mary ja noch früher geheiratet haben. Was hatte dann der Krieg mit dem Ende seiner Beziehung zu Mary zu tun? Und wie sollte seine Ehe mit Esther eine Zweckehe sein, so wie ich das Wort aus der Lektüre der Romane meiner Mutter verstand, wenn sie die Mutter seiner Kinder werden sollte, also zumindest die von Michael? Waren das die etwas durcheinander geratenden Erinnerungen eines alten Mannes, der eben erst einen Infarkt erlitten hatte? Oder gab es da noch etwas, das er mir nicht sagte?

„Und sie war während des Kriegs in Singapur?"

„Stimmt. Ich ging davon aus, sie würde den Krieg in einem Internierungslager verbracht haben und machte mich auf die Suche nach ihr. War schwierig, sie zu finden. Die ehemaligen Internierten wurden alle repatriiert, also fürchtete ich, sie auch. Aber ihr Name tauchte auf keiner Liste auf. Schließlich trieb ich sie in dem CVJF auf, wo sie sich versteckte, denn sie war fest entschlossen, koste es was es wolle, in Singapur zu bleiben. Ihre Eltern waren den größten Teil ihres Lebens Missionare in China gewesen, und sie hatte nichts und niemanden in den Staaten, wohin sie hätte zurückkehren können. 1946 kamen wir dann zurück nach Jocks Hill."

„Aber dann wurde es doch keine Zweckehe?" Ich konnte der Frage nicht widerstehen.

Jonathan lachte. „Nein, in der Tat wurde sie dann schwanger, nicht lange, bevor – bevor sie starb." Er stockte, als sei ihm plötzlich etwas aufgegangen.

Es war auch mir aufgegangen, und es war so ungeheuerlich, dass ich völlig den Faden dessen verlor, worauf ich mich eigentlich hatte konzentrieren wollen. Dies war eine weitere Gemeinsamkeit zwischen den beiden Todesfällen. War es möglich, dass irgendwer verhindern wollte, dass Jonathan ein zweites Kind bekam? Und wenn dieser jemand für beide Tode verantwortlich war, dann konnte Michael nicht Cynthias Mörder sein, denn abgesehen von allem anderen, war er in England gewesen, als seine Mutter starb. Und es konnte auch nicht Hafiz sein, der damals noch ein Säugling gewesen sein musste. Dann fiel mir noch etwas anderes ein.

„Yew Chuan hat erzählt, sie sei nicht von den Kommunisten ermordet worden, und er sollte es wissen, da er selber einer war."

Ich kam mir dämlich vor, kaum hatten diese Worte meinen Mund verlassen. Wie eine Fünfjährige, die sagt: *Mein Papa meint aber...*

„Nein, es waren die Terroristen. Ich kann mir nicht vorstellen, wer sonst hätte Esther ermorden wollen."

Und das war alles, was er dazu sagte.

Erst viel später wurde mir klar, dass Jonathan meine Frage nicht beantwortet hatte. Ich hatte nach Mary gefragt, stattdessen hatte er mir alles über Esther erzählt. Ich würde ihn bald noch einmal danach fragen müssen und diesmal sehr deutlich machen, wen ich meinte.

Aber es ergab sich so, dass ich nicht fragen musste.

Eine Woche später saßen wir auf der Veranda. Ich machte gerade eine Pause im Einpacken von Cynthias Sachen, einer Aufgabe, mit der ich nur sehr langsam vorankam, weil ich mich beim Aufwachen schlecht fühlte und dann zu den unmöglichsten Tageszeiten das Bedürfnis nach einem Schläfchen verspürte. Michael hätte das tropische Trägheit genannt. Ich überlegte gerade, ob ich Yew Chuan nach irgendwelchen Vitaminen fragen sollte, als Jonathan plötzlich zu reden begann, fast mehr mit sich selbst.

„Und schließlich hat sie für ihn gesprochen, weißt du. Sie hat für ihn gesprochen. Nicht für mich."

Ich wartete, dass er weiter redete. Ich wusste, er sprach über Mary, die Stumme, wie ich sie mittlerweile insgeheim nannte. Er fuhr fort:

„Und sie wollte ihn nicht verlassen. Nichts konnte sie dazu verlocken, ihn zu verlassen. Nicht das Collier. Und auch nicht die Aussicht auf den Templeton-Besitz. Nicht einmal meine Drohung, ihr wegzunehmen, was – sie war zu dem Entschluss gekommen, dass ihre Zukunft bei ihrem Ehemann lag, und dabei blieb es."

Im Garten herrschte ein Gezwitscher, Geträller und Tirilieren verschiedener Vögel, aber nicht wirklich laut, wahrscheinlich weil es schon zehn Uhr morgens war. Ich bemerkte, dass ich seine Hand betrachtete, die auf der Armlehne des Korbsessels ruhte, in dem er saß. Eine schlanke Hand mit langen, sich zum Ende hin verjüngenden Fingern. Eine Künstlerhand. Fast identisch mit der Michaels. Ich spürte einen stechenden Schmerz und fragte mich, was Michael wohl gerade machte. Aber da begann Jonathan wieder zu sprechen.

„Ich vermochte nicht aufzuhören, sie zu lieben, und ich vermochte nicht wegzugehen. Ich musste hierbleiben, hier wo sie war. Ich weiß noch nicht einmal wozu. Vielleicht in der Hoffnung, dass ihr Mann irgendwie sterben würde und ich sie dann bitten könnte, mich zu heiraten. Vielleicht auch nur, damit sie wusste, ich liebte sie und würde sie immer lieben.

Nach der Unabhängigkeit machte ich das hier zu meiner Heimat, denn ich sagte mir, in England gab es keinen Ort, den ich Zuhause hätte nennen können. Aber tief in mir drin wusste ich, dass es nur ihretwegen war. Ich habe alle möglichen Ausreden gefunden, um sie zu sehen, zu ihr nach Hause zu gehen, einen Blick auf sie zu werfen, mit ihr zu reden, ihre Stimme zu hören. Denn das war etwas, das ich vorher nie – bevor sie heiratete."

Jonathan stieß ein nachdenkliches kleines Lachen aus.

„Weißt du, es sollte mich gar nicht wundern, wenn die beiden meine Vorwände durchschaut hätten und einfach mitgespielt haben. Ob aus Mitleid oder Erbarmen oder Verständnis oder Spott, wer weiß das schon? Als Ehemann, den sie nicht verlassen wollte, hatte er die Oberhand, und ich war der Bettler, der auf die Brosamen wartete, die von seinem Tisch fielen."

„Hat dich das verbittern lassen?"

„Verbittern? Vielleicht eine Zeitlang. Aber ich erinnere mich nicht mehr daran. Ich glaube, ich war eher von dem Gefühl besessen, dass wir allesamt die Opfer eines irrationalen Gottes mit einem ausgeprägten Sinn für schwarzen Humor waren. Vielleicht, wenn ich geglaubt hätte, ich selbst hätte irgendetwas tun können, um den Lauf der Dinge zu ändern und hätte es nicht getan – ja, dann wäre ich verbittert gewesen und voller Selbstvorwürfe. Aber es gab nichts, überhaupt nichts, was ich hätte tun können. Jedenfalls war ich nicht nach Singapur gegangen, um Mary zu vergessen, wie Simon mir nahegelegt hatte."

Simon. Der Mann mit den Revolvern. Was hatte *er* mit alldem zu tun?

„Ich hatte mich dazu entschieden, sie zu heiraten, verstehst du? Ich wollte bloß nicht noch einen weiteren Streit mit Simon riskieren. Er hätte das nie verstanden. Er war viel zu britisch, ja fast schon zu viktorianisch, jedes zweite Wort war Britisches Empire und so was.

Und dass ich mich in Singapur verspätete, lag an dem Brillant-Collier. Ich brauchte Ewigkeiten, um eins zu finden, dass mir wirklich gefiel. Und dann hatte ich vor, eine Gruppe von Freunden mit hinauf nach Ulu Banir zu nehmen, um meine Verlobung zu feiern. Niemand hat erwartet, dass die Invasion der Japaner so schnell käme und dass sie dann Malaya und Singapur so rasch besetzen würden. De facto war ich bereits in Malaya, als Singapur fiel und versuchte, irgendwie zurückzukommen. Ich stieß auf die Überbleibsel einer australischen Einheit, die in derselben Situation waren wie ich, bloß, dass sie versuchten, zurück nach Singapur zu kommen. Wir versteckten uns im Dschungel, trafen auf eine Gruppe kommunistischer Guerillas und haben sozusagen unseren eigenen privaten Krieg gekämpft. Aber wer hätte auch vorhersagen können, dass Simon, der gute alte Simon, der nur zu gerne Vorschläge machte, die Entscheidungen aber erst alle meinem Onkel und dann mir überließ – wer hätte geglaubt, dass er so entschieden handeln konnte."

Erneut Simon. Der Name kehrte andauernd wieder. Was hatte er getan? Und wieder war ich beunruhigt von der Chronologie seines Berichts. Sollte es jetzt so gewesen sein, dass er Esther mit nach Singapur genommen hatte, damit sie ihm half, eine Halskette für Mary auszusuchen, und sie dann dort zurückgelassen hatte, während er nach Hause zurückkehrte, um Mary davon zu überzeugen, ihren Ehemann zu verlassen? Selbst wenn all das möglich gewesen sein sollte, wie passte dann Michael ins Bild? Oder zählte er gar nicht?

Aber ich wollte ihn nicht unterbrechen.

„Die einzige Sache, die mich im Dschungel aufrecht erhielt, war das Vertrauen darauf, dass, sobald der Krieg vorüber wäre, eine neue Welt auf uns wartete, eine Welt, in der ich fähig sein würde, sie zu heiraten und sie an meiner Seite zu wissen als meine Frau, ohne Angst vor schiefen Blicken oder Spott. Du weißt, im Kämpfen habe ich nicht viel getaugt. Klar, ich konnte ein Gewehr bedienen und all das, war schließlich mit meinem Onkel jagen gewesen, als ich jünger war, aber die Kommunisten waren nicht sonderlich scharf darauf, uns weiße Typen bei ihren Hinterhalten und Angriffen dabei zu haben. Ohnehin war ich die meiste Zeit krank.

Wenn mich vor dieser Zeit jemand gefragt hätte, dann hätte ich ihm gesagt, ich bin wie ein alter malaiischer Jäger, kenne den Dschungel, alle Kniffe – wäre womöglich sogar immun gegen tropische Krankheiten. Aber wenn man tatsächlich im Dschungel leben muss, ist das eine vollkommen andere Welt."

„Immerhin hast du dort in Yew Chuan einen Freund gefunden." Er lachte.

„Man könnte sagen, dass ich Yew Chuan auf den Weg der Medizin gebracht habe. Ich war sein erster Patient. Er hatte ein paar Kenntnisse über Heilpflanzen und Kräuter und hat sie alle an mir ausprobiert. Einige haben gewirkt, andere nicht. Aber ich glaube, den Löwenanteil an meiner Heilung machten seine

Geduld aus und die Unterredungen, die wir hatten. Er war damals noch ein Teenager. Unter normalen Bedingungen wären wir uns nie über den Weg gelaufen, oder wenn, wären wir gewiss keine Freunde geworden. Aber so geht es eben. Die gleichmütigen Wege des Schicksals oder was auch immer, haben uns zusammengebracht.

Nein", fuhr er nach einer Weile fort, „Verbitterung kommt eigentlich nirgendwo ins Bild. So hatten sich die Dinge nunmal entwickelt, und mir ging es nur darum, das beste aus meiner Situation zu machen, so wie sie eben nach dem Krieg war. Wenn ich jetzt auf all das zurückblicke, glaube ich, dass Mary und ihrem Mann mehr an Michael und mir lag, als mir je bewusst war. Ich weiß nicht, ob du das verstehen kannst."

Merkwürdigerweise konnte ich es. Oder glaubte es zumindest. Ich sah es alles so vor mir, als betrachtete ich eine Serie von Gemälden in einem Museum. Da waren sie alle, die Darsteller im Drama. Erstens: Der junger Jonathan, der mit seinem unbezahlbaren Collier nur eines wollte: zurück zu seiner Geliebten. Zweitens: Seine geliebte Mary, die einen anderen geheiratet hatte. Drittens: Der Ehemann, der sich der Loyalität Marys sicher genug war, um Mitleid mit Jonathan empfinden zu können und seine hoffnungslose Liebe zu verstehen. Und hinter den Kulissen: Das Schicksal, das so viel unerwartete Bewegungen vollführt, die alle ihre emotionalen Blut- und Schmerzspuren hinterlassen.

Ich konnte mir vorstellen, dass das Paar, glücklich in seiner Ehe, geneigt sein mochte, mit Jonathan großzügig und entgegenkommend umzugehen. Ich konnte mir vorstellen, wie es nach Esthers Tod Michael mit Liebe überschüttet haben mochte, aus dem einfachen Grund, weil das Schicksal so entschlossen schien, sie ihm zu verweigern. Schließlich und endlich verliert sich die asiatische Gewohnheit der Gastfreundschaft, vor allem gegenüber Fremden, nicht so leicht. Und vielleicht ist diese Gewohnheit ja selbst eine Form der Liebe.

Was ich mir aber nicht vorstellen konnte, das war, wie oder wo die verstörende Abwesenheit Esthers ins Bild passte. Und ich musste mich fragen, warum Michael, wenn Mary und ihr Ehemann so freundlich zu ihm gewesen waren, sie mir gegenüber nie erwähnt hatte, warum ich sie nie zu Gesicht bekommen hatte. Lebten sie womöglich nicht mehr in Ulu Banir?

Aber hatte ich Jonathan auch richtig verstanden? Hatte ich ihn so verstanden, wie er es gemeint hatte? Ich antwortete nicht auf seine Frage, weil mir genau in diesem Augenblick ein kurzes Licht aufging, dass es Momente gibt, in denen das Aufschimmern der Wahrheit viel zu einfach überdeckt und verzerrt werden kann vom eigenen Drang, zu verstehen und von der eigenen übertriebenen Hast, neue Informationen auf alte Denkmuster zu pfropfen.

Ich glaube, wenn ich je kurz vor der Erleuchtung stand, dann in diesem Augenblick. Denn heute kann ich erkennen, dass, wäre ich damals nicht so fixiert auf die konventionelle Vorstellung gewesen, Michaels Mutter müsse automatisch Jonathans gesetzliche Ehefrau gewesen sein, ich die Wahrheit über seine Geburt schon vor zwanzig Jahren hätte erraten können. Und wer weiß, in welche Richtung mein Leben dann verlaufen wäre?

Nach einer Weile sagte Jonathan: „Du solltest einen alten Mann nicht so endlos herumfaseln lassen, weißt du."

„Aber ich höre dir wahnsinnig gerne zu."

Und ich hatte das Bedürfnis, ihm zu erzählen, dass meine Eltern mir nie etwas über ihre Vergangenheit erzählt hatten, was dazu führte, dass ich mich wurzellos fühlte und keine eigene Identität fand.

„Schon, aber über manche Dinge sollte man einfach nicht sprechen."

Dann streckte er die Hand zu mir aus und sagte: „Komm, wollen wir eine kleine Runde durch den Garten drehen, bevor es zu heiß wird? Yew Chuan meint, ich bräuchte Bewegung."

Erst am 20. März fiel mir auf, dass ich zweimal hintereinander keine Periode gehabt hatte. Mit einem Schlag wurden mir die Gründe für die morgendliche Übelkeit, den Heißhunger am Mittag und die täglichen Attacken von Schläfrigkeit nach dem Mittagessen klar.

Als ich zum Frühstück nach unten kam, sah ich so aus wie ich mich fühlte: sehr blass.

Und als ich dann noch die Zuckerdose umstieß, fragte Jonathan mich:

„Du bist schwanger, stimmt's?"

Wie konnte er über etwas Bescheid wissen, das mir selbst erst gerade eben bewusst geworden war?

„Ich bin mir nicht sicher."

„Möchtest du damit zu Yew Chuan gehen?"

„Nein, nein. Um Himmels Willen nicht."

Jonathan lächelte.

„Du wirst sehen, dass es nur sehr wenige Dinge gibt, die Yew Chuan schockieren, und ganz gewiss nicht so etwas natürliches wie eine Schwangerschaft. Aber zu einem Arzt musst du, um es so oder so bestätigen zu lassen, damit du anfangen kannst zu überlegen, wie du dich dazu verhalten willst."

Was meinte er mit ‚mich dazu verhalten'? In welche Richtung?

„Und dann solltest du es auch Michael wissen lassen."

Aber in diesem Punkt war ich unnachgiebig.

„Nein. Ich will nicht, dass er glaubt, er müsse mich jetzt heiraten oder ich würde ihn nur deswegen automatisch heiraten."

„Aber wenn du das Baby willst, wirst du heiraten müssen."

„Muss ich?"

Er seufzte. Er tat mir leid. Ich war unterbelichtet heute Morgen.

„Wenn aus keinem anderen Grund, denk daran, was deine Mutter sagen würde."

Meine Mutter. An die hatte ich überhaupt nicht gedacht. Mein Herz fiel mir in die Hose. Jonathans pragmatische Stimme fuhr fort.

„Wenn du Michael nicht heiraten willst, ist das ein Grund mehr, Yew Chuan möglichst schnell aufzusuchen. Wenn es noch nicht sehr weit ist, könntest du dich dafür entscheiden, es wegmachen zu lassen."

Sofort traten mir die Tränen in die Augen. Nein, das nicht. Und außerdem war das eine schreckliche Art und Weise über ein Kind zu sprechen. Als sei es eine Krankheit. Wenn es noch nicht sehr weit ist. Wegmachen lassen.

Beim Anblick meiner Tränen wurde Jonathan endgültig: „Du kommst heute Morgen mit mir nach Kota Banir und gehst zu Yew Chuan."

Und so wurde es offiziell bestätigt, dass ich schwanger war.

Auf dem Rückweg fragte Jonathan: „Nie daran gedacht, die Pille zu nehmen?"

„Hatte ich, dann habe ich damit aufgehört."

„Das ist so ein bisschen, wie deine Versicherungspolice nicht mehr zu zahlen, hm?"

„Als Michael nach Hause kam, wollte ich sie nicht weiter nehmen."

Er lächelte. „Die moderne Version eines Keuschheitsgürtels?"

„So was in der Art."

„Und dann bist du nach Hause gekommen, und hast es vergessen."

„So was in der Art."

Ich fing an mir zu wünschen, dass Jonathan mein Vater wäre

Meine Schwangerschaft hätte nicht zu einem ungünstigeren Zeitpunkt kommen können. Jonathan sollte in der ersten Aprilwoche für seine Herzuntersuchungen nach London reisen, und ich wollte ihm keine zusätzlichen Sorgen bereiten. Denn er machte sich Sorgen. Ich glaube, er machte sich mehr Sorgen als ich. Und schließlich war er es, der entschied, was aus meiner Situation werden sollte.

Zwei Tage später rückte er ohne Umschweife mit seinem Lösungsvorschlag heraus.

„Hör zu, Ai Lian, ich erwarte nicht, dass du in dieser Situation sonderlich schnell denkst, aber ich habe den Eindruck, dass du Michael nicht heiraten willst, zugleich das Baby auch nicht loswerden willst."

Ich zuckte zusammen bei dem Wort ‚loswerden'.

„Aber was ich nicht zulassen werde, ist, dass ein Enkelkind von mir im Gefühl aufwachsen muss, es sei illegitim. Also mache ich dir einen Vorschlag und bitte dich, ihn dir genau anzuhören, weil du womöglich erkennst, dass du keine andere Wahl hast, als zu tun, was ich sage."

Ich wartete.

„Ich schlage dir vor, mich zu heiraten. Nein, lass mich ausreden. Das soll lediglich dazu dienen, dem Kind einen Namen zu geben. Und das muss passieren, bevor ich mein Checkup in London bekomme, falls ich dort nämlich eine Operation brauche und sie nicht überlebe. Oder aber mit einem Schlaganfall zurückkomme, und ein Gericht mich für unfähig erklärt, solche Entscheidungen noch zu treffen. Ich überlasse es dir, ob du Michael Bescheid sagen willst. Aber worauf ich bestehen muss, ist, dass du deine Mutter darüber informierst."

Ich war von meinen eigenen verrückt spielenden Hormonen zu sehr betäubt oder anästhesiert, um überrascht oder schockiert zu sein. Ich antwortete ihm lediglich völlig ruhig: „Kann ich den Abend haben, um darüber nachzudenken?"

„Kein Problem. Aber denk daran, dass du nur zwei Alternativen hast: Die eine ist, Michael zu heiraten. Die andere, das Baby wegmachen zu lassen."

Wie ich ihn so unnachgiebig und diktatorisch erlebte, konnte ich mir vorstellen, welche Ängste er in den Herzen der Zapfer auf Wanderarbeit hervorgerufen hatte, als er die Plantage noch aktiv leitete. Aber in der Stimmung, in der ich war, empfand ich ihn als komisch und begann zu kichern. Ich musste daran denken, was Michael gesagt hatte, dass er nämlich die Art Mann war, der aus reiner Ritterlichkeit eine Frau heiraten würde, die von einem anderen schwanger ist. Bloß dachte ich, hat es rein gar nichts mit Ritterlichkeit zu tun, es ist reiner Templeton'scher Stolz.

„Na ja, freut mich ja, dass du auch die komische Seite der Dinge siehst", sagte er, gab endlich nach und lachte gemeinsam mit mir.

Aber es war schon genau so, wie er sagte. Ich hatte nicht wirklich eine Wahl.

Beim Frühstück sagte ich ihm, ich würde ihn zu seinen Bedingungen heiraten, aber unter einer Voraussetzung. Wir mussten aus Ulu Banir fortgehen, um zu heiraten und bis zur Geburt des Kindes nicht wieder zurückkehren.

„Warum?"

Ich erzählte ihm von meiner Furcht, dass irgendwer in Ulu Banir nicht wollte, dass er ein weiteres Kind hätte.

„Und ich bin nicht scharf auf die Aussicht, ermordet zu werden, nur weil irgendein Irrer glaubt, ich würde dein Kind im Leib herumtragen. Umso weniger, als ich das eben nicht tue."

Ich erwartete, dass er lachen würde. Aber zu meiner Überraschung nahm er das, was ich sagte, sehr ernst. Nach kurzem Nachdenken stimmte er zu.

„In Ordnung. Wir reisen morgen nach Kuala Lumpur ab, wenn du möchtest. Aber jetzt ruf deine Mutter an."

„Ma, ich heirate."

„Wen?"

„Einen Mann namens Jonathan Templeton."

„Jonathan? Ich dachte, er heißt Michael."

„Das ist der Sohn. Ich heirate den Vater."

„Den Vater? Ai Lian, soll das ein Witz sein?"

„Nein, ich meine es ganz ernst."

„Er muss alt genug sein, um dein Vater sein zu können."

„Fast." Ich wollte ihr lieber die Eröffnung ersparen, dass Jonathan älter war, als mein Vater gewesen wäre, wenn er noch lebte.

„Bist du dir sicher, dass es das ist, was du tun willst?"

„Ja."

Eine Pause.

„Du bist doch nicht etwa schwanger, oder?"

„Doch, genau das bin ich."

„Der dreckige alte Mistkerl."

„Nein, Ma, er ist ein liebevoller Mensch und extrem gutherzig."

„Ihm gehört die Plantage?"

„Ja."

Wieder Pause.

„Ai Lian, du willst ihn doch nicht etwa des Geldes wegen heiraten?"

„Aber natürlich heirate ich ihn des Geldes wegen. Und der Plantage."

Lange Pause. Ich sah sie vor mir, einem Herzstillstand nahe, weil ihre Tochter, ihr eigen Fleisch und Blut, die erste und wichtigste Regel über die Liebe verletzte, die ihre Romane sie gelehrt hatten: Eine wahre Heldin heiratet nie, aber auch nie des Geldes wegen. Sie tat mir leid.

„Es ist alles in Ordnung, Ma. Mach dir keine Sorgen."

Ein tiefer Seufzer.

„Na, ich hoffe nur, du weißt, was du tust, das ist alles. Wann soll die Hochzeit sein? Kann sie warten, bis ich zurück bin? Ich würde ihn gerne vorher in Augenschein nehmen."

„Nein, sie kann nicht warten. Wir reisen in einer Woche nach England und morgen nach KL. Ach ja, und wir werden bei uns zu Hause übernachten."

Ich legte auf und stellte mir meine Mutter vor, wie sie bei dem Gedanken hyperventilieren würde, dass ihre frevelhafte Tochter in dem Haus Unzucht trieb, das sie und mein Vater sich von ihren schwer verdienten Renten abgespart hatten.

„Ich konnte nichts dagegen tun, den Teil mitzuhören, dass du mich des Geldes und der Plantage wegen heiratest", sagte Jonathan.

„Es ist so leicht, meine Mutter zu schockieren, dass ich gar nicht weiß, warum ich mir die Mühe mache. Aber apropos. Sollte dir etwas zustoßen, will ich, dass Michael alles bekommt. Du sollst dein Testament nicht ändern."

„Du weißt, es ist mein Enkelkind."

„Ich weiß, aber ich habe mein eigenes Geld. Nicht viel zwar, das meiste habe ich schon ausgegeben. Aber du wirst mir beibringen, wie ich es für mich arbeiten lassen kann und dabei reich werden."

Er lachte.

Und so heirateten Jonathan Templeton und ich am 1. April 1974 in London.

Fünftes Kapitel
April 1974 – Dezember 1993

Jonathan starb ein paar Wochen nach Annas vierzehntem Geburtstag, er schlief eines Nachts friedlich ein. Ich rief Hafiz an und schickte Michael ein Telegramm. Außer Yusuf, der im vergangenen Jahr gestorben war, kamen alle seine alten Freunde aus Ulu Banir zum Begräbnis. Ich war gerührt, denn seit unserer Heirat hatten sie wenig von Jonathan gesehen. Ich hatte mich geweigert, mich in Ulu Banir niederzulassen, und im Laufe der Jahre hatte er den Rest des Besitzes an Yusuf verkauft und zusammen mit mir und Anna in halbem Ruhestand gelebt.

Ich war zweiundzwanzig als ich Jonathan heiratete. Ich hatte ein Semester lang studiert, nie gearbeitet und war unreif genug, bei dem Gedanken, der Schatz eines alten Mannes zu sein, zu kichern. Das war so etwas, worüber meine Schulfreundinnen und ich endlose Diskussionen führen konnten, als wir zum ersten Mal die schmerzhaften Tatsachen von Sex und Babys entdeckten. Inmitten von Aufschreien aus Enttäuschung, Entsetzen und Ablehnung, hatten wir geschworen, nie zu heiraten. Es sei denn – so unschuldig waren wir – wir heirateten einen alten Mann.

Ich war siebenunddreißig als er starb. Und ich hatte das Gefühl, den besten Freund verloren zu haben, den eine Frau sich nur wünschen konnte.

Als das Baby zur Welt kam, war er so nervös und so beglückt, als wäre es sein eigenes. Wir betrachteten ihre blauen Augen und ihr nacktes Köpfchen mit dem silbrigen Flaum. Er meinte, sie würde irgendwann genau so aussehen wie Michael.

„Aber Michael hat graue Augen und braunes Haar.“

„Ja, aber als Baby, hat man mir gesagt, hatte er blondes Haar und blaue Augen. Bei mir war es übrigens genauso, als ich ein Baby war. Hast du schon entschieden, wie sie heißen soll?“

„Ach du lieber Himmel, ich habe überlegt und überlegt. Ich habe eine Liste mit bestimmt hundert Namen, aber ich kann mich nicht entscheiden. Möchtest du die Ehre haben?“

„Vielleicht gefällt dir meine Wahl ja nicht.“

„Ich verspreche dir, ich akzeptiere alles außer Abigail.“

„Seltsam, dass du ausgerechnet –“

„Nein, Jonathan, nein! Nicht Abigail!“

„Na gut denn. Ich habe häufig gedacht, wenn ich eine Tochter hätte, würde ich sie nach meiner Mutter nennen, Anna.“

„Anna Templeton. Das hört sich schön an. Sehr schön. Außerdem der Name einer meiner Lieblingskünstlerinnen. Darf ich jetzt den Mittelnamen auswählen?“

„Natürlich. Und welchen?“

„Hättest du etwas gegen Michaela?“

„Etwas dagegen haben? Ich wäre zutiefst verletzt, wenn meine Enkeltochter nicht auf den Namen Anna Michaela Templeton getauft werden würde.“

Da hatte ich das Gefühl, dass es doch irgendwo einen gerechten Gott gab, obwohl Anna dann, als sie größer wurde, braune Augen und fast schwarzes Haar bekam.

Sein Interesse an Anna und sein Entzücken über sie, während sie heranwuchs, war sein größtes Geschenk an uns beide. Als sie noch klein war, konnte er über jede sie betreffende Kleinigkeit in Begeisterung verfallen, bis hinunter zu ihren perlenartigen Zehen. Er badete sie und wickelte sie, und zuerst glaubte ich, er traue mir nicht zu, diese Dinge auch selbst zu beherrschen.

„Nein, darum geht es nicht. Es ist nur, weil ich nie die Möglichkeit hatte, Michael so zu genießen, als er klein war. Als ich ihn zum ersten Mal sah, war er schon drei Jahre alt.“

Unser ganzes gemeinsames Leben hindurch gab es vieler solcher, wie ich dachte, Erinnerungslücken, was seine Ehe und Michaels Kindheit betraf. Aber ich wollte nicht nachbohren, damit er nicht selbst begann, sich für alt zu halten.

Ich hatte nicht die geringste Ahnung vom Muttersein. Sobald Anna aus dem Kleinkindalter herausgewachsen war und nicht mehr länger als ein lebendiges Püppchen betrachtet werden konnte, lag ihre weitere Entwicklung vor mir wie ein Minenfeld aus potentiellen Fehlern und Dingen, die man noch bereuen würde. Aber Jonathan war da, der gute, geduldige Jonathan, und zeigte mir, dass die Gebiete meiner größten Frustrationen genau die Gebiete waren, auf denen meine eigene Entwicklung steckengeblieben war. Und wie eine kranke Weinrebe band ich mich an den natürlichen und kräftigen Wuchs von Annas gesunder Entwicklung und kletterte Zentimeter für Zentimeter zu meiner eigenen emotionalen Reife hinauf. Ihr Wachstum wurde mein Wachstum.

Wäre ich eine der Figuren in der Art von Romanen gewesen, die meine Mutter immer las, dann wäre ich mein Lebtag der Erinnerung an Michael treu geblieben und hätte mit Jonathan eine keusche und geschäftsmäßige Beziehung geführt. Aber so funktioniert die Liebe nicht, und so funktionieren auch unsere Körper nicht. Also muss ich sagen, ja, als er starb, verlor ich auch einen sehr liebevollen und zärtlichen Liebhaber.

Das erste Mal bin ich einige Monate nach Annas Geburt in sein Bett gegangen.

„Du musst nicht, das weißt du“, sagte er.

„Ich weiß. Aber ich möchte.“

„Warum?“

„Warum? Weil ich anfange, mich einsam zu fühlen, darum.“

„Mich würde es nicht stören, wenn du dir einen Liebhaber nimmst. Einen jungen Mann, der diskret sein kann.“

Ist jemals irgendeine andere Frau so von der Bettkante gestoßen worden?

„Wirst du wohl aufhören, wie so ein dekadenter alter Aristokrat zu reden? Sagen wir es so, Jonathan: Ich bin zu faul, irgendwo nach einem jungen Mann zu suchen, immer vorausgesetzt, ich wüsste wie. Was soll ich denn tun? Eine Anzeige in die Zeitung setzen? Mich ins Foyer irgendeines Hotels hocken? Oder mich auf einem Barhocker drapieren? Sagen wir es so, ich bin zu faul, um diskret zu sein, und zu geizig, eine Wohnung nur für Sex zu mieten. Sagen wir es so: Es ist praktischer mit dir, da du mein Ehemann bist. Du meintest, es würde eine Zweckehe sein. Und natürlich hat die Tatsache, dass ich dich recht attraktiv und sexy finde, nichts mit alledem zu tun."

Ich hätte noch hinzufügen können, dass ich fand, ich schuldete ihm zum Ausgleich für all seine Warmherzigkeit zumindest die Geborgenheit meines Körpers, aber das sagte ich nicht.

Er hatte gelacht und mir seine Arme geöffnet. Und so lernte ich, Jonathan mit wärmender, dankbarer und befriedigender Liebe zu lieben.

Es war anders als mit Michael, aber in mancherlei Hinsicht wirkte es wie eine Erweiterung dieser Beziehung. In Jonathan fand ich die Teile Michaels wieder, die ich immer geliebt hatte – den Geist, die leichthändige Fähigkeit, Probleme beiseite zu schieben und die komische Seite der Dinge zu sehen, den spaßhungrigen Clown und Imitator. Vor allem aber die ständige Bereitschaft, wieder zum Kind zu werden.

Ich weiß noch, wie wir einmal die Champs-Élysées hinunter schlenderten. Ich schob Anna im Kinderwagen vor mir her. Ein umherirrendes Stück Zeitung flatterte ihm entgegen und er spielte über mehrere Meter Fußball mit ihm, bis der Wind es schließlich wegwehte. Dann wandte er sich zu mir und sagte mit einem Ausdruck tiefster Befriedigung: „Das habe ich schon immer tun wollen. Auf einer der berühmtesten Straßen in einer der berühmtesten Städte der Welt ein Stück Zeitung vor mir her zu kicken."

Ich glaube, das war der Moment, wo ich mich in ihn verliebte.

Es war unvermeidlich, dass ich irgendwann nach Cynthia fragte.

„Hast du Cynthia denn nicht geliebt?"

„Doch. Auf meine Weise."

„Aber du wirktest so ungerührt von ihrem Tod."

„Wenn ich mich recht entsinne, hatte ich einen solchen Schock, dass ich ins Krankenhaus musste."

„Ja, aber danach."

„Danach habe ich gelernt, ihren Tod zu akzeptieren als Teil ihres Lebens, ihres Karmas, wenn du so willst."

„Du meinst, so als hätte sie es nicht anders gewollt?"

„Nein. Nur so wie ich es gesagt habe. Gewalt gehörte zu ihrem Leben einfach dazu. Soweit ich weiß, war ihr Vater unzufrieden mit seiner militärischen Laufbahn, und ich fürchte, er hat diese Frustrationen an seiner Frau und Tochter ausgelassen, manchmal auch gewalttätig. Er hatte das Gefühl, die Tatsache, dass Bridget Eurasierin war, wäre der Grund dafür, warum er nicht so schnell befördert wurde, wie er es verdient gehabt hätte."

„Kann da etwas dran gewesen sein?"

„Ich glaube nicht. Ich erinnere mich an ihn aus der Zeit, wo er in Ulu Banir war. Er war in gewisser Hinsicht ein fürchterlich sturer Kopf. Wenn er sich einmal was in den Kopf gesetzt hatte, dann ließ er den Gedanken so wenig los wie ein Pit Bull sein Opfer."

Er unterbrach sich, als sei er sich nicht sicher, ob er weiterreden solle, dann fuhr er fort.

„Er war an den Ermittlungen zu Esthers Tod beteiligt, weißt du."

Ich nickte. Das hatte er mir bereits erzählt.

„Na ja, und er glaubte, ich weiß nicht warum, dass nicht die Kommunisten verantwortlich gewesen waren. Er bestand darauf, weiter zu verhören und zu bohren, auch nach dem offiziellen Abschlussbericht. Ich musste irgendwann mit seinen Vorgesetzten reden. Kurz darauf ging er dann nach Hause."

„Aber wenn es einen Zweifel gab, warum wolltest du die Spur dann nicht weiterverfolgen? Wolltest du denn nicht wissen, wer es tatsächlich getan haben könnte?"

Er dachte kurz nach.

„Ich sah nicht recht, wozu es gut sein sollte. Es hätte nur bedeutet noch mehr Fragen von der Art, die ich nicht ertragen konnte. Und es hätte Esther nicht zurückgebracht."

„Und er ging dann tief frustriert nach Hause und entwickelte sich zu einem gewalttätigen Mann."

„Ich weiß wirklich nicht, ob man da so eine direkte Verbindung ziehen kann." Er seufzte kurz und fügte hinzu: „Aber ich nehme an, dass ich mich deswegen irgendwie für Cynthia verantwortlich gefühlt habe."

„Hat Cynthia dir leid getan? War das der Grund, warum du sie heiraten wolltest?"

„Sind die Dinge immer so eins zu eins für dich? Nein, natürlich nicht. Ich bin aus Fleisch und Blut wie jedermann, was ich dir ja wohl bewiesen habe, und Cynthia war ein sehr attraktives Mädchen."

Zum ersten Mal spürte ich einen Stich Eifersucht.

„Es gab noch einen weiteren Grund", sagte er nach einer Weile. „Mit Cynthia habe ich verstanden, dass das, was ich Liebe zu Mary genannt hatte, eine Obsession war, eine Illusion, eine obsessive Illusion, was auch immer. Ich bin zu dem Schluss gekommen, dass Liebe wenig damit zu tun hat, jemanden aus der Entfernung anzuhimmeln. Es hat mit dem Handeln zu tun, damit, etwas Konkretes für einen anderen zu tun, auch wenn es unbequem sein mag. Und als Cynthia dann zu mir kam und um Hilfe bat, weil sie glaubte, sie könne Hafiz nicht heiraten, da habe ich gemerkt, dass es mich ganz schlicht glücklich machte, etwas für sie tun zu können, ja selbst ihr vorzuheucheln, dass sie künstlerisch begabt sei. Sie gab mir einen Grund, morgens aufzustehen. Und das, habe ich herausgefunden, war Liebe. So einfach und so ohne jeden Krampf. Ich habe mich gefreut, als wir herausfanden, dass sie schwanger war, das hat mir einem Vorwand geliefert, ihr einen Heiratsantrag machen zu können."

„Michael und ich haben geglaubt, das Baby wäre nicht von dir und du wolltest sie aus Gründen der Ritterlichkeit heiraten und so."

„Großer Gott. Ich bin doch kein Heiliger. So was würde ich nicht tun."

„Für mich hast du es getan."

„Aber in deinem Fall war es ja ganz anders. Michael ist mein Sohn und das Kind mein Enkelkind."

Wieder ein Stechen.

„Bereust du, dass du es getan hast?"

„Soll ich dir beweisen wie sehr oder wie wenig?"

Manchmal wenn ich sein Gesicht betrachtete, das dem Michaels so sehr ähnelte, dachte ich: „So wäre es, wenn ich eingewilligt hätte, mit Michael zusammen alt und vernünftig zu werden." Und ich hatte keine Schuldgefühle dabei, denn ich wusste, dass er wusste, dass ich Michael als Ersten geliebt hatte. In solchen Momenten hoffte ich dann, dass er, wenn er glücklich mit mir war, sich sagen würde: „So wäre es gewesen, wenn ich Mary geheiratet hätte." Ich stellte mir gerne vor, dass er seine verlorene Vergangenheit durch mich irgendwie nachleben könne, so wie ich durch ihn meine verlorene Zukunft lebte. Es war als straften wir das Dichterwort Lügen: Wir konnten eine Straße nehmen und dennoch wissen, wie es gewesen wäre, hätten wir die andere genommen.

Mit Michael hatte ich gelernt, Geld für sinnliche und materielle Freuden auszugeben. Mit Jonathan weitete meine Erziehung sich dahingehend, Geld für mein geistiges und spirituelles Wachstum zu benutzen. Mit seiner Hilfe machte ich eine Menge cleverer Investitionen und wurde zu einer wohlhabenden Frau; das Geld wiederum gab mir die Freiheit, die unterschiedlichen Welten von Bildung und Kultur zu erkunden, in die mich hinein zu geleiten er bereitstand.

Es war Jonathan, der mir die wahre Bedeutung meines Namens entschlüsselte.

„Soll ich meinen Namen zu Eileen umändern?“, fragte ich ihn eines Tages.

„Warum solltest du das denn tun wollen?“

„Findest du nicht, dass Lotus der Liebe lächerlich klingt? Ich meine dann jedes Mal, wenn ich in den Spiegel blicke, müsste ich mich darin mit scharlachroten Lippen, drei Zentimeter langen Krallen, schwarzem Lidstrich und eng anliegendem Cheongsam sehen, mit Schlitzen hoch bis zur Taille. Die asiatische Femme fatale.“

„Hat dir nie jemand erklärt, was dein Name bedeutet?“

„Nein, ich habe nur mal die Übersetzung in einem chinesisch-englischen Wörterbuch nachgeschlagen.“

„Und wenn ich dir nun sagen würde, dass man Ai Lian ebenso gut mit dem Wort Barmherzigkeit oder Empathie übersetzen könnte, würdest du dich dann besser fühlen?“

Ich sprach sie vor mich hin.

„Doch, wesentlich besser. Aber ist das denn die wahre Bedeutung?“

„Kommt drauf an, wie du die chinesischen Schriftzeichen schreibst.“

Ich hatte nicht gewusst, dass er chinesisch lesen konnte. Plötzlich empfand ich mein eigenes Unwissen als große Peinlichkeit.

„Aber was ist mit dem Lotus?“, fragte ich.

„Wiederum eine Frage der Schriftzeichen."

„Ich glaube, den Lotus will ich in meinem Namen behalten. Lotus der Barmherzigkeit hört sich doch nett an."

„Weißt du, was es bedeutet?"

„Ich glaube, also ich hoffe, es hat nichts mit Odysseus und den Lotus-Essern zu tun." Ich musste an meinen opiumrauchenden Großvater denken.

„Überhaupt nicht. In deinem Fall hat der Lotus eine besondere Bedeutung, weil er im Schlamm wurzelt, im Schleim treibt und dennoch in schönster Reinheit erblüht. Hast du denn nie etwas von der Göttin der Barmherzigkeit gehört, du armes Heidenkind?"

„Man entgeht ihr kaum. Ihre Statue steht doch überall."

„Und was weißt du über sie?"

„Ist sie nicht die chinesische Entsprechung der Jungfrau Maria?"

„In vielerlei Hinsicht kommt das hin, nehme ich an, aber es wäre doch eine ziemlich groteske Vereinfachung."

Und er erzählte mir von dem Bodhisatva Avalokiteshvara, der seine Erleuchtung erlebte, indem er die Einheit von Form und Leere erkannte und danach die reinste Form von Barmherzigkeit und Liebe praktizierte, ohne Strafe zu fürchten, auf Lohn zu hoffen oder von seinem Ego beherrscht zu werden.

„Aber wo kommt bei alledem der Lotus ins Spiel?", insistierte ich im Beharren darauf, dass mein Name dasselbe wie mein Ego, wie ich selbst sei.

„Ach darüber könnte man ganze Bücher schreiben."

Und so begannen wir, Jonathan und ich, mit dem Lotus als unserem Brennpunkt eine kulturelle, magische Reise ins Geheimnis, die in Asien begann und einmal um die Welt führte, um schließlich zurück an den Punkt zu gelangen, der ich bin, die Frau, der Lotus, die Brücke zwischen Leere und Form. Und wäre ich eine begabtere Schülerin gewesen, dann hätte ich versucht, an das unauslotbare Ende dieser Reise in den Tiefen meines eigenen Wesens zu gelangen, jenseits dieses Universums.

Aber das war ich nicht. Meine Grenze war die Wahrnehmung meiner Natur.

Ich fand heraus wie irrelevant Hafiz' Frage, ob ich in meinem Land wieder Wurzeln schlagen sollte, war. Meine kulturellen Wurzeln, glaubte ich, griffen durch Raum und Zeit hindurch und konnten überall Nahrung finden. Und was Michaels Bedürfnis betraf, das Land zu verlassen, um seine Talente zu voller Blüte zu bringen, so fand ich, war das nicht auf mich übertragbar. Denn ich glaubte, dass ich nur ein einziges Talent besaß, nämlich Geld zu verdienen, und Geld verdienen konnte ich überall auf der Welt, sofern ich ein Telefon besaß und später dann ein Faxgerät.

Mein anderes Talent, das sture Bohren nach Wahrheit, schob ich als peinliche Obsession von mir weg.

Vom Brillant-Collier habe ich nie jemandem erzählt. Es blieb in einem Bankschließfach, aus dem ich es einmal pro Jahr am Jahrestag seiner Überreichung herausholte. Dort, in einem privaten Raum, der mir zur Verfügung gestellt wurde, überließ ich mich der einsamen Traurigkeit wieder mit Michael zusammen zu sein. Während ich seine warm und golden glitzernde Schönheit anstarrte, war ich nahe daran zu glauben, dass es mir, wenn ich mich nur genügend konzentrierte, all seine Geheimnisse offenbaren würde.

Über die Jahre hinweg wurde es für mich zu einer Kristallkugel, in der ich die Vergangenheit sehen konnte und zu einem Talisman der ungesagten Wahrheit. Bedauerte ich, nicht mit Michael alt und vernünftig geworden zu sein?

Ja, das tat ich. Aber so wie die Dinge lagen, hätte ich niemand besseren als Jonathan finden können, mit dem ich alt und vernünftig werden konnte. Ich war eine Frau, die viel Glück hatte im Leben.

Anna lag nicht ganz richtig, als sie sagte, dass Michael fortging und nie mehr zurückkam. Er kam zurück, am Tag von Jonathans Begräbnis.

Er war nicht in der Kirche, aber als wir danach nach Hause kamen, wartete er dort auf uns. Er lernte Anna kennen und sprach kurz mit ihr, bevor sie, meine guterzogene, halb-chinesische Tochter sich zurückzog, damit wir reden konnten.

„Bist du glücklich?“, fragte er mich auf seine direkte Art.

„Momentan gerade nicht, aber doch, ja, ich bin glücklich gewesen mit Jonathan.“

„Dein kleines Mädchen ist zu einer sehr schönen jungen Dame herangewachsen. Meine Halbschwester.“

Ich war nicht in der Stimmung für Scherze oder Lügen oder Halbwahrheiten, also sagte ich:

„Unser kleines Mädchen. Deine Tochter.“

„Ich weiß. Ich kann mit den Fingern zählen. Warum hast du es mir nicht gesagt? Ich wäre Hals über Kopf zurückgekommen, um dich zu heiraten. Das musst du auch gewusst haben.“

Ich sah weg. Nur Michael war zu so etwas fähig. Mich mit den simpelsten einfach so dahingesagten Worten zum Weinen zu bringen.

„Seit wann hast du es gewusst?“, fragte ich.

„Noch vor deiner Heirat.“

„Aber wie? Wer hat es dir gesagt?“

Er lachte.

„Ich habe an quasi drei aufeinanderfolgenden Tagen drei Telegramme bekommen. Das erste war von Dad. Das zweite war von Yew Chuan. Das dritte von Hafiz. Ich glaube, alle drei haben von mir erwartet, in der Kirche oder auf dem Standesamt zu erscheinen und Widerspruch gegen die Heirat einzulegen.“

„Und warum hast du es nicht?“

„Weil kein Telegramm von dir dabei war. Warum nicht?“

„Ich wollte keine Last für dich sein. Du weißt, was man über Mussehen sagt, und all die Reue und die Vorwürfe später."

„Also hast du geglaubt, so wäre es besser für dich. Und ich sehe ganz gut, dass es für dich besser so war. Schwarz steht dir gut."

Das fand ich unter der Gürtellinie. Aber dann blickte ich in seine wohlbekannten grauen Augen und empfand einen solchen herzzerreißenden Schmerz, dass ich nicht mehr zu atmen vermochte. Er sah so matt aus, so ausgelaugt, so hager. Nein, dachte ich, man braucht keinen Revolver, um jemanden zu ermorden. Ich nahm seine dünnen Hände in meine. Die Knochen und Adern standen hervor, die Haut war trocken und spannte. Ich liebkoste sie mit meinen Wangen, und dann küsste ich sie, aus Ehrerbietung, aus Reue.

„Du siehst nicht gut aus."

„Ich muss zugeben, dass ich derzeit schnell müde werde."

„Bist du schon mal bei einem Arzt gewesen?"

„Ich bin in Behandlung."

„Was ist es denn? Weißt du's?"

„Es ist eine Form von Leukämie."

„Oh, Michael!"

Mehr brachte ich nicht hervor. Ich war immer gesund gewesen und hatte mich nie mit Krankheiten beschäftigt, schon gar nicht mit tödlichen. Mir war es immer so vorgekommen, als könnten sie mit Ausnahme meines Vaters immer nur andere Leute treffen, nicht mich oder die meinen.

Ich bat ihn, eine Weile bei uns zu bleiben. Ich fragte nicht nach und es interessierte mich auch nicht, ob er eine Frau oder eine Geliebte oder einen Geliebten oder sonst jemanden hatte, der in England auf ihn wartete. Das Einzige, was ich wusste war, dass ich ein Recht darauf hatte, ihn eine Weile nur für mich zu haben. Ich frage mich, warum Anna sich nicht an diesen Monat erinnerte, den er bei uns verbrachte. Wahrscheinlich, weil sie wie die meisten jungen Leute, wie auch ich, alles Unangenehme einfach ausklammerte aus ihrem Leben. Vielleicht war ich auch diejenige, die sie ausklammerte.

Als mein Vater starb, hatte ich überhaupt nicht getrauert. Als meine Mutter starb, war ich nicht einmal bei ihr. Meine Tante schrieb mir aus Neuseeland, sie habe eine schnelle und simple Bestattung gewünscht; es sei nicht nötig, dass ich die teure Reise unternehme, denn wenn ich diesen Brief erhalten hätte, sei ohnehin alles vorüber. Ich war bestürzt, bestürzt, dass meine Mutter bis in ihren Tod hinein eine Waise geblieben war, die sich jeder Aufmerksamkeit und Anstrengung unwürdig fühlte, die nie gewagt hatte, um etwas zu bitten, weil sie immer eine Ablehnung gefürchtet hatte. Und ich war wütend auf meine Tante, die andere Waise, dass sie nicht einmal die paar zusätzlichen Groschen für ein Telegramm statt eines Briefes hatte aufbringen wollen, damit ich beim Begräbnis meiner Mutter hätte dabei sein können.

Als Jonathan starb hatte ich keine Zeit zu trauern. Denn plötzlich war Michael da und starb vor meinen Augen dahin.

Ich verbrachte die Nächte mit ihm, schlüpfte zu ihm ins Bett, hielt ihn in meinen Armen, berührte ihn, streichelte ihn, versuchte, mit Willenskraft meine roten Blutkörperchen in seinen Kreislauf zu zwingen, meine Lebenskräfte in seinen Körper. Ich wollte meine robuste Gesundheit mit ihm teilen. Mehr noch, ich dachte, wenn ich ihn wieder gesund und kräftig machen könnte, indem ich mein eigenes Leben hergab, dann würde ich gerne für ihn sterben. Sein schöpferisches Leben, so voller Schönheit und Sinn, schien mir so ungleich mehr wert zu sein als meines.

Eines Morgens wachte ich auf und sah ihn vor dem Spiegel stehen.

Am Tag zuvor hatte ich das Collier aus dem Bankschließfach geholt. Und in der Nacht hatte ich es angelegt. Ich erzählte ihm von dem Versprechen, das ich mir vor so vielen Jahren selbst gemacht hatte.

Und dann stand ich vor ihm, nackt bis auf die Halskette. Und wir liebten uns. Langsame, vorsichtige, ängstliche Liebe. Das Herz klopfte mir bis zum Hals, ich hatte Angst, was passieren könnte, Angst, dass es alles zu viel für ihn sein könne. Und in meiner Angst sagte ich mir, sollte er jetzt sterben, während er Liebe mit mir machte, dann würde ich, Anna hin, Anna her, mit Sicherheit ebenfalls sterben.

Als es vorüber war, hatte er sich hingelegt, und war, mich mit einem dünnen, sich entschuldigenden und erschöpften Lächeln ansehend, sofort eingeschlafen. Den größten Teil der Nacht verbrachte ich mit meinem Ohr auf seinem Herz, um sicher zu sein, dass er noch atmete. Genauso wie ich das mit Anna getan hatte, als sie erst wenige Tage alt war und ganz einfach viel zu unmöglich, unsäglich fein erschien für diese grob gestrickte Welt.

Als ich erwachte, stand er vor dem Spiegel und begutachtete seine Erscheinung. Er bemerkte meinen Blick, warf meinem Spiegelbild ein rasches Grinsen zu, dehnte den Rücken und sagte mit selbstironischem Angeberton:

„Nicht mehr ganz auf der Höhe dessen, was ich mal war, hm?“

„Hör auf, Michael. Für mich bist du schön. Für mich wirst du immer schön sein.“

„Und das ist schön zu hören, wie auch immer.“

Ich musste weinen. Nicht wegen seines dahinsiechenden Körpers, sondern wegen seiner zerstörten Illusionen.

„Oh Michael. Habe ich das dir angetan?“

„Pst, mein Schatz. Du hast gar nichts getan. Das habe ich alles selber geschafft.“

Er war so großherzig wie immer. Er sah meine Verzweiflung und kam und legte sich zu mir und hielt mich in seinen Armen.

„Sieh es mal von der Seite an, meine Allerliebste. Immerhin

weiß ich, dass ich sterben werde. Ich kann mich darauf vorbereiten. Die Leute hoffen immer, dass sie plötzlich sterben werden oder im Schlaf. Als wäre der Tod auf diese Weise erträglicher oder weniger beängstigend. Ich habe nie so sterben wollen. Das Letzte, was ich will, ist mich abends schlafen legen, und wenn ich wieder aufwache, bin ich tot. So wie Dad, Gott sei ihm gnädig."

Nein, ich wollte es immer bewusst miterleben, wenn der Tod kommt, damit ich in der Lage bin, ihm ins Angesicht zu blicken, ihn zu berühren, zu riechen, zu hören, zu schmecken, zu erfahren, woraus er besteht, woher er kommt, und wohin er mich mitnehmen wird. Ich wollte immer leben während ich sterbe. Und das tue ich jetzt auch.

Nicht weinen, mein Liebling, nicht weinen. Es fällt mir schwerer, dein Leid zu ertragen als meine eigenen Schmerzen. Und so ist das immer gewesen, wie du weißt, seit dem Tag, an dem mir klar wurde, dass ich dich liebe."

„Und trotzdem hast du entschieden, die Schuld eines anderen zu decken, anstatt mir die Wahrheit über Cynthia und deinen Anteil an all den Geschehnissen zu erzählen, anstatt mich zu nehmen und mich den Rest deines Lebens zu haben!"

Ich war ein solcher Unmensch, dass ich mir nicht einmal in einem solchen Moment verbeißen konnte, ihm Vorwürfe zu machen.

„Komm", sagte er, streckte die Hand aus, löste die Halskette und warf sie auf den Boden. „Das Ding hat lange genug zwischen uns gestanden. Es gibt keine Wahrheit, meine Geliebte, die du schultern müsstest. Befreie dich von diesem Gedanken so wie ich dich von dieser Kette befreit habe. So etwas wie die Wahrheit gibt es nicht. Es gibt nur die Liebe. Denn siehst du, wenn Liebe da ist, wird die Wahrheit unwichtig."

Und er trocknete meine Tränen und zog mich hoch, so dass ich neben ihm vor dem Spiegel stand. Und da standen wir also, ein Paar mittleren Alters, nackt wie Gott uns geschaffen hatte, aber auf unterschiedlichen Etappen auf dem Weg zum Tode. In dem grauen Licht, das durch die Jalousien hereinschien, sah ich uns als genauso verschattete Silhouetten wie die Gestalten auf dem Gemälde seiner Großmutter mit der Aussicht von Jocks Hill. Sie immerhin hatte die Wahrheit des Kreatürlichen gesehen: Alles, was erschaffen ist, ist fürs Vergehen und Sterben geschaffen.

„Schau uns an: Ein altes und vernünftiges Paar", sagte er lachend.

„Aber wir sind nicht gemeinsam alt und vernünftig geworden, nicht wahr?"

„Ach mein Schatz, wer weiß denn schon, ob wir nicht, selbst wenn wir geheiratet hätten und gemeinsam alt und vernünftig geworden wären, genau am selben Punkt angekommen wären? Voller Reue, mit sterbenskrankem Blut in unseren Venen und ewig unsicher, ob der Weg, den wir nicht genommen haben, nicht der bessere gewesen wäre."

Später fragte ich ihn, wie das alle liebenden Frauen tun, wann denn genau der Moment gewesen sei, in dem er zum ersten Mal wusste, dass er mich liebte. Und er antwortete:

„Erinnerst du dich an jenes Picknick am See außerhalb von München an diesem absurd kalten Herbsttag? Als du mich gefragt hast, ob ich mich je schuldig gefühlt hätte wegen meines Geldes? Das war der Moment."

In meiner Erinnerung war genau das der Tag der Lüge, der Tag der Vergiftung, der Tag gewesen, an dem die Schlange triumphiert hatte.

„Warum?" rief ich.

„Weil ich da verstanden habe, dass du dich um die Dinge sorgst. Weil ich da verstanden habe, dass du die Seelenfreundin warst, die ich mein ganzes Leben lang gesucht habe. Weißt du, ich hatte mich ja schon oft schuldig gefühlt, so viel Glück gehabt zu haben im Leben, aber vor dir hätte es niemand verstanden, wenn ich je darüber gesprochen hätte."

Während der Feiertagsferien rund um Neujahr bot ich ihm an, ihn nach Ulu Banir mitzunehmen, den alten Bungalow wiederzusehen, Puteh zu besuchen. Er lehnte ab.

„Dieser Teil meines Lebens ist vorbei und abgeschlossen. Wie heißt es in dem malaiischen Satz: *Kacan lupakan kulit*. Das wird normalerweise als Vorwurf gegen Undankbarkeit gebraucht, wenn jemand vergisst, wo er herkommt und diejenigen vergisst, die sich um ihn gekümmert haben, bevor er sich um sich selbst kümmern konnte. Aber wenn die Erbse nicht ihre Schale vergisst, dann wird sie nie zu einer eigenen Pflanze werden. Nein, ich verspüre kein Bedürfnis, nach Ulu Banir zurückzukehren."

Stattdessen fuhren wir ans Meer. Er hasste es, wenn die Leute ihn anstarrten, also setzten wir nie einen Fuß vor die Tür unseres Chalets, außer, um auf der Veranda zu sitzen, die Seeluft zu genießen und hinaus aufs Meer zu blicken. Er kostete diese Momente aus, und dabei wurde er philosophisch, was das Leben betraf.

„Weißt du", sagte er eines Abends, als der Sonnenuntergang ganz außergewöhnlich schön war, „manchmal sehe ich mich als ein winziges Wassertröpfchen, das in einem riesigen Meer ohne Ufer mal hierhin, mal dorthin geworfen wird. Allein durch die Kraft der Meeresbewegungen heften sich andere Tröpfchen an mich. Eine Weile lang bleiben wir zusammen in den Gezeiten, auf die wir keinen Einfluss haben. Wir reisen zusammen. Und dann trennen uns die Gezeiten wieder. Neue Tröpfchen nehmen den Platz der fortgespülten ein. Wir bilden neue Verbindungen, erzeugen neue Muster. Aber immer noch werden wir völlig beliebig hin und her geworfen, und das Meer bleibt immer das anonyme, gleichgültige Meer.

Irgendwie ist das wie eine Parabel des Lebens. Unsere Leben und Träume, unser Ehrgeiz, unsere Leistungen, die ganze Geschichte selbst, alles das wird nicht gemacht. Es geschieht nur einfach. Und wie es geschieht, hängt vollkommen von den Bewegungen dieses kosmischen Meers in einem gegebenen Moment ab. Und von den aus ihnen hervorgehenden Seelenverbindungen, die sich im Laufe des ziellosen Umhertreibens zufälligerweise aus solchen Zusammenstößen ergeben.

Hast du dich je gefragt, warum die Sonne im Osten auf- und im Westen untergeht? Es heißt, das liege an der Drehrichtung der Erde. Aber warum dreht die Erde sich so rum und nicht andersrum? Darauf hat mir nie jemand antworten können. Vielleicht habe ich auch nur nicht hartnäckig genug nach einer Antwort gesucht. Aber vielleicht gibt es eben auch keine Antwort. Und das Leben, verstehst du, ist nichts als eine Aneinanderreihung von Zufällen.

Können wir denn nicht lernen, meine Geliebte, unsere miteinander verbundenen Leben als eine kontinuierliche Kette von Zufällen zu sehen und mit Sorge und Leid abschließen?"

Danach sah ich ihn nur noch einmal. In London. Letztes Jahr.

Er war bereits im Krankenhaus. Ich saß tage- und nächtelang bei ihm am Bett.

Stirb nicht, bitte stirb nicht, ich werde mir nie vergeben können, wenn du stirbst!

Eines Abends sagte er zu mir:

„Hör auf, Ai Lian. Lass mich gehen. Lass mich dem Tod gegenübertreten, bevor ich zu schwach und zu bewusstlos dazu bin. Ich habe sehr viel Glück gehabt im Leben. Bin immer geliebt worden – von meiner Mutter, meinem Vater, von Hafiz, von dir. Aber ich bin vor allem davongelaufen. Hast du es einmal so gesehen? Ich wollte das Gewicht deiner Liebe nicht tragen."

So großherzig wie immer.

„Verstehst du, ich hatte immer eine weitere Liebe. Meine Musik. ich habe mich nie getraut, jemandem zu sagen, wie viel sie mir bedeutet, nie getraut, sie zu ernst zu nehmen, aus Angst, sonst nimmt man sie mir weg. Ich habe immer gefürchtet, ich müsste zurückgehen und die Plantage leiten. Und wie ein trotziges Kind habe ich mir gesagt: Warum mich dann groß quälen?

Weißt du, was Dad mir an dem Tag gesagt hat, als wir uns so stritten? Er hatte immer gewusst, dass ich die Plantage hasse. Deshalb hatte er sie Stück für Stück an Yusuf verkauft. Das einzige Problem war, das hatte er mir nie gesagt, also glaubte ich, er würde mir nicht trauen. Es ist mein eigener Fehler gewesen, denn ich habe nie daran gedacht, ihn zu fragen.

Aber ich bin dankbar für diese Jahre. In denen ich meine eigene Musik schaffen konnte. Ach, ich weiß gar nicht, wo ich anfangen soll, dir das zu erklären. Welche Poesie! Zu wissen, dass du der Stille Form geben kannst, aber nur, indem du sie mit Klang zerstörst. Zu wissen, dass du den Klang tatsächlich meisterst, aber nur, indem du ihn in die Stille zurückführst. Und weißt du, was das Schönste von allem ist? Zu wissen, dass sie nie wieder verschwinden. Sie sind immer da, der Klang und die Stille. Und sie sind eins. Der Klang in der Stille. Die Stille im Klang. Nie verloren, nie zerstört. Nichts ist vergeudet. Alles ist Möglichkeit. Dann fängt dir an zu dämmern, dass der Augenblick des Werdens eines jeden Dinges auch der Augenblick seines Nichtwerdens ist. Und dass der Augenblick der Auflösung eines jeden Dinges auch der Augenblick einer neuen Schöpfung ist.

Und nun bleibe nicht länger hier, meine Allergeliebteste, um meiner Auflösung zuzusehen. Dein Leiden schmerzt mich mehr, als ich dir sagen kann. Geh zurück zu Anna. Liebe sie. Sei glücklich. Für mich."

Und so kam ich nach Hause, um auf seinen Tod zu warten.

FÜNFTER TEIL
2. März 1994

„Das heißt also, Dad war die ganze Zeit mein Großvater und mein Bruder war mein Vater“, sagt Anna und zieht eine Grimasse. Ich muss lachen. Dann wird ihr Gesicht nachdenklich.

„Jetzt wünsche ich mir, ich hätte Michael besser gekannt. Ich habe ihn nie wirklich gemocht.“

„Warum nicht?“

„Ich hab immer geglaubt, Dad hätte ihn am liebsten. Und dann hatte er so viel Talent. Aber jetzt verstehe ich, warum Dad mit so viel Stolz über ihn gesprochen hat. Sorry, ich krieg es nicht hin, Dad Großvater und Michael Dad zu nennen.“

„Das macht nichts. In jeder relevanten Hinsicht war dein Großvater dein Dad und Michael dein Bruder. Und so können wir's auch belassen.“

Sie runzelt die Stirn.

„Was ist?“, frage ich.

„Ich überlege nur. Wir wissen immer noch nicht, wer Cynthia ermordet hat. Michael hatte dir versprochen, dass keiner von euch beiden sterben würde, bevor er dir nicht die Wahrheit gesagt hätte. Heißt das jetzt, er hat sein Versprechen vergessen?“

Ich erinnere mich an Michaels Worte an jenem Morgen, als er mir das Brillant-Collier gab. Es sieht tatsächlich so aus, als hätte er sein Versprechen nicht gehalten. Aber was hat das jetzt noch zu sagen?

Doch Anna spricht weiter.

„Vielleicht hat er ja in seiner Hinterlassenschaft irgendwo einen Hinweis versteckt, frage ich mich.“

Ihr Glaube an Michael rührt mich.

„Wollen wir noch mal genauer hinschauen“, fährt sie erwartungsvoll fort.

„Wenn du magst. Obwohl ich nicht recht sehe, wozu das gut sein soll."

„Na komm schon, Mom! Wenn er Cynthia nicht ermordet hat, willst du dann nicht endlich mal endgültig wissen, wer es war? Wenn nicht für dich, für mich ist es wichtig! Und ob es mir nun gefällt oder nicht, er ist mein leiblicher Vater gewesen. Also muss ich es ganz einfach wissen."

Ich betrachte ihr ernstes, junges Gesicht und sehe darauf die Wahrheit dessen, was sie gerade gesagt hat.

„In Ordnung. Dann lass uns die Tasche mal wieder hervorholen."

Erstes Kapitel
2. März 1994

Da ist die ledergebundene Akte, die wir beide gelesen haben, und die jetzt von Anna das Wahrheitsmanuskript getauft wurde. Da sind die Originalmanuskripte seiner Kompositionen. Da sind die Programme der Aufführungen seiner Musik. Da ist die Kopie seines Testaments. Da ist die alte Zigarrenkiste mit Muscheln, Murmeln und Kieselsteinen, die mich lächeln machen, denn ich erkenne sie wieder. Und da ist eine zweite Zigarrenkiste mit Fotos, die noch ungeöffnet ist, weil wir uns bislang ausschließlich auf das Wahrheitsmanuskript konzentriert hatten.

Darunter ist ein Foto von Esther. Jonathan hatte mir früher schon Fotos von ihr gezeigt. Dies hier ist eine Studioaufnahme, ein Halbporträt, das eine Frau mit freundlichen Augen und einem schelmischen Lächeln um die Lippen zeigt. Gewiss nicht so schön wie Cynthia, aber nicht unattraktiv. Ein Teil ihres blonden Haars ist zu zwei Zöpfen geflochten, die in einem V vom Mittelscheitel nach hinten laufen. Der Rest des Haars fällt ihr offen auf die Schultern. Es ist eine Schwarzweißfotografie, also kann man nicht sagen, ob sie Make-up trägt, allerdings liegt ein vielsagender Schimmer auf ihren Lippen. Ich finde, ich kann eine Ähnlichkeit zur jungen Katherine Hepburn erkennen und sage das.

„Also eines muss man Dad ja lassen“, meint Anna zärtlich. „Er hat seine Frauen gut ausgesucht.“

Ich muss lachen und wühle dann weiter in den Bildern.

„Gott im Himmel!“, höre ich Anna ausrufen. „Sag mir nicht, dass das Puteh ist!“

Sie hält einen kleinformatigen Schnappschuss hoch. Ich nehme ihn ihr aus der Hand.

Ich erkenne ein junges Mädchen in chinesischer Jacke und Hose, das unter irgendwelchen Bäumen steht und scheu in die Kamera blickt, als bemühe es sich, nicht loszulachen angesichts von irgendetwas, das der Fotograf, wahrscheinlich Jonathan, sagt oder tut, um ein Lächeln zu provozieren. Ja, sie war schön.

„Hier ist noch eins von ihr“, sagt Anna und hält ein postkartengroßes Foto hoch, diesmal eine Studioaufnahme.

Ich nehme das Foto von ihr entgegen und studiere es. Hier starrt Puteh ernst ins Objektiv, als warte sie darauf, dass der Fotograf seine Einstellungen beendet und ihr das Kommando zu lächeln gibt. Und erneut frage ich mich, wo ich diesen ernsten Gesichtsausdruck schon einmal gesehen habe.

„Weißt du Mom, irgendwie kommt mir dieses Foto bekannt vor. Ich hab schon mal irgendwo eins gesehen, das ganz ähnlich aussah. Lass mich nachdenken.“ Anna setzt sich in die Hocke, um zu überlegen. Nach ein paar Minuten steht sie auf und sagt: „Warte eben, ok?“, bevor sie aus dem Zimmer geht.

Ich fahre fort, die Fotos anzusehen. Eines zeigt zwei junge Männer. Einer davon könnte ein junger Jonathan sein, nur dass die Kleidung zu altmodisch erscheint. Das muss also sein Onkel Jock sein, und der andere dann vermutlich Simon Collins. Ich frage mich, ob das das Foto war, das sich Inspektor Tajuddin an dem Tag herausgepickt und darüber geredet hatte, als ich mit Hafiz Sightseeing machte. Aber handelt es sich tatsächlich um Simon? Ich drehe das Bild um. Doch. Da stehen die Namen beider Männer sowie ein Ort und ein Datum. Ich versuche, die Spinnenbeine der verwaschenen Schrift zu entziffern. Das Jahr ist klar genug: 1910. Aber den Ortsnamen kann ich nicht lesen.

Wenn dies eine Aufnahme Simons ist, dann war er überhaupt nicht starkknochig und birnenförmig, so wie Michael ihn sich in seiner Erzählung vorgestellt hatte. Das Foto zeigt einen hochgewachsenen, fast schon sehnigen Mann, mit großen, dunklen, feuchten Augen, einer geraden Nase und einem schön geformten

Mund. Während Onkel Jock breit grinst, starrt er nur mit einem angedeuteten Lächeln in die Kamera. Er wirkt scheu.

Aber wenn Michael dieses Foto die ganze Zeit in seinem Besitz hatte, wozu musste er sich dann Simons Aussehen zusammenfantasieren? Liegt in der Fiktionalisierung von Simons Erscheinung irgendeine tiefere Bedeutung? Bedeutet es, dass auch der Rest des Manuskripts nicht der Wahrheit entspricht? Oder heißt es lediglich, dass das Manuskript als Grundlage für eine Oper diente oder für die Weihnachtskantate, an der er gearbeitet hatte? Und nur ein Beispiel für kreatives Wirtschaften war.

Ich studiere noch einmal Simons Gesicht. Wie er wohl als älterer Mann aussah? Wie hatte Inspektor Tajuddin ihn an jenem Morgen genannt? Den Mann mit dem Revolverpaar.

Ich stutze.

Das Revolverpaar. Als ich in Ulu Banir gewesen war, hatten sie alle spekuliert, dass Simon einen Revolver unter dem Bungalow gelassen hatte und mit dem anderen in den Dschungel gegangen war. Aber laut Michaels Wahrheitsmanuskript ging er mit beiden in den Dschungel. Noch mehr Erfindung? Oder ist das das entscheidende Indiz, nach dem Anna und ich suchen?

Ich wäge diese Eventualität ab. Es wäre typisch für Michael, die Wahrheit über den Mord nicht einfach in einem klaren Aussagesatz zu verraten. Hätte er es nicht vorgezogen, sie in ein Rätsel zu verpacken, das ich dann, wenn ich alt war, lösen sollte? Hätte er es im Wissen, wie wichtig es für mich gewesen war, die Wahrheit herauszufinden und wie unwichtig die Wahrheit über den Mord für ihn selbst war, nicht als großen Spaß empfunden, mich auf so eine Art Schnitzeljagd nach der Wahrheit zu schicken? Ich muss lächeln. Ja, das wäre ganz und gar typisch für Michael gewesen. Alles, was für mich todernst war, machte er zu einem Scherz und einem Spiel.

Ich vertiefe mich wieder ins Wahrheitsmanuskript. Ja, dort steht, dass Simon mit beiden Revolvern in den Dschungel gegangen war. Und gegen Ende steht auch klar und deutlich dort, dass weder Yusuf noch Puteh je über den Rucksack sprachen, den Yusuf aus dem Dschungel mitgebracht hatte, und auch nicht darüber, was Puteh darin gefunden hatte. Konnte es der Rucksack Simons gewesen sein und was sie darin gefunden hatte, die Revolver?

Du lieber Himmel! Ist Yusuf etwa in den Dschungel gegangen und hat Simon ermordet? Waren diese ganzen Expeditionen in den Dschungel etwa eine Menschenjagd? Eine Jagd nach dem Mann, der ihm eine stumme Frau und das Kind eines anderen angedreht hatte? Ich schließe die Augen und versuche, den Yusuf heraufzurufen, den ich gekannt habe. Ruhig, mit einem Lächeln auf den Lippen, freundlich und sanftmütig. War er fähig, einen Menschen zu ermorden? Aber Michaels Evokation dessen, was er im blutroten Himmel sah, klingt ominös.

Anna, die mit einem Foto in der Hand ins Zimmer gerannt kommt, unterbricht meine Gedanken.

„Schau dir das an", sagt sie und reicht mir ein Foto, das fast mit dem identisch ist, was wir vorhin von Puteh angesehen haben.

„Wo hast du das denn her?"

Erinnerst du dich an die alte Blechdose von Jacob's Cream Crackers, die wir nach Großmutters Tod aus Neuseeland mitgebracht haben? Na ja, ich hab mir die Fotos einmal durchgesehen und habe dies hier entdeckt. Wer ist Bobo und wer ist Hood?"

Ich drehe das Foto um und lese: „Meinem lieben Bruder Hood in ewiger Dankbarkeit. Ich bin immer noch im Land der Lebenden. Auf immer, deine dich liebende Schwester Bobo. Juli 1941."

„Also, das muss deine Großtante Bobo sein, die als Sechzehnjährige mit diesem malaiischen Trompetenspieler durchgegangen ist!" Und ich erzähle Anna die Geschichte, die meine Großmutter einst mir erzählte.

„Dann muss Hood doch dein Vater sein, und mein Großvater!", ruft Anna. „Hieß er denn Hood?"

„Nicht, dass ich wüsste. Er hieß Lim Swee Leong, und Großmutter nannte ihn immer nur bei seinen Initialen, SL. Zumindest wenn ich dabei war."

„Hm, vielleicht war Hood ja ein Spitzname. Vielleicht war Großvater ja besonders idealistisch, wie Robin Hood. Aber sieh dir das an: Sind das nicht beide dieselbe Person?"

Ich halte die beiden Fotos nebeneinander. Wenn es sich nicht um dieselbe Person handelt, dann um eineiige Zwillinge. Die Fotos sind nicht identisch, wirken aber so, als seien sie zur gleichen Zeit am selben Ort aufgenommen. Es sieht so aus, als habe der Fotograf sie zuerst gebeten, die eine Pose einzunehmen, dann die andere. Und dann hatte sie, unsicher, welche ihr besser gefiele, darum gebeten, beide Fotos entwickeln zu lassen. Der chinesische Kragen der Bluse, die sie trägt, sieht in jedem Fall identisch aus. Ich prüfe den Prägedruck auf der unteren rechten Ecke beider Fotos. Kein Zweifel. Beide stammen aus demselben Studio. Mori Studio in Kota Banir.

Ich lehne mich zurück und überlege.

Wenn Puteh tatsächlich Bobo ist, dann war Michael mein Cousin oder Halbcousin. Und ebenso Hafiz, der in diesem Falle Annas Cousin zweiten Grades wäre, aber auch ihr Onkel, während Puteh sowohl ihre Großtante als auch ihre Großmutter wäre. Du lieber Himmel! Aber zum Glück hatten Bobo und mein Vater unterschiedliche Mütter gehabt, andernfalls wäre diese ganze Geschichte extrem inzestuös!

„Kannst du mir die Blechdose mit den alten Fotos bringen, Anna?"

„Klar!"

Und im Handumdrehen ist sie wieder zurück.

Ich hatte diese Blechdose als Kind gesehen. Wo immer wir hinzogen, in welchem Haus wir auch lebten, stets wurde sie oben auf den Kleiderschrank meiner Eltern gestellt. Einmal war ich auf einen Stuhl geklettert, um sie herunterzuholen. Ich verlor den Halt, die Dose fiel mit einem infernalischen Scheppern auf den Boden, und alle Fotos flogen heraus. Aber bevor ich sie mir ansehen konnte, kam das Dienstmädchen ins Zimmer gerannt, um nachzusehen, was ich wieder trieb. Sie schimpfte mich laut aus, packte alles wieder ein und stellte die Dose zurück. Später als meine Eltern nach Hause kamen, erzählte sie ihnen, was passiert war. Und mir wurde in unzweideutigen Worten klar gemacht, nie wieder auf Stühle zu klettern.

„Ich wollte doch nur wissen, was drin ist“, protestierte ich.

„Du sollst nicht so neugierig sein“, sagte meine Mutter.

„Darf ich mir die Fotos ansehen?“, fragte ich.

„Nein.“

Und damit war das Thema beendet. Na ja, hatte ich mir damals gesagt, wenigstens weiß ich jetzt, dass nur langweilige alte Fotos drin sind. Ich beschloss, dass es wahrscheinlich ohnehin nur Fotos von langweiligen alten Leuten sein würden und entdeckte bald andere Dinge, auf die ich neugierig sein konnte.

Jetzt öffne ich sie. Der Stapel Fotos liegt unordentlich übereinandergeschichtet, als hätte meine Mutter keine Lust gehabt, sie je wieder ordentlich einzuräumen, nachdem ich die Dose hatte vom Schrank fallen lassen. Einige Bilder sind dazugekommen: Obendrauf sind die Fotos von mir, Jonathan und Anna, die ich ihr regelmäßig geschickt habe. Die lege ich alle beiseite und fange an, mir die anzusehen, die unten liegen. Es gibt Fotos von mir, meiner Mutter und meinem Vater, zu unterschiedlichen Zeiten unseres Lebens aufgenommen. Fast ganz unten finde ich eine Aufnahme meines Vaters. Eine Studioaufnahme.

Er war sehr jung darauf, vielleicht zwanzig. In ein weißes Hemd und weißes Jackett gekleidet, posiert er steif dastehend und todernst ins Objektiv starrend. An seine Brusttasche ist ein leuchtender Federhalter geklemmt. Auf der Rückseite steht:

„Meiner allerliebsten Schwester Bobo, In liebender Erinnerung. Dein einer und einziger Bruder Hood. Singapur Januar 1942."

Singapur. Also war er damals in Singapur gewesen. Stimmt, meine Mutter war in einem Waisenhaus in Singapur aufgewachsen. Vielleicht hatten sie sich dort kennengelernt. Und ganz offensichtlich hatte die japanische Invasion es unmöglich gemacht, Bobo dieses Foto zu schicken. Ich betrachte das Gesicht meines Vaters. So jung. Und doch schon so ernst.

Aber natürlich! Dieser Ausdruck von nachdenklichem Ernst. Das war der Ausdruck, den ich auf Putehs Gesicht gesehen und wiedererkannt hatte, ohne ihn einordnen zu können. Die Gene meines Großvaters Lim müssen sehr dominant gewesen sein, mochte er auch schon ziemlich alt gewesen sein, als er diese beiden Kinder zeugte. Einer und einziger Bruder. Was hatte mein Vater damit gemeint? Er war doch nicht der einzige Bruder. Es hatte doch bestimmt andere Brüder gegeben. Was war mit dem ältesten, der für Bobo geschwärmt hatte? Meinte mein Vater vielleicht, er sei der einzige, der für Bobo zählte?

Was hatte meine Mutter nochmal über meinen Vater und meine Großmutter erzählt? Dass er wütend auf sie war, weil sie irgendetwas getan oder eben nicht getan hatte, was dem Leben einer Person geschadet hatte, die ihm sehr nahe stand. Konnte es sich bei dieser Person um Bobo handeln? Und wenn ja, war meine Großmutter irgendwie dafür verantwortlich, dass Bobo schließlich als die stumme Mary im Konvent auftauchte? Oder hatte das etwas mit dem malaiischen Trompetenspieler zu tun, mit dem sie durchgebrannt war?

„Na komm schon, Mom", hörte ich Annas Stimme in meine Gedanken dringen, „sag mir, was du denkst."

Ich erkläre es ihr, einschließlich meiner Überlegungen zu Simon, Yusuf und den zwei Revolvern.

„Wir müssen jetzt einfach die Wahrheit herausfinden, Mom", erklärt sie.

„Aber vielleicht gefällt sie dir ja nicht, diese Wahrheit, Anna, wenn wir sie dann gefunden haben, vorausgesetzt, wir finden sie."

„Mir egal", sagt sie mit ihrer jungen, klaren Stimme, die sie ein wenig anhebt. „Besser als nichts zu wissen und den Rest meines Lebens mit Spekulationen zu verbringen. Erinnerst du dich an diese Geschichte von C. S. Lewis über diese beiden Kinder, die sich in einer Halle voller gefrorener Menschen wiederfanden? Erinnerst du dich? Die hast du mir immer vorgelesen, als ich jünger war."

Ich erinnere mich. Auch daran, dass wir gerne den Vers zusammen rezitiert hatten. Ich kriege die Zeilen jetzt nicht in den Kopf, aber ich erinnere mich an irgendetwas mit dem Läuten einer Glocke, um die Wahrheit über sie herauszufinden oder andernfalls vor Ungewissheit wahnsinnig zu werden.

Vielleicht hat Anna recht. Vielleicht ist die Zeit gekommen, die Glocke zu läuten. Was immer ich finden mag, gut oder schlecht, gefährlich oder sonst was, jedenfalls wäre alles besser als der Irrsinn, zu dem mein Leben seit Jonathans Tod geworden ist. In meinen ruhigen Momenten fühlt es sich an, als erlebte ich einen Nervenzusammenbruch in Zeitlupe.

Tagsüber halte ich die Fassade einer smarten Geschäftsfrau und taktvollen Mutter einer Tochter, die kurz davor ist, das Nest zu verlassen, aufrecht. Nachts aber bin ich das Opfer immer wiederkehrender Träume, die sich langsam zu Albträumen entwickeln.

Im Schlaf bin ich befreit von den Ketten meines Bewusstseins, und mein Unterbewusstsein ist wie besessen von meinem Körper und spielt ein chaotisches und wüstes Spiel mit seinen Bedürfnissen und Nöten.

Raum. Ich brauche Raum. Und in Träumen folge ich mir, wie ich Türen öffne in Häusern, die kaum als mein eigenes Haus wiederzuerkennen sind. Aber diese Türen führen immer wieder nur zu weiteren Türen, und die von Zimmerflucht zu Zimmerflucht. Zu Beginn dieser Träume bin ich begeistert davon, so viel unerwarteten Raum zu entdecken, in dem ich mich und mein Leben ausbreiten kann. Aber später werde ich immer ängstlicher und furchtsamer, denn von Raum zu Raum wird es dunkler, düsterer und unirdischer, und zum Schluss stehe ich da als eine Fremde, die in ein Haus eingedrungen ist, das meines und doch nicht meines ist.

In anderen Träumen habe ich das Bedürfnis zu baden, zu pinkeln, zu kacken. Ich suche überall nach einem Ort, wo ich all diese Akte der Reinigung vollziehen kann und finde mich unweigerlich, überwältigt von Ekel, in schmutzigen Toiletten, schmutzigen Badezimmern und schmutzigen, mit einem schmierigen Algenteppich bedeckten Wasserlöchern.

Aber die Träume, vor denen ich mich am meisten fürchte und die ich abzuwenden suche, indem ich die ganze Nacht wach bleibe, sind die von Michael. Diese Träume haben alle ein ähnliches Muster. Ich befinde mich immer in dem Zimmer, in dem ich auch schlafe, ganz gleich, ob es sich um mein eigenes Schlafzimmer handelt oder ein Hotelzimmer oder um die Couch im Wohnzimmer, auf der ich häufig aus schierer Erschöpfung einschlafe.

In diesen Träumen bin ich mittleren Alters, trage nichts als mein Brillant-Collier und liege auf dem Rücken. Und Michael, ein junger und schöner Michael, kommt zu mir. Im Dämmerlicht dieses traumrealen Zimmers nimmt er mich. Aber während ich in seinen Armen liege, wandelt sich die erwartungsvolle Freude zu verderbter Gier, die hinterrücks, voller Schuldgefühle und abstoßenderweise nach Erfüllung verlangt. Denn im Moment meines dringendsten Verlangens nach ihm, wandelt Michael sich zu Jonathan, meinem Vater, Cynthia oder einer Leiche mit einem Totenkopf.

Und in dem Moment, in dem ich mich endlich und wirklich aus dem Horror habe befreien können – denn oft träume ich, ich wäre aufgewacht, nur um dann festzustellen, dass ich noch immer in den lähmenden Krallen des Traums gefangen bin – spüre ich eine nackte alte Vettel an der Tür stehen und mit angstvoller Ablehnung auf mich starren. Eine Vettel, eine Hexe, von der ich in meinen Träumen weiß, dass sie meine Mutter ist, Puteh, Daphne, Esther und Bridget Van Tooren, alle zu einer einzigen Figur verschmolzen. Und so raffe ich mich voller Scham und Selbstverachtung aus diesen Träumen.

Vielleicht habe ich diesen Träumen, indem ich sie verstecke und geheim halte, erst die Macht gegeben, mich derart heimzusuchen. Tagelang, wochenlang, manchmal monatelang. Und sie stürzten mich in Depressionen, aus denen nur Annas Gegenwart und nun das Erzählen meiner Geschichte mir eine Zeitlang heraushelfen können.

Und jetzt, während ich Annas Worte bedenke und mir wieder die alten Fotos ansehe, habe ich plötzlich das vage Gefühl, dass irgendwo in alldem die Ursache für meine merkwürdige *Malaise* liegen müsse. Vielleicht liegt der Schlüssel darin, die Wahrheit über Cynthias Ermordung herauszufinden. Vielleicht auch darin, die Wahrheit über meinen Vater und sein Schweigen über die Vergangenheit herauszufinden. Ein Schweigen, das vielleicht weniger dramatisch ist, als Marys Stummheit, aber nicht weniger einschneidend. Was auch immer es sein mag, alles scheint mir in eine Richtung zu weisen.

Ich blicke durchs Fenster des Wohnzimmers hinaus und sehe die Zweige des Mangobaums voller Früchte, die darauf warten zu reifen. Hafiz hatte uns den okulierten Schössling kurz nach Jonathans Tod geschenkt. Er komme aus dem Garten seines Vaters, sagte er.

Dieses Jahr wird das erste sein, in dem er richtig Früchte trägt. Aber ich erwarte nicht, dass die Früchte sonderlich gut sein werden, es hat im letzten Monat viel zu viel geregnet. Aber noch ist ja Zeit. Vielleicht werden wir um die Zeit von Hari Raya Puasa genügend feine und süße Mangos haben, um sie mit uns zu nehmen, wenn wir dorthin fahren, wenn wir zu unseren Anstandsbesuchen fahren –

Denn es gibt keinen Zweifel daran: Ich muss zurück nach Ulu Banir.

Östlich der Sonne und westlich des Mondes.

Zweites Kapitel

3. März 1994

Ich blicke mich um. Sehr geschmackvoll. Wer würde, wenn er in diesem Büros sitzt, auf den Gedanken kommen, dass es im weniger renommierten und weniger teuren Teil der Stadt liegt? Ein sehr schlauer Geschäftsmann, dieser Hafiz. Wozu überteuerte Mieten bezahlen?

Vor Jonathans Tod hatte ich Hafiz nur sehr selten gesehen. Einerseits, weil ich nichts mit Ulu Banir und seinen Bewohnern zu tun haben wollte, andererseits, weil ich das Gefühl hatte, dass Hafiz auch nichts mit mir zu tun haben wollte. Egal, ob meine Ahnungen korrekt waren oder nicht, ich machte ihm keine Vorwürfe. Es war nur allzu leicht für andere Menschen anzunehmen, ich hätte Jonathan seines Geldes wegen geheiratet, so wie es auch meine Mutter tat.

Trotzdem ging ich zu seinen Hochzeiten.

Zwei Jahre nach meiner Heirat heiratete auch er. Eine Eurasierin, die mich an eine wenig dunklere Version Cynthias erinnerte. Die Heirat hielt zehn kinderlose Jahre. Dann verließ sie ihn, und das Letzte, was man von ihr hörte, war, dass sie in Amerika lebte und mit einem Hotelier verheiratet war.

Einige Monate vor Jonathans Tod erhielten wir eine zweite Hochzeitseinladung von ihm. Diesmal heiratete er Rubiah, eine junge Anwältin, die gerade eben ihre Examen bestanden hatte und zur englischen Anwaltskammer zugelassen worden war. Sie hatten sich kennengelernt, während sie ein Praktikum in seiner Firma machte. Sie konnte nicht älter als zweiundzwanzig sein. Hafiz war zu dem Zeitpunkt vielleicht fünfundvierzig. Sie war eine noch etwas dunklere Version Cynthias.

Nach seiner zweiten Hochzeit spürte ich ein gewisses Tauwetter zwischen Hafiz und mir einsetzen. Vielleicht begann er zu begreifen, dass jüngere Frauen ältere Männer nicht immer nur des Geldes wegen heiraten. Seine Frau jedenfalls gewiss nicht. Was man so hörte, war sie selbst eine clevere Anwältin, die im Lauf der Zeit seine Firma übernahm, so dass er die Freiheit hatte, das Imperium weiter auszubauen, das sein Vater ihm hinterlassen hatte.

Er ging im großen Stil in die Immobilienbranche, und das Letzte, was ich gehört hatte, war, dass er einer der Investoren beim Aufbau einer Privatuniversität war.

Nach Jonathans Tod sahen wir einander regelmäßiger, im Allgemeinen, wenn er und Rubiah Anna und mich zu sich nach Hause zum Abendessen einluden. Ich hätte mich, wenn auch zu Unrecht, zynisch geben können angesichts dieser plötzlichen Klimaverbesserung, aber ich glaube, dass Jonathans unverändertes Testament, in dem er alles Michael hinterließ, einiges damit zu tun hatte.

Und jetzt bin ich auf seine Bitte hin hier, um in meiner Eigenschaft als Michaels Alleinerbin und Testamentsvollstreckerin etwas mit ihm zu klären. Ich trage einen dunkelgrünen Cheongsam und das goldene Brillant-Collier.

„So, wie geht es dir?", fragt er, als er das Büro betritt.

„Den Umständen entsprechend gut."

„Das hört sich nicht zu gut an. Hast du etwas auf der Seele? Kann ich irgendwie helfen?"

„Ich weiß noch nicht. Lass uns erst mal über die Angelegenheit sprechen, die du am Telefon erwähnt hast."

„In Ordnung. Machen wir das. Im Grunde, Ai Lian, geht es um Folgendes. Ungefähr sechs Monate bevor er gestorben ist, habe ich mit Michael über die Möglichkeit gesprochen, in Ulu Banir eine private Universität zu gründen. Es war ein langgehegter Traum meines Vaters."

Ich nicke, denn ich erinnere mich an Michaels Wahrheitsmanuskript.

„Mike fand die Idee gut und hat seine Absicht erklärt, an diesem Projekt teilzuhaben. Es hatte nichts Formelles. Nur ein privater Brief, den er mir geschrieben hat. Ich habe die Angelegenheit in rechtlicher Hinsicht nicht weiter verfolgt. Sein Wort hat mir genügt. Schließlich ist er ja mein Bruder gewesen, was du, glaube ich, wohl schon weißt."

Ich spüre einen leichten Groll in seinem Ton. Wie kommt es, dass alle bereits wissen, was ich weiß oder wissen sollte?

„Sein Tod und die Klauseln seines Testaments werden nun vielleicht alle meine Pläne umstürzen. Deswegen dachte ich, wir sollten uns mal unterhalten."

Er unterbricht sich. Ich warte. Er fährt fort.

„Ich weiß nicht, ob du alle Details seines Testaments studiert hast."

Ich schüttle den Kopf.

„Na, ich nehme an, deine Anwälte werden dich rasch informieren. Worum es uns hier geht, ist Jocks Hill. Verstehst du, Jonathan hatte uns zwar die Plantage verkauft, aber Jocks Hill und den Bungalow darauf hat er immer behalten. Du warst nicht zufällig einmal dort in der letzten Zeit?"

Ich schüttle wieder den Kopf. Er grinst.

„Du wirst überrascht sein, wenn du hinkommst. Meine Mutter schickt einmal pro Woche ihre Dienstboten dort hoch, um danach zu sehen, dass alles sauber und ordentlich ist."

Er macht eine weitere Pause auf meine Antwort wartend. Ich lächle.

„Aber zurück zu unserem Thema. Eine der Sachen, denen Mike zugestimmt hat, ist, Jocks Hill als Schenkung dem geplanten College zu überlassen, als Geschenk! Frei und unbelastet. Hier ist der private Brief, den er mir in dieser Angelegenheit geschrieben hat."

Er reicht mir einen Brief aus der Akte. Ich erkenne Michaels Handschrift, aber bringe es nicht über mich, ihn zu lesen.

„Sieh ihn als gelesen an", sage ich und reiche ihm den Brief zurück.

„Jetzt kommt die entscheidende Frage. Würdest du als die neue Eigentümerin des Besitzes dich Michaels Wünschen anschließen wollen?"

Ist das ein weiteres von Michaels Spielchen? Sechs Monate sind eine lange Zeit. Er hätte seine Übereinkunft mit Hafiz auch als Klausel in sein Testament einfügen und mir diese Szene hier ersparen können. Ich atme tief durch.

„Ich sehe keinen Grund, der dagegen spricht. Hört sich nach einer guten Idee an. Wie willst du die Universität nennen, wenn sie steht?"

„Der Wunsch meines Vaters war, sie Al-'Alim College of Science zu nennen, bzw. die malaiische Form davon. Es sei denn natürlich, du hättest etwas dagegen."

„Überhaupt nicht. Gefällt mir gut." Al-'Alim, der Allwissende.

„Bist du dir sicher?"

„Ja. Völlig sicher."

„Gut, dann kann ich die Papiere aufsetzen lassen, die du dann unterschreiben musst. Möchtest du, dass ich die Details mit dir durchgehe?"

„Nein, ich bin sicher, die Sache ist in guten Händen."

Es gibt zwei Gründe, die mich davon abhalten, mich zu sehr einzumischen. Der eine ist die Tatsache, dass ich eine Frau bin und er ein Mann. Ich möchte nicht wie ein rechthaberischer Störenfried daherkommen. Der zweite ist, dass ich eine Chinesin bin und er ein Malaie: Ich möchte nicht, dass er denkt, ich würde glauben, als Chinesin hätte ich ein gottgegebenes Monopol auf Geschäftstüchtigkeit.

Er sieht mich mit einem leichten Stirnrunzeln an.

„Irgendetwas liegt dir auf der Seele. Wenn es mit diesem Projekt zu tun hat, musst du jetzt etwas sagen — oder für immer schweigen", fügt er mit einem liebevollen Lächeln hinzu.

„Nein, nein, ich glaube, das Projekt ist großartig."

„Was ist es dann? Komm, ich weiß, dass du selbst eine wohlhabende Frau bist. Aber dein Vermögen existiert hauptsächlich auf dem Geldmarkt. Abgesehen von dem Haus, in dem du lebst, hast du kein Eigentum und du investierst auch nicht ins produzierende oder industrielle Gewerbe, zumindest nicht hierzulande."

Oh, er hat seine Hausaufgaben gemacht. Gibt es denn gar nichts mehr, was jemandem heilig ist?

„Verzeih, wenn ich dich verärgert habe", sagt er, meine Stimmung spürend. „Aber ich muss das ansprechen, denn so wie ich es sehe, wäre dieses College deine erste Investition in etwas Solides. Geschäftlich würde das ja womöglich gegen deine Prinzipien verstoßen. Ist das so?"

Ich muss darüber nachdenken, was er da gerade gesagt hat.

„Vermutlich geht es tatsächlich irgendwie gegen meine Prinzipien, andererseits habe ich weder Jocks Hill noch irgendetwas von Michaels Vermögen je als mein Eigentum gesehen. Was mich betrifft, bin ich bis zu meinem Tode lediglich die Verwalterin."

„Woraufhin, nehme ich an, Anna die Erbin sein wird."

Ja, es sei denn, wir beschließen, einen Teil davon für wohltätige Zwecke zu verwenden. Mein eigenes Geld jedenfalls ganz bestimmt."

„Alles?"

„Momentan sieht es danach aus", sage ich lächelnd. „Aber wer weiß schon, wie ich in zwei Jahren zu der Sache stehen werde?"

„Das heißt also, Jocks Hill wegzugeben bedeutet dir nichts?"

„Nicht nichts. Es bedeutet mir eine Menge. Aber zum einen ist es Michaels Wunsch gewesen. Und zum anderen ist es die Erfüllung der Träume deines Vaters. Und davon ganz abgesehen gefällt mir der Gedanke, etwas für die Bildung zu tun. Solange du von den Studenten keine exorbitanten Gebühren verlangst."

„In der Tat soll das Geld, das mein Vater für den Landkauf beiseite gelegt hatte, da es jetzt nicht mehr gebraucht wird, in einen Treuhandfonds für Stipendien fließen, von dem arme, aber begabte Studenten profitieren werden."

„Das ist schön. Eure Idee gefällt mir immer besser."

„Gut. Das beruhigt mich ungemein. Ich möchte nicht, dass du irgendetwas tust, hinter dem du nicht voll und ganz stehst. Und, wie laufen deine Investitionen?"

„Den Umständen nach entsprechend gut."

„Oh nein, nicht wieder diesen Satz! Das sagt mir gar nichts."

„Was willst du denn wissen?"

Er muss lachen. „Ich werd' dir sagen, was ich wirklich wissen will. Was ich wirklich wissen will ist, warum du ausschließlich mit Geld handelst. Warum nicht mit Immobilien, Aktien, Beteiligungen oder Rohstoffen."

Das ist eine Gelegenheit, die ich nicht vorübergehen lassen darf.

„Vielleicht ja, weil ich das Gefühl habe, an diesem Land nicht beteiligt zu sein."

„Reitest du immer noch darauf herum? Der Mai 69 ist fast ein Vierteljahrhundert her. Die Dinge haben sich verändert. Siehst du denn nicht, dass die Dinge sich verändert haben?"

„Ich hab dich nur aufgezogen", sage ich lächelnd. „Tatsächlich bin ich dazu gekommen, Geld zu kaufen und zu verkaufen, weil ich Geld zu einem bestimmten Zeitpunkt meines Lebens als Energie wahrgenommen habe, Energie in ihrer praktischsten, tragbarsten und am leichtesten tauschbaren Form. Eine vereinfachte Methode, aber ich bin nun mal eine einfache Person."

„Währungen schwanken im Wert."

„Wie alles. Aber das ist der Grund, warum ich mein Ohr am Boden halte."

„Dein Ohr ja, aber nicht deine Wurzeln."

„Was meinst du?" Bei seinen Worten klingelt etwas bei mir.

„Was ich gesagt habe. Dein Vorgehen ist, sagen wir mal im besten Falle opportunistisch, aber gänzlich ungebunden."

„Wenn du das so sehen möchtest", sage ich und versuche dabei nicht beleidigt zu klingen.

„Ich fürchte, das tue ich."

„Und du hast natürlich recht", gebe ich großzügig zu. In Wahrheit habe ich heute keine Lust auf Streit, nicht heute und nicht morgen, überhaupt nicht mehr.

„Was nicht unbedingt ein Grund zur Freude ist."

„Pech für dich, wie wir früher sagten", entgegne ich.

„Nein, ich meine dich. Du bist nicht unbedingt glücklich damit, opportunistisch, aber ungebunden zu sein, oder?"

„Weiß ich nicht. Aber was ich weiß, ist, dass ich entschieden weniger glücklich wäre, wenn ich mein Geld irgendwelchen Bankern, Unternehmern und Managern in die Hand geben würde, die alle mindestens so opportunistisch und ungebunden sind wie ich. Wenn auf diese Weise jemand zu Schaden kommt, dann immerhin nur ich."

Er sieht mich lange mit nachdenklichem Blick an, seufzt dann und sagt: „Da magst du allerdings nicht ganz falsch liegen."

Wieder einmal stelle ich fest, dass ich ihn gerade deswegen mag, weil er nicht versucht, mir irgendwelche Plattitüden über utopische Gesellschaftsmodelle und wunderbare Welten der Zukunft aufzutischen. Was immer geschehen wird, wird nicht in meiner Lebenszeit geschehen, das ist gewiss. Unbewusst geht meine Hand hoch zu meiner Halskette.

„Das ist ein schönes Collier, das du da trägst. Klein bisschen altmodisch, aber passt zu deinem Look. Hat es deiner Mutter gehört?"

Aha, er erkennt es also nicht wieder.

„Nein. Es ist vielmehr das Collier, das Cynthia bei sich hatte, als sie starb."

„Was sagst du da? Das, für das man Cynthia ermordet hat?"

„Ganz genau das."

„Und wieso hast du das?"

„Michael hat es mir gegeben. Vor Jahren, bevor er Ulu Banir verließ."

„Mike? Wie ist er denn da drangekommen?"

„Hat er mir nicht verraten. Ich dachte, du wüsstest es vielleicht."

„Nein. Ich sehe das Ding zum ersten Mal. Darf ich es mir mal näher anschauen?"

Ich nehme die Kette ab und reiche sie ihm. Er betrachtet sie eine Weile. Dann blickt er auf und fragt: „Warum hast du sie für heute hier angelegt?"

„Du hast vorhin gefragt, Hafiz, ob mir irgendetwas auf der Seele liegt. Das will ich dir sagen. Ja, mir liegt etwas auf der Seele, und es liegt mir seit zwanzig Jahren auf der Seele."

„Du hast geglaubt, Mike wäre an das Collier gekommen, indem er Cynthia ermordet hat?"

„Ich konnte mir nie absolut sicher sein, aber da er mir nie erzählen wollte, wie er drangekommen ist, habe ich..."

„Hast du ihn nicht geheiratet."

Ich nicke.

„Aber Anna ist sein Kind."

Nicke erneut.

„Ich habe Jonathan hauptsächlich deswegen geheiratet, damit Anna einen Namen hat, aber heute glaube ich, dass das nicht genug ist. Weißt du, nach Michaels Tod habe ich Anna die ganze Geschichte erzählt, und mit einem Mal ist es wichtig für sie zu wissen, ob der Name, den sie trägt, einer ist, auf den sie stolz sein kann. Verstehst du das?"

„Was schlägst du also vor zu tun?"

„Ich schlage vor, die Wahrheit über Cynthias Tod herauszufinden. Ich werde deine Hilfe brauchen, um die Leute zu finden, die in Ulu Banir waren, als es geschah."

„Und an wen außer mir denkst du da?"

„Yew Chuan, zunächst mal. Und dann Inspektor Tajuddin."

„Yew Chuan lebt immer noch in Kota Banir. Er hat sich Hals über Kopf in die Politik gestürzt. Lokalpolitik. Er hat sich selbst zum Champion der kleinen Leute hier im Distrikt erklärt, zum Rächer der Enterbten. Ab und zu arbeite ich recht eng mit ihm zusammen, prüfe die rechtliche Seite von bestimmten Klagen. Ich bin sozusagen sein inoffizielles Rechtshilfebüro", fügt er grinsend hinzu.

„Das hört sich ja alles an, als würde es ziemlich gut zu ihm passen, was?"

„Tut es."

„Freut mich, dass er doch nicht emigriert ist. Und Inspektor Tajuddin?"

„Der ist mittlerweile pensioniert. Hat sich ein Stückchen Land in Kampung Banir Hilir gekauft und züchtet dort glaube ich Rosen. Er würde sich freuen, dich wiederzusehen."

„Hätte nicht geglaubt, dass er sich an mich erinnern würde."

„Sich nicht an die zweite Mrs. Templeton erinnern?"

Und mir wird klar, dass mich die Leute so sehen müssen. Als die zweite Mrs. Templeton. Dann fällt mir die andere Sache ein, über die ich mit Hafiz reden wollte. Ich nehme Putehs Fotos aus meiner Handtasche.

„Ich würde auch gerne deine Mutter treffen."

„Wieso? Glaubst du, die könne etwas wissen?"

„Nein. Da geht's um etwas anderes. Siehst du diese beiden Fotos? Auf diesem hier ist deine Mutter; es war bei Michaels Sachen. Und das ist meine lang verschollene Tante Bobo. Und jetzt sag mir, was du da siehst."

Er studiert die Bilder und kommt zum selben Schluss wie ich.

„Meine Güte“, sagt er, „wenn das stimmt, was meine Augen mir hier zeigen, dann bist du tatsächlich meine Cousine!“ Und er grinst mich über den Schreibtisch hinweg an.

Ich lächle. Und plötzlich fangen wir beide an zu lachen. Schließlich sagt er: „Also, ich helfe dir. Ich will auch wissen, wer Cynthia ermordet hat. Nicht nur ihretwegen, sondern auch um Mikes willen, deinetwegen, Annas und nicht zuletzt für mich selbst. Ich kümmere mich darum, dass du jeden treffen kannst, den du treffen willst, in Ulu Banir und außerhalb. Die nächsten beiden Wochen sind allerdings ungünstig, weil Fastenzeit ist. Wollen wir bis danach warten?

Aber“, fügt er noch hinzu, „wenn es irgendetwas gibt, dass du mich jetzt fragen willst, dann schieß los.“ Er wirft einen Blick auf die Uhr. „Fast Mittagszeit. Ich faste zwar, aber ich kann dir Mittagessen bringen lassen, dann kannst du etwas essen, während wir reden.“

Ich lehne ab. Essen ist etwas, wofür ich momentan wenig Zeit habe.

„Sag mir Hafiz, wann hast du erfahren, dass Michael dein Bruder ist?“

Er lächelt.

„Als ich klein war, dachte ich, er sei mein Bruder. Später habe ich ihn immer weiter als meinen Bruder gesehen. Aber definitiv erfahren habe ich es erst in der Nacht nach unserem Ausflug nach Kota Banir. Mike war da und hat im Arbeitszimmer meines Vaters mit meiner Mutter gesprochen. Und später hat er mir dann die ganze Geschichte erzählt. Das war eine echte Familienzusammenführung.“

„Erzähl mir von deinem Vater, Hafiz. Ich hab ihn so gut wie nicht gekannt.“

„Was soll ich da sagen. Er war ein sanfter und freundlicher Mann. Sehr zurückhaltend. Hat wenig gesprochen.“ Er macht eine Pause. „Ich glaube, auf seine Weise ist er ein Visionär gewesen. Ich meine damit nicht, dass er die Vision gehabt hätte, eine Universität auf dem Land erbauen zu wollen. Ich meine, er hatte Visionen.

Weißt du, was er mir und Mike einmal erzählt hat? Er hat uns erzählt, er hatte während des Kriegs eine Vision – eine Vision vom Mai 69, glaube ich. Er sagte, er hätte eine Stadt mit hohen Häusern gesehen, alle blutgetränkt. Ich glaube, das ist der Grund, warum er bis ans Ende seiner Tage apolitisch geblieben ist. Für ihn stank jede Partei nach Korruption, Eigeninteresse und Konflikt."

„Hat er es Simon oder Jonathan eigentlich nachgetragen, was passiert war, oder womöglich sogar Michael?"

Hafiz sieht mich verblüfft an.

„Ich glaube nicht. Er hat Mike extrem gern gehabt. Und ich glaube, auf seine Weise hat er mit Simon mitempfunden. Es war Schicksal, weißt du. Oder Gottes Wille, wenn du magst. Und was Simon betrifft, hat er mir nicht lange vor seinem Tod erzählt, dass er während des Kriegs Simons halbverweste Leiche im Dschungel gefunden und dann eine ganze Nacht damit verbracht hatte, ihn zu begraben. Er ist ein sehr mitfühlender Mensch gewesen, mein Vater."

Und was ist mit den Revolvern?

Aber das ist nicht der rechte Moment für diese Frage, scheint mir. Stattdessen sage ich: „Und wie ist er so reich geworden?"

„Hauptsächlich mit Jonathans Hilfe, zumindest anfangs. Als Michael zur Schule geschickt wurde, beschlossen meine Eltern, den Dienst bei Jonathan zu quittieren. Mein Vater war immer geschickt mit Motoren und solchen Sachen, also wollte er eine kleine Werkstatt in Kota Banir aufmachen. Nach dem Krieg gab es einen Haufen alter und kaputter Maschinen, die repariert werden mussten. Als er Jonathan von seinen Plänen erzählte, bot der ihm an, seine Pläne zu finanzieren. Aber mein Vater war zu stolz, Almosen anzunehmen, also nahm er das Geld nur unter der Bedingung an, dass Jonathan zum Anteilseigner wurde. So begann ihre Partnerschaft. Dann begann Jonathan im Laufe der Jahre Stück für Stück, je nach dem, was mein Vater sich gerade leisten konnte, seine Plantage an ihn zu verkaufen, vielleicht auch, weil wir uns auf die Unabhängigkeit zubewegten. Ich habe mich oft gefragt, wozu mein Vater so viel Land wollte, wo er doch gar kein Interesse daran hatte, die Plantage zu leiten. Vielleicht sah er etwas, das kein anderer sah."

„Er war sehr klug."

„Ja, das war er."

„Und Cynthia? Was für ein Mensch war Cynthia?"

„Du hast sie kennengelernt."

„Ja, aber nur kurz. Ich habe nie die Gelegenheit gehabt, mit ihr zu reden. Das Einzige, was ich weiß, ist, dass sie sehr schön war."

„Ja, das war sie. Aber ich weiß gar nicht, ob ich dir da so viel erzählen kann."

„Wann und wie hast du sie denn kennengelernt?"

„Irgendwann Anfang 1969, vor den Ausschreitungen in der Malaysia Hall in London. Es gab Tanz, und sie gehörte zu einer Gruppe Mädchen, die wir die Chelsea Girls nannten. Ich weiß gar nicht, ob sie tatsächlich die Kunstakademie besuchte, aber sie sagte mir ja, und du weißt ja, wie das ist, man glaubt den Leuten, was sie sagen. Ich hatte jedenfalls keinen Grund es anzuzweifeln."

„Und hast du heute im Rückblick Gründe es anzuzweifeln?"

„Na ja, wenn ich es mir jetzt recht überlege, kommt es mir merkwürdig vor, dass sie immer zu Hause war, wenn ich sie in ihrer Wohnung anrief. Aber damals bin ich einfach davon ausgegangen, dass für Kunststudenten nicht so rigide Studienzeiten gelten würden."

„Und sie hat nie erwähnt, dass ihre Eltern in Ulu Banir gelebt hatten?"

„Nicht, dass ich wüsste. Aber ich denke doch, hätte sie was gesagt, wäre ich in der Kirche weniger überrascht gewesen. Du erinnerst dich?"

Ich nicke.

„Aber ich werd' dir sagen, woran sie wirklich interessiert war", fährt er fort. „Sie interessierte sich für die Zeit des Ausnahmezustands, welche Auswirkungen er auf die in Malaya lebenden Europäer hatte, solche Sachen. Das ist auch der Grund, warum ich sie zu Mike mitgenommen habe, weil seine Mutter doch durch die Hand von Terroristen gestorben war. Ich glaube aber, er konnte ihr auch nicht sehr viel mehr erzählen als ich. Wir waren damals auch beide noch so jung."

„Das frage ich mich", denke ich laut. „Das frage ich mich wirklich."

„Was?"

Ich beschließe, Hafiz alles zu sagen, was ich weiß.

„Jonathan hat mir erzählt, dass Cynthias Vater einer der Offiziere war, die zu Esther Templetons Tod ermittelten. Und er glaubte, dass der Mord nicht von Terroristen begangen worden war. Also hat er angefangen, herum zu bohren und zu wühlen. Aber Jonathan hat das offenbar nicht gefallen. Offenbar hat er Sergeant Wickham gesagt, wie er dazu stand, aber Wickham weigerte sich, die Geschichte auf sich beruhen zu lassen. Also hat Jonathan mit Wickhams Vorgesetzten geredet, und kurz darauf haben die Wickhams das Land verlassen.

Aber das Wesentliche", fuhr ich fort, „oder vielleicht das wesentliche ist, dass Cynthias Vater später das Gefühl hatte, seine Laufbahn als Soldat sei zerstört worden, entweder durch das, was in Ulu Banir passiert war oder weil Bridget Van Tooren Eurasierin war. Bin mir nicht sicher, was zutrifft. Jedenfalls hat er seine Frustrationen an Frau und Tochter ausgelassen, und manchmal auch gewalttätig."

„Das ist merkwürdig", unterbricht Hafiz, „wann immer Cynthia über ihren Vater geredet hat, hatte ich das starke Gefühl, er müsse sie verwöhnt haben und sie bete ihn an. Ich glaube ohnehin, dass sie eine Art Vaterkomplex hatte. Was auch ihr Interesse an Jonathan erklärt."

„Jonathan gegenüber hat sie das komplette Gegenteil erzählt. Sag mir, hattest du den Eindruck, sie könne irgendwie verschlagen sein?"

„Nein, würde ich so nicht sagen. Sie war sehr still, wenn du dich erinnerst."

„Aber nicht – sorry, ich weiß, dass du sie geliebt hast und dass sie tot ist – aber nicht der Typus dummes Blondchen?"

„Ganz und gar nicht! Sie war ein sehr logisch denkender Mensch. Ich hab sie immer gefragt, was sie an einer Kunstakademie wollte, wo sie doch besser, keine Ahnung, Mathematik oder so was hätte studieren sollen. Aber sie sagte mir, und das war das einzige Mal, dass so etwas wie Kritik an ihrem Vater durchschimmerte, dass er ihr immer das Gefühl gegeben hätte, dass es für eine Frau nicht darauf ankomme, gut in Mathematik oder Naturwissenschaften zu sein. Und dabei hatte sie eine Begabung für das Wissenschaftliche. Ich meine, selbst ihr Interesse an der Kunst war eigentlich mehr eines an der Botanik."

Ich muss an ihre Schulmädchenzeichnungen denken, beschließe aber, das nicht zu erwähnen.

„Das andere ist, sie sagte zu Jonathan, sie könnte dich aus religiösen Gründen nicht heiraten. Würdest du sagen, dass sie ein sehr religiöser Mensch war?"

„Hätte ich nicht gesagt. Zumindest nicht, solange wir in London waren. Ihr ganzes Wesen war wissenschaftlich und logisch ausgerichtet. Sie hat sogar gesagt, sie glaube nicht an die Existenz eines Gottes. Als Moslem hatte ich Angst, dass das zu Problemen führen könnte, wenn wir verheiratet wären. Obwohl ich zugeben muss, dass ich als Mann gedacht habe, na gut, das Konvertieren wird dann eine reine Formalität für sie sein. Aber das war der

Grund, warum ich wollte, dass sie hier herauskommt, und sich das alles zunächst mal selbst ansieht."

„Du warst es also, der ihr vorgeschlagen hat, hierher zu kommen?"

„Weiß ich nicht mehr. Es war einfach so eine Sache, in die wir hinein geraten sind. Vielleicht hat sie es auch vorgeschlagen, und ich fand es eine gute Idee. Warum? Woran denkst du?"

„Das ist nur der Anflug eines Gedankens. Verstehst du, Wickham war nicht der Einzige, der nicht daran geglaubt hat, dass Jonathans erste Frau von Terroristen ermordet wurde. Auch Yew Chuan hat daran gezweifelt. Wenn wir mal davon ausgehen wollen, dass sie recht hatten und dass Cynthia etwas über den Mord wusste. Und wenn sie so eng mit ihrem Vater war, hat er ihr vielleicht etwas gesagt. Was also, wenn sie, die liebende, treusorgende Tochter, beschlossen hätte, nach Ulu Banir zurückzukehren, um die Wahrheit aufzudecken und ihren Vater reinzuwaschen. Und was, wenn sie dabei der Wahrheit zu nahe gekommen wäre?"

„Du meinst, dass die Person, die Esther Templeton ermordet hat, auch Cynthia ermordet hat?"

„Falls ich mit Cynthia und dem Grund für ihre Rückkehr recht habe, dann ja."

„Ich hoffe, du hast nicht recht. Ich würde ungern denken, dass ich benutzt worden bin."

„Dann würdest du immerhin wissen, wie ich mich all die Jahre gefühlt habe, nachdem Michael mir das Collier gegeben hat."

„Du solltest ihn besser kennen. Er hätte keiner Fliege was zuleide tun können, und wenn sein Leben davon abgehängt hätte."

Ich seufze ein wenig. Es ist fast eine Erleichterung, mit jemandem darüber sprechen zu können.

„Wenn ich es bis zum Ende durchdenke, Hafiz, dann ist es mir vollkommen gleichgültig, ob er Cynthia ermordet hat. Das

Einzige, was für mich zählt ist, dass ich nicht die Wahrheit gesagt bekommen habe."

„Er muss seine Gründe gehabt haben."

„Ganz sicher sogar, und ich mache ihm das nicht zum Vorwurf. Aber ich muss trotzdem die Wahrheit wissen."

„Also machst du das nicht nur für Anna." Wie immer liest er zwischen den Zeilen.

„Nein. Ich tue es auch für meinen eigenen Seelenfrieden." Wie zuvor schon, stelle ich fest, bin ich immer ehrlich zu ihm.

„Vielleicht gefällt dir diese Wahrheit aber nicht, wenn du sie findest."

„Ich weiß. Es ist gar nicht so unwahrscheinlich, dass ich herausfinden werde, vierzehn Jahre meiner Jugend mit einem Mann verbracht zu haben, verheiratet gewesen zu sein, der zuerst seine Frau und dann seine Verlobte ermordet hat und dafür verantwortlich ist, dass ich den einzigen Mann umgebracht habe, den ich je liebte."

Und ich breche unter dem Gewicht dieses langen Leids und Grolls zusammen. Hafiz steht auf, kommt um den Schreibtisch herum und tätschelt mir die Schulter.

„Mach es dir nicht so schwer, Ai Lian. Du hast ihn nicht umgebracht. Die Krankheit hat ihn umgebracht."

„Aber diese Krankheit hätte er vielleicht nie bekommen, wenn er nicht die zweifache Last hätte tragen müssen, einerseits zu wissen, wer Cynthia ermordet hat und andererseits zu wissen, dass ich ihm nicht genügend vertraute, um den Rest meines Lebens mit ihm zu verbringen, ganz gleich, ob Mord oder nicht Mord, Wahrheit oder nicht! Unglückliche Menschen bekommen eher Krebs, weißt du das nicht?"

„Ich hab mal irgendwas darüber gelesen, aber ich glaube, ganz so einfach ist es nicht. Und wie auch immer, er ist glücklich gewesen, weißt du, auf seine Art. Ich hab ihn oft in London gesehen. Er war glücklich, enthusiastisch über seine Arbeit und von jedem Erfolg freudig erregt, ganz gleich wie klein er war. Er war glücklich."

„Ich wollte, ich könnte das glauben."

„Du musst. Er hätte es nicht anders gewollt."

Drittes Kapitel
19. März 1994

Hafiz hatte angeboten, uns nach Ulu Banir und zurück zu fahren. Aber Anna und ich haben uns entschieden, selbst zu fahren, so dass wir, falls wir Lust haben sollten, mehr von der Gegend zu sehen oder länger zu bleiben, frei in unseren Bewegungen sind und ihm nicht auf die Nerven fallen. Da es Samstag ist, fahren wir früh los, um Staus zu vermeiden.

Die Gegend hat sich so sehr verändert, dass sie nicht wiederzuerkennen ist. Ich sehe neue Autobahnen, Mautstationen, Industrieparks und die wie Pilze aus dem Boden schießenden Wohnsiedlungen. Aber auf all das achte ich nur oberflächlich. Ich fahre quasi mit dem unterbewussten Teil meines Ichs, alles Bewusstsein ist einzig auf mich selbst konzentriert.

In den zwei Wochen seitdem ich Hafiz gesehen habe, habe ich mich entschieden, das Haus doch nicht zu verkaufen.

„Bist du dir ganz sicher, Mom?“ hatte Anna gefragt, und konnte dabei die Sorge in ihrem Blick nicht verbergen.

Ist es möglich, dass sie durch meine Fassade hindurchgesehen hat, die ich doch jeden Morgen so sorgfältig herstelle, mit Make-up, Kleidung, allen möglichen Accessoires und einem vor dem Badezimmerspiegel eingeübten Lächeln? Dass sie durch meine Haut hindurchgesehen hat, die mit dem Alter vielleicht dünn und durchsichtig geworden ist, und einen Blick auf das madenzerfressene Innere geworfen hat?

„Ja“, hatte ich gesagt und gespürt, wie Haut und Muskeln sich dehnten und widerwillig dem Kommando folgten, mein Badezimmerlächeln auf mein Gesicht zu bekommen.

„Aber warum? Wird das Haus denn nicht viel zu groß für dich sein?"

Und ich wusste, ihre wahre Frage lautete: „Wirst du hier ganz alleine denn nicht entsetzlich einsam sein?"

Aber wo soll ich anfangen, ihr etwas über Einsamkeit zu erzählen? Es ist keine Frage des Raums, würde ich gerne zu ihr sagen. Wäre ich weniger einsam, wenn ich in einer kleineren Wohnung lebte, so wie Mrs. Stewart, Jonathans alte Nanny, und zwei kleine Zimmer mit all meinen Erinnerungen vollstopfen würde? Wäre ich weniger einsam, wenn ich auswählen müsste, welche meiner Erinnerungen ich ausmiste und welche ich behalte und vorzeige? Und wenn ich dann ausgewählt hätte und mich plötzlich frage, was aus diesem oder jenem Objekt geworden ist, das zu diesem oder jenem Moment meines Lebens gehört, würde sein Fehlen mich dann weniger einsam machen? Und wenn ich beim Rückblick auf mein Leben statt einer geordneten Präsentation von Lebensereignissen in einem logischen Zusammenhang eine chaotische, pockennarbige Landschaft voller bodenloser schwarzer Löcher sehe, wäre ich dann weniger einsam?

Die Wahrheit von alledem ist, dass ich mich nicht dabei sehe, wie ich auch nur eines der Objekte weggebe, die mich auf dem Boden der Tatsachen gehalten haben, wie Heringe ein im Wind herumflappendes Zelt am Boden halten, ohne dass ich jeden Halt verlieren würde, ohne dass ich den Kontakt zur Realität oder zu dem, was im Guten wie im Schlechten mein Leben gewesen ist, verlieren würde.

„Eigentlich möchtest du nicht, dass ich fortgehe und weit weg von dir lebe, stimmt's?", hatte sie dann gefragt.

Ich hatte das Gefühl, in ihrer Stimme eine Spur von Feindseligkeit zu hören.

„Nein, das ist es nicht, Schatz."

Wo soll ich nur mit dem Erklären anfangen? Vor mir steht meine Tochter, ein Kind ihrer Generation, einer Generation, die ihre Sachen von der Stange kauft, benutzt und wegwirft. Hinter mir stehen meine nomadischen Eltern, die die Kunst perfektioniert hatten, ihre Existenz runter auf das bare Minimum zu brechen, die ihre Erinnerungen in chemische Flüssigkeiten destilliert hatten, die dann auf Papierabzüge gebannt wurden, um daraufhin in eine alte Blechdose zu wandern, die außer Reichweite weggestellt, nie mehr angefasst, nie mehr geöffnet, deren Inhalt nie mehr angesehen wurde. Und hier bin ich, die Anomale, die Fehlentwicklung, das Kind, das nicht erkennen kann, wie die Welt existieren soll, wenn sie nicht eine kompakte Zusammenballung von Vergangenheit ist, die dann ebenso kompakt in die Zukunft hineinrollt.

Wir hatten dann nicht weiter darüber gesprochen. Sie schmollte, weil sie glaubte, ich schmollte. Ich habe ihr auch nichts zu essen angeboten als Kompensation für mein unerklärtes, unerklärbares Gefühlschaos. Ich bin zu abnormal. Stattdessen sagte ich: „Wie wär's mit einer netten Tasse Tee?“

Yew Chuan wohnt nicht mehr in seiner Doppelhaushälfte in Happy Garden. Er wohnt über einem Geschäft. Nellie ist vor zwei Jahren gestorben, und die Kinder, die alle verheiratet sind und arbeiten, leben in anderen Landesteilen oder im Ausland.

Er freut sich wirklich, uns zu sehen. Er sieht quasi unverändert aus. Vielleicht ein wenig grauer, ein wenig knochiger, ein wenig braungebrannter, aber so laut und herzlich wie eh und je.

Wir sitzen in seinem Wohnzimmer, das zugleich auch als Büro dient, in dem er die Mitglieder seines Wahlkreises trifft. Ich finde es ein wenig düster.

Wie in den meisten Shophouses, hat auch dieses im Wohnzimmer nur eine Reihe vergitterter Fenster, die auf den hinteren Teil des Gebäudekomplexes hinausgehen. Steht man am Fenster und blickt hinaus, sieht man links einen offenen Durchgang zu weiteren Schlafzimmern, zur Küche, dem Bad und der Toilette. Sieht man nach unten, geht der Blick aufs Dach des Ladens darunter. Und blickt man geradeaus, sieht man die Rückseiten weiterer Shophouses. Ich frage mich doch, ob Yew Chuan, der massige Yew Chuan, der immer nach Dschungeltreks und Campingzelten aussieht, sich in dieser Wohnung nie wie in einem Käfig fühlt. Selbst für seine Stimme ist hier nicht genug Raum, bin ich mir sicher.

Und doch wirkt er heiter, und seine Umgebung scheint ihm herzlich egal zu sein. Die Möblierung ist minimal, der einzige Luxus ist ein vom Boden bis zur Decke reichendes Bücherregal an einer der Wände, vollgestopft, überquellend von Büchern, Zeitschriften und Broschüren.

„Fröhliches Hari Raya!", begrüßt er Hafiz nach der ersten freudigen Aufregung uns wiederzusehen. „Das ist ja eine große Ehre, Mensch. Ich sollte dich besuchen und dir Ehrerbietung zollen, und stattdessen bist du hier und kommst mich besuchen. Wem oder was habe ich das denn zu verdanken?"

„Ai Lian", antwortet Hafiz freundlich. „Sie war letztens in meinem Büro, und wir haben über alte Zeiten gesprochen und gedacht, es wäre doch schön, dich mal wieder zu besuchen."

„Na ja, jedenfalls freue ich mich sehr, dass ihr alle hier seid. Vor allem du, Anna. Das letzte Mal, dass ich dich gesehen habe, warst du noch ein Teenager. Und jetzt sieh dich heute an! Zwanzig, was? Jemine! Das heißt, jetzt geht's auf die Universität?"

Anna erzählt ihm von ihren Plänen.

„Gut, sehr gut! Sehr unternehmerisch! Ausgezeichnet. Wozu Zeit auf der Universität verschwenden? Geh einfach hinaus und lerne vom Leben selbst! Gibt nichts Besseres. Aber wenn du einen Ratschlag von einem alten Mann hören willst – wenn du je bereuen solltest, nicht zur Universität gegangen zu sein, dann, bitte, bitte, ich flehe dich an, lass alles stehen und liegen, egal, was du tust, egal, wie viel Geld du machst, und geh hin und mach ein Examen! Das macht das Leben viel leichter für alle Beteiligten, vor allem für diejenigen, die selbst ein Examen haben.

Ich hab so viele von diesen sogenannten Selfmade-Männern und -Frauen gesehen. Die haben immer diese Wut auf Universitätsabsolventen, bloß, weil sie selbst keinen akademischen Titel besitzen. Habe solche Leute andauernd in meinen Komitees sitzen. Man muss so vorsichtig sein, was man sagt, wie man es sagt und wann man es sagt und all den Unsinn.

Aber ich generalisiere hier natürlich", gesteht er zum Schluss großzügig zu. „Vieleicht bin ich auch deswegen so aufgebracht, weil ich gerade den ganzen verdammten Vormittag mit einem Mitglied dieser – verseuchten Brut vertrödelt habe! Ihr wisst schon, die, die dauernd wegen allem möglichen rumjammern, was sie nicht haben, aber die nicht die Eier in der Hose haben, einen Versuch zu starten, es sich zu erarbeiten."

Wahrlich, die Welt ist voller Unzufriedener, sage ich mir auch, in Antwort auf seine Tirade gegen die verseuchte Brut, zu der ich ebenfalls gehöre.

„So", wendet er sich an mich, „wie behandelt der Geldmarkt dich?" Also weiß selbst er Bescheid, über meine Geschäfte auf dem Geldmarkt.

„So gut, wie man es erwarten kann", sage ich und grinse dabei verschmitzt zu Hafiz rüber. Er bemerkt meinen Blick und schüttelt sich vor unterdrücktem Gelächter.

Bislang hat Yew Chuan nicht das Collier bemerkt, das ich trage. Ich frage mich, wie ich seine Aufmerksamkeit darauf lenken könnte. Oder sollte ich die Tatsache, dass er es nicht wahrnimmt, darauf schieben, dass er nichts weiß und also unschuldig ist, und es dabei sein Bewenden haben lassen?

Yew Chuan blickt von mir auf Hafiz und wieder zurück.

„Hier findet offensichtlich hinter meinem Rücken ein Insiderwitz statt", sagt er.

Also erzählt Hafiz ihm von unserer Diskussion von vor zwei Wochen.

„Hafiz hat recht", kommentiert Yew Chuan. „Du musst dich zu irgendetwas bekennen, Ai Lian. Was ist der Sinn dabei, Geld um des Geldes Willen zu machen? Wofür soll es am Ende sein? Du kannst es nicht mit dir nehmen. Investiere doch in irgendwelche Dinge, die dem Land zugutekommen."

„Ich geb alles an Wohltätigkeitsorganisationen, wenn ich tot bin. Aber bis dahin lasst es mich genießen. Nicht nur das Geld selbst, sondern das Gewinnen und Verlieren, das Hoch und Runter. Es ist ein Spiel. Es ist mein Spiel, das einzige Spiel, das ich beherrsche und in dem ich ziemlich regelmäßig gewinne."

„Ah, das hört sich nach mir an, in der guten alten Zeit auf dem Rennplatz. Aber gib auf dich acht, meine Liebe, klingt für mich ganz nach einer Sucht."

„Wettest du denn immer noch?", versuche ich das Gespräch weg von mir zu steuern.

„Nein. Hab vor Jahren schon einen Strich darunter gezogen. Bald nachdem du geheiratet hast."

„Einfach so?"

„Einfach so. Erinnerst du dich an deinen ersten Tag in Ulu Banir, als ich zum Tee in den Bungalow gekommen bin? Danach hatte ich ein Gespräch mit Jonathan. Kann ich dir ebenso gut erzählen, muss mich dafür nicht schämen. Ich wollte mir Geld von Jonathan leihen. Ich hatte Geld ohne Ende verloren, und Nellie drängte mich, um der Kinder willen zu emigrieren. Schlimme Zeit war das.

Und weißt du, was Jonathan dann zu mir gesagt hat? Er hat gesagt, vergiss den Gedanken, um der Kinder willen zu emigrieren. Die Kinder werden sich anpassen. Und vergiss den Gedanken, wegen der malaiischen Privilegien zu emigrieren. Wenn nämlich erst mal genügend Chinesen nach Australien oder Kanada emigrieren, oder wohin auch immer, würde dasselbe Problem auch dort auftreten. Er meinte, warum dann nicht gleich in einem Land leben, das diesen ganzen Unsinn bereits hinter sich hat, anstatt woanders hinzugehen und darauf zu warten, dass dort alles wieder von vorn beginnt."

Er lacht sein herzhaftes Lachen.

„Muss schon sagen, das ergab eine Menge Sinn, was er da sagte. Dann hat er mir einen Scheck ausgeschrieben und gesagt, das sei ein Geschenk. Er meinte, so wie ich unterwegs sei, hätte er ohnehin keine Hoffnung darauf, sein Geld wiederzusehen, warum das Ganze also ein Darlehen nennen. Aber dann sagte er auch noch, wenn er je hören würde, dass ich auf der Rennbahn oder bei irgendwelchen anderen Wetten wieder im großen Stil Geld verloren hätte, würde er mir die Freundschaft aufkündigen.

Ich habe in Jonathan einen großartigen Freund verloren, als er starb. Ich kann euch gar nicht sagen, wie sehr ich ihn vermisse."

Wir schwiegen alle und dachten an Jonathan.

Also hatten sie damals nicht über Cynthias Schwangerschaft gesprochen.

„Ich dachte, ihr würdet über Cynthias Schwangerschaftstest reden."

Yew Chuan wirft einen schnellen Blick auf Anna.

„Keine Sorge, Onkel Yew Chuan. Ich werde demnächst zwanzig."

Yew Chuan lacht.

„Sorry, ich bin eben ein altmodischer Mensch. Aber nein", fährt er, sich zu mir wendend, fort. „Cynthia ist an dem Morgen bei mir gewesen, um das Ergebnis ihres Schwangerschaftstests zu erfahren, aber sie hat mich gebeten, Jonathan nichts zu sagen, meinte, sie wolle ihm die Neuigkeit selbst mitteilen. Am Ende hat es ihm glaube ich dann die Polizei gesagt...

Ich wollte es ihm sagen nach dem Mord, aber Inspektor Tajuddin hat insistiert, dass er es ihm sagen wollte. Wahrscheinlich wollte der Typ sehen, wie Jonathan darauf reagieren würde."

„Willst du damit sagen, er hatte keine Ahnung von Cynthias Schwangerschaft?"

„Nein, ich glaube, es war ein Schock für ihn, als Tajuddin es ihm gesagt hat. Ich war natürlich nicht dabei, aber später hat Jonathan mich gefragt, ob es stimmt. Er schien so ungläubig, dass ich mich gefragt habe –" Er sprach den Satz nicht zu Ende.

Sich was gefragt hat? Ob Jonathan der Vater war? Aber war er es denn nicht? Ich erinnere mich, dass Jonathan sehr eindeutig gesagt hatte, er sei der Vater. Ich bin kein Heiliger, hatte er gesagt, ich bin verantwortlich dafür. Hatte er mich angelogen? Aber wenn ja, warum? Aus einem Gefühl von Ritterlichkeit heraus? Um Cynthias Ehre zu beschützen? Oder aus männlichem Stolz? Um sich dagegen zu wappnen, als Hahnrei verspottet zu werden? Ich werfe einen verstohlenen Blick auf Hafiz. Er starrt Yew Chuan völlig gebannt an. Worüber er wohl nachdenkt?

„Jonathan hat behauptet, dass er die ganze Zeit darüber Bescheid wusste, und dass das Kind von ihm war, als er mit mir darüber gesprochen hat", sage ich.

„Hat er das? Dann war es ja vielleicht seins. Vielleicht hat er nur nicht geglaubt, er wäre in seinem Alter noch fähig, ein Kind zu zeugen."

Ich nehme Yew Chuans abschließende Bemerkung zum Anlass, das Thema zu wechseln.

„Als du an dem Abend nach Hause gefahren bist, bist du da zufällig an Cynthias Wagen vorbeigekommen?"

Yew Chuans Antwort kommt wie aus der Pistole geschossen.

„Ja. Das heißt, ich bin nicht richtig an ihm vorbeigefahren. Ich hab ihn zwischen den Bäumen stehen sehen. Er war auf der Lichtung geparkt, du weißt schon, in der Nähe der alten Straße zum Bungalow. Wenn man bergauf fährt, kann man die Ecke nicht einsehen, aber wenn man runterfährt. Ich hab das Tajuddin auch erzählt."

„Kam dir das nicht merkwürdig vor?"

„Nicht wirklich. Ich wusste, dass Cynthia andauernd im Dschungel rumwanderte, um nach Pflanzen Ausschau zu halten. Ich dachte, das würde sie an dem Abend auch machen. Außerdem hatte ich ohnehin genug mit meinen eigenen Gedanken zu tun. Aber warum stellst du all diese Fragen?"

Ich sage ihm im Großen und Ganzen dasselbe, was ich auch Hafiz gesagt habe, über Annas und meinen Wunsch, herauszufinden, wer Cynthia ermordet hat.

„Ist das so klug, in der Vergangenheit herumzuwühlen?"

Ich erinnere ihn daran, wie er Michael und mir in dem kleinen Café erzählt hatte, dass es notwendig sei, dass Eltern ihre Kinder über ihre Vergangenheit aufklären.

Er scheint die Episode vergessen zu haben.

„Das soll ich alles erzählt haben?", fragt er amüsiert.

„Ja, oder hast du inzwischen deine Ansicht geändert?"

Er überlegt.

„Nein, es ist auch eigentlich ein sehr vernünftiger Gedanke, oder?" Als wäre es irgendjemand anderes Gedanke. Ich frage mich, wie alt er mittlerweile sein mag. Fünfundsechzig oder so etwa. Aber er ist wahrscheinlich geistig wach genug, zu versuchen, die Probleme anderer Leute zu lösen. Oder ist das nur der alte Narr in ihm, der sich überall einmischt? Der Arzt, der schnelle Therapien und raschwirkende Schmerzmittel verschreibt, auch wenn er von ihrer Wirkung nicht ganz überzeugt ist.

Ich nehme das Collier ab. Ich glaube langsam nicht mehr, dass er es in diesem düsteren Wohnzimmer jemals wahrnehmen wird.

„Erkennst du das wieder?"

Er nimmt es entgegen, sieht es sich an und reicht es mir zurück. „Ja, das ist das Collier, das Jonathan bei sich hatte, als wir gemeinsam im Dschungel waren. Freut mich zu sehen, dass du es trägst. Es hat ihm einmal sehr viel bedeutet."

Das ist nicht die Antwort, die ich erwartet habe. „War das das einzige Mal, dass du es gesehen hast? Im Dschungel?"

„Nein. In der Tat hat Jonathan es mir gegeben, eine Woche bevor du nach Ulu Banir gekommen bist und mich gebeten, es beim Juwelier neben unserer Klinik abzugeben. Er meinte, er wolle es reinigen und polieren lassen, um es dann Michael zu geben. Er sagte, du würdest kommen, und Michael plane, um deine Hand anzuhalten, und dann sagte er, Michael würde es dir vielleicht als seiner zukünftigen Frau schenken wollen."

Ich lehne mich zurück. Das ist mir neu. Warum hatte Michael das nie erwähnt? Oder Jonathan? Kann ich mich auf Yew Chuans Gedächtnis verlassen? Ich traue ja kaum meinem eigenen. Was genau hatte uns Nellie an jenem Abend gesagt über Cynthia und das Collier?

„Und als Cynthia an diesem Morgen in deiner Klinik war? Sie hat es doch Nellie gezeigt. Hast du es da nicht gesehen?"

„Nein. Sie haben wahrscheinlich im Wartezimmer miteinander geredet, und ich war in meinem Sprechzimmer. Es war ein arbeitsreicher Vormittag. Ich musste mich um alle Patienten im Wartezimmer kümmern. Und außerdem hatte ich all meine Nachmittagstermine auf den Vormittag gelegt, weil ich den Nachmittag für mein Gespräch mit Jonathan frei halten wollte."

Das klingt logisch.

„Cynthia hatte es bei sich an dem Tag, als sie starb", erkläre ich.

„So? Möglich. Dann müsste sie es beim Juwelier abgeholt haben – aber warte: Das ist doch nicht dasjenige, das verschwunden sein soll? Das Collier, das Tajuddin zu der Annahme brachte, dass jemand sie deswegen ermordet hat?"

Wenn er schauspielert, ist er ein Meister. Ich wage einen Sprung ins Ungewisse. „Genau das ist es."

Seine Brauen schießen nach oben. Dann runzelt er die Stirn. Ich sehe ihm an, dass er unsicher ist, wie er reagieren soll. Ich beschließe, jetzt keine weitere Zeit zu vertun.

„Michael hat es mir gegeben, bevor er aus Ulu Banir fortgegangen ist und mich gebeten, es geheim zu halten.“ Ich beobachte sein Gesicht.

Er lehnt sich zurück, sein ganzer Körper erschlafft. Das Stirnrunzeln vertieft sich.

„Versuchst du mir da gerade zu sagen, dass –“

„Dass Michael Cynthia ermordet hat?“

Sein Blick zeigt mir, dass er glaubt, ich rede wirr.

„Da hättest du ihn besser kennen sollen.“

Das sagen sie mir alle.

„Michael könnte niemals jemanden ermordet haben“, fährt Yew Chuan fort. „Wenn er das Collier gefunden hat und nichts davon der Polizei erzählte, dann muss er seine Gründe gehabt haben.“

„Und zwar?“

„Das Erste, was einem in den Sinn kommt, ist, dass er versucht hat, jemanden zu decken.“

„Wen?“

Er schweigt eine Weile, als versuche er nachzudenken. „Ich wüsste nicht wen. Könnte quasi jeder gewesen sein. Michael war nicht sehr wählerisch dabei, wem er half. Stimmt das nicht, Hafiz?“

Hafiz lächelt zustimmend.

„Das war auch einer der Gründe, warum Jonathan seinen Besitz nach und nach an Yusuf verkauft hat.“ Er wendet sich um und sieht Hafiz direkt an. „Ich denke, wir können heute darüber reden. Ich meine, wir sind alle erwachsen, und das ist vielleicht etwas, das du wissen solltest, Hafiz.

Verstehst du, schon ab dem Moment, wo Michael noch ein Knabe war, machte Jonathan sich Sorgen um ihn. Er hat ein zu weiches Herz, hat Jonathan immer gesagt. Und das machte Jonathan Sorgen, denn er konnte sich nicht vorstellen, wie Michael erwachsen werden und die Plantage leiten sollte, wenn er nicht lernte, ein wenig robuster zu werden. Später, als Michael dann viel mehr Interesse an seiner Musik als an der Plantage zeigte, hat Jonathan mit mir darüber gesprochen. Ich meinte, es sei eine Schande, dass er keinen zweiten Sohn habe. Und da sagte er mir – und ich will, dass du das hörst, Hafiz, denn ich glaube, du hast, als du jünger warst, Jonathan falsch eingeschätzt – da sagte er: „Aber ich habe einen." „Wen?", habe ich gefragt. Und er hat geantwortet: „Hafiz." Du siehst also Hafiz, er hat dich als Sohn empfunden. Und ich glaube, auf seine Weise hat er dich herangezogen, irgendwann die Plantage übernehmen zu können.

Das ist einer der Gründe, warum Jonathan, als du in der Abschlussklasse warst und dein Vater kam und ihn um seinen Rat bezüglich Universitäten bat – und ich weiß, wovon ich rede, denn ich war dabei – warum er sagte: Nein, noch keine Universität. Du solltest zuerst ein paar Jahre arbeiten, und erst, wenn du dir wirklich darüber im Klaren wärst, was du studieren wolltest, zur Universität gehen.

Du warst darüber sehr wütend. Ich weiß das. Dein Vater hat es mir erzählt. Und natürlich habe ich dann, als der Wichtigtuer, der ich nun mal bin, Jonathan danach gefragt. Ich fand, das war ein bisschen ungerecht dir gegenüber, schließlich hatte er Michael erlaubt, direkt nach der Schule auf die Universität zu gehen. Aber dann hat er mir seine Gründe erklärt.

Er sagte, es gebe einen großen Unterschied zwischen euch Jungs. Er empfand, dass Michael der Typus sei, der nur für eine einzelne Sache geschaffen sei. Er wusste schon sehr früh, was er wollte, wofür er sich interessierte und wofür er bereit war, hart zu arbeiten. Und alles andere empfand er als Fron. Aber dich, Hafiz, hat er als Generalisten gesehen. Er meinte, du seist die Art von Mensch, die immer alles kompetent und gut würde meistern können, was aber eben auch hieße, dass du länger brauchen würdest, um herauszufinden, was deine Leidenschaft wäre, wo deine größten Fähigkeiten lägen, und für welches Gebiet du dich am brennendsten interessiertest.

Als er dann später erfuhr, dass du beschlossen hattest, zur Polizei zu gehen, war er hoch erfreut. Er dachte, das wäre eine sehr gute Basis für später, wenn du dann die Leitung des Besitzes übernehmen würdest und Streits zwischen den Zapfern würdest schlichten müssen. In jenen Tagen, wenn du dich erinnerst, waren die Pflanzer die absoluten Herrscher auf den Plantagen.

Ja" – und damit wendet er sich zu mir, „und jetzt fällt mir auch wieder ein, was ich an jenem Abend im Café zu Michael sagte. Verstehst du, als mir klar wurde, dass er so gut wie nichts über den Tod seiner Mutter und Jonathans Zeit im Dschungel wusste, verstand ich auch, warum der arme Junge seine Zeit mit Faxen verbracht hatte, anstatt sich niederzulassen und etwas Vernünftiges zu tun. Jonathan, erkannte ich, redete mehr mit mir als mit seinem eigenen Sohn. Und da war Michael schon über dreißig. Er war kein Junge mehr.

Also bin ich am nächsten Morgen zu Jonathan ins Krankenhaus und hab ihm gesagt, was ich dachte, dass es nämlich Zeit wäre, einmal von Mann zu Mann mit Michael zu sprechen. Er nannte mich einen alten Narren, der sich in Dinge einmischt, die ihn nichts angehen, aber ich glaube, er wusste, dass ich recht hatte. Und wenn ich es recht sehe, haben sie danach miteinander gesprochen."

„Ja, mit dem Ergebnis, dass er seinen Herzinfarkt hatte."

„Ach, so schlimm war es nicht. Ich wollte ihm vor allem Angst machen, damit er sich ausruht. Jonathan hat immer leicht vergessen, dass er auch nur ein Mensch war."

Ich frage mich, ob Yew Chuan weniger leicht vergisst, dass er auch nur ein Mensch ist.

„Er hat mir erzählt, er sei dein erster Patient überhaupt gewesen, damals im Dschungel." Meine unreflektierte Solidarität mit Jonathan überrascht mich selbst.

Yew Chuan muss lachen.

„Ja, der verdammte Narr hat eine Krankheit nach der anderen bekommen. Hat die Insekten nicht vertragen, dann das Essen, weiß nicht, was noch alles."

„Inspektor Tajuddin sagte, er sei im Dschungel für seine Tapferkeit bekannt gewesen." Klinge ich zu aggressiv?

„Kommt drauf an, was du unter Tapferkeit verstehst. Wenn es heißen soll, er ist mit den anderen zu ihren Hinterhalten und Angriffen gegangen, dann nein, ich fürchte, die Gelegenheit hat er nie bekommen. Die Chefs der Gruppe hätten ihm nie erlaubt da mitzumachen. Vielleicht einfach, weil er als Weißer zu auffällig gewesen wäre. Vielleicht war er auch einfach zu wertvoll, weil er den Unerfahrenen nämlich beibrachte, wie man Waffen benutzt und geradeaus schießt, obwohl er ihnen gegenüber behauptete, er hätte nur mit Jagdwaffen zu tun gehabt. Er hat sich auch auf den Gemüsebeeten nützlich gemacht. Vielleicht haben sie auch gedacht, im Notfall würde er eine gute Geisel abgeben, ich weiß es nicht. Aber für die andern Jungs in der Gruppe war er vor allem deshalb wertvoll, weil er sie zum Lachen brachte."

Und er bricht selbst in lautes Gewieher aus.

„Wie?", fragt Anna, die zum ersten Mal Interesse zeigt.

„Indem er den Clown machte! Manchmal beauftragten ihn die Führer der Gruppe damit, Konzerte oder Shows auf die Beine zu stellen, um die Moral der Truppe hochzuhalten. Er war ein Volltreffer. Der Höhepunkt für die Jungs war, wenn er anfing, auf Tamilisch zu reden. Sie haben gebrüllt vor Lachen, ein Weißer, der Tamilisch spricht!"

Er wischt sich die Augen ab. Irgendwie gefällt mir das Bild von einem Jonathan, der Spaß daran hatte, im Dschungel den Clown zu spielen. War das nicht auch eine Form von Tapferkeit? Kleine Inselchen von Heiterkeit auf einem Ozean der Gefahr zu finden.

„Und deswegen war ich auch so sehr überrascht, als Michael mir sagte, Jonathan glaube, seine Frau sei von den Terroristen ermordet worden. Die haben ihn geliebt!“

„Aber du hast keine Ahnung, wer es dann gewesen sein könnte?“

„Nicht die geringste Ahnung. Ich kannte sie ja nicht mal. Soweit ich weiß, hat er sie nach dem Krieg geheiratet. Und als ich dann aus dem Dschungel kam, war sie tot.“

„Aber du kanntest Cynthia.“

„Mehr als Patientin denn als Freundin. Hafiz hier hat sie besser gekannt.“

„Ich habe Ai Lian schon alles erzählt, was ich über sie weiß“, sagt Hafiz. „Wir haben aber eine Theorie, und wir haben uns gefragt, ob du wohl in der Lage wärst, unsere Überlegungen ein wenig zu erhellen.“

Ich kann ihn richtig vor mir sehen, den jungen Polizeiinspektor Hafiz, wie er höflich versucht, Informationen aus seinen Opfern herauszupressen.

„Du weißt“, fährt er fort, „dass ihre Eltern früher in Kota Banir gelebt haben, und dass ihr Vater der für die Ermittlungen zu Esther Templetons Ermordung zuständige Sergeant war. Als Ai Lian und ich jetzt unsere Informationen darüber, ob sie die Vergangenheit ihrer Eltern kannte, und wie sie zu ihrem Vater stand, miteinander verglichen haben, sind wir auf einige Diskrepanzen gestoßen.“

Er umreißt das Feld, auf dem sich unsere Fragen bewegen. Yew Chuan hört konzentriert zu. Als Hafiz geendet hat, sagt er:

„Ihr glaubt also, dass sie vielleicht zu viele Fragen gestellt hat, und dass das jemanden so sehr aufgestört hat, dass er sie ermordete, um sie zum Schweigen zu bringen?“

„So in etwa“, sage ich.

„Lasst mich überlegen.“

Ich sehe ihn mir genau an, während er nachdenkt. Gewiss, er ist älter geworden. Aber er strahlt noch immer diese energische Vitalität aus und diese wache Aufmerksamkeit für alles, was rund um ihn herum geschieht. Sein Intellekt scheint mir so scharf wie eh und je zu sein. Jonathan war genauso, als er Yew Chuans Alter hatte.

Was ist es, frage ich mich, das der älteren Generation diese leichthändige Akzeptanz des Lebens verleiht? Diesen nie in Frage gestellten Lebenswillen? Ich frage mich, ob Jonathan und Yew Chuan je Träume von der Art hatten, wie ich sie erlebe, als sie in meinem Alter waren.

„Mir fällt nichts ein, was euch nützlich sein könnte", sagt er schließlich. „Ich hätte euch vorgeschlagen, mit Reverend Thomas zu sprechen. Aber der ist unglücklicherweise schon vor zehn Jahren gestorben. Aber letztlich könnte die ideale Person zum Nachfragen deine Mutter sein, Hafiz. Sie war schließlich die ganze Zeit immer hier, nicht wahr?"

Und so schließt sich der Kreis, und wir sind wieder am Ausgangspunkt.

Viertes Kapitel
20. März 1994

Hafiz fährt uns nach Kampung Banir Hilir, wo der pensionierte Inspektor Tajuddin mit seinen Rosen lebt.

Wir hatten im Templeton'schen Bungalow übernachtet. Ich hatte nicht gewollt, aber Anna bestand darauf. Also lud ich Hafiz ein, die Nacht dort mit uns zu verbringen; bei dem Gedanken, dass Anna und ich über Nacht alleine in dem einsamen Bungalow auf Jocks Hill sein würden, war mir nicht wohl. Zu meiner Überraschung hatte er sofort eingewilligt.

„Ich hab schon immer wissen wollen, wie es sich anfühlt, in einem der Schlafzimmer dort aufzuwachen und dann aus dem Fenster hinaus auf das Anwesen zu blicken", hatte er mit breitem Grinsen gesagt.

Nach dem Tee im Café eines neuen Hotels in der Nähe des alten Forts, kauften wir ein paar Lebensmittel ein und fuhren hinauf. Anna nahm mein ehemaliges Zimmer. Ich nahm Jonathans. Und Hafiz bekam als unser Gast die Räume, die ich als die besten im Haus ansah, nämlich Michaels altes Studio, das außerdem eine schöne Aussicht auf die Plantage bietet.

Später, während Anna und Hafiz das Abendessen zubereiteten, ging ich durchs Haus, berührte alle möglichen Dinge und versuchte, nicht daran zu denken, wie ich mich fühlen würde, wenn der Bungalow nicht mehr wäre. Ich hätte nicht hierher kommen sollen, dachte ich, hätte nicht erlauben dürfen, dass sie mich breitschlagen. Ein weiterer Hering ausgerissen, und mein Zelt würde wild im Wind flappen. Na gut, umso mehr Grund, nicht in eine Wohnung umzuziehen.

Schon war ich dabei zu entscheiden, was aus dem Bungalow ich mit nach Hause nehmen wollte. Das Gemälde von Jonathans Mutter stand definitiv ganz oben auf der Liste. Ich musste lächeln, als ich an meine Ungeduld dachte an jenem Tag, als Michael und ich nach der Quittung für die Pistole suchten.

Es war ein so schöner Abend, dass wir auf der Veranda aßen. Ich entdeckte, dass Hafiz ein wunderbarer Koch war. Er erklärte das mit seinen langen Junggesellenjahren. Nach dem Essen meldete ich mich freiwillig für den Abwasch, und Anna, die sich für den Tag selbst zur offiziellen Küchenhilfe erklärt hatte, bot ihre Hilfe an.

„Mom“, sagte sie, als wir alleine waren, „tut mir leid, dass ich so kindisch darauf reagiert habe, dass du dein Haus nicht verkaufen willst. Ich hab darüber nachgedacht, und du hast recht. Du musst nicht umziehen, bloß weil ich umziehe.“

„Du brauchst dich nicht zu entschuldigen, mein Schatz. Ich hab verstanden, wie du dich gefühlt hast. Aber woher der plötzliche Meinungsumschwung?“

„Als ich Onkel Yew Chuan in seiner Bude gesehen habe“, sagte sie grinsend, „da wollte ich nicht, dass du auch in so was leben musst.“

„Obwohl er recht zufrieden wirkte. Vielleicht ist es schlicht eine Frage der Zeit und der Gewöhnung.“

„Ich glaube nicht. Es hat damit zu tun, was für eine Art Mensch du bist. Du könntest nie so leben wie Onkel Yew Chuan und dabei glücklich sein.“

Dann umarmte sie mich, und alles war wieder gut.

Nachdem Anna zu Bett gegangen war, verweilten Hafiz und ich noch beim Kaffee. Eine Weile saßen wir schweigend da. Dann begann Hafiz zu reden.

„Ich hatte keine Ahnung, dass Jonathan mich als zweiten Sohn empfunden hat. Ich hab ihn immer gehasst.“

„Warum?“

„Ich war nicht ganz ehrlich mit dir damals, an dem Tag, an dem du gefragt hast, wann ich erfahren hätte, dass Mike mein Bruder ist. Ich habe es immer schon gewusst, Ai Lian. Kann dir gar nicht sagen wie oder seit wann. Vielleicht hat mein Vater es mir sogar irgendwann im Laufe meiner Kindheit gesagt, aber es war etwas, das ich einfach wusste, und ich wusste auch, dass ich nicht darüber sprechen konnte.

Ich habe Mike angebetet, als ich jünger war, und ich war stolz, dass er mein Bruder war, aber ich glaube, ich habe die Situation nie wirklich akzeptiert. Und ich fürchte, ich habe das alles auf Jonathan geschoben, hab ihn für alles verantwortlich gemacht. Ich war immer wütend auf meine Eltern, dass sie überhaupt irgendetwas mit ihm zu tun hatten. Vor allem auf meinen Vater, der immer bei ihm um Rat suchte. Und besonders wütend war ich, weil mir nicht erlaubt wurde, zur Universität zu gehen, als ich wollte, umso mehr, als ich ein Stipendium bekommen hatte. Ich verdächtigte Jonathan, bei dieser Entscheidung seine Finger mit im Spiel zu haben, und ich hab es ihm jahrelang nachgetragen. Ich fand es unfair, dass er und Mike entscheiden konnten, wo es langgeht, nur weil sie weiß waren.“

Ich sagte nichts.

„Dieses Baby war von mir, weißt du. Cynthias Baby.“

Endlich ein Stückchen Wahrheit.

„Ich dachte, zu dem Zeitpunkt, als Michael nach Hause kam, war zwischen dir und Cynthia schon alles vorbei.“

„Na ja“, sagt er lächelnd, „so klare Linien gibt es selten im Leben.“

Dann schwieg er, als versuche er, im Geiste die Vergangenheit zu überblicken. Nach einer ganzen Weile fragte er mich:

„Ai Lian, würdest du sagen, ich bin ein Heuchler?“

Die Frage kam überraschend, und ich lachte ein wenig auf.

„Was für eine Frage! Warum willst du das wissen?“

„Cynthia hielt mich für einen."

„Und hatte sie Gründe dafür?"

„Ich weiß es ehrlich gesagt nicht. Ich bin nie ein wirklich guter Moslem gewesen, verstehst du? Eigentlich merkwürdig, wenn man bedenkt, was für ein religiöser Mensch mein Vater auf seine Weise gewesen ist. Aber ich, nein, ich bin nie religiös gewesen. Die Wahrheit ist, dass ich über organisierte Religionen ungefähr so denke wie mein Vater über politische Parteien gedacht hat – in einer jeden steckt der Keim für Konflikte.

Eine der Sachen, die mir an Cynthia gefallen haben, als wir in London zusammen waren, war, dass sie auch nicht religiös war. Aber als wir hierher kamen, wurde ich so viel von einem praktizierenden Moslem, dass sie mich einen Heuchler nannte, und sie fing an, in die Kirche zu gehen, wahrscheinlich zum ersten Mal in ihrem Leben."

„Aber war das nicht auch die Zeit, in der es überall ein ziemliches religiöses Revival gab? Überall hörte man von wiedergeborenen Christen und fundamentalistischen Moslems."

Hafiz gibt ein kurzes, schnaubendes Lachen von sich.

„Zu denen ich gewiss nicht gehört habe. Ich hatte mich nicht verändert. Zumindest nicht innerlich." Er machte eine Pause und starrte in die Ferne, als stünden die richtigen Worte irgendwo in der Dunkelheit dort draußen geschrieben.

„Ich nehme an, es hatte damit zu tun, dass ich wieder zurück war, dass ich wieder ein Teil der Gemeinschaft hier war und mich irgendwie verpflichtet fühlte – gezwungen fühlte, das zu tun, was allgemein sozial akzeptiert war. Oder zumindest so zu tun als ob, wenn du verstehst, was ich meine."

„Ich verstehe", sagte ich mit einem kleinen Seufzer und erinnerte mich an meine eigene pingelige und ja, auch heuchlerische Weigerung, mich dabei erwischen zu lassen, wie ich mich bei meinem zweiten Aufenthalt in Ulu Banir in Michaels Räumen aufhielt, nur weil Jonathan im Hause war.

„Aber verstehst du, Cynthia und ich, wir hatten eine sehr leidenschaftliche, eine sehr körperliche Beziehung, also war das eine schwierige Zeit für uns. Wahrscheinlich für sie noch schwieriger, weil auch meine Eltern Druck auf sie ausübten, mehr über den Islam zu lernen. Als Michael in seinem Brief ankündigte, nach Hause kommen zu wollen, sagte sie, sie wolle für eine Weile bei den Templetons wohnen, sozusagen auf neutralem Boden sein, während sie versuchte, eine Entscheidung zu finden, ob sie Moslemin werden und mich heiraten wollte. Irgendwie hatte sie Probleme damit, zu verstehen, dass beides zusammenging. Ich war einverstanden. Zum Teil, weil ich verstand, wie sie sich fühlte, aber hauptsächlich, weil ich Angst hatte, wenn ich sie nicht gehen ließe, würde ich sie ganz verlieren. Aber wir haben uns danach auch noch weiter getroffen, und gewissermaßen war es danach sogar einfacher für uns. Wir haben uns heimlich davon gemacht, um in Kuala Kangsar, in Ipoh, in Penang, in KL, in Singapur, ja sogar in Indonesien Zeit miteinander zu verbringen, aber wir sind immer getrennt gereist."

„Und Jonathan wusste davon nichts?"

„Na ja, sagen wir es so: Hätte er etwas gewusst, hätte es ihn nicht gekümmert oder ihm nichts ausgemacht. Mein Eindruck war, dass sie für ihn ein Hausgast war. Ich glaube, er hielt sich in vielerlei Hinsicht noch immer für einen König oder doch zumindest für den britischen Generalkonsul von Ulu Banir. Sie war eine Engländerin, die dort gestrandet war, und er fühlte sich verpflichtet, ihr Gastfreundschaft anzubieten. Zumindest war das bis kurz nach Weihnachten so.

Die ganze Zeit über hatte sie versucht, mich zu überreden, aus Ulu Banir wegzugehen und sie zu heiraten. Aber ich hatte hier zu viele Verantwortungen und zu viele Bande, die mich hielten. Einmal gefiel mir meine Arbeit, und dann genoss ich ganz besonders die Zukunftsvision, die ich für mich sah, nämlich als der lokale Herrscher. Damals besaßen wir schon mehr Land als Jonathan.

Und dann an Silvester stellte sie mir ein Ultimatum. Sie sagte mir, wenn ich sie nicht heirate und die Gegend mit ihr verlasse, dann würde sie Jonathan heiraten.

Ah ja, und wie bitte? Habe ich sie gefragt. Ich habe das nicht ernstgenommen.

Ich werde ihn verführen, sagte sie. Und ich habe gelacht.

Ich glaube, da muss sie schon vermutet haben, schwanger zu sein, aber sie hat mir nichts davon gesagt. Und ich habe ihr keine definitive Antwort gegeben. Für mich, verstehst du, bestand keine Eile. Ich hab sie ja immer noch, dachte ich, und das war alles, was mich interessierte.

Aber ich glaube, zugleich hab ich ab jenem Moment angefangen, mir die Frage zu stellen, ob ich sie tatsächlich heiraten wollte. Verstehst du, als sie auszog, um bei den Templetons zu wohnen, wusste ich, dass ich mein Gesicht verloren hatte. Ich wusste, dass mich alle auslachten. Ich wollte selbst weggehen. Nach KL vielleicht. Aber mein Vater hat es mir ausgeredet. Er sagte, wenn die Leute wirklich lachen wollten, dann würden sie es tun, ganz gleich, ob ich hier sei oder nicht. Aber wenn ich hier war, würden sie mich zumindest dafür respektieren müssen, dass ich der Situation nicht davonlief. Also blieb ich, aber es war eine verflucht schlimme Zeit für mich. Ich wurde sogar auf Mike eifersüchtig. Er hat versucht, darüber mit mir zu reden, aber ich hab es nicht zugelassen.

Ich nehme an, dass dieser ganze emotionale Druck meinen Blick auf die Situation verändert hat. Solange ich mit Cynthia zusammen war, war ich glücklich. Aber alleine in meinem Zimmer und mit dem Bild von ihr da oben im Bungalow der Templetons, fing ich an, mich zu fragen, ob das, was ich für sie empfand, tatsächlich Liebe war oder nicht einfach der Wunsch, ein Statussymbol zu besitzen. Weißt du, so was, wie ein europäisches Auto oder ein Designerhemd. Ich fragte mich, ob ich in London nicht nur deswegen hinter ihr her gewesen war, weil sie so gut aussah, so blond war, so sehr meiner Idealvorstellung von einer europäischen Schönheit entsprach. Ich hab sogar angefangen zu glauben, dass mein Interesse an ihr irgendwie mit meinem Groll gegen Jonathan zu tun hatte, womöglich sogar gegen Mike. Dass irgendwo in meinem Hinterkopf der idiotische Gedanke herumspukte, ich könne mit Cynthia am Arm auf die Weißen zugehen, insbesondere die Templetons, und ihnen sagen: ‚Schaut her, ich bin nicht weniger als ihr. Ich bin fähig, eine schöne Frau zu gewinnen und obendrein noch eine von euch.‘ Ich weiß nicht, ob's so war.

Dann hat mir Mike Anfang Dezember erzählt, dass er vorhatte, dir am Weihnachtstag einen Heiratsantrag zu machen – denn du solltest doch eigentlich Weihnachten hier verbringen, oder? – Und diese Neuigkeit hat mir – du lieber Gott, dass ich zu solchen Gedanken überhaupt fähig bin! Plötzlich fiel es mir wie Schuppen von den Augen, dass niemand mich um Cynthia beneidete, dass selbst wenn ich sie Mike auf dem Präsentierteller hingehalten hätte, er nicht interessiert gewesen wäre. Und ab da war Cynthia irgendwie weniger wert für mich. Ich redete mir ein, dass ich sie nicht brauchte, nicht wollte, ja, dass sie keinesfalls eine Ehefrau für mich sein könne.

Natürlich war ich unehrlich zu mir selbst. In Wirklichkeit brauchte ich sie natürlich immer noch und wollte sie immer noch, und der einzige Grund, warum sie nicht meine Frau werden konnte, war, dass sie nicht zum Islam übertreten wollte. Aber all das wollte ich mir natürlich nicht eingestehen.

Anfang Januar kaufte Jonathan ihr das Auto, und da flippte ich beinahe aus. Dann beruhigte ich mich bei dem Gedanken, dass das vermutlich sowieso alles war, was sie von Anfang an gewollt hatte: ein bequemes Leben. Später hörte ich dann, dass sie angefangen habe, in die Kirche zu gehen, und das besiegelte die Sache dann gewissermaßen. Also jedenfalls für mich.

Zwei Wochen später rief sie an und bat mich um ein Treffen am alten Fort. Ich ging hin. Sie sagte mir, sie hätte sich entschlossen, Jonathan zu heiraten. ‚Liebst du ihn denn?‘, fragte ich. ‚Nicht so, wie ich dich liebe‘, sagte sie. ‚Liebt er dich denn?‘, fragte ich dann. Sie lachte und meinte: ‚Ich glaube für ihn, bin ich nur ein kleiner Straßenhund.‘ Straßenhund, das waren ihre exakten Worte.

Ich hab ihr nicht geglaubt. Wer würde einem Straßenhund ein teures importiertes Auto kaufen? ‚Aber du willst ihn definitiv heiraten?‘, hab ich gefragt. Sie sagte ja, aber nur, weil ich sie nicht heiraten wolle und sie in England niemanden habe, zu dem sie zurückkehren könne. Dann machte ich Liebe mit ihr. Ich weiß nicht. Ich war so konfus zu der Zeit, so durcheinander und verletzt und wütend. Und ich dachte, na gut, dann tun wir Jonathan mal an, was er meinem Vater angetan hat. Seine Frau soll mein Kind in sich haben. Ich glaube, ich war ein wenig unzurechnungsfähig. Ich glaube, in dieser ganzen Zeit war ich sogar vollkommen unzurechnungsfähig.

Am Tag ihres Todes hat sie mich um die Mittagszeit angerufen. Es war außer mir niemand in der Kanzlei, also hab ich selbst abgenommen. Sie rief aus einer Telefonzelle an, und sie weinte. Sie sagte mir, Jonathan habe vor, ihre Verlobung an diesem Abend bekanntzugeben, und wenn ich die Situation retten wolle, könne ich das noch tun, es sei immer noch Zeit. Sie bat mich, irgendetwas zu tun.

Und aus irgendeinem Grund, vielleicht, weil sie mich bat, verspürte ich diesen Drang, grausam zu ihr zu sein und selbstgerecht und – oh, ich weiß nicht, was noch alles. Jedenfalls sagte ich: ‚Du hast dich in diese Situation reinmanövriert, jetzt sieh zu, wie du da wieder rauskommst‘, und legte auf. Als das Telefon dann nochmal klingelte, bin ich nicht mehr rangegangen.

Und hab sie so in den Tod geschickt. Und mein Baby damit gleich mit ermordet.“

Er vergrub das Gesicht in den Händen. Nach einer Weile blickte er wieder zu mir auf und lächelte sein trauriges Lächeln:

„Weißt du, was das Ironischste an der ganzen Sache ist? Ich glaubte, ich hätte gewonnen. Als sie nicht zu der Party erschien, glaubte ich, ich hätte gewonnen!"

Und er begann zu lachen und zugleich zu weinen.

„Mach dir nicht zu viele Selbstvorwürfe, Hafiz. Zu dem Zeitpunkt, als sie dich anrief, muss sie das Ergebnis ihres Schwangerschaftstests schon gehabt haben. Aber sie hat dir nicht gesagt, dass sie schwanger war, oder?"

„Nein."

„Und wenn sie es dir gesagt hätte, hättest du sie dann geheiratet und wärst fortgegangen aus Ulu Banir?"

„Ich weiß nicht, ob ich Ulu Banir verlassen hätte. Aber in jedem Falle wäre ich zu ihr gegangen und hätte alles mit ihr durchgesprochen. Ich kann nicht verstehen, warum sie mir nichts gesagt hat, wenn sie es gewusst hat."

Ich konnte es verstehen.

„Vielleicht wollte sie, dass du es für sie tust, nicht wegen des Babys."

„Das muss es sein."

„Aber als du später davon erfahren hast –"

Er blickte überrascht hoch.

„Was hätte ich sagen sollen? Ich ging davon aus, dass es Jonathans Baby war."

Und ich konnte nicht anders, als ihm das zu glauben.

„Hast du Inspektor Tajuddin von diesem Anruf erzählt?"

Er warf mir ein ironisches Grinsen zu.

„Natürlich hab ich das, aber ich sagte, sie hätte nur wissen wollen, ob meine Eltern und ich bei der Party im Club sein würden."

Dann schwieg er wieder und sagte nach einer Weile:

„Vielleicht ist das der Grund, warum ich all diese Jahre kinderlos geblieben bin. Es ist Gottes Strafe, meinst du nicht?"

Armer Hafiz.

Bei unserer Ankunft treffen wir Inspektor Tajuddin in seinem Garten an. In seinem Sarong und seinem malaiischen Hemd sieht er cool und entspannt aus. Er trägt Arbeitshandschuhe und hat eine Gartenschere in der Hand.

Er erwartet uns. Hafiz hatte zuvor angerufen, um ihn wissen zu lassen, dass wir kommen. Nachdem wir uns gegenseitig schönes Hari Raya gewünscht und begrüßt haben, frage ich, ein wenig überflüssigerweise: „Sie beschneiden die Rosen?"

„Ja, Sie wären überrascht, wie viel Arbeit damit verbunden ist."

Wäre ich nicht. Sein Garten ist ein buntes Fest von Rosen in allen Farben, Formen und Größen. Die Luft ist erfüllt von ihrem Duft.

„Aber warum gerade Rosen?", frage ich. „Sind die hier im Tiefland nicht sehr schwer zu züchten?"

„Das stimmt. Aber ich habe Rosen immer geliebt. Es gibt eine schöne Geschichte über sie."

„Ich liebe Geschichten über Pflanzen!", kräht Anna dazwischen, die Gärtnerkollegin.

„Ah", meint er, „eine Gelegenheit, über mein Lieblingsthema zu reden." Er schneidet eine langstielige Rose ab, hält sie Anna hin und sagt: „Die Sufis sehen dies, die Rose, als Mutter aller Düfte und Königin des Gartens. Und weißt du warum? Schau hier, sieh dir ihre Form an. Sieh wie diese zarte Blüte von perfekter Schönheit und himmlischem Duft am Ende dieses langen und dornigen Stiels sitzt. Das symbolisiert den dornigen Weg des Mystikers zu Gott."

Das erinnert mich an den Lotus, der rein und schön aus Schlamm und Schleim herauswächst.

„Und jetzt rieche daran. Nimm den Duft, die Essenz dieser Blüte auf", fährt er fort. „Es heißt, bevor Gott das Universum erschuf, schuf er die Seele der Prophezeiung, die Seele, die alle von Gottes Propheten teilen, ganz gleich welche physische Form, Farbe oder Sprache sie haben."

Ich muss an die Buddhanatur der Buddhisten und den Logos der Christen denken. Ich frage mich, ob sie nicht alle dasselbe meinen.

„Es heißt auch, dass Gott diese prophetische Seele aus seinem eigenen reinen Licht schuf. Und dass im Augenblick ihrer Schöpfung diese leuchtende, glänzende Seele derart vor Licht aufglühte, dass sie zu schwitzen begann. Und dass aus diesen Schweißtropfen Gott die Seele der Rose schuf. Und das ist die Essenz, der Duft, den man in jeder einzelnen Rose finden kann, die es jemals gab, gibt oder geben wird."

Die gotische Fensterrose. Gibt es da irgendeine Verbindung?

„Was für eine wunderschöne Geschichte", sagt Anna.

„Ja, das ist sie, nicht wahr?"

Dann wendet er sich an mich und ist plötzlich ganz geschäftsmäßig.

„So", meint er, „Hafiz sagt mir, Sie kommen in einer bestimmten Absicht zu mir. Worum geht es?"

Ich erkläre es ihm kurz.

„Mit anderen Worten: Sie sind nicht so recht zufrieden mit dem Ermittlungsergebnis des Untersuchungsrichters? Nein, nein!" Er hebt die Hand, als er sieht, dass ich widersprechen will. „Keine Angst. Ich gebe zu, dass ich selbst nicht damit zufrieden war. Aber so wie die Dinge lagen, hatte ich keinen Fall, dem ich weiter hätte nachgehen können. Weder hatte ich einen richtigen Verdächtigen noch ein Indiz, sehen Sie, und das Einzige, was ich tun konnte, war eine richterliche Entscheidung zu erwirken, die erlaubt, den Fall, wenn nötig noch mal aufzurollen."

Mit einem Mal bin ich froh, dass ich aus Höflichkeitsgründen darauf verzichtet habe, heute das Collier zu tragen. Ich hatte gedacht, das wäre, als würde ich Salz in die Wunde seines Scheiterns reiben. Aber jetzt wird mir klar, dass das plötzliche Auftauchen des Colliers noch zu ganz anderen Dingen führen könnte.

„Aber Sie haben den Fall nie wieder aufgenommen?“, frage ich.

„Dafür gab es mehrere Gründe, der wichtigste war, dass ich bald nach dem Mord aus dem Ulu Banir-Distrikt wegversetzt wurde. Aber kommen Sie, lassen Sie uns erst mal dieser Hitze entkommen und es uns drinnen gemütlich machen.“

Nachdem wir uns in seinem Wohnzimmer niedergelassen, seine Frau begrüßt und Kaffee serviert bekommen haben, wird er sachlich.

„Lassen Sie mich“, sagt er, „ohne zu viel auf Details und technische Fragen einzugehen, vom Anfang anfangen.

In der Nacht, in der wir die Leiche fanden, was mich da am meisten umgetrieben hat, das war ihr Auto vor dem Haus. Das ließ darauf schließen, dass der Mord am Abend begangen worden war, und es war mir nicht einsichtig, dass sie zu so später Stunde ins *belukar* gegangen sein sollte.

Bei unserer ersten oberflächlichen Untersuchung der Leiche erkannten wir dann aus den Wunden und den Einschusskanälen, dass sie in zwei unterschiedlichen Positionen beschossen worden war. Es sah aus, als hätte der Mörder zweimal von hinten auf sie geschossen und sie dann umgedreht, um zwei weitere Schüsse von vorn auf sie abzugeben. Oder besser drei, denn wir fanden eine weitere Patrone in einer Baumwurzel ein paar Meter weiter. Das fanden wir sehr auffällig. Denn es spricht für ungewöhnliche Nervenstärke und die Entschlossenheit, das Opfer wirklich tot sehen zu wollen. Andererseits hat die Streubreite der Schüsse auf einen Mörder hingedeutet, der wenig Erfahrung mit Schusswaffen hatte. Das war ebenfalls verwirrend. Ich wusste nicht, ob ich nach einem Wahnsinnigen suchen sollte, der mit einer Waffe herumgespielt hat, oder nach einem besoffenen, blutrünstigen Profikiller.

Am nächsten Morgen, als wir den Tatort genau untersuchten, fanden wir eine Blutspur vom *belukar* am Golfplatz, wo wir sie gefunden hatten, bis zum *belukar* bei der alten, stillgelegten Straße. Wir haben daraus geschlossen, dass sie zunächst bei der Straße angeschossen wurde, aber nicht starb, sondern sich irgendwie bis zu dem Punkt schleppte oder dahin kroch, wo dann die letzten paar tödlichen Schüsse auf sie abgegeben wurden. Es muss recht lange gedauert haben, bis sie von Punkt A nach Punkt B kam, denn der Blutverlust war erheblich. Und ich fand es schwer vorstellbar, dass der Mörder da stand und darauf wartete, bis sie den ganzen Weg hinaufgekrochen war, bevor er dann erneut auf sie schoss. Es schien wahrscheinlicher, dass der Killer nach den ersten beiden Schüssen verschwand, dann zurückkam, bemerkte, dass sie sich bewegt hatte, daraus schloss, dass sie noch lebte, und dann erneut auf sie schoss, um die Sache zu beenden."

Mir läuft es kalt den Rücken runter, denn ich muss an den Traum denken, in dem ich erschossen werde, aber nicht sterbe.

„Ich habe da also vermutet, es mit einem Mord in zwei Etappen zu tun zu haben. Am Morgen darauf, als ich im Bungalow mit Michael redete, erzählte er, Sie, Ai Lian, hätten zwei Explosionssalven gehört, die erste gegen halb vier, gefolgt vom Geräusch eines rennenden Menschen, die andere gegen halb sieben, aber diesmal kamen die Laufgeräusche zuerst. Die Information über die Schüsse schien meine Theorie zu belegen.

Dann fanden wir Reifenspuren auf der Lichtung. Das hieß für mich, dass Cynthias Wagen dort geparkt worden war, eine Tatsache, die mir später am Tag auch Yew Chuan bestätigte. Da es aber nur diesen einen Satz Reifenspuren gab, ging ich davon aus, dass der Täter dort entweder ihrem Wagen aufgelauert hatte oder aber die ganze Zeit über schon in ihrem Wagen gewesen war. Das heißt, ich konnte die Tat bis zu einem gewissen Punkt rekonstruieren, dem Täter allerdings immer noch kein Gesicht geben.

Sie haben den Wagen auf der Lichtung angehalten oder ihn dazu gebracht, dort anzuhalten. Dann haben sie sie aus dem Auto geholt und sie ins *belukar* gehen lassen und dort von hinten erschossen. Dann haben sie den Tatort verlassen, wahrscheinlich mit dem Brillant-Collier. Später kamen sie aus irgendeinem Grund zurück, fuhren den Wagen hoch zum Bungalow, und kamen über den Pfad, der zum Golfplatz führt, den Berg runter. Auf dem Weg nach unten fanden sie Cynthia dort, wohin sie gekrochen war. Dann feuerten sie die tödlichen Schüsse ab, warfen den Revolver weg und flüchteten in der Dunkelheit. Nebenbei gesagt wurde es bestätigt, dass der Revolver die Mordwaffe war.

Unglücklicherweise hatte es in der Gegend seit längerem nicht geregnet, also war der Boden, hauptsächlich Lehmboden, trocken und hart. Das heißt, wir fanden keine Fußspuren. Auch keine Fingerabdrücke. Weder auf der Waffe noch im Auto. Es sah aus, als hätte der Mörder die Geistesgegenwart gehabt, Handschuhe zu tragen. Was aber auch bedeutet, dass der Mord wahrscheinlich vorsätzlich und geplant war.

Die einzigen Hinweise auf die Identität des Mörders, die wir hatten, war die Art und Weise, wie Cynthia getötet worden war. Zunächst einmal war es eine ziemlich blutige Angelegenheit, also vermutlich von jemandem begangen, der ein Novize mit Schusswaffen war. Zweitens musste es jemand sein, der sich in der Gegend sehr gut auskannte, jemand, der von der Lichtung und dem Fußweg zum Bungalow wusste, vielleicht sogar jemand, der die Abläufe bei der Familie Templeton entweder kannte oder seit einiger Zeit beobachtet hatte. Und schließlich und endlich suchte ich einen kaltblütigen Mörder, jemanden, der so kalt war und so entschlossen zu morden, dass ich schwören könnte, er oder sie hätte bereits zuvor gemordet.

Der erste Punkt, dass ich also nach einem Amateur suchte oder sogar nach einem Novizen, strich Hafiz, Jonathan und Yew Chuan mehr oder weniger aus der Liste. Jeder von ihnen hatte in irgendeinem Moment seines Lebens Feuerwaffen benutzt und gelernt, wie man einen Revolver hält, kontrolliert und abfeuert. Das sind Fähigkeiten, die man so schnell nicht verlernt. Wenn man erst mal gelernt hat, wie man mit so einer Waffe umgeht, dann braucht man nicht so viele Schüsse, um jemanden zu ermorden, vor allem nicht aus nächster Nähe.

Blieben also Sie, Ai Lian, Michael und Ihre Eltern, Hafiz. Um damit anzufangen, verstehen Sie? Das Netz würde vielleicht später noch weiter ausgeworfen werden müssen. Aber das war der Anfang.

„Ehrlich gesagt habe ich bei Ihnen angefangen, Ai Lian. Doch doch, habe ich. Während ich Cynthias Zimmer durchsuchte, habe ich mir die Freiheit genommen, Ihres auch gleich anzusehen. Aber es war klar, dass Sie den größten Teil des Nachmittags im Bett verbracht hatten." Und er zwinkert mir gutgelaunt zu.

Ich erröte bei der Erinnerung daran, dass das Bettzeug wild durcheinander lag und meine Unterwäsche vermutlich noch auf dem Boden." Ich habe ohnehin danach erfahren, dass Sie gerade erst in Ulu Banir angekommen waren und dass dies Ihr erster Besuch war. Das hat Sie dann also aus der Liste gelöscht.

Ihre Eltern, Hafiz, hatten Alibis. Dato Yusuf war zum Mittagessen zu Hause, aber danach den ganzen Nachmittag bei einem Treffen des Komitees in seinem Büro. Sie haben ihn nach der Arbeit nach Hause gefahren und sind dann in den Golfclub, wo Sie den ganzen Abend Billard gespielt haben. Er hat den Abend im Garten verbracht, wo er von seinen Nachbarn gesehen wurde, von denen sich einer sogar länger mit ihm unterhalten hat.

Datin Puteh erzählte mir, dass Cynthia vorbeigekommen war, als sie und Ihr Vater mit dem Mittagessen fertig waren, de facto also kurz nachdem Cynthia Sie in Ihrem Büro angerufen hat, Hafiz. Offenbar wollte sie Datin zeigen, was sie an dem Morgen gekauft hatte. Danach fuhr Datin Ihren Vater ins Büro und verbrachte den Nachmittag im Golfclub, wo sie in die Sauna ging und sich das Gesicht kosmetisch behandeln ließ. Das haben der Saunawart und die Kosmetikerin bestätigt. Mehrere Clubmitglieder haben sie gesehen und später sogar mit ihr geredet.

Blieb also Michael. Tja, Michael ist, seit ich ihn kannte, eigentlich immer ein Bruder Leichtfuß gewesen. Ich dachte zunächst, er könne sie vielleicht wegen seines Erbes ermordet haben, umso mehr, als wir von der Schwangerschaft erfuhren. Und dann natürlich konnte er die Waffe nicht identifizieren, obwohl Sie, Hafiz, sie sofort wiedererkannt hatten. Obwohl wir das schlussendlich ja klären konnten, gab es doch anfangs keinen Grund für mich, nicht zu glauben, dass er den zweiten Revolver gefunden und all die Jahre lang versteckt hatte.

Aber während meines Gesprächs mit ihm am Morgen in meinem Büro wurde mir bewusst, dass er nicht das geringste Interesse an Geld hatte. Es kam sehr klar rüber, dass, wenn sein Vater den Besitz jemand anderem vermachen würde, er desto glücklicher wäre, frei seiner Wege gehen und an seiner Musik arbeiten zu können. Zum Zweiten hatte er mir gegenüber ganz offen zugegeben, dass er früher am Nachmittag ins *belukar* runtergegangen war, um nachzusehen, als er die ersten Explosionen gehört hatte. Das hat mich dazu gebracht zu vermuten, dass die ersten Schrittgeräusche, die Sie hörten, Ai Lian, von ihm stammten. Drittens, und das war für mich das Entscheidende: Beim Anblick der Leiche ist er auf der Stelle ohnmächtig geworden. Er hat mir hinterher erklärt, dass er den Anblick von Blut noch nie habe ertragen können. Ich fragte dann bei Leuten nach, die ihn als Kind gekannt hatten, und die bestätigten das. Danach war ich mir sicher, dass Michael niemanden umbringen konnte, schon gar nicht in zwei Etappen, und dass er erst recht nicht je vorher dazu in der Lage gewesen wäre.

Dann stellte sich die Frage nach dem fehlenden Collier. In gewisser Weise schien Raub als Mordmotiv zu Ihrer Theorie zu passen, Hafiz, dass die Tat nämlich von jemandem begangen worden sei, der zu der Zeit, als der Dschungel geräumt wurde, die Waffe gefunden hatte. Und Ihre Theorie passte zu meinem Bild von dem Mörder als einem herzenskalten, sachlichen Killer, der die Gegend gut kannte und Auto fahren konnte.

Sehr kurze Zeit später bekam ich dann die Nachricht von meiner Beförderung und Versetzung nach Penang. Hätte ich zu dem Zeitpunkt irgendwelche stichhaltigen Beweise oder einen Hauptverdächtigen gehabt, ich wäre in Ulu Banir geblieben, bis wir den Fall gelöst gehabt hätten. Aber das hatte ich nicht. Und deshalb habe ich wie gesagt auf unbekannte Tatumstände plädiert."

„Sie sagten aber doch eben selbst, dass Sie mit diesem Ergebnis nicht zufrieden waren", erinnere ich ihn. „Gab es dafür noch einen bestimmten Grund?"

„Ja, das Auto. Sehen Sie, ich konnte nicht verstehen, warum irgendjemand das Auto zum Bungalow zurückfahren wollte, nachdem er den Mord begangen hatte, es sei denn, derjenige wollte weiter rauben, stehlen oder morden. Aber es wurde ja sonst nichts gestohlen, und es wurde auch niemand weiter ermordet."

Aber natürlich! Warum war mir das nicht aufgefallen?

„Wussten Sie, dass Cynthias Vater der ermittelnde Offizier beim Mordfall an Jonathans Frau gewesen war?", fragt Hafiz.

„Ja. Jonathan hat es mir erzählt, und er war vollkommen offenherzig, was die Rolle betraf, die er dabei gespielt hatte, Wickhams Untersuchungen zu stoppen und die Akte ein für allemal zu schließen."

„Und kam Ihnen das als eine ungewöhnliche Vorgehensweise vor?"

„Nicht wirklich. Sie wären erstaunt zu hören, wie viele Verwandte von Mordopfern sehr abgeneigt sind, den Ermittlungsprozess mitzumachen. Es ist zu viel Leid damit verbunden, und es erscheint ihnen so nutzlos. Sie wollen diese Dinge nur irgendwie hinter sich lassen und versuchen weiterzuleben."

„Haben Sie denn irgendetwas herausgefunden, das darauf hindeuten könnte, dass Cynthia hier herausgekommen ist, um die Ermittlungen weiterzuführen, die ihr Vater hatte abbrechen müssen?“, fragt Hafiz.

„Interessante Frage“, meint Inspektor Tajuddin. „Ich habe diese Möglichkeit selbst in Betracht gezogen. Aber ich fand heraus, dass sie nicht einmal wusste, dass ihre Eltern hier gelebt hatten, bis Jonathan sie eines Tages ganz beiläufig fragte, ob sie zufällig mit den Wickhams verwandt sei, die er gekannt habe. Er meinte, sie sei überraschter gewesen als er selbst. Sie hatte vage gewusst, dass ihre Eltern während des Ausnahmezustands wohl in Malaya gewesen waren, aber sonst nichts. Erst daraufhin fing sie an, sich für den Ort und die Leute zu interessieren, vor allem für die Kirchengemeinde, die sich am besten an ihre Eltern erinnern konnten.“

„Das heißt“, meint Hafiz, „es könnte doch möglich sein, dass Esther Templetons Mörder erfahren hat, wer ihr Vater war, und –“

„Daran habe ich auch gedacht“, unterbricht ihn Inspektor Tajuddin, „aber ohne irgendeinen Beweis bleibt das pure Spekulation und führt uns nirgendwohin.“

„Das heißt also, ihre Schwangerschaft hat nichts mit ihrem Tod zu tun?“, frage ich.

Er denkt einen Moment über diese Frage nach, bevor er antwortet.

„Ganz ehrlich gesagt glaube ich das nicht. Ich war recht zufrieden, dass die beiden einzigen Menschen, die zum Zeitpunkt ihres Todes von ihrer Schwangerschaft wussten, Yew Chuan und Cynthia selbst waren. Zwar gab es ein paar Zweifel, wer der Vater sein konnte, schon, aber falls es Jonathan war, der wollte sie ja ohnehin heiraten. Und wenn nicht, dann konnte es nur unser Billard spielender Freund hier sein.“ Und er grinst Hafiz an.

„Sie haben's nachgeprüft." Nun ist es an Hafiz zu erröten.

„Aber natürlich. Und auf der Basis des Schwangerschaftstests und unserer Ermittlungen waren Sie der wahrscheinlichere Kandidat. Sowohl Sie als auch Cynthia haben in den letzten Monaten von 1973 eine Menge Reisen zu denselben Zielen unternommen. Aber um halb vier am Tag des Mordes saßen Sie im selben Komitee-Meeting wie Ihr Vater, und um halb sieben haben Sie im Club Billard gespielt. Und mein Job hatte mit Mord zu tun, nicht mit Moral."

Nach einer kurzen Pause spricht er weiter.

„Sehen Sie, ich kann Ihren Wunsch nachvollziehen, Cynthias Mörder zu finden, aber ehrlich gesagt sehe ich nicht, was Sie damit erreichen wollen. Das bedeutet, ohne Not eine Menge Staub aufzuwirbeln und – schauen Sie, warum lassen Sie mich Ihnen nicht erzählen, was ich später über die Familie Wickham herausgefunden habe? Vielleicht ermöglicht Ihnen das ja eine neue Perspektive auf die Dinge.

Während ich in Penang war, wurde ich auf eine Weiterbildung nach England geschickt. Da der Fall mir noch immer nachging, habe ich die Gelegenheit genutzt und Mrs. Wickham einen Besuch abgestattet. Ich hatte erwartet, eine eurasische Dame namens Bridget vorzufinden. Stattdessen traf ich auf eine englische Dame namens Dorothy.

Sie konnte mir nicht viel anderes erzählen, außer dass Bridget gestorben war, als Cynthia vielleicht fünf war, und dass sie Wickham etwa vier Jahre später geheiratet hatte. Die Ehe war vergleichsweise glücklich, nur dass Cynthia Dorothy nie wirklich als Mutter akzeptiert hat. Zu der Zeit, verstehen sie, war Cynthia offenbar selbst schon eine kleine Hausmutter geworden, die sich um alles kümmerte und sich immer bemühte, die Liebe und Zustimmung ihres Vaters zu gewinnen, jedenfalls das Bild des folgsamen, braven, kleinen Mädchens, das nie zu irgendwelchem Ärger Anlass gibt. Logischerweise verließ sie dann bald nach Wickhams Tod ihr Zuhause. Aber was ich interessant fand war, dass Dorothy nichts von Wickhams Jahren in Ulu Banir wusste, und dass weder Vater noch Tochter je von Bridget gesprochen hatten.

Das verwunderte mich derart, dass ich länger blieb, um mehr herauszufinden, mit Hilfe meiner englischen Kollegen natürlich. Was ich dann erfuhr, war, dass Bridget ihrem Leben selbst ein Ende gemacht hatte. Diese Frau, deren starker Wille sie während des Kriegs sogar die Folter hatte überstehen lassen. Ist das nicht schockierend? Wir werden wahrscheinlich nie erfahren, was Bridget und Cynthia in diesen frühen Jahren durchgemacht haben, aber ich nehme an, dass es eine Menge Leid gegeben haben muss.

Warum also alle diese traurigen Geister heraufbeschwören? Cynthia ist tot. Und vermutlich der Mörder ebenso. Nehmen Sie den Rat eines alten Mannes an: Vergessen Sie die ganze Geschichte, und lassen Sie ihre Seelen in Frieden ruhen."

Ich bin versucht, seinem Rat zu folgen. Denn was hat Cynthia mir schließlich schon bedeutet? Und schließlich habe ich mit Gewissheit erfahren, dass Michael unschuldig war. Und außerdem habe ich jetzt eine relativ klare Idee, wer schuldig war.

Aber was ist Unschuld und was ist Schuld? Beginnt und endet die Schuld bei der Person, deren Finger abdrücken? Und wenn ja, warum kennen meine Tage dann so wenig Glück und sind meine Nächte so von Gewissensbissen geplagt?

Nein, ich kann nicht vergessen. Nicht bevor ich genau weiß, warum die Verbrechen begangen wurden, und wie der Täter davonkam, im einen Fall seit zwanzig Jahren, im anderen seit fast fünfzig.

Fünftes Kapitel
21. März 1994

Meine Hände zittern ein wenig, während ich das Collier anlege. Wir werden also endlich Puteh besuchen, auch bekannt als Mary, höchstwahrscheinlich auch bekannt als Bobo, meine lang verschollene Tante. Ich schaue noch einmal in meiner Handtasche nach. Ja, da sind sie, ihre Fotos und die meines Vaters.

Puteh sitzt im Wohnzimmer an einem Fenster und arbeitet an einem Patchworkquilt. An ihrem Sessel lehnt ein Gehstock. Sie hat einen Witwenbuckel, fällt mir auf, und ihr Gesicht ist von feinen Linien übersät. Aber ihre Augen sind noch immer schön und ihr Lächeln so würdevoll, wie ich es in Erinnerung hatte. Ich frage mich, ob ich in ihrem Alter noch so attraktiv und majestätisch aussehen werde. Allerdings lieber ohne den Buckel.

Als wir eintreten, greift sie nach ihrem Stock.

„Bitte keine Umstände. Wir sind nur gekommen, um Ihnen ein fröhliches Hari Raya zu wünschen."

„Nach all diesen Jahren?" Ihre sanfte Stimme klingt ein wenig kriegerisch.

„Wie geht es Ihnen?"

„Warte aufs Sterben, wie Sie sehen können."

Ich habe den Eindruck, es missfällt ihr, dass wir sie so sehen, alt und gebeugt.

Ich stelle ihr Anna vor.

„Ja ja, ich habe sie beim Begräbnis Ihres Ehemanns kennengelernt. Das haben Sie vergessen. Sehen Sie? Mein altes Gedächtnis funktioniert noch besser als Ihres. Kommt, setzt euch."

Als ich mich hinsetze, leuchten ihre Augen beim Blick auf mein Collier auf.

„Hafiz hat mir erzählt, dass Michael nicht mehr ist", sagt sie.

„Ja."

„Haben Sie ihn gesehen, bevor er –"

„Kurz, Weihnachten letztes Jahr."

„Er ist nie zurückgekommen?"

„Er kam ganz kurz zurück im Anschluss an Jonathans Begräbnis."

„Aber mich ist er nicht besuchen gekommen."

„Ich nehme an, er wollte nicht, dass Sie sehen, wie schlecht es ihm geht."

„War er denn so lange krank?"

„Ja. Aber er war aktiv und glücklich bis zum Schluss, hat Hafiz mir gesagt."

„Du hast ihn getroffen, Hafiz?"

„Ja, wann immer ich in London sein musste."

„Du hast mir das nie erzählt."

„Ich wollte nicht, dass du dir Sorgen machst."

„Ha! Ihr glaubt, dass ich eine so schwache Frau bin, dass ich keine schlechten Nachrichten ertragen kann, dass ich kein Leid ertragen kann, aber Sie, Ai Lian, Sie wissen es, wie stark ich bin, nicht wahr?"

„Ja, ich weiß es."

„Wissen Sie alles?"

„Ich weiß nur nicht, warum Sie es getan haben und wie –"

„Warum? Warum? Sie war nur hinter dem Geld her, darum! Erst ist sie Hafiz hinterhergelaufen, weil sie glaubte, er sei reich. Dann, als ich ihr sagte, dass Hafiz nichts bekommt, bevor sein Vater gestorben ist, hat sie sich an – Ihren Ehemann rangeschmissen. Und sie war ja so stolz auf sich. Sie hat uns an diesem Nachmittag besucht, angeblich, um uns mitzuteilen, dass Jonathan auf der Party ihre Verlobung bekanntgeben würde. Aber kaum dass Yusuf nach oben ging, um sich fürs Büro fertigzumachen, was tut sie da? Sie zieht die Halskette aus der Tasche und hält sie mir hin. ‚Sehen Sie dieses Collier?', fragt sie mich so katzenfreundlich. ‚Jonathan will, dass ich es heute Abend trage. Da können Sie sehen, wie sehr er mich liebt.' Dann lachte sie und sagte: ‚Und Hafiz glaubt, ich wäre nicht gut genug für ihn. Aber ich will, dass Sie ihm was ausrichten. Sagen Sie ihm, dass ich nie vorhatte, ihn zu heiraten. Sagen Sie ihm, dass ich immer vorhatte, Jonathan zu heiraten. Und Sie können ihm ebenfalls ausrichten, dass ich schon im zweiten Monat schwanger bin, und dass es Jonathans Baby ist, und dass, wenn er stirbt, mein Baby alles bekommen wird. Sein teurer Michael wird nichts kriegen. Sagen Sie ihm das!' Und dann besaß sie noch die Frechheit, mir zu sagen, sie gehe jetzt zur Kosmetikerin, damit jeder auf der Party sehen konnte, wie schön sie war. Und die ganze Zeit grinst sie mich dabei an.

So eine abgrundtief schlechte Frau! Ich habe vor Wut gekocht, aber ich vermochte nichts zu sagen. So ist es immer schon gewesen. Wenn ich wütend bin, fliehen alle Wörter aus meinem Kopf. Aber nachdem sie weg war, habe ich mich hingesetzt und darüber nachgedacht, was ich zu tun habe. Ich brachte Yusuf ins Büro. Dann fuhr ich zum Golfclub und trug mich für die Sauna ein. Aber ich schlich mich heimlich wieder raus, als der Saunawart gerade nicht da war. Ich durchquerte das *belukar* entlang des Golfplatzes bis zur alten Straße. Dann wartete ich am Straßenrand auf sie. Sie kam. Ich winkte ihr zu. Als sie den Wagen anhielt, sagte ich ihr, sie würde einen schlimmen Fehler begehen, wenn sie Jonathan heiratete. Ich sagte ihr, ich könne ihr Beweise dafür zeigen, dass er seine erste Frau ermordet hatte.

Oh, sie konnte es gar nicht erwarten! Ich sagte ihr, sie solle den Wagen auf dem Gras außer Sicht der Straße parken und mit mir ins *belukar* gehen. Ich ließ sie vor mir hergehen, dann nahm ich die Waffe aus der Tasche und erschoss sie. Dann ging ich zurück zum Club. Der Saunawart war immer noch draußen und plauderte mit der Rezeptionistin. Sie sah mich und sagte: ‚Schon fertig?' Ich sagte ja, aber ich habe noch etwas aus dem Auto holen müssen. Dann habe ich geduscht und bin zur Kosmetikerin gegangen. Danach trank ich Tee, unterhielt mich mit ein paar Leuten und sah Hafiz beim Billardspielen zu. Um sechs Uhr ging ich zurück zu ihrem Auto, zog meine Autohandschuhe an und fuhr das Auto hoch zum Bungalow. Es war so leicht. Niemand sah mich. Ich wusste, dass Ah Mui an Tagen, wenn der Tuan abends ausgeht, das Haus immer schon um halb sechs verlässt.

Dann ging ich den Pfad hinter dem Haus wieder hinunter in Richtung Golfplatz. Plötzlich sah ich sie. Sie war nicht tot. Sie war das ganze Stück nach oben gekrochen, fast bis zu dem Fußweg. Sie saß halb gegen einen Baum gelehnt, halb lag sie da. Es gab eine Menge Blut. Aber sie hat mir nicht leid getan. Ich war zu wütend. Den einen Sohn zum Narren halten und den anderen betrügen wollen. Welche Mutter kann so etwas ertragen, frage ich Sie? Also holte ich die Pistole wieder aus meiner Tasche und schoss wieder auf sie, ich weiß nicht wie viele Male. Endlich traf eine Kugel sie in den Kopf, da wusste ich, dass sie jetzt sterben würde. Ich wischte die Pistole mit meinem Taschentuch ab, genau so, wie sie es im Fernsehen machen, und warf sie weg. Dann ging ich zum Club, stieg in mein Auto und fuhr nach Hause. Als ich zu Hause ankam, war es erst halb acht. Ich duschte nochmal, zog mich an und ging zur Party."

Ich atme langsam und tief aus. Gott, was für eine Frau! Was für eine Mutter! Hätte ich für Anna ebenso viel getan? Ich, die ich hatte sterben wollen, Tochter oder keine Tochter, wenn mein Liebhaber sterben würde, während er mit mir Liebe machte.

Aber die arme Cynthia. Die arme puppenhafte Cynthia, die sich ihr ganzes Leben lang bemüht hat, gut und gehorsam zu sein, um nicht brutal bestraft zu werden. Arme, so schwer versehrte Cynthia, die einmal in ihrem Leben zurückschlägt, um dann mit äußerster Gewalt bestraft zu werden. Ich merke, wie ich selbst wütend werde.

„Die Waffe", blaffe ich sie fast an, „wie sind Sie an die Waffe gekommen?"

„Die Pistole? Die hatte ich schon jahrelang. Schon seit dem Krieg. Yusuf hat sie aus dem Dschungel mitgebracht, in einem Rucksack, zusammen mit einem Haufen Geld, Munition und einer weiteren Pistole. Als ich die beiden Pistolen sah, wusste ich, dass es der Rucksack von Tuan Simon war. Ich ließ eine der Waffen zusammen mit dem Geld im Rucksack und warf ihn in das Versteck unter dem Bungalow, und die andere bewahrte ich zusammen mit den Patronen an einem geheimen Ort auf."

„Warum? Warum haben Sie die andere versteckt?"

„Weil ich glaubte, Yusuf hätte Tuan Simon ermordet und würde als Nächstes mich ermorden, oder mein Baby! An dem Morgen als er zurückkam, richtete ich ein Bad für ihn. Als ich in mein Zimmer ging, um ein Handtuch zu holen, sah ich, wie er mein Baby betrachtete, als wolle er es erdrosseln, und seine Augen waren rot vor Wut. Ich hatte Angst. Wir beide waren die einzigen Menschen, die auf Jocks Hill lebten. Nur Joginder Singh, der Holzfäller, kam ab und zu vorbei. Aber ich dachte, mein Gott, wenn er das nächste Mal kommt, bin ich vielleicht tot. Es ist nicht so, dass ich Angst hatte zu sterben, verstehen Sie? Aber ich hatte Angst um mein Baby. Ich dachte, wenn er mich umbringt, ist es dasselbe, als wenn er mein Baby umbringt, nicht wahr? Wer wird sich um es kümmern, wenn ich nicht mehr da bin? Also versteckte ich die Waffe, um mein Baby und mich zu schützen."

„Hat er Sie nie nach dem Rucksack und den Revolvern gefragt?"

„Er fragte nach dem Sack. Ich sagte, der hätte Tuan Simon gehört, und ich hätte alles in das Versteck geworfen. Er hat nie wieder danach gefragt. Deswegen dachte ich, vielleicht hatte er nie gewusst, was drin war. Vielleicht hatte er nur den Rucksack gefunden und nach Hause gebracht. Aber das konnte ich nicht mit Sicherheit wissen."

Sie sieht Hafiz an.

„Es ist nicht so, dass ich deinem Vater nicht getraut hätte. Er war immer gut zu mir, aber ich wusste nicht, was ihm im Dschungel widerfahren war, ob er Tuan Simon umgebracht hatte. Denn wie sollte er anders an den Rucksack gekommen sein?"

Hafiz, habe ich den Eindruck, ist von dem, was er da hört, wie vom Schlag getroffen. Er tut mir leid. Ist es für ihn denn nicht so klar gewesen wie für mich? Immerhin ist er doch Polizist gewesen. Aber vielleicht hat die Tatsache, dass sie seine Mutter ist, ihn blind für diese Eventualität gemacht.

Aber was mich dann doch verblüfft, ist, wie Puteh in der Lage gewesen ist, mit einem Mann zu leben, den sie nicht nur eines Mordes verdächtigte, sondern auch für fähig hielt, sie und ihren Sohn zu ermorden. Was für eine Art von Liebe oder Glaube oder Vertrauen oder Mut war das? Und ich, die ich Michael liebte, war nicht fähig gewesen, ihm zu vertrauen, bloß, weil er mir nicht seine Wahrheit im Austausch für meine hatte geben wollen.

„Warum haben Sie Michael das Collier gegeben?", frage ich sie.

„Er hat es mir abgenommen. Er sagte, es wäre zu gefährlich, wenn ich es behalten würde. Er hatte Angst, die Polizei würde drauf kommen, dass ich es war, also hat er es mir weggenommen. Ich habe ihn gefragt: ‚Was willst du damit machen?' Aber er hat nur geantwortet: ‚Mach dir keine Sorgen. Ich kümmere mich um alles.'

„Woher wusste er, dass Sie es waren?"

„Er sagte, als er die ersten Schüsse hörte, sei er runtergelaufen, um nachzusehen. Und er glaubte, mich gesehen zu haben, wie ich ins *belukar* lief."

Also hast du etwas gesehen, Michael. Und hast mich angelogen!

„War das der Moment, wo er das Collier an sich genommen hat?"

„Nein, das war später. An dem Tag, an dem ihr zum Tee da wart. Abends. Er sagte, er sei sich nicht sicher gewesen, dass ich es war, bis ihm sein Vater dann sagte, dass ich seine Mutter bin. Da war er sich sicher. Er wollte nicht einmal wissen, warum ich es getan habe. Er wollte nur dafür sorgen, dass ich nicht erwischt würde."

„Hat Cynthia das Collier getragen, als Sie es ihr wegnahmen?", frage ich, fast schon beängstigt, sie könne ja sagen.

„Nein, es war in ihrer Handtasche im Auto. Ich nahm es raus, bevor ich das Auto zurückfuhr. Es gehörte nicht ihr. Jonathan hatte kein Recht, es ihr zu geben, ganz gleich wie verliebt er gewesen sein mochte. Ich hatte ihm vor Jahren gesagt, ich wolle, dass Michael es bekomme, da ich es als Yusufs Frau nicht annehmen konnte."

Dann stelle ich die Frage, die Inspektor Tajuddin beschäftigt hatte.

„Aber warum haben Sie das Auto zurückgefahren?"

„Ich konnte das Auto doch nicht einfach da stehen lassen. Es war ein neues Auto und so ein teures. Ein besonderer Importwagen, hatte Hafiz mir gesagt. Was wenn jemand es entdeckt und gestohlen hätte?"

Die gute Dienerin und Hausfrau, die für Ordnung sorgt. Bis zum letzten Moment.

„Aber hatten Sie denn keine Angst, dass jemand Sie sehen würde?"

„Ich hatte keine Angst gesehen zu werden. Hätten Jonathan oder Michael mich gesehen, hätte ich ihnen ganz einfach die Wahrheit gesagt. Was ist schon dabei? Ich hatte keine Angst zu sterben."

„Deswegen waren Sie so ruhig später bei der Party."

„Ich war nicht ruhig. Ich war sehr angespannt, aber wann

immer ich angespannt bin, werde ich still. So bin ich schon immer gewesen, seit ich ein Kind war. Das erste Mal, ja, da hatte ich sehr viel Angst und war nervös, aber das zweite Mal nicht so sehr."

Ich sehe aus den Augenwinkeln, wie Hafiz aufschreckt. Nein, auch das hat er nie vermutet, was?

„Sie haben dieselbe Pistole benutzt?", frage ich.

„Ja."

„Sie haben es fast am selben Ort getan?"

„Ja, aber näher am Haus."

„Warum haben Sie es getan?", frage ich, obwohl ich denke, die Antwort zu kennen.

„Weil sie schwanger war. Bridget sagte mir, als ich sie auf dem Markt traf, dass meine Mem schwanger sei. Also habe ich es getan."

„Aber warum?" Die Antwort auf diese Frage kenne ich nicht.

„Warum? Weil ich wollte, dass Michael der einzige Sohn bleibt, darum. Sie wissen nicht, wie es ist, wenn ein alter Mann stirbt, und es gibt viele Söhne, vor allem, wenn sie von verschiedenen Müttern kommen. Sie streiten und bekämpfen sich, bis zum Schluss nichts mehr da ist, worum man streiten könnte. Und dann streiten sie immer noch weiter. Weil nichts mehr da ist."

„Wie haben Sie es getan?"

„Ich habe sie erschossen. Ich wusste, wie man eine Waffe benutzt. Ich habe zugesehen, wie Tuan Jonathan den Jungs beibrachte, wie man lädt und abdrückt. Ich bin in den Bungalow gegangen und habe ihr gesagt, ich hätte ein Babyäffchen ohne Mutter im *belukar* gefunden. Sie hatte ein weiches Herz. Also musste sie gleich mitkommen. Da habe ich sie erschossen. Ich habe einfach so lange geschossen, bis keine Patronen mehr da waren. Dann habe ich gezittert und mich sehr gefürchtet. Dann ist Jonathan gekommen."

Jonathan! *Du hast es also die ganze Zeit gewusst, Jonathan.*

„Was hat er getan?"

„Ich weiß nicht mehr. Ich weiß nur noch, mein Gesicht war so nah an seiner Brust, dass ich nicht mehr atmen konnte, er hat mich sehr fest gehalten, damit ich nicht hinfalle. Ich hörte, wie er sagte: ‚Oh Mary, musste es soweit kommen' oder irgendetwas in der Art. Dann sagte er mir, ich solle schnell verschwinden und die Waffe gut verstecken. Ich erinnere mich nicht an sehr viel anderes.

Später kamen die Polizei und die Soldaten und stellten Fragen, aber ich konnte ihnen nichts sagen. Ich konnte nicht sprechen. Ich hatte so viel Angst, dass ich wieder stumm wurde. Jonathan erzählte ihnen, ich sei schon immer stumm gewesen und sei diejenige, die die Leiche gefunden hatte, und deshalb sei ich so verängstigt."

„Und Yusuf. Wusste er nicht, was passiert war?"

„Nein. Er war an dem Tag mit Hafiz in Kota Banir, und bis sie zurück waren, war alles vorüber. Er glaubte auch, dass ich wieder verstummt sei, weil mich das Auffinden der Leiche so verängstigt hätte. Danach zogen wir weg von Jocks Hill, weil ich mich nicht mehr traute, an dem Ort vorbeizugehen, wo ich sie umgebracht hatte. Dann fing ich langsam wieder an zu sprechen."

Sie haben diese sanfte, gutherzige Frau, die sich um Babyäffchen sorgte, ermordet, nur um Michaels willen?

„Hätten Sie mich auch ermordet, wenn ich in Ulu Banir geblieben wäre, als ich schwanger war?"

Sie sieht mich geradeheraus an, lächelt und schüttelt den Kopf.

„Nein, ich weiß, wer du bist. Du bist Hoods Tochter."

Ich falle gegen die Lehne zurück. Sie hat es die ganze Zeit gewusst.

„Woher wussten Sie es?"

„Du hast es mir selbst gesagt. Erinnerst du dich, als du zum Tee kamst und ich dich nach dem Namen deines Vaters fragte?"

„Aber warum haben Sie mir nicht gesagt, was Sie wussten?"

„Diesen Teil meines Lebens wollte ich vergessen."

„Warum?" frage ich vorsichtig. „War mein Vater so grausam zu Ihnen?"

„Nein, er war der einzige Bruder, den ich stolz war, Bruder zu nennen. Ich habe ihm immer gesagt, dass er mein einer und einziger Bruder ist."

Die Nachricht auf der Rückseite des Fotos, das mein Vater nicht abschickte.

„Wann ist er gestorben?" fragt sie nach einem Moment.

Es könnte ebenso gut ein netter morgendlicher Kaffeeklatsch sein, was wir hier treiben. Sie wirkt traurig, als ich es ihr sage.

„Er war also noch recht jung."

„Ja, er hat sich früh pensionieren lassen, weil er sich unwohl fühlte, und dann fand man heraus, dass es Krebs war."

Wieder schüttelt sie den Kopf und seufzt.

Erzähl mir von ihm. Bitte erzähl mir von ihm. Gib mir irgendetwas, damit ich endlich Schmerz empfinde und um ihn trauern kann.

„Er war genau sechs Monate jünger als ich. Wir beide waren die jüngsten Kinder. Alle anderen Jungs waren viel älter und haben uns immer drangsaliert. Mich haben sie *chap cheng* genannt – Promenadenmischung – weil meine Mutter Eurasierin war. Und Hood nannten sie den Sohn der Leibeigenen. Sie waren sehr grausam. Bis auf den ältesten, Basir. Er war vielleicht zwanzig, als wir geboren wurden. Er war recht freundlich zu uns. Eigentlich müsste ich sagen, er war extrem freundlich. Kurz nach unserer Geburt starb unser Vater. Da übernahm Basir und sorgte dafür, dass wir auf eine englische Schule gingen und eine ordentliche Ausbildung bekamen."

„Warum hieß mein Großvater Hood und Ihr ältester Bruder Basir? Das sind malaiische Namen", höre ich Anna fragen.

„Unsere erste Mutter stammte aus Malakka. Sie konnte kein

Wort Chinesisch sprechen. Sie hat allen Jungs für den Hausgebrauch malaiische Namen gegeben. Nur ich bekam einen Namen, der bedeutet, was ich bin: Charbo, ‚Weibchen'."

„War sie freundlich?" fragt Anna.

„Sie war ganz in Ordnung. Aber als wir geboren wurden, war sie schon opiumabhängig. Sie hat kaum mehr mitbekommen, was passiert ist. Meine Mutter war auch opiumsüchtig. So war das Leben damals. Man konnte einfach auf die Straße gehen und in einem Laden Opium kaufen.

Nachdem unser Vater gestorben war, fingen all die älteren Brüder Streit miteinander an und kämpften darum, wer was bekommen sollte. Und Basir war völlig unbrauchbar, er wusste nicht, was er tun sollte. Er hatte keinen Tag in seinem Leben gearbeitet. Dann bekamen wir finanzielle Probleme. Die Zinnpreise fielen, und wir mussten anfangen, unsere Besitztümer zu verkaufen. Aber sie kämpften und stritten immer noch weiter. Jedes Mal, wenn wir etwas hatten verkaufen müssen, war das ganze Haus mit Geschrei erfüllt. Dann mischten sich die Ehefrauen ein, und sogar die Enkel begannen untereinander zu streiten. Lediglich Hood und ich hielten uns da raus. Als Hood vielleicht vierzehn war, sagte er, er würde für Erstklässler Nachhilfe geben, um seine Bücher und das Schulgeld bezahlen zu können. Er half auch, meine Schulkosten zu tragen.

Dann, als ich fünfzehn war, fing Basir an, mich in seinen Club mitzunehmen, um Männer zu treffen. Er ließ mich Tanzen lernen. Er brachte seine Freunde mit nach Hause, denen ich auf dem Klavier vorspielen musste. Ich liebte Klavierspielen, musst du wissen. Manchmal tanzten wir zu Hause zum Grammophon. Ein paar Tage vor meinem sechzehnten Geburtstag sagte er mir, dass ein bestimmter alter Mann wolle, dass ich seine Frau werde. Frau Nummer zehn wohlgemerkt vielleicht, ich weiß es nicht. Ich weigerte mich. Der alte Mann hatte Syphilis. Jeder im Club, jeder in der Stadt wusste, dass er Syphilis hatte. Aber ich glaube, er hatte versprochen, Basir aus seinen finanziellen Schwierigkeiten herauszuhelfen, wenn ich ihn heiraten würde.

Ich habe das Hood erzählt. Er meinte, ich müsse weglaufen. Aber ich wusste nicht, wohin ich weglaufen sollte. Also sagte Hood, er werde mit seiner Mutter sprechen. Mit meiner Mutter zu reden, hatte keinen Sinn. Sie war der Welt verlorengegangen. Hood bat seine Mutter, mir zu helfen, in ihr altes Dorf zu flüchten, vielleicht zu ihren Eltern. Sie war unserem Vater verkauft worden, als sie noch sehr jung war. Aber anstatt uns zu helfen, ging sie hin und erzählte Basir von unseren Plänen. Hood wurde verprügelt, und ich wurde in meinem Zimmer eingeschlossen, ich durfte nicht mal zur Schule.

Am Abend meines sechzehnten Geburtstags ließ Basir mich auftakeln und nahm mich mit in den Club, um den alten Mann zu treffen. Ich hatte so viel Angst, dass ich kein Wort rausbrachte. Als wir zurückkamen, war Basir ein wenig betrunken. Er machte mir Vorwürfe, unfreundlich zu dem alten Mann gewesen zu sein. Er führte mich ins Musikzimmer und spielte eine Platte ab. Mein Lieblingslied."

War es Stardust? Aber sie fährt ohne Unterbrechung fort.

„Dann wandte er sich zu mir und sagte: ‚Du fürchtest dich also. Wovor fürchtest du dich denn so? Komm, ich zeig dir, dass da nichts ist, wovor du dich fürchten müsstest. Komm.' Er zwang mich, mit ihm zu tanzen, und dann... und dann –"

Sie kämpft mit sich, das Wort auszusprechen und scheitert. Mir steigen die Tränen in die Augen und ich strecke die Hand zu ihr aus. Sie ergreift sie fest und sieht mich an, und ich kann sehen, dass in ihren Augen keine Tränen sind, nur ein Ausdruck von abgrundtiefer Bestürzung. Bestürzung, nach all diesen langen Jahren.

„Ich schrie und schrie", fährt sie mit einem heiseren Flüstern fort. „Die Tür zu dem Zimmer stand weit offen, aber niemand kam, um mir zu helfen. Basir war in dem Haus wie ein König.

Oder vielleicht glaubten sie auch alle, wenn ich den alten Mann heiratete, würden sie wieder reich und glücklich sein. Niemand kam. Also machte ich die Augen zu und schrie.

Plötzlich hörte er auf. Ich öffnete die Augen und sah wie Hood auf ihn einschlug. Er konnte nicht zurückschlagen, weil er zur selben Zeit mit seiner Hose kämpfte und sich vor den Schlägen schützen wollte. Das Nächste, was ich wahrnahm, war, dass Hood mir vom Boden aufhalf. Er sagte, er sei gerade von der Nachhilfestunde zurück. Er musste damals den ganze Weg vom Haus seines Schülers zu Fuß zurückkommen, weil sie ihn gezwungen hatten, sein Fahrrad zu verkaufen, um seinen Teil zum Haushaltsgeld beizusteuern.

An diesem Abend liefen Hood und ich davon. Das Haus stand im Chow Kit-Viertel. Zur Zeit meines Vaters lebten alle reichen Leute an der Batu Road. Er führte mich durch eine Art Dschungel. Ich hatte nicht mal gewusst, dass es so nah bei unserem Haus einen Dschungel gab. Zum Glück war Vollmond. Wir folgten einem schmalen Pfad rund um einen Hügel und erreichten ein kleines an einem Flüsschen gelegenes Kampung. Er brachte mich zum Haus seines Freundes. Ich kannte den Freund. Er spielte Trompete in der Clubband, und wir nannten ihn immer Hafiz Trompete. Oh, er war wie ein Engel für uns.

Wie du siehst, Hafiz, habe ich dich nach ihm benannt.

Zu der Zeit hatte Hafiz Trompete gerade aufgehört, im Club zu spielen. Er hatte einen neuen Job in Singapur und sollte in der kommenden Woche abreisen. Sein Onkel und seine Tante wohnten auch in dem Haus. Als sie mich sahen und hörten, was Hood ihnen erzählte, gaben sie uns saubere Kleidung und eine Matte zum Schlafen. Am nächsten Tag bot Hafiz Trompete mir an, mich zu einem Konvent in der Nähe der Heimat seiner Eltern in Ulu Banir zu bringen. Wir hatten kein Geld, also gab er uns ein bisschen. Dann nahm er uns mit zum Bahnhof und begleitete uns den ganzen Weg bis zu dem Konvent. Ich erinnere mich nicht mehr, wie lange die Reise dauerte. Dort ließ er mich und Hood am Tor warten und ging hinein, um mit der Mutter Oberin zu sprechen. Sie kam dann heraus, um mit mir zu reden und war so freundlich, aber ich habe nur geweint, ich konnte nicht sprechen. Ich hatte seit meiner Geburtstagsfeier den Mund nicht mehr geöffnet, um ein einziges Wort zu sagen. Und danach gelang es mir nicht, einen Laut von mir zu geben, ganz gleich, wie sehr ich mich bemühte. Hood sagte mir dann, er wolle mit Hafiz nach Singapur gehen. Ich blieb im Konvent, bis die Mutter Oberin mich zum Anwesen der Templetons schickte, um dort nach Arbeit zu suchen.

Ich hörte nur noch einmal von Hood. Er schrieb mir, während ich im Konvent war. Ich schrieb zurück und bat ihn, nicht mehr zu schreiben. Ich hatte Angst, dass man mich, wenn jemand herausfand, wessen Tochter ich war, zurück zu Basir schicken würde. Später als ich dann im Dienst bei Tuan Jonathan war, nahm er mich ins Fotostudio mit. Ich schickte ein Foto an die Adresse, die Hood mir gegeben hatte. Ich weiß nicht, ob es ihn je erreicht hat. Aber ich bat ihn, nicht zurückzuschreiben, denn zu der Zeit war ich schon Tuan Jonathans Mätresse, und ich schämte mich so vor mir selbst."

Mir fällt auf, dass sie dazu übergegangen ist, Jonathan wieder ‚Tuan' zu nennen.

„Aber er liebte Sie – er liebte dich über alles", sage ich zärtlich.

„Was ist Liebe? Ich wusste, dass er mich nie heiraten würde. Schau doch, wie es bei meiner Mutter gewesen ist. Ihre Mutter muss sie von einem europäischen Mann bekommen haben, aber nach ihrer Geburt, wurde sie vor die Tür eines Klosters geworfen."

„Als er nach dem Krieg zurückkam, wollte er dich heiraten." Ich sage das ebenso sehr für Hafiz wie für meine Tante.

„Zu der Zeit? Zu der Zeit war es viel zu spät. Yusuf hatte so viel für mich getan. Du hast keine Ahnung, was er alles für mich hat tun müssen. Ich war völlig hilflos. Mein ganzes Leben über war ich von vorn und hinten bedient worden. Klar haben sie mich in dem Konvent angelernt, aber nur um einfachste Hausarbeit zu tun. Ich hatte keine Ahnung von den schwereren Arbeiten. Ich wusste nicht, wie man ein Huhn schlachtet. Als ich Tuan Jonathans Amah war, musste ich den *tukang air* bitten, das für mich zu tun. Er war so nett, dass er danach immer die Hühner und den Fisch für mich ausnahm. Und dann während der japanischen Besatzung hat Yusuf so viel für mich getan, vor allem während ich nicht raus durfte. Wie hätte ich ihn verlassen sollen? Außerdem hatte ich mittlerweile Hafiz."

„Er ist nach Singapur gegangen, um dir dieses Collier zu kaufen."

„Das hat er mir auch gesagt, aber da war es zu spät."

„Aber hast du ihn denn nicht wenigstens ein bisschen geliebt?"

„Was ist Liebe? Als er krank war, hat er mir sehr leid getan. Er war wie ein kleines Baby, und ich habe mich um ihn gekümmert. Ich wollte, dass er wieder gesund wird. Aber was ist Liebe?"

„Hast du ihn nicht geliebt, als du seine – Frau warst? Ich bin mir sicher, er war sehr freundlich und liebevoll."

„Er war immer freundlich und liebevoll. Er war zu jedem freundlich und liebevoll. Es war seine Natur. Wie bei Michael. Wie bei Yusuf. Wie bei Hafiz. Wie bei Hood. Wie bei dir. Ja sogar wie bei Basir. Auch Basir war freundlich und liebevoll, bis seine Verantwortung als Familienvorsteher ihn ängstlich machte. Ich war dankbar, dass Tuan Jonathan freundlich und liebevoll zu mir war, denn ich hatte Angst vor Männern, aber was ist Liebe?"

„Hast du denn Yusuf mehr geliebt? Hast du deswegen für ihn wieder angefangen zu sprechen und nicht für Jonathan?"

„Ich habe gesprochen, ich habe mich gezwungen zu sprechen, weil ich an diesem Tag, als ich die Waffen fand, vor Yusuf Angst hatte. Ich hatte jahrelang nicht gesprochen. Aber da habe ich mich gezwungen zu sprechen. Ich saß in meinem Zimmer und hab es versucht und versucht, bis meine Stimme schließlich kam. Dann bin ich hingegangen und hab ihm die Wahrheit über Tuan Jonathan und mich gesagt. Ich sagte, ich habe tun müssen, was ich getan habe, weil ich nur eine Dienerin war und er mein Herr. Ich hatte Angst, wenn ich ihm das nicht gestehe, tötet er mein Baby oder mich. Darum habe ich gesprochen."

„Hast du denn Yusuf nicht geliebt?"

„Was ist Liebe? Ich war ihm dankbar, weil er gut zu mir war. Ich habe versucht, ihm seine Güte zurückzuzahlen, indem ich gut für ihn sorge. Später habe ich ihn ein wenig geschäftlich beraten. Jonathan wollte ihm das Geld geben. Ich habe gesagt nein, wenn du das Geld nimmst, bleibst du für immer sein Knecht. Nimm das Geld, aber mach ihn zum Partner, dann seid ihr auf gleicher Höhe. Dann wollte er Yusuf Land geben. Aber ich sagte nein, gut oder schlecht, leicht oder schwer, wir werden für jeden Acre Land, das wir von ihm bekommen, zahlen. Andernfalls bleiben wir unser Leben lang seine Knechte.

Was ist Liebe, frage ich dich? Das Einzige, was ich weiß, ist, dass ich meine beiden Söhne liebe. Für sie bin ich bereit zu sterben."

Ein Unterton von Ungeduld, Ärger, Trotz legt sich in ihre Stimme.

„Wenn du also mit der Halskette zur Polizei gehen und ihr alles erzählen willst, dann nur zu. Ich habe keine Angst zu sterben. Was ich getan habe, habe ich für Michael und Hafiz getan. Wenigstens ist Hafiz nicht vor aller Öffentlichkeit beschämt worden. Wenigstens hat Michael nicht arm sein müssen, als er krank war. Jetzt sagt Hafiz mir, dass du sein Geld geerbt hast. Das ist in Ordnung für mich. Du bist Hoods Tochter. Du bist meine Nichte. Ich kann trotz allem zufrieden ins Grab sinken."

Aber ich kann sie nicht im Glauben sterben lassen, sie hätte ihr Ziel nur halb erreicht. Ich nehme ihre Hände in meine und küsse sie. Die Großmutter meiner Tochter. Meine Tante. Meine Schwester als Frau. Mein Guru.

„Übrigens“, sage ich, „ist Anna Michaels Tochter.“

Da lächelt sie. Und dann muss sie lachen. Ein freundliches, gurgelndes Lachen.

„Was willst du jetzt machen?“, fragt Hafiz, bevor wir uns verabschieden.

Ich nehme das Collier ab und reiche es ihm.

„Ich würde ihr das Collier gerne zurückgeben.“

„Nein, sie hat es Michael gegeben, und Michael hat es dir gegeben.“

Ich schaue auf das glänzende Metall und die funkelnden Steine. Abgebaut, geschliffen, bearbeitet und geformt mit so viel Liebe und Mühe. Für Puteh mit so viel Liebe und Hoffnung gekauft. Mir geschenkt mit so viel Liebe und Vertrauen. Und dann abgelehnt, weitergereicht und nur unter Vorbehalt akzeptiert. Metall und Edelsteine, so unschuldig an den Hoffnungen, Wünschen und Träumen der Menschen, und nie wirklich wertgeschätzt, weder für ihren materiellen Wert, noch für die Bedeutung, mit der wir sie aufladen. Und doch haben sie mir geholfen, die Antworten auf meine unglücklichen Fragen zu finden.

Ja, ich war nicht fähig, dieses Brillant-Collier als ein Unterpfand der Liebe wertzuschätzen, aber als Prüfstein der Wahrheit hat es mir gute Dienste geleistet. Und da kommt mir eine plötzliche Idee. Vielleicht kann ich es in einen Grundstein des Lernens verwandeln.

„Wenn das so ist“, sage ich, ergreife Hafiz’ Hand und lege das Collier hinein, „dann sieh’ es als ein Teil der Templeton’schen Schenkung für das Al-’Alim College of Science.“

„Ich denk drüber nach“, sagt er. Aber er nimmt das Collier entgegen.

Und dann umarme ich ihn. Meinen Cousin. Und so gibt es dann am Ende doch eine Bindung, eine familiäre.

SECHSTER TEIL
22. März 1994

Ich fahre Anna zurück nach Kuala Lumpur, und mein Kopf dröhnt noch immer von Fragen und Gedanken.

Ich hatte vergessen, Puteh zu fragen – wie Yusuf nenne ich sie lieber bei diesem Namen – ich hatte vergessen, sie zu fragen, ob sie gewusst hatte, wer Cynthias Eltern waren. Während sie ihre Geschichte erzählte, war dazu keine Gelegenheit gewesen, und nachdem sie sie beendet hatte, schien es irrelevant. Genau so, wie es jetzt irrelevant erscheint, ob oder bis wohin Puteh Cynthias Entscheidung beeinflusst hatte, mit Hafiz Schluss zu machen und sich um Hilfe an Jonathan zu wenden.

Auch über meinen Vater hatte ich mehr herausfinden wollen: über seine Kindheit, seine Jugend, ob er je unbeschwert und glücklich gewesen war. Aber ich war so abgestoßen von der Entdeckung, dass meine Großmutter mir nicht die ganze Wahrheit darüber gesagt hatte, unter welchen Umständen mein Vater den Lim'schen Haushalt verlassen hatte, dass all diese Fragen wie Dampf aus einem Kochtopf aus meinem Kopf entwichen waren. Meine Großmutter, der Mensch, den ich für die einzige verlässliche Familienhistorikerin gehalten hatte.

„Sie sieht wirklich wie der letzte Mensch auf Erden aus, der ein zweifacher Mörder ist", sagt Anna und unterbricht damit meinen Gedankenfluss, so dass es mir schwerfällt, gedanklich wieder zurück zu Puteh zu kehren.

Ich lächle über ihre Bemerkung und erinnere mich an die Zeit, als ich acht war. Meine Mutter erzählte gerade davon, dass ein kleines Mädchen clever genug gewesen war, einen Taschendieb zu identifizieren, der ihr ein paar Tage zuvor sein Goldkettchen geklaut hatte. Ich war baff. *Wie hat sie es denn wagen können, ihn auch nur anzusehen?* Hatte ich gefragt, und sah in meiner Fantasie ein riesiges, behaartes Monster vor mir. *Warum denn nicht? Diebe sehen genau so aus wie normale Leute*, hatte meine Mutter geantwortet. *Aber er war ein Dieb!* Hatte ich voller Entrüstung gerufen, den Tränen nah. Und danach fürchtete ich mich wochenlang davor, alleine aus der Haustür zu gehen. Die Welt hatte ihre Berechenbarkeit verloren.

„Erinnerst du dich, als du fünf warst und wir dich das erste Mal in den Zirkus mitgenommen haben?", frage ich Anna.

„Du meinst da, wo der Clown seine falsche Nase verloren hat und ich so bitter enttäuscht war, zu entdecken, dass er nur ein normaler Mensch war?"

„Ja", lache ich. „Du hattest geglaubt, Clowns wären so etwas wie Feen, Elfen oder Gnome, eine ganz eigene Kategorie von Wesen."

„Ich weiß. Ich fürchte, bei Dieben und Mördern geht es mir immer noch so." Sie stößt einen tiefen Seufzer aus. „Aber wäre das Leben nicht so viel leichter, wenn es sich so verhielte?"

Allerdings. Wie das Kainsmal. Aber wo fangen wir an, uns selbst zu klassifizieren und in Schubladen zu stecken? Hat es je einen Mörder oder Dieb gegeben, der nicht seinerseits auch ein Opfer war? Ja, sogar der arme alte Kain selbst.

Das Opfer im Mörder. Der Mörder im Opfer.

Was hatte Michael gesagt? Über die Stille im Klang und den Klang in der Stille? Über die Wahrheit? Über richtig und falsch? Über die Liebe? Und Jonathan. Was hatte Jonathan über die Liebe gesagt?

„So, nun bist du die letzte Mrs. Templeton." Annas Stimme unterbricht meinen konfusen inneren Monolog.

„Ja. Die letzte."

Ich sage ihr nichts von dem kleinen Kind, meinem und Jonathans, das sehr früh in meiner Schwangerschaft gestorben war. Ich habe nie jemandem davon erzählt. Auch Jonathan nicht.

Es war passiert, als ich an der Börse war und kaufte und verkaufte. Ich war zur Toilette gegangen, hatte bemerkt, dass ich blutete, hatte erraten, was da gerade passierte und war danach direkt zu meinem Gynäkologen gegangen. Er hatte mich gefragt, ob ich versuchen wolle, das Kind zu retten, und ich hatte nein gesagt. Ich konnte nur daran denken, wie unpraktisch es wäre, mehrere Monate im Bett verbringen zu müssen. Als ich später aus der Anästhesie erwachte, hörte ich mich noch fragen, ob es ein Junge oder ein Mädchen gewesen war, und am nächsten Tag kaufte und verkaufte ich bereits wieder.

Das hätte ein Bruder für Anna und Michael sein können, ein weiterer Sohn für Jonathan und ein Ehemann für eine weitere Mrs. Templeton. Eine weitere Chance für mich, lieben zu lernen. Aber ich war zu beschäftigt mit meinem Kaufen und Verkaufen gewesen. Meinem Wertetausch. Meinem *quid pro quo*.

Kaufen und Verkaufen. Wer war das noch mal, der etwas über Kaufen und Verkaufen geschrieben hatte? Kaufen und Verkaufen – Kaufen und Verkaufen – nein, es war gar nicht Kaufen und Verkaufen gewesen. Raffen und Ausgeben! Wie ging es nochmal? Raffen und Ausgeben – Raffen und Ausgeben, aber der Rest des Gedichts will einfach nicht kommen.

In genau einer Woche jährt sich mein Hochzeitstag, fällt mir ein. Der Erste April. April ist der übelste Monat von allen...

Und plötzlich purzeln die Zeilen, nach denen ich getastet habe, in mein Gedächtnis. Zeilen, die ich in der Schule auswendig lernte, nur ihres Klangs wegen, nicht für ihre Bedeutung. Ein Sonett von Wordsworth:

Wir und die Welt: das geht nicht zusammen; von früh bis spät,
Im Raffen und Ausgeben, vergeuden wir unsere Kräfte:
Wenig sehen wir in der Natur, was uns anspricht;
Wir haben unsere Herzen verkauft an ein schäbiges Gut!

Das Meer hier, das seine Blöße dem Mond offenbart;
Die heulenden Winde zu jeder Stunde,
aber jetzt so sanft wie geschlossene Blüten;
für das wie für alles andere sind wir blind geworden...

Blind geworden...

Und mit einem Mal fängt die Welt, die nicht mit mir zusammengeht, an zu verwischen und zu verschwinden hinter dem Schleier meiner Tränen.

Ich bremse und halte den Wagen am Straßenrand an. Dann drehe ich mich zu meinem Kind um und sage: „Hier Anna. Du fährst weiter."

ENDE

Glossar

Amah - Dienstmädchen; Wasch Amah - Dienstmädchen, das die Wäsche macht; Haus Amah - Dienstmädchen, das das Haus sauberhält.

Bagan - Hafenkai oder Pier: Bagan China (p.178) - wörtl. „chinesisches Pier“. Daher der Name des Fischerdorfs, das mehrheitlich von ethnischen Chinesen bewohnt ist.

bangsawan (p. 185) - populäres malaiisches Drama mit Dialogen und Liedern; früher vor allem von umherziehenden Theatertruppen aufgeführt.

belukar - Sekundärwald: junger Dschungel, der im Bereich früheren Ur- oder Regenwalds wächst, der durch Naturkatastrophen (Gewitter, Brände) oder Einwirkungen des Menschen (Rodung, Brandrodung) verschwunden ist. Charakteristisch für den Sekundärwald ist das sehr dichte und artenreiche Unterholz.

Bodhisattva Avalokiteshvara (p.260) - Ein Bodhisattva, also ein erleuchteter männlicher Schüler des Siddhartha Gautama (Buddha), der sich im Laufe der Zeit und unterschiedlicher kultureller Einflüsse bei den chinesischen Buddhisten zu Guanyin, der Göttin der Barmherzigkeit, verwandelt hat.

Chap Goh Meh - direkte Übersetzung aus dem chinesischen Fukien-Dialekt: „Fünfzehnte Nacht“. Der letzte Tag der Feierlichkeiten an Chinesisch Neujahr.

Charlie Chan (p. 213) - fiktionaler Kriminalpolizist aus Honolulu, über den der Autor Earl Derr Biggers eine Reihe von Krimis geschrieben hat, die in den zwanziger und dreißiger Jahren verfilmt wurden und sehr populär waren. Der gutmütige und zugleich heroische Chan entstand als Alternativfigur zu den antichinesischen Klischees von der ‚gelben Gefahr‘, wie sie zum Beispiel in Bösewichten wie Dr. Fu Manchu (siehe unten) verbreitet wurden.

cheongsam (p. 259) - ein enganliegendes Kleid mit hohem Kragen und Seitenschlitzen, das von chinesischen Frauen getragen wird.

CVJF (p. 244) - Christlicher Verein junger Frauen, eine christliche Organisation, die 1855 in England gegründet wurde und deren Ziel es war, „die physischen, sozialen, intellektuellen, moralischen und geistlichen Interessen junger Frauen“ zu fördern.

Dato/Datuk - ein Ehrentitel, mit dem Landes- und Bundesregierungen Männer für ihre Verdienste um den Staat oder das Gemeinwohl belegen; Datin - Gattin eines Datuk

Durian (p. 182) - eine süße, hocharomatische lokale Frucht mit harter, dorniger Schale, die bei vielen Malaien sehr beliebt ist. Sie wurde früher so geerntet, dass man wartete, bis die reifen Früchte von den hohen Bäumen fielen, wobei es zu tödlichen Unfällen kam. Seither wurde die Pflanze gentechnisch so verändert, dass ihr Abbau großflächig und risikolos möglich ist.

Eurasier (p. 242) - Personen von gemischter europäischer (oder amerikanisch-europäischer) und asiatischer Abstammung.

Dr. Fu Manchu (p. 213) - ein Superbösewicht, der in einer Romanreihe des englischen Schriftstellers Sax Rohmer auftauchte, die kurz vor Beginn des Ersten Weltkriegs begann und vierzig Jahre lang erschien. Die Figur wurde fürs Kino, Fernsehen, Radio, Comicstrips und Graphic Novels adaptiert und ist zu einem Archetypen des bösen kiminellen Genies und verrückten Wissenschaftlers geworden. (siehe auch Charlie Chan weiter oben)

„Gesicht"/ „Gesicht gewähren" (p. 123) - „Gesicht" steht für „Würde", „Selbstachtung", „Ansehen". Jemandem „Gesicht gewähren" bedeutet, sich ihm gegenüber (und gleichgültig, was er sich hat zuschulden kommen lassen) so zu verhalten, dass er seine Würde, Selbstachtung und sein Ansehen behalten kann – vor allem in der Öffentlichkeit. Kritik an ihm muss privat und auf höfliche Art und Weise geäußert werden. Ist es unmöglich, das Fehlverhalten geheim zu halten, müssen der Person Wege geöffnet werden, ihre Fehler selbstständig zu korrigieren. Obwohl das Wort direkt aus dem Chinesischen übersetzt ist, ist dieses Konzept von „Gesicht" nicht nur in der chinesischen, sondern auch in vielen anderen asiatischen Kulturen tief verankert.

Haadyai (p. 214) - Stadt in Südthailand nahe der malaysischen Grenze. Wichtige Handelsmetropole und Einkaufsparadies, das bei Einheimischen wie Ausländern gleichermaßen beliebt ist, vor allem bei amerikanischen Soldaten während des Vietnamkriegs.

Hakka (p.35) - Eine chinesische Dialektgruppe, die ursprünglich aus Nordchina stammt, aber während des Falls der südlichen Sung-Dynastie um die Mitte des 13. Jahrhunderts nach Süden gewandert ist.

Hari Raya Puasa (p.180) - Moslemisches Fest, um das Ende des Fastenmonats Ramadan zu feiern.

Jitra Linie in Nord Kedah (p.166) - Die nördlichste Verteidigungslinie der Briten auf der malaiischen Halbinsel gegen die japanische Invasion von 1941. Der rasche Zusammenbruch der unvorbereiteten Truppen (die Briten hatten die Invasion vom Süden her übers Meer auf Singapur erwartet) führte dazu, dass die Japaner binnen Wochen die gesamte Halbinsel einschließlich Singapurs einnehmen konnten.

kacang lupakan kulit (p.265) - Wörtliche Übersetzung: „Die Nuss/Bohne/Erbse vergisst ihre Schale." Eine Metapher, um Undankbarkeit gegenüber den eigenen Ursprüngen, der eigenen Herkunft und Wurzeln zu benennen.

kampung (p. 180) - Dorf

kathi/kadi (p. 172) - islamischer Richter /Streitschlichter

kepala (p.172) - Wörtliche Übersetzung: „Kopf"; metaphorisch: Anführer, Chef. Plantagen-Kepala - Aufseher oder Vorarbeiter auf einer Plantage.

kenduri (p.184) - ein Festmahl, vor allem zu Gelegenheiten, die irgendeine religiöse Bedeutung haben, um Dank zu sagen oder anlässlich eines gemeinsamen Gebetes für erhaltene Wohltaten.

laksa (p.83) - ein Gericht aus Nudeln, Gemüse, Meeresfrüchten und scharfer Soße; Thai laksa - ein laksa auf thailändische Art.

Makcik (Ausspr. Maktschik) (p. 177) - Malaiisch für „Tantchen", höfliche Anrede für ältere Frauen.

Malaiischsprachig (p. 85) - Bezieht sich darauf, dass Malaiisch, die Nationalsprache, infolge des Aufruhrs von 1969 ab 1971 zur Hauptunterrichtssprache aller malaiischen Schulen gemacht wurde. Diese Politik wurde damals und wird bis heute von den nicht-malaiischen Bürgern abgelehnt.

Malaiische Privilegien (p. 297) - Dies bezieht sich auf Art. 153 der Verfassung von Malaysia, der die privilegierte Stellung der Bumiputra (Malaien und andere als Ureinwohner geltende Ethnien) durch Maßnahmen der positiven Diskriminierung wie feste Quotierung für den Eintritt in den Staatsdienst, in der Universitätsausbildung und Stipendiatenauswahl, aber auch in der Leitung von Unternehmen festschreibt. Damit wird die britische Kolonialpolitik fortgesetzt, die Ureinwohner vor der Dominanz indischer und chinesischer Einwanderer zu beschützen. Der Einfluss chinesischer Einwanderer wurde nach dem Sieg der Kommunistischen Partei im chinesischen Bürgerkrieg 1949 besonders groß. In den fünfziger Jahren lebten auf der malaiischen Halbinsel fast ebenso viele Nicht-Malaien wie Malaien, und in den Jahren nach der Unabhängigkeit 1957 gehörten die Chinesen und Inder in der Regel der städtischen Mittelklasse an, während die Bumiputra mehrheitlich arme Bauern oder Landarbeiter waren.

Malayali (p.150) - Bezieht sich auf Menschen, die aus den malayalamsprachigen Gebieten des Bundesstaates Kerala in Indien stammen. In Britisch-Malaya wurden zahlreiche englischsprachig erzogene Mayalali als Buchhalter, Aufseher und Lehrer in den Kautschukplantagen oder in der Kolonialverwaltung angestellt. Viele von ihnen blieben nach der Unabhängigkeit in Malaysia. Ihre Nachkommen werden Malayali-Malaysier genannt.

Mem (p.325) - Kurz für Madam oder Ma'am; hauptsächlich in Kolonialzeiten verwendet (vergleiche: Memsahib in Britisch Indien)

menkuang (p.194) - gehört zu den Schraubenbäumen oder Schraubenpalmen, auch Pandane genannt, mit langen Blättern, die zum Flechten von Matten, Körben etc. benutzt werden.

muzak (p.219) - Hintergrund- und Ambientemusik zur Beschallung, wie sie in Geschäften, Aufzügen oder anderen öffentlichen Orten gespielt wird. Allgemein auch für qualitativ schlechte Musik

Obligatorische Abendessen (p. 281) - bezieht sich auf die jahrhundertealte Tradition in der englischen Juristenausbildung, die verlangt, dass zukünftige Anwälte an einer Reihe von Abendessen bei einem der „Inns of Court", Anwaltskammern, teilnehmen, um ihre Zulassung vor Gericht zu bekommen.

papadam (p. 241) - Indische Speise. Sehr dünnes und knusprig frittiertes Fladenbrot aus Urdbohnenmehl.

parang (p. 45) - ein schweres, machetenartiges malaiisches Messer.

Por-Por (p. 16) - Kantonesisch für Großmutter.

Reiseerlaubnis (p. 193) - Während der japanischen Besatzung mussten die Menschen eine offizielle Reiseerlaubnis beantragen, um sich zwischen den Städten und Distrikten bewegen zu dürfen.

sarong (p. 183) - ein malaiisches rockartiges Kleidungsstück für Männer und Frauen. Auch der Stoff, aus dem der Sarong gemacht wird.

shophouse (p. 295) - In den Kolonialzeiten, aber auch in den sechziger Jahren, wurden Geschäfte und Werkstätten oft in Reihen von zweistöckigen

Gebäuden errichtet, von denen das Erdgeschoß die Geschäftsräume oder Werkstätten beherbergte, während die Familienwohnung im ersten Stock lag.

songkok (p.179) - eine malaiische Kopfbedeckung oder Kappe für Männer, im allgemeinen aus Samt.

Teochew (p. 151) - eine chinesische Dialektgruppe aus der historischen Teochew-Präfektur in der östlich Gunagdong-Provinz.

Tuan - Herr, Meister, respektvolle Anrede eines höhergestellten Mannes.

tukang air (p. 139) - Wasserträger (nur in der Kolonialzeit).

ustaz (p. 178) - Moslemischer Schriftgelehrter

Westwind-Runde (p. 85) - Im Mahjong-Spiel (so wie es gemeinhin von chinesischen Malaysiern gespielt wird), wird jede Spielrunde nach einer der vier Windrichtungen benannt: Ost, Süd, West und Nord. Obwohl das Spiel jederzeit unterbrochen werden kann, gilt es als Unglück bringend, es in einer Westwind-Runde abzubrechen.

whisky stengah (p. 166) - Stengah bedeutet „halb“. Ein Whisky-Stengah ist ein Whisky Soda aus einer Hälfte Whisky und einer Hälfte Sodawasser.

Weiße Zone (p. 82) - Während des Ausnahmezustands wurden die Gegenden des Landes, die man von kommunistischen Terroristen kontrolliert vermutete, zu schwarzen Zonen erklärt, solche, aus denen die Terroristen vertrieben waren, zu weißen. Die normale Bevölkerung durfte die schwarzen Zonen nicht betreten.

MALAYSIA: HISTORISCHER ÜBERBLICK

Malaysia ist eine konstitutionelle Monarchie im malaiischen Archipel und wurde 1963 als Föderation vier vormaliger britischer Kolonien gegründet: Britisch Malaya (heute Halbinsel Malaysia), Britisch Nord-Borneo (heute Sabah), Sarawak und der Insel Singapur (die die Föderation 1965 verließ). Die Halbinsel Malaysia, Sabah und Sarawak haben sehr unterschiedliche vorkoloniale und koloniale Geschichten. Sabah wurde von der British North Borneo Company kontrolliert, einem Handelsunternehmen. Sarawak wurde von drei Generationen der britischen Familie Brooke regiert. Die Halbinsel Malaysia ist eine Föderation von elf Staaten, von denen neun malaiische Monarchien aus vorkolonialen Zeiten sind.

Hier folgt ein Überblick über die sozio-kulturelle Geschichte der Halbinsel Malaysia von der Vorzeit bis 1994, dem Jahr, in dem die fiktive Geschichte dieses Romans beginnt.

1. – 13. Jahrhundert: Indischer Einfluss
Archäologische Funde und schriftliche chinesische Zeugnisse zeigen, dass es auf der malaiischen Halbinsel bereits im ersten Jahrtausend zahlreiche malaiische Küstenherrscher gab, die mit Händlern aus Indien und China Handel trieben und Gold, Zinn und Produkte des Dschungels gegen Tuch, Seide, Keramik und Glas tauschten. Der tiefe kulturelle Einfluss der umgebenden indisch beeinflussten Reiche (wie z.B. Srivijaya oder Angkor) auf die malaiische Sprache, Literatur, Kunst, politische Ideen, soziale Strukturen und Gebräuche ist eindeutig.

13. – 16. Jahrhundert: Aufkommen des Islam und Aufstieg Malakkas:
Die Ankunft des sunnitischen Islams in der Region mittels arabischer und indischer Händler fällt zusammen mit dem Aufstieg Malakkas. Gegen 1400 siedelte sich ein indisch akulturierter, exilierter Prinz aus

Sumatra an der Mündung des Malakka-Flusses an. Indem er zum Islam konvertierte und sich dem China der Ming-Dynastie tributpflichtig machte, gewann er privilegierte Handelsbeziehungen mit Moslems und politischen Schutz Chinas. Malakka entwickelte sich zum wichtigen Knotenpunkt der ost-westlichen Handelsrouten und der Ausbreitung des Islam in der Region. Das Malaiische wurde zur lingua franca und zur dominanten Kultur. Malaiisch sprechende Moslems aus Malakka identifizierten sich ungeachtet ihrer ethnischen Herkunft als „Melayu" (Malaiien), und chinesische Siedler übernahmen mit Ausnahme der Religion alle malaiischen Sitten und Gebräuche.

Ab dem 16. Jahrhundert: Ankunft der Europäer

Die Portugiesen eroberten Malakka 1511. Die hohen Steuern, die die Portugiesen erhoben und ihr Eifer in der Christianisierung führten zum Abstieg Malakkas als Handelszentrum, aber ihre Anwesenheit schuf in Malakka eine neue Bevölkerungsgruppe: lokale Christen mit portugiesischen Namen. Deren Nachkommen nennen sich selbst „Portugiesische Eurasier" und sprechen bis heute eine „Kristang" genannte Form von Portugiesisch. 1641 eroberte die Niederländische Ostindien-Kompanie Malakka. Malakkas Abstieg setzte sich fort. Rivalitäten zwischen lokalen Fürsten und Piraterie sorgten für politische Instabilität, die Einwanderung von Menschen von den nahegelegenen Inseln (Sulawesi, Java und Sumatra) bereicherten die malaiische Kultur und Sprache. 1786 erwarb die Britische Ostindien-Kompanie (BOK) vom Sultan von Kedah die Insel Penang. 1819 kaufte sie Singapur vom Sultan von Johor. Beide Inseln entwickelten sich zu bedeutenden Freihäfen. Chinesische Einwanderer, die angeworben wurden, um auf den Inseln zu leben und zu arbeiten, erklären ihre überwiegend chinesische Bevölkerung heutzutage. 1824 erlangte die BOK die Kontrolle über Malakka. Penang, Singapur und Malakka wurden unter dem Namen „Straits Settlements" (Niederlassungen an der Meeresstraße) bekannt.

1867 – 1957: Britische Kolonialherrschaft

1867 wurde die BOK aufgelöst, und das Britische Kolonialamt übernahm die Kontrolle über die Straits Settlements. Die Briten begannen sich für die zinnreichen an der Westküste gelegenen malaiischen Sultanate Perak, Selangor und Negeri Sembilan zu interessieren, wo seit langem schon chinesische Siedler mit den Sultanen im Zinnabbau zusammenarbeiteten. Ab den 1870 er Jahren begannen örtliche britische Beamte, sich in die inneren Angelegenheiten dieser malaiischen Staaten einzumischen und die Sultane zu zwingen, britische Bürger als Berater zu akzeptieren. 1909 übertrug der König von Siam (Thailand) seine Oberherrschaft über die malaiischen Sultanate von Kedah, Kelantan, Terengganu und Pahang an die Briten. Alle diese Staaten (sowie später Johor) wurden gezwungen, britische Berater zu akzeptieren. Die Briten verpflichteten sich, sich nicht in Fragen islamischer Religion, malaiischer Sitten und die symbolische Macht des Sultans einzumischen, übten aber die faktische Kontrolle über alle neun Sultanate aus, die dann zusammen mit den Straits Settlements zu Britisch Malaya wurden.

Die Herrschaft über Britisch Malaya wurde gemäß den kolonialen Prinzipien ausgeübt: Alles, die Nutzung des Landes, seiner natürlichen und menschlichen Ressourcen, die Infrastruktur, das Gesundheitswesen, die Erziehung und Ausbildung – wurde so angelegt, dass sie britischen Interessen, der britischen Industrie und dem Handel nützten. Im 20. Jahrhundert lag das Schwergewicht auf dem arbeitsintensiven Abbau und der Produktion von Kautschuk und Zinn. Die malaiische Landbevölkerung wurde als kleinbäuerlich und mit Fischfang beschäftigt angesehen, also holte man ausländische Arbeitskräfte ins Land: aus China für die Zinnminen, aus Südindien für die Kautschukplantagen. Um die Jahrhundertmitte gab es fast ebenso viele nicht-malaiische wie malaiische Einwohner. Die unterschiedlichen ethnischen Gemeinschaften lebten voneinander abgeschottet in Gruppen, die über die jeweilige Arbeit, Sprache, Religion, eigene Schulen und politischen Loyalitäten definiert waren, die sich an den ursprünglichen Heimatländern orientierten.

1942 – 1945: Japanische Besatzung

Die japanische Besatzung Malayas während des Zweiten Weltkriegs war vergleichsweise kurz, aber dafür übermäßig bösartig und brutal.

Die japanische Herrschaft brachte allen Bevölkerungsteilen Not und Entbehrung, einigte die Bevölkerung aber keineswegs, sondern sorgte mit ihrer schreienden Ungleichbehandlung der unterschiedlichen Gemeinschaften für ein tiefsitzendes inter-ethnisches Misstrauen und lang andauernde soziale Spaltungen. Zunächst wurden Malaien und Inder gut behandelt und bekamen versprochen, die Japaner würden sie vom Joch des britischen Imperialismus befreien. Hauptopfer der Besatzungsarmee waren die Chinesen, von denen Tausende aufgrund der Verdächtigung, sie seien antijapanisch, massakriert wurden. Wenig überraschend traten daher viele Chinesen der wichtigsten Widerstandsbewegung bei, der kommunistisch geführten Antijapanischen Volksarmee des malaiischen Volkes (MPAJA). Nach Kriegsende und dem japanischen Rückzug kamen die chinesischen Guerillakämpfer der MPAJA aus dem Dschungel, übernahmen die Kontrolle über rund 70% der kleineren Städte und Dörfer des Landes und nahmen blutige Rache an vermeintlichen Kollaborateuren. Als die Briten wieder die Herrschaft an sich rissen, wurde die MPAJA verboten, aber da war der sozio-kulturelle Schaden bereits angerichtet.

1946 – 1965: Der Weg in die Unabhängigkeit und Malaysia

1946 implantierte die britische Regierung eine neue administrative Struktur, die sich Malaiische Union nannte, die Autonomie der Sultane begrenzte und allen nicht-malaiischen Bevölkerungsteilen automatisch die Staatsbürgerschaft garantierte. Erheblicher und weitverbreiteter Widerstand der Malaien erzwang die Rücknahme dieser Entscheidung. Daher wurde 1958 die Föderation Malaya gegründet, in der die Rechte der Malaien und die Position der Sultane gestärkt und garantiert wurden und das Bürgerrecht für Nicht-Malaien gesetzlich geregelt wurde. Die Malaien waren damit einverstanden, aber die Kommunistische Partei von Malaya legte ihr Veto ein, woraufhin ihre mehrheitlich chinesische Führung in den Dschungel ging, um von dort aus einen brutalen, terroristischen Aufstand gegen die britische Herrschaft zu führen, der dann wiederum zum Ausnahmezustand führte, der offiziell erst 1960 endete. Um die Kommunisten von der Unterstützung durch die chinesische Bevölkerung abzuschneiden, siedelten die Briten ländliche Chinesen zwangsweise in streng kontrollierten „Neuen Siedlungen" nahe der Hauptverkehrsachsen an. Diese Massenumsiedlung erklärt, warum in den darauf folgenden Jahren die meisten Chinesen zu wohlhabenden Stadtbewohnern wurden, während die malaiischen Bauern und die indischen Plantagenarbeiter arm blieben. Am 31. August 1957 erreichte die Föderation Malaya (mit Ausnahme des hauptsächlich chinesischen Singapur) die Unabhängigkeit. Dieser Schritt führte zu politischer Bevorzugung der Malaien, andererseits auch zur Staatsbürgerschaft der malaiischen Chinesen, die zugleich ihre wirtschaftliche Vorherrschaft behalten konnten. Am 16. September 1963 wurde eine neue Föderation unter dem Namen Malaysia gebildet.

1969 – 1979: Aufstände und die Neue Ökonomische Politik

Seit der Unabhängigkeit ist das prekäre Gleichgewicht zwischen malaiischer politischer und chinesischer wirtschaftlicher Macht ein permanenter Streitpunkt. Am 13. Mai 1969 entwickelten sich infolge einer Parlamentswahl inter-ethnische Spannungen zu gewalttätigen chinesisch-malaiischen Auseinandersetzungen und Aufständen, hauptsächlich in und um Kuala Lumpur. Der nationale Ausnahmezustand wurde ausgerufen, das Parlament wurde suspendiert, und ein Nationaler Aktionsrat (MAGERAN) wurde als faktische Regierung installiert. Diese sollte die Neue Ökonomische Politik realisieren, ein Sozialprogramm mit doppeltem Ziel: Armutsbekämpfung für alle Malaysier und Beendigung der faktischen Rassentrennung in der Wirtschaft und der geografischen Bevölkerungsverteilung. Als das Parlament 1971 wieder die Geschäfte übernahm, wurde die NÖP ins Werk gesetzt. Um soziale Integration und nationale Einheit zu erzielen, bestimmte die nationale Sprachpolitik, dass die Landessprache, Malaiisch, sukzessive zur Haupt-Unterrichtssprache an allen staatlichen Schulen werden sollte. Zahlreiche Nicht-Malaien, vor allem englischsprachige, waren angesichts dieser Entwicklungen alarmiert und begannen, Pläne zu schmieden, in westliche, englischsprachige Länder zu emigrieren. In der zweiten Hälfte der siebziger Jahre wurden die Befürchtungen der nicht-malaiischen Bevölkerung durch die deutlich antichinesische Rhetorik einiger malaiischer Politiker sowie die Einsetzung neuer und alter kolonialer Gesetze noch verstärkt, die die Meinungs- und Redefreiheit verboten.

1980 – 1994: Repression und Zusammenbruch der Rechtsstaatlichkeit
1981 wurde Dr. Mahathir Mohamed der vierte Premierminister und blieb bis 2003 an der Macht. Bis zum heutigen Tag hat er seine Bewunderer. Ich kann hier nur die wichtigsten Entwicklungen andeuten, die mich als Bürgerin und Schriftstellerin am meisten betrafen. 1974, als Mahathir Bildungsminister war, erließ er Gesetze, die den Studenten und akademischen Lehrern politische Diskussionen und Aktivitäten verboten. Diese repressiven Tendenzen kennzeichneten auch seine 22 jährige Karriere als Premierminister. 1983 setzte er eine Verfassungsänderung durch, die de facto das Vetorecht des Königs gegenüber vom Parlament verabschiedeten Gesetzen außer Kraft setzte und dadurch die Gewaltenteilung beeinträchtigte. 1984 erließ er ein Gesetz, das der Regierung die Kontrolle über den gesamten Bereich der Druckerzeugnisse verschaffte, nämlich Druck, Import, Veröffentlichung, Reproduktion, und Vermarktung jeglicher Publikation. 1985 wurde ein populärer islamischer Führer nach einer polizeilichen Belagerung in einem Schusswechsel getötet, eine weitere islamische Gruppe wurde verboten und ihr Führer gemäß dem Inneren Sicherheitserlass (ISE) gefangen gesetzt, einem Überbleibsel aus der Kolonialherrschaft, der zeitlich unbegrenzten Polizeigewahrsam ohne vorausgegangene Gerichtsverhandlung erlaubte.

Im Oktober 1987 fand eine massive Polizeirazzia statt (Operation Lalang genannt), bei der mehr als 100 Menschen, darunter Oppositionsführer und nicht politisch organisierte Aktivisten unter dem ISE verhaftet und in Gewahrsam behalten wurden. Außerdem wurden drei Zeitungen geschlossen.

Wirtschaftspolitisch initiierte Mahathir zahlreiche Projekte zum Aufbau der Schwerindustrie, der Entwicklung der Infrastruktur und der Privatisierung, wobei er sich, um die intransparente Ausschreibungspolitik zu rechtfertigen, häufig auf die in der NÖP festgeschriebene positive Diskriminierung der Malaien berief. Während seines zweiten Mandats als Premierminister klagten führende Mitglieder seiner eigenen malaiischen Partei ihn der Geldwäsche und Korruption an. 1986 und 1987 stellten sie seine Führungsrolle in Frage, zunächst durch innerparteiliche Wahlen, dann über die Gerichte. Die darauf folgenden Auseinandersetzungen führten zu der sogenannten Verfassungskrise von 1988. Der Lord Präsident des Obersten Gerichtshofs wurde abgesetzt, von einem von Mahathir gebildeten Schnellgericht verurteilt und zur Entlassung empfohlen. Fünf weitere Richter des Obersten Gerichtshofes, die den Lord Präsidenten in seiner Anfechtung der Verfassungsmäßigkeit dieses Schnellgerichts unterstützten, wurden ebenfalls abgesetzt, was einer Suspendierung des ganzen Obersten Gerichts gleichkam.

1991 lancierte Mahathir sein ‚Vision 2020' genanntes Programm, um Malaysia bis 2020 zu einem Erste-Welt-Staat zu entwickeln. Zahlreiche halbstaatliche Industrie- und Immobilienprojekte lockten nicht nur ausländische Investoren an, sondern brachten auch vormals emigrierte Malaysier zurück ins Land. 1994 sah alles danach aus, als wolle Malaysia zu einem der südostasiatischen Tigerstaaten werden, allerdings um den Preis des Verlusts seiner Rechtsstaatlichkeit.

Chuah Guat Eng, geboren 1943 in Rembau, Negeri Sembilan, Malaysia, studierte in den 1960er-Jahren englische Literatur an der Universität Malaya in Kuala Lumpur und in den 1970er-Jahren deutsche Literatur an der Ludwig-Maximilian-Universität in München. Sie war lange Jahre Unternehmensberaterin und promovierte 2008 an der Nationalen Universität Malaysia. *Echoes of Silence* (1994/2008) ist ihr erster Roman, und der erste von einer Malaysierin auf Englisch geschriebene nach der Unabhängigkeit. Ihr zweiter Roman *Days of Change* (2010) stand auf der Longlist des Internationalen Dublin Literary Award.

Michael Kleeberg, geboren 1959 in Stuttgart, ist Schriftsteller und Übersetzer aus dem Englischen und Französischen, u. a. von Marcel Proust, John Dos Passos und Graham Greene. Er studierte Politische Wissenschaften und Geschichte in Hamburg. Für sein Werk wurde er mehrfach ausgezeichnet. Zuletzt erschien von ihm der Roman *Der Idiot des 21. Jahrhunderts* (2018). Er lebt nach mehreren Auslandsaufenthalten in Berlin.